진 리스

32 세계문학 단편선

진 리스

정소영 옮김

현대문학

차례

일러두기

1. 원문에 등장하는 프랑스어는 이탤릭체로, 작가가 특별히 강조한 단어는 고딕체로 구분해 표기하였다.
2. 본문의 주는 옮긴이 주이며, 원문에 실린 주는 '원주'를 별도로 표기하였다.

환상
Illusion

브루스 양은 라탱 지구에서 꽤 오래 산 편이었다. 5층에 자리한 작은 원룸 아파트에서 7년째 살고 있었다. 초상화를 그렸고 이따금 살롱에서 전시도 했다. 그림이 팔릴 때도 간혹 있었다. 그건 몽파르나스에서는 아주 대단한 성취였는데, 내가 보기에 그녀는 아주 총명하진 않아도 딱 그 정도로 총명하긴 했으므로 있을 법한 일이긴 했다. 물론 내가 판단할 수 있는 문제는 아니지만.

그녀는 키가 크고 말랐지만, 골격이 크고 손발도 컸다. 품성과 훈련—영국적 품성과 훈련—으로 무엇을 이룰 수 있는지의 눈부신 예라 할 수 있었다. 파리에서 산 지가 7년이나 되었는데도, 살짝 이국적이거나 불건전하기도 한, 정신없이 돌아가는 그 생활로부터 영향을 받거나 달라진 점이라고는 눈을 씻고 찾아봐도 없었다. 주변에는 늘 아름다움에 대한 추종과 육체적 사랑에 대한 숭배가 있었지만, 건전하고 합리적인 태도로 그저 주위를 쓱 둘러보고는 바로 머릿속에서 지워 버렸다. 마치 푸른 파도가 아무리 철썩거리며 밀려와도 끄떡없는 견고한 바위처럼.

예쁘게 생긴 여성이 거리를 지나가거나 식당 옆자리에 앉을 때면 그녀는 예술가의 시선으로 감식을 하듯 바라보고는 적당할 만큼의 비평적 의견을 내놓았다. 호기심이나 부러움 같은 건 손톱만큼도 내비치지 않았다. 불안한 듯이 연신 가방에서 거울을 꺼내 보고, 검게 칠한 눈꺼풀 아래로 뭔가를 찾아 초조하게 주변을 두리번거리는 다른 보잘것없는 여성들에 대해서는 이렇게 말했다. "가엾은 종자들이지 뭐야!" 비난조가 아니라, 대수롭지 않다는 듯이 너그럽게 말이다. 정말이지 완전히 신사들이 할 만한 말투로…… 저런 가엾은 종자들 같으니라고!

그녀는 여름에는 항상 단정한 나사羅紗 원피스를, 겨울에는 단정한 트위드 의상을 입었고, 굽 낮은 갈색 신발과 면 스타킹을 신었다. 파티에 갈 때에는 지나치게 예쁘지 않고 가슴이 적당히 파인 검은색의 얇은 실크 드레스를 입었다.

사실 브루스 양은 말도 못 하게 사람이 좋았다.

파리를 좀 봐줄 마음인지 코에는 분칠을 했다. 하지만 아주 정결하게 씻은 얼굴의 나머지 부분은, 그때그때 상황에 따라 햇빛이나 전등 불빛을 받아 반짝거렸는데, 그럴 때면 군데군데 귀염성 있는 주근깨가 눈에 띄었다.

그녀에게는 물론 파리에 있는 대부분의 영국 출신, 미국 출신 예술가들이 그렇듯이 개인적으로 들어오는 돈이 있었다. 상당한 액수일 것이 분명했다. 또 그녀는 대부분의 사람들과 알고 지냈지만 누구와도 친밀하지 않았다. 나는 2년 동안 그녀와 이따금씩 점심이나 저녁을 함께 했지만, 내가 아는 것은 브루스 양의 외면, 냉정하고 합리적이고 단정한 영국식 외면뿐이었다.

해가 쨍쨍한 더운 어느 날 오후에 만날 약속이 있어서 난 3시경에 그녀의 집에 도착했다. 나를 맞이한 것은 당황한 기색이 역력한 관리인이었다.

아가씨가 몸이 안 좋다며 자리에 누운 지 겨우 하루 만에, 어젯밤 8시쯤 갑자기 통증이 너무 심해졌다고 했다. 하루 종일 자리를 지켰던 하녀 피숑 부인과 관리인인 그가 걱정스럽게 의논을 한 후에 의사를 모시러 갔고, 의사의 권유에 따라 구급차를 불러서 영국 병원으로 옮겼다는 것이다.

"그런데 아무것도 가져가시질 못했어요." 입담 좋은 깡마른 하녀가 말했다. "정말 아무것도요, 불쌍한 아가씨." 혹시 부인께서―나를 말하는 거였다―수고스럽겠지만 아파트에 올라가 볼 맘이 있다면 열쇠는 여기 있어요. 나는 피숑 부인을 따라 계단을 올라갔다. 바로 가서 브루스 양에게 물건들을 전해 주어야 한다고 했다. 적어도 잠옷과 빗은 있어야 하지 않겠느냐고 하면서.

"장롱 열쇠는 여기 작은 서랍 안에 있어요." 피숑 부인이 묘한 분위기로 나를 곁눈으로 쳐다보면서 은근하게 말했다. "아, 여기 있네요!"

난 그녀를 내보낼 셈으로 고맙다고 말했다. 피숑 부인은 별로 내가 좋아할 만한 사람이 아니었고, 그래서 천천히 문을 향해 걸어가던 그녀가 뭔가 얘기를 꺼내고 싶은 투였음에도 난 전혀 여지를 주지 않은 채 그녀가 마지못해서 방을 나설 때까지 지켜보았다. 그러고 나서야 장롱 쪽으로 몸을 돌렸다. 브루스 양의 고지식하고 견고한 코트와 치마에 딱 어울리는 고지식하고 견고한, 오래된 크고 거무칙칙한 가구였다. 정말이지 그곳의 가구 대부분이 크고 고지식했다. 그녀가 지닌 어떤 면모로 인해 그녀에게는 견고함이 그렇게 소중하고, 우아함이나 화려함보다 더 가치 있다고 생각되는 모양이었다. 커다란 열쇠가 잘 안 돌아갔지만 겨우 문을 열 수 있었다.

"맙소사!" 내가 큰 소리로 내뱉었다. 그러고는 너무 놀라서 의자에 털썩 주저앉았다. "정말 재밌는 사람일세!"

브루스 양의 장롱이 열렸을 때 그 안에는 색색의 온갖 부드러운 실크들이 눈부시게 빛나고 있었기 때문이다…… 전혀 예상하지 않았던 모든 것들이.

중앙의 영광스러운 자리에는 정말 아름다운 색조의 빛바랜 금색 연회복이 걸려 있고, 그 곁에는 불타는 듯한 붉은색 드레스도 있었다. 검은 드레스 두 벌이 있었는데, 하나는 은빛이 약간 돌고, 다른 하나는 청록색과 파란색의 세련된 자수가 놓여 있었다. 세련된 벨트가 딸린 흑백 체크며 꽃무늬—정말 꽃무늬였다!—의 얇은 실크며 마스크까지 다 갖춘 축제용 의상, 말 그대로 온갖 색깔과 온갖 재질의 옷들이 빽빽이 들어차 있었던 것이다.

도벽이라도 있는 건가 하는 생각이 잠깐 떠올랐으나 곧 떨쳐 냈다. 그럼 모델 일을 하나? 말도 안 돼! 모델을 하려고 수천 프랑을 들여 옷을 사는 사람이 누가 있단 말인가…… 어쨌든 여기 잠옷은 없었다.

머뭇거리며 들여다보는 중에 한쪽 구석에 있는 뚜껑 없는 상자가 눈에 띄었다. 그 안에는 작은 상자들이 가지런하게 놓여 있었다. 루즈 파시나시옹, 루즈 망다린, 루즈 앙달루즈, 몇 개의 분, 눈꺼풀에 바르는 검은 가루와 눈썹용 염료…… 막 피어나는 마농 레스코에게 어울리는 것들이었다. 없는 게 없었다. 향수까지.

난 황급히 문을 닫았다. 들여다보며 추측 같은 걸 할 권리는 내게 없었으니까. 하지만 추측을 했고, 알게 되었다. 다른 쪽 장롱 문을 열고 잠옷을 찾아 선반 위를 뒤지면서 확실히 알았다. 아름답고 싶다는 끝없는 갈망, 이브에게 내린 진짜 저주였던 사랑에 대한 갈구를 그럭저럭 억눌러, 그럭저럭 자각도 못 할 정도로 단정한 옷 아래에 잘 감추어 놓고는 상점 앞을 지나가는 브루스 양을.

브루스 양은 거기서 드레스 하나를 보았고 문득 이런 생각이 들었을 것이다. 어쩌면 저 드레스에…… 그러고는 곧바로 '뭐 어때?' 그러면서 상점 안으로 들어섰을 것이고, 약간 얼굴이 붉어진 채 가격을 물었을 것이다. 맨 처음엔 그랬을 것이다. 우연히, 충동적으로.

옷은 사실 별로 맘에 들지 않았을 테지만, 그래도 아름다웠고, 그녀를 계속 그쪽으로 끌어들일 만큼은 아름다웠을 것이다. 그리고 나자바로 그 드레스, 그녀를 빛내 줄 수 있는, 자신이 입을 수도 있을 아름다운, 완벽한 드레스를 찾아 나서는 일이 시작되었을 것이다. 그리고 마지막으로는 환상을 찾아다니게 된 것인데, 그것은 브루스 양의 삶에서, 도둑질한 물과 몰래 훔쳐 먹은 빵*이 되어 버린, 거의 악습이라 할 열망이었다.

얼마나 황홀한 순간이었을까! 새로 주문한 드레스가 도착하여 포장지 사이로 환하게 웃으며 우아한 자태를 드러내던 그 순간은.

---

* 『잠언』 9장 17절 : "도둑질한 물이 달고 훔쳐 먹은 빵이 맛있다."

"나를 입어 줘요, 내게 생명을 줘요." 그렇게 얘기하는 게 들렸을 것이다. "그러면 상상도 할 수 없는 일을 당신에게 해 줄게요!" 그리고 별로 미숙한 것도 없이— 그녀는 초상화가이지 않은가?—우선 얼굴에 분과 루즈 파시나시옹을 바르고 입술에도 좀 바르고 마지막으로 드레스를 입었을 것이다. 그리고 완전히 달라진 자신의 모습을 거울로 바라봤을 것이다. 불가능한 게 아니구나, 아름다움과 그 아름다움이 가져다주는 모든 것들은. 마음만 먹으면 손에 그러쥘 수 있을 정도로 그렇게 가까이에 있구나. 하지만 어쩐 일인지 그녀는 그다음 날 아침, 그런 마음을 다시는 먹지 않았다.

난 다행이라는 심정으로 쌓여 있는 잠옷 더미를 집어 들고는 어쩔 줄 모르고 참담하게 자리에 앉았다. 내가 이 옷들을 봤다는 걸 알면 그녀가 나를 얼마나 미워할지는 안 봐도 뻔했다. 내가 장롱을 열었다고 피숑 부인이 말할 테니까. 하지만 어쨌든 그녀는 잠옷이 필요했다. 장롱 문을 잠그러 가는데, 문득 밑도 끝도 없이 그 안의 아름다운 것들에 대한 연민이 솟구쳤다. 그것들이 실크 어깨를 으쓱하면서, 부스럭대면서, 용기 있게 사 놓고는 이 어두운 구석에 내내 처박아 두는 영국 여인에 대해 수군대는 게 눈앞에 그려졌다⋯⋯ 그래서 난 다시 장롱 문을 열었다.

노란색 드레스는 옷걸이에 축 늘어져 있는 게 적의가 가득해 보였고, 검은색 옷들은 초상집에 가는 분위기였다. 오직 꽃무늬 나염 드레스만이 자신에게 숨결을 불어넣어 줄 나긋나긋한 몸과 팔다리를 기다리며 밝게 미소 짓고 있었다.

한 주 정도 지나서 브루스 양을 보러 갔을 때, 맹장염 환자인 그녀는 커다란 병동에서 말끔하고 차분하고 분별력 있는 모습으로 누워 있었다. 치료는 잘되었고, 그래서 2, 3주 뒤에 우리는 으레 가는 식당에서 함께 식사를 했다. 커피가 나올 때쯤 되자 그녀가 느닷없이 말했다. "내 드레스 수집품들을 본 걸로 아는데. 드레스도 충분히 수집할 만하잖아요? 내게는 정말 매혹적이거든요. 색깔하며 모든 게 다. 때로는 아주 절묘하기까지 해요!"

내 눈에는 아주 형편없어 보이는, 내 머리 위쪽의 그림을 주의 깊게 바라보며 그녀가 덧붙였다. "물론 그 옷을 입는다든가 하는 바보 같은 짓은 전혀 하지 않아요…… 옷은 입는 게 맞긴 하지만."

우리 가까이에 앉은, 피부색이 검고 통통한 젊은 여성이 함께 온, 마찬가지로 피부색이 검고 통통한 남자의 눈을 들여다보더니 비흡연자들이 하는 약간 과장된 손짓으로 담배에 불을 붙였다.

"손과 팔은 보기 괜찮네요, 저 아가씨." 브루스 양이 예의 신사적인 태도로 말했다.

강신론자
A Spiritualist

"분명히 말씀드리지만," 부대장이 말했다. "전 여성들을 흠모합니다. 제 인생에 여성이 없다면 살 수가 없어요.

하지만 거짓에 넘어간다는 것도 인정할 수밖에 없어요. 여성들은 솔직히 실망스럽든가, 그게 아니면 얼마나 한없이 뜯어내는지, 언젠가는 '이럴 만한 가치가 있는 건가?' 자문하게 되는 것도 어쩔 도리가 없다니까요.

여하튼 깨지게 되어 있어요. 늘 깨지게 되죠."

그는 단안경을 제대로 추켜올리고는 싹싹하면서 냉소적인 늙은 여우의 표정으로 지나가는 여성에게 눈길을 주었다.

"그리고 그건 다 여성들 잘못이라는 게 제 생각입니다, 부인. 그 수많은 오해하며 말싸움이라니! 남자들 대부분이 얼마나 상냥하고 그래서 쉽게 속아 넘어가는지 정말 놀라울 정도예요. 심지어 저처럼 노회한 파리 사람조차도 말이죠, 부인…… 남자들 중에서 파리 남자가 가장 감상적인 게 분명해요. 게다가 정말 놀라운 게, 아무리 총명하다는 여성들도 얼마나 침착함과 균형 감각이 떨어지는지, 어쩌면 그렇게 울어도 때를 못 맞춰서 우는지, 그러니까 한마디로 얼마나 사람을 피곤하게 하는지 모르겠다니까요!

예를 들면 이런 거예요. 제가 너무나 열렬히 사모했던, 말할 수 없이 매력적인 여성과 몇 달 전에 헤어지지 않을 수 없었어요. 괴팍함이 도를 지나쳤거든요. 즐거웠던 시간이 이제 끝나 버렸으니 마음속 깊이 너무나 유감스럽지만 잊을 건 잊고 나아가야죠. 약간의 괴팍함은 이해할 수 있어요. 사실은 '시크'하기도 해요. 그래요, 요즘은 괴팍한 게 '시크'한 세상이니까. 하지만 절 끌고 약국에 가서 안정제를 사 달라고 하더니 함께 저녁을 먹으러 간 식당에서 바로 마시고, 그다음에 대로변에서 택시 창문 밖으로 다리를 내놓는 그런 정도까지 이르면…… 제가 얼마나 난처했을지 이해하시겠죠. 일부러 그런다는 걸 제가 알게 되었다는 걸 말입니다. 도대체 대로변에서!

정말 불행한 일은, 이제 여성들에게서, 심지어 프랑스 여성에게서도 어떤 품위 있는 행동을 기대할 수가 없게 되었다는 겁니다. 예전엔 그렇지 않았어요. 그러면서도 더 상냥하기도 했죠."

부대장이 먼 곳을 그윽하게 바라보았고, 얼굴에 감상적인 표정이 떠올랐다. 그의 눈은 밝은 파란색이었다. 볼이 발갛게 상기되기까지 했다.

"한때는 여성과 행복하게 지낸 적도 있어요. 딱 한 번이었죠. 그 얘기를 해 드리죠. 이름이 마들렌이었어요. 댄서였는데, 어떤 못된 놈이 돈도 없고 병이 든 그녀를 차 버렸죠. 제가 만난 그 누구보다 사랑스럽고 상냥한 여성이었어요. 2년 동안 만났는데 싸운 적도 전혀 없고, 말다툼도 한 적이 없어요. 정말 한 번도요. 마들렌이 무슨 일에서든 양보했거든요…… 그런데 제 집사람은 툭하면 나한테 *성질이 더럽다*고 뭐라 한단 말이죠……"

그가 잠시 생각에 잠겼다.

"*성질이 더럽다*…… 어쩌면 그럴지도 모르죠. 하지만 마들렌은 정말 사랑스러웠어요…… 아, 그런데 2년 후에 갑자기 세상을 떴답니다. 겨우 스물여덟 살이었는데.

그녀가 세상을 떴을 때가 제 평생에서 제일 슬펐던 때예요. 불쌍한 것…… 겨우 스물여덟에!

장례를 치르고 사흘 후 그 모친이 제게 편지를 보냈어요. 정말 착한 분이었는데, 딸의 옷가지와 소지품들을 가져가고 싶다고 하더군요. 그래서 오후에 오데옹 광장의 4층에 있는 그녀의 작은 아파트로 갔어요. 우리 가정부를 데리고 갔죠. 그런 일을 처리하는 데는 여자들의 의견이 유용하니까요.

전 곧장 침실로 들어가서 옷장 문을 열고 옷을 정리하기 시작했어요. 제가 직접 하고 싶었거든요. 정말로 눈에 눈물이 그득한 채로요. 사랑했던 여인이 세상을 뜬 후에 그 옷들을 보고 만지는 게 얼마나 슬픈 일인지. 가정부 거트루드는 부엌으로 들어가 그릇들을 정리했죠.

그런데 난데없이 문이 닫힌 거실 쪽에서 뭔가 엄청나게 깨지는 소리가 와장창 나는 거예요. 마룻바닥이 다 흔들릴 정도였죠.

거트루드와 저는 동시에 소리를 질렀어요. 저게 뭐지? 부엌에 있던 그녀가 제게 달려와 그 소리가 거실에서 난 것 같다고 했어요. 그래서 저는 뭔가 떨어졌나 보다고 하면서 곧장 그쪽 문을 열었죠.

그 아파트가 4층이라는 걸 염두에 두세요. 당연히 거실 창문은 꼭꼭 닫혀 있었고, 장례식 날에 해 놓았던 그대로 블라인드도 다 내려진 상태였어요. 통로 쪽 문은 잠겨 있었고 다른 문 하나는 내가 있던 침실과 이어지죠.

그런데, 거기, 마룻바닥 한가운데에 하얀 대리석 덩어리가 놓여 있지 않겠요. 가로세로 한 50센티미터는 되어 보이더군요.

거트루드가 말했어요. 하느님 맙소사, 저것 좀 보세요. 저게 어떻게 여기 있는 거죠? 그러더니 얼굴이 백지장처럼 하얘지면서, 우리가 들어왔을 때 없었잖아요, 그러는 거예요.

저로 말하자면 완전히 얼이 빠져서 그걸 쳐다보기만 했죠.

거트루드가 성호를 긋더니 자기는 가겠다고 하더군요. 무슨 일이 있어도, 세상 무슨 일이 있어도 여기 더 이상 못 있겠다는 거예요. 이 아파트 왠지 으스스하다면서.

그러더니 횡하니 가 버렸어요. 저는, 음, 전 그렇게 도망가지 않았죠. 그냥 아주 재빨리 걸어 나왔을 뿐이죠. 아시다시피 제가 군인 생활을 25년이나 하지 않았습니까. 그리고 하늘이 아는 일이지만, 전 저 스스로 책망할 만한 어떤 일도 그 불쌍한 어린것에게 한 적이 없어요. 그런데도 정말 겁이 나더라고요."

부대장이 목소리를 낮췄다.

"사실 전 알았어요. 그게 무슨 의미인지 말이에요.

아름다운 흰색 대리석 묘비를 세워 주겠다고 그녀에게 약속을 했는데, 그때까지 주문을 하지 않고 있었거든요. 그럴 생각이 없었던 게 아니에요. 오, 그런 게 아니에요. 너무 슬펐고, 너무 피곤해서 그랬을 뿐이에요. 하지만 그 귀여운 것은 분명 제가 잊어버렸다고 생각했던 거예요. 그녀답게 그런 식으로 제게 일깨워 준 거죠."

난 부대장을 뚫어지게 바라보았다. 그의 눈은 맑고 소년처럼 천진난만했다. 감정이 일어 약간 흐려졌을까…… 침묵이 이어지고 그가 담배에 불을 붙였다.

"자, 여성들이 얼마나 묘한 존재인지 알려 드리죠. 얼마 전에 이 얘기를 아는 부인에게 들려줬거든요. 그랬더니 그 부인이 웃는 거예요. 웃었다고요! 아시죠…… *미친 듯이 웃는 거*…… 그러더니 뭐라는지 아세요? 그걸로 당신을 맞히지 못해서 그녀가 정말 화가 치밀었겠네요! 그러는 거예요.

그러니 여성들이 얼마나 이상야릇한 생각을 하는지 아시겠죠!"

프랑스 감옥에서

From a French Prison

노인과 어린 소년은 허가증을 보여 주고 '응접실'—특정한 날에 재소자들이 창살 사이로 찾아온 친구들과 이야기를 나눌 수 있는, 일렬로 늘어선 작은 칸막이—에 들어가기 위해 기다리는 줄 끄트머리에 있었다.

노인은 맥없이, 하지만 고집스럽게 사람들 사이를 비집고 앞으로 나아갔고, 교도관이 자리로 돌아가라고 험악하게 고함을 질렀을 때도 여전히 앞으로 나아가고 있었다.

교도관이 소리를 빽 질렀다. "뒤로 가라니까. 내 얘기 못 알아들어? 프랑스 사람 아냐?" 노인이 고개를 저었다. "그래 보이긴 하네." 교도관이 비아냥거렸다. 그가 노인을 밀쳤고, 노인은 당황하며 몇 걸음 물러나다가 벽에 기대섰고, 그런 채로 기다렸다.

그의 생김새는 가지런하면서 온화했고, 희끗희끗하게 센 코밑수염은 짧게 깎여 있었다. 모자도 없이, 목에 빨간 목도리만 동여맨 그의 복장은 아주 형편없었다. 보통 눈이 멀기 직전인 사람들에게서 보이는 백태가 끼어 눈이 부옜다.

어린 소년은 아주 어렸고, 팔다리가 성냥개비처럼 가늘었다. 노인의 손을 꼭 붙잡은 채 매달려 왕방울 같은 갈색 눈으로 교도관을 올려다보았다. 줄에는 아이들이 여럿 있었다.

한 여인은 아이 둘을 데리고 왔는데, 갓난아기는 팔에 안겨 있고, 다른 하나는 치맛단에 매달려 있었다. 모인 사람들 모두 기가 죽은 채 말이 없었다. 여자들은 고개를 숙이고 몰래 서로를 훔쳐보았다. 보통 여자들에게서 보이는 적대감을 가지고 그런 게 아니라 동료에게 하는 식이었다.

그들이 기다리고 있는 이 방에서 아래쪽으로 이어지는 층계 끝에 회반죽을 바른 긴 통로가 있었는데, 벽이 하얀색이었음에도 말할 수 없이 음침하고 어두워 보였다. 군데군데 벽에 딱 붙어 앉아 있는 교도관들의 그림자는 거대한 거미처럼 보였다. 어둠과 축축한 냄새에서 태어난 털이 숭숭 나고 배가 불룩한 곤충.

기다리는 사람 중에 남자들은 거의 없었고, 여자들은 거의 다 고생을 하도 많이 해서 온순해진 유형이었다. 단지 계단 가까이에 있는 아가씨 둘은 화장을 하고 밝은색 옷을 말쑥하게 차려입고 있었다. 반항적으로 보이는 진한 눈동자의 아가씨들은 웃고 떠들고 있었다. 교도관이 노인을 밀쳤을 때 그중 하나가 *"꺼져, 망할 경찰"*이라고 중얼거렸는데, *"그분을 가만둬, 망할 경찰!"*이라는 말이었다.

줄을 선 사람들은 겁에 질려 보였지만 즐거운 듯했다. 쥐새끼처럼 생긴 노파가 벽 쪽으로 몸을 웅크리고 키득거렸다. 교도관은 무슨 하급 신이라도 된 양 잔뜩 힘을 주고 거만을 떨면서 발끝과 뒤꿈치로 이리저리 무게를 옮기며 균형을 잡았다. 악을 벌하는 근엄한 선善의 물리력이자 정직함과 법의 대표이신 것이다. 이마는 좁고 얼마나 인상을 썼는지 골이 팼고, 넓적한 턱은 툭 튀어나왔다. 키가 크고 건장했다. 콧수염을 배배 꼬고 가슴을 내밀면서, 방금 말을 한 아가씨를 관심 있게 쳐다보았다. 사람들은 참을성 있게 줄을 서서 기다렸다.

'응접실'은 위가 뚫린 공중전화 부스가 열을 지어 있는 모양이었다.

사방으로 벽 위쪽에 튀어나온 공간이 있고, 거기서 왔다 갔다 하면서 아래쪽의 대화를 듣는 다른 교도관의 다리가 보였다. 모든 목소리가 하나같이 영원히 끝나지 않는 단조로운 웅웅거림으로 들렸다.

첫 번째 교도관이 시계를 보더니 사납게 쾅쾅거리며 문을 다 열어젖히기 시작했다. 면회가 끝났다는 얘기였다. 사람들이 약간 놀란 표정으로 한꺼번에 쏟아져 나왔다. 교도관이 줄에서 기다리는 다른 사람들에게 자리에 들어가라는 손짓을 했다. 앞서 한마디 했던 검은 눈동자의 아가씨를 호명하고, 앞을 지나가는 그녀를 뚫어져라 노려보았지만 그녀는 면회에 앞서 거울을 들여다보며 얼굴에 분을 바르느라 정신이 없었다.

각 부스의 다른 쪽 문으로 재소자들이 들어와서는, 창살을 부여잡고 찾아온 사람을 제대로 보려고 기를 쓰고 몸을 앞으로 내밀고 무슨 얘기를 할 때마다 깜짝깜짝 놀랐다. 15분이란 시간은 말도 안 되게 짧았고, 이제 끝났다고 소리치는 교도관의 목소리를 놓칠까 계속 귀를 기울이고, 혹시라도 정신이 팔려서 그 소리에 대답을 못할까 봐 계속 두려워했다.

대화와 함께 단조로운 웅웅거림이 다시 시작되었다. 위쪽의 교도관이 한숨을 내쉬더니 늘어지게 하품을 했다. 바깥쪽의 교도관은 수염을 배배 꼬면서 벽을 노려보았다. 그러자 허가증을 가진 사람들이 다시 물밀듯 몰려들어 왔고, 그는 무게를 잡으며 저벅저벅 걸어가 그들을 일렬로 정렬시켰다.

15분이 끝나고 다시 문이 열렸다.

검은 눈동자의 아가씨가 나오자 교도관이 그녀를 잔뜩 노려보았고, 그녀는 조금도 꿀리지 않고 반항적이고 도발적인 표정으로 마주 노려보았다. 그가 살짝 미소를 지으며, 그녀가 지나가도록 뒤로 물러났다.

노인은 허청거리며 맨 마지막으로 나왔는데, 들어가기 전보다 더 황망한 모습이었다. 교도소 입구에서 허가증을 모두 반납해야 했는데, 그는 알아차리지 못한 채 느릿느릿 걸어 나갔다. 그 문서를 수거하는 대단하신 양반이 소리쳤다. "이봐! 허가증!" 그러고는 비꼬는 투로 "주셔야죠"라고 덧붙였다. 노인은 겁을 먹었는지 눈에 눈물이 그렁그렁 맺혔고, 손에서 허가증을 뺏기자 갑자기 팔을 휘저으며 말을 쏟아 내기 시작했다.

한 여인이 가던 길을 멈추고, 다음번에 면회를 와서 달라고 하면 다시 줄 거라고 설명했지만 그는 알아듣지 못했다.

"자, 자, 저리 비켜." 정문을 지키는 교도관이 고압적인 태도로 말했다. "저리 가, 저리 가라고."

밖에서는 사람들이 파리로 돌아가는 전차를 잡아타기 위해 서둘러 떠났다.

두 아가씨는 생기발랄한 목소리와 동작과 함께 경쾌한 걸음걸이로 걸어 나왔지만, 노인은 고개를 숙이고 혼잣말을 중얼거리며 불쌍하게 걸어갔다. 그 옆에서 어린 소년이 할아버지 걸음 하나에 세 걸음을 걸으며 총총히 따라갔다. 입꼬리는 축 늘어진 채 커다란 갈색 눈으로 불가해한 세상을 숙연하게 응시하고 있었다.

카페에서
In a Café

다섯 명의 음악가들이 매일 저녁 9시에서 11시까지 카페에서 연주를 했다. '콘서트! 라탱 지구에서 가장 훌륭한 음악!' 밖에 걸린 현수막이 이렇게 광고를 하고 있었다. 그들은 문가에 앉아 있었고, 자그마하고 감상적인 바이올리니스트는 여자가 들어올 때마다 마치 뭔가를 바라듯이 재빨리 눈길을 주었다. 발목부터 시작해서 전체를 죽 훑고 올라가는 시선이었다. 하지만 피아니스트는 주로 침울하게 악보를 뒤적이거나 우울한 곡조를 뚱땅거리며 막간의 시간을 보냈다. 그가 연주를 할 때면 하얗고 무심한 그 얼굴에서 생명력이란 생명력은 모두 빠져나가 건반 위를 날아다니는 손 위에 자리 잡는 것만 같았다. 첼리스트는 인생을 있는 그대로 즐기는, 쾌활하고 뚱뚱한 백인이었다. 나머지 두 사람은 별 특징이 없었다. 아니면 뒤쪽으로 물러나 앉아 있어서 그렇게 보였을 수도 있다. 그 다섯은 〈라벨로트〉에서부터 베토벤과 마스네* 같은 고요한 고전음악에 이르기까지 무엇이든 다 연주했다. 중년에 접어든, 진중하고 유능한 음악가들은 카페와 아주 잘 어울렸다.

그날 저녁 카페에는 상당히 많은 사람들이 들어차 있었다. 퉁퉁한 사업가들이 말쑥한 모자를 쓴 말쑥한 여성들을 대동하고 맥주를 마셨다. 추레한 모자를 쓴 괴팍한 신사들은 터번을 쓰고 밝은 에메랄드 빛깔의 박하 음료를 마시는 괴팍한 부인들과 함께 '물 탄 브랜디'를 마셨다. 그곳의 평온한 분위기는 조용히 철학적인 대화를 나누는 데 아주 적절했다. 언제나 그대로였고 앞으로도 그대로일 것 같은 그런 분위기에, 짙은 색 가죽 소파들은 변함없이 언제나 그대로일 그 무엇의 상징처럼 보이고, 태초부터 계속 이 일만 해 왔고 심판의 날까지 계속 이 일만 할 것 같은 다들 나이 든 웨이터들은 음료수나 계산서를 들고 느긋하게 돌아다녔다. 카페에서 유일하게 선명한 색깔로 들썽거리는 부분은, 판매를 위해 늘어놓은 그림들과 바 위편에 여러 줄로 늘어선 술병들, 밝은 색깔에 지나치다 싶게 우아한 자태의 전통적인 술병들이었다.

이 평온함 한가운데로 난데없이 짙은 색 머리에 살집이 좀 있는 연회복 차림의 신사 한 명이 들어섰다. 그는 여기서 노래를 부르기로 지배인과 얘기가 되었다고 큰 소리로 말했다. 날아오르려는 헤르메스처럼 한쪽 발로 우아하게 균형을 잡고, 기계적으로 미소를 지으며 주변이 조용해지기를 기다렸다. 가슴은 불룩하게 내밀고 배는 홀쭉하

---

* Jules Massenet(1842~1912), 프랑스의 오페라 작곡가.

게 집어넣고는, 엄지와 중지를 맞댄 채로 한 손을 들어 올린 자세가 자신감에 차 보이는 한편, 열정적이지만 유별나게 천박해 보였다.

주변이 조용해지기까지 시간이 좀 걸렸다. 드디어 조용해지자 그는 목을 가다듬더니 "노래 제목은 파리의 창녀!"라고, 높은 테너 음성으로 "창녀!"라고 외쳤다. 감동을 주려고 상투적으로 열정을 흉내 내며 피아노 반주가 시작되었다.

'창녀들'은 연약하고 가끔 예쁘장하기도 한 여성들로, 파리에서 환상을 파는 존재들이고, 파리는 그들을 너그럽고 감상적으로 대한다. 그러니까 물론 뭉뚱그려서 이론적으로 그랬다는 거지, 실제로 개별 존재들에게는 항상 그랬던 건 아니다. 노래는 3절로 이루어져 있었다. 1절은 '창녀'가 어떻게 만들어졌는지 그 구슬픈 이야기를 들려주고, 2절은 그녀의 미덕과 정조, 따뜻한 마음, 실제적인 연민에 대해, 3절은 그 보답으로 그녀가 돌려받은 파렴치한 배은망덕함에 대해 노래했다. 결혼을 해서 제 가정을 꾸리게 된 노래의 남자 주인공은, 극도로 비참한 상태에 처한 여주인공 앞을 지나가면서 고개를 외로 꼬고 고상한 말투로 부인에게 이렇게 말한다. "무슨 상관인가, 그저 창……녀일 뿐인데!"

그녀가 자기의 요구를 마다 않고 끝없이 들어주었다는 사실은 까맣게 잊은 비열한 놈! 3절은 그렇게 콕 집어 말했다.

그가 노래를 부르는 동안 그곳에 있는 여자들은 모두 거울을 들여다보았고, 대부분이 입술을 다시 발랐다. 남자들은 읽던 신문을 접고는 목이 탄다는 듯이 맥주를 들이켜고는 괜히 곁눈질을 했다. 카페 분위기가 묘하게 바뀌었고, 노래가 끝나자 우레와 같은 박수가 쏟아졌다.

가수는 춤을 추듯이 까치발을 하고 앞으로 나와서 자신의 노래를 팔았다. "창녀⋯⋯ 파리의 창녀⋯⋯ 1프랑!"

"두 장 줘요." 그녀가 차분하고 침착하게 말했다.

피아니스트가 작은 칠판에 분필로 다음 연주곡의 제목을 적더니 온 세상 사람들이 다 볼 수 있도록 높이 걸었다.

'엄마는 아빠를 사랑해. 아빠는 엄마를 사랑해. 미국 노래. 신청곡.' 카페에는 다시 평화가 내려앉았다.

몽파르나스 사람들과 한 여인

Tout Montparnasse and a Lady

토요일 저녁 10시, 생자크가의 작은 무도장에서 보통의 손님들—앞에 챙이 달린 모자를 쓴 남자들과 맨머리의 젊은 여성들—이 하나씩 나오기 시작한다. 통통하고 차분한 부인을 둔, 마르고 걱정 가득한 주인 남자가 좀 더 있으려는 사람들을 기술적으로 내보낸다. 매주 토요일 저녁마다 춤추러 오는 몽파르나스의 앵글로색슨 구역 사람들이 이곳을 미리 예약해 두었기 때문이다.

30분 만에 사방에 가로대를 두른 무도장은 쌍쌍이 춤을 추는 사람들로 가득 찼는데, 그들의 얼굴에는 즐기고 싶은 마음은 굴뚝같지만 아직은 그만큼 신이 오르지 않은 앵글로색슨 특유의 약간 긴장된 표정이 여전하다. 그래서 가장 춤을 잘 추는 사람들조차 훌륭한 솜씨로 몸을 흔들고 바닥을 미끄러지는 중에도 긴장되고 엄숙한 표정이 서려 있고, 어렵지만 너무나 중요한 체조 동작을 집중해서 연습하는 듯한 분위기가 있다.

남자들은 대부분 젊고 말랐으며 호리호리하다. 조심스럽게 화려하면서 괴팍한 그들은 셔츠 윗부분은 풀어 놓은 채다. 여성들 대부분은 그렇게 어린 편은 아니어서, 대개 두꺼운 발목에 어울리지 않는 신발을 신었는데, 그런 면모는 거의 예외 없이 아주 지적인 여성들에게서 찾아볼 수 있다.

왜냐하면 이들은 정말로 지적인 사람들이니까. 전부 다. 그림을 그리는 사람, 글을 쓰는 사람 등 여러 방식으로 자신을 표현하는 사람들이다. 런던의 첼시에 뉴욕의 그리니치빌리지가 상당히 보태져 활기를 더하고, 약간의 모스크바와 크리스티아니아*와 파리도 있어 서로 어울리지 않는 지역색이 가미되었다. 콘서티나**와 밴조와 바이올린으로 구성된 연주자들은 좁은 위층 좌석에서 연주를 했는데, 콘서티나 연주자는 어느 여성이나 눈이 마주치기만 하면 윙크를 하고 커다랗게 미소를 지어 보였다. 문간에는 콧수염을 엄청나게 기른 두 명의 작은 프랑스 경찰이 앉아 있다. 춤이 끝날 때마다 몽파르나스 사람들이 홀 중간에 있는 작은 테이블에 앉거나 백랍을 씌운 바에 선 채로 물 탄 브랜디를, 말도 안 되게 멀겋게 희석된 브랜디를 마신다. 어쨌든 밤이 깊어 갈수록 그들은 점점 더 신이 나고…… 말하는 것도 점점 거침이 없어진다……

그러던 어느 날 저녁 아주 낭만적인, 미국의 여성 패션 아티스트 하나가 듀 모리에의 『트릴비』와, 현재 파리 갱단의 삶에 대한 프랑시스

---

* 노르웨이의 수도 오슬로의 옛 이름.
** 작은 아코디언처럼 생긴 악기.

카르코의 소설을 읽은 후 뭔가 짜릿함을 느껴 볼 셈으로 그곳에 찾아왔고, 아주 창백한 얼굴에 게슴츠레한 눈을 하고 머리를 벽에 기댄 채 구석에 앉은, 상습적 마약 복용자로 보이는 사람에 대해 허심탄회한 의견을 내놓았다. 사실 그는 매우 근면한 사람이고 전반적으로 절제하는 삶을 사는 초상화가로, 다음 작품에 대한 영감이 막 떠올라 아름다운 환상을 당장이라도 움켜잡으려는 사람의 행복한 강렬함에 휩싸여 저 멀리 영원을 응시하고 있었을 뿐이었다.

"왜 저런 사람들을 불러 모으는 거죠?" 그녀가 열을 내며 물었다. "도대체 왜?" 그러더니 관대하고 완벽하게 점잖은 삶을 사는 게 얼마나 쉬운지, 예술과 열정, 청결함, 효율성, 주된 기회를 알아보는 감식안을 결합하는 게 얼마나 쉬운 일인지를 설명하기 시작했다. "하지만 넘지 말아야 할 선이 있다는 건 알아야 하잖아요. **저런 건** 안 되는 거라고요!"

세 잔째 레모네이드를 홀짝거리며 그녀는 이글거리는 비난의 눈길로 그 창백한 신사를 노려보았다. 문득 그 역시 그녀의 시선을 맞받아 노려보았다. 그녀가 신문에 기사를 쓸 목적으로 자신을 말없이 살펴보고 있는 게 아닌가, 아니면 끔찍하게도 자신의 마음의 평화를 침해할 무슨 일을 꾸미는 게 아닌가 하는 의구심이 들었던 것이다. 그가 일어나 몸을 흔들더니, 그렇게 자신의 사색이 방해를 받은 것에 대해 그에 어울리는 목소리로 탄식을 쏟아 놓았다.

"오, 하느님 맙소사! 글 좀 쓴다는 여자들은 정말 질색이야! 정말 얼마나 **질색인지**!"

이제 누군가 그 낭만적 여성에게 그녀의 비난을 받은 희생자가 얼마나 유명한 사람이며 마약과는 거리가 먼 사람인지 알려 주었고, 그렇게 짜릿함이 사라져 버린 탓에 그녀는 네 잔째 레모네이드를 마시며 프랑스 갱단의 자유로운 삶을 동경하고 무도장의 원래 손님들이 남아 있었으면 하는 바람이 들기 시작했다…… 모자를 눈까지 눌러 쓰고 빨간색 목도리를 두른 거무스레한 남자…… 아니면 길게 기른 머리가 뭔가 달라 보이는 체크 드레스를 입은 젊은 여성이라든가. 그리고 그렇게 추레한 드레스라도 분위기나 걸어 다니는 품새가 우아하달까…… 흥미진진하달까…… 도발적! 적합한 표현이 없나 막연하게 머릿속을 뒤져 보았다. 낭만적인 패션 아티스트는 우울함이 몰려오면서 주변 상황이 못마땅해졌다. 젊었을 때는 자신이 훨씬 더 고귀한 일을 할 운명이라고 생각했는데! 무도장에서 제공하는 인공 감미료 레모네이드만 해도 충분히 우울해질 만했다.

"앵글로색슨한테서는 도대체 짜릿함이라고는 느낄 수가 없어." 그녀가 큰 소리로 말했다. "도대체가…… 전혀…… 내 상상력을 자극하는 구석이라고는 전혀 없다고!"

그녀의 말에 주의를 기울이는 사람은 하나도 없었고, 세상의 모든 슬픔이 그녀에게 내려앉았다.

1시 15분 전에 음악이 그쳤고, 이때쯤이면 아주 생기가 도는 몽파르나스 사람들은 다른 곳으로 자리를 옮길 준비를 하며 바에서 마지막 음료를 주문했다.

여섯 잔째 레모네이드를 다 마신 낭만적 여인의 눈에 조금 전의 마약중독자가 들어왔다.

그는 길고 가느다란 팔 하나로 핼쑥한 머리를 부여잡고 작은 식탁 위로 요상하게 몸을 늘어뜨린 채 한쪽 끝에 혼자 앉아 있었다. 얼굴에는 극도의 낙담과 극도의 회한이 나타나 있었다.

문득 낭만적 여인에게 영감이 떠올랐다. 자신이 성공적이고 훌륭한 패션 아티스트인 만큼 그 역시 성공적이고 훌륭한 초상화가라고 들었다…… 분명 그도 그녀처럼 자신의 성공을 경멸하면서 더 고귀한 젊은 날의 이상을 애도하고 있는 것이 분명했다…… 물론 그는 아주 젊긴 했지만 말이다!

그렇다면…… 여기 닮은 영혼이 있는 것이다. 새벽 1시의 몽파르나스의 무도장에 삶의 공허함을 이해한 또 다른 영혼이 있는 것이다. 이해했다고! 하지만 그가 절대 그것을 표현하지 못할 것임을 알았고, 그래서 절망하는 것이다. 인공 감미료 레모네이드로 강화된 낭만적 정신은 그런 식으로 돌아갔다.

그녀는 천천히 방을 가로질러 가서는 그의 우울한 어깨에 손을 얹고 낮은 소리로 말했다.

"슬픈 거로군요! 정말 안됐어요! 충분히 이해해요!"

젊은이가 무거운 머리를 들어 올리고는 눈을 몇 번 깜박거렸다. 보통은 잘 하지 않는 일이지만, 토요일 밤에는 그 역시 다른 사람처럼 너그러워질 수 있었으므로 모호하게 행복한 미소를 지으며 여인을 바라보았다. 그러다가 그녀를 알아보고는 눈 속에 공포심이 떠올랐고, 그는 도와줄 사람을 찾아 정신없이 주변을 둘러보았다.

"저 말인가요!" 그가 화난 듯이 외쳤다. "전 말할 수 없이 행복한 사람이에요!"

약간 떨어진 곳에서 친구 하나가 쏜살같이 다가와 따분하다는 듯이, 하지만 참을성 있는 목소리로 "이봐, 가세!"라고 말하더니 그를 일으켜 세워 확실하게 데리고 가 버렸다. 뒤에서 보니 그는 유모에게 끌려가는, 무력하지만 사랑스러운 아이처럼 보였다. 비극적 여인은 한

숨을 쉬면서 자리를 뜰 채비를 했다. 주인은 몇 명 안 되는 남아 있는 손님들에게 마지막 포르투 와인을 대접했다. 몽파르나스 사람들의 토요일 무도회는 그렇게 끝났다.

마네킹
Mannequin

12시. 방돔 광장에 있는 잔 베롱의 *점심*.

근무 중이 아닐 때 마네킹들이 입는 슈미즈 같은 검은색 면 드레스를 입은 애나는 어둑한 통로를 따라 복잡한 계단을 헤매며 점심이 제공되는 지하실로 이르는 길을 찾으려 애쓰고 있었다.

몸이 덜덜 떨렸다. 그녀는 무릎까지 오는 장밋빛 스타킹을 다 드러내는 아주 짧고 소매 없는 옷을 입고 있을 뿐이었다. 깜박 잊고 외투를 가져오지 않았던 것이다. 그녀의 머리는 불타는 듯한 순전한 빨간색이었다. 눈매가 아주 서글서글한 갈색 눈 주변에 검은 콜 가루*를 짙게 바르고, 직업에 맞는 볼연지를 한 얼굴은 작고 창백했다. 불쌍할

---

* 아랍권에서 쓰이는, 아이섀도 같은 화장 먹의 일종.

정도로 가느다란 팔을 가진 그녀는 연약한 아이처럼 부서질 듯했다. 믿을 수 없는 이 눈부신 기회를 잡게 된 것은 그녀의 다리 덕분이었다.

검은 눈에 머리가 하얀, 엄청나게 저명한 베롱 부인이 전문가다운 시선으로 그 다리를 단번에 쓱 훑어보고는 고압적인 미소를 지으며 터무니없이 적은 보수로 그녀를 고용했던 것이다. 신참이니 그보다 더 받을 생각을 해서는 안 된다면서 말이다. 그러고는 '젊은 숙녀'를 위한 옷을 입을 거라고 하면서 다시 미소를 짓고, 다시 예리하게 훑어보았다.

애나는 한 직원의 안내로 그 자리에서 물러났고, 그 직원의 도움을 받아 면접용으로 잠깐 입고 있던 드레스를 벗었다. 일을 구하는 사람들은 항상 그 의상실의 옷을 입었다.

어제 오후는 취한 듯 멍한 정신으로 필요한 화장품을 사면서 보냈는데, 그나마 현실의 엄청난 중압감으로 완전히 정신이 빠지진 않았다. 광고 모델 일을 하고 싶다는 것은 한동안 헛된 희망일 뿐이었던 것이다.

아침은 꿈처럼 흘러갔다. 멋지게 장식된 의상실의 뒤편은 의외로 음침했다. 헷갈리는 수많은 복도와 계단들, 토끼굴이나 미로 같은 그곳은 만약 비어 있다면 우중충하고 우울했을 것이다. 도대체 길을 찾을 수 있을 것 같지가 않았다.

마네킹 분장실에서 그녀는 한 시간 동안 수줍게 화장을 했다. 붉은 연지로 더욱 선명해 보이는 하얀 얼굴과 하얀 팔, 시끌벅적한 목소리와 화장품 냄새, 실크 란제리가 가득한 그곳은 갸름함과 아름다움이 두드러지는 독특한 분위기였다. 거울에 비친 애나에게 차갑게 뜯어보는 시선이 꽂혔다. 그 누구도 애나를 똑바로 바라보지 않았다……

휑하고 냉랭한 방은 그 자체로는 얼마나 우울한지, 이들 인간 꽃들에게는 너무나 어울리지 않는 온실이었다. 검은 옷을 입은 판매원들이 새된 목소리로 떠들며 바삐 들락거렸다. 나이 많은 부인이 애나 주위를 서성이며 옷을 어디에 거는지 알려 주고 점심 먹으러 갈 때 입을 검은 옷을 내다 주는 등 되는대로 도움을 주었다. 직업적인 자애로움이 나타나는 미소를 보이면서도 작고 예리한 검은 눈동자는 *신입*의 머리부터 발목까지 순식간에 내려갔다가 다시 올라왔다.

그녀는 의상 담당인 페카르 부인이었다.

애나가 뭐라고 하기도 전에 어린 급사가 와서 그녀를 의상실의 다른 쪽으로 데리고 갔다. 거기에서 판매원들이 지켜보는 중에 그녀는 봄처럼 순진한 *젊*은 숙녀의 복장과 분위기를 어떻게 소화할 것인지를 배워야 했다. 노란색 실크 휘장 뒤에서 정신없이 가죽 외투를 걸치고는 미국인 구매자의 냉정한 시선 앞에서 행진을 했다. 이때는 유럽과 미국 전역의 큰 상점들에서 나온 대단하신 분들에게 봄 신상품을 보여 주는 주간이었다. 시즌의 가장 중요한 주간이라 할 수 있었다…… 미국인 구매자가, 저걸로 하는데 깃을 1인치 더 늘이고 소맷단도 더 늘여 달라고 했다. 판매원이 이상한 시카고 억양이 섞인, 가진 영어 실력을 다 동원하여 그렇게 하면 시크한 스타일을 완전히 망칠 거라고 아무리 설득을 해도 소용이 없었다. 미국인 구매자는 자신이 원하는 바를 확실히 알았으므로 그대로 관철시켰다.

판매원은 한숨을 내쉬었지만, 말하는 목소리에는 찬탄의 기미가 내비쳤다. 그녀는 미국인을 존중했다. 겉으로는 짜증 날 만큼 침울한 태도를 보이지만, 소심하기로 유명하고 원하는 바를 쉽게 얻어 내는 영국인들과는 달랐다.

"괜찮았어요?" 휘장 뒤에서 판매원 한 사람이 격려하듯 미소를 지으며 고개를 끄덕였다. 다른 사람은 그저 어깨만 으쓱했다. 작은 두 눈이 가운데로 몰려 있고, 가늘고 긴 코에 표준적인 암갈색 입술을 꼭 다문 여자였다. 애나는 자신에게 배정된 실크 휘장 뒤 높은 흰색 의자에 앉아 있었다. 자신은 매력적이지만 불안해 보이는 것 같았다. 의상실의 흰색과 금색이 그녀의 빨간 머리와 잘 어울렸다.

아침은 짧았다. 마네킹의 일과는 10시에 시작하는 데다 화장하는 시간만 한 시간이 걸리기 때문이다. 상냥한 판매원이 묻지도 않았는데 자기 이름은 자닌이라고 알려 주었다. 자신은 란제리 담당이며, 애나가 예쁜 편이라고도 해 주고, 점심시간은 12시라고 했다. 통로를 쭉 따라간 다음에 계단을 올라가고 커다란 의상실을 가로지르고 그러고 나서…… 물어보면 누구든 알려 줄 것이다. 하지만 미로에서 길을 잃은 애나는 낯을 가려서 물어볼 수가 없었다. 그래도 마음을 단단히 다잡을 시간을 벌게 되었으니 후회스럽지는 않았다. 그녀는 주방 기구들과 기름 먹인 식탁보가 있는 구역에 다다랐다. 화려한 의상실은 한참 위쪽에 있었다. 그러자 음식 냄새가 거의 눈에 보일 듯이, 마치 구름처럼 뭉게뭉게 솟아나 코로 하나 가득 스며들어 왔다. 치찰음이 섞인 고음의 대화 소리가 왕왕 울리는 바람에 그녀는 숨을 한 번 크게 들이마셨다. 그리고 문을 밀었다.

천장이 아주 낮은 커다란 방에 식탁보도 없는 긴 나무 식탁이 공간이란 공간은 다 차지하고 있었다…… 그녀는 마네킹들의 자리에 앉아 두껍고 흉측한 흰 도자기 접시와 비틀린 주석 포크, 얼룩이 진 나무 손잡이 칼과 너무나 두꺼워서 절대 깨질 것 같지 않은 물통을 바라보았다.

잔 베롱에는 열두 명의 마네킹이 있었다. 그중 여섯 명이 식사를 하고, 나머지는 여전히 여신처럼 행진을 하면서 심사를 받고 식사를 할 차례를 기다리고 있었다. 열둘 모두 각각 다른 독특한 유형이었다. 모두들 각자의 유형을 알았고, 복장에서나 태도, 목소리, 대화 방식 등에서 엄격하게 연습을 하며 그 유형을 지켜 나갔다.

지금 식탁 주변에 앉은 사람으로는, 전형적인 금발 *아가*인 말괄량이 바베트와 화려한 연회복을 입은 키 크고 피부색이 어두운 미인인 *팜파탈* 모나가 있었다. 조제트는 *사내아이* 같았고, 녹색 눈의 시몬은 남자들이 흠모할 그리고 실제로 흠모하는 고양이 같은 인물임을 애나는 바로 알아보았다. 미끈하고 피부가 하얀, 가르랑거리는 긴 속눈썹의 소녀…… 엘리안은 이 중에서 단연 스타였다.

엘리안은 솔직히 못생겼지만 그게 전혀 문제가 되지 않았다. 그녀의 조상이 분명할 릴리스*도 틀림없이 못생겼을 테니 말이다. 적갈색 머리카락에, 검은색 눈은 작았고, 두꺼운 화장 아래 피부색은 흉했다. 하지만 엉덩이가 얼마나 날씬하고 손과 발이 얼마나 섬세한지, 그녀가 보이는 동작 하나하나가 바람에 흔들리는 꽃처럼 우아했다. 걸음걸이는…… 그녀가 거기서 스타가 되고, 보통 보수를 많이 주지 않는 게 원칙인 베롱 부인의 의상실에서 엄청나다 할 보수를 받게 된 것은 바로 그녀의 걸음걸이 때문이었다…… 그 걸음걸이에다, 심지어 냉정한 미국인 구매자들의 눈에서도 찬탄의 빛을 끌어내는 '악마적 세련됨'이라니.

엘리안은 사근사근하고 조용한 소녀였다. 길고 얇은 손가락에 아

---

* 유대 전승에 등장하는 몽마夢魔 혹은 마녀로, 남자들을 유혹하고 아기를 잡아 간다고 한다.

름다운 에메랄드가 박힌 반지를 끼고, 작은 눈은 총명하면서도 신비로웠다.

의상 담당인 페카르 부인이 마네킹들의 식탁 상석에 앉아서 아무도 듣지 않는 얘기를 큰 소리로 떠들면서 자애로운 눈길로 자기 수하의 무리를 바라보았다.

다른 식탁에는 바느질하는 여성들이 앉아 있었다. 검은 앞치마를 두른 창백한 그 노동자들은 의연하고 유쾌한 모습이었지만 노동의 흔적이 뚜렷이 새겨져 있었다. 그리고 판매원들이 있었다. 관능적이고 드러내 놓고 매력을 뽐내는, 화장한 얼굴의 마네킹들, 다른 사람들이 몰래 훔쳐보고 부러워하는 존재인 그들은 따로 떨어져 있었다.

금발 *아가*인 바베트가 애나 옆에 앉아 있었는데, 정어리 맛에 대해 대놓고 몇 번 욕을 내뱉으며 입을 열기 시작해 자신이 영어를 할 수 있고 런던을 아주 잘 안다고 자랑스럽게 선언했다. 춥고 어둑한, 안개가 자욱한 그 도시에서 어떤 모험을 했는지, 그 역사를 애나에게 늘어놓기 시작했다…… 본드가의 한 상점에 마네킹 일을 하러 갔는데, 못된 주인 놈이 계속 집적거리잖아. 난 정절과 관련해선 단호했기 때문에 일을 그만두었지. 애나, 너도 알겠지만, 나는 앵글로색슨들이 생각하는 마네킹 상으로는 너무 작고 마른 편이라, 그리고 나자 다른 일은 얻을 수가 없었어.

그녀가 말을 멈추고 음식을 나르는 여성에게 큰 소리로 외쳤다. "이봐요, 여기 바베트를 빼놓지 말아요……"

맞은편에는 고양이 시몬과 놀기 좋아하는 조제트가 둘이 아는 신사 양반의 울적함에 대해 낮은 소리로 얘기를 나누고 있었다. "내가 이렇게 말해 줬지." 조제트가 단호하게 결론을 내렸다. "더 이상 어쩔 수가 없어, 자기야. 날 제대로 보지 않았던 거잖아. 내 입장이라면 당신이라도 그렇게 하지 않았겠어?"

다른 사람들도 자기 말을 듣고 있는 것을 깨닫고 그녀가 말을 뚝 끊더니, 애나에게 상냥하게 미소를 지어 보였다.

런던에서는 보수가 훨씬 높기 때문에 그녀 역시 런던에 가고 싶은 마음이 있는 것 같았다. 일 구하기 어려워? 정말 프랑스 여자를 좋아해? '파리 아가씨' 말이야.

모두 다 같이 대화를 하게 되었다.

"영국 청년들은 친절해." 바베트가 말할 수 없이 진솔한 눈 한쪽을 찡긋하며 말했다. "세련된 남자를 사귄 적이 있는데 엠파이어 팰리스에서 저녁을 사 주곤 했어. 아, 잘생긴 애였는데……

거기는 런던에서 가장 세련된 레스토랑이야." 그녀가 무게를 잡으며 덧붙였다.

이제 후식이 나오는 참이었다. 다른 식탁에서는 사람들이 차례로 자리를 뜨기 시작했다. 마네킹들은 모두 아주 진한 커피를 주문했고, 몇 명은 리큐어도 시켰다. 모나와 엘리안만이 말이 없었다. 엘리안은 딴생각에 빠져 있었고, 모나는 원래 그런 유형에다 도도한 것이 장기였기 때문이다.

모나는 머리를 뒤로 빗어 넘겨 희고 좁은 이마와 작은 귀를 모두 드러냈다. 긴 귀걸이는 거의 어깨에 닿을락 말락 했다. 그녀는 모두를 업신여기는 태도로 커피를 홀짝거렸다. 단 한 번, 금발 *아가*가 여종업원과 언쟁을 벌이다가 져서 잠시 당혹스러워하며 침묵을 지켰을 때, 미간을 좁히면서 놀랍도록 잔인한 미소를 지었을 뿐이었다.

커피를 다 마시자 그녀는 일어나서 나가 버렸다.

애나는 담배를 꺼냈고, 조제트는 그녀가 자신처럼 놀기 좋아하는 사람임을 즉시 알아차리고는 한 대를 청해서 태평한 태도로 불을 붙였다. 애나가 자기 담배를 모두에게 돌리려 했지만, 엄마 페카르가 단호하게 끼어들었다. 마네킹이 담배를 피우는 건 상점 규칙에 어긋나는 일이라며 씩씩거렸다. 마네킹들이 모두 담배에 불을 붙이고 뻐끔거렸다. 엄마 페카르가 계속 구시렁거렸다. "얘들이 하여튼 변덕은. 마네킹들이 변덕스럽다는 건 세상 사람들이 다 알지. 그렇잖아?" 그녀가 주변을 돌아보며 동의를 구했다.

식당을 나설 때 바베트가 애나의 허리에 팔을 두르며 속삭였다. "페카르 부인 말에 대답하지 마. 우린 다 부인을 안 좋아하거든. 절대 말을 안 섞지. 우릴 염탐한다고. 진짜 밉상이야."

그날 오후 애나는 드레스를 걸치고 한 시간을 서 있었다. 헤이그에서 팔 옷을 사려는 통통한 네덜란드 부인과, 진주를 두른 아름다운 남아메리카 부인, 열일곱 살짜리 딸에게 파티용 망토를 사 주러 온 은색 머리칼의 미국 신사 그리고 모피 아래 회색 스웨터를 입고 육중한 부츠를 신은, 큰 목소리에 매부리코를 가진 이상한 영국 귀족 부인에게 드레스를 보여 주었다.

미국 신사는 애나를 마음에 들어 했고 그렇게 말도 했으므로, 애나는 열정적으로 감사의 눈길을 보냈다. 왜냐하면 판매원 자닌이 한결같이 다정하게 그녀를 격려해 주었다면, 다른 판매원인 티엔 부인은 한결같이 못마땅한 기색인 데다가 심지어 한 번은 팔을 심하게 꼬집기까지 했기 때문이다.

5시경이 되자 애나는 완전히 지쳐 버렸다. 흰색과 금색의 사방 벽이 점점 안쪽으로 밀고 들어오는 기분이었다. 그녀는 높은 흰색의 동 그란 의자에 올라앉아 기막히게 아름다운 연회복을 노려보며 당장이 라도 뛰쳐나가고 싶은 마음과 싸우고 있었다. 어디로든지! 머리부터 발끝까지 훑어보는 손님들의 시선과 자신을 꼬집는 이렌의 손가락에 서 벗어나 그냥 옷을 입고 어디든 뛰쳐나갈 수만 있다면.

"언젠가 그래야지. 이 일을 계속할 수는 없어." 그녀가 혼잣말을 했 다. "계속할 수는 없을 거야." 숨이 차서 헐떡거리게 될 거라는 터무니 없는 생각이 들었다.

그러고 있는데 자닌이 들어왔다.

"처음이라 힘들지, 응? 이런 생각이 들 거야. 왜? 도대체 뭣 때문에? 다 바보 같은 짓이야. 우리도 다 그래. 하지만 계속해 나가지. 이렌 때 문에 너무 마음 쓰지 마." 그녀가 목소리를 낮춰 속삭였다. "베롱 부인 이 널 되게 마음에 들어 해. 그렇게 말하는 걸 들었어."

6시에 애나는 라페 거리로 나섰다. 피로는 온데간데없고 이제야 정 말 짜증 나는 위대한 도시에서 제대로 사는 거라는 느낌이 밀려들었 고, 그래서 아름답게 재봉된 맞춤복에 베레모를 쓴 그녀는 행복했다.

조제트가 그녀 옆을 지나가며 미소를 지었다. 바베트는 모피 외투 를 입고 있었다. 거리 위쪽에서 마네킹들이 모두 의상실 문을 나섰다. 보도에서 잠깐 멈췄다가 화단의 꽃처럼 아름답고 활기찬 모습들을 하고는 빠른 걸음으로 멀어졌고, 파리의 밤이 그들을 삼켰다.

뤽상부르 공원에서
In the Luxemburg Gardens

무척 침울한 젊은이가 벤치에 앉아 신의 없는 여성들과 돈을 버는 어려움과 삶의 부질없음에 대해 곰곰이 생각하고 있었다.

어린 하녀가 진력이 나는지 한쪽 발로 기대섰다가 다른 쪽 발로 기대서기를 반복하면서 소리를 질렀다. "*라울, 라울, 빨리 좀 와.*" 옥색 외투를 입고 공을 움켜쥔 두 살배기 라울은 단호하게 반대 방향으로 뒤뚱뒤뚱 걸어갔다. 그러다 갑자기 주저앉았고, 붙잡혀서 등짝을 맞았지만 남자아이답게 의연했다.

"*고약한 꼬마들!*" 젊은이가 밝은색 외투를 입은 라울과 피에로와 자클린 전부를 시무룩하게 쳐다보며 말했다.

그가 마땅찮은 투로 고개를 돌렸다가, 순간 두 눈이 관심으로 반짝였다.

한 젊은 여성이 천천히, 계산된 우아함을 보이며 분수 쪽에서 이어지는 계단을 올라오고 있었다. 모자는 라울의 외투와 비슷한 녹색이고 옷이 엄청나게 짧았으며, 드러난 다리는…… '괜찮은데!' 젊은이가 생각했다. '사실…… 예쁘다고 할 수도 있겠어!'

그가 자리에서 일어나 따라갔다. 여자는 바로 도도한 순진함을 보이며 걸음을 빨리했다. 사냥 본능이 깨어나면서 젊은이가 쫓아갔다. 나무 아래에서 그녀를 따라잡았다.

"저기, 아가씨……"

"네……"

침울하게 있어 봐야 시간 낭비일 뿐이라고 뤽상부르 공원은 말한다. 항상 여성들이, 예쁜 다리가, 녹색 모자가 있지 않은가.

예술가와 함께 차를
Tea with an Artist

이 사람이 앵글로색슨이 아닌 것은 명백했다. 너무 명랑했고, 너무 지저분했고, 너무 격의가 없었으며, 작은 눈 속에는 인생의 모든 죄와 쾌락을 풍부히 이해한 기색이 가득했으니까. 맥주를 연거푸 빠르게 들이켜고 휘어진 긴 파이프를 피우면서 흡족하게 세상을 향해 환하게 웃고 있었다. 동석한 여성은 검은색 외투와 치마를 입었다. 우리쪽으로 등을 돌린 채였다.

내가 말했다. "저 구석에 행복해 보이는 저 사람은 누구지? 한 번도 본 적이 없는 것 같은데."

모르는 사람이 없는 내 동료가 말했다. "페르하우젠이야. 미쳐도 보통 미친 사람이 아니지."

"여기 사람들보다 더 미쳤다고?" 내가 물었다.

"어, 그래. 정말로 제정신이 아니야. 작업실에 그림이 가득한데 아무한테도 보여 주지 않는대."

내가 물었다. "무슨 그림? 직접 그린 그림?"

"응, 직접 그린 그림. 무지하게 훌륭하다고들 하더라고……" 페르하우젠은 로마대상*을 받은 것부터 시작해서 예전에 네덜란드와 독일에서 엄청난 명성을 쌓았다고 했다. 그는 플랑드르 사람이었다. 그런데 나이가 든 지금은 절대 전시를 하지 않고, 작품을 팔라고 조금이라도 강권하면 화가 나서 길길이 날뛴다는 것이었다.

"일부러 그러는 건가?"

내 친구가 말했다. "글쎄, 나야 모르지. 일부러 그러는 것치고는 꽤 오래되긴 했어."

그가 웃음을 터뜨렸다.

"밴호이트 알지. 그가 몇 년 전에 안트베르펜에서 저 사람이랑 친하게 지냈거든. 그때부터 벌써 그림을 감추고 안 보여 줬던 것 같은데…… 그림을 파는 게 신성모독이라고 생각하게 되었다나 봐. 그러다가 브뤼셀 출신의 변덕스러운 젊은 여자와 결혼을 했는데, 그 여자는 그걸 도저히 봐줄 수가 없었던 거지. 자기는 돈이 많이 필요하다며 계속 바가지를 긁어 댔는데 들은 체도 하지 않았대. 그래서 여자가 싸우는 걸 포기하고 아예 그가 없을 때 암스테르담에서 온 유대인 중개인하고 거래를 해 버렸다는 거야. 들리는 말에 의하면 그의 작업실을 부수고 들어가 창문으로 그림을 넘겨주었대. 가장 훌륭한 다섯 작품이었다지. 밴호이트 말로는 페르하우젠이 그 사실을 알고는 아기처

* 프랑스에서 예술 분야 학생들에게 주는 장학금.

48

럼 울었다고 하더라고. 그냥 앉아서 흐느껴 울기만 했대. 어쩌면 부인을 때렸을지도 모르지. 어쨌든 그 후 얼마 안 있어 부인은 떠나고 결국 그는 여기 몽파르나스에 나타났어. 지금 그와 함께 있는 여자는 안트베르펜의 끔찍한 사창가에서 만나 데리고 온 여자야. 그에게 무척 잘해 준 게 분명해. 그가 이제 타락한 존재란 영혼을 가진 여성들일 뿐이라고 말하고 다닌다니까. 그래서 그들이 다른 이들의 목을 밟고 천국에 갈 거래……" 친구가 이렇게 결론을 내렸다. "하여튼 희한한 노인네야. 물론 지금은 좀 구닥다리가 되었지만."

내가 말했다. "뒤틀린 인색함 같네. 그의 작품을 봤으면 좋겠는데, 전혀 가능성이 없나? 저 사람 얼굴이 맘에 들어."

친구가 무심하게 말했다. "가능할 거야. 가끔 사람들에게 보여 주기도 하니까. 단지 전시를 하지 않고 작품 얘기를 하지 않을 따름이지. 밴호이트가 어떻게 해 볼 수 있을 거야."

페르하우젠의 작업실은 몽파르나스 북쪽, 아직 국제적인 분위기가 되기 전의 누추한 진짜 라탱 지구 안에 있었다. 집들이 들쭉날쭉하게 늘어선 좁고 오래된 거리, 아름답지만 지저분한 그 거리에는 연보라색 그림자가 가득했다. 경찰 한 명이 축 처진 채 집 근처에 서 있었는데, 뭔가 생각에 빠져 있는지 멍한 표정이었다. 자갈이 박힌 길 위에 누렁이 한 마리가 달관한 분위기로 늘어져 있었다. 관리인이 페르하우젠 씨의 작업실은 4층 오른쪽이라고 무심하게 말해 주었다. 나는 힘겹게 계단을 올랐다.

세 번 문을 두드렸다. 안쪽에서 조심스럽게 바스락거리는 소리가 들렸다…… 네 번째…… 가능한 한 가장 크게. 문이 빠끔히 열리더니 페르하우젠 씨의 머리가 그 사이로 나타났다. 그의 눈에 경계심이 가득한 것이 보여서 나는 할 수 있는 한 가장 사람 좋게 웃어 보였다. 밴 호이트를 언급하며 말을 꺼냈다. 친절하게도 직접 초대해 주지 않았느냐고, 나로서는 큰 기쁨이라고.

페르하우젠은 커다란 안경 너머로 여전히 나를 세심히 뜯어보았다. 그러더니 갑자기 환하게 웃으면서 문에서 멀찍이 물러나, 허리를 깊이 숙여 인사하고는 들어오라고 했다. 큰 방이었는데, 액자에 넣지 않은 작품들이 사방 벽을 둘러서 정면을 향한 채 바닥에 놓여 있었다. 예상했던 것보다 훨씬 더 깨끗했다. 깨끗하다 못해 먼지 한 톨 없어 보였다. 테이블에 흰 식탁보가 깔려 있고, 그 위에 파란색 커피 잔과 받침 그리고 얇게 썰어 두툼하게 버터를 바른 생강 빵이 담긴 접시가 있었다. 페르하우젠 씨는 손을 비비면서 아이처럼 기분 좋은 표정으로 그리고 놀랄 만큼 유창한 영어로, 영국 차를 준비했는데 내가 좀 더 일찍 올 줄 알았던 터라, 이미 다 끓었다고 말했다.

우리는 등받이가 꼿꼿한 의자에 앉아 엄숙하게 차를 마셨다.

페르하우젠 씨는 카페에서 봤던 모습과 한 치도 다르지 않았고, 안경 너머의 푸른 눈은 순진하면서 동시에 현명해 보였다. 입고 있는 조끼는 음식 흘린 자국 천지였다.

하지만 유쾌한 성격이었다. 사람을 편안하게 해 주면서 스스로도 편안해 보였다. 휘어진 긴 파이프들이 벽에 일렬로 걸려 있었는데, 그 덕분에 방 전체에 네덜란드 가정집 분위기가 풍겼다. 우리는 몽파르나스에 대해 진지하게 얘기를 나눴다.

그가 갑자기 말했다. "차 두 잔을 드셨으니 이제 내 그림을 보여 드리죠. 영국 사람들은 예술 작품을 감상하기 전에 차 두 잔을 마셔야만

하니까요."

몸집이 있는 사람이라고는 믿을 수 없을 정도로 가볍게 벌떡 일어서더니 마찬가지로 민첩하게 창문 곁에 있던 이젤을 끌어다 놓고 아무 말도 없이 그 위에 그림을 얹어 놓기 시작했다. 온갖 색상들이 연속적으로 분출했다. 거기에 익숙해지는 데 시간이 좀 걸렸다. 전부는 아니지만 대부분이 인상주의적 작품이라는 생각이 들었다. 하지만 처음에 나를 매료시켰던 것은 그가 화판을 매만지는 모습이었다. 얼마나 조심스럽고 사랑스러운 손길인지.

얼마 지나자 그는 내가 거기 있다는 사실조차 잊고 그저 그림만 보는 것 같았다. 고개를 외로 꼬고는 인상을 쓰고 플랑드르 말로 혼잣말을 하면서 비판적으로 근심스럽게 바라보았다. 풍경화 하나는 이런저런 면이 마음에 들었다. 대부분 거칠지만 화려했다. 하지만 인물의 머리는 너무 세밀하게 표현되었고…… 네덜란드식이었다! 한 줄기 빛이 내리비추는 중에 물이 담긴 욕조 안으로 들어가는 여인의 피부색이 금색으로 변하고 있었다.

그러더니 그가 좀 더 큰 그림을 내왔고, 이젤 위치를 좀 바꾸더니 낮게 끙 하는 소리를 내뱉으며 내 쪽을 바라보았다. 내가 느릿느릿 말했다. "그게 걸작이군요. 훌륭해요!"

……한 소녀가 창문이 많은 방의 소파에 녹색 리큐어 잔을 들고 앉아 있었다. 검은 눈에 얼굴은 넙데데하고 사지가 농부처럼 크고 튼실한 그녀에게서는 경쾌함이나 우아함이라고는 눈을 씻고 찾아봐도 없었다.

그러나 그녀의 자세와 이글거리는 눈빛—고착된 미소에 담긴 그 모든 치명적 비통함과 피로—에 상궤를 벗어난 삶의 모든 유해한 매혹이 담겨 있었다.

그는 나의 칭찬을 듣고 기뻐했지만, 다른 사람들이 자신의 작품에 대해서 뭐라고 하든 전혀 개의치 않는 예술가가 그렇듯 피상적이었다. 그 그림을 보니 마네의 작품이 떠오른다고 막 그에게 말을 꺼낸 순간, 채소가 가득 담긴 자루를 들고 실제 모델이 집 안으로 들어섰다. 그녀가 들어서는 것을 보고 페르하우젠 씨는 약간 놀라면서 다시 손을 비비댔는데, 이번에는 미안해하는 투였다. 그가 말했다. "이쪽은 마르트입니다, 부인. 마르트 베이젠 양요."

그녀는 좀 어려워하며 나에게 인사를 했고, 알 수 없는 표정으로 이젤에 놓인 그림을 힐끗 바라보았다. 내가 말했다. "페르하우젠 씨의 작품을 감상하며 감탄하는 중이었어요."

그녀는 질문하는 투로 끝을 올리면서 "그러세요, 부인?"이라고 한마디 하고는 자루를 들고 방을 나가 버렸다.

노인이 내게 말했다. "마르트는 영어를 전혀 못 하고 프랑스어도 아주 형편없어요. 순전히 플랑드르 사람이지요. 게다가 손님을 맞은 적이 거의 없어서."

이제 작업실 안에 일종의 적의가 피어났다. 페르하우젠 씨는 계속 바스대고, 안절부절못하며 한숨을 내쉬었다. 내가 약간 주저하면서 물었다. "페르하우젠 씨, 그림을 전시하거나 파는 걸 거부하신다던데 사실인가요?"

그가 안경 너머로 나를 쳐다보았는데, 돈을 세는 유대인처럼 경계하는 기색이 눈에 서렸다.

"거부한다고요, 부인? 전혀 그렇지 않습니다. 난 예술가니까요. 하지만 딱히 바라지 않는 건 사실입니다. 그리고 팔 생각이 없기 때문에 전시하는 건 소용이 없는 거죠. 내 그림은 내게는 소중합니다. 하지만 아마 다른 어느 누구에게도 그렇게 소중하지 않을 테니까요."

그가 킥킥거렸고, 눈에서 악의적인 빛을 번뜩이며 덧붙였다. "내가 죽고 나면 마르트가 그림을 팔려고 할 텐데 별 소용은 없을 겁니다. 세상은 나를 잊었으니까요. 그러면 아마 불태우겠죠. 착한 마르트는 쓰레기를 쌓아 놓는 걸 싫어하거든요."

그가 이 말을 하고 있는데 마르트가 다시 방으로 들어왔다. 얼굴에 분을 바르지도 않았는데 주름살이라고는 거의 없었고, 특정한 종류일 뿐이지만 명민하고 세심한 주부의 표정—시야는 좁지만 민첩하고 냉정한 판단력을 보여 주는 표정—으로 눈이 반짝거렸다. 그의 천재성이 그녀의 내부에서 찾아내 영원히 화폭에 고정해 놓은 불꽃은 보이지 않는, 통통하고 얌전한 그녀에게 흥미로운 구석은 없었다. 적어도 내게는 그렇게 보였다.

그녀가 형편없는 프랑스어로 말했다. "아티초크 두 단을…… 에 샀어요." 얼마를 주고 샀다는 건지는 알아듣지 못했다. 그는 기분이 좋아 보였고, 탐욕스러워 보였다.

거리에 나서자 경찰과 개의 모습은 보이지 않았다. 맞은편의 카페는 생기가 넘쳐 났고, 축음기를 통해 이런 노래를 세상에 불러 주고 있었다.

여자들은 자주 모습을 바꾸는데
그들을 믿는 사람은 정말 바보지!

소파에 누운 소녀의 모습이 내 머릿속을 떠나지 않는 게 놀라웠다. 밀려드는 밤과 섞이고, 파리의 향기와 요란스럽게 울려 대는 축음기 소리와 섞였다. 그래서 난 혼잣말을 했다. "예전의 매력이 다 사라졌다니, 정말 그럴 수가 있는 건가?"

그러다가 난 그녀가 커다란 손으로 그의 뺨을 만지던 것이 떠올랐다. 그 동작에는 다 안다는 분위기가, 어떤 확신이 스며 있었다. 여자들이 살면서 할 일이 남성들에게 위안을 주는 것이었던 그 까마득한 옛날에 그랬듯이 말이다.

트리오
Trio

그들은 작은 식당의 구석에 앉아, 자신들이 얼마나 즐거운지를 곁에 앉은 사람들이 알아주길 바라는 질박한 사람들처럼 왕성한 식욕을 보이며 요란하게 음식을 먹고 있었다.

남자의 피부는 검다 못해 칠흑같이 새카맣고 손가락 하나에 두꺼운 은반지를 끼고 있었다. 허리가 들어간 말쑥한 회색 정장을 입고 숱 많은 머리는 머릿기름을 발라 세심하게 뒤로 빗어 넘겼다. 여자는 커피색 피부에 뚱뚱했다. 마르티니크섬의 전통 두건을 둘렀을 뿐 패션에는 별 신경을 쓰지 않았다. 윗옷과 스커트가 다 벌어져서 그 사이로 투박한 흰색 면 속옷이 아무렇지도 않게 드러났다…… 앤틸리스제도 사람인가……

둘 사이에 여자아이가 있었는데, 열다섯쯤 되어 보였으나 아마 그보다 훨씬 어릴 것이었다. 소녀는 남자 곁에 바짝 붙어 앉아서 이따금 그의 어깨에 잠깐 손을 얹고는 했다…… 백인의 피를 많이 물려받은 게 확실했다. 매력적인 얼굴이었다.

아이의 움직임은 우아한 고양이와 똑같았고, 그것이 아주 마음에 드는지 남자는 먹다가 말고 입을 맞추곤 했다…… 살짝 하고 떨어지는 게 아닌 긴 입맞춤을. 그리고 그 입맞춤이 끝날 때마다 아이는 찬탄과 부러움의 시선이 쏟아지는 걸 확인이라도 하고 싶은 양 식당을 죽 둘러보았다. 사랑스러운 악동…… 역시 앤틸리스제도 출신이다. 문득 내가 어떤 향수에 젖어들었는지 당신은 모를 것이다……

투박하고 되바라진, 놀랄 만큼 생기 가득한 어린 얼굴에 딱 어울리는 곱슬곱슬한 흑인의 머리카락이 액자처럼 얼굴을 감쌌다. 입술은 딱 관능적일 정도로 두툼하고, 눈에는 반쯤 교활하고 반쯤 총명한 빛이 담겨 있었다. 아주 짧은 빨간색 원피스에 검은색 에나멜 구두를 신고 있었다. 스타킹은 신지 않았다. 갑자기 아이가 노래를 부르기 시작했다. "이제 신물이 나." 칠흑같이 새까만 남자가 말할 수 없이 즐거워하며 열렬하게 박수를 쳤다.

아이는 점점 신이 나서 아예 벌떡 일어서더니, 좁은 엉덩이를 정신없이 흔들고 눈알을 돌리고 발을 구르고 치마를 들어 올렸다. 분명 그 빨간 원피스가 아이가 가진 유일한 외출복일 것이고, 분명 원피스 아래 그녀의 몸도 고울 것이었다. 유연하고 호리호리한,『천일 야화』의 댄서……

이제 신물이 나─아.

커피색 피부를 가진 뚱뚱한 여자는 가만히 바라보기만 하더니, 카운터에 앉아 있는 여주인을 조심스럽게 한 번 쳐다본 후 말했다. "조용히 해라, 두두. 가만히 있어." 그러더니 행복한 웃음을 터뜨리며 자랑스럽게 말했다. "그래도 어쨌든 *하는 짓이 재미있기는 하네!*"

내가 그 몽파르나스 식당의 앤틸리스 사람들을 기억하는 것은 그들이 나의 동포였기 때문이었다.

칵테일 만들기
Mixing Cocktails

　언덕 위의 집은 정말 최근에 새로 지은 것이었는데 보기 흉했다. 불개미의 접근을 막기 위한 것으로 보이는 괴상하게 높이 세운 기단 위에 올라앉은, 칠도 하지 않은 목재로 지은 길고 좁다란 집이었다. 집 한 면에 베란다가 길게 이어져 있고 방이 여섯 개였다⋯⋯ 하지만 그곳에 가면 한결같이 마음이 차분해지고 안심이 되는 느낌이 든다. 배로 한 시간 가서, 말을 타고 또 한 시간 반 그리고 천천히 언덕을 올라야 닿는, 장미 정원으로 시작하는 못생긴 집인데⋯⋯

　베란다에는 아주 튼튼해 보이는 다리가 달린 나무 테이블 위에 거대한 놋쇠 망원경이 세워져 있었다. 그걸로 지나가는 증기선들을 훔쳐볼 수 있었다. 과들루프섬에서 오는 프랑스 우편선, 캐나다 우편선, 우아하고 장중해야 옳겠지만 사실은 가장 추레한 영국 우편선 로

열…… 아니면 흥미롭게도 처음 보는 배들을!

밤에는 관심이 있는 척 그걸로 별을 보았다……"저게 금성이지…… 아, 저게 금성인가? 그리고 저건 남십자성……" 한쪽 구석에는 탄창이 빈 엽총이 비스듬히 세워져 있었다. 짚으로 엮은 의자와 쿠션을 얹은 캔버스 천 해먹은 늘 충분히 있었다.

베란다에서는 바다로 이어지는 녹색 계곡이 내려다보였지만, 반대쪽에서는 산밖에 보이지 않았다. 아이들에게는 늘 그렇듯이 아름답지만 우울한 산이.

줄이 삐걱대었으므로 조심스럽게 흔들며 해먹에 누워 꿈을 꾸었다…… 아침에 꾸는 꿈이 최고였다. 해가 다 떠오르기도 전 아주 이른 아침 말이다. 그때 바다의 푸른색은 성모마리아의 옷인 양 아주 부드럽고, 그 위로 고깃배들이 자그마한 하얀색 삼각형으로 점점이 박혀 있었다.

아침의 꿈은 아주 짧았다. 주로 한없이 이어지는 그 푸르른 날에 뭘 할까 생각을 하는 것이었다. 연못에 가서 목욕을 할까, 보물을 찾아 나설까…… 모건*의 보물을. 혹시 모르는 사람이 있을까 해서 설명하자면, 붙잡혀서, 내 생각에 자메이카의 킹스턴일 텐데, 거기서 교수형을 당하기 직전에 모건이 도미니카의 산에 보물을 묻어 놓았다고 했다…… 도미니카…… 험한 곳이지. 미개지라 버려진 곳. 모건이 보물을 숨기기에 딱 좋은 곳.

한낮에는 배를 바라보기가 아주 어려웠다. 햇빛이 반사되어 눈이 부실 정도로 반짝였으니까. 그쪽으로 시선을 돌리기 전에 인상을 잔

* 17세기에 카리브해의 해적으로 유명했던 헨리 모건 경.

뜩 써야 했다. 태양을 우러르며 모든 것이 고요하고 나른했다.

한낮의 꿈 역시 나른했다. 쨍하게 푸르른 하늘을 응시하다 보면 찾아드는, 우울이 깃든 막연한 꿈. 그 꿈은 뙤약볕에 나가 있지 말라며 누군가 부르는 소리에 언제나 중간에 깨지곤 했다. 뙤약볕에 앉아 있으면 안 되었으니까. 뙤약볕에 앉아 있지 말라고 했으니까. 그러면 나중에 얼굴이 주근깨투성이가 되어 후회할 거라고.

그래서 늦은 오후가 베란다에서 보내기 가장 좋은 시간이지만, 그때는 다른 사람들이 다 몰려나와 그것을 망쳐 버렸다……

그래서 얼마 지나지 않아 인간이란 당신과 내가 다르다는 사실을 그냥 받아들이고 넘어갈 수 있는 존재가 절대 아니라는 쓰라린 교훈을 배우게 된다. 절대로. 당신과 당신 생각 사이에 열심히, 엄하게 끼어드는 것이다. 모든 것, 모든 사람을 똑같은 수준으로 만들겠다는 열정적인 바람으로.

당신에게 하는 얘기야, 안 들리나? 사람 말을 안 듣는 그 습관 좀 고치라고. 얼마나 멍한 표정인지. 멍해 보이지 않게 신경 좀 써……

얼마나 무례한지!

영국 고모가 중간중간 빤히 바라보며 외친다. "색깔 좀 봐…… 얼마나 절묘한지! 저렇게 기이하니까 서인도제도를 찾는 사람들이 별로 없는 거지…… 저 **바다**…… 저것보다 사랑스러운 게 어디 있을까?"

그건 하늘과 어울리는 보랏빛으로 물든 바다였다. 카리브해. 세상에서 가장 깊고 가장 아름다운 바다……

졸리지만 아빠가 좋아한다는 걸 알기 때문에 고모는 약빠르게 장미와 히비스커스와 벌새에 대한 찬탄을 늘어놓는다. 그러고는 꾸벅꾸벅 졸기 시작한다. 언제나 정말 안 어울리는 시간에 잠이 들어 버리는 것이다. 뙤약볕에 익숙하지 않아서 그렇다.

그녀를 비웃어 주고 싶지만 난 조신한 소녀이다. 조신해도 너무 조신한…… 나도 다른 사람들처럼 되고 싶다! 각자의 방식대로 아무렇지도 않게 상처를 주고는 네가 너무 예민하다고, 샐쭉하고 꽁하고 우스꽝스럽게 군다고 비난하는, 이상하고, 가까이 다가갈 수 없고, 묘하게 잔인한 다른 사람들 말이다. 상처받고 당황한 어린 소녀는 자신의 껍질 속으로 기어들어 갔을 뿐인데.

오후의 꿈은 실질적이다…… 창백하고 비쩍 마른 모습이 아니라 언젠가 통통하고 아름다워질 그때에 대한. 쭈뼛거리지 않고 흠잡을 데 없는 행동을 보일. 아무렇지도 않게, 즐겁게, 치맛단이 끌리는 드레스에 깃털 달린 모자를 쓰고 장갑을 낄 그날…… 그리고 당연히 결혼도. 짙은 색 콧수염에 빳빳하게 주름을 잡은 바지…… 그쪽에 대한 생각은 좀 막연하다.

베란다에서는 금방 어두워진다. 해만 졌다 하면 바로 밤이 되고 반딧불이가 날아든다.

따뜻하고 부드럽고 달콤한 향이 나는 밤이지만, 혼자 해먹에 누워 있으려면 무섭고 불안한 밤이다. 주술을 쓰던 요리사 앤 트위스트가 이렇게 말한 적이 있다. "달을 너무 많이 쳐다보면 안 돼……"

달빛을 받으며 잠이 들면 귀신에 씐다는 것 같았다…… 달빛이 비추는데 잠이 들면 달이 내게 나쁜 일을 한다는 것이다. 얼마나 자주 그런 말을 들었는지……

그래서 약간 몸을 떨면서 나는 《타임스》 주간판에 실린 체스 문제를 풀고 있는 아버지의 따뜻한 위안을 찾아 방으로 들어간다. 그리고 나면 매일 밤 나의 임무인 칵테일을 만드는 일이 돌아온다.

생각이 딴 데 가 있기는 하지만 난 칵테일을 잘 만들고, 집 안의 그 누구보다도 그것을 잘 섞는다. (이곳 서인도제도의 칵테일은 '술 취한 거품'이고 거품을 낼 때 쓰는 도구는 스위즐 막대라고 부른다.)

난 스스로가 대단하다는 느낌에 행복해하며, 각각의 칵테일을 얼마나 독하게 만들어야 하는지에 대한 신비한 직감에 따라 앙고스투라*와 진의 양을 잰다.

여기에 바로 내가 할 수 있는 일이 있다…… 꿈만 꾸는 것보다는 뭔가 하는 것이 훨씬 가치 있는 일이라고들 하니까.

* 카리브 지역에서 칵테일을 만들 때 쓰는 쓴맛이 나는 술.

다시 앤틸리스제도
Again the Antilles

우리 정원이 내려다보이는, 베네치아풍 녹색 블라인드가 걸린 높고 하얀 집에 《도미니카 헤럴드 앤드 리워드제도 관보》의 편집자가 살았다. 그가 엄숙하게 창밖을 내다보는 것이 자주 눈에 띄었는데, 난 그가 상당히 경외할 만한 사람으로 보였기 때문에 역시 엄숙하게 그를 마주 바라보곤 했다.

그는 금테 안경을 썼고 언제나 어두운색 옷—삼복더위에도 경박하게 흰색 리넨 옷 같은 걸 입는 적이 없었다—을 입었는데, 커피색 피부가 아름다운, 작지만 건장한 남자였고, 리워드제도 전체에 '파파돔'으로 알려져 있었다.

타고난 반항아인 이 편집자는 선동가였다. 백인들은 충분히 하얗지 않다면서 증오하고 흑인들은 충분히 검지 않다면서 경멸했다. 우리 서인도제도 사람들은 중간 단계의 피부색을 가진 사람들을 '유색인'이라고 불렀고, 난 유색인이라는 사실이 그를 원한에 차게 만든 게 아닐까 생각하곤 했다.

그는 정부에 반대하고, 영국에 반대하고, 이 섬이 영국 왕령 식민지라는 데 반대하고, 시 위원회가 새로 시행한 배수 체계에 반대했다. 또한 군중들에게도 반대하고, 즐기는 걸 좋아하는 느슨한 흑인들의 도덕성과 '우리 불행한 섬에 바글바글한 신부와 수녀들 집단'과, 영국 국교회 주교와 가톨릭 주교들을 위해 새로 지은 대궐 같은 집에 대해서도 반대했다.

당시 짓고 있던 그 대궐 같은 집을 신랄하게 비판하는 기사를, 그것도 얼마간은 자진해서 썼는데, 어느 날 밤 엄청난 수의 신도들이 그의 집을 둘러싸고 돌을 던지며 그를 죽이겠다고 아우성을 쳤다. 그는 두려워 사색이 된 채 베란다에 모습을 나타냈다. 그다음 발행된 신문에 그는 '폭동'에 대해서 길게 글을 썼다. 거기에서, 늘 그랬듯이, 당시 가장 열렬한 기독교 신봉자인 유명한 막달라 마리아파 몇몇이 그것을 주동했다고 주장했다.

하지만 그러고 난 다음에 교회는 자기가 상대하기에는 너무 강력하다는 사실을 인정했고, 이후 교회를 건드리는 일은 절대 없었다.

그러던 그와 휴 머스그레이브 씨 사이에 어쩌다가 싸움이 시작되었는지 나로서는 도저히 상상이 가지 않는다.

내가 보기에 휴 머스그레이브 씨는 좋은 사람이긴 하지만 성마른 구석이 있었다. 열대지방에서 20년을 산 데다 향신료와 칵테일을 지나치게 즐기다 보니 그렇게 된 것이 분명하다. 그는 로조시 바로 외곽의 큰 저택에 살면서, 엄청나게 많은 일꾼을 고용하여 라임과 사탕수수를 재배했지만, 사납다거나 포악한 사람은 분명 아니었다.

그런데 갑작스럽게 둘 사이에 전면적인 불화가 시작되었다.

《도미니카 헤럴드 앤드 리워드제도 관보》에는 독자 기고란이 있었는데, 거기에 파파 돔이 '조국을 위하여 분개한, 자유와 톰 아저씨의 오두막'이라는 가명으로 하고 싶은 말을 몽땅 쏟아 놓았던 것이다. 그는 머스그레이브 씨에 대해 자신이 생각하는 바를 말했고, 머스그레이브 씨는 거기에 답글을 보냈다. 지배자인 영국인이 할 수 있을 만큼 간략하고 근엄한 글이었지만, 어쨌든 답은 한 것이었다.

말할 수 없이 품위 없는 일이었지만 섬 전체는 무척이나 즐거워했다. 관보가 그렇게 많이 팔린 적은 없었다.

그러다가, 파파 돔에 따르면, 머스그레이브 씨가 특히 극악무도한 일을 저질렀다고 했다. 해서는 안 되는 곳에 담을 세웠을 수도 있고, 평판 나쁜 감독관에게 지나치게 많은 보수를 주었을 수도 있고, 시 위원회 중 잘못된 쪽을 지원했을 수도 있다…… 어쨌든 파파 돔은 다음 호 신문에 절대 잊을 수 없는 열정적인 편지를 기고했는데, 그 마지막은 이러했다.

하나의 혈통이 저렇게까지 퇴보한 것을 지켜보는 일은 정말 슬프고 암울하다. 이러한 인물은 진정한 신사의 이상에서, 천부적인 시인이자 천재인 셰익스피어가 다음과 같이 묘사한 몬트로즈 후작의, 확실하진 않지만 어쩌면 현대의 후손일 수도 있는 인물로부터 얼마나 한참 떨어져 있단 말인가.

"그는 매우 점잖은, 완벽한 기사였다."

머스그레이브 씨 역시 가만히 있지 않고 이렇게 글을 써서 보냈다.

친애하는 귀하,

난 당신 신문을 절대 읽지 않습니다. 하지만 당신이 지난주에 발행한 신문에 나에 대한 악의적인 글을 실었다는 소리가 들렸습니다. 당연히 당신 같은 사람이 제대로 알 리는 없겠지만, 거기에서 인용된 시구는 셰익스피어가 아니라 초서가 쓴 것이고, 그 맥락은 이렇습니다.

그는 평생, 그 어떤 인간에 대해서고
비방하는 말을 한 적이 없다……
정말이지 완벽한, 점잖은 기사였다.

위대한 영국인의 이름이 무식한 어떤 유색인에 의해 그런 식으로 말도 안 되게 이용되는 걸 지켜보는 일은 정말이지 슬프고 암울한 일이 아닐 수 없군요.

머스그레이브 씨는 사실은 "망할 검둥이들"이라고 썼었다.
그렇다고 기가 꺾일 파파 돔이 아니었다. 다음 주에 그는 위엄을 갖추어 다음과 같은 글을 실었다.

당신 특유의 그 편지를 한번 읽어 보았습니다. 잘못을 바로잡아 준 것은 받아들이겠습니다만, 그 시의 실제 작자가 누구인지에 대해 그리고 정말이지 불멸의 '에이번의 백조'*의 다른 작품에 대해서도 내로라하는 권위자들 사이에 심각한 의문이, 아주 심각한 의문이 있는 것으로 압니다. 하지

66

만 당신이 분명 그랬던 것과 달리 저는 참고할 문헌들을 앞에 놓고 글을 쓰지는 않으니, 당신의 지적에 반박할 수 없겠지요.

폭압과 학대까지 저지르게 된 영국 신사의 행동을 점잖다거나 완벽하다고 할 수는 없을 겁니다. 시대를 초월하여 그 점을 깨우쳐 주고 힐책하는 일, 몹시 필요한 그런 일을 한 것이 셰익스피어든, 초서든, 몬트로즈 후작이든 그게 무슨 상관인지 저로서는 알 수가 없을 따름입니다.

앞으로 《도미니카 헤럴드 앤드 리워드제도 관보》를 다시 읽을 수나 있을지 모르겠다.

* 셰익스피어의 별칭.

허기
Hunger

간밤에 잠을 자기 위해서 엄청난 양의 진정제를 먹었다. 오늘 아침 잠에서 깨었을 때 잘 잤다는 느낌에 아주 평온했지만 손이 떨렸다.

상관없다. 배도 고프지 않은데, 그건 좋은 일이다. 먹을 게 생길 가능성이라고는 손톱만큼도 없으니까. 물론 빵을 살 수는 있지만, 우리는 너무 오래 빵만 먹고 살았다. 그게 변함없는 틀이 된다. 게다가 그 망할 소금……

굶주림―그보다는 반굶주림 상태에서 아침에 커피, 점심에 빵―은 다른 모든 것과 똑같다. 그에 대한 보상이 있지만, 바로 오지는 않는다는 것…… 일단 솔직히 끔찍한 일이기는 하다.

처음 열두 시간 동안은 그냥 너무 놀라울 뿐이다. 돈이 없다…… 먹을 게 없다…… 아무것도! 하지만 그건 웃기는 일이다. 뭐라도 할 수 있을 테니까. 실질적인 상식을 믿으며 여기저기 쏘다닌다. 손에 잡히지 않는 '무엇'을 찾아 헤맨다. 밤이 되면 그동안 먹을 것에 대해 꾸었던 꿈이 길게 늘어선다.

둘째 날에는 심한 두통이 생긴다. 그리고 호전적이 된다. 보이지 않는, 의심 많은 누군가와 하루 종일 말싸움을 한다.

내 잘못이 **아니라고** 말했잖아…… 갑작스레 벌어진 일이고, 난 계속 아팠다고. 계획을 세우고 자시고 할 시간이 없었어. 싸우는 데도 돈이 필요하다는 게 정말 이해가 **안 되는** 거야? 완전한 내 돈이 100프랑만 있어도 계획을 세울 수가 있을 텐데.

완전한 내 돈이라고 했다…… **완전한 내 돈**이 몇백 프랑만 있다면. 방세를 내야 하는데. 옷이라도 팔까? 파리에서 여성복으로는 한 푼도 건질 수가 없다. 어제 가정교사 자리에 지원을 했었다. 당연히 초조하고 바보스럽지. 너도 아마 그럴걸, 상황이 만약……

하느님 맙소사! 날 좀 내버려 둬. 네가 무슨 생각을 하든지 상관없어. 상관없다고.

사흘째에는 속이 메스껍다. 나흘째에는 툭하면 울게 된다…… 안 좋은 습관인데, 한번 붙었다 하면 떨어지질 않는다.

닷새째에는……

초연한 느낌으로 잠에서 깬다. 차분하고 경건하기까지 하다. 종교인들이 단식을 하는 게 바로 이런 상태에 도달하기 위해서이다.

팔을 눈 위에 얹은 채 침대에 누워 지난 2년 동안 부질없이 바둥거리며 살았던 것을 경멸한다, 철저히. 도대체 뭣 때문에 그런 난리 법석을 떨었단 말인가? 그게 무슨 의미가 있어서? 특히 여자는 바둥거려 봐야 늘 우스꽝스러워 보일 뿐이다.

절벽 끝에 매달려 있는 것 같다. 당신은 소중한 목숨을 지켜 보겠다고 기를 쓰고 매달려 있는데 사람들이 그 손 위로 걸어가는 것이다. 게다가 여자들은 그냥 걷는 법도 없다. 쿵쿵 내리찍는다.

원시적인 존재다, 대부분의 여자들은.

하지만 난 계속 매달려 있고 몸을 위로 올려 보려고 엄청난 노력을 해 왔다. 세 번인가…… 가진 게 좀 있기도 했다. 수입이랄까? 쟤한테 **수입**이 있었다고? 마네킹 일을 했었고, 또…… 아니, 당신이 생각하는 그런 게 아니야……

소용없어, 전부 다.

그냥 끝장난 거다.

한번 쓰러지면 절대 일어날 수가 없다. 도대체, 누구든, 일어난 사람이 있기나 했단 말인가…… 쓰러지고 난 다음에?

몇 달마다 위기가 찾아올 수밖에 없다. 위기를 거칠 때마다 점점 더 약해질 것이다.

내가 러시아인이었다면 일찌감치 운명을 받아들였을 것이다. 프랑스인이었다면 일찌감치 빠져나갈 뒷구멍을 찾아 나갔을 것이다. 프랑스 사람들에게 무례하게 굴 생각은 아니다. 그들은 논리적이니까. 내가…… **분별력이 있었다면**, 거기에 어떤 의미가 숨겨져 있건 끝까지 마네킹 일을 했을 것이다. 하지만 사실은, 난 기를 쓰고 살아가기는 했지만 그걸 똑똑하게 하지는 못했다. 거의 내 의지와 다르게. 내가 가망 없는 명분의 나라…… 영국 출신이 아니던가.

와인이 있다면 그걸로 건배라도 할 텐데. 가장 알맞은 건배사는,

가망 없는 명분에게, 모든 가망 없는 명분들을 위하여……

아, 놓아 버리고 난 후의 안도감…… 편안하게 심연으로 굴러떨어지는……

결국은 그렇게 지독한 곳도 아니다. 언젠가는, 분명히, 익숙해질 것이다. 재밌는 사람들이 넘쳐 나잖아, 여기에……

더 이상 애쓰지 말자.

추억에 빠져 다섯째 날을 허비한다.

그 시간을 보낼 가장 좋은 방법은 책에 대해 상상하는 것이다.『대시』라든가…… 아, 또『대시』야……

특히『대시』1권…… 거기에는 몇 시간이고 상상을 이어 나갈 수 있는 단어나 문장들이 있으니까……

다행히도 두 권이 다 있다. 너무 낡아서 팔 수도 없었기 때문에.

지나치게 악독해지기 전의 그녀가 난 가장 좋다.

신경 줄이 모두 팽팽히 당겨진 것만 같다. 바이올린 줄처럼. 무엇이든, 그러니까 상냥한 말이나 거리에서 들려오는 콘서티나 소리, 심지어 엉망으로 연주하는 피아노 소리만 들려도 울음이 터질 것만 같다. 배가 고파서나 슬퍼서가 아니다. 아니라고!

보기 드문 삶의 아름다움 때문이지.

닷새 이상 굶어 본 적은 지금까지 없었다. 그러니 더 이상 들려줄 재미난 얘기가 없다.

빈털터리 친구에게 저녁을 사는
부인의 이야기
Discourse of a Lady
Standing a Dinner to a Down-and-out Friend

자기야, 난 자기가 너무 멋지다고 생각해. 내가 늘 하는 말이지만, 내가 자기라면 그냥 신나게 즐길 텐데…… 수프 좀 더 먹어…… 수프 가 영양 보충에는 **정말** 좋지.

(다 좋은데, 그래도 입술을 바르는 건 잊지 않았군.)

당연하지, **외모**로 사람을 판단할 수 없다는 게 내가 항상 하는 얘기 잖아. 겉으로 괜찮아 보여도 굶주리는 사람들은 많으니까 말이야.

뭐라고? ……먹을 것도 없으면서 비싼 옷을 사 입을 수는 없다고. 그거야 그렇지. 하지만 문제는 사람들이 어떻게 **생각할까**잖아, 안 그 래?

(기분이 나빠졌나 보네. 뭐 **내** 잘못인가? 먹을 게 없어서 굶주리 는 주제에 실크 스타킹에 비싼 신발을 신고 돌아다니면 안 되는 거잖

아.)

어제 애나랑 상점가에 갔다가 너무 예쁜 모자를 봤어. **딱딱한 거 말고**. 벨벳 옷 입을 때 쓰려고 샀는데, 둘이 안 **어울리는** 거야. 어울리게 옷을 입는 건 정말 너무 힘들다니까.

(약간 말라 보이긴 하네. 내일 차를 마시러 오라고 해야겠다…… 잠깐. 내일은 알베르가 오기로 했잖아. 분명 재는 그런 쪽으로는 **문제가 없고** 알베르가 좋아하는 타입도 아니긴 한데. 하지만 먹을 게 없어 굶주리는 여자들, 그런 애들은 **남자랑** 붙여 놓으면 안 되지…… 다른 날을 잡아 봐야겠다……)

와인 좀 더 마실까? 내가 도움이 될 수 있으면 좋겠다. 어디 보자. 뇌이에 아는 사람이 있는데, 어머니를 도와줄 사람을 찾던데.

(그런 일은 별로구나. 그럴 줄 알았다니까. 가난한 사람들을 도와주는 건 정말 끔찍해. 도대체가 알아서들 하지를 않으니.)

사실 애나의 친구야. 얼마 전에 우리가 네 얘기를 했거든. 애나는 너에 대해 전혀 마음 상한 게 없어. 정말이지 자기가 좀 무례했다는 것도 인정한다니까. 하지만…… 자기야…… 자기는 그렇게 성질부릴 **처지는** 아니잖아, 안 그래? 알겠지만, 너랑 애나는…… 그러니까, 기질이 워낙 다르잖아. 애나는 워낙 독립심이 강하고…… 게다가 그날 피터가 정말 지분덕거리기는 했지…… 여자들을 희롱하는 게 아주 자동이라니까…… 그렇게 잘생겼는데, 남편으로서는 얼마나 짜증스러운지…… 불쌍한 애나. 네 잘못은 **아니었어**…… 하지만 사람이 살다 보면 좀 맞춰 가야 하는 것도 있잖아, 안 그래? 네가 가난하다고 해서 꼭…… 뭐? 뭐라고 했어? 아니야! 내가 언제 그런 말을 했어…… 인생을 그런 식으로 보면 안 돼. 넌 너무 의심이 많다니까. 뇌이에 있는 그 사람에게 내가 연락해 볼게. 내가 널 믿지 않는다면 그런 일은 하지 말아야 하는 거잖아, 안 그래? ……기운 내. 너도 아주 행복하게 살게 될 거야……

(금방이라도 울음을 터뜨릴 것 같아. 짜증 나. 게다가 저 건너편 남자가 얘한테 추파를 던지잖아. 꽤 잘생겼는걸. 얘가 어차피 그런 부류라면…… **안 될 게** 뭐 있겠어?)

당연히 이 세상에서는 무엇이라도 되어야지, 그렇잖아? 내 말은…… 그래 그거야…… 이것이든 저것이든…… 리큐어 마실래? 여기요, 퀴멜 두 잔요.

(내가 싫다, 정말!)

진짜 이 모자 나한테 어울려? 여기 리본에 똑딱단추만 있었으면…… 아니야? 자, 그렇게 처져 있지 마. 내가 내일 뇌이의 애나 친구한테 전화해 볼게. 널 그 자리에 넣어 줄게. 우리가 하면 분명 될 거야. 한 달에 150프랑을 준대. 그러면 당연히 그만큼을…… 생각해 봐. 150프랑이라고…… 30실링은…… 용돈으로 쓰고…… 아, 잘 가, 그럼. 뇌이에서 연락받을 때까지……

(불쌍한 골칫덩어리 같으니. 당연히 제 잘못이지. 그나마 다행이지 뭐야. 언제나 자기 잘못이니까…… 그런 사람들은…… 아, 균형 감각이 떨어지는 거지. 균형 감각이 떨어지는 사람들하고는 정말이지 도대체 뭘 어떻게 해 볼 수가 없다니까.)

어느 밤
A Night

눈을 감으니 글자를 적은 게 보인다. 검은 바닥에 빨간 글씨로.

미지의 세계로 도약······ 미지의······

바보같이 이런 생각을 한다. 근데 왜 프랑스어로? 당연히 그건 내가 어디선가 읽은 문구겠지. 멍청하긴.

눈을 마구 찡그려서 그것을 지워 버리지만, 금방 다시 나타난다.

검은 바닥에 빨간 글씨.

아주 똑바른 S 모양을 응시하며 누워 있다.

끔찍하게 피곤하기도 한데, 이 망할 것이 날 자게 내버려 두지 않는다. 그리고 잠을 자지 못해서 생각이 아주 느려지고 힘겨워지기 시작한다. 정신이 혼미해질 때까지 울었기 때문이다.

돈이 한 푼도 없다. 망할. 게다가 아프고 죽을 만큼 겁도 난다……
더 안 좋다!

하지만 가장 안 좋은 건 내가 사람들을 증오한다는 것이다. 마치 내
안의 무언가가 덜덜 떨며 인류로부터 도망쳐 나오기라도 하듯이. 사
람들의 눈은 야비하고 잔인하다. 특히 웃을 때는 더.

게다가 언제나 웃는다. 언제나 환하게 웃는다. 특히 끔찍한 얘기를
할 때 아주 환하게 웃는다. 그러고는 아주 잠깐 그 우스꽝스러운 작
은 동물, 진짜 본성이 밖을 슬쩍 내다보고는 다시 슬그머니 사라진
다…… 음흉하게.

여긴 내가 있을 곳이 아니다. 여긴 내가 있을 곳이 아니야. 나가야
해, 나가야 해.

미지의…… 미지의 세계로의 도약.

꼼짝도 않고 누워 있다. 앞만 똑바로 바라보면서.

자, 이제…… 무엇을?

물에 구멍을 뚫을까?

순간 나는 침대에서 벌떡 일어나 앉아 숨을 헐떡거린다. 가라앉고
있는, 그래서 숨이 막히는 상상을 했다. 폐로 밀려드는 고통이 끔찍했
다. 끔찍했어.

총으로 자살을 할까? ……어떤 식이 될지 다시 기계적으로 계획을
짜기 시작한다. 권총은 전당포에 있다. 20프랑이면 내가……

앉아서 할 거다. 아니, 누울 거다. 그리고 입을 벌린다…… 바로 거기
야, 입천장에 대고. 얼마나 기이한 느낌일지. 그리고 방아쇠를 당긴다.

그다음엔?

미지의 세계…… 캄캄하고 끔찍한. 아래로 아래로 아래로, 끝없이

끝없이 떨어질 것이다. 떨어진다.

겁이 난다. 겁쟁이. 뭐가 뭔지 모를 때 해야지. 우선 코냑 반병을 마셔.

아니, 그보다 더 잘 해낼 수가 없어…… 부끄러운 줄 알아.

뭐라도 붙잡을 게 있다면. 아니면 붙잡을 사람이.

한 명의 친구라도…… 단 한 명!

알겠지만 이렇게 혼자일 리가 없어. 그럴 리가 없어.

하느님, 제게 친구를 보내 주세요……

난 얼마나 우스꽝스러운지. 얼마나 원시적인지……

나 자신을 비웃으면서 유치함에 싸움을 걸기 시작한다.

내가 사랑할 만한 남자를 상상한다. 손이랑, 눈이랑, 목소리.

이봐요, 그가 말할 것이다. 이게 다 무슨 난리예요?

……난 상처받고 망가졌으니까요, 근데 당신이 너무 늦게 왔잖아요……

……말도 안 되는 소리…… 말도 안 되는 소리!

그가 나에게 장미와 카네이션과 초콜릿과 분홍색 실크 잠옷과 산더미 같은 책을 사 줄 것이다.

웃으면서 말할 것이다…… 하지만 상냥하게.

다 끝났어! 말도 안 돼!

그냥 그렇게.

수녀원에서 배운 뒤로 한 번도 잊은 적이 없는, 성모마리아를 향한 호칭기도를 한다. 마테르 돌로로사. 슬픔에 잠긴 성모마리아여. 바다의 별이시여 우리를 위해 기도해 주소서. 연민 가득한 성모마리아여, 우리를 위해 기도해 주소서.

좋은 말이야.

이제 담대하게 눈을 감을 수 있을까.

이건 다 웃긴 일이야. 하느님, 전 피로합니다……

너무 지긋지긋한 일이야……

라리베 거리에서
In the Rue de l'Arrivée

몽파르나스 대로를 반쯤 올라가다 보면 '잔지바르'라는 카페가 있다. 짧게 올려 깎은 머리를 한 다리가 긴 여성들과 그 파트너들, 모두 화려한 옷깃에 남들을 무지하게 업신여기는 표정을 한 사람들이 바글바글한 그런 유명한 장소는 아니다. 그게 아니라, 반쯤 비어 있고 값이 싼 편인 작은 카페다. 예를 들어 커피는 '로통드'보다 몇 상팀 더 싸다. 그냥 들어 본 적이 있는 그런 곳이다. 유쾌한 곳도 아니다. 누군가 흥에 겨워 주인에게 발렌시아 음반을 틀어 달라고 하거나 축음기에 10상팀을 넣는 아주 드문 경우가 아니라면 말이다.

이곳에서, 어느 날 밤 11시에 한 여성이 네 번째 '핀 아로'를 마시며 전반적으로 인간 자체가, 특히나 자신을 동정하는 인간들이 얼마나 싫은지 생각하고 있었다. 기분이 진짜 울적할 때면 몽파르나스 대로 오른편으로 천천히 걸어 올라가면서 한 곳 걸러 한 곳씩 카페에 들어가 '핀 아로'—그러니까 소다 섞은 브랜디—를 마시는 것이 그녀의 처량한 습관이었던 것이다. 워낙 카페가 많았기 때문에 그다지 멀리 가지 않아도 원하는 결과를 얻어 낼 수 있었고, 그렇게 계속 자리를 옮겨 다님으로써 호기심 어린 웨이터들의 시선뿐 아니라 자신이 얼마나 취했는지 정확히 알지 못하는 문제를 피할 수 있었다……

그걸 보면 그 여성이 앵글로색슨이라는 건 쉽게 추측할 수 있을 것이다…… 그리고 지금 불운하다는 것…… 의지가 박약하고 그래서 보호자를 구하지 못한 허약한 부류의 운명에 처해 있다는 것도. 그녀는 팔꿈치를 테이블 위에 얹고 맞은편에 걸려 있는 〈레다와 백조〉 그림을 바라보았다. 카페 벽은 온통 성공을 바라는 화가들의 작품들이 번호와 가격이 매겨진 채 걸려 구매자를 기다리고 있었다. 온화한 빨강과 녹색과 노랑, 거대한 허벅지와 잘 다져진 종아리와 커다란 발을 가진 엄청나게 많은 여성들이 자아내는 효과. 그녀들의 상체는 아주 가늘고 호리호리했고, 얌전 빼는 작은 입술을 지닌 얼굴은 마르고 금욕적이었다.

하지만 그녀는 단순한 성격이라, 관점에 대한 이러한 상징들을 보며 어리둥절해하면서 뭔가 미흡한 느낌에 시선을 여기저기로 돌리다 다시 빨간 머리의 레다에게 돌아와, 구부러진 그녀의 목과, 그녀의 가슴 사이에 놓인 길고 하얀 백조의 목을 한참 바라다보았다.

옥색 물 위를 부드럽게 스쳐 가는 금색 부리의 새들에 대해 막연하게 꿈을 꾸다가 문득 외로움과 불행의 불쾌한 통증이 저미듯 밀려들었다. 무겁게, 개들이 하듯이 본능적으로 한숨을 크게 내쉬고는 핀 아로를 또 주문했다. 음료가 나오길 기다리는 동안 가방에서 작은 거울을 꺼내 못마땅한 듯 자신의 모습을 뜯어보았다. 부연 작은 거울에서 그녀의 눈이 자신을 되쏘아보았다. 눈 주위가 검고, 흰자위엔 약간 핏발이 선, 젊음이 사라지는, 사라져 버린 투명한 표정.

듀프레인 양─그 여성의 이름이 그러했으므로─은 유약하고 감상적이고, 완전히 무해하지만 아주 게으른 사람이었다. 불쌍할 정도로 거짓말이나 술수를 쓰지 못하고, 심지어 자기방어도 할 줄 몰랐다. 해봐야 이미 늦어 소용이 없거나. 동시에 감각적 쾌락을 좋아하고 호기심이 많고 무분별해서 평생 주변 남자들에게 강한 호기심을 불러일으켰다. 그녀의 사람됨에 대해서는 이 정도만 하자.

그러다 보니 어쩔 수 없이 그녀의 삶은 돌연한 움직임, 그것도 매우 급작스럽고 난폭한 움직임의 연속이었고, 심지어 그 난폭함보다도 그런 움직임의 돌연함이 결과적으로 그녀를 기진맥진하게 했다.

그럼에도 불구하고 그녀의 가련하고 매력적인 환상에는 끝이 없었다. '신사'들은 다르고 믿을 만하다고, '숙녀'는 술에 취했을 때조차 수선을 떨어서는 안 된다고, 하층계급은 결국 하층계급이라고 믿었다. 영국인과 미국인 중산층의 근거지인 몽파르나스는 아주 골치 아픈 곳이고 예전과 마찬가지라고 믿었다. 언젠가는 자신이 패션 아티스트로 유명해질 거라고, 되는대로 사는 지금의 삶의 방식에서 벗어나 정확히 5시에 토스트와 케이크와 하녀가 있고 찻잔이 달그락거리는 오후의 티타임이 일상적인 일이 될 거라고 믿었다. 더없는 행복에 대해 듀프레인 양이 몰래 간직하고 있는 기이한 생각이었다.

하지만 그곳의 그녀는 완전 빈털터리이고, 두 손은 급속히 그 수완을 잃어 가면서 몽파르나스의 싸구려 카페에서 망각을 추구하고 있었다. 정말 안 좋은 단계에 이르게 된 것이고, 숨기려 해 봐야 소용없었다.

듀프레인 양은 서둘러 다섯 번째 핀 아로를 비웠다.

깃에 약간 낡은 모피가 달린 검은 코트 안에서 몸을 옹송그리고, 검붉은색 가죽 의자에 약간 늘어져 앉아 있는 그녀는 겉보기에는 어딜 보나 차분하고 점잖은 것이 인생을 주도해 나가는 인물로 보였다.

하지만 드러나 보이지 않는 진짜 도러시 듀프레인 위로는, 공허하고 거대한 공간 속에서 쭈그러드는 그 조그마한 존재 위로는, 브랜디가 뜨끈하게 머릿속으로 느물느물 기어드는 중에 붉은 절망의 물결과 검은 피로의 물결이 덮치고 있었다. 우르릉거리며 어마어마하게 드넓은 바다로부터 밀려드는 물결. 그리고 물결이 하나씩 그녀를 덮친 후에 다시 멀어져 갈 때마다 그녀는 얼이 빠진 채, 말하자면 헉하고 숨을 내쉬는 것이다.

뭔가 난폭한 일을 저지르고 싶다는, 불가피하게 닥칠 예정된 결말을 향한 강렬한 충동과 삶에 대한 비겁한 두려움 그리고 완전히 무력한, 덜 성숙한 외로움. 술을 마시면 대개 그녀는 마음이 훈훈해지면서 뭔가 희망에 차올랐기 때문에, 술 때문에 지금과 같은 기분이 든 적은 예전에는 없었다. 어쩌면 그날 오후에 친분이 있던 신사를 지나쳤기 때문인지도 몰랐다. 정말 가까운 사이였는데, 그가 고개를 돌리고 초조한 듯 기침을 하며 그녀를 못 본 척했던 것이다…… '똑바로 걸어서 집에 갈 생각이라면, 이제 일어서야겠어.' 그녀는 문득 그런 생각을 했다.

그녀가 테이블 위에 돈을 놓고 일어섰고, 주의 깊고 위엄 있는 태도로 카페를 나섰다.

듀프레인 양(친구가 있을 때 그들은 돌리라고 불렀다)이 대로로 나서니 부드러운 가을밤이었고, 그 밤이 상냥하고 귀여운 손을 내밀어 그녀의 가슴을 끌어안았다.

자신의 숙소로 이어지는 철도역 뒤 샛길로 접어들자마자 그녀는 가능한 한 걸음을 빨리했다. 그 골목이 너무 싫었기 때문이다.

아주 지저분한 싸구려 숙박업소와, 기름과 땀 냄새에 전 싸구려 식당, 닷새 동안 자란 턱수염으로 얼굴이 시커먼 유색인 남자들이 드나드는 이발소들이 즐비했다. 예쁜 부인이라고는 하나도 없었다. 이 이발소에서 예쁜 부인은 그림자도 찾아볼 수 없었다.

심지어 모퉁이의 약국도 불길하고 불경해 보였다. 낮에는 퀭한 눈과 얇은 입술에 뒤틀리고 사악한 표정을 지닌 신사 밀랍 인형의 머리가 작은 상자에 담겨 창문에 진열되어 있었다. 그 머리 아래에 붙은 종이에 쓰인 문구는 이러했다.

아베 피에르의 '엘릭시르'를 복용하기 전까지 저는 위장병, 간장병, 신장병이 있었고, 신경쇠약과 빈혈과 정력 감퇴에 시달렸습니다……

몇 걸음 뒤에서 가만히 따라온 다음에야 말을 거는 끔찍한 남자들과 구지레한 드라마의 거리.

빨리 집에 들어가고 싶은 바람에 술이 거의 깨 버린 여자는 파리 보도에 대고 욕을 해 대며 걸음을 빨리했고, 문득 누군가 자신을 따라온다는 사실을 의식했다.

모자를 눈까지 푹 눌러쓰고 진홍색 목도리를 두른 한 남자가 손을 주머니에 찔러 넣은 채 옆쪽은 아니고 약간 뒤처져서 살금살금 걷고 있었다. 윤곽으로 보아 아주 작은 몸집에 약해 보였지만, 고양이처럼 동작이 아주 재고 활달할 것 같았다. 역시 고양이처럼 우아하기도 하고.

그가 막 입을 열려는 참이었고, 그녀는 그날 밤에는 도저히 참을 수 없을 것 같은 기분이 들었다. "아가씨, 이렇게 늦은 밤에 혼자 다니시나요?" 그가 말했다.

"*저리 꺼져!*" 그녀가 사납게 외치고는, 품위라고는 찾아볼 수 없는 우는 듯한 목소리로 덧붙였다. "*멍청이!*"

그러고는 상대에게서 당연히 모욕적인 말이 나오리라 예상하며 잔뜩 긴장했다.

그러나 그때쯤 그녀와 나란히 걷게 된 남자는 호기심이 담겼지만 상냥한, 정말 모든 걸 다 아는 듯한 눈길로 그녀를 바라보고는 지나쳐 가 버렸다.

그가 사색하듯 조용한 목소리로 말하는 소리가 들렸다. "*가련한 어린 여성이구먼, 쯧.*"

그 목소리에 담긴 말투와 그의 시선으로 인해, 이 더러운 거리를 지나는 그 행인이 자신의 마음 저 깊숙한 곳까지, 자신의 영혼 저 깊숙이까지 속속들이 다 알고 있다고 듀프레인 양은 확신했다. 눈에 눈물이 차오르면서 고개를 떨구게 된 것은 바로 그 때문이었다.

주의 깊은 그 시선이 나무라고 골을 내고 흐느끼다가 결국에는 울다 지쳐 침묵을 지키게 된 수백 명의 여성들을 지켜봐 온 것만 같았다.

운명의 여신처럼 무심해졌지만 매우 현명하고 말할 수 없이 관대해진, 하나같이 똑같은 수백 명의 여성 그리고 그 남자 자신을.

그리고 그가 그렇게 안다는 사실에 그녀는 분한 마음이 들기보다는 오히려 문득 위안이 되면서 마음이 평온해졌다. 모자 뒤꼭지와 몸을 약간 구부리고 나긋나긋 걷는 모양새가 이렇게 말하는 듯했다. "다 잘될 거예요!"

복을 타고난 행복한 사람들, 잘난 사람들이 그런 연민을 보였다면 화가 치밀었을 텐데, 그녀는 자신보다 더 못한 사람, 더 무지하고 더 괄시받는 사람에게서 나온 동정을 묘하게도 가만히 받아들였다……

그녀는 난간을 꼭 붙잡고 숙소 계단을 걸어 올라갔고, 옷을 벗는 중에 눈물이 조용히 흘러내렸지만, 아주 비참한 마음은 아니었다. 인류 전체에 복수를 하고 싶다는 강렬한 욕망이 사라지고 기이할 만큼 명료한 시각이 찾아들었다.

오직 절망적인 사람만이 완전히 진실할 수 있고, 오직 불행한 사람만이 연민을 주고받을 수 있다는 깨달음이 처음으로 희미하게나마 찾아왔다. 심지어 쓰라리고 위험한 비참함의 관능적인 면모까지도.

그날 밤 도러시 듀프레인은 자신이 죽는 꿈을, 그래서 허름한 정장에 진홍색 목도리를 맨, 키가 크고 빛나는 천사가 자신을 지옥으로 데려가는 꿈을 꾸었다.

하지만 가 보니 거기가 천국이라면 어쩔 것인가?

엄마가 되는 법을 배우다
Learning to Be a Mother

문 바깥쪽에 커다란 황동 문패가 달려 있었다.

라보리오 부인

여러 병원 조산원 경력

상담 시간 : 12시~4시

그래서 관리인이 있는 곳을 지나서 가파른 계단을 오르면…… 고통으로 바스라질 것 같은 몸으로 난간에 매달리다시피 하고 끝이 보이지 않는 그 계단을 올라가면…… 그러고 나면 '조산원'이라는 작은 문패가 걸린 작은 문이 나타났다.

안은 난장판이다. 요란스러운 목소리와 빽빽거리는 아기들, 뜨뜻한 담요 내음과 신음하는 여자들이 가득하다. 조산원 자격증을 가진 라보리오 부인은 법에 따라 병원에서 자리가 없어서 내보내는 환자들을 위해 커다란 방 하나를 마련해 두어야 했기 때문이다…… 열린 문으로 들어서면서 여성들이 눈에 들어왔다. 세 명이었는데, 한 사람은 산통으로 거의 정신이 나간 모양새였고, 나머지 둘은 호기심이 가득한, 백지장 같은 표정으로 그녀를 지켜보고 있었다. 난 재빨리 고개를 돌렸다.

긴 통로를 지나 내 방에 들어섰다. 얼마나 운이 좋은지! 나만의 방에서 신음할 권리를 돈으로 살 수 있었으니까.

전깃불이 얼마나 상처를 주는지 놀라울 정도이다. 저 불을 꺼 달라고 할 수만 있다면. 고통에 시달리며 프랑스어로 불이 뭔지 떠올리려 애쓴다. *"뤼미에르…… 에탕드르 라 뤼미에르(불…… 불 좀 꺼 주시겠어요).*" 그들은 알아듣지 못하고 난 맥없이 울기 시작한다.

라보리오 부인이 내 이마의 땀을 닦아 주고 전문가의 시선으로 나를 쳐다본다. 난 그녀를 올려다보며 다시 말한다.

"마취제요…… 약속하셨잖아요……"

그녀가 미소를 지으며 이마를 스펀지로 톡톡 두드린다.

"자, 자, 자." 그녀가 그렇게 중얼거리며 서둘러 자리를 뜬다.

노란빛의, 잔인한 불 아래 다시 혼자 남겨진다. 하지만 이제는 불이 두 개이고 길쭉하게 늘어난 그 불 주변으로 후광이 어른거린다.

거대한 고통이 나를 집어삼키며 갈수록 더 강하게 쥐어짜는 중에 나는 그 후광을 지켜본다.

"봐요!" 라보리오 부인이 말한다. *"얼마나 예쁜 아들을 낳았는지……"*

그쪽을 쳐다보며 힘없이 생각한다. 가련하고 흉측한 어린것!

아, 저리 치워요. 내가 짜증스럽게 말한다. 그리고 말한다. 목말라!

면회가 가능해지자마자 콜레트가 왔다. 당연히 꽃과 포도를 잔뜩 안고. 그녀는 남편의 친구로, 내가 처음 파리에 왔을 때 나를 찾아왔었다. 아마 점잖은 호기심에서였을 것이다…… 하지만 우리는 서로에 대해 궁금해했고 그래서 조금씩 친해졌다…… 그녀는 없는 게 없이 다 가졌다. 아름답고 명랑하고, 게다가 톨스토이를 읽기도 한다. 잠을 청하려고 읽는 것이긴 하지만, 어쨌든 읽긴 읽는 거니까. 한번은 그녀의 아파트에서 하룻밤을 보냈는데 정말 톨스토이를 읽는 것을 보았다.

그녀는 파리 토박이 이상이었다. 몽마르트르 토박이였는데, 그건 몇 배는 강화된 파리 토박이를 뜻한다.

그리고 관대했다…… 결혼을 생각하고 있었는데, 의구심이 있었던 게 분명했다.

어쨌든, 아기를 보고 얼러 주려고 왔다. 아기를 두고 별로 기뻐하지 않는 것에 대해 설명을 해야 해서, 그냥 딸을 원했다고 했다……

"아, 아니야, 그렇지 않아!" 그녀가 단호하게 말했다. "예를 들어 보자고! 남자, 아들! 그건 대단한 거지. 하지만 여자라니…… 또 다른 불쌍하고 *비참한* 존재일 뿐인데…… 미셸? 남편이 자랑스러워하지 않아? 기뻐하지 않아?"

내가 말했다. 물론이지, 아주 기뻐해. 아주 자랑스럽대.

그럼 이름은? 어린 양배추 이름은?

"로버트." 내가 약간 창피하다는 투로 말했다.

"로베르, 좋네. 하지만 미셸로 할 줄 알았는데!"

사실 마이클이라고 할 생각이었다. 로버트는 우연히 튀어나온 이름이었다.

이렇게 된 일이었다.

아기가 태어난 후 며칠 안 되어, 바싹 마르고 쭈글쭈글한, 조그만 남자가 나를 찾아왔었다. 메리와 관계가 있는 사람이었다. 그는 처음에는 한껏 미소를 보이며 공손하게 굴었다.

결혼하셨어요? 네.

남편분 이름이 어떻게 되죠?

난 베개 아래 놓아둔 결혼 증명서에 적힌 이름을 찬찬히 읽어 나갔다. 미셸 이반……

얼마나 순식간에 그 얼굴에서 미소가 사라지는지 정말 놀랄 정도였다.

"이반…… 그러면…… 남편은 러시아 사람이군요. 분명 볼셰비키겠지!"

러시아에서 태어나기는 했지만 남편은 프랑스 사람이라고 내가 말했다.

"이반…… 이반…… 그건 볼셰비키야, 그럼." 그가 못 믿겠다는 투로 중얼거렸다.

그러더니 매섭게 물었다. "아기 이름이 뭐죠, 부인?"

그런 질문에 준비가 안 된 상태였으므로 난 그저 빤히 바라보았다.

"아기 이름이 뭐냐고요?" 그가 더욱 매섭게 물었다.

그래서, 완전히 겁에 질려서, 난 그냥 맨 처음 머릿속에 떠오른 이름을 대고 말았다. "로버트!"

아기와 단둘이 있게 되었을 때 난 후회스럽게 말했다.
"처음엔 너를 안 좋아하고, 이젠 네 이름을 로버트라고 지어 버렸어. 이 불쌍한 악마 같으니라고."
그랬다. 아기가 좋지 않았다. 그러기엔 너무 상처를 많이 받았고 너무 피로했다.
그런 내 감정을 절대 내보이지 않고 비밀로 했지만, 아무리 애를 써도 도저히 아기에게 입을 맞출 수가 없었다…… 거의 내내 잠을 자 주니 고마울 따름이었다. 나 역시 잠을 자거나 『모로코인 사다』라는 책을 읽거나 라보리오 부인이 곁에 와서 앉을 때면 그녀와 얘기를 나누며 시간을 보냈다.
시간이 가면서 그녀를 흠모하게 되었다. 그렇게 차분하고 유능하고, 자신과 자신이 하는 일을 완전히 생각하는 대로 할 수 있는 사람을 흠모하지 않을 도리가 없었다…… 그녀는 뚱뚱하고, 흔들리지 않는 총명한 파란 눈을 가졌으며, 작업복 안에 밝은 빛깔의 벨벳 드레스를 입었다. 작고 하얀 손은 말도 못 하게 능숙했다……
그 손 하나로 아기를 획 들어 올려서 중간 어디쯤에서 잡으면, 어린 것은 그 능숙한 손길을 알아채고는 바로 울음을 그치곤 했다.
내가 아기에 대해 시들한 것을 두고 그녀가 말했다.
"다들 그래. 달라질 거야. 달라질 거라고. 지금은 아직 허약한 상태니까. 게다가 배울 필요도 있고."
그녀가 편안하게 앉아 이야기를 꺼냈다. 그런데 난데없이 옆방에서 신음과 비명 소리가 들려왔다.

"저것 보라지!" 그녀가 외쳤다. "내가 자리에 앉자마자 말이야."

"고통이 너무 심해서 그럴지도 모르죠." 내가 자신 없이 말했다.

"에이…… 다 똑같아. 당신하고도 똑같고, 나하고도 그렇고…… 하지만 돈을 덜 내는 인간일수록 더 시끄럽게 군다니까. 이미 운명으로 정해져 있는 거지만 놀라운 일이긴 하지."

"예수님! 예에수님!" 옆방의 여자가 악을 쓰듯 외쳤다. *"하느님…… 하느님…… 하느님……"*

그녀가 서두르는 기색 없이 담담하게 문 쪽으로 갔고, 나는 비명 소리를 지워 보려 이불을 머리까지 뒤집어썼다.

사람들이 모성에 대해 하는 말은 다 거짓말이다! 신성한 모성! *신성한 모성이라고!*

그래, 옆방에 *신성한 모성*이 있지. 끔찍한 세상……

그러다가 잠이 들었던 게 분명했다.

한밤중에 로버트의 낮은 울음소리에 잠이 깼다. 낮은 울음이었으므로 난 요람에서 아기를 들어 올려 팔에 안았다. 뭐가 맘에 안 드는지 우는 소리를 냈는데, 앞뒤로 흔들어 주자 거의 잦아들었다. 방이 얼마나 따스한지! 얼마나 고요한지! 저 멀리에서 개 짖는 소리와 택시 경적 소리가 들려왔다.

문득 내가 행복하다는 걸 알았다.

야간등이 빛나고 있었다. 아이가 눈을 뜨고 내 눈을 똑바로 들여다보았다. 그 눈 역시 약간 기우듬했는데, 슬퍼 보인다는 생각이 들었다.

프랑스식으로 북미 원주민의 아기 자루처럼 꽁꽁 둘러 싸맨 아기는 얼굴만 나와 있었다. 집에 가면 다르게 싸 줘야지.

아가! 입맞춤을 해 줘야겠다.

어쩌면 그래서 슬퍼 보였을지도 모른다. 엄마가 지금껏 한 번도 입맞춤을 해 주지 않아서.

파랑새
The Blue Bird

그날 오후 카를로와 나는 돔 카페에 앉아 퀴멜주를 마시고 있었다. 날이 더워서 카페를 찾은 손님들은 테라스에 모여 있던지라 카페 안은 상대적으로 한산했다.

일부러 후줄근해 보이도록 한 바지에 면 스웨터를 입은, 높은 목소리 톤에 매만지는 시늉을 잘하고 엉덩이를 실룩거리는 젊은 신사들이 평소 수준으로 모여 있고, 역시 평소 수준의 빈털터리들도 에스프레소를 앞에 놓고 거만하게 앉아 있었다. 음란한 눈빛의 대머리 웨이터가 업신여기는 태도를 보이며 다부진 걸음걸이로 왔다 갔다 했다. 밝은 머플러 끝자락이 바람에 날렸다. 고상한 영국 여성이 새된 목소리로 주교인 삼촌에 대해서, 히스테리가 얼마나 싫은지에 대해서 떠들어 댔다.

그날 오후에 모인 여성들은 대부분 못생겼다. 화장을 안 한 얼굴은 뭔가 덜되고 헐벗은 느낌이고, 오커 분에 아이섀도, 보라색 립스틱 등으로 한 화장은 햇빛을 받으니 봐주기 힘든 얼룩처럼 보였다.

그런 중에 일종의 구원처럼 한구석에 사랑스러운 인물 하나가 앉아 있었다. 은색 터번으로 얼굴을 싸매고 있었는데, 그 아래로 곱슬머리 몇 가닥이 비어져 나와 있었다. 흑인이라니, 안됐네. 왜 안됐다는 거지?

퀴멜주를 세 잔쯤 마시고 나면 지나치게 인상주의적이 되는 법이다.

"한잔 더 할까, 카를로?"

"지독한 낭비벽이군!" 카를로가 저음의 목소리로 말했다.

카를로는 모순 덩어리였다. 목소리는 남자처럼 낮은데, 어깨와 엉덩이는 여리여리한 여학생처럼 좁고 갈색 눈은 강아지처럼—여기서 이름이 나온 것이다—충직했다. 입매는 원한에 차고 고통에 일그러져 있었다. 그 입만 아니면 그녀의 인생이 실패이자 비극이라는 것을, 몽파르나스의 비극 중 하나임을 추측할 수 있는 사람은 아무도 없을 것이다.

몽파르나스에는 온갖 종류의 비극들이 가득했다. 누가 봐도 분명한 비극과 겉으로 드러나지 않는 비극, 조용한 비극과 요란스러운 비극, 순식간에 벌어지는 비극과 서서히 일어나는 비극이. 심지어 돈이 되는 비극도 있다. 장담하는데 비극이 돈이 될 수도 있으니까.

아무 날이든 창백한 얼굴에 비극적인 눈매를 지닌, 고통에 시달리는 존재들을 볼 수 있을 것이다. 그러니까 간간이 술을 마시면서 각자의 영혼을 쏟아 내는, 혹시나 이게 팔릴까 하고 내보이는 그런 사람들 말이다.

카를로는 모르는 사람이 없고 그녀를 비난하는 사람도 없다. 정말 너무나 **괜찮은** 사람인데 너무나 가망 없는 상황인 것이다.

불쌍한 영혼. 나쁜 남자와 사랑에 빠져서 그렇게 된 거니까. 얼마나 안된 일인지!

진짜 이름은 마거릿 톰킨스가 분명하다고 보고, 어디서 태어났는 지는 상관없다. 아마 런던일 것이다. 10년 전 열일곱 살쯤 되었을 때 영국을 떠나 유럽 여기저기를 돌아다녔다. 처음에는 특이한 이유로, 아마 그저 사는 게 따분해서 결혼을 했던 별 특징 없는 그리스인과 함께였고, 그다음이 나쁜 남자와 함께였다. 나쁜 남자는 부쿠레슈티에 서 처음 만났다. 그들은 최종적으로 파리에 이르렀고, 거기서 카를로 는 되는대로 예술가의 모델 일을 하면서 몽파르나스에 정착하게 되 었다. 나쁜 남자는 강 반대편에서 지냈지만, 간간이 강 아래편으로 달 려와 그녀를 붙잡아 가곤 했다. 그가 그녀의 돈―어떻게 번 것이건 상관없이―을 몽땅 털어 갔다는 게 사람들 얘기였지만, 카를로는 항 상 그건 절대 사실이 아니라고 엄숙하게 맹세했다.

그녀의 말에 따르면 오히려 그가 가진 돈을 그녀를 위해서, 그것도 흥청망청 다 썼다는 것이다.

어쨌든 그녀는 살면서 온갖 다양한 굴곡을 겪었지만, 시골 목사의 딸 같은 인상은 절대 사라지지 않았다. 사실 원래 시골 목사의 딸이라 는 게 내 생각이다. 평소에는 감각이라고는 없이 옷을 입다가 간혹 너 무 튀는 밝은색 옷을 입곤 한다. 그날은 빨간 밀짚모자를 썼는데, 챙 으로 그늘진 얼굴은 아주 창백해 보였고, 눈은 너무나 선명한 갈색이 어서 거의 노란빛을 띠었다.

그녀가 불쑥 말했다. "아, 다행이야, 이렇게 덥다니 정말 다행이야.

1년 내내 더운 날이라고는 이틀밖에 없는 것 같아. 오늘이 그날이지 뭐야. 너무 좋다!" 난 다소 심드렁하게 그 말에 동의했다. 난 그냥 가만히 앉아 있는 기술이, 황금빛 햇살을 받으며 한 번에 몇 시간이고 막연한 꿈을 꾸며 아무 하는 일 없이 거룩하게 앉아 있는 기술이 전혀 몸에 익지 않는다.

카를로는 그런 기술이 있었지만, 더운 지방에서 아주 오래 살았기 때문에 일단은 영국인답지 않았다.

그녀가 턱을 괴고는 딱히 아무것도 보지 않는 멍한 눈으로 바깥의 익숙한 얼굴들을 바라보았다.

그녀가 말했다.

"작년 여름에, 지금처럼 이렇게 더웠던 밤이 있었는데, 정말 행복했어. 완전한 행복이란 있을 수 없다고들 하지만, 난 정말 그랬는걸."

낮은 목소리로 그렇게 말했다.

나는 놀라지 않을 수 없었다.

카를로가 자기 얘기를 하는 일은 별로 없었고, 사랑에 대한 얘기는 전혀 한 적이 없었으니까. 사랑한 사람은 분명 아주 많았겠지만, 불쌍한 것. 그것만으로도 그녀는 몽파르나스에서 독특한 존재였다. 그러니까 여자들 중에서.

그녀가 말했다.

"있잖아, 몇 주 동안 폴에게서 연락이 없는 거야, 그래서 너무나 걱정이 됐었지. (폴이 그 나쁜 남자이다.) 그랬는데 전보가 왔어. 바르비종에 있다면서 나보고 그리로 오라는 거야. 퐁텐블로 숲에 있는 바르비종 알지?"

내가 말했다. "알아. 연인들의 고전적인 장소지."

"그래, 그래서 그리로 갔지." 그녀가 말했다.

(그랬겠지. 사랑에 빠져서 눈이 먼 불쌍한 것. 당연히 갔겠지.)

"저녁 무렵에 근처에 도착해서 플룅에서 택시를 타고 호텔로 갔어. 택시 안에서는 정말 비참한 심정이었지. 정말 비참했다고! 비참한 게 뭔지 알잖아. 폴을 다시는 못 볼 것 같아 말도 못 하게 겁이 났거든. 너무나 사랑하는데 너무 두드러져서…… 운명적으로 말이야, 무슨 뜻인지 알지? 그래서 절대 마음을 놓을 수 없는 그런 사람이거든, 폴이. 몰라? 뭐, 그런 사람들이 있어.

호텔 침대 위에 꽃이 잔뜩 뿌려져 있고 창문은 다 활짝 열려 있었어. 창문은 또 얼마나 많은지. 꼭 밖에 있는 것 같더라니까.

그러더니 폴이 이렇게 말하는 거야. '카를로, 지금은 아무 말도 하지 말자. 그건 이따가 저녁 먹고 나서 하자고! 지금은 그냥 행복하게 즐기는 거야. 다 잊어버리고. 검은 드레스 가져왔지? 그거 입어.'

그래서 난 눈을 감고 그에게 키스했고, 아무것도 물어보지 않았어. 정말 아무것도. 돈은 있냐는 것도. 나한테 돈이 있었으니 어차피 그건 별문제도 아니었지만."

(화가 벌컥 나려는 걸 꾹 눌러 참고 퀴멜주를 마셨다. 불쌍한 카를로, 가련한 것.)

그녀가 말을 이었다.

"바깥 테라스에서 저녁을 먹었어. 바로 몇 미터 앞이 숲이었어. 호텔이 바로 숲 가장자리에 있었거든. 무슨 헛간 같은 걸 세워 놔서 사람들이 거기서 작은 총으로 뭔가에 대고 쏘고 있었는데, 뭔지는 몰라. 우리는 물론 그쪽에 등을 대고 앉아 있었지.

다른 사람들은 눈에 들어오지도 않았어. 사람들이 많았는지 별로 없었는지도 기억이 안 나. 그냥 맛있는 음식을 다 먹고 소테른 와인을 마시고, 그러자 행복해졌어.

폴이 말했지. '자, 이제 숲에 들어가자. 그리고 원하면 얘기를 해 보자고.'

있지, 정말 이상한 게, 바르비종 근처 숲은 밤에는 정말 사람이 하나도 없거든. 호텔 숙박객들이 저녁을 먹고 나면 숲으로 산책을 갈 것 같지만, 사실 안 그래. 사람이 하나도 없고 고요한 게 얼마나 멋진지 몰라. 조금 가다가 길을 벗어나 숲으로 들어갔어. 나무는 더 빽빽해지고 사위는 정말 적막했지. 혼자였으면 당연히 무서웠겠지. 난 밤에는 나무들이 기묘해진다고 생각하거든. 넌 안 그래? 나무를 정말 좋아하긴 하지만, 낯설기도 하니까. 우리가 생각하는 것 이상으로 살아 있는 게 분명하다고……

폴이 이렇게 말했어. '여기는 안전해. 완전히 우리 둘뿐이니까. 누울 수 있게 내 코트를 깔아 줄게.'

그러고는 '카를로!' 이렇게 말하는 거야.

남자들이 때로 어떤 눈길로 바라보는지 알지. 절박하게 뭔가를 애원하듯이 그리고…… 그리고 어쩐지 어린애같이 말이야!

나무 아래에서 그 얼굴이 얼마나 하얗게 보였는지 넌 상상할 수도 없을 거야. 게다가 그 눈은…… 안에 불이 반짝거렸어.

제정신이 아닌 것 같은데, 이런 생각이 들었어.

그 눈에 평온을 찾아 주려고 눈에 입을 맞췄어.

그런데 그때 나이팅게일이 지저귀기 시작하는 거야. 그러고는 계속 계속.

너무 행복했어. 그런 느낌은 전혀 가져 본 적이 없었어. 앞으로도 그럴 거고.

폴에게 속삭였어. '지금 죽으면 너무 멋지지 않을까?'

'카를로, 그거 진심이야? 그럴 용기가 있겠어? 내가 꼭 잡아 줄게. 아무런 느낌도 없을 거야.'

내가 벌떡 일어나 앉아서 쳐다보니까 그가 계속 말했어. '그럴 용기가 있겠어, 카를로? 말해 봐, 정말 그래?'

그러자 왠지 그 시선에 덜컥 겁이 나서 내가 말했어. '모기 있다. 올해는 별로 없을 거라며. 그런데 모기 있잖아.'

진짜 웃기는데, 때로 악마가 내 입을 빌려 말하는 것 같다니까!

내가 하고 싶은 말은 이거였거든. '그래, 죽여 줘. 이렇게 죽으면 지금까지 살아온 의미가 있을 거야.'

그런데 그게 아니라 모기 얘기를 한 거지.

그가 나를 붙잡아 일으켜 주고는 말했어. '호텔로 가자.'

그러더니 돌아가는 내내 딱 한 마디밖에 안 했어. '돈 걱정은 하지 마. 지갑에 호텔비 낼 돈은 있으니까.'

폴이……"

카를로가 말을 뚝 그치고는 난데없이 울음을 터뜨렸다. "아, 맙소사, 정말 멍청이였어, 멍청했다고. 달콤한 죽음에 그렇게 가까이 갔다가 그걸 차 버리다니! 겁이 났었거든. 그래서 계속 살아 봐야 이렇게 만신창이가 되었을 뿐인데! 그리고 나이를 먹는 거지, 미련한 바보들한테 수없이 당해 가면서. 어리석고 미천한 삶에 매달린 거야. 아, 맙소사…… 그날 밤에 그가 일어나서…… 자살을 하러 가기 전에 내게 입맞춤을 했던 게 틀림없어…… 잠결에 그가 입을 맞추는 걸 느꼈거든.”

불쌍한 마음에 아무 말 없이 내가 손수건을 건넸다. 그녀의 것이 너무 작아서……

불쌍한 카를로! 처음으로 그녀에게서 직접 폴의 얘기를 들었다. 일반적으로 사람들이 받아들인 바는, 나쁜 남자는 끝까지 나쁜 남자라는 것이었다. 뭔가 심각한 잘못을 저질러 경찰에 쫓기는 신세가 된 그가 어느 날 밤 바르비종에서 권총 자살을 했다는, 그리고 먼저 조심스럽게 그 불행한 여자를 자신의 일에 끌어들였고, 자살조차 품위 있게 하지 못했다는.

인생이란 정말로 불만족스럽고 종잡을 수가 없다…… 무척이나.

카를로의 친구들은 모두들 그녀가 마침내 그에게서 벗어났으므로 로켓처럼 하늘로 솟아오르리라 생각했다. 혹은 그렇게 생각하는 척했다. 그런데 그게 아니라 그녀는 완전히 부서져 버렸다. 완전히 산산조각 났다. 살아가기 위한 기본적인 의무감을 어떻게든 그녀에게 일깨우려는, 의도는 좋았던 모두의 노력에 그녀는 맹렬한 증오를 퍼부었다.

그런 거야! 그래서 그녀는, 몽파르나스의 비극인 그녀는 자애로운 사람들에게 “불쌍한 카를로” 소리를 듣고, 다른 사람들에게서는 “그 끔찍한 여자” 소리를 듣게 된 거지……

이제 그녀가 얼굴에 분을 바르고 모자를 눈 위까지 눌러쓴 뒤 자리에서 일어섰다.

그녀가 말했다.

“가 봐야겠다. 아랍인 친구를 만나야 하거든. 내 아랍인 친구 알던가?『천일 야화』에 나오는 인물처럼 왼쪽 뺨에 애교점이 있잖아. 정말 잘생겼어. 하지만 은근히 깡패 같은 구석이 있는 것 같아. 잘 가, 자기야. 울어서 미안. 바보같이 말이야."

그녀가 대로를 건널 때 그 빨간 모자가 햇빛에 반짝였다.

잿빛 어느 날
The Grey Day

봄에 찾아온 춥고 음울한 어느 날이었다. 구름 뒤로 매섭게 하늘이 노려보고, 새로 돋아난 나무의 신록들이 가만히 뚱하게 매달려 있는.

기쁨도 낭만도 다정함도 없는 날. 기쁨과 낭만과 다정함은 불가능하고 생각할 수도 없는, 우스꽝스러운 착각일 뿐이고, 슬픔은 그저 창백한 유령인 그런 날.

한 시인이 예쁜 여자가 눈에 띄기를 바라며 라스파유 대로를 따라 근엄하게 걸어 내려갔다. 손톱에 매니큐어를 바르고 값비싼 향수를 뿌리고 아주 고급스러운 실크 스타킹을 신은 쓸데없는 존재, '연약한 장식용'이라는 딱지와 보증서가 붙은.

때로 그런 존재가 기분을 북돋아 주니까…… 그런데 그런 여자는 하나도 보이지 않았다.

마주치는 여자마다 분별 있는 발걸음으로 짐을 들고 무겁게 그의 옆을 지나갈 뿐이었다. 한 여자는 아예 녹색 빗자루까지 들고 있어서 그걸로 시인을 쓸어 없애 버리고 싶은 것처럼 보이기까지 했다.

시인은 낮은 신음 소리를 내며 카페에 들어가 음료수를 주문했다. 아무것도 없이 맨손으로 아름다운 옷을 지어 내지 않으면 단두대에 올라갈 운명인 공주가 된 심정이었다.

이런 세상에서 시를 쓴다는 게 어떨지 상상해 보라!

매일 아침마다 (적어도) 하나의 시를 써야만 한다는 게 어떤 건지 상상해 보라!

그 어둡고 조용한 카페에서 그의 절망이 흐릿해져 다시 잿빛이 되었다. 카페 안에는 기름기가 낀 곱슬머리의 매부리코 남자 둘이서 체커 게임을 하고 있었다.

그가 눈을 감고 햇빛이 찬란한 파란 바다를, 빨간 옷을 입은 댄서의 유연한 하얀 팔을, 바이올린에서 나오는 고동 소리와 바람에 흩날리는 꽃잎의 팔랑거림을 상상해 보려 했다.

별 소용이 없었다.

게다가 사실을 말하자면 꽃들의 생김새는 바보 같았고, 댄서도 마찬가지였다.

음료 한 잔을 더 시켰다.

잿빛 날이었다. 더위와 추위 사이, 여름과 겨울 사이, 젊음과 노년 사이의.

시인은 세상의 모든 분별 있는 사람들에 대해 생각했다. 차려 놓은 모든 소고기 덩어리와, 코를 풀어 주길 기다리는 모든 아이들과, 미덕의 추함과 악덕에 따르는 통탄할 반응에 대해.

아침에 대해. 아침에 일어나는 것에 대해.

그는 젊은 시인이었고, 자신의 앞에 수많은 아침이 놓여 있을 가능성이 다분하다는 사실을 깨달았다. 그 각각의 아침마다 일어나서 목욕을 해야 하리라. 아니, 목욕은 못 할 것이다. 가난한 데다 파리에 살고 있으니까. 그럼 일어나서 씻어야겠지…… 천천히, 하나하나.

그것이 한계였다……

불쌍한 시인이 음료값을 계산했다……

시디
The Sidi

일요일 오후 4시.

상테 교도소에서는 이제 재소자들이 잠자리에 들 공식적인 밤 시간임을 알리는 종이 곧 울리게 될 것이었다.

54번은 간단히 잘 준비를 했다. 바닥에 매트리스를 깔았는데, 철제 침대의 가로대가 부러져서 거기 누워 있는 게 고문에 가까웠기 때문이었다. 그러고는 옷을 다 입은 채로 팔다리를 대자로 벌리고 누워 눈을 말똥말똥 뜬 채 더럽고 축축한 감방 벽을 쏘아보았다. 조금씩 조금씩 벽이 그림자 속으로 잠겨 갔다.

오른쪽 방의 재소자가 손가락으로 벽을 반복해서 두드리기 시작했다. 탁, 탁, 탁, 탁, 탁, 탁, 탁, 탁……

분명 암호이리라. 매일 밤 일어나는 일이었다.

54번은 대답하지 않았다. 두드리는 게 점점 빨라지더니 잠깐 두 배로 맹렬해졌다가는 아쉽다는 듯이 천천히 멈췄다.

가볍고 빠른 누군가의 발걸음 뒤로 무거운 걸음이 이어졌다. 녹슨 경첩에서 요란스럽게 끼익 소리가 나며 왼쪽 방의 문이 열리는 소리가 54번의 귀에 들렸다. 침대 정리를 이렇게 하라는 둥, 늘 깨끗이 정리하고 고분고분하게 굴라는 둥 바른 행동거지에 대해 훈계를 늘어놓는 교도관의 목소리도 들렸다. 벽에 해충이 득실거리고 거무죽죽한 습기가 배어 나오는 이 감방에 틀어박히게 되었을 때 그가 들었던 것과 똑같은 훈계였다.

'오호, 신참이군.' 54번이 생각했다.

그는 어둑한 곳에 있는 신참의 모습을 그려 보기 시작했다. 얼룩진 매트리스와 축축한 회색 이불에 더러운 침대보가 깔린 끔찍스러운 침대에 누울 준비를 하는……

54번은 그러다 잠이 들었다. 그런데 한밤중에 단조로운 기도 소리에 잠이 깼다. 간간이 높고 날카로운 소리를 낼 때 외에는 한결같은 리듬으로 이어지는, 곡조도 없고 가사도 없는 구슬픈 단조의 읊조림.

음란한 어둠 속의 만가와도 같았고, 고요하던 감방 벽들이 깨어나기 시작했다. 다른 재소자들이 화가 나서 조용히 하라며 벽을 주먹으로 두드려 댔다. 하지만 기도는 여전히 계속되었다. 시작도 끝도 없는 소리의 파도, 어떤 강박.

마침내 소리가 멈췄을 때 54번은 잠을 잘 수가 없었기 때문에, 새벽이 밝아 올 때까지 옆방 친구에 대해 온갖 추측을 하며 누워 있었다. 아마 미친놈이겠지. 감방에는 미친놈들도 있으니까. 아니면 감방을 제집처럼 들락거리는 놈이 자기는 전혀 신경 안 쓴다는 걸 보여 주고 싶었거나.

기분이 좋다거나 반항적으로 들렸던 건 아니었다. 그보다는 기도하는 소리에 가까웠다. 그러다 문득 54번은 전쟁 전에 파리 보드빌 무대에서 모로코식 삶에 대한 공연이 유행했다는 사실과 함께 1914년의 프랑스 전선에 있던 모로코 군대도 떠올랐다.

그가 생각했다.

'그럼 그렇지, 시디잖아. 검둥이.'

왜 아니겠는가? 전쟁 중에 떼를 지어 몰려와서 전쟁이 끝난 후에도 '좋은 프랑스 사람'이 되기 위해 프랑스에 눌러앉았던 아랍인들 중 하나겠지. 보수가 형편없는 가장 천한 일을 하면서 무슨 거금이라도 벌기를 순진하게 바라면서 눌러앉은 것이다. 파리의 인기 많은 구역 내의 집단 거주지에 살면서, 이해하지도 못하는 법과 항상 충돌하면서, 그리고 알라를 무시하고 '기독교인'들의 부인과 딸을 넘보다가 그들과도 충돌하면서, 코란에 뭐라고 쓰여 있건 아이스크림 띄운 와인을 마시며 말이다.

그런 아랍인 중의 하나겠지. 누더기 옷에 해충이 들끓고 툭하면 싸움을 거는 도둑놈들. 바로 그거야. 밤에 늘어놓는 단조로운 불평의 읊조림. 전선에 있던 유색인들이 가엾이 여기시는 분인 알라를 부르며 기도문을 읊조릴 때 이미 들어 본 적이 있었다.

아침 운동 시간에 54번은 옆방 친구를 보게 되었다. 그는 아랍인이었지만, 54번이 예상했던 것처럼 궁핍과 술로 인해 초췌하고 해충이 득시글거리고 뭔지 모를 병에 시달리는 그런 유형은 아니었다. 상당히 젊은 사람이었고, 미개인 예수처럼 아름다웠다. 두상이, 말하자면 흑단과 상아로 깎아 낸 듯 윤곽이 뚜렷했고 두꺼운 눈썹과 긴 속눈썹 아래 두 눈은 길고 아주 새카맸으며, 얼굴은 수척한 구릿빛이었음에도 빨간 입술 안쪽의 치아는 놀랍도록 하얗게 빛났다. 구질구질한 무리들 사이에서 그는 추장이나 왕처럼 보였다.

재소자들이 일렬종대로 계단을 내려오는 중에 시디가 이쪽으로 몸을 돌렸다.

"당신, 담배?" 그가 물었다.

"응." 54번이 대답하면서 손바닥 안쪽에 감춰 두었던 담배꽁초를 그에게 재빨리 건넸다.

계단이 굽어지는 곳에서 교도관이 고함을 쳤다.

"야, 거기! 너, 검둥이, 움직여! 앞에 보고!"

시디가 무시하듯이 어깨를 으쓱하고는 땅에 침을 뱉었다.

교도관의 시야에서 벗어나자마자 그가 다시 말했다.

"나, 죄 없어, 나, 왜 감옥 있는지 몰라, 나, 아파, 많이 아파."

다들 하는 얘기지, 54번이 생각했다. 당연히 뭐가 뭔지 모르겠지, 불쌍한 녀석들.

"당신 여기 오래?" 시디가 다시 물었다.

하지만 다른 교도관이 나타났으므로 대답을 할 수는 없었다.

10시경, 아침 수프 배식이 끝나고 법정에 나갈 차례가 된 재소자들이 모두 각자의 방에서 나가고 그날 치 배급이 다 이루어진 그 시간에 시디는 다시 뭔가를 읊조리기 시작했다. 목 뒤를 긁는 듯한 긴 불평조의 읊조림이 54번의 감방을 가득 채우면서, 생각의 힘을 옥죄는 일종의 두꺼운 커튼을 쳐 놓은 것만 같았다. 고요한 시골 밤 개 짖는 소리처럼 서글픈데, 끝이라고 할 것 없이, 확실한 종결 없이 스러져 버렸다.

벽을 두드리는 소리가 들렸다. 하나, 둘, 셋. 재소자들의 암호에 따르면 C이다. 54번도 대답으로 두드렸다. 시디가 열일곱 번을 두드렸다…… Q. 다음엔 여덟 번…… H.

54번은 대답하지 않았다. C-Q-H는 말이 되지 않았으니까. 아랍인은 알파벳을 모르는 모양이었고, 결국 그와 소통을 해 보려는 건 부질없는 일이었다.

오후 4시쯤, 시디가 기도를 외기 시작했는데, 항상 같은 것이어서 유일하게 알아들을 수 있는 말이라고는, 알라, 알라, 알라뿐이었다.

무시무시하고 가차 없는 어떤 것, 일종의 박해였다.

그는 정해진 시간에 규칙적으로 기도를 했다. 그 소리는 밤에는 불편하고 고통스러운 꿈처럼 늘어졌고, 낮에는 다른 감방의 소음을 다 누를 만큼 격렬하고 완고하고 높고 새되었다.

알라, 알라, 알라!

매일 아침 54번은 아랍인을 보았다. 매일 아침 똑같은 대화를 나누었다.

"당신, 담배?"

"응."

"나, 죄 없어. 나, 왜 감옥 있는지 몰라."

어느 날 아침 재소자들이 아침 운동을 나가는데 시디가 보이지 않았다.

법정에 나갔겠지, 54번은 생각했다.

(피의자는 체포된 후 법정에서 재판을 받을 때까지의 시간—몇 달

이 걸릴 수도 있는데—동안 이곳 상태에 머물기 때문이다.)

하지만 감방에 돌아왔을 때 교도관이 옆방 문을 여는 소리가 들렸다.

"*뭐야, 이 자식, 침대에 누워서! 더러운 검둥이 놈!* 일어나서 빨리 안 움직여!"

"많이 아파!" 아랍인이 신음했다.

"아프다고? 아침에 얘기했어야지! 일어나! *나가! 나가라고!*"

"아파." 시디가 다시 말했다.

울화와 짜증이 치미는지 거만한 교도관의 목소리가 높아졌다.

"잠깐만, 내가 아픈 게 뭔지 보여 주지, 이 게을러빠진 새끼! *세상을 뭐로 보고,* 기다려 봐, 이 버러지 같은 검둥이 자식, *더러운……*"

발로 걷어차는 소리가 둔탁하게 들렸다. 두 번, 세 번…… 아랍인에게서는 아무런 소리도 들리지 않았다. 그러더니 의자가 뒤집어지는지 요란한 쿵 소리가 났다.

문이 끼익하며 다시 열렸다.

"바닥에 계속 누워 있고 싶다고 했지? 그래 계속 누워 있어. 침대에는 얼씬거리지도 마, 아니면 아주 작살을 낼 테니까. 후레자식."

감방 문이 닫히고, 징 박은 구두 소리가 무겁게 복도를 울리더니 고요해졌다.

그날 시디는 기도를 하지 않았다. 하지만 기도처럼 애처롭게 한없이 이어지는 신음마다 그의 생명이 빠져나가는 듯했다.

배식 시간이 돌아왔다.

"*이봐!*" 교도관이 불렀다. "아직도 바닥에 엎어져 있네, *저 후레자식이. 조심해야 할걸! 안 그러면 그냥……!*"

그러더니 먹을 수도 없는 쌀죽이 담긴 깡통 그릇을 재소자에게 돌리는 보조에게 말했다.

"저 검둥이는 안 줘도 돼. 그냥 뒈지라지!"

그날 밤 힘없고 가냘픈 신음 소리가 수도꼭지에서 물이 한 방울씩 떨어지듯 규칙적으로 밤새 이어지다가 동틀 무렵 그쳤다.

'잠이 들었나 보군, 불쌍한 녀석.' 54번이 생각했다.

7시에 침대를 검사하러 교도관이 왔을 때 시디의 감방 쪽에서 다시 요란하게 욕하는 소리가 들려왔다.

그러더니 반쯤 당황하고 반쯤은 성가시다는 투의 외마디가 들렸다.

"젠장, 죽었잖아, 이 검둥이!"

54번은 잘생긴 옆방 친구가 죽었다는 사실을 알고 경악했다. 모로코의 뜨거운 해와 형형색색의 이미지를 가득 담고 있던, 웃는 표정의 그 커다란 두 눈을 영원히 감으면서 마지막으로 본 것이 프랑스 감방의 차갑고 음울한 벽과 더럽고 지저분한 침대와 손톱이 시커먼 살진 주먹, 격분하여 벌게진 얼굴과 욕을 내뱉는 '기독교인' 관리의 험한 입이었으리라 상상했다.

빌라도르에서
At the Villa d'Or

몽파르나스의 세라가 그날 오후 빌라도르(황금 별장)에 도착했고,
이제 저녁 9시 반이었다. 막 저녁을 마치고 커피를 마시는 평화롭고
낙천적인 시간.

커다란 안락의자에 깊숙이 앉은 세라가 열린 창문으로 스며들어
오는 따뜻하고 아름다운 밤과 바다와 달과 야자수 그리고 방의 부드
러운 조명에 감탄했다.

멀리 카지노에서 간간이 아주 희미한 음악 소리가 들려왔고, 맞은
편 소파에는 장밋빛 새틴으로 안을 댄 녹색 벨벳 가운을 입은 로버트
B. 밸런타인 부인이 앉아 있었다. 신발 끈 왕인 로버트 B. 밸런타인
씨는 다른 커다란 안락의자 깊숙이 늘어져 있었고, 밸런타인 부인 주
변으로 다섯 마리의 페키니즈 강아지가 잘 어울리게 자리를 잡고 있

었다. 금송아지 빌라라고 해도 좋을 뻔했다.

'그리고 정말 멋있기도 하지.' 세라가 생각했다.

찰스가 들어와 커피 쟁반을 들고 나가며, 밸런타인 씨에게 커다란 파란색 책을 주었다.

찰스는 영국 사람으로 마치 안락의자 같았다. 이상한 얘기지만 또한 나긋나긋하고 잘생기고 세심하게 예의를 지켰다. 하지만 그때 찰스는 확실히 중산층과는 구별되는 하층계급이었다.

"요리사가 당도했습니다." 그가 말했다. "더 필요한 건 없으신가요, 사모님?"

"없어요, 찰스." 밸런타인 부인이 도도하지만 상냥함이 묻어나는 태도로 말했다.

찰스는 쟁반을 들고 우아하게 물러났다. 이 모두가 그에게는 무척이나 만족스러운 듯이 보였다. 그의 잘생긴 외모, 유연하게 허리를 꺾어 인사하는 것, 제복⋯⋯

'모든 게 완전히 영화처럼 보이는 곳에서 집사로 일하는 것도 재미있을 거야.' 세라가 생각했다.

로스앤젤레스 출신인 밸런타인 부인의 딸은 아주 유명한 영화배우였다. 한 달에 받는 편지만 해도 수천 통이었다. 런던에서는 밖에 나가기만 하면 사람들에게 둘러싸였다⋯⋯ 이 가정에는 돈에서 나오는 것과는 확연히 다른 어떤 화려함이 있었다⋯⋯

밸런타인 씨는 뿔테 안경을 쓰더니 파란색 책을 펼쳤는데, 거기에는 랍스터 리소토와 '황금 호수 위의 얼음 메추리'와 속을 밥으로 채운 피망이 적혀 있었다.

한참을 들여다본 후 그는 마치 이승의 거짓된 광휘에 등을 돌리는 성자처럼 선언했다.

"녹색 껍질 콩은 내일 메뉴인가 본데. 여보, 밥을 좀 색다르게 먹어 보는 건 어때?"

밸런타인 씨는 채식주의자에 술은 절대 입에 대지도 않았고 담배도 피우지 않아서, 대부분의 미국 백만장자들과 마찬가지로 보상의 법칙을 체현하는 좋은 예였다.

밸런타인 부인이 좀 답답하다는 듯이 소파에서 꿈지럭거렸고, 그 품위 있는 매력을 뚫고 약간의 신경질이 튀어나왔다.

"밥이라면 정말 신물이 나, 바비." 그녀가 말했다. "색다르게 햄을 먹어 볼 수는 없을까?"

"햄을 구할 수가 없대." 밸런타인 씨가 확신 없는 말투로 대답했다. "햄을 구하려면 파리에 사람을 보내야 한다던데."

부인이 갑자기 허리를 세워 앉더니, 그건 다 말도 안 되는 소리다, 칸의 모퉁이 가게에 먹음직스러워 보이는 햄이 있는 걸 내가 봤다, 칸에서 햄을 구할 수 없다면 세상 어디서도 못 구할 거라며 열변을 토했다.

"내가 얘기해 볼게, 여보." 밸런타인 씨가 달래듯이 말했다.

그가 일어서더니 기민한 걸음으로 나갔다. 그는 보라색 턱시도를 입고 있었는데, 완전히 벗어진 머리가 조명 아래에서 마치 광을 낸 것처럼 반짝거렸다. 길고 가는 다리가 어떤 명랑한 곤충과 정말이지 너무나 닮아 있었다.

그가 나간 후 밸런타인 부인은 소파에 기대앉아 반쯤 눈을 감았다. 얼마나 몸이 가느다란지, 푹신한 쿠션 속에 들어앉은 그녀는 공기처럼 가벼워서 두께가 없이 길이와 너비만 지닌 이차원의 존재처럼 보였다. 금색 양단으로 된 신발을 신고, 목에는 녹색 구슬로 만든 긴 목걸이를 했는데, 그걸 쉴 새 없이 만지작거렸다. 손은 하얗고 손질이 잘되어 있었지만, 넓고 짤막한 손톱이 달린 그 손은 뭉툭하고 활기차고 능숙했다.

낭만주의자이지만 겉으로만 그랬다. 또한 예술을 적극적이고 정력적으로 후원하는 인물로서, 몽파르나스든 다른 어디서든 뭔가 찾아내는 일을 좋아했다.

그래서 빈에 사는 불가리아 사람인 파울로프 씨가 2층의 호화로운 침실을 차지하고 있는 것이었다. 그는 화가였다.

노래를 부르는 세라는 3층에 자리를 잡았다. 여자이고 상대적으로 덜 중요한 인물이라 그녀의 방은 그렇게 호화롭지는 않았지만 말이다.

"밤에 저런 음악을 들으면 슬픈 기분이 들어." 밸런타인 부인이 말했다. "이번 주에 카지노에서 노래 부르는 남자가 반덴클리프 씨의 정원사야. 정말 이상하지 않아? 러시아 사람인데, 왕자라나 뭐라나. 정말이야. 그런데 버는 돈이라는 게, 정원사 해서 얼마나 벌어? 모르겠다. 어쨌든 그래서 저녁에 카지노에서 노래를 부른다는 거야. 불쌍하기도 하지! 게다가 그런 사람이 얼마나 많은지…… 다들 왕자에 장군에 대공이라는데…… 물론 믿기 힘들지만…… 왜, 코언 양, 내가 리비에라*에 사는 러시아 사람들 얘기를 해 줄 수 있다니까. 이상한 사람들이야, 아주 이상하지. 우리하곤 달라. 맨날 돈을 빌려 달라고 한다니까."

그녀가 계속해서 러시아 사람들의 인성과 자신의 음악 취향과 밸

---

* 프랑스의 남부 해안 지역.

런타인 씨의 18세기 침대에 대해, 자신이 강신론자가 되기 전에 삶이 얼마나 공허했는지에 대해 그리고 자동 기술記述에 대해 얘기했다.

"그래요, 그렇군요." 세라가 중간중간 참을성 있게 대꾸했다.

결국 그것은 파리에 된통 당한 뒤에 생겨난 반응이었다. 파리에서는 공포에 쫓기고 불안정하고, 심연과 심연 속에 사는 괴물들을 언뜻언뜻 보며 무서움에 떤다…… 빌라도르에서의 삶은 뭔가 얄팍했다…… 무의미하게 땡그랑거리는 게…… 얄팍하지만 안전했다.

그녀는 밸런타인 부인의 카랑카랑한 주절거림 사이로 저 멀리 바닷소리라도 들어 보려고 열심히 귀를 기울이면서, 내일 아침 바다에 들어갔을 때 부드럽게 몸을 감쌀 바닷물을 상상했다. 푸른 보석 같은 바다에서 헤엄치는 것은 관능적인 일, 자신을 내어 주는 일이었다. 그리고 물에서 나올 때면 나를 더럽힌 수많은 자국들이 완전히 씻겨 나가 새로워지는 것이다.

가련한 세라…… 그녀 역시 낭만주의자군!

밸런타인 부인이 전시에 첩보 기관의 비밀 요원으로 활동했던 유명한 미국 댄서가 적절한 순간에 중요한 문서를 꿀꺽 삼켜서 연합국에 재앙이 될 만한 일을 막았던 영웅적 활약상을 늘어놓고 있는데 파울로프 씨와 밸런타인 씨가 들어왔다.

"자, 햄 얘기를 하고 왔어, 여보." 신발 끈 왕이 밝게 말했다.

그러고는 낮은 목소리로 덧붙였다. "그래, 누드인데 너무 완전히 누드는 말고, 파울로프 씨."

"얇은 천을 두를 겁니다." 불가리아인이 그를 안심시켰다.

파울로프 씨는 2년 전 페키니즈 강아지들에게 둘러싸인 밸런타인 부인을 말도 안 되게 아름답게 그려 준 적이 있었다. 그다음엔 세련된 바지와 옷차림에 갈색 부츠를 신은, 초롱초롱한 푸른 눈의 밸런타인 씨를 그렸다.

지금은 밸런타인 씨의 침실 문을 귀여운 여성들의 형상으로 장식하는 중이었다. 그 여성들은 허리 주변에 요령 있게 살랑거리는 얇은 천을 두르게 될 것이었다. 결국 그는 궁정화가였고, 어떤 식으로 기적적인 요령을 부릴 수 있는지를 습득했던 것이다. 못생긴 작은 얼굴에는 언제나 공손한 미소가 새겨져 있었다. 어쩐지 애처로운 갈색 눈은 주위를 살피느라 긴장한 채였다.

"궁정이나 이런 곳에서는 좋은 예절을 배우게 되지. 글쎄, 내가 보기엔 그냥……" 밸런타인 씨가 이런 말을 꺼내자 예술가가 조심스러우면서도 단호하게 말했다.

"아, 당연하죠. 잘 알겠습니다. 얇은 천을 두르겠습니다."

그러더니 신문 기사 뭉치를 들어서 세라 쪽으로 내밀면서 그걸 큰 소리로 읽어 주겠냐고 했다.

"당신 목소리는 정말 멋지고 매력적이거든요, 세라 양."

이 칭찬에 기분이 좋아진 세라가 15년 전에 영국 신문에 실렸던 그 기사를 읽기 시작했다.

"유명한 불가리아 예술가인 이반 파울로프 씨는……"

세라가 기사를 읽는 동안 밸런타인 부인은 눈을 감고 자는 척했지만, 밸런타인 씨는 다리를 꼬고 앉아 주의 깊게 들었다. 예술가 본인으로 말하자면, 얼빠져 보이긴 하지만 매력적이기도 한 흐뭇한 미소를 띠고 처음부터 끝까지 들었다.

그러더니 환한 얼굴로 자신의 가장 유명한 작품을 찍은 사진을 가지러 갔다. 밸런타인 씨가 재빨리 말했다.

"보라고, 여보. 저 사람 아주 대단한 예술가라니까. 저 사람 서명이 있는 그림은 상당한 거라고. 달러로 쳐서 말이야."

"달러는 예술이 아니야, 바비." 밸런타인 부인이 고상하게 대꾸했다.

밸런타인 씨는 뭐라고 중얼거리더니 창가로 가서 소유주의 눈으로 풍경을 살펴보았다.

"테라스로 나와서 별을 좀 봐 봐, 세라 양." 그가 말했다. "저기 저 별은 녹색이잖아, 그렇지?"

"정말 녹색이네요." 그녀가 그를 따라 나가서는 고분고분하게 맞장구를 쳤다.

그가 그녀 몸매의 부드러운 곡선―그는 곡선을 좋아했다―과 고귀하고 열정적으로 구부러진 코―유대인 혈통에서 그나마 봐 줄 만한 부분―를 곁눈으로 보면서 감탄했다.

그는 계속해서 호의적인 상대에게 속마음을 털어놓기 시작했다.

"집사람은 노상 예술 얘기만 한다니까. 내가 예술에 대해서 아는 게 하나도 없는 줄 알지. 사실 나도 안다고. 자, 예를 들어 병을 보란 말야. 곡선을 이루는 병, 그 모양을 말이야. 그냥 평범한 유리병이라도. 난 몇 시간이고 그걸 쳐다볼 수도 있어…… 내가 세상에 나온 게 약국에서거든…… 병 속에서 자랐다고도 할 수 있지. 그래서 병을 보면서 느껴지는 즐거움 덕에 난 예술을 이해할 수 있다고…… 무슨 말인지 알겠어?"

"그럼요, 당연히 그렇죠." 그의 목소리에 담긴 호소에 세라가 열렬히 반응해 주었다. "아주 확실히 이해하시는 거예요."

"일요일에 나랑 몬테카를로에 갈래?" 밸런타인 씨가 세라의 팔뚝 위쪽을 잡으며 목소리를 낮춰 물었다. "룰렛하는 법을 알려 주지."

"그래요, 재밌겠네요." 세라가 별 감흥 없이 말했다.

안쪽에서 〈경쾌한 양치기 소녀〉의 희롱하는 듯 감미로운 음악이 들려왔다.

"집사람이 빅터 축음기를 틀었군. 당구를 칠 시간이야." 밸런타인 씨가 말했다.

그가 빠른 걸음으로 계단을 올라가서 달가워하지 않는 파울로프 씨를 끌고 당구대가 있는 방으로 갔다.

"나는 때로 바비가 당구 방에 있을 때면 혼자서 몇 시간이고 축음기를 듣지." 밸런타인 부인이 세라에게 말했다. "그럴 때마다 감미로운 음악과 죽은 사람의 목소리가, 그러니까 카루소*처럼 말이야, 그런 목소리가 저 검은 상자에서 나오는 게 정말 신기하다는 생각이 들어. 그 목소리가, 사실 그들 본인이기도 하잖아, 그러면 갑자기 오싹해지면서 너무나 무서워지는 거야. 그래서 축음기를 확 닫아 끄고 층계를 달려 올라가서 종을 치면서 미친 듯이 마리를 부르지."

빌라도르의 대리석 층계는 그늘이 지고 어두침침했다. 하지만 유명한 (그리고 아름다운) 밸런타인 부인의 초상화 근처에는 여전히 전등불이 한두 개 켜져 있었다.

"저 초상화를 보면, 때로 잠을 자러 가는 게 다행스럽다는 느낌이 들어." 그녀가 난데없이 이렇게 말했다.

가구들이 딱히 어울린다고 보기 힘들고, 막연한 그리스풍 옷을 입은 신사와 젊은 여성이 순결함과 우아함이 놀랍게 뒤섞인 분위기로 팔다리를 서로 감은 채 그네에 앉아 있는 그림—이것은 밸런타인 씨

* 이탈리아의 테너 가수.

가 피카소를 감상할 줄 몰랐던 시절의 유물이었다―이 침대 위쪽에 걸려 있는 그녀의 거대한 침실에서, 세라는 창문을 활짝 열고 마법에 걸린 밤을 내다보았다. 그러다 열려진 문으로 희고 순결한 자신의 목욕탕―입욕용 소금과 향수와 크리스털 병―이 언뜻 보이자 기쁜 마음으로 한숨을 내쉬었다.

그녀의 머릿속에 다시 이런 생각이 떠올랐다. "정말 멋지지 뭐야, 빌라도르는."

대단한 피피
La Grosse Fifi

"오늘 아침 바다 색은 완전히 레킷 블루*네." 마크 올슨이 말했다.

로조는 고개를 돌려 잔잔한 지중해를 바라보았다.

"저런 게 좋아요." 그녀가 선언조로 말했다. "그리고 그렇게 빨리 걷지 않았으면 좋겠어요. 난 정신없이 걸어가는 게 정말 싫은 데다가 이 길은 어쨌든 그렇게 정신없이 걸어가라고 있는 길은 아니니까."

"미안해요." 마크가 말했다. "안 좋은 습관이 들어서."

그들은 말없이 걸었다. 마크는 이 여성이 재미있다는 생각이 들어 좀 더 알아보고 싶었다. 페기가 그녀를 싫어하다니 안된 일이지. 여자들은 좋아하고 싫어하는 것에 꽤나 유난을 떤다니까.

---

* 하얀 천의 표백제로 쓰이던 파란색 염색약.

"여기가 내가 묵는 호텔이에요." 재밌는 여성이 말했다. "정말 형편 없지 않아요?"

"있잖아요, 정말 여기서 지내면 안 돼요." 마크가 진지하게 말했다. "진짜 형편없네요. 우리 집주인 말이 여기 평판이 아주 나쁘대요. 누군가 칼에 찔렸다나 뭐라나. 그리고 집주인은 감옥에 갔다더라고요."

"그런 말 말아요!" 로조가 비웃듯 말했다.

"정말이에요. 펜션에 방이 있어요."

"펜션은 너무 싫어요."

"음, 그럼, 다른 데로 옮겨요. 생폴이나 쥐앙레팽이나, 페기가 어제 말하기로는……"

"아, 맙소사!" 로조가 약간 짜증스럽게 말했다. "이 호텔도 괜찮아요. 옮길 때가 되면 옮길 거예요. 그러니까 지금 하는 일을 마치면 말이에요. 파리로 돌아갈까 해요. 리비에라가 좀 지겨워지고 있거든요. 너무 깔끔하다니까요. 들어와서 술 한잔할래요?"

그 말투가 너무나 무심해서 호기심이 솟은 마크는 그곳 식당이 정말 우울하기 그지없었지만 그 제안을 받아들였다. 식당은 너무 어둡고 너무 침울했고, 프랑스 사람치고도 이례적으로 목소리가 큰, 특이하게 생긴, 그것도 아주 특이하게 생긴 프랑스인들이 잔뜩 들어차 있었다. 희미한 마늘 냄새가 공기 중에 감돌았다.

"델로소를 마셔요." 로조가 말했다. "아니스랑 맛이 비슷해요." 그가 멍한 표정을 보이자 그녀가 설명했다. "화끈한 맛이 있어요."

"고마워요." 마크가 말했다. 그러고는 자신의 스케치를 조심스럽게 테이블에 놓고 로조의 뒤편을 건너다보다가 화들짝 놀라며 한곳에 시선을 고정했다. 그가 외쳤다. "오 세상에! 저게 뭐야?"

"피피잖아요." 로조가 낮은 목소리로 대답하고는 처음으로 편안한 미소를 보였다.

"피피! 당연하지! 그러니까, 맙소사, 피피라니!" 그가 감탄하는 목소리로 말했다. "피피는, 정말 끝내줘요, 그렇지 않아요?"

"참 사랑스러워요." 뜻밖에 로조가 그렇게 말했다.

피피는 은유적인 의미가 아니라면 끝내준다고 할 수 없었지만, 통통한 몸에 배가 가슴 쪽으로 올라가도록 일부러 코르셋을 교묘하게 착용하고 있었다. 커다란 모자를 약간 불량스러운 분위기로 삐딱하게 썼고, 입술은 악을 쓰듯 새빨갰고, 튀어나온 눈두덩은 밝은 파란색으로 칠해져 있었다. 치렁치렁한 은 귀걸이를 달고 있었는데도 여전히 얼굴은 엄청 커서 광대무변할 정도였고, 잔에 비시 생수만 담아 마시는데도 목소리는 쉬어 있었다.

작고 통통한 손에는 반지가 잔뜩 끼워져 있었고, 작고 통통한 발은 굽이 높은 에나멜 구두 안에 들어가 있었다.

사실 피피는 어딜 보나 분명했다. 그녀의 인생에 주어진 임무가 무엇인지 몰라볼 수가 없었다. 스물넷 정도로 보이는 젊은 남자가 함께 있었다. 얼굴에 온통 하얀 분칠을 하고 머리를 이마 앞으로 잔뜩 쏟아놓은 그런 모습이 아니었다면 잘생긴 청년이라고도 할 수 있었을 것이다.

"동전에 새겨진 에드워드 7세의 머리를 살펴보는 장난스러운 여인을 그린 맥스 비어봄의 그림이 생각나네요." 마크가 속삭였다. "있잖아요, 〈아! 그래 내게 있어 그는 늘 텀텀*이 될 거야〉라는 그림 말에

* Tum-Tum, 겉으로는 성별을 알아볼 수 없는 사람.

요.”

“그래요, 피피는 에드워드 시대 사람 같아요, 그렇죠?” 로조가 말했다. 설명할 수는 없지만 어떤 이유에서지 그녀는 피피에 대한 이런 식의 조롱이 맘에 들지 않았다. 보통 일반적으로 조롱을 싫어하는 것 이상으로 말이다. 어쨌든 피피는 정말 선하고 착한 사람으로 보였고, 그녀의 웃음은 아주 유쾌했으니까.

그녀가 말했다. “여기 있는 사람들이 어떤 부류인지 봤어요? 그러니까 에드워드 시대 부인들 말이에요. 니스에 한 무더기, 몬테카를로에 또 한 무더기…… 저번에는 카지노에서……”

“남자는 누구예요?” 화제를 돌리려는 그녀의 말에 넘어가지 않고 마크가 물었다. “아들?”

“아들이냐고요?” 로조가 말했다. “맙소사, 당연히 아니죠! 지골로예요.”

“뭐라고요?”

“지골로요.” 로조가 냉담하게 설명했다. “지골로가 뭔지 몰라요? 분명히 말하지만 런던에도 있어요. 피피가 데리고 사는 남자로, 성적인 봉사를 해요. 방이 바로 내 옆방이라 다 알아요.”

“오!” 마크가 낮은 소리로 말하고는 술을 급히 홀짝거렸다.

“어쨌든 당신 이름이 마음에 들어요.” 별안간 화제를 바꾸며 그가 말했다. “당신한테 잘 어울려요.”

“그래요, 잘 어울리죠. 갈대라는 뜻이에요.” 로조가 말했다. 그녀의 미소는 특이했다. 약간 비딱했는데, 마크는 그게 마음에 드는지는 잘 알 수 없었다. “바람에 흔들리는 갈대. 그게 제 신조예요. 그러니까…… 가는 거예요? 그래요, 조만간 차를 마시러 갈게요. 잘 가요!”

'자기 아내에게 나에 대한 그녀의 판단이 정말 옳았다고 말해 주려고 저렇게 급히 가는 거지.' 로조가 그를 바라보며 생각했다. '영국 사람들 중엔 정말 희한한 사람들이 있다니까! 깜짝 놀라기를 갈망하고 바라고, 그래서 깜짝 놀랄 일을 해 달라고 부탁해 놓고, 정말로 그렇게 하면…… 얼마나 충격을 받는지!'

그녀는 침울하게 남은 술을 다 마셨다. 점심을 같이 먹자고 했던 미국인 지인을 기다리는 중이었다. 그동안 피피와 지골로의 목소리는 점점 커졌다.

"오늘 오후에 내가 니스에 꼭 가야 한다는 얘기예요." 지골로가 말했다. "꼭 가야 한다고요. 어쩔 수가 없어요."

그의 목소리는 미안해하는 투였지만 퉁명스러운 게 약간 울룽대는 식이었다. 속박된 상태에서 기를 쓰는 남성성.

"하지만 자기야, 나도 같이 가면 안 돼?" 피피가 간청했다. "끝나고 네그레스코에서 차를 마시면 좋잖아."

지골로는 부루퉁한 채 말이 없었다. 피피와 함께 네그레스코에 가는 게 별로 구미가 당기지 않는 게 분명했다.

그녀가 즉시 양보했다.

"마리!" 그녀가 외쳤다. "지금 당장 이분께 식사를 드려. 니스로 가는 1시 반 기차를 타야 하니까…… 저녁 먹을 때까지는 올 거지, 피에로?" 그녀가 걸걸한 목소리로 애원했다.

"아마 그렇겠지만, 가 봐야 알죠." 모든 훌륭한 장군들이 하듯이 지골로가 자신의 승리에 이어 오만하게 대답했다. 그리고 바로 그 순간 로조의 미국인 친구가 식당으로 들어섰다.

그들은 평온하게 미소 짓는 바다가 내려다보이는 테라스에서 점심을 했다.

"저 파란색 좀 봐, 저 파란색!" 워드 부인이 탄식하듯 말했다. 미국인 친구의 이름은 워드 부인이었다. "파란색은 정말 경이롭다고 내가 늘 말하잖아. 곧장 영혼 깊숙이 파고든다니까. 그렇게 생각하지 않아, 휠러 씨?"

휠러 씨가 뿔테 안경 쓴 얼굴을 돌려 심각하게 바다를 바라보았다. "아주 멋있네." 그가 짧게 말했다.

'저걸 얼마에 팔 수 있을까, 그런 생각을 하는 게 분명해. 병에 담아서 말이야.' 로조가 생각했다.

발랄한 광고 문구가 떠올랐다. "병든 영혼이라면 우리 '보틀드 블루 Bottled Blue'를 마셔 보세요."

그러다가 정신을 차리고 그 모임의 네 번째 인원인 르로이 씨에게 시선을 돌렸다. 그는 막 부루퉁해지는 참이었다.

르로이 씨는 프랑스 사람들이 '미소년'이라고 부르는 그런 사람이었다. 대단한 미소년이라고도 할 수 있었다. 키가 크고 어깨가 떡 벌어진 데다 잘 그을린 피부에 앵글로색슨이 다들 그렇듯이 말끔한 인상이었다. 그런데도 45분이 지나도록 두 명의 여성은 그를 전혀 거들떠보지도 않고 있었다. 르로이 씨는 믿기지 않는다는 듯이 당혹스러워하다가 이제 불쾌해지기 시작한 참이었다.

하지만 그는 자신을 대화에 끌어들이려는 로조의 시도에 즉각 반응했다.

"오, 부인." 그가 말했다. "아주 강렬한 감정은 어떤 것의 구실도 될 수 있다고 봅니다. 즉각 정신이 나가 버리는 거니까요."

"그것 봐요!" 로조가 의기양양하게 말했다. 무엇이 규칙 위반에 대한 구실이 될 수 있는지에 대해 논쟁을 벌이고 있었던 것이다.

"그건 전혀 말도 안 되는 얘기야." 휠러 씨가 말했다.

"하지만 당신에게 중대한 사업 협상은 구실이 되잖아요?" 로조가 고집했다.

"사업은 다른 문제지요, 미스…… 어……" 휠러 씨가 약간 모자란 아이를 상대하듯이 말했다.

"그게 당신의 감정 형식이니까 그렇게 말하는 거죠." 로조가 말했다.

휠러 씨가 두 손을 들었다.

"모리스!" 평화를 사랑하는 워드 부인이 젊은 프랑스인에게 말했다. "축음기를 가져와, 그래, 착하지!"

축음기가 들어왔고, 〈잘 있어요, 부인〉의 가락이 푸른 바다 쪽으로 흘러갔다.

그날 밤 로조는 모자를 쓴 신사들과 요란스럽게 웃어 대는 여성들이 바글바글한 그 호텔이 추잡하게 느껴졌다. 음식에는 마늘이 덩어리째 들어가 있고 와인은 신맛이 나고…… 무슨 격렬한 전투 끝에 패배하기라도 한 양 너무 피곤하고, 멍이 들어 온몸이 아프면서도 따분한 느낌이었다.

'오, 하느님, 생각을 하게 될 것 같아요, 제발 생각을 하지 않게 해 주세요.' 그녀가 기도했다.

2주 동안 결사적으로 생각을 쫓아내려고 기를 써 왔는데. 그녀는 와인 한 잔을 더 마신 뒤, 미모사 장식이 된 테이블에 혼자 앉아 튀어나온 두 눈을 문에 고정한 채 움직이지 않는 피피를 바라보았다. 그러고는 그 장면에 무섭증이 이는 듯이 시선을 돌렸다. 저녁 식사를 마치고 곧장 침실로 올라가, 안정제 세 알을 삼키고는 옷을 벗고 침대로 들어가 이불을 머리까지 뒤집어썼다.

갑자기 벌떡 일어나 비틀비틀 식탁으로 걸어가 "망할"이라고 내뱉으며 불을 켜고, 다시 옷을 입기 시작했다. 소리 나지 않게 가만히…… 그런데 옷은 대체 왜 입은 거지? 상관 말자, 이제 다 입었으니까. 그런데 방문을 두드리는 사람은 대체 누구지?

피피였다. 가장자리가 노란 레이스로 장식된 속이 비치는 선명한 장미색 잠옷을 멋들어지게 입고 있었다. 그 위에 지저분한 가운을 급히 걸치고 소맷자락은 목에 동여맨 채였다.

그녀가 희극적인 과장된 놀라움을 눈에 가득 담고 로조를 쳐다보았다.

"방해가 된 게 아니면 좋겠는데요, 부인." 그녀가 예의 바르게 말했다. "근데 소리가 들려서요. 그러니까 혹시 어디가 안 좋은가 해서 말이죠. 바로 옆방이거든요."

"그래요?" 로조가 힘없이 말했다. 머리가 어지러워서 테이블 모서리를 꽉 붙들고 있었다.

"지금 밖에 나가려는 건 설마 아니겠죠?" 피피가 말했다. "자정이 가까운 시간인 데다가 안색이 안 좋은데요, 부인."

그녀가 상냥하게, 구슬리듯이 말하면서 로조의 팔에 손을 얹었다.

로조가 갑자기 울음을 터뜨리며 침대에 주저앉았다.

"가엽기도 해라." 피피가 결연하게 말했다. "침대에 좀 누우면 괜찮아질 거예요. 잠옷 어디 있죠? 아!"

그녀가 곁에 있는 의자에서 잠옷을 집어 거기 달린 레이스를 가늠하듯 재빨리 훑어본 뒤, 안정된 손길로 로조의 치마를 잡고 옷을 벗는 걸 도와주었다.

"자." 그녀가 베개를 한 번 두드리고는 말했다. "그리고 여기 손수
건."

그녀는 당황하거나 궁금해하지 않았고, 무시하는 태도를 보이지도
않았다. 편안했다.

"우는 것도 괜찮아요." 그녀가 잠시 후에 말했다. "하지만 너무 울지
는 말고. 뭐라도 갖다줄까요? 럼을 좀 넣은 따뜻한 우유는 어때요?"

"아니, 괜찮아요." 로조가 플란넬 소매를 그러쥐고 말했다. "가지 말
아요, 날 두고 가지 말아요, 외로워……"

그녀는 영어로 말했지만, 피피는 그녀의 간청을 바로 알아듣고는 대
답했다. "불쌍한 것, 자." 그러고는 몸을 숙여 그녀에게 입을 맞췄다.

그것은 로조가 지금껏 받아 본 어떤 입맞춤보다 더 상냥하고 이해
가 담긴 입맞춤이었고, 피피가 침대 발치에 앉아 플란넬 가운을 좀 더
바짝 여미는 것을 보고 있자니 위안이 되었다. 자신이 다시 아이가 되
었고 이 사람은 자신이 잠들 때까지 함께 자리를 지킬 든든한 보호자
라고 어렴풋하게 상상했다.

그녀의 무게에 침대가 요란스럽게 삐걱거렸다.

"망할 침대." 피피가 중얼거렸다. "이 호텔 물건은 제대로 된 게 없
다니까. 그런데 돈은 얼마나 많이 받는지! 창피한 일이지……"

"난 정말 불행해요." 로조가 피곤에 지친 작은 목소리로, 프랑스어
로 말했다. 퉁퉁 부은 눈을 반쯤 감은 채로.

"그걸 내가 모를까 봐?" 피피가 퉁퉁한 손 하나를 로조의 무릎 위에
얹으며 진심을 담아 말했다. "여자가 불행한 걸 내가 못 알아보겠어
요? 내가…… 게다가 당신의 경우는 얼마나 잘 보이는데. *여자의 눈*

으로 보는 거지. 불행한 이유는 당연히 남자 때문이겠죠?"

"그래요." 로조가 말했다. 피피에게는 다 얘기할 수 있을 것만 같았다. 하느님처럼 상냥했으니까.

"*아! 후레자식! 아, 짐승 같은 놈들!*" 정말 분개하는 게 아니라 은유적으로 하는 말이었다. "남자들은 아무 쓸모도 없는 존재라니까. 그런데 어째서 남자 때문에 불행할까? 질투를 하나?"

"아, 아니에요!" 로조가 말했다.

"그럼 아마 나쁜 놈인가? 나쁜 남자들은 많으니까. 아니면 당신을 떼어 내고 싶어 하는지도 모르고."

"그거예요." 로조가 말했다. "그 사람이 나를 떼어 내려 하죠."

"아!" 피피가 다 안다는 듯이 외쳤다. 몸을 좀 더 가까이 기울였다. "*아가, 네 쪽에서 해 버려.*" 그녀가 쉰 목소리로 말했다. "*아무 데나 발로 차서 문밖으로 쫓아내 버려.*"

"하지만 난 문이라고는 없는걸요." 로조가 영어로 말하고는 히스테릭하게 웃기 시작했다. "문 비슷한 것도 없어요. 문도 없고, 집도 없고, 친구도 없고, 돈도 없고, 아무것도 없죠."

"*어떻게 그럴 수가 있지?*" 피피가 의심스럽다는 듯이 물었다. 그녀는 자기 앞에서 외국어로 말하는 걸 싫어했다.

"그렇게 한다고 쳐 봐요, 그다음엔?" 로조가 물었다.

"그다음엔이라니?" 피피가 꽥 소리를 질렀다. "그다음엔 뭔지 네가 물어봐, 예쁜 네가 말이야. 내가 너라면 '그다음엔'이라는 질문은 하지도 않겠다. 내 말하는데, 영계를 찾는 거지, 그것도 될 수 있는 한 빨리!"

"오!" 로조가 말했다. 잠이 몰려오기 시작했다.

"비 피하러 처마에 들어가니 구렁이가 있다더니."피피가 약간 침울하게 말했다. "그래, 사는 게 그렇지, 비 피하니 구렁이라."

그녀가 일어섰다.

"말은 이렇게 하지만," 그녀의 눈이 우수에 젖었다. "정작 내가 그런 처지가 되면 쉬운 일이 아니지. 아니, 난 내 피에로를 사랑해. 그 아이를 정말 흠모하지. 그 애를 위해서라면 있는 돈을 다 내줄 수도 있어. 근데 그 애가 어떻게 나를 사랑할 수 있겠어? 이렇게 추하고 늙었는데. 아, 알겠어. *이 눈을 보라고!*" 그녀가 푹 꺼진 눈 아래를 가리켰다. "*그리고 여기!*" 다음엔 우람한 가슴을 짚었다. "피에로는 날씬한 여자들만 좋아해. *원하는 게 뭐야?*"

그러면서 어깨를 으쓱하는 모습이 얼마나 멋진지!

"그를 사랑해. 뭐든지 참을 수 있어. 하지만 인생이란! 사는 게 뭔지! 하지만 자기는, 좀 용기를 내 봐…… 영계를 한번 찾아보자고, 그러니까……"

로조가 거의 잠이 든 것을 보고 그녀가 말을 멈췄다. "그럼, 난 가 봐야겠군. 잘 자라고."

다음 날 아침 로조는 옆방에서 들리는 시끄러운 소리에 잠을 깼다. 입이 바짝 마르고 머리가 무거웠다.

피피는 언쟁을 하다가 투덜대다가 결국엔 울기 시작했고, 이제 막 들어온 것이 분명한 지골로는 항변을 하다가 성질을 부렸다.

"거짓말, 거짓말쟁이, 여자랑 있었잖아!"

"아니라고 말했죠! 왜 얘기를 혼자 지어내고 그래요."

흐느끼고 키스를 하고, 화해를 하고.

"아 맙소사, 맙소사!" 로조가 내뱉었다. 푸근한 이불을 머리에 뒤집

어쓰며 생각했다. '여기서 벗어나야 해.'

하지만 한 시간쯤 지나 통통한 그 부인이 문을 두드린 뒤 모습을 나타냈을 때, 한껏 분을 바른 그 얼굴은 생생하고 미소가 가득했다. 거의 평소와 다를 바 없었다.

"간밤에 잠은 잘 잤나요, 부인. 오늘 아침엔 기분이 좀 나아졌는지 모르겠네. 내가 뭐 해 줄 거라도?"

"앉아서 나랑 얘기해요. 오늘 아침엔 그냥 누워서 쉴래요."

"맞아요." 그녀가 대답했다. "하루 누워서 쉬면 편안해지지." 그녀가 털썩 앉더니 로조를 보고 환하게 웃었다. "그러면 좀 즐기는 게 좋을 것 같은데." 그녀가 조언했다. "기분 전환을 해 봐요. 원한다면 내가 니스에서 기분 낼 수 있는 데는 다 데리고 다니며 보여 줄게."

하지만 피피의 눈에 '영계' 생각이 숨어 있는 것을 본 로조는 대화를 다른 데로 돌렸다. 뭔가 읽을 게 있으면 좋겠다고 말했다.

"책을 빌려줄게요." 피피가 바로 말했다. "나한테 책 많으니까."

그녀가 자기 방으로 가더니 얇은 책 한 권을 가지고 왔다.

"오, 시집!" 로조가 말했다. 탐정소설 같은 걸 기대했었는데. 프랑스 시 같은 걸 읽을 기분이 아닌데.

"난 시가 정말 좋아요." 피피가 감상적으로 말했다. "게다가 이건 정말 아름다운 시거든. 프랑스어 다 이해하죠? 그럼 들어 봐요."

그녀가 낭송하기 시작했다.

　　자유로운 내 인생의 길 위에서
　　난 도도하게 걸어가다가 걸음을 멈추었다……
　　당신이 내 발목을 비단 줄로 묶었으니.

"내 사랑"을 뜻하지 않는 말은 다 잊었고
당신을 얼싸안는 게 아닌 몸짓도 다 잊었다.
지평선까지 당신의 미소가 뻗어 나가니……

하지만, 오, 실비우스, 내 당신에게 간청하니,
당신의 집에 거주하는 가장 비천한 존재인 내가,
날 버리지 말아요.

  풀어 말하면, 당신은 타락하지 않을 거예요, 지금은. 그렇죠, 그렇죠? 당신이 원하는 건 다 할 테니 내게 상냥히 대해 줘요. 그럴 거죠, 그럴 거죠? 그런 거지. 프랑스어로 했을 때가 더 듣기 좋기는 하지만. 자." 피피가 다시 읽기 시작했다.

    사랑하는 사람에게 내 인생을 온전히 맡겼으니 난 가벼운 걸음으로 걸어갈 수 있어요.

    노래하라, 내 연인의 손안에서 내 삶을 바꾸라!

  등등.
  로조는 인생이 엉망인 이 여성이 자기 기분과 생각을 마구 쏟아 내는 걸 듣고 있으려니 너무 끔찍했다. 끔찍해.

    실비우스, 당신에게 버림받는다면
    이 수많은 날들을 다 어쩔 건가요?

그는 미소 하나로 살아가고 말 한 마디로 죽을 수 있어요.

실비우스, 그러니 어쩔 건가요?

"혹시 탐정소설 같은 거 없어요?" 로조가 불쑥 끼어들었다. 더 이상은 참을 수 없을 것 같았다.

피피는 깜짝 놀랐지만 그 요구에 따라 주었다. 아르센 뤼팽과 가스통 르루 몇 권이 있다고 했다. "샬록 옴스"도 있고.

로조는 『오페라의 유령』을 골랐다. 그리고 책을 가지러 피피가 나가고 난 뒤 오랫동안 같은 쪽만 뚫어져라 보았다.

실비우스, 그러니 어쩔 건가요?

난데없이 그녀는 웃기 시작했다. 오래도록. 원래 목소리도 작은 데다 크게 웃어 본 적이라고는 거의 없는 그녀로서는 아주 큰 소리로.

그날 오후 로조는 실비우스, 일명 지골로를 호텔 정원에서 마주쳤다.

그를 혐오하리라 마음을 먹었었다. 지골로가 할 말이 뭐가 있겠는가? 없다, 하나도 없다.

그는 칸에 사는 자신의 정부와 니스에 사는 정부와 함께 있었다. 그동안 피피는 거의 고문을 받고 있었다. 지골로가 죔쇠를 더욱 조이면 신음을 내뱉으며 지폐를 내놓는 피피. 못돼 먹은 지골로!

그녀는 그가 얼굴에 바른 분 색깔에 대해 조롱할 말을 떠올리며 인상을 쓰고 그를 보았다. 하지만 그날 오후 그는 분을 바르지 않았고, 로조는 그가 잘생겼다는 사실을 마지못해 인정하지 않을 수 없었다.

지골로에게는 금발의 짐승 같은 면은 전혀 없었다. 가무잡잡한 피부에 호리호리한 것이 로마 신처럼 아름다웠다. 게다가 눈매는 어찌나 부드럽고 입매는 어찌나 사랑스러운지……

못돼 먹은, 못돼 먹은 지골로!

그는 더 고집하지 않고, 그녀가 그렇게 무시하자 좀 놀란 표정으로 정중하게 "부인, 그럼" 하고 나지막이 말하고는 가 버렸다.

일주일 후 그가 사라졌다.

피피는 열흘 만에 10년은 더 늙어 보였고, 이젠 더 이상 로조의 방에 찾아와 안정제 대신 럼을 넣은 따뜻한 우유를 마시라고 권하지 않았다. 하지만 고개를 빳빳이 들고 자신을 조롱하는 적대적 세상에 맞섰다.

"리비에르 씨 소식 들은 거 뭐 있나요?" 호텔 여주인은 여자 특유의 잔인한 미소를 띠고 그렇게 묻곤 했다.

"아, 그럼요. 잘 있대요." 여주인이 이미 자신의 편지를 꼼꼼히 다 살펴보고서 하는 질문이라는 걸 너무나 잘 알기 때문에 피피는 대수롭지 않다는 듯이 그렇게 대답했다. "할머니 상태가 훨씬 더 안 좋아지셨다네요. 불쌍한 양반."

지골로가 할머니가 편찮으시다는 핑계로 갑자기 떠나 버렸기에 하는 말이었다.

어느 날 피피는 우편으로 어마어마하게 큰 화환을 보냈다. 지골로의 할머니가 세상을 하직한 듯했다.

그러고는 아무 소식도 없었다. 화환에 대한 감사 표시도.

피피의 웃음소리는 더 걸걸하고 더 요란스러워졌고, 비시 광천수 대신 샴페인을 마시기 시작했다.

테이블에 혼자 있는 일은 이제 없었다. 어떻게든 남자를 모아들였던 것이다. 그리고 돛이란 돛은 다 올린 커다란 범선마냥 방으로 들이닥칠 때면 세 명, 네 명, 다섯 명의 무리들이 뒤를 따랐고, 말도 못 하게 시끄럽게 떠들어 댔다.

"끔찍한 인간 같으니라고!" 어느 날 밤 페기 올슨이 말했다. "저 남자들을 다 어떻게 모아들이는 거지?"

마크가 웃으며 말했다. "조심해, 로조 친구잖아."

"오! 그래?" 올슨 부인이 말했다. 그녀는 로조를 싫어했고, 그 호텔 손님들이란 다 운전사―그리고 더 천한―같은 부류들이라서 영국 상류층 부인이 참고 견딜 수 있는 정도를 넘어선다고 보았다.

그날 그녀는 남편이 고집했기 때문에 자리를 함께하고 있을 뿐이었다.

"로조는 외로운 사람이잖아, 자, 페기, 괜히 분위기 망치지 말고."

그래서 페기가 혀에 독을 잔뜩 품고 한판 할 태세로 왔던 것이다.

"저 부인께서는 아주 부자이신가 봐." 그녀가 말했다. "저렇게 후하게 대접을 잘하니 말이지."

"아, 피피가 대접하는 게 아니에요." 터무니없지만 자기 친구가 얼마나 잘나가는지를 분명히 보여 주고 싶은 로조가 말했다. "분명 턱수염 기른 남자가 대접하는 거예요. 피피를 흠모하거든요."

"놀랍군!" 올슨 부인이 냉담하게 말했다.

로조는 생각했다. '빈정거리는 야만인아, 이 빈정거리는 무식한 짐승아, 피피는 너보다 오십 배는 더 나아!' 하지만 입 밖으로는 한마디도 내지 않은 채, 사람들이 그녀를 좀 특이하다고 여기게 하는 비딱한 미소만 보여 주는 것으로 만족했다.

전등불이 나갔다.

삐쩍 마르고 피곤해 보이는 기민한 하녀가 촛불을 들고 왔다. 흔들리는 촛불 속에서 그 길고 칙칙한 방은 왠지 으스스했다. 뭔가 불길하고 위험천만한 일이 생길 것 같은 인상이 기이할 정도로 또렷하게 들었다. 이 수많은 살진 턱들과 가운데로 몰린 검은 눈, 거친 손, 싸우는 것처럼 들리는 커다란 목소리. 생기 가득한 머리칼에 목은 쉬어 버린 피피 역시 불길해 보였다.

"있잖아요." 로조가 불쑥 말을 꺼냈다. "당신 말이 맞아요. 이 호텔은 기이한 곳이에요."

"기이하다는 게 딱 맞네요." 마크 올슨이 말했다. "정말이지 여기 계속 묵으면 안 돼요."

"떠날 거예요. 그냥 너무 게을러서 움직이기가 싫었던 거고, 게다가 방은 괜찮았거든요. 바로 창문 밖에 커다란 미모사나무가 있어요. 하지만 이제 떠나려고요."

전등불이 다시 들어왔을 때 그들은 이런저런 호텔의 가격에 대해 얘기를 나누고 있었다.

하지만 다음 날 아침 로조는 침대에 누워 미모사나무를 뚫어지게 쳐다보면서 얼마나 피피를 그리워하게 될지 따져 보았다.

터무니없고 말도 안 되는 일이었지만, 사실이 그랬다. 약간 쉰 듯한 그 목소리만으로도 그녀에겐 항상 위로가 되었다. 자신이 보호받고 있다는, 그래서 힘이 난다는 그런 느낌을 주었던 것이다.

"내가 미쳤나 봐." 로조가 혼잣말을 했다. "누군가에게 그렇게 정신

없이 빠져 있다면, 당연히 그게 미친 거지 뭐야. 아니, 그냥 겁쟁이인 거야. 사는 게 끔찍이도 무서워서 누구에게든 매달리는 거지. 피피한 테라도……"

사는 게 끔찍이도 무서운 게 맞았다. 컴컴하고 무시무시한 심연, 자제력의 완전한 상실이라는 심연 위에 대롱대롱 매달려 있는.

"피피는 친구야." 로조가 다시 혼잣말을 했다. "보면 기운이 나니까. 하지만 흉측하게 생긴 늙은 창녀이기도 하니까 너무 가까이 어울리면 안 돼. 자꾸 그러면 예전에 그랬듯이 굴러떨어져 된통 바닥에 처박히게 될걸."

피피가 문을 두드렸다.

신나는 소식으로 벅차오른 그녀가 환한 얼굴로 들어왔다.

"피에로가 돌아온대." 그녀가 말했다.

"오!" 로조가 관심을 보였다.

"그래, 오늘 오후에 그를 만나러 니스로 갈 거야."

"정말 잘됐네요!" 로조가 말했다.

기쁨에 넘치는 커다란 피피를 앞에 놓고 기뻐하지 않을 수는 없었다. 피피는 목과 손목이 레이스로 장식된, 새로 산 검은 드레스를 입고, 역시 새로 산 작은 모자를 쓰고 있었다.

"내 모자 어때?" 그녀가 걱정스럽게 물었다. "우스꽝스러워 보이나? 너무 작아서? 더 나이 들어 보여?"

"아니에요." 그녀를 찬찬히 살피며 로조가 말했다. "좋은데요. 하지만 베일을 내려 봐요."

피피가 그대로 했다.

"아, 어쩔 수 없지." 피피가 말했다. "난 항상 못생겼었으니. 어릴 때 언니가 날 악마의 인형이라고 불렀어. 그래, 내가 그나마 받았던 칭찬이 늘 그런 식이었어. 자! 이 모자 때문에 우스꽝스럽지 않은 거 맞지?"

"아니, 전혀요." 로조가 말했다. "멋있어요."

피피에게 그날 저녁 식사는 대성공이었다. 샴페인은 세 병을 따서 넘쳐흐르도록 충분했고, 엄청난 미모사와 카네이션 꽃다발로 테이블이 거의 보이지 않을 정도였다. 호텔 여주인이 부럽다는 듯 곁눈질을 했다. 주인은 싱글벙글했고 지골로도 기분이 좋은지 사근사근했다.

로조는 파티 테이블에서 커피를 마시고 담배를 피웠지만, 그들과 함께 니스에 가는 건 사양했다. 그들은 '요즘 가장 잘나가는' 나이트클럽에 갈 생각이었다.

"아, 할 수 없지!" 피피가 악의 없이 무시하는 투로 말했다. "쟤는 정말 괴짜거든. 생쥐처럼 구석에 숨어 있는 것만 좋아한다니까."

'피피에게 생쥐라고 비난할 수 있는 사람은 아무도 없겠지.' 새벽 4시에 잠이 깬 로조가 생각했다. 피피에게는 생쥐 같은 구석은 전혀 없으니까.

"그를 데리고 몬테카를로 갈 거야." 다음 날 아침 그녀가 선언했다. 몬테카를로를 '몬테카를'이라고 발음했다.

"몬테카를로요? 왜요?"

"걔가 가고 싶다니까. 아! 이런 이런, 돈은 꽤나 들겠는걸!" 그녀가 유감스럽다는 듯이 혀를 찼다. "게다가 피에로는 웨이터들에게 항상 팁을 후하게 주거든. 카페에서 일하는 애들이 얼마나 몹쓸 것들인지 나만큼 알기만 하면……"

"신나게 놀아요." 로조가 웃으며 말했다. "좋은 시간 보내라고요."

그녀는 다음 날 아침 일찍 호텔을 나섰고, 늦게까지 다른 일 때문에 정신이 없어서 저녁 무렵에야 호텔로 돌아갔다.

그리고 식사를 시작했을 때 식당에서 몇몇 남자들이 이탈리아 말로 시끄럽게 떠들어 대는 걸 깨달았다. 하지만 그들은 언제나 시끄럽게 떠들어 대니까.

주인은 없었지만 여주인이 도도한 표정으로 자신의 재봉사에게 속사포처럼 말을 하고 있었다.

그런데 하녀가 뭔가 이상하다는 느낌이 들었다. 겁을 먹은 듯하면서도 뭔가 대단한 척을 했다. 주방에 들어가더니 째지는 목소리로 요리사에게 이렇게 소리쳤다. "《척후병》에 실렸다고. 못 봤어?"

로조가 사과를 마저 다 깎은 뒤 여주인을 소리쳐 불렀다. 왠지 그래야 할 것만 같았다.

"무슨 일이에요? 무슨 일 생겼어요?"

여주인이 주저했다.

"칼리 부인, 그러니까 피피 부인이 사고를 당했어요." 그녀가 간단히 대답했다.

"사고요? 자동차 사고? 오, 심각한 게 아니었으면 좋겠는데."

"심각해요, 아주 심각하죠." 여주인이 대충 얼버무렸다.

로조는 더 이상 묻지 않고, 테이블 위에 놓인《니스의 척후병》을 집어 들어 들춰 보기 시작했다.

'자동차 사망 사고' 같은 걸 찾다가 헤드라인에 눈길이 갔다.

'질투가 야기한 또 하나의 드라마'

프랜신 칼리 부인(48세, 마르세유 노트르담데플뢰르가 거주)이 어젯밤 몬테카를로의 호텔에서 연인 피에르 리비에르(24세, 마담투르가 거주)의 칼에 찔려 치명상을 입었다. 경찰 조사에 따르면 그는 정당방위였다고 주장했는데, 평소 질투심이 심했던 그녀가 자신이 곧 결혼할 거라는 얘기를 듣고는 장님으로 만들어 버리겠다며 칼을 들고 공격했다는 것이다. 여자의 비명 소리를 듣고 호텔 주인이 경찰 두 명과 함께 방에 들어갔을 때 칼리 부인은 의식을 잃은 채 바닥에 쓰러져 있었고, 목의 상처에서 피가 철철 흐르고 있었다고 한다. 그녀는 병원으로 옮겨졌으나 의식을 회복하지 못하고 사망했다.

살인 용의자는 체포되어 구치소에 수감되었다.

로조는 한참을 신문에서 눈을 뗄 수 없었다.

'이 호텔을 떠나야 해.' 그녀에게 든 생각은 그것뿐이었고, 그녀는 유령이 나타나지 않을까 하는 두려움 없이 곤히 잠을 잤다.

끔찍하고 추잡한 일. 불쌍한 피피! 애석한 마음이 너무 들지 않아서 스스로가 싫어질 정도였다.

하지만 다음 날 아침 짐을 싸다가, 여전히 테이블 위에 놓여 있던 얇고 손때 묻은 시집을 펼쳐 보았고, 피피가 읽었던 시를 찾았다.

사랑하는 사람에게 내 인생을 온전히 맡겼으니
난 가벼운 걸음으로 걸어갈 수 있어요.
노래하라, 내 연인의 손안에서 내 삶을 바꾸라!

갑자기 로조는 눈물이 터져 나왔다.

"오 불쌍한 피피! 오 불쌍한 피피!"

짐을 싸느라 마구 어질러진 방에서 그녀는 비탄에 잠겨 목 놓아 울었다.

그러다가 황금빛 햇빛이 방 안으로 쏟아져 들어오자, 흉한 육체에서 해방된 친구의 명랑하고 순수한 영혼이 나타나 감상적인 눈물을 보인다고 자신을 놀리는 상상을 했다.

"아, 그래!" 로조가 말했다.

그러고는 눈물을 닦고 다시 짐을 싸기 시작했다.

빈
Vienne

　빈, 어느새 사라져 버렸는지 참 우습기도 하지. 사진 몇 장 말고는 남은 게 없다.

　친구도, 예쁜 드레스도, 빈에서 남은 건 하나도 없다.

　뜨거운 태양, 내 검은색 드레스, 장미를 꽂은 모자, 음악, 수없이 울려 댄 음악……

　키르히너*의 그림에 나올 법한 소녀의 다리와 목신의 얼굴을 지닌, '파리지앵'에서 춤을 추던 어린 댄서.

　그 소녀는 얼마나 여리고 섬세한지 보는 이의 가슴을 쥐어짰고, 저렇게 사랑스러운 존재가 나이를 먹어야 한다는 사실이, 추한 일을 하

---

* 독일 표현주의의 선구자로 불리는 화가.

거나 죽기도 한다는 사실이 고통스러울 정도였다.

부서질 것 같은 아이의 몸, 무릎에서 한참 올라간 짧은 검은색 치마의 보풀. 아름다운 등 뒤로 묶은 은색 끈과 검은색 실크 스타킹에 귀여운 공단 신발을 신은 멋진 다리, 짧게 자른 머리와 발칙해 보이는 얼굴.

그녀는 내게 푸른 꿈을 꾸게 했다. 1미터 높이까지 뛰어올랐다가는 마룻바닥에 소리도 내지 않고 내려앉았다. 제대로 맞지도 않는 바지를 입은, 볼품없는 그녀의 파트너는 한 손으로 그녀를 들어 올려 공중으로 던졌다가, 다시 받아서 마치 꽃인 양 빙빙 돌릴 수도 있었다.

마지막에 그녀는 사랑스러운 *가시내*처럼 얼굴을 찡긋했다.

추잡한 인류. 늘 그렇게 생각했다. 그런데 이후로 사람들을 달리 보게 되었다. 단 한 번 그 안에 불꽃을 품은 완전한 사랑스러움을 만났기 때문에, 그녀의 춤에는 불꽃과 불길, '바로 그것'이 있었기 때문에.

피에르(감식안이 얼마나 좋은지)가 그녀를 극찬하며 열변을 토했다. 돈이 너무 많이 들까 봐 그보다 조심스럽기는 했지만 앙드레도 그랬다.

프랑스 장교들은 모두 그녀를 탐냈다. 밤이면 밤마다 사람들이 꽉 들어찼다.

마침내 그녀가 사라졌다. 나중에 소식을 들은 바에 따르면 부다페스트로 돌아갔다고 했다.

이발사랑 결혼을 했다나. 괴상하게도.

예쁜 여자들은, 많다. 여기 여자들은 얼마나 예쁜지. 멋진 음식과. 가난은 사라졌고, 가난에 대한 두려움은, 사라지고 있다.

"난 그들을 전쟁 물자라고 부르지." 이시마 대령이 키득거리며 말했다.

여자들, 빈의 여자들 얘기였다. 하지만 내가 그에게 게이샤에 대해 물었을 때…… 게이샤에 대해, 말하자면 직접 듣는 것도 재밌겠다고 생각했던 것이다. 유럽 사람들은 그 문제에 대해 얼마나 모순된 태도를 가지고 있는지. 그가 입술을 오므리더니 점잔을 뺐다.

"그런 사람들 얘기는 안 합니다. 창피한 사람들이니까."

하지만 콩팥 요리를 미심쩍은 눈으로 쳐다보며 이게 뭐냐고 묻고 난 후 그가 덧붙였다.

"게이샤는 전시에는 좋은 사람들이었어요. 애국자였죠. 일본을 위해 훌륭한 일을 했으니까."

러일전쟁을 말하는 거였다. 몸집이 큰 러시아 장교들과 이국적인 인형 같은, 눈이 찢어진 소녀, 그 소녀가 다섯 번째 갈비뼈 아래에 칼을 쑤셔 넣거나 그들이 잠든 새에 문서를 훔쳐 가는 그런 장면이 떠올랐다……

2주마다 일본 장교들은 자신들이 데리고 다니는 사람들을 자허 호텔에서 엄숙하게 접대했는데, 한꺼번에 모아 놓으면 좀 위압적인 느낌이라 한 사람씩 순서대로 접대했다.

당연히 그럴 수밖에 없다. 일본 사람들은 사람들을 데리고 다녀야 했으니까. 일단 그들 중 필요한 세 가지 언어, 즉 영어나 독일어나 프랑스어를 제대로 할 줄 아는 사람은 하나도 없었다. 그러니까 끊임없이 통역을 하고 논쟁을 해야 했다는 것이다. 게다가 그들은 아시아의 강대국으로서 마땅히 기지를 보여야 할 상황에서 그러지 못한다거나, 다수가 아닌 소수의 편에 서는 일―그렇게 되면 도쿄가 끝장을 낼 테니까―에 대해 엄청나게 두려워했다.

이시마 씨에겐 비서와 비밀 보좌관(이게 피에르였다)이 있었고, 하토와 마쓰지지리도 마찬가지였다. 거기에 당연히 세 명의 타자수와 헝가리 출신 통역가가 있었고 그 외에도 다양한 사람들이 주변에 얼쩡거렸다.

2주마다 그들은 사람들을 다 모아 놓고 저녁 식사를 대접했다. 캐비아로 시작해서 도카에와 하토가 사랑 노래를 부르는 것으로 끝났는데, 내가 들어 본 가장 웃기는 노래였다.

그는 눈이 하나밖에 없었다. 불쌍하기도 하지. 러일전쟁 때 한 눈을 잃었다. 염소같이 가늘고 높은 톤으로 노래를 부르면서, 한쪽 다리에만 힘을 꽉 준 채 몸을 앞뒤로 흔들었다.

또, 말하자면, 아주 옛날 사람이었는데, 사무라이인가 뭐 그런 거 말이다. 가능할 때면 늘 기모노를 입었고, 모인 사람들 앞에서 엄숙하게 뭔가를 공표하는 걸 아주 좋아했다. 그리고 그것을 '오늘의 지시 사항'이라고 했다.

빈의 유혹과 관련하여, 타자수들에게 내린 지시 사항은 이렇게 시작했다. "당신들은 젊다. 당신들은 여성이고, 당신들은 연약하다. 일본의 명예를 걸고…… 등등."

피정복 국가의 운명과 관련한 자잘한 문제들을 결정하기 위한 위원회의 회의가 진행되는 중에, 실수로 이 '오늘의 지시 사항'이 구레나룻을 기른 나이 지긋한 프랑스 대장에게 엄숙하게 전달된 적이 있었다. 그가 그것을 펼쳐서 읽었다. "당신들은 젊다. 당신들은 여성이고, 당신들은 연약하다."

"이런, 망할!" 대장이 말했다. "대체 이게 뭐야?"

하토는 같이 있으면 정말 즐거운 사람이었다. 그는 진심으로 유럽인을 멸시했다. 일본인들은 다 그랬다. 독일에 대해서만은 예외였는데, 일본 사람들은 독일군도 그렇고 독일인들이 여성들을 꼼짝 못 하게 휘어잡는 것을 아주 높이 샀다. 그들은 그것만은 즉각 알아보았다. 알아보는 게 그렇게 많지 않았는데도 말이다.

하지만 그들은 요령이 대단했고, 이시마는 전쟁 물자 얘기를 꺼내자마자 내게 온갖 입에 발린 칭찬을 늘어놓았다. 언젠가 일본에서 나를 만나 보고 싶다고 했다. 어림없는 소리!

저녁 식사 후에 우리는 클럽 타바랭에 갔다. 그는 아주 예쁘게 생긴 소녀를 단춧구멍 같은 눈으로 오만하게 바라보았다. 밀랍 인형 같은 소녀였는데, 하릴없이 천천히 주변을 돌아다니다가 내가 다른 데로 시선을 돌릴 때마다 그에게 애원하듯이 불쌍한 미소를 지어 보였다.

난 그 여자에 대해 잘 알았다. 그녀는 이시마의 친구로, 명색이 그가 인정한 친구였다. 그녀는 정말로 예쁘고 젊었다. 묘한 것은, 일본인들은 정말로 유럽 여자들을 보는 눈이 있는데, 일본 여자들에 대한 유럽인들의 취향이란 아주 형편없다는 것이다. 일본인들이 하는 얘기가 그런 걸 수도 있고.

어쨌든, 그녀가 이시마에게 충심을 다했기 때문에 이시마는 그녀를 차 버렸다. 얼마나 이상한 이유인가.

사정은 이러했다. 일본에서 친구가 그를 찾아왔었다. 혈통상 왕족으로, 그냥 삶은 생선을 말도 못 하게 좋아했고, 또 아주 간단하고 효율적인 방식으로 먹었는데, 그러니까 한 손으로 꼬리 쪽을 들고 다른 한 손으로 열심히 포크질을 해서 먹는 것이었다. 이시마는 동양의 환대 방식에 따라 자신이 가진 모든 것을 그에게 제공했다. 자허 호텔의 스위트룸과 자신의 어린 친구의 접대도 그중 하나였다. 그런데 이 어린 친구가, 아마도 자신의 가치를 높일 생각이었는지 그에 반대했다. 그것도 펄펄 뛰어서, 사실은 한바탕 난리를 쳤는데, 이시마는 화가 났다기보다는 서글퍼하며 그 뒤로 그녀를 다시는 보지 않았다.

그냥 거기서 벗어나질 못한 것이다.

피에르가 내게 말해 준 바에 따르면 어느 날 그가 오랜 명상을 한 후에 이렇게 물었다고 한다. "그 불쌍한 것이 미친 걸까, 아니면 다른 여자들도 다 그랬을까?"

피에르는 상황에 따라 다르다고 조심스럽게 대답했다. 성질이 있는 여자라면 자존심 때문에라도 다들 난리를 쳤을 것이고, 빈 여자들은 프랑스 사람만큼이나 성질이 대단하고 헝가리 여자라면 훨씬 더 할 것이다. 하지만 독일 여자라면…… 그래서 결론적으로 상황에 따라 다르다는 것이다.

이시마가 오래 명상을 했다. 그러고는 고개를 절레절레 흔들며 말했다. "음, 그것참 기이한 일이구먼!"

그날 밤 그 이야기를 다시 떠올리자 나는 그가 정말 싫어졌다. 원숭이 같은 게…… 그것도 심지어 살찐 원숭이……

다른 한편으로, 가즈야가 있었는데, 그는 훨씬 더 원숭이처럼 생겼지만, 한 푼도 없이 이탈리아 장교에게 버림받은 다른 불행한 전쟁 물자를 구해 주었던 멋진 사람이었다. 가즈야는 그녀에게 상당한 액수의 일본 돈을 주었을 뿐 아니라, 폐렴에 걸려 6개월 동안 신세를 졌던 요양원 비용도 다 내 주었다.

그것 보라고! 그러니 어떻게 쉽게 판단을 하겠는가!

가즈야가 싱글거리며 다가와 허리 굽혀 인사를 하고는 우리 자리에 앉았다. 내게 자기 부인—사랑스러운 사람이었다—과 세 딸의 사진을 보여 주었다. 딸의 이름은 각각 조기 기상, 질서, 아침 해를 뜻한다고 했다. 그리고 선물로 타자기를 하나씩 사 주었다고 했다.

그러고는 목소리가 자부심으로 떨리고 눈에 눈물까지 그렁거려 가며 어린 아들 얘기를 꺼냈다.

"부인이 아주 예쁘시네요." 내가 말했다.

그가 히죽 웃으며 겸손하게 말했다. "아니에요, 전혀 아니에요."

"일본에 돌아가면 부인께서 정말 좋아하시겠어요." 내가 말했다.

"그럼요, 좋아하겠죠." 그가 말했다. "부인은 아주 행복한 사람이에요. 운이 좋은 여자죠."

내가 말했다. "그럴 거라고 봐요."

뭐, 가즈야가 멋진 타입이니까 부인도 그렇겠지.

하지만 내가 빈의 밤 풍경을 싫어하게 된 것이 바로 이때부터였던 게 분명하다.

아파트를 구했다. 라츠모프스키 거리에 있는 폰마르켄 대령 집 맨 꼭대기 층으로, 앙드레가 당분간 우리와 같이 쓰기로 한 것이다.

그는 자그마한 사람으로 다리가 아주 짧았지만, 그걸 숨기기 위해 대단히 신경 써서 정장을 줄여 입었다.

무슨 말인가 하면, 윗옷 허리를 아주 깡똥하게 거의 겨드랑이까지 높이고, 가슴에는 두툼한 안감을 대고, 신발 뒤축을 보이지 않게 높였다.

이렇게 엄청난 공을 들인 덕에, 틸리가 쓰는 용어로 그의 '실루엣'은 형편없진 않았다.

프랑스 남자, 특히 파리 남자는 저 멀리에서도 알아볼 수 있다. 매주 웨이브를 넣는 숱이 많은 머리, 좀 정직해 보이는 파란 눈, 사티로스*의 코와 입.

앙드레가 바로 그랬다. 사티로스, 스물네 살의.

그는 예쁜 여자를 보면 온몸이 빳빳해졌다. 토끼가 눈에 띌 때 사냥개들—포인터라고 하는 품종이던가—이 그렇듯이. 코는 입 앞쪽까지 늘어졌다.

특히 멋진 댄서가 있는 타바랭에서 그를 바라보는 일은 정말이지 묘했다.

몇 시간이 되었건 남는 시간은 몽땅 쫓아다니고 찾아다니면서 보내는 게 분명했다.

어느 날 케른트너가를 걸어가다가 그 과정을 다 보게 되었다. 쫓아가서 모자를 들어 인사하고 무시당하는. 무시당하는 경우가 많았다.

허세나 수치심이라고는 손톱만큼도 없었기 때문에 그렇게 볼썽사납지는 않았다.

그는 여자를 위해 살았으니까. 그의 부친은 여자 때문에 돌아가셨는데, 아마 그도 그렇게 될 것이다. 그냥 그런 거다.

내가 빈에 도착했을 때 그에게는 리실이라는 이름의 댄서 친구가 있었다.

아파슈당스**인 리실과 오시가 그녀의 공연이었다.

그녀의 몸매는 무척이나 우아했지만 얼굴은 막돼 먹은 농부의 얼굴이었다. 그래서 앙드레는 그녀가 충분히 '시크'하지 않다는 확신과 앞에서 얘기한 그 우아함의 가치에 대한 인정 사이에서 괴로워했다. 그녀가 춤을 출 때면 특별석에 앉은 그는 앞으로 몸을 쭉 뺀 채 튀어

---

* 그리스 신화의 숲의 신. 남자의 상반신에 염소의 다리와 뿔이 있다.
** 파리 하층사회에서 행해지던 퇴폐적인 춤.

나올 것 같은 눈을 하고 거친 숨을 내뱉었다.

어느 날 밤 우리는 그와 함께 어떤 촌구석에 있는 음악당으로 그녀를 보러 갔다. 그녀의 순서가 끝났을 때 그녀가 우리 특별석으로 찾아왔다. 물론 대단히 신경을 쓴 거였다.

그날 밤 난 문득 그녀가 좋아졌다. 그 우아함이며, 어린애 같은 목소리로 "아, 내 꽃, 앙드레, 앙드레, 내 꽃을 가져오는 걸 깜박했어요"라고 말하는 거며. 그래서 아마 나한테 나쁜 영향을 준다는 생각에 앙드레가 내게 사과를 늘어놓기 시작했을 때 난 그를 타박하고는 저녁식사에 당연히 그녀를 데리고 와도 좋다고 했다.

정신없이 달리는 빈의 쌍두마차를 불러 우리는 그 안에 한꺼번에 욱여 앉았다. 그녀는 펑퍼짐한 코트에 작은 모자를 쓰고, 꽃을 품에 안은 채 앉아 있었는데, 어두웠기 때문에 막돼 먹은 얼굴은 잘 보이지 않았다.

그날 그녀는 정말이지 사랑스러웠다.

하지만 다음 날 아침 떠나기에 앞서 인사를 하러 왔을 때 그 사랑스러움은 전혀 눈에 보이지 않았다.

그녀는 내 담배를 반 갑이나 꺼내 가면서 손짓으로 내 옷이 얼마짜리냐고 물었다. '이 여자는 왜 나한테 이렇게 잘해 주는 거지?' 약삭빠른 그녀의 눈이 물었다.

게다가 정말 불행하게도, 그녀는 계단에서 블랑카 폰마르켄을 마주쳤다.

한 시간 후 폰마르켄 부인이 항의를 하러 나를 찾아왔다.

블랑카는 *젊은 처녀*였다. 그러니까 당연히 이해할 수 있다…… 용서할 수 있다. 하지만 빈에서 그들은 얼마나 구식인지……

당연히 이해했고, 정당함과 논리에 대한 나 자신의 생각과는 어긋나지만 난 사과를 하고, 그녀 말이 옳다고 했다.

아는 사람은 알겠지만, 내가 무엇보다 혐오하는 위선이 하나 있다면 그것은 바로 '착한' 여자와 '나쁜' 여자라는 지어낸 관념이다.

앙드레도 사과를 했지만, 분명 그는 논리가 맞지 않는다는 걸 알아챌 사람은 아니었다.

그래서 그는 열심히 굽실거렸고, 그러면서 자신이 기사도적인 순결함의 수호자라고 생각했다. 오, 맙소사!

"저, 아시겠지만, 부인, 젊은 처녀 생각은 하질 못했네요."

하지만 난 돈키호테가 아니니 리실을 감싸려고도 하지 않았다.

자기가 알아서 잘할 테니까.

그러나 그녀가 댄서로 성공하고 '세련된 댄서'가 되었는데도 앙드레는 그녀와의 관계를 청산했다.

지시가 떨어진 거였다.

그녀는 시크하지 않다.

난 블랑카와 폰마르켄 부인을 좋아했기 때문에, 프란츠 요제프와 다른 모든 조상들을 거실에 걸어 놓음으로써 그들의 고결함에 입힌 상처를 만회해 보려고까지 했다.

구레나룻과 의자 등받이 덮개가 가득한 음침한 방의 분위기를 좀 바꿔 볼 요량으로 그 그림들을 떼었었는데, 그 때문에 그 예쁜 부인이 마음이 상한 것을 알고 다시 걸었던 것이다. 그리고 난 내 침실에서 시간을 보내기 시작했는데, 근사한 일이었다.

아주 큰 방이었고, 바닥은 잘 닦여 반짝거리고 창문이 여러 개였다. 커피를 끓일 수 있는 낮고 작은 테이블도 있었는데, 멋진 보헤미안 유리 테이블이었다.

또한 프라터에서 많은 시간을 보내기도 했다.

연보라색과 흰색 라일락이 아주 많은.

그래서 이제 라일락을 보면 항상 빈이 생각난다.

라데츠키 호텔은 빈에서 차로 2, 30분 남짓 걸리는 곳이었는데도, 진짜 시골이었다.

하지만 그거야말로 그 장소의 매력이었다. 일반적인 교외가 아니라는 것.

시설이 아주 편안하지는 않았다. 건물 전체에 욕실이라고는 없었는데, 무슨 이유인지 신나고 즐거운 곳인 데다가 그만큼 숙박료도 엄청나게 비쌌다.

주식으로 돈을 번 남자들은 하나같이 돈을 쓰러 이곳에 왔고, 그냥 같이 즐길 여자들을 데리고 왔다.

남편들이 미심쩍은 일을 하거나 교도소에 있거나(수도 없이 많은 남자들이 감옥에 갔는데, 놀랄 일도 아니었다. 주식과 금 밀수와 관련해 매일같이 새로운 뉴스가 나오니 말이다) 아예 남편이 없는 모든 예쁜 여자들을.

사실은 모두 다.

아주 천박하지, 물론. 하지만 빈은 전부 천박했다.

소위 '**귀족 계급**'은 사라졌으니까.

그들은 배를 곯으며 집에 앉아 있고, 부인들은 빨래를 했다.

추한 사람들이 그렇다는 거다.

얼굴이 반반한 사람들은 세련된 댄서 일을 구해 보려 했다.

잘하는 일이라고 봐야지, 아마.

통통한 손과 두꺼운 발목에 눈이 가는 건 단지 편견 때문이다. 오직 예쁜 얼굴에만 시선을 고정시켜야 한다.

미소를 지으며 허리를 굽혀 인사하는 남자들의 뒤에 냉혹한 야만성이 보인다고 생각하는 것 역시 편견이다.

그들이 밥을 먹고 이쑤시개를 사용하는 걸 보는 것도 그렇고.

어리석은 일이기도 하지. 그냥 안 보는 게 훨씬 낫다.

어린 여자들은 옷을 잘 차려입었는데 화장은 전혀 하지 않았다. 파리에 있다 온 나로서는 그게 신기했다.

찬란하게 파란 하늘과 녹음이 무성한 나무와 훌륭한 오케스트라.

그리고 뜨거운 열기, 열기.

1921년 그 여름에 난 삶의 기쁨으로 정신이 나갈 지경이었다.

온통 프릴이 달린 멋진 모슬린 드레스에 푹 꺼진 모자를 쓰거나, 모자 없이 귀여운 페전트 드레스를 입곤 했다.

그리고 틸리는 라데츠키의 여왕이었다. 우리가 그 사실을 알게 된 것은 바로 그녀를 통해서였다. (그녀가 앙드레에게 그렇게 말했다.)

틸리는 놀랍도록 아름다운 청회색 눈을 가졌고, 가비 델리스*같이 우아한 머리 모양을 했다.

그런 것들 덕택에 흉측한 얼굴색이나 네 개씩이나 있는 금니나 엄청나게 큰 발 같은 건 전혀 거슬리지 않았다.

---

* 20세기 초에 활동한 프랑스 가수이자 배우.

치열한 경쟁이 벌어지는 게 기본적인 이런 장소에서는 불가능한 일로 여겨지겠지만 엄연한 사실이다.

틸리를 볼 때마다 사람들은 '와우, 정말 예쁘군!'이라고 생각한다. 아무리 다른 무리들과 섞여 있어도 사람들은 그녀를, 그녀의 찬란한 머리를 돌아보게 되는 것이다.

그리고 그 뒤를 앙드레가 쫓아갔다. 드디어 잡았는데, 프랑스 사람들 표현에 따르면 꽁무니를 쥔 형세였다.

우쭐대던 모습은 완전히 사라지고, 개가 주인을 쳐다보듯이 그녀를 쳐다보고, 그녀에게 말을 걸 때는 그 목소리가 마치 어린 소년 같았다.

그녀는 거칠 것 없이 다른 남자들과 희롱했고(그곳의 남자들 절반이 예전에 그녀의 애인이었으므로 그것은 예전 관계의 신나는 재개일 뿐이었다) 그러면 앙드레는 너무나 비참하게 앉아 거의 눈물이 그렁해졌다.

어느 날 밤에 그들이 정말 왔을 때 내가 그의 팔을 토닥거리며 말했다. "불쌍한 앙드레, 기운 내."

"*겨우 창녀한테.*" 피에르가 인정사정없이 말했다. "앙드레가 멍청이인 거지. 그리고 프랜시스, 그 여잔 그냥 내버려 둬……"

하지만 나는 그 말을 바로 따르지는 않았다. 그 재밌는 광경을 보고 싶은 마음이 너무 컸기 때문에.

다음 토요일 저녁에 우리는 피에르의 독일인 지인과 함께 라데츠키에서 저녁을 먹고 있었다.

말도 못 하게 잘생겼지만, 프로이센 사람이므로 당연히 사나웠다.

"이봐, 웨이터……" 그렇게 쩌렁쩌렁한 목소리로 웨이터를 불렀고,

그러면 가엾은 웨이터는 질겁하며 뛰어다녔다.

어쩌면 그의 사나움을 좀 과장했는지도 모른다. 아직 남아 있는 내 영국적 감수성에 비추어 그가 혐오스러운 일을 했다는 이유로. 그러니까 틸리에 대해 숨김없이 아주 자세히 얘기를 한 것인데, 예전에 그녀와 사귄 적이 있었던 것이다.

우리가 다른 얘기를 하고 있는 중에 틸리와 앙드레가 저쪽에 있는 게 눈에 띄었다.

앙드레가 곧장 우리 쪽으로 와서는 합석을 해도 되냐고 물었다.

탐탁지 않았지만 피에르는 무례를 범하지 않기 위해서 어쩔 수 없이 받아들였는데, 그의 지인이 그녀의 손에 입을 맞출 때 경멸조의 비웃음이 얼굴에 서렸으므로 그 마음이 고스란히 드러나지 않을 수 없었다.

틸리로 말하자면, 그녀는 완벽하게 처신했다. 몸짓 하나도, 심지어 눈썹을 떠는 식으로도 본심을 전혀 드러내지 않았다. 사교계 여성의 역할을 하면서, 대놓고 적대적으로 나오는 적과 맞서는 일은 분명 괴로운 일이었을 테지만 말이다.

그 때문에 그녀는 그날 저녁 자신의 계획이 절대 틀어지는 일이 없게 했고, 세심하게 계획한 바에 따라 제대로 잘 수행했다.

그녀에게는 아름다운 목걸이가 하나 있어서 항상 차고 다녔는데, 그날 밤 그 진주 목걸이를 확고한 주제로 삼아 대화를 이어 나갔던 것이다.

난 대화를 '이끄는' 일은 잘하지 못하는 데다 사실 대화를 할 정도로 독일어가 능숙하지도 않았다. 그냥 전체적인 취지만 이해했고 피에르가 간혹 통역을 해 주었다.

보석들이 어마어마하게 많았었는데(놀라워라!) 그중에서 달랑 진주 목걸이 하나가 남았다고 했다(그녀가 한 얘기였다).

사실, 전반적으로 극빈함의 상태까지 떨어지는 와중에 남은 게 그것 하나뿐이라고 했다.

아, 음악도 서글프게 분위기를 맞춰 주었다……

그날 저녁 그녀는 기분이 착 가라앉은 게 슬퍼 보였다. 눈은 거의 검은색에 목소리는 떨리는 듯 아름다웠다.

식사가 끝나고 그녀가 내게 '조금 걷는 게' 어떠냐고 사랑스럽게 물었다. 너무 덥고, 음악도 별로니까.

사실 더웠기 때문에 충분히 그럴 용의가 있었다. 틸리는 방으로 올라가더니 목에 스카프를 단단히 동여매고 내려왔다.

우리는 거리로 나섰다. 나와 피에르와 중위—그의 이름은 전혀 기억이 안 난다—가 함께 걸어가고 앙드레와 틸리가 약간 앞에서 함께 걸었다.

호텔 주변의 숲은 칠흑같이 어두웠다. 너무 어두워서 약간 겁이 났기 때문에 나는 이제 돌아가자고 말했다.

앞서가는 사람들에게 소리를 쳤지만 대답이 없었다. 너무 멀어진 듯했다.

우리는 돌아와서 로비에 편안히 앉아 리큐어를 마시는데(모두들 저녁을 먹고 춤을 추러 바에 몰려가서 거긴 우리밖에 없었다) 앙드레가 숨이 턱에 차서 황망하게 뛰어 들어왔다.

"진주 목걸이, 틸리 목걸이를 잃어버렸어요. 맙소사, 하느님 맙소사. 떨어뜨렸나 본데……"

나만 유일하게 관심을 가지고 들었기에 그가 나를 보며 말했다.

그러고는 틸리가 들어왔다. 비애감은 사라지고 없었다. 아랫입술을 쑥 내민 그녀는 추하고 위험해 보였다.

피에르에게 독일어로 속사포같이 떠들어 댔고, 그가 다 듣고는 무심한 태도로 내게 말했다. "앙드레가 숲에서 키스를 했는데 상당히 거칠게 했고, 목걸이 고리가 단단하지 않았다고 하네요. 앙드레 탓이니까 그가 돈을 줘야 한다고."

피에르의 지인이 웃었다. 난데없이 그녀가 그에게 맹렬히 달려들었다.

"선생님……" 무슨 말인지 알아들을 수는 없었지만, 그 말투는 이해할 수 있었다.

"선생님 자신에게 뭐가 이득인지 알면 자기 일이나 신경 쓰세요."

다른 사람들이 입으로 떠드는 동안 주로 본능적으로 행동에 나서는 유형인 피에르는 그사이 자리를 떴고, 손전등 두 개를 가지고 나타나서는 아주 합리적인 제안을 했다.

우리 네 사람이 바로 나가서, 놓치는 부분이 없도록 함께 손을 맞잡고 아까의 길을 다시 되짚어 가자는 것이었다.

너무 어두워서 다른 사람이 집어 가지는 못했을 거라고.

나로서는 의외인 것이, 틸리는 그 말에 별로 반색을 하지 않았다.

어쨌든 우리는 몸을 숙이고 열을 이루어 앞으로 나갔다. 앙드레와 피에르가 손전등을 하나씩 들었다.

처음에 나는 완전히 진지하게 두 눈을 부릅뜨고 찾았다.

그런데 앙드레가 문득 손전등을 움직였는데, 그 빛에 틸리의 얼굴이 보였다. 맹세하건대, 그녀는 웃고 있었다. 땅바닥을 쳐다보고 있지 않았던 게 분명했다.

피에르를 건너다보았다. 대충 찾는 척만 하고 있었고, 그의 친구는
애써 찾는 척도 하지 않았다.

그 순간 난 앙드레가 좋아졌다. 그가 불쌍해지면서 왠지 동류의식
이 생겼던 것이다.

그 무리 중에서 그 얘기를 곧이곧대로 받아들인 건 앙드레와 나뿐
이었다. 우린 바보였던 것이다.

그와 악수를 하며 이렇게 말할 수도 있을 듯한 기분이었다. "어이,
틈만 나면 발로 짓밟는 세상에서 호구 동지를 만났네!"

하지만 틸리의 웃음이 너무 분명해서 더 이상 찾지는 않았다.

그다음에는 피에르의 지인인 독일인이 내 손을 가지고 슬쩍슬쩍
장난을 치는 바람에 거기에 온 신경을 쏟아야 했다.

손에서 손목으로, 다음엔 팔뚝으로 올라왔다. 내가 팔을 뿌리쳤다.

그러자 다시 손으로, 하지만 이번엔 깍지를 꼈다.

침착하고 안정된 손짓이었고 어디선가 여린 맥박이 느껴졌다.

언쟁이 시작되었다. 이 길로 오지 않았다고요. 틸리가 말했다.

하지만 이제 충성스러운 앙드레를 뺀 다른 이들에게는 이 모두가
웃기는 코미디일 뿐이었다.

우린 다시 돌아갔다. 하지만 호텔의 음악 소리가 들릴 만큼 가까워
지기도 전에 그는 이미 온갖 약속으로 그녀를 위로하고 있었다.

그리고 약속을 지키기도 했다. 그게 속임수이고 속임수일 수도 있
다고 아무리 암시를 줘 봐야 쇠귀에 경 읽기였다.

우리가 부다페스트로 돌아갔을 때 틸리도 함께 갔다. 나중에 베를
린에 갔을 때도 그랬다.

그녀는 만반의 준비가 되기 전까지 절대 앙드레를 떠나지 않았다.

그러니까 그가 가진 돈을 남김없이 다 털어서 그에게 받은 다이아몬드와 함께 가지고 갈 수 있게 되었을 때까지.

이런 이후의 사정은 나중에야 들었다.

불쌍한 앙드레! '먹고 먹히는' 게 세상의 무자비한 법칙임을 단 한번 잊었던 일에 대해 얼마라도 보상을 받았기를 바란다.

어쩌면 다음에 만날 여자는 사랑스럽고 상냥할지도 모르지. 그러면 그가 먹는 쪽이 되는 것이다.

징글징글한 세상.

대표단의 타자수인 시몬과 저메인은 엄청난 성공을 거두었다. 적어도 시몬은 그럴 자격이 있다.

그녀는 영국 사람과 미국 사람, 프랑스 사람 전문이었다.

그와 달리 저메인은 이탈리아 사람과 그리스 사람들 사이에 많은 추종자들이 있었는데, 그녀의 말에 따르면 그중에는 하룻밤에 5만 프랑을 제안한 바람둥이 아르메니아인도 있었다.

시몬은 말도 못 하게 자부심이 강했다.

한번은 라크루아 대령이 자신에게 프랑스적 매력과 플랑드르의 미모와 이집트의 신비를 모아 놓은 정수라고 했다는 말을 내게 해 주었다. (그녀는 카이로에서 태어났고, 프랑스인 엄마와 벨기에인 아빠를 두었다.)

두 사람 다 약간 경계심을 가지고 나를 바라보았지만, 피에르와 가까이하고 싶어 안달이 났던지라 예의 바르게 구는 수밖에 없었다. 사람들이 점점 피에르를 정중하게 대하면서 나에게도 역시 같은 대접을 한다는 사실은 이미 눈치채고 있었다. 그에게 돈이 많은 것 같았다. 그것도 아주아주.

주식으로 번 돈이라고 내게 말해 준 적이 있다.

1921년 봄 어느 날에 우리는 라츠모프스키 거리의 아파트를 떠나 임피리얼에 방을 잡았다.

요리사는 내보내고, 내 하녀로 승격된 D를 함께 데리고 갔다.

돈이 많다는 건 좋은 일이다. 아주아주 좋다. 기사 딸린 차도 있고, 반지도 사고, 맘에 드는 드레스는 다 살 수 있고.

돈, 돈, 돈이 있는 건 좋다. 꽃이란 꽃은 다 사고, 칭찬이란 칭찬도 다 받고. 무엇이든 전부 다.

아, 위대한 신인 돈. 인생에서 멋진 것은 모두 실현시킬 수 있다. 젊음과 아름다움, 여자들의 부러움과 남자들의 사랑.

심지어 영혼이라는 사치도, 당신이, 오직 당신만이 제공할 수 있는 당신만의 인격이나 생각까지도. 거울을 들여다보면서 생각하는 것이다. 원하는 걸 얻었어.

난 결혼했을 때 일종의 도박을 건 셈이었고 그리고 돈을 땄다.

사실은, 진정으로 행복한 것은 아니지만, 말할 나위 없이 상쾌하고 즐겁다.

돈을 마구 쓰고, 또 쓰고. 그래도 늘 돈은 넘쳐 나니까.

어느 날 어떤 예감이 들었다.

피에르가 일본인 장교인 쇼군과 하토, 이시마, 고에게 아주 특별한 점심을 대접했다.

우리는 방에서 따로 식사를 했는데, 거기서부터 내 기분이 나빠지기 시작했다. 일본인들은 같이 있으면 우울해지기 때문에 특히 그들과 자리를 함께할 때면 식당 홀에서 먹는 게 더 나았던 것이다.

어둡고 약간 썰렁한 데다, 음식이 끊이지 않고 계속 나왔다.

음식을 먹는 중간중간 쇼군은 군사훈련 중에 자기 전화가 고장이 났다는 이유로 '할복'을 했다는 일본의 한 장교에 대해 길게 늘어놓았다.

나로서는 형편없는 이유라고밖에 생각이 안 되지만 쇼군은 그를 영웅으로 여기는 듯했다.

기회를 잡자마자 난 위층으로 도망갔다.

문득 나폴레옹의 모친처럼 '이게 지속된다면' 이런 심정이었다.

지속되지 않으면 어쩔 것인가? 정말이지 '차가운 손이 내 심장을 움켜쥐는' 그런 느낌일 것만 같다.

말하건대, 정말 불쾌한 느낌이기도 하다.

내가 다시는 용감하고 위엄 있게 가난을 감수할 수 없으리라는 걸 스스로도 지독히 잘 알고 있으니까.

계산을 좀 해 봤다. 우리가 지출하는 돈을 프랑으로 바꿔 보고 파운드로 바꿔 본 뒤 나는 아연실색했다. (우리가 처음 빈에 도착했을 때 1크라운*은 13프랑이었는데, 이때는 거의 60프랑이었다.)

기회를 잡자마자 난 피에르에게 달려들었다.

처음에는 웃어넘기더니 점점 짜증을 내기 시작했다.

프랜시스, 괜찮다고 내가 얘기하잖아. 내가 돈을 얼마나 버는 줄 알아? 엄청나게 번다고.

정확히 얼마나 버는데? 그건 말할 수 없어. 어떻게 버는데? 당신은 이해 못 해.

---

* 영국 화폐 단위로 5실링에 해당한다.

겁먹지 말라고, 그러면…… 재수가 없어진단 말이야. 그것 땜에 내 행운이 끝나 버린다고.

난 입을 다물었다. 예감이나 두려움이 불길하다는 걸 너무나 잘 알 았으니까.

"걱정하지 마." 피에르가 말했다. "곧 큰 거 하나 해낼 거고, 그럼 정 말 부자가 될 테니까."

우리는 식당 한구석에서 식사를 하던 중이었다.

그보다 며칠 전에 바로 그 자리에서, 스물네 살 난 러시아 여자가 총으로 자살을 했다고 했다.

마지막 남은 돈으로 그럴듯한 식사를 하고는, 그다음에 탕!

그래서 나는 그런 지경에 처하면 나도 똑같이 하겠다고 마음을 먹 었다.

다시는 가난하게 살지 않을 거야. 절대, 절대, 절대.

계획하기는 무지하게 쉬웠다. 늘 마지막 순간에, 겁을 집어먹는 거 지. 혹은 헛된 희망으로 자신을 속이거나.

아직 이걸 할 수 있어, 저걸로 어떻게 해 볼 수도 있고.

이런저런 사람이 도와줄 거야.

얼마나 기를 쓰는지. 처음엔 영리하게 잘하지만 그다음엔 점점 걷 잡을 수 없이 마구, 그다음엔 히스테릭하게.

쓰러질 수 없어, 쓰러지지 않을 거야. 도와줘! 나 좀 구해 줘!

진정하자…… 머리를 잘 써야 해. 이런저런 사람이 도움이 될 거야.

하지만 이런저런 사람은 닳고 닳은 미소를 지을 뿐이다.

불안해진다. 저이가 이해를 못 하는 거야. 내가 나서서……

하지만 이런저런 사람의 눈이 냉정해진다. 당신이 애원을 해 본다.

좀 도와줄 수 없을까? 제발 좀 도와줄래? 상황이 이러저러해서……
이런저런 사람이 불편해하면서 완고한 모습을 보인다.

소용이 없다.

울면 안 돼. 안 울 거야.

그래서 그때는 울지 않는다. 기를 쓰며 고개를 빳빳이 들고 얼굴에
미소를 띤다.

이런저런 사람은 무척이나 안심한다. 얼마나 안심이 되었는지 명
색일 뿐인 약간의 도움을 주겠다고 즉시 제안하고 위안이 될 만한 칭
찬도 늘어놓는다.

택시를 탄 다음에도 울지 않는다.

누구 딴사람 없나 생각하고 있었으니까.

하지만 그런 일을 대여섯 번 겪고 나면 울음을 터뜨리는 것도 점점
쉬워진다.

열 번쯤 해 본 뒤 포기한다. 완전히 파산했고, 그럴 용기도 더 이상
은 없다.

그리고 이류 바보들이 하나같이 값싸고 쉽게 너를 이긴다. 하찮은
중산계급의 잣대를 네게 들이대는 것이다.

그들에게 해 줄 수 있는 게 없다. 아무 소용도 없다.

아무것도 아니야…… 그냥 물에 빠져 허우적거리는 여자야!

하지만 그로부터 두 해가 지나고 세 해가 지난다. 좋은 시절이 끝났
을 때 생을 끝내 버릴 만큼 세상에 대해 충분히 알고 용기도 있었던
젊은 러시아 여성, 당신에게 경의를 표한다!

빈을 떠나 부다페스트로 가기 전날엔 천둥 번개가 치고 기온도 떨

어졌다.

난 그 러시아 여자가 내게 얘기해 준 마사지 숍에서 거의 두 시간 동안 있었다.

그녀는 틸리를 대신할 사람으로 내게 소개되었다. 두 가지 장점이 있었는데, 남편이 있다는 것과 프랑스어를 약간 한다는 것이었다.

우리는 밤이면 밤마다 라데츠키 바에서 늦게까지 있었다. (피에르 주변에는 언제나 사람들이 몰려들었다.) 그중 가장 재미있는 인물은 밝은 노란색 가발을 쓴 일흔이 넘은 할머니였다. 예전에 배우였다는데, 아직도 그 끼가 엄청 많이 남아 있었다.

밤이면 밤마다 그녀는 거기에 앉아 펀치를 마시면서 〈사랑〉이니 〈여자〉니 하는 노래를 전심을 다해 부르곤 했다.

난 가게를 나와서 거리를 설어 내려갔다. 주름 하나 없고 그늘진 곳 하나 없고, 인형보다 더 예쁜 눈을 가진 인형 같은 얼굴을 하고. 눈동자가 까맣고 커 보이게 하려고 눈에 뭔가를 넣지 않았던가?

그날 오후에는 만사가 무척 마음에 들었다. 마사지를 받은 것도 그렇고 짧은 드레스도 그렇고, 그냥 전반적으로 사는 게 다.

그런데 저녁을 먹으려고 앉자 난데없이 역풍이 불었다. 그날 저녁엔 혼자 있었는데, 어떤 예감이, 어떤 암울한 기운이 가득 밀려들어 왔던 것이다.

이쑤시개를 손에 든 신사가 이를 쑤시는 중간중간 애정 어린 눈길로 나를 바라보았지만, 난 계속 접시만 노려보고 있었다.

아, 이 혐오스러운 황량함. 두 시간을 앉아서 마사지를 받고, 드레스를 고르느라 몇 시간을 서 있고. 전부 저 이쑤시개를 든 신사 눈에 보기 좋으라고 말이지.

(그는 내가 반응이 없자 이미 다른 쪽으로 관심을 돌려 버렸다.)

그래서 더욱 그가 미워졌다.

프란치는 홀에 있었다. 주인이 그에게 차를 가져와 나를 데리고 드라이브를 가라고 말했다.

착한 프란치.

내가 차에 올랐다. 빨리 달려, 프란치. 슈넬—아이네 안데레 플라츠 나이트 프라터 나이트 베크 춤 바덴—나이트 바이너 발트.

두 해나 살았는데 내 독일어는 이 모양이었다! 내가 하려 했던 말은, 빨리 가. 새로운 곳으로. 프라터 말고, 바덴도 말고……

그랬다. 그날 밤이 내 수호천사였던 불쌍한 그가 미친 듯이 나를 위해 노력했던 마지막 밤이었다. 나의 모든 잘못과 실패와 완전한 무익함을 그때만큼 분명하게 인식한 적이 없었다. 짐을 싸서 떠나 버리고 싶다는 갈망이 그렇게 강했던 적이 없었다.

완전히 떠나서, 다른 사람들과 다른 삶을 살고 싶다는.

일을 하면서.

영국으로 가서, 달라지고 싶다는.

그 마음이 사실 진심도 아니라는 사실까지 분명하고 냉정하게 인식하면서.

사실은 일 같은 건 하고 싶지 않다는.

허름한 옷도 입고 싶지 않다는.

10년 동안 그런 삶을 살았고, 기적이 일어나지 않는 다음에야 그런 삶을 바꿀 수 없다는 사실도.

'달라지고 싶지 않아.' 그렇게 반항적으로 대들고.

그에 대한 보상도 있었어.

아, 그래, 보상…… 어떤 순간들.

나만큼 많이 가졌던 사람도 없을걸.

"거짓말, 거짓말이야." 천사가 악을 썼다. "당장 짐을 싸서 떠나 버리라고." 불쌍한 천사 같으니라고, 가망도 없는 일에. 그렇게 멋진 빈의 밤에 대고 네가 아무리 기를 써야 소용이 없어.

그 와중에 아주 심하게 부딪히는 바람에 더욱 그러했다.

'다른 길'을 찾아보려고 너무 열심이었던 나머지 프란치가 보수를 하지 않은 채 한참 동안 방치된 길로 들어섰던 것이다. 돌 하나를 정면으로 들이받았는데, 얼마나 큰 돌이었는지 몸무게가 별로 안 나가는 나는 획 튕겨 나가 거의 2미터쯤 공중으로 솟았다. 다행히도 차 안으로 다시 떨어지기는 했지만.

프란치가 차를 세우고 겁을 집어먹은 표정으로 뒤를 돌아보았다. 내가 돌아가자고 그에게 말했다.

내 잘못이 아니다.

남자들이 망친 것이다. 늘 내 정신은 업신여기고 몸에만 온통 신경을 썼기 때문에. 여자들은 무분별한 잔인함과 어리석음으로 나를 망쳐 놓았다. 내 유일한 무기를 사용했다면 그것을 피할 수 있었을까?

그래, 내 유일한 무기.

그 외의 것은 다 거짓, 거짓일 뿐.

맙소사, 여기 여자들 대부분이 얼마나 징글징글한지. 그 가짜 미소와 서로에 대한 맹렬한 질투. 동물 같은 그 간계하며.

아마 동물일 거야. 그렇게 생각하는, 그렇게 생각해 왔던 수많은 현명한 남자들을 보라고.

예수그리스도조차 상냥하기는 했지만 가능하면 여자들과는 어울리지 말라고 냉정하게 말씀하셨지.

게다가, 내가 영국으로 돌아간다고 쳐도……

누가 있어서? 뭐가 있어서?

얼마나 외로운 사람인가, 나는.

눈물.

자기 연민은 제일 쓸데없고 어리석은 감정이야. 내 뇌 속에 들어앉은 자그마한 존재가 냉철하게 말한다. 가서 잠이나 자.

침대에 기어들어 가니 편안해지며 위안이 된다. 고급스러운 침대보가 얼마나 좋은지. 베개 냄새는 또 얼마나 좋은지.

정말로 말도 못 하게 행복하다. 그런데 왜 느닷없이 우울에 빠졌던 거지?

내일 부다페스트를 보러 가야지.

런던이라니 얼마나 터무니없는 생각이야. 내가 런던에서 뭘 하겠다고……

빈이여, 안녕. 라일락꽃과 칼렌베르크 언덕에서 내려다보던 불빛, 노란 가발을 쓰고 〈여자〉라는 노래를 부르던 늙은 여자여 안녕.

나도 언젠가는 그 늙은 여자처럼 될까? 그래서 늘어지는 피부를 떠받쳐 보겠다고 마사지 숍으로 달려가게 될까? 아마도, 다분히 그렇겠지.

사랑스러운 빈. 다시는 볼 일이 없겠지.

부드러운 리넨 침대보.

잠을 자자.

그래, 우린 모두 환상을 가지고 사니까. 그게 없다면 거울을 들여다보기가 얼마나 힘들겠어.

내게는 열일곱에서 스물두 살 때까지 살면서 겪은 일 때문에 이 망할 이 연약함이 생겨났다는 환상, 시몬에게는 자신이 파리에서 가장 예쁜 다리를 가졌다는 환상, 착한 여자들은 자기들이 정말로 악의적이지 않다는 환상, 나쁜 여자들은 자신들이 별로 나이를 먹지 않는다거나 최근 애인의 사랑이 식은 것 같다는 환상을.

부다페스트의 겨울을 상상할 수가 없다. 무더운 여름 말고 다른 건 상상할 수가 없다.

열기 그리고 한없는 냄새. 어디에나 만연한 냄새. 호텔에서든, 거리에서든, 강변에서든, 심지어 도심 바깥으로 나와도 여전히 그 냄새가 난다는 상상을 했다.

헝가리 사람들이 말하기를, 볼셰비키들이 더럽히기 전까지 부다페스트는 유럽에서 가장 깨끗한 도시였다고 했다. 볼셰비키들과 '망할 흉측한 루마니아인들'이.

이제는 점차로 깨끗해지고 있는 중이다. 아주 조금씩이긴 하지만.

전전戰前의 페테르부르크를 제외하면 부다페스트가 유럽에서 가장 흥미로운 도시였고 지금도 여전히 그러한데, 그게 정확히 무엇 때문인지 아느냐며 호턴이 요란스럽게 짖어 대곤(정말로 짖어 댔다!) 했다. "여기 여자들은 성적인 매력이 있기 때문이다." 프랑스 장교들의 설명은 이랬다.

어쨌든, 난 그 도시가 좋았다. 빈보다 더.

호턴은 우리와 같은 호텔에 묵었다. 식사를 함께 했고, 매일 밤 오르페움이나 다른 댄스 클럽에서 파티를 열었다. 그는 대개 상냥한 갈색 눈을 지닌 대머리 이탈리아 사람이나 선원, 폴란드 여성과 그 남편 등을 함께 데리고 왔다.

그는 러시아어와 독일어, 프랑스어, 이탈리아어에, 심지어 헝가리어도 조금 할 줄 알았기 때문에 위원회에 들어 있었다. 얼마나 놀라운 사람인지!

그는 러시아에서 대공들의 가정교사나 뭐 그런 일을 하면서 몇 년을 살았는데, 여성들을 보는 안목은 경탄할 만했다. 호리호리해서, 연약해서, 우아해서, 향기가 좋아서, 포악해서, 화장을 잔뜩 해서, 매력적이어서 그들을 좋아했는데—그리고 처음부터 끝까지 세련된 태도를 유지했다—사실 전혀 영국적이지는 않았다. 겉모습은 여전히 영국적이긴 했지만 말이다.

하지만 우리가 부다페스트 외곽에서 식사를 하던 완벽한 밤에 그는 때로 별로 기발하지도 않은 냉소적인 말들을 한없이 쏟아 냄으로써 분위기를 망치곤 했다.

"하하하! 맙소사! 맞아요. 더럽게 예쁜 여자네요. 왜요?"

집시들이 정말 열정적이면서 처량한 음악을 연주할 때에도 전혀 아랑곳없이 희희낙락하며 짖어 대는 것이었다……

부다페스트는 멀리서 보면 과장될 정도로 아름답다. 오후 하늘에 하얀색 새처럼 떠 있던 달과 시커모어나무의 회녹색 둥치 그리고 마차가 돌에 세게 쾅 부딪혔던 기억이 난다.

"너무 빨리 가지 마, 프란치. 너무 빨리 달리지 말라고!"

그리고 도심으로 돌아오자 코에 스며든 생생한 냄새, 집시 오케스트라의 울부짖음, 오르페움의 어린 댄서, 이름이 뭐였더라? ……일론카, 멋진 이름이야. 깊은 물속에 돌을 던졌을 때 나는 소리 같은. 자기 차례가 끝나고 나면 미소를 띠고 조용히—프랑스어도 독일어도 할 줄 몰랐으니까—우리 쪽으로 와서 자리에 앉아 있곤 했지.

"이 집시 음악은 무지하게 단조로워, 그렇잖아?" 호턴이 계속 바스 대며 말하곤 했다.

그렇긴 했다. 단 하나뿐인 코드의 끊임없는 변주와 도치였으니까. 딱히 선율이 없이 애처롭고 우울한. 평야를 스쳐 가는 바람, 인간의 마음이나 그중 그나마 남아 있는 것이 토해 내는 허기진 외침…… 그래……

우리 방에는 노란색 줄무늬 실크가 덮인 그리고 하늘색 쿠션이 놓인 우아하고 단단한 작은 소파가 있었다. 난 그 소파에 누워 모성이라는 평온한 꿈에 빠져 긴 오후 시간을 보냈다.

그 어둡고 시원한 방에 누우면 내가 인생에서 바랐던 모든 것을 불가피하게, 확실하게 내 쪽으로 끌고 오기라도 하듯 내면의 힘을 가만히 느낄 수 있었다. 마치 잘은 모르겠지만 억누를 수 없는 자석 같은 존재, '성녀'가 되기라도 한 듯.

아기가 몸에서 자라고 있을 때면 그렇게 푹 빠지고…… 행복하고…… 그러니까 정신이 팔리기도 하는 것처럼. 그러면서 또 말할 수 없이 기쁘고.

어느 날 오후 피에르가 말했다. "혹시 알게마이네 베르케르스 은행에서 누가 찾아오면 내가 집에 없고 언제 올지도 모른다고 얘기해."

은행에서 누군가 찾아왔다. 뚱뚱하고 작달막한 사내였는데, 끈질겼고 되지도 않는 프랑스어로 무례하게 굴었다. 남편을 만났으면 한다. 남편을 꼭 만나야겠다. 부인께서는 남편이 언제 올지 모른다는 건가. "좋아요, 좋아요." 사무실로 가서 물어보겠다고 했다.

그리고 돌아섰다. 너부데데한 그의 등이 복수심에 가득 차 보였다. 파국을 예견하는, 그래 그 표현이 맞는다. 그 등을 보면서 내가 모든 것을 추측했고, 모든 것을 예견했다고 본다.

피에르가 돌아오자마자 그에게 달려들었다. 그러니까 처음엔 물어봤다. 하지만 그가 계속 얼버무렸기 때문에 달려들지 않을 수가 없었다. 그가 얼버무리면 언제나 부아가 치밀었으니까.

"제발 말을 좀 해 보라고. 돈을 몽땅 날린 거야, 뭐야? 그런 거지? 나도 다 알아, 그러니까 다 말해 보라고."

그가 말했다. "자기야, 나 좀 내버려 둬. 그냥 내버려 두면 내가 다 처리할 거야. 하지만 얘기는 하고 싶지 않아…… 호턴이 리츠에서 저녁 함께 하재…… *이렇게 아름다운 밤에 그게 뭐 그렇게 중요해?*"

그가 크게 과장된 몸짓을 해 보였다.

그래서 그냥 내버려 두었다, 무력하게. 하지만 사람은 안전한 삶에 익숙해지고, 자기 남편이 돈을 잘 버는 사람이라는 생각에 익숙해진다. 엔이니 리라, 프랑, 스털링으로 신비롭고 놀라운 요술을 부리는 마술사…… 취리히의 주식시장에서……

그래서 그냥 내버려 두었지만, 걱정스러웠다. 불쌍하다는 듯이 나를 바라보는 호턴의 시선과 마주쳤다. 내가 불쌍하다는 듯이…… 호턴이!

은행 직원이 다녀가고 열흘 후 6시 반쯤 옷을 갈아입으려고 침실에 올라갔는데, 피에르가 노란색 줄무늬 소파에 구부정히 앉아 손에 든 권총을 뚫어지게 바라보고 있었다.

난 언제나 권총이 끔찍이 싫었다. 자그마하고 사악한 검은색 물건. 권총이나 총은 그냥 보기만 해도 머릿속 저 깊은 곳에 묵직한 통증이

172

일어난다. 위험하기 때문만은 아니다. 칼은 그렇게까지 싫어하지 않으니까. 그게 아니라 총소리를 들으면 귀가 터져 버릴 것 같아서이다.

내가 말했다. "오, 피에르, 그거 치워! 이렇게 겁을 주다니 정말 나쁜 사람이야!"

침착해야 할 순간에 그렇게 소리를 지르다니 얼마나 어리석은지.

그는 좀 무뚝뚝한 채 말이 없었다.

겨우겨우 사실을 알아냈다. 한쪽 다리를 계속 들썩이는 모양이 왠지 학생처럼 보이는 그가 돈을 엄청 날렸다고 말했다. 다른 사람 돈…… 위원회의 돈을…… 이시마가 그를 버렸고……

그러고는 엔화와 프랑, 크로네와 관련한 복잡한 얘기가 이어졌다. 그러더니 갑자기 말을 끊고 이렇게 말했다. "당신은 돈에 대해서는 전혀 이해를 못 하잖아. 나한테 설명해 달라고 해 봐야 무슨 소용이 있는데? 다 끝났어. 내 말하지만, 할 수 있는 건 다 해 봤다고…… 소용없어! 당장이라도 잡혀 들어갈 거야."

난 차분하고 냉정하게 아주 상식적으로 사리를 따져 보았다. 심하게 다친 후 그 상처가 심각한 해가 되기 전에 그러해야 하듯이…… 자 그럼, 이 출혈을 멈출 가장 좋은 방법은 무엇일까? ……붕대를 감아야지…… 다른 일 없이 그저 이 한 방으로 사람 목숨이 끊어질 리는 없잖아……

내가 소파 옆자리에 앉아서 그에게 말했다. "상황을 정리하려면 돈이 얼마나 필요한데? 적어도 그 정도는 이해할 수 있어."

그가 액수를 말했고, 그 뒤로 죽음 같은 정적이 이어졌다.

"그냥 내버려 둬." 그가 말했다. "그냥 머리에 총알을 박아 넣게 놔두라고. 내가 부다페스트 감옥에 들어갈 줄 알아? 전혀 가망이 없어!"

난 여전히 차분하게, 합리적으로, 자살을 해서 나만 혼자 남겨 두면 안 된다고 설명했다. 겁이 난다고, 난 죽고 싶지 않다고, 어떻게든 내가 빚을 갚을 돈을 구해 보겠다고.

내가 말을 하는 동안 그는 문이 난폭하게 벌컥 열리길 기다리듯이 줄곧 문에만 시선을 두고 있었다. 그러더니 내가 한 말은 아랑곳없이 같은 얘기를 반복했다. "난 이제 끝이야…… 어디 멀리 가 버려, 난 내가 할 수 있는 유일한 방식으로 여기서 벗어날 테니까…… 당신을 위해 4천 프랑은 마련해 놨어…… 그리고 반지도 있으니까…… 호턴이 도와줄 거야…… 난 이제 끝이라고……"

내가 이를 악물었다. "그렇지 않아. 남자답게 싸우면 되잖아?"

"여기서 붙잡히기만 기다리지는 않을 거야." 그가 퉁명스럽게 대답했다. "날 잡아넣지는 못할걸. 내 말하는데 날 잡아넣지 못한다고."

내 머리에는 이미 런던에 가서 돈을 빌려야겠다는 계획이 서 있었다. 때로는 머리가 재빨리 돌아가기도 하니까.

"그럼 안 기다리면 되지. 피에르, 나만 혼자 남겨 두는 그런 몹쓸 짓을 하는 건 아니지?"

"*자기야.*" 그가 말했다. "얼마나 빌어먹을 겁쟁이인지. 아니면 벌써 끝내 버렸을 텐데. 이게 맞아. 난 끝이니까 너라도 살아야지…… 나까지 살릴 방도가 없다고!"

그가 눈물이 그렁그렁한 채로 웃었다. "불쌍한 프랜시스, 잠깐만……"

"가자, 당장 떠나자." 내가 말했다. "그리고 죽어 버리겠다는 얘긴 좀 그만하고. 네가 죽으면 내가 어떻게 될지 알잖아."

우리가 서로를 빤히 바라보았다.

174

"너무 잘 알잖아." 내가 말했다.

그가 시선을 떨구더니 중얼거렸다. "알았어, 알았다고! 다만 내가 미리 경고했다는 건 잊지 마. 끔찍할 거야…… 그 상황을 모면할 수 있게 왜 빨리 떠나 버리지 않았냐고 언젠가는 날 비난하게 될걸."

그가 초조하게 방을 이리저리 서성이기 시작했다.

우리는 다음 날 일찍 떠나기로 결정했다. 무작정 떠나기로. 그렇게. 우리는 계획을 세웠고, 어느새 소곤소곤 얘기를 하고 있었다……

내 기억에 그날 우리는 위층에서 저녁을 먹었다. 파프리카와 오리 고기와 포므리 와인으로.

"*이봐, 프랜시스, 기운 내라고! 상황이 안 좋을수록 당당해 보여야 지.*"

그가 이런 식으로 갑자기 분위기를 완전히 바꾸어 버리는 게 난 언제나 좋았다. 영국 남자 중에는 그렇게 갑작스레, 그렇게 완전히 바뀔 수 있는 사람이 없었다. 손을 내밀어 그를 만졌고, 그러자 용기와 차분함과 무감함이 문득 사라지며 막연하고 당혹스러운 두려움이 밀려왔다. 지금부터 영원히 법과 질서와 예의라는 거대한 체계에 맞서서 살아가야 한다는 느낌은 끔찍했다. 그것과 맞서 싸울 만큼 강하지 않다는 확신 역시 끔찍했다.

'*안 좋은 상황에도 당당한 모습……*' 그런 걸 훌륭한 포커페이스라고 부르지 않던가? 뭔가 일이 잘못되어도 전혀 흔들리지 않는 자질……

포므리 와인을 두 병째 땄을 때쯤 내 운명은 이미 다 결정되어 있다는 확신이 들며 맘이 편해졌다. 운명의 바다에 떠다니는 깃털이랄까 뭐 그런 거. 그러니 걱정해 봐야 무슨 소용이 있단 말인가?

이렇게 위안이 되는, 될 대로 되라는 기분을 더 즐기려 네 번째 잔을 마시고 있을 때 노크 소리와 함께 호턴이 들어왔다.

그날 밤 하마터면 호턴에게 다 털어놓을 뻔했다.

피에르는 전화를 걸러, 운전사를 찾으러 나간 뒤였고, 난 약간 냉정한 푸른 눈을 가진 이 몸집 큰 남자를 늘 좋아했었다. 본능적으로 그를 믿게 되었는데, 아마 잘못된 본능이었을 것이다. 내가 이런 말을 할 마음으로 입을 벌렸다. 호턴, 이런저런 문제가 있는데…… 난 정말 무서워 죽겠어…… 어떻게 해야 해?

그렇게 주저하는 사이에 피에르가 돌아왔다.

1시에 우리는 가능한 한 소리를 죽여 짐을 싸기 시작했다. 짐은 트렁크 하나만 챙기기로 했다.

담배꽁초와 술잔이 널린 테이블, 샴페인 두 병 그리고 약간 놀라 힐난하는 것처럼 보였던 작은 노란색 소파가 떠오른다.

6시 반에 호텔을 떠났다.

프라하까지의 여정은 마치 꿈만 같았다. 악몽은 아니었다. 도망친다는 건 짜릿할 수는 있지만 꿈속에서 그렇듯이 끝이 없고, 비현실적이다.

짐을 다 싸고 옷도 다 입었을 때 내 손은 추위와 두려움으로 덜덜 떨리고 있었지만, 쫓긴다는 느낌은 부다페스트를 벗어나기도 전에 벌써 사라졌다.

신선하고 푸르른 아침에 도망친다는 게 짜릿한 것은 분명했다.

난 덜덜거리는 차 옆을 두드리며 프란치의 견고한 등을 응시했다.

뭔가 알아챘을까 생각해 보다가 아마 그랬을 거라고 결론을 내리고는 〈그녀의 빨간 모자로〉라는 노래를 불렀다. 결국 품위 있는 삶을 버리게 된 마당에야 자신만만한 게 나으니까.

시골 풍경이 울적하게 저 멀리로 한없이 평평하게 뻗어 있었는데, 내게는 마치 동화의 배경처럼 햇빛이 환하게 비치고 약속으로 충만한 듯 보였다.

정오쯤 우리는 다뉴브강의 작은 행락지를 지나게 되었다. 분명 벌러톤일 텐데, 짧은 수영복을 입은 남녀들이 무리를 지어 있었다. 그을린 다리와 팔이 멋있었고, 이글거리는 태양 아래 여자들의 머릿결도 아름다웠다.

피에르가 목소리를 높여 물었다. "배고파?"

내가 그렇다고 했다.

하지만 점심을 먹기 위해 나로서는 어떻게 발음하는지조차 전혀 알 수 없는 이름의 작은 마을에 멈췄을 때 나는 다시 불안해졌다.

열린 식당 문틈으로 보이는 마을은 햇빛 아래에서도 을씨년스러운 것이 우울한 기운이 가득했다. 거위 떼들, 위풍당당한 수많은 거위 떼들이 한가로이 거닐고 있었다. 노파 몇이 라임나무 아래 길고 낮은 돌의자 위에 앉아 있었고, 다른 의자에는 영감 두세 명이 앉아 있었다. 노파들의 얼굴은 정말이지 놀라웠다. 그을린 근엄한 얼굴은 무슨 단단한 나무로 깎아 낸 듯했고, 주름살이 아주 깊게 패 있었다. 짙은 색깔의 풍성한 치마를 입고 머리에 수건을 질끈 동여맨 채, 아주 가만히, 거의 꼼짝도 않고 앉아 있었다. 저 나이 많은 여성들이 같은 여성인 죄인—예를 들어 도둑이랄까—에게 얼마나 무자비할 것이며 얼마나 호되게 그 죄인을 벌하려 할까. 부르르! 그런 생각은 하지 말아야지.

피에르가 말했다. "이 사람들이 사는 인생이 어떻겠어!"

내가 동의했다. "끔찍하겠지!" 돌 의자로부터 시선을 돌려 형편없는 커피를 마저 마시고 밖으로 나왔다. 여인숙의 하녀이거나 거위 치는 소녀로 보이는 어린 여자아이가 하나 있었는데, 양동이와 통 같은 걸 들고 뒷문을 들락날락했다. 흰색 보디스가 어찌나 얇은지 가슴 윤곽이 훤히 드러났고, 짙은 색 치마 아래는 맨발이었다. 머리는 작고 목은 아주 길었으며, 눈은 이시마처럼 약간 처졌다. 얼굴이 어찌나 젊고 호리호리하고 근사하게 해쓱한지 난 대단히 즐겁게 그녀를 쳐다보았다. 그녀가 나를 보는 시선이 보통 한 여자가 다른 여자를 볼 때의 멍청한 적대감이 아니라 어떤 당당하고 야생적인 존재—말하자면 암사자 같은—의 표정이라고 상상했기 때문이기도 했다.

내가 피에르에게 말했다. "오, 헝가리 사람들도 정말 사랑스러울 수 있네. 속 빈 오스트리아 사람보다 더 나아."

그가 너무 무심하게 "다른 유형이지"라고 대꾸하는 바람에 나는 우기기 시작했다.

"오스트리아 사람들이 노상 하는 일이라고는 다들 얘기하는 그 케케묵은 형편없는 매력을 들먹이는 것뿐이잖아. 그런 사람들 정말 싫어. 게다가 뚱뚱한 암컷에, 교활하고 그렇다고."

"오!" 피에르가 말했다. "그래서 헝가리 사람들은 교활하지 않을 거라는 생각이라면, 자기야, 쯧쯧, 그 사람들이 폴란드 사람 다음으로 가장 교활한 사람들이네요."

내가 계속 우겼다. "종류가 다르지…… 자, 저 여자애를 보라고. 근사하지 않아? 근사하잖아."

"몸은 *근사하군*." 피에르가 판결을 내리듯 말했다. "자, 프랜시스, 준비 다 됐으면 이제 떠나자고."

그 목소리에 담긴 근심을 알아챘으므로 난 약간 피곤한 채로 차에 올랐다. 고된 반복…… 그렇게 우리는 동화 속에서 나온 거위 치는 소녀를, 열기로 아른거리는 푸른 원경에 놓아둔 채 떠났다.

난 피에르의 빚을 갚을 돈을 들고 기세등등하게 헝가리로 귀환하는 얘기를 시작했다. 타고난 사업가의 근엄한 표정을 띠고 긴 테이블의 상석에 앉아 거기 모인 관계자들에게 작은 수표 묶음을 돌리는 나 자신을 상상했다. "여기 서명하시겠어요?"

그러다가 잠이 들었던 게 분명했다. 다시 눈을 떴을 때는 마치 며칠 동안 이렇게 도망치고 있는 느낌이었다. 약간 비좁게 끼어 앉아, 약간 메스꺼움을 느끼며, 시골 풍경이 곁을 스쳐 지나가고 바람이 얼굴을 스치고 지나가는 이런 상황이 아닌 때가 기억조차 나지 않는 듯이.

피에르가 몸을 돌려 피곤하냐고, 춥지 않냐고 물었다.

"아니, 괜찮아…… 당신이 운전할 거야? 너무 빨리 달리지 마…… 여기까지 와서 목 부러지는 일은 없어야지."

평원을 뒤로하고 달리다 보니 길 한쪽으로 깎아지른 낭떠러지가 나타났다. 어스름이 내리기 시작했고 바람이 차가워졌다. 이제야말로 나는 이건 다 꿈일 뿐이므로 침착하게 잠에서 깨기만을 기다리면 된다는 것을 한 치의 의심도 없이 확신했다.

우리는 두 줄로 늘어선 거무스레한 나무 사이를 유령처럼 조용히 달려갔다. 밤의 숲이 지닌 무시무시한 신비를 꿰뚫어 볼까 두 눈을 부릅떠 보았다가는 다시 잠이 들었고, 다시 눈을 떠 보니 차가 멈춰 있었다.

"무슨 일이야?"

"국경이야…… 가만히 있어……"

국경에서 예상치 못한 난리가 벌어졌다. 초소가 있었다. 장총을 멘 수많은 군인들이 모닥불 주변에 모여 있었고, 논쟁은 으르렁거리며 더욱 요란해졌다. 여권을 보여 줬다. '위원회 소속, 보좌관.'

"뭐야, 피에르?"

그는 대답 없이 차에서 내려 군인 하나를 따라 막사로 들어갔다.

그 밤에 눈을 감은 채 마치 몇 시간처럼 느껴지는 시간 동안 감옥은 어떤 곳일까 상상하며 기다리는 일은 정말 끔찍했다.

피에르가 여전히 언쟁을 하며 다시 나타나 옆에 앉았다.

그가 나지막이 말했다. "별일 없어, 이 양반아." 그러더니 운전사에 게 소리를 질렀다.

말에 박차를 가한 것처럼 차가 휭 앞으로 내달렸다. 긴장감 넘치는 짧은 순간 동안 뒤에서 우리에게 총을 갈겨 대 목을 저절로 움츠리는 상상을 했다. 하지만 어깨 너머로 뒤를 돌아보자 모닥불 빛에 비친, 줄 지어 선 군인들이 황당하다는 듯이 우리를 눈으로 좇는 것이 보였다.

"무서웠어?"

"아니, 되돌아가게 될까 봐 그게 무서웠지. 무슨 일인데? 우리를 못 가게 잡으라고 했대?"

"아니, 아무도 국경을 넘어갈 수 없대. 무슨 일이 생겼는지 국경이 폐쇄되었다네."

거의 관심을 보이지 않은 채 내가 말했다. "무슨 일일까?"

"자, 이제 체코슬로바키아다. 헝가리여, 안녕!" 그가 말했다.

"안녕, 헝가리!" 너무나 피곤했기 때문에, 죽을 만치 메스꺼워서 눈에 눈물이 고였다.

"무지하게 피곤하지, 프랜시스?"

"약간. 좀 쉬었으면 좋겠어. 곧 어디 좀 서자. 잠은 어디서 자지?"

"페테르부르크에서. 거의 다 왔어."

나는 차 구석에 몸을 웅크리고 눈을 감았다.

아주 늦게야 그 마을 유대인 구역에 방을 구했다. 괜찮은 호텔에는 빈방이 하나도 없었다. 그래서 지금껏 상상도 못 했던 가장 좁고 딱딱한 침대에 몸을 누였고, 바로 잠이 들었다.

다음 날 아침 들뜬 상태 비슷한 게 다시 찾아왔다. 우리는 아침도 먹고 지도도 살 겸 나갔다. 프라하로 가서 거기서 차를 팔기로 결정했다. 그러고 난 다음에는……

"바르샤바에 가고 싶어." 피에르가 선언했다.

내가 어리둥절해하며 말했다. "바르샤바? 하지만, 자기야……"

커피는 맛이 좋았고 빵은 신선했다. 독일풍의 깨끗한 작은 마을 분위기가 내게 다시 자신감을 가져다주었다.

내가 주장했다. "런던으로 가야 해…… 런던에 가면……"

"*자기야.*" 피에르가 파이프에 불을 붙이며 말했다. "당신 친구들이 날 도와줄 거라는 말은 믿을 수가 없어. 당신이 얼마나 순진한지 내가 아니까. 기다려 봐, 그 유명하다는 당신 친구들이 얼마나 소용이 될지 보게 될 테니. 처음부터 끝까지 당신을 계속 여기저기로 돌려 대기만 할걸. 바르샤바로 가자. 거기선 내가 어떻게 해 볼 수 있어, 프랜신, 이번 한 번만 내가 하자는 대로 하자."

난 폴란드 사람들이 맘에 들지 않는다고 완강하게 우겼다. 그가 어깨를 으쓱했다.

호텔로 돌아오니 프란치가 차를 대기시키고 있었다.

"출발." 피에르가 경쾌하게 말했다. "가자고! 브랜디도 있으니."

길은 훨씬 나았지만 난 편안하게 속도를 즐길 수가 없었고, 재빨리 도망쳤으니 안심할 수 있다는 마음도 없었다. 이제는 위협적인 잿빛의 평평한 시골길을 개미처럼 천천히, 고통스럽게 기어가는 느낌이었다. 이 황량한 평지가 저 멀리 러시아 북쪽까지 끝없이 이어져 있는 게 눈앞에 그려지며 몸이 부들부들 떨렸다.

내내 혼자 중얼거렸다. "폴란드 땅에 묻히진 않을 거야…… 절대…… 상관없어…… 그런 일은 없어……"

바람은 차가웠고 계속해서 비가 뿌렸다.

"피에르, 길을 잘못 든 게 분명해. 아까 그 여자가 길을 잘못 알려 줬다고. 이건 소들이 다니는 길이잖아."

그랬다. 그래서 다시 돌아가느라 시간을 허비했다. 피에르는 돌아가는 내내 엄청나게 욕을 해 댔다. 프라하에 빨리 닿고 싶은 마음에 안달이 나기 시작했던 것이다.

그날 밤 묵었던 침실 벽은 오스트리아 군인들이 불운한 체코슬로바키아인들을 붙잡아 끌고 가는 처절한 그림들로 온통 도배가 되어 있다시피 했다. 아래층 식당에서는 선명한 보라색 단을 넣은 검은 망토를 두른 곱상한 소녀가 촌스러운 청년 두 명과 앉아 얘기를 나누고 있었다. 손과 팔을 귀엽게 움직이며 담배를 연신 피우며 호기심에 찬 밝은 파란색 눈으로 우리를 쳐다보았다.

우리는 저녁을 먹으면서 단맛이 나는 식사용 와인을 마셨다. 와인이 곧장 뇌에 이르러 나는 다시금 지금의 내 존재가 꿈이라고 생각할수 있었다. 따지고 보면 어디를 가든 별 상관이 없었다. 바르샤바든 런던이든…… 런던이든 바르샤바든…… 이름뿐이지! 좀 전에 생각했던 그런 엄청난 의미는 거의 사라진 채.

마침내 프라하에 도착했을 때에도 여전히 비가 내리고 있었다. 처량하게 호텔을 찾아다녔다. 빈방이라고는 없었고, 파사주 호텔에는 욕실 한구석에 놓은 침대만 남아 있었다. 한 시간을 더 찾아다녀 어둡고 좁은 거리의 작은 호텔에 방을 구할 수 있었다.

피에르는 카를왕*이 헝가리로 갑작스레 돌아온 일에 대해 얘기하기 시작했다. 파사주 호텔에서 그 얘기를 들었던 것이다.

국경에서의 문제가 그거였던 거지, 당연히.

난 누워 있었으므로 심드렁하게 대답했다. "그래, 그럴 거야."

카를, 지타 황후, 연합국, 위원회, 백군白軍, 적군赤軍, 피에르…… 그림자일 뿐! 조명이 제대로 들어오지 않는 무대에서 손짓 발짓을 하는 꼭두각시 인형들, 인생의 유일한 현실로부터 내 관심을 돌리려는…… 무엇인가 엄청난 무게로 나를 아래로 짓누르고…… 메스꺼움이 치밀며 몸을 싸늘하게 식히고 뇌까지 올라가 머릿속이 부예졌다.

피에르가 진한 커피를 마셔 보라고 했다. 종을 울리자 작달막하고 뚱뚱한 웨이터가 나타나 독일 혈통들에서만 찾아볼 수 있는 오만함과 멸시, 야만성과 감상적 태도가 뒤섞인 독특한 표정으로 나를 바라보았다.

---

* 오스트리아, 헝가리 제국의 마지막 황제.

그러고는 커피를 가지러 나갔다.

이상한 곳이었다, 그 호텔은. 통로에도 돌이 깔려 있고 그 외에도 돌로 된 것들이 가득했다. 누워 있으니 프라하 하면 왜 마녀가 떠오를까 하는 의문이 가물가물 머릿속을 맴돌았다…… 어렸을 때 책을 읽었구나……『프라하의 마녀들』. 아니야, 어쨌든 마녀가 떠오른다고. 뭔가 어둡고 비밀스럽고 음울한.

"프라하는 거지 같은 곳이야." 내가 피에르에게 말했다. "옆방에서 계속 울려 대는 저 종소리는 뭐야?"

"카바레인가 보지, 극장이든지…… 이봐, 프랜신, 이건 우리에게 정말 대단한 행운이야. 카를왕 문제 말이야. 지금은 우리한테 신경 쓸 사람이 아무도 없을 거야. 이시마는 어떻게 하면 다수 편에 설까 궁리하느라 정신이 없을 테니…… 망할 일본 놈들!"

"아마도." 내가 동의했다.

그가 어디가 안 좋으냐고 물으면서 의사를 부르자고 했다.

"체코 의사를! 맙소사!"

나는 머리끝까지 이불을 뒤집어썼다. 그냥 혼자 있고 싶어. 내가 말했다.

"프랜신." 그가 상냥하게 말했다. "어린애처럼 그러지 마. 의사가 필요한 거라면 여기 의사도 괜찮아."

그가 내 위로 담요를 덮었다. "나가서 차를 좀 살펴볼 테니 쉬고 있어. 파사주에서 저녁 먹고 댄스 클럽이 있나 찾아보자. 알겠지?"

그의 목소리가 워낙 간절해서 난 이불 위로 고개를 내밀고 웃어 보였다. 불쌍한 피에르.

그날 저녁 6시경에 갑자기 상태가 좋아져서 옷을 입기 시작했다.

점심 먹을 때 프라하의 멋쟁이는 검은색을 입는다는 걸 눈치챘으므로 난 옷 가방에서 비슷한 종류의 옷을 꺼내 입고, 신경 써서 분을 바르고 입술을 칠한 다음, 왼쪽 눈 아래에 애교점을 하나 찍었다.

다 잘됐나 들여다보고 있는데 피에르가 들어왔다.

"사랑스러운 프랜신, 잠깐! 당신을 멋지게 만들어 줄 게 여기 있어…… 멋지게 말이지."

그가 주머니를 뒤지더니 긴 상자를 꺼내 내게 건넸다.

"피에르!"

"근사하지, 응?"

"이거 어디서 났어?"

그는 대답하지 않았다.

난 진주 목걸이에서 눈을 들어 즐거워하는 그의 가무잡잡한 얼굴을 바라보다가 불현듯 얼굴에 확 열이 올랐다. 얼굴 전체뿐 아니라 목까지 완전히 새빨개져서 상자를 닫아 그에게 돌려주고는 말했다. "이제 돈이 얼마 남은 거야?" 그러자 그가 나를 외면한 채 말했다. "얼마 안 돼. 가장 큰 문제는 전쟁에 대한 공포야. 체코슬로바키아가 징병을 하려고 해. 차를 팔기도 쉽지 않을 거야. 이동하기 전에 팔아야 한다고. 신경 쓰지 마, 프랜신."

내가 말했다. "신경 쓰지 말라고!" 그러고는 상자를 다시 집어서 연 다음 진주 목걸이를 목에 걸었다. "갈 데까지 가 볼 거라면, 그러지 뭐. 자, 가자고."

사람은 반작용이란 게 있기 마련이니까.

새벽 4시에 눈을 말똥말똥 뜨고 생각에 잠겨 누워 있을 때에는 갈 데까지 가 보는 게, 품위 따위 다 던져 버리는 게 쉽지만은 않다.

"프랜신, 울지 마, 왜 그래?"

"아무것도 아니야…… 아! 그냥 내버려 둬……"

그는 나를 위로하려 했지만 난 돌아누워 버렸다. 그가 문득 나를 절 벽 끝으로 끌고 가는 어두운 타인이 되어 버렸던 것이다.

그다음 주에는 내내 비가 내렸고, 난 대부분 호텔 방에서 벽지를 뚫어져라 바라보며 앉아 있었다. 저녁 무렵에는 항상 기분이 나아져서 런던이나 파리에서의 앞으로의 삶을 놀라울 정도로 선명하게 상상했다. 불행한 투자와 진주에 대해서, 포커페이스와 카를왕의 일에 대해서……

프라하에서의 두 번째 주가 끝나 갈 즈음 피에르가 들어와서 표 두 장을 침대 위에 던졌다. "자, 봐! 리에주행, 런던행…… 차를 팔았는데 많이 받지는 못했어, 말했다시피……"

그날 저녁을 먹으러 나가기 전에 난 한 시간에 걸쳐 치장을 했다. 그리고 식사는 즐거웠다.

"지휘자가 펭귄 같지 않아?"

"그러게, 〈곡예사 왈츠〉를 연주해 달라고 해 봐."

"그 옛날 왈츠?"

"난 좋은데…… 부탁해 봐…… 피에르, 차 아직 우리한테 있어?"

"내일까지는."

"그럼, 차고에 가서 꺼내 와. 오늘 밤에 미친 듯이 드라이브해 보고 싶어…… 당신은 안 그래?"

그가 어깨를 으쓱했다. "그러지 뭐."

다시 한번, 마지막으로, 우리는 거센 바람에 꼭대기가 춤추듯 흔들리는, 두 줄로 늘어선 거무스레한 나무들 사이를 나는 듯 달렸다.

"더 빨리! 더 빨리! 더 빨리 몰아 보라고!"

속도를 100킬로미터까지 올렸다.

내가 생각했다. 이 사람도 아는 거야. 어떤 나무에 갖다 박을까, 그 렇게 운명이라는 노파의 손아귀에서 벗어나면서 한바탕 웃어 주려면 어떤 나무가 좋을까 고르기 시작했다.

"밟아! 밟으라고!"

속력이 줄어들었다.

"너 취했구나, 프랜시스." 피에르가 엄숙하게 말했다.

난 비틀거리며 차 밖으로 나와 멍청하게 웃었다. "안녕! 불쌍한 우 리 차!"라고 말하고는, 그나마 남은 알량한 자존심을 추스르며 호텔 로 들어갔다……

그것은 "런던으로!"였다.

9월까지, 퍼트로넬라
Till September Petronella

토링턴스퀘어 한구석에서 손풍금이 울리고 있었다. 〈운명〉과 〈비둘기〉와 〈꿈은 사라지고〉를 연주했는데, 다 내가 좋아하는 곡들이었다. 바람이 사납지 않고 포근하고 부드러웠는데, 런던에서는 흔한 일이 아니었다. 난 에스텔의 도움으로 고른 줄무늬 드레스와, 잘 맞는 값싼 흰 드레스 그리고 가장 좋은 속옷들로 짐을 쌌고, 짐을 싸면서 정말 행복했다. 그해 여름은 운이 좋은 편이 아니었으므로 약간 기분 전환을 하고자 했던 것이다.

기분이 우울해진 것이 방의 카펫 색깔이나 뭐 그런 이유에서라고 스스로에게 설명할 수도 있겠지만, 사실은 그렇지 않았다. 그리고 돈과 관련이 있는 것도 아니었다. 난 5파운드 가까운 주급을 받고 있었다. 나로서는 상당히 괜찮은 액수이고, 일자리를 구하려고 여기저기 돌아다니다가 처음 일을 시작했을 때와는 상황도 달랐다. '행상인 출입 금지', '모델 자리 없음', 몇몇 가게는 그렇게 붙여 놓았고, 그러면 벨을 누르기가 어려워 차갑고 축축한 손을 올린 채 그 앞에 그냥 서 있곤 했었다. 하지만 난 그런 단계는 이미 지났다. 이 우울증은 돈과는 상관이 없다.

나도 에스텔 같았으면 좋겠다고 바란 적이 많다. 1층의 커다란 방에서 사는 프랑스 여성 에스텔. 항상 만사가 확실하고, 줄 위에 있다는 사실을 의식하지도 못한 채 줄타기도 너무나 훌륭하게 잘한다. 우리가 나눈 얘기라든지, 그녀의 옷과 향기, 그녀가 한 머리 모양 등을 떠올리곤 한다. 그리고 그녀 방에 들어갔을 때 블룸즈버리의 단칸방 같지 않았다는 것도. 게다가 블룸즈버리의 단칸방이라면 내가 잘 아는 분야다. 아니, 그 방은 낭만적인 장편소설, 프랑스어나 독일어나 헝가리어나 뭐 그런 언어를 번역한 650쪽짜리 문고판 소설에나 나올 법한 그런 방이었다. 지금 말하는 이런 분위기를 그대로 보여 주는 소설이 영국에는 거의 없으니까. 한 쪽을, 아니 한 문단을 읽자마자 그 길로 책 한 권을 순식간에 다 읽어 치운 뒤 이후 몇 주 동안, 몇 달 동안—어쩌면 평생을? 누가 알겠는가?—을 꿈속처럼 아련하게 돌아다니게 되는 그런 책. 그 650쪽, 집과 거리, 눈, 강, 장미, 소녀들, 태양, 부인들의 드레스와 신사들의 목소리, 늙고 사악하고 매몰찬 여성들과 늙고 애처로운 여성들과 왈츠 음악과 그 모든 것들에 둘러싸여서 말이다. 책 안에 없었던 것도 나중에 스스로 채워 넣는데, 왜냐하면 살아 있으니까. 이 책은 살아서 네 머릿속에서 자라나니까. '그 책을 읽었을 때 내가 살았던 집' 혹은 '이 색깔을 보니 그 책 생각이 나네' 그런 식으로.

나의 곤경이 시작된 것은, 에스텔이 다시 돌아오게 될지 잘 모르겠다고 하면서 파리로 떠나고 난 다음이었다. 함께 모델 일을 했던 사람들 중 여럿이 6월에 런던을 떴지만, 난 일이 더 많아질 것을 대비하는 대신 늘 하는 방식대로 유스턴로에서 햄스테드로, 캠던타운을 거쳐 지그재그로 오래도록 산책을 했다. 햇빛이 비치는 잿빛 악몽 같은 이 길을 너무나 싫어했으면서도 말이다. 캠던타운 시장에는 야채들을 들여다보는 늙수그레한 여인네나 나이 들어 보이는 여자들이 많이 눈에 띄었는데, 그들은 적개심을 가지고 혹은 당신이 쓰는 언어를 잃어버려서 다른 언어로 말을 하듯이 멍하게 당신을 바라본다. '맙소사.' 난 생각했다. '늙을 때까지 살지 않았으면 좋겠다. 어쨌든 난 아무리 나이를 먹어도 저렇게 백발로 다니지는 않을 거야. 새카맣게, 새빨갛게, 뭐든 맘에 드는 색으로 염색을 할 거야. 절대 백발로는 안 놔둔다고. 백발은 정말 질색이야.' 여느 때처럼 그렇게 산책을 하고 돌아오던 어느 날 원할 때면 언제든 스스로 목숨을 끊어 다 끝내 버릴 수 있다는 생각이 불현듯 계시처럼 찾아왔다. 그 이후로 상황을 좀 더 낙관적으로 보게 되었다.

마스턴이 쓴 편지를 받고 집주인에게 한 2주 집을 비우겠다고 말하자 그가 말했다. "그래서 부인들에게 좋은 시절이 온다는 거지? 처녀에게도 그렇고? 그럴 때지."

마스턴이 말했다. "자기, 아주 팔팔하네. 거의 못 알아보겠어."

난 플랫폼 끝까지 죽 훑어봤지만 줄리언은 나를 보러 나오지 않았다. 마스턴만이, 그의 기름하고 하얀 얼굴과 연한 푸른색 눈만이 웃고 있을 뿐이었다.

"가방 한번 엄청나게 크네." 그가 말했다. "오토바이를 타고 왔는데, 아무래도 그건 여기 두고 가야겠다. 택시를 타자."

둔덕에 혼자 덩그러니 서 있는 시골집에 다다랐을 때에는 어스름이 깔리고 있었다. 베란다 근처 벌판에 느릅나무 두 그루가 있었지만 풀로 덮인 낮은 언덕이 있는 시골 풍경은 헐벗은 모습이었다.

정원을 가로질러 걸어가는데 어떤 여자의 말소리와 줄리언의 웃음 소리가 들려왔다. 높고 들뜬 목소리였지만, 방으로 들어가자 목소리의 장본인은 차분하고 도도한 표정을 띠고 있었다. 빨간색 드레스를 입고 색색의 두꺼운 유리 뱅글을 여러 개 끼고 있었는데 움직일 때마다 잘그랑 소리가 났다.

마스턴이 말했다. "이쪽은 프랭키. 위대한 줄리언과는 물론 이미 아는 사이이고."

프랭키 모렐은 전에 본 적이 있었지만, 그녀 쪽에서 그에 대해 언급하지 않았기 때문에 나 역시 말을 꺼내지 않았다. 우리는 조심스럽게 마음에 없는 미소만 지어 보였다.

네 사람분의 식사가 준비되어 있었다. 방은 안락해 보였지만 꽃은 없었다. 그들이 방을 온통 꽃으로 장식하리라 기대했었는데. 하지만 내 침실에는 녹색 물병에 인동덩굴 가지가 몇 개 꽂혀 있었고, 마스턴이 문간에 서서 이렇게 말했다. "오늘 아침에 그 인동덩굴을 따려고 몇 킬로미터를 걸어갔다 왔어. 그걸 따는 동안 내내 네 생각을 했지."

"금방 내려와야 해." 그가 말했다. "우린 다 아주 배가 고프거든."

우리는 햄과 샐러드를 먹고 페리주를 마셨다. 약간 어질어질했다. 줄리언은 자기 일에 대해 얘기했는데, 그 일을 좋아하지 않는 모양이었다. 한 일간신문의 음악 비평 일이었다. "남부끄러운 일이지. 제대

로 된 사람을 깎아내리고, 뭣도 아닌 사람을 어쩔 수 없이 칭찬해야
하다니 말이야."

"어쩔 수 없이?"

"그쪽에서 그런 암시를 강하게 주니까."

"접시는 내가 치울게요." 프랭키가 내게 말했다. "당신은 내일 해도
돼요. 여기 동네 사람들 중에 와서 집안일을 해 주려는 사람이 하나도
없어요. 여기 온 지 2주 정도밖에 안 되었는데 우리를 얼마나 미워하
는지 믿기 힘들걸요. 줄리언은 그 생각을 할 때마다 거의 정신이 혼미
해진다고 해요. 그런 생각은 뭣 하러 하냐고 내가 그러죠."

그녀가 다시 들어와 등을 껐다. 바깥은 아주 고요했다. 밖에 서 있
는 두 그루 나무는 꼼짝도 하지 않았고, 달도 마찬가지였다.

줄리언은 소파에 누웠고, 내가 그의 얼굴과 머리카락을 바라보고
있는데 마스턴이 나를 안으며 입을 맞췄다. 하지만 난 여전히 줄리언
을 쳐다보며 그의 휘파람을 들었다. 휘파람을 불다가, 웃다가, 다시
불었다.

"무슨 노래죠?" 내가 묻자, 프랭키가 거들먹거리며 대답했다. "〈트
리스탄〉 2막 이중창."

"그 오페라를 보러 간 적이 없어서."

오페라라고는 본 적이 없었다. 그렇지만 상상할 수는 있었다. 창백
한 달빛 같은 푸른 드레스에 은빛 구두를 신고 특별석에 앉아 있는 나
를, 불빛이 위쪽을 비추면 다들 '특별석의 저 근사한 여성은 누구야?'
라고 서로 물어보는 것을 상상할 수 있었다. 하지만 그런 일은 조만간
일어나야지 안 그러면 너무 늦을 것이다.

마스턴이 내 손을 꼭 쥐었다. "아주 멋진 연주야, 줄리언." 그가 말했

다. "아주 멋져. 그런데 미안하지만 난 이만 실례해야겠어. 이 모든 감정이⋯⋯"

줄리언이 불을 켜더니 책장에서 책을 꺼내 읽기 시작했다.

프랭키는 한 손의 손톱을 호호 불더니 다른 쪽 손의 손톱 끝으로 그걸 다듬었다. 그녀의 손톱은 보기 좋았지만—물론 그때 매니큐어는 값싸게 구할 수 있었다—손은 크고 얼굴에 비해 너무 희었다. "분명 애플트리에서 당신을 본 적이 있는 것 같아요." 애플트리는 그리크가의 나이트클럽이다.

"오, 맞아요. 자주 봤죠."

"그런데 머리를 짧게 잘랐네요. 나도 자르고 싶은데 줄리언이 하지 말래요. 아주 간청을 하더라니까요. 그렇지, 줄리언?"

줄리언은 대답하지 않았다.

"내가 머리를 자르면 자기 능력이 없어질 거라나요."

줄리언은 책장을 넘겨 계속 읽었다.

"여기는 괜찮은 곳이에요, 그렇죠?" 프랭키가 말했다. "천장이 머리에 닿을 것처럼 낮고 화장실을 가려면 컴컴한 길을 6킬로미터는 걸어가야 하는 그런 곳이 아니니까요. 마스턴이 당신에게 준 방 말고도 침실이 두 개 더 있어요. 가서 한번 봐요. 원하면 구조를 좀 바꿔도 돼요. 도저히 줄리언을 책에서 떼어 낼 수가 없다니까요. 저건 여성의 생물학적 열등함에 대한 책이에요. 나한테 그렇게 얘기했잖아, 줄리언, 그렇지?"

"오, 저리 가." 줄리언이 말했다.

우리는 결국 그녀의 방으로 갔다. 그녀가 두상과 골격을 데생한 것들과 사진 등을 꺼내 보여 주었다.

"이런 거 좋아해요? 이 사람 알아요? 이 사람 말이 내가 자기가 지금까진 만난 최고의 모델이래요. 런던에서 단연코 최고 모델이라고 했어요."

"예쁘네요. 멋진 사진이에요."

하지만 프랭키는 커다란 침대 위에 앉더니 이렇게 말했다. "정말 개자식들이잖아요? 줄리언 말이 나는 생각을 안 한대요. 틀렸어요. 나도 때로 생각을 아주 많이 하거든요. 지난번에는 한참을 남자와 여자중에서 어느 쪽이 더 나쁜지 고민했었죠."

"그러게요."

"여자가 더 나빠요."

그녀의 긴 머리는 말끔하게 뒤로 빗어 넘겨져 거의 허리께에서 부드럽게 찰랑거렸고, 목소리는 차분하고 또랑또랑했으며, 표정은 도도했다.

"그냥 두면 사람들이 얼굴을 걷어차 만신창이로 만들 거예요. 그러고는 그렇게 망가진 모습을 보고 째진 소리로 웃어 대겠죠. 하지만 난 그렇게 놔두지 않을 거예요, 아, 절대로…… 마스턴이 항상 당신 얘기를 해요." 그녀가 말했다. "당신을 정말로 좋아하죠, 불쌍한 마스턴. 그의 작업실에 들어갈 때 그 그림 알아봤어요? 입구에 있는 거요. 그가 그 그림에 대해 뭐래요?"

"욕정의 신격화."

"맞아요, 욕정의 신격화. 왜인지는 모르겠지만 그 생각만 하면 웃음이 나와요. 불쌍한 앤디 마스턴…… 그런데 내가 왜 '불쌍한 앤디 마스턴'이라고 하는지 모르겠네요. 그는 수중에 돈이 떨어지는 일이 없는데. 알다시피 집안이 아주 부자잖아요."

"그를 보면 왠지 오싹해요."

그러고는 생각했다. '왜 이런 말을 했지?' 난 마스턴을 좋아했는데 말이다.

"마스턴에 대해 그런 마음인 거로군요, 그런 거죠?" 그녀는 그것이 마치 듣고 싶었던 말인 양, 지금까지 기다려 온 말인 양, 신나 보였다.

"피곤해?" 마스턴이 물었다.

난 침실 창문으로 느릅나무가 서 있는 들판에서 풀을 뜯고 있는 양들을 내다보고 있었다.

"약간." 내가 말했다. "좀 그렇네."

실망감으로 그가 시무룩해졌다.

"오, 마스턴, 초대해 줘서 고마워. 런던을 떠나니까 정말 좋네. 꿈만 같아."

"꿈이라고, 맙소사! 하지만 꿈이라면 유쾌한 꿈이 아니란 법 있겠어?"

그가 창문턱에 앉았다.

"저 대단하신 줄리언이 아주 못되진 않았어, 그지?"

"왜 대단하신 줄리언이라고 해? 꼭 비웃는 것처럼."

"비웃는다고? 맙소사, 전혀 비웃는 게 아니야. 정말로 대단하신 줄리언이라고. 영국의 음악가로서 최고 중요한 인물이 될 거니까. 근데 자만심이 말도 못 하게 대단하긴 하지. 물론 자기 음악에 대해서가 아니라, 개인적인 매력에 대해서 말이야. 왜 그러는지는 도저히 모르겠어. 사실 그냥 평범하게 생겼잖아. 저런 코나 입이야 어디서나 흔하게 볼 수 있고, 저런 목소리도 어디에서나 들을 수 있잖아. 너도 그가 좀 마음에 안 들지?"

"내가?"

"그럼 당연하지. 여자와 2주 동안 붙어 지내는 결정을 내리기 전에 일단 그 여자를 **봐야겠다는** 그의 얘기를 내가 전했을 때 네가 얼마나 기분 나빠 했는지 잊었어? 내 기억에는 네가 펄펄 뛰었던 것 같은데. 그냥 잠깐 그랬던 거란 소리는 하지 마. 여자들을 기껏해야 참아 주는 존재로 여기는 나라에 사는 가련한 여자, 여자, 여자 악마야! 돈도 없고 백도 없고 상식도 없이 토링턴스퀘어의 단칸방에 사는 퍼트로넬라 그레이 양, 당신은 이제 어떻게 될까? 퍼트로넬라는 진짜 이름이야?"

"그럼."

"이름이야 뭐가 되었건 널 보면 걱정이 돼. 그레이가 진짜 이름은 아니겠지."

내가 생각했다. '무슨 상관인데? 내 고향이 얼마나 끔찍한 곳인지 안다면 내가 이름을 바꾸고 고향 같은 건 완전히 잊고 싶어 한다고 해도 전혀 놀라지 않을걸.'

내가 그를 보지 않은 채 말했다. "할머니 이름을 딴 거야. 줄리아 퍼트로넬라."

"아, 할머니가 계시구나. 멋진걸! 자, 제발 그런 표정 좀 짓지 마. 내 조언대로 더 늦기 전에 얼굴에 가죽을 몇 겹 더 쓰고 발톱을 잘 갈아 두라고. **더 늦기 전에.** 그 말을 명심해. 그렇지 않으면 엄청나게 힘들어질 거야."

"죽고 싶다는 마음이 들 정도로?"

그가 놀라서 물었다. "왜 그런 소리를 해?"

"그냥 그 말이 뜬금없이 떠올라서 그랬어, 농담이야."

그가 대답이 없어서 나는 말했다. "그럼, 잘 자."

"난 아마 못 잘 거야." 그가 말했다. "앞으로도 한참 저 두 사람 얘기를 들어야 할 테니. 저 둘은 사이가 좋을 때는 아주 시끄럽고 싸울 때는 더해. 프랭키가 주머니칼을 들고 덤빈다니까. 뭐랄까, 그녀는 그저 줄리언이 그걸 좋아해서 그러는 거야. 하지만 온순하게 구는 건 그저 겉치레야. 사실은 사나운 년이거든. 문을 닫고 있어. 그럼 안 들릴 테니까. 내일도 그렇게 우울할 거야?"

"물론 아니지."

"그럼 1실링을 잃어버리고 6펜스밖에 못 찾은 사람처럼 그러지 마." 그 말을 마지막으로 그가 나갔다.

그게 사람들이 늘 하는 말이었다. "너 1실링을 잃어버리고 6펜스밖에 못 찾은 사람처럼 보여." "아주 쌩쌩하네. 못 알아볼 지경이야." "좀 화사하게 하고 다녀." 그렇게 말한다. "퍼트로넬라, 자기에 대해 완전히 새로운 아이디어가 떠올랐어. 화려한 광장을 배경으로 너를 그릴 생각이야. 그러니까 내일 오후에 좀 화사한 옷을 입고 올 수 있을까? 평소에 걸치고 다니는 그 칙칙한 옷 말고. 화사하다, 그게 무슨 뜻인지는 알지? 생각해 봐, 아주 중요하다고."

기억에 남는 일이라는 게……

한번은, 화려하게 장식된 스튜디오에 혼자 남게 되었을 때 나는 석고상―그리스식 남자의 두상―에 다가가 입을 맞추었다. 너무 아름다웠기 때문에. 입술이 차갑지 않고 따뜻했다. 그리고 웃고 있었다. 입을 맞추자 방 안이 문득 죽은 듯이 고요해졌고 덜컥 겁이 났다. 어느 날 에스텔에게 그 얘기를 했다. "미친 것 같아?" 그녀는 웃지 않고 말했다. "그림이나 사진에 입을 맞췄다가 덜컥 겁이 난 경험이 없는 사람이 어디 있어?"

줄리언이 휘파람으로 부는 음악이 내겐 고문이었다. 그것과, 눈알 없는 석고상의 눈과, 화창한 날 토링턴스퀘어의 내 방으로 쏟아져 들어와 검은 철제 침대를 비추는 햇빛과. 철제 가로대가 나를 보고 히죽 거린다. 때로는 서랍장 손잡이들을 세 번씩 거듭 센다. '단조롭게 반복되는 따분한 일……!'

상상 속에서 줄리언에게 얘기하기 시작했다. 줄리언에게 한 게 맞나? "난 그렇지 않아. 전혀 그렇지 않다고. 사람들이 날 자꾸 그렇게 만드는 거지, 실제로 난 그렇지 않아."

잠시 후 난 종이와 연필을 집어 들고 적기 시작했다 "난 줄리언을 사랑한다. 줄리언, 네게 입맞춤을 한 적이 한 번 있는데 넌 그걸 모르지."

그 종이를 여러 번 접어 옷 가방의 옷 사이에 숨겼다. 그러고는 침대에 들어가 바로 잠이 들었다.

앞쪽 길이 주도로와 만나는 지점에 작은 시골집이 몇 채 있었다. 다음 날 아침 마스턴과 함께 산책을 갔다 돌아오는 길에 루핀과 양귀비가 가득한 꽃밭에 있는 두 여자 앞을 지나게 되었다. 우리가 마음에 안 드는지 뚱한 표정으로 우리를 쳐다보았다. 마스턴이 "안녕하세요" 하고 말을 건넸지만 대꾸도 없었다.

"고상한 척하는 무례한 족속들." 마스턴이 중얼거렸다. "하지만 생겨 먹은 게 저러니."

우리 시골집 주변의 풀은 길게 자라 군데군데 짓밟혀 있었다. 꽃이라고는 없었다.

"돌아왔네." 마스턴이 말했다. "저기 오토바이가 있잖아."

그 두 사람이 아주 말쑥한 모습으로 베란다로 나왔다. 프랭키는 빨간 드레스에 파랑과 빨강이 섞인 손수건으로 머리를 묶고, 줄리언은 파란 셔츠에 마스턴의 바지와 비슷한 헐렁한 회색 바지를 입고 그 위에 갈색 코트를 입었다. 아주 화사하군, 내가 생각했다. (화사하다, 그게 무슨 뜻인지는 알지?)

"왜 그래, 마스턴?" 줄리언이 물었다. "표정이 말이 아닌데."

"정말 기분이 안 좋아 보이네." 프랭키가 말했다. "무슨 일인데? 말해 봐요."

"프랭키에게 아무 말도 하지 마." 마스턴이 말했다. "나도 옷을 좀 차려입어야겠다. 이 휘황찬란한 무리에서 나만 찢어진 셔츠에 얼룩진 가방을 들고 있을 순 없잖아? 내가 어떤 모습으로 나올지 기대하라고. 너희들이 생각하는 그런 건 아니지만."

"식사 준비하러 가요." 프랭키가 내게 말했다.

주방 테이블 위에는 그들이 첼트넘에서 가져온 것들이 잔뜩 쌓여 있었고, 한구석에는 시원하게 물에 담가 놓은 백포도주도 여러 병 있었다.

"마스턴에게 무슨 짓을 한 거예요?"

"아무 짓도요. 도대체 그게 무슨 얘기예요?"

사실 아무 일도 없었다. 우리는 옥수수밭을 보면서 나무 아래 앉아 있었고, 마스턴이 내 무릎을 베고 누웠는데, 한 남자가 나타나서는 고함을 질러 댔다. 내가 말했다. "우리가 당신 옥수수에 뭐 해 끼치는 거라도 있어? 그냥 당신 옥수수나 보면 될 것 아냐?" 하지만 마스턴은 그저 죄송하다고, 무지하게 죄송하다고 웅얼거렸다. 그러고 나서 햇볕이 내리쬐는 주도로를 걸었는데, 그가 너무 싫어져서 별 얘기는 나누지 않았다.

"아무 일도 없어요." 내가 말했다.

"아, 어쨌든 안됐네요. 줄리언도 오늘 기분이 안 좋은데. 하지만 아는 체하지 말아요. 무슨 일이 있든 싸움은 벌이지 말고 대충 잘 넘기라고요."

"내가 사 온 이 근사한 스테이크 좀 봐요." 그녀가 말했다. "마스턴 말이 자기는 차가운 햄 아니면 손도 안 댄대요. 그래서 자기가 차가운 햄을 장만하죠. 햄하고 리소토, 리소토하고 햄. 그리고 에그 카레. 여기 내려와서 지금까지 내내 그것만 먹고 살았어요."

음식을 가지고 들어갔을 때 그들은 이미 와인 한 병을 끝낸 뒤였다. 줄리언이 말했다. "오늘 아침에 본 혈색 좋은 주민을 위해 건배! 그들이 내내 번창하여 자기들과 완전 똑같지만 훨씬 더 형편없는 자손들을 생산하기를. 우리 모두 망신스러운 무덤에 들어가고도 한참 후에."

마스턴은 이제 붉은색과 녹색의 용 문양이 있는 검은색 실크 파자마를 입고 있었다. 그런 복장을 해서 그런지 길고 가는 목과 서글픈 얼굴이 한참 높아 보였다. 프랭키와 내가 서로 눈짓을 교환하며 키득거렸다. 줄리언이 나를 쏘아보았다.

마스턴이 거울로 다가갔다. "신경 쓰지 마." 그가 거울에 비친 자신의 모습을 보며 말했다. "신경 쓰지 마, 그러지 마."

"또 햄과 샐러드야." 프랭키가 말했다. "하지만 자두를 좀 사 왔지."

식탁은 창가에 있었다. 이글거리는 뜨거운 빛이 눈으로 쏟아져 들어왔다. 블라인드를 내리려고 해 봤지만 하나가 끼어서 움직이지 않았고, 우리는 그렇게 눈이 부신 중에 식사를 했다.

그러더니 프랭키가 다시 스테이크 얘기를 꺼냈다. "오늘 밤에는 처음으로 한입 먹어 봐야 해요, 마스턴."

"처음은 아닐걸요." 마스턴이 말했다. "그전에도 먹어 보라고 해서 먹어 본 적은 있으니까."

"아, 그런 얘기는 한 적이 없잖아요. 별로였어요?"

"땀투성이 맛일 거라고 생각했는데, 실제로 그랬어요." 마스턴이 말했다.

프랭키는 기분이 상한 모양이었다. "당신네들 문제는 당신들이 좋아하지 않는 게 있으면 다른 사람들까지 정나미가 떨어지게 만든다는 거예요. 뭐든 싫어하는 게 있으면 그냥 넘어가면 되는데, 다른 사람들이 정나미가 떨어질 때까지 **가만히 있는 법**이 없다니까."

"아, 제발, 술이나 마셔." 줄리언이 말했다. "부엌에 와인 잔뜩 있잖아. 시원하게 해 놓았겠지?"

"가져올게요." 프랭키가 말했다. "우리가 가져온다고."

프랭키가 부엌 테이블에 앉았다. "줄리언이 괜히 싸움을 걸고 싶어 그러는 것 같아. 잠깐 가라앉게 두자고요…… 당신은 마스턴을 좀 피하는 것 같은데, 아니에요? 마스턴은 그게 마음에 안 들고. 그래서 축 처져 있잖아요. 이 사람들 조심해야 해요. 말도 못 하게 냉혹해질 수 있는 사람들이에요."

멀리에서 개가 짖고, 닭이 울고, 누군가 장작을 패고 있었다. 난 그녀가 하는 말이 거의 들리지도 않았는데, 물 만난 고기 같은 행복한 느낌이 다시 찾아왔기 때문이었다. 내가 불행했다는 것조차 기억할 수가 없었다.

프랭키는 북유럽 신들과 위그드라실*에 대한 희곡을 썼다는 피터슨이라는 사람에 대해 길게 늘어놓는 중이었다.

"위그드라실이 여자인 줄 알았는데, 나무인가 봐요."

마스턴과 줄리언과 그 무리들이 피터슨을 낚았다고 그녀가 말했다. 그를 불러내서는 술을 진탕 먹였다고 말이다. 그러면 그는 옷을 벗어 던지고는 춤추며 돌아다녔는데, 그러지 않을 때면 누군가 꼭 이렇게 물었다는 것이다. "왜 그래? 왜 공연을 안 해?" 그러나 그들은 그가 정신이 멀쩡해지자마자 뜨거운 벽돌마냥 그를 내버렸다고 했다. 그는 모습을 감춰 버렸다.

"한번은 그를 알고 지내던 남자를 만나서 어떻게 되었냐고 물어봤어요. '거대한 아가리가 그를 집어삼켰다'고 하더라고요…… 아가리라니! 그 단어를 들으면 줄리언 어머니가 생각이 나요. 아가리 같은 존재거든요. 자, 이제 술을 가지고 들어가죠."

그래서 우리는 와인 네 병을 들고 거실로 돌아갔다. 여전히 햇볕이 내리쬐어 뜨거웠지만 아까처럼 심하지는 않았다.

"자 이제 내가 건배사를 할 차례군." 마스턴이 말했다. "하지만 먼저 술을 드셔야지, 예쁜 아가씨들, 술을 들어요." 그가 잔을 채웠고 난 내 잔을 순식간에 비웠다. 그가 다시 술을 따랐다.

"내 건배사." 그가 말했다. "내 건배사…… 가장 좋은 시간인 오후 시간을 위해 건배. 잔인한 아침은 지났고, 예측할 수 없는 무섭고 외로운 밤은 아직 오지 않았으니. 가슴이 에는 오후를 위해 건배…… 이

---

* 북유럽 신화에서 우주를 떠받들고 있다는 물푸레나무.

제 시 한 편을 낭송하겠어. 다른 많은 것들처럼 다들 우려먹은 진부한 것이지만, 그래도 아름다운 시이지. '이것은 이유를 알지 못하는 가장 지독한 고통……'"

그가 말을 뚝 끊더니 울기 시작했다. 우리는 모두 그를 쳐다보았다. 웃는 사람은 없었다. 누구도 무슨 말을 해야 할지 몰랐다. 난 눈부시게 내리쬐는 빛에 갇힌 느낌이었다.

마스턴이 코를 풀고 눈물을 닦더니 다시 주절거리기 시작했다. "사랑도 없고 증오도 없는데, 내 마음은 왜 이리 심란한가……"

"'사랑도 없는' 건 맞지." 줄리언이 나를 노려보며 말했다. 나도 맞받아 그의 눈을 쏘아보았다.

"사랑하는 일을, 왜, 그대는 하지 않으려는지, 사랑하는 그대여." 마스턴이 계속 읊조렸다. "우리가 그렇게 기도하고, 돈도 주고, 갈아 바수었는데도. 막사발에 넣고…… 왜냐하면 당신은 그게 안 되니까, 그대여."

"오토바이가 완전히 운이 좋았어요." 프랭키가 말했다. "줄리언이 앞으로 들어오는 버스에 탄 사람과 싸웠거든요. 발작을 하는 줄 알았다니까."

"싸웠다고?" 줄리언이 말했다. "난 싸움 같은 건 전혀 안 해. 무섭거든."

그는 아직도 나를 쏘아보고 있었다.

"뭐, 그럼, 아주 무례하게 굴었다고 해 두지."

"난 무례하게 구는 법도 없어." 줄리언이 말했다. "겁이 많아서 무례하게 구는 것도 못 한다고. 말없이 괴로워할 뿐이지."

"나라면 그렇게 하지는 않겠네요." 내가 말했다. 와인 때문에 머리가 어질어질해지고 있었다. 햇빛이 너무 눈부시기 때문이기도 했고, 나를 바라보는 그의 표정 때문이기도 했다.

"이 어린 아가씨는 뭘 하는 거지?" 그가 말했다. "도대체 뭐 하는 사람인지 알 수가 없군."

"혈색 좋고 점잖은 시민은 절대 못 하겠지."

"하하." 프랭키가 웃었다. "한 방 먹었는걸, 줄리언. 당신은 늘 점잖은 사람들에 대해 뭐라고 떠들지만, 무슨 얘기를 하든, 무슨 짓을 하든, 당신 자신이 점잖은 사람이란 걸 당신도 알잖아. 그리고 어떻게 죽게 되든 죽을 때까지 점잖게 살 거고. 그래서 뭔가 놓치는 게 있는 거야. 믿거나 말거나."

"넌 빠져, 페니키아인." 줄리언이 말했다. "넌 할 말 없어. 테이블 아래로 들어가 버려. 거기가 너한테 딱 맞는 자리니까."

프랭키가 테이블 아래로 기어 들어갔다. 중간중간 고개를 확 내밀며 그의 다리를 무는 척했고, 그럴 때마다 그는 부들부들 떨며 비명을 질렀다.

"오, 이리 나와." 그가 결국 말했다. "이런 장난질이나 하기엔 너무 덥다고."

프랭키가 다시 기어 나왔다. 스스로 아주 흡족해하면서 거울 앞으로 가서 머리를 묶은 손수건을 매만졌다. "내가 정말 페니키아인 같아?"

"당연하지. 영국 콘월 출신의 페니키아인. 아주 직계 혈통이라고 봐야지."

"그럼 저쪽은?" 프랭키가 물었다. 그녀의 눈이 갑자기 달라 보이는 게 마치 뱀 눈 같았다. 우리 모두 달라 보였다. 술을 마시면 어떤 일이 벌어지는지 참 우습기도 하지.

"그쪽도 아주 분명하네." 줄리언이 말했다.

"됐으니, 그냥 솔직하게 얘기하지 그래요?" 내가 말했다. "아니면 겁이 나시는 건가?"

"때로 말로 표현하기 힘든 것도 있어."

마스턴이 팔을 휘둘렀다. "줄리언, 그만둬. 더 이상은 못 듣겠어."

"바보 같으니." 줄리언이 말했다. "넌 바보야. 쟤가 5등급쯤 된다는 거 안 보여? 그걸 모르겠어?"

"술집 여자와 코러스 걸의 끔찍한 잡종." 그가 말했다. "암거미." 그렇게도 말했다. "몇 주 동안 그를 비웃었지." 또 이렇게도. "조롱하고 키득거리고. 일도 못 하게 하고. 이 망할 섬에서 가장 훌륭한 화가를, 내 생각엔 유일한 화가를. 그래서 너한테서 그를 떼어 놓으려고 한 건데, 당연히 네가 여기까지 따라온 거지."

"절대 그런 거 아니야." 마스턴이 말했다. "넌 쟤를 제대로 봐 주지 않는 거야. 전혀 이해하지 못하는 거라고."

"쟨 신경도 안 써." 줄리언이 말했다. "봐, 멍청한 게 배를 잡고 웃고 있잖아."

"그래서 서로 흠모하는 관계를 만나게 되면 당신은 어쩔 건데?" 내가 물었다.

"너 질투심 때문에 정신이 나갔구나." 마스턴이 말했다.

"질투심?" 줄리언이 말했다. "질투심이라고!" 순식간에 딴사람이 되었다. 아름답던 눈은 작고 비열한 구멍이 되었고, 그 안을 들여다봐야 아무것도 보이지 않았다.

"뭘 질투한다는 거야?" 그가 소리를 빽 질렀다. "쟤가 어젯밤에 프랭키한테 사실 널 참을 수가 없는데 오직 돈 때문에 너랑 같이 어울린다고 말한 거 알아? 어떻게 생각해? 이제 진실이 좀 보여?"

"이봐, 줄리언!" 프랭키의 목소리 역시 그 못지않게 크고 앙칼졌다. "너 그러면 안 되는 거잖아. 얘기 안 하겠다고 약속해 놓고, 게다가 과장이 너무 심하잖아. 여자들이 얼마나 열등한지에 대해 떠드는 건 좋은데, 당신 갈수록 끔찍한 당신 어머니랑 똑같아져 가."

"그건 그래." 이제 차분해진 마스턴이 말했다. "줄리언, 너 정말 그래."

"이게 다 뭣 때문인지 알아?" 프랭키가 줄리언 쪽으로 고개를 까닥였다. "내가 그와 함께 런던으로 가는 걸 바라지 않기 때문이야. 그는 내가 그 따분한 시골의 따분한 어머니 집으로 가서 끔찍한 어머니에게서 교육받기를 바라. 그러고 나면 그 어머니는 내가 가망 없다고 할 테고. 해 볼 만한 괜찮은 여자 아니었나? 그런데 어떻게 해 볼 **방도가 없어.** 내가 그 술수를 모를 줄 알고? 아주 케케묵은 얘기지."

"당신은 비열해." 그녀가 줄리언에게 계속 말했다. "그리고 정말로 여자를 싫어하지. 내가 그 속을 모를 거라 생각하지 마. 나를 어떻게든 끌어내리려는 건 알겠는데, 그건 안 될걸. 나를 좋아하는 사람이 이 세상에 너밖에 없다고 생각하거나, 아니면 내가 바보 천치인 줄 아는 모양인데, 너나 네 엄마나 잘못 알아도 보통 잘못 안 게 아니야."

그녀가 머리에서 머리핀을 뽑아 코안경 모양으로 구부리더니 고상 떠는 목소리로 말을 이었다. "그러니까 너희 둘이 하는 말이 내 아들이……" 코안경을 코에 얹더니 심술궂은 표정으로 넘겨다보며 말을 이었다. "하나로 연결되어……"

"빌어먹을!" 줄리언이 말했다. "빌어먹을! 빌어먹을!"

"결국 시작했네." 마스턴이 담담하게 말했다. "더운 오후에 술을 마신 게 잘못이지. 이제 금방 주머니칼이 등장할 거야…… 가지 마. 그냥 앉아서 재미난 구경이나 해. 난 언제나 프랭키 쪽에 돈을 걸지."

하지만 난 침실로 올라가 문을 닫았다. 그 두 사람이 옥신각신하고, 마스턴이 이따금씩 아주 차분하면서도 거만하게 한두 마디 거드는 소리가 들렸다. 그러더니 조용해졌다. 베란다로 나간 모양이었다.

난 전에 써 놓은 편지를 꺼내서 아주 조심스럽게 네 조각으로 찢었다. 각 조각마다 침을 뱉었다. 문을 열어 보았다. 인기척이 없었다. 난 종잇조각을 들고 화장실로 가서 변기에 버리고 물을 내렸다. 물이 빨려 내려가는 소리를 듣자마자 기분이 나아졌다.

열린 부엌문으로 그쪽에서 주도로로 나가는 다른 길이 있는 것이 보였다.

그래서 난 별다른 생각도 없이 땅바닥만 바라보며 길을 따라 걸었다. 가는 길에 몇 사람을 지나쳤지만 고개 한 번 들지 않고 한참을 걸었다. 드디어 표지판이 있는 곳에 다다랐다. 내가 있는 길은 시런세스터로였다. '몇 킬로미터'라는 글자를 보니 너무나 피로해졌다.

좀 더 가면 길 한쪽으로 낮은 담이 이어진 곳이 나왔다. 그날 아침 마스턴과 내가 앉아 있던 바로 그 담이었는데, 그때 그는 이렇게 물었었다. "여기 앉아서 좀 쉬어도 될까? 아니면 우리가 앉지 못하게 돌이 솟아오르려나?" 주위를 둘러봤는데 아무도 보이지 않았으므로 난 담 위로 올라가 그늘에 앉았다. 예쁜 시골이긴 했지만 아무것도 없었다. 눈부시도록 하얗게 빛나는 태양은 여전히 하늘에 떠 있었다.

가까이에서 비둘기가 구구거렸다. '신나게 구구거려라, 비둘기야.' 내가 속으로 말했다. '소용없지만, 아무 소용 없지만, 그래도 한껏 구

구거리라고.'

얼마 지나자 누가 머리를 한 대 후려친 것만 같던 어질한 느낌이 사라지기 시작했다. 내가 생각했다. "시런세스터라…… 그다음엔 기차를 타고 런던으로. 그렇게 쉬운 일인데."

그때서야 핸드백이고 돈이고 다 시골집의 내 침실에 놓아두고 왔다는 사실을 깨달았는데, 거기까지 다시 걸어가야 한다는 생각만으로도 얼마나 진이 빠지는지 한 걸음도 떼어 놓을 수가 없었다.

난 담에서 내려왔다. 지나가던 차 한 대가 속력을 줄이더니 멈춰 섰고, 운전석의 남자가 물었다. "태워 줄까요?"

난 차로 다가갔다.

"어디 가요?"

"런던에 가고 싶어요."

"런던? 글쎄, 그렇게 멀리까지는 데려다줄 수 없지만 시런세스터에 내려 줄 수는 있어요. 거기서 원하면 기차를 타든가."

내가 걱정스럽게 말했다. "알겠어요…… 그런데 제가 묵고 있는 곳으로 먼저 가야 해요. 여기서 멀지 않아요."

"그럴 시간은 없는걸요. 약속이 있어서. 이미 좀 늦은 데다가 꼭 가야 하는 약속이라. 이건 어때요. 나랑 같이 갑시다. 일이 끝날 때까지 기다린다면 짐을 가지러 같이 가 주죠."

난 차에 올라탔다. 그와 몸이 닿자 마음이 편안해졌다. 그런 남자들이 있다.

"흠, 1실링을 잃어버리고 6펜스만 찾은 사람처럼 보이는군요."

나는 다시 웃을 수밖에 없었다.

"훨씬 낫잖아요. 그렇게 의기소침하게 있어 봐야 소용없다니까요."

"시런세스터에 거의 다 왔어요." 얼마 후 그가 말했다. "여러 사람들을 만나야 해요. 오늘은 장날이고 난 농부거든요. 차를 한잔 마시면서 기다릴 수 있는 조용한 곳에 데려다줄게요."

그가 좁은 거리의 술집으로 차를 몰았다. "이쪽이에요." 난 그를 따라 안으로 들어갔다.

"안녕하세요, 스트릭랜드 부인. 날씨 참 좋네요, 그렇죠? 제가 나가 있는 동안 이 친구에게 차 한잔 주시고, 편하게 쉬게 해 주시겠어요? 아주 피곤하거든요."

"그럼요." 재빨리 위아래로 훑어본 후 스트릭랜드 부인이 말했다. "아가씨가 좀 씻고 싶을 것 같은데, 아닌가요?" 그녀는 어두운색으로 멋지게 옷을 차려입었고 목소리는 아주 가늘었다.

"아, 맞아요."

난 구겨진 흰 드레스를 내려다보았다. 바닥에 누웠을 때 땅에 닿았던 부분에 분명 빨갛게 자국이 남았으리라는 걸 알았기 때문에 얼굴도 만져 보았다.

"나중에 봐요." 농부가 말했다.

여성용 욕실의 수도꼭지는 반짝반짝 윤이 났고, 바닥에는 빨간색 검은색 타일이 깔려 있었는데 아주 깨끗했다. 난 손을 씻은 뒤 드레스 주름을 좀 펴고, 거울도 보지 않고 얼굴에 분—가무잡잡한 닐데 분—을 발랐다.

어둑어둑하고 후덥지근한 작은 방에 차와 케이크가 놓여 있었다. 레이디 해밀턴*의 사진 세 장과 조니워커 광고, 해군 모자를 쓴 도자

---

* 넬슨 제독의 정부情婦로 잘 알려진 영국 모델이자 배우.

기 불도그 인형과 달력 두 개가 있었다. 하나는 1월 9일에 놓여 있었지만, 다른 하나는 1914년 1월 28일, 정확한 날을 나타내고 있었다.

"자, 이제 왔어요!" 그가 내 곁에 털썩 앉았다. "스트릭랜드 부인이 잘해 주었나요?"

"아주 잘해 주셨어요."

"아, 좋은 분이에요, 친절하죠. 알고 지낸 지 오래되었어요. 당신은 당연히 모르죠? 하지만 뭐든지 일단 시작을 해야 하니까."

그러고는 그날 일이 괜찮게 되었다고 하면서 다리를 쭉 뻗었는데, 무척이나 흐뭇하고 행복해 보였다.

"내가 들어왔을 때 무슨 생각 하고 있었어요? 화들짝 놀라던데."

"시간에 대해 생각하고 있었어요."

"시간? 아, 걱정 말아요. 시간은 아직 많아요."

그가 커다란 은 상자를 꺼내 시가를 집어 들고 불을 붙였다. 오래, 천천히. "아주 많죠." 그가 말했다. "여긴 좀 어둡네요, 그렇죠? 그래서 런던에 사는 건가요?"

"네."

"런던에 사는 멋진 여성을 알면 좋겠다는 생각을 종종 했죠."

그가 레이디 해밀턴을 뚫어져라 봐서 나는 그가 정말로 사랑스러운 여성을 상상하고 있음을 알았다. 아름답게 굴곡진 몸에 곱슬머리, 따뜻한 마음과 감춰 놓은 발톱. 그가 연기를 들이마시더니 내 손 위에 자기 손을 포갰다.

"시내에 나갔을 때 만나서 좋은 시간을 보낼 친구가 있었으면 좋겠어요. 알죠? 그 친구가 좋은 시간을 보내게 해 줄 수도 있고. 정말 그럴 수 있다니까요. 여자들이 뭘 좋아하는지 잘 아니까."

"그래요?"

"그럼요. 약간의 사랑을 원하죠. 그게 원하는 거예요, 안 그래요? 약간의 사랑. 여자들이 다 그렇죠. 때로는 멋진 방식으로 원하고, 다른 때는 또 아니고. 그때그때 다르죠. 당신은 알아봐야겠지만, 난 알아요. 그냥 알죠."

"그래서 더 알아봐야 할 건 없나 봐요."

"어차피 지금까지 다 알아본 것들이죠. 또 여자들은 예쁜 옷과 향수와 푸른 보석이 박힌 팔찌를 좋아하죠. 다 안다니까. 자, 어때요?" 그가 말했는데, 농담처럼 들렸다.

난 그에게서 눈을 돌려 아무 표정 없이 달력을 보았을 뿐 대답하지 않았다.

"어떠냐니까요?" 그가 다시 물었다.

"저를 다시 만나고 싶다고 하시니 친절하시네요. 그것도 아주 예의 바르게."

그가 웃었다. "내가 예의를 차리는 거라고 보는 거요? 글쎄요, 그럴 수도 있죠, 아닐 수도 있고. 물어보는 데 문제가 될 건 없잖아요, 그렇죠? 그쪽이나 나나 기분 나쁘지 않았으면 좋겠어요. 괜찮아요. 가서 당신 짐을 찾고 기차역에 데려다줄게요. 그런데 나가기 전에 괜찮은 술 한잔하자고요. 나쁠 거 없잖아요. 안 좋은 것들 때문에 나쁜 거지, 좋은 것들은 괜찮잖아요. 아직 그걸 깨닫지 못했나 본데, 곧 알게 될 거예요. 스트릭랜드 부인에게 괜찮은 술이 있어요. 그러니까, 내가 보기에도 괜찮아요. 난 최고만 마시거든요."

그래서 우리는 바에 앉아 클리코 샴페인을 마셨다.

그가 말했다. "이걸 마시니 기운이 좀 나죠?"

정말 그랬다. 술집을 나설 때는 피곤하지도 않았고, 심지어 서글프지도 않았다.

"자," 차에 타면서 그가 말했다. "어디로 갈지 얘기해 줘요. 혹시 노래 아는 거 없어요?"

"아주 예쁘네요." 내가 노래를 끝내자 그가 말했다. "정말 목소리가 아주 예뻐요. 또 불러 봐요."

하지만 집에 가까워지고 있었고, 꺾어 들어가야 할 지점을 제때에 알려 주지 못할까 봐 걱정이 되고 신경이 쓰였으므로 난 다음 노래를 끝까지 부르지 않았다.

진입로 초입에서 난 생각했다. '샴페인이 제대로 작용해 줬네.'

그가 차에서 나와 함께 들어갔다. 정원으로 이어지는 대문 앞에 이르자 그가 아무 말 없이 내 옆에 섰다.

그들은 베란다에 나와 있었다. 목소리가 또렷하게 들려왔다.

"들어 봐, 바보야." 줄리언이 하는 얘기였다. "들어 봐, 멍청아. 내가 어제 한 얘기는 내가 오늘 하는 얘기나 내일 할 얘기와는 아무 관계가 없다고. 당연하잖아?"

"그건 당신 생각이고." 프랭키가 고집스럽게 말했다. "내 생각은 달라. 네가 좋건 싫건 관계가 있을 수밖에 없다고."

"오, 너희들 논쟁 좀 그만해." 마스턴이 말했다. "줄리언, 너야 아무 상관 없겠지만 난 걱정이 된다고. 내 책임이니까. 말도 못 하게 비참해 보였잖아. 어디 가서 자살이라도 한다고 쳐 봐. 기분이 끔찍이 안 좋겠지. 게다가 아마 온갖 멸시와 오명이 내게 쏟아질 거야. 늘 그런 식이니까. 그리고 전적으로 네 잘못이어도 처벌 같은 건 전혀 안 받겠지. 역시 늘 그런 식이니까."

"저들이 당신 친구예요?" 농부가 물었다.

"음, 어떤 면에서는 친구죠⋯⋯ 들어가서 짐을 가지고 나올게요. 오래 걸리지 않을 거예요."

줄리언이 말했다. "내 생각에, 그러니까 지금 드는 생각이 말이야, 마스턴, 그게 여자들이 하는 소리로 들리네. 그런 걱정은 던져 버려. 걔는 자살 같은 걸 할 사람이 아니야. 얘기했잖아."

"저자는 누구예요?" 농부가 물었다.

"오크스 씨예요. 저를 초대한 사람 중 하나죠."

"아, 그래요? 말투가 마음에 안 드네요. 하나같이 말하는 게 맘에 안 들어요. 같이 들어갈까요?"

"아니, 괜찮아요. 금방 올게요."

난 부엌 쪽으로 돌아들어 가 조용히 내 방으로 걸어 들어갔다. 짙은색 드레스로 갈아입고 내 물건들을 가방에 집어넣기 시작했다. 가능한 빨리한다고 했는데, 다 끝내기 전에 마스턴이 들어왔다. 여전히 용이 꿈틀거리는 문양의 검은색 파자마를 입고 있었다.

"밖에서 얘기한 사람은 누구야?"

"아, 중간에 만난 사람이야. 시런세스터까지 차를 태워 줄 거야. 거기서 런던 가는 기차를 타려고."

"기분 상한 거 아니지?"

"전혀. 그럴 일이 뭐가 있어?"

"물론, 대단하신 줄리언이 좀 힘든 사람이기는 해." 그가 중얼거렸다. "하지만 내가 당신 편을 들지 않았다고는 생각하지 마. 당신 편을 들어 줬으니까. 이렇게 말해 줬다고. '내가 데리고 온 여자한테 네가 무례하게 구는 건 괜찮으면서, 네가 지긋지긋해하는 프랭키는 어떤데? 네 여자 친구라 허구한 날 괴로워하면서 어쩔 수 없이 함께 있다고 해서 내가 말 한마디 한 적 있어? 심하게 대한 적도 없다고……' 왜 웃어?"

"당신이 프랭키한테 심하게 군다는 게 우습잖아."

"못돼 먹은 것!" 마스턴이 격하게 외쳤다. "말도 못 하게 나쁜 년! 줄리언이 그녀의 정체를 알고 위로를 받으러 나를 찾아올 날이 곧 올걸. 위로 같은 걸 해 주나 봐. 이런 일을 당한 다음에…… 기운 내." 그가 말했다. "세상은 넓잖아. 희망이 있다고."

"당연하지." 하지만 난데없이 루핀과 양귀비 위로 인상을 쓰고 노려보는 기다란 여자들의 얼굴이, 토링턴스퀘어의 내 방과 거기 있는 침대의 철제 가로대가 보이면서 이런 생각이 들었다. '나한테는 아냐.'

"그런 것도 다 필요할 수도 있어." 그가 스스로에게 하듯이 말을 이었다. "소용이 되려면 완전히 다른 종류의 가치 체계를 가져야 하는지도 모르지."

내가 말했다. "창문으로 나갈 수 있을까? 그들과 마주치고 싶지 않은데."

"내가 차까지 같이 가 줄게. 어떤 남자야?"

"글쎄, 오늘 아침 본 남자랑 비슷한 종류야. 게다가 당신들 말하는 게 마음에 안 든대."

"그러면 안 가는 게 좋겠다. 창문으로 나가. 내가 가방을 건네줄게."

그가 몸을 내밀고 말했다. "9월에 봐, 퍼트로넬라. 9월에 돌아갈게."

내가 그를 올려다보았다. "알았어. 같은 주소로."

농부가 말했다. "쫓아 들어가려던 참이었어요. 그런 종자들한테서 벗어나길 잘했어요. 도대체 맘에 안 드는 종자들이네. 그런데 또 이 주변에 얼마나 많은지."

"괜찮은 사람들이에요."

"자, 한 곡 뽑아 봐요." 그가 말했고, 난 노래를 불렀다. "브라운 씨, 브라운 씨, 바이올린을 들고 돌아다니는, 돌아다니는, 바이올린을 들고." 시런세스터까지 가는 내내 난 노래를 불렀다.

역에서 그가 내게 기차표와 초콜릿 한 박스를 건네주었다.

"아까 당신 주려고 산 건데 잊어버렸네요. 빨리 가요, 시간이 별로 없네."

그리고 이렇게 말했다. "잘 살아요. 내 고향 노퍽에서는 이렇게 말하죠."

"잘 가요."

"아니, 잘 살아요, 라고 해요."

"잘 살아요."

기차가 움직이기 시작했다.

"아주 좋은데." 내가 생각했다. "일등석이라니." 그러고는 정말로 오랜만에 유리에 비친 내 모습을 한참 들여다보았다. "신경 쓰지 마." 그렇게 말하고 나니 마스턴이 "신경 쓸 것 없어, 신경 쓰지 마"라고 했던 것이 떠올랐다.

"그렇게 의기소침해 있지 마, 애야." 내가 스스로에게 말했다. "화사한 모습으로."

"기운 내." 그렇게 말하면서 차가운 유리창에 비친 내 얼굴에 입을 맞추었다. 이마를 댄 채 내 얼굴이 점차로 부옇게 가려지는 것을 바라보고 있다가, 누군가 쳐다보는 느낌이 들어 몸을 돌렸다. 하지만 그것은 그저 초콜릿 상자 위에 그려진 소녀였다. 찢어진 녹색 눈을 가졌는데, 너무 가운데로 몰려 있었고, 얼굴은 그렇게 찢어진 눈과는 어울리지 않게 으스대는 네모나고 하얀 얼굴이었다. "그런 얼굴을 가졌으니 기회만 되면 너도 분명 빈정대는, 점잖은 망할 년이 될 수 있겠네." 내가 그 얼굴에 대고 말했다. 10시 직전에 기차가 패딩턴에 들어섰다. 플랫폼에 내리자마자 초콜릿을 기억해 냈지만 가지러 다시 들어가지는 않았다. '누군가 널 찾아서 잘 돌봐 줄 거야, 빈정대는, 점잖은, 멍청한, 말이 없는 망할 년아.' 내가 생각했다.

런던은 항상 똑같은 냄새가 난다. '퀴퀴해'라고 생각한다. '하지만 돌아오니 좋네.' 그리고 잠시 그런 기분에 힘이 난다. '모퉁이를 돌면 뭐든 있겠지.' 그렇게 생각한다. 하지만 모퉁이를 돌기도 전에 기운이 빠져 버린다.

옷 가방을 들고 좀 걸으면 피곤해져서 아마 잠을 잘 수 있을 테니 그렇게 하기로 한다. 그러나 메릴본로와 에지웨어로의 교차로쯤 오자 팔이 뻣뻣해져서 가방을 내려놓고 길가에 서 있는 택시를 손짓해 불렀다.

"미안해요, 아가씨." 운전사가 말했다. "이 신사분이 먼저 오셨어요."

젊은 남자가 미소를 지으며 말했다. "괜찮아요. 먼저 타세요."

'먼저 타세요'라고 했다. 아까 만난 남자는 '태워 줄까요?'라고 했는데.

"다음 택시를 타도 돼요. 급하지 않아요."

"저도 그래요."

택시 운전사가 갑갑한 듯 움직였다.

"괜히 우물거리지 맙시다." 청년이 말했다. "그러다 택시만 놓칠 테니까. 타요, 목적지가 어디든 내려 줄게요."

"에지웨어로를 따라 쭉 가세요." 그가 운전사에게 말했다. "목적지는 금방 알려 드릴게요."

택시가 출발했다.

"어디 가시죠?"

"토링턴스퀘어요."

집이 날 기다리고 있겠지. '에스텔의 방문 앞을 지날 때도 지금은 아무런 향수 냄새가 안 날 거야.' 내가 생각했다. 그러고 나면 꼭대기 층의 작은 내 방에 들어서겠지. 15분마다 울리는 교회 시계 소리를 들으며. '숙녀들에게 좋은 시절이 오고 있어요. 처녀들에게 좋은 시절이 오고 있어요……'

내가 말했다. "잠깐만요. 토링턴스퀘어로 안 갈래요."

"오, 토링턴스퀘어로 안 가겠다고요?" 그는 재미있어하면서도 경계심을 보였는데, 경계심이 더 두드러졌다.

"따뜻한 게 아주 기분 좋은 밤이잖아요. 바로 집에 들어가고 싶지는 않네요. 하이드파크에서 좀 앉아 있다 갈래요."

"토링턴스퀘어 아니랍니다." 그가 유리 너머로 소리를 질렀다.

택시가 멈췄다.

"뭐요, 도대체 뭐 하자는 거야."

운전사가 내려서 문을 열었다.

"이봐요, 그래서 어디로 가자는 거요? 택시를 잡은 뒤로 행선지를 바꾼 게 벌써 세 번째요."

"가자는 대로 가는 거죠."

"그래서 도대체 가자는 데가 어딘데?"

"마블아치로 가요."

"하이드파크라." 만면에 미소를 머금고 위아래로 훑어보며 운전사가 말했다. 그러고는 다시 운전석으로 들어갔다.

"저런 운전사들은 정말 질색이라니까, 그렇지 않아요?" 젊은이가 말했다.

택시가 파크레인 끝에 멈췄을 때 우리는 아무 말 없이 둘 다 내렸다. 운전사는 떠나기 전에 다시 경멸하는 눈초리로 우리를 위아래로 훑었다.

"하이드파크에서 뭐 하려고요? 나무 쳐다보려고요?"

그가 내 가방을 들고 나란히 걸었다.

"그래요. 나무를 쳐다보는 게 낫지 내가 사는 곳으로 돌아가고 싶지 않아요. 절대."

'맘에 드는 곳에서 살아 본 적이 없어.' 내가 생각했다. '한 번도.'

"꽤 절망적인 얘기인데요. 어디 한적한 데가 있나 찾아봅시다."

"저기 저 의자면 되겠어요." 내가 말했다. 사람들에게서 떨어져 나무 아래 있는 의자였다. 사람들이 큰 문제였다는 건 아니다. 밤이었고, 그때 사람들은 전혀 무섭지 않았으니까.

나무 냄새와 소리를 더 잘 느껴 보려 눈을 감았다. 물 냄새도 나는 것 같았다. 서펀타인 호수*…… 이렇게 멀리까지 걸어온 줄은 몰랐다.

---

* 하이드파크 안의 호수.

그가 말했다. "이렇게 멋진 밤에 이렇게 우울한 당신을 그냥 두고 갈 수가 없네요. 별과 사랑의 밤에 말이에요." 그가 요란하게 딸꾹질을 하고 또 했다. "메추라기 고기만 먹었다 하면 꼭 이런다니까요."

"전 긴장하면 그러는데요."

"그래요?" 그가 다른 의자를 앞으로 끌고 와서 내 옆에 앉았다. "그 커다란 옷 가방에 절망적인 표정을 하고서 어디로 갈 건지 얘기할 때까지 여기를 뜨지 않겠어요."

난 시골에서 잠깐 지내다가 막 올라온 참이라고 말해 주었고, 그는 자기 이름이 멜빌인데 런던에 살지 않고 그날 밤에는 딱히 할 일이 없다고 말했다.

"누가 약속을 지키지 않은 거예요?"

"오, 그런 건 중요하지 않아요. 절망적인 표정에 비하면 별로 중요하지 않죠. 당신을 보자마자 알아챘거든요."

"절망적인 거 아니에요. 배가 고파서 그래요." 그와 잡담을 시작하면서 내가 말했다. "배고픈 것도 보면 알지 않나요?"

"음, 그럼 어디 가서 뭐라도 먹읍시다. 그런데 어디로 갈까요?" 그가 머뭇거리며 나를 보았다. "어디?"

"애플트리에 가도 돼요. 약간 이르긴 하지만 훈제 청어나 달걀과 베이컨, 아니면 소시지와 으깬 감자 같은 걸 먹을 수 있을 거예요."

"애플트리? 들어 봤어요. 거기 갈 수 있어요?" 그가 여전히 나를 바라보며 물었다.

"갈 수 있어요. 나랑 같이 온 손님으로요. 난 거기 회원이거든요. 초기 회원이죠." 내가 자랑하듯 말했다.

제대로 건드렸다. 내 팔에 놓인 그의 손의 느낌마저 달라졌다. **항상**

제대로 건드려야 조롱조의 표정이 눈에서 사라지고 조롱조의 말투가 목소리에서 사라지지. 생각해 봐, 아주 중요하다고.

"애플트리에는 예쁜 여자들이 아주 많잖아요, 그렇죠?" 그가 물었다.

"아무것도 보장하진 못해요. 지금은 때가 안 좋거든요. 애플트리, 노래와 황금."

"무슨 소리를 하는 거예요?"

"내가 아는 사람이 그렇게 부르던걸요."

"그런데 당신은 거기 갈 거고." 그가 의자를 가까이 붙이더니 조심스럽게 주위를 돌아본 후 내게 입을 맞췄다. "그리고 당신은 정말 예쁘고, 그렇죠? ……애플트리, 노래와 황금. 맘에 드는데요."

"〈사랑과 별의 밤〉보다?"

"아, 그건 같은 차원이 아니죠."

내가 생각했다. '어떤 차원에 뭐가 있는지 당신은 어떻게 알지? 누가 5등급인지 그들은 어떻게 알지? 누가 5등급이고, 사람 잡아먹는 거미가 어디 사는지는?'

"어디를 가든 별로 개의치 않는 거죠, 그렇지 않나요?" 그가 물었다.

"전혀 개의치 않아요."

그가 팔을 뗐다. "이런 식으로 만나다니 신기하지 않아요?"

"글쎄요. 제 생각엔 전혀 신기하지 않은데요."

잠깐 침묵을 지키다가 그가 말했다. "내가 별로 이해가 빠른 편은 아니에요, 그렇죠?"

"맞아요. 자, 이제 애플트리, 노래와 황금으로 가요."

"아, 애플트리는 집어치워요. 더 좋은 곳을 알아요."

"맛이라도 보라고 하도 그래서 맛을 본 적이 있어." 마스턴이 말했다. "정확히 내가 예상했던 그런 맛이더군."

그렇게 모든 것은 정확히 내가 예상한 대로였다. 다 안다는 표정의 웨이터와 와인 잔의 얼음같이 차가운 감촉, 빨간 플러시 천이 덮인 의자, 뭘 먹는지도 모른 채 먹은 음식, 금색 테두리 거울, 호사스러운 순백색 시트가 우중충함을 가리는 것처럼 보이는 침대.

하지만 마스턴은 이렇게 말했어야 했다. "아무 맛도 안 나더라고, 자기야, 아무 맛도 없었어……"

레스터스퀘어로 다시 나왔을 때 난 마스턴은 잊어버리고, 별달리 할 일이 없을 때 에스텔과 함께 코너하우스나 소호의 다른 싸구려 레스토랑을 찾아가 저녁을 먹던 일만 떠올랐다. 먹는 문제라면 그녀는 정말이지 진지했다. "하루에 적어도 한 번은 제대로 된 식사를 해야 해." 그렇게 말하곤 했다. "꼭 그래야 한다고." 송아지 커틀릿과 튀긴 감자와 방울양배추를 주로 먹었고, 그러고는 크렘 캐러멜이나 과일 콩포트를 먹었다. 그녀가 푸른 정장에 흰 블라우스를 입고, 또각또각 하이힐 소리를 내면서 옆에서 걷고 있는 것만 같았다. 하지만 히포드롬 극장 모퉁이를 돌자마자 사라져 버렸다. 내가 생각했다. '다시는 그녀를 보지 못할 거야. 다 알아.'

택시에서 그가 물었다. "내가 주소를 잊은 거 아니죠?"

"아니에요."

졸음이 밀려와서 나는 "브라운씨, 브라운씨, 바이올린을 들고……" 노래를 불렀다.

"무대에서 노래해요?"

"예전에요. 수없이 많은 사람들이 그랬듯이 코러스로 눈부시고 성공적인 길을 찾아 나섰었죠. 하지만 성공하지 못했어요."

"저런! 왜요?"

"'에퍼그러매틱'이라는 단어를 발음 못 해서요."

그가 웃었다. 정말 재미있어서 웃는 웃음이었다.

"무대 매니저가 눈에 잘 띄지도 않는 나를 앞에 세워 대사 한 마디를 줘 봐야겠다는 정신 나간 생각을 하게 된 거예요. 그 대사가 '오, 로티, 로티, 그렇게 에퍼그러매틱한(판에 박힌) 말은 하지 말아요'였어요. 그걸 연습하고 또 연습했는데, 막상 무대에 서니까 그냥 머릿속이 하얘졌어요."

채링크로스로 끝에서 길이 막혀 택시가 지체되고 있었다. 우리 둘 다 얼마나 큰 소리로 웃어 댔는지 사람들이 고개를 돌려 우리를 빤히 쳐다보았다.

"내 생에서 가장 끔찍했던 순간 중 하나죠. 절대 잊어버리지도 않아요. 무대 매니저가 무대 옆쪽에서 입 모양으로 대사를 알려 주는데─그 사람이 프롬프터 역할에 고문 변호사라는 작은 역할도 맡고 있었거든요─그렇게 회색 줄무늬 바지에 검은색 연미복에 정장 모자 차림에 구레나룻까지 붙인 그가 거기 그러고 있고, 나는 노란 드레스를 입고 커다란 밀짚모자에 녹색 선글라스를 쓰고, 뒤에는 영국의 성과 정원─반쯤 허물어진 그런 거 말이에요─을 나타내는 멋진 배경과 하인, 하녀들 역의 코러스가 있는데, 그냥 아무 생각도 나질 않는 거예요."

택시가 다시 움직이기 시작했다. "그래서 어떻게 되었어요?"

"아무 일도 없었죠. 1초쯤 지나 다른 배우들이 그냥 자연스럽게 이어 갔어요. 다음 대사는 기억이 나더라고요. '애스콧에 가나요? 거기

가서도 로열 인클로저에 들어가지 못한다면 내가 사람을 잘못 본 거네요'였어요."

"관객들은 어땠어요?"

"아, 관객들은 전혀 동요가 없었어요. 알다시피 내가 대사를 할 거라는 기대는 아예 없었으니까요. 그렇게 된 거예요."

내가 그에게 현관 열쇠를 건네주었고, 그가 문을 열었다.

"열쇠가 육중하기도 하네요! 감방 열쇠 같아요." 그가 말했다.

다들 잠자리에 든 후였고, 복도에서 에스텔의 향수 냄새의 흔적도 찾을 수 없었다.

"또 만나요." 그가 말했다. "꼭요. 나한테 편지를 써서……" 그가 말을 멈췄다. "아니, 내가 편지를 쓸게요. 혹시라도…… 어쨌든 내가 편지할게요."

내가 말했다. "내가 원하는 게 뭔지 알아요? 푸른 보석이 박힌 금팔찌예요. 너무 파란 거 말고 감청색으로."

"아," 그가 다시 조심스러워졌다. "하는 데까지 해 볼게요. 하지만 난 그렇게 재벌은 아니에요."

"그게 없으면 돌아올 생각일랑은 하지도 말아요. 그런데 몇 주 다른데 가 있을 거예요. 9월에 돌아와요."

"알겠어요. 그럼 9월에 보죠, 퍼트로넬라." 빨리 자리를 뜨고 싶은 기색으로 그가 쾌활하게 말했다. "당신 덕에 정말 즐거웠어요."

"저야말로."

그가 고개를 저었다. "자, 로티, 로티, 그렇게 판에 박힌 말은 하지 말아요."

그가 문 바깥쪽을 두드리면서 작별 인사를 하는 걸 들으며 생각했다. '잘 알게 되면 분명 좋은 사람일 것 같은데. 어쩌면……' 난 대답으로 두 번 두드려 주고 계단을 오르기 시작했다. 에스텔의 방문 앞을 지나. 그 앞을 지나면서도 아무런 느낌도 없이. 왜냐하면 그녀는 가 버렸고 다시 돌아오지 않을 것임을 알기 때문에.

방에 들어서서 난 창밖을 내다보았고, 내 노란 드레스와 부옇게 보이던 관객들을 떠올렸다. 그중에서 맨 앞줄에 있던 한 남자의 얼굴이 또렷이 보였던 것과, '도와주세요, 내가 잊어버린 걸 알려 주세요'라는 생각이 번개처럼 머리를 스쳤던 것을. 하지만 그가 내 눈을 똑바로 쳐다보는 것처럼 보였음에도, 그리고 내가 무슨 생각을 하는지 정확히 알고 있는 게 분명해 보였음에도, 그는 날 도와주지 않았다. 그저 미소를 지었을 뿐. 몇 년은 되는 듯 길게 느껴진 그 순간에, 한없이 텅 빈 머릿속으로 '애스콧에 간다고요?'라는 날카롭고 높은 런던내기 말투가 들려오고 무대 매니저가 인상을 쓰며 나를 향해 고개를 절레절레 흔드는 게 보일 때까지 날 그렇게 버려두었던 것이다.

'맙소사, 얼마나 바보 멍청이처럼 보였을까.' 웃으면서, 눈물이 뺨을 타고 흐르는 것을 느끼면서 생각했다.

"쓸데없이 울긴 왜 울어!" 그날 밤 내가 분장실에서 울고 있을 때 다른 여자애들이 말했다. "오, 쓸데없어, 쓸데없다고."

하지만 그것이 오래가진 않았다.

'몇 시지?' 그렇게 속으로 물은 뒤 이젠 졸리지도 않았으므로 난 바깥의 시계가 울리기를 기다리며 창가의 의자에 앉았다.

책을 태워 버린 날
The Day They Burned the Books

내 친구 에디는 작고 마른 소년이었다. 손목과 이마에 푸른 혈관이 보일 정도였다. 사람들은 그 애가 결핵을 앓아서 오래 살지 못할 거라고 했다. 난 그 애를 사랑했지만 때로는 멸시하기도 했다.

그의 아버지인 소여 씨는 기이한 사람이었다. 도대체 이 속세에서 뭘 하고 사는 건지 아는 사람이 아무도 없었다. 농장주도 아니고 의사도 아니고 변호사도 아니고 은행원도 아니었다. 가게를 운영하지도 않았다. 학교 선생님도 아니고 공무원도 아니었다. 신사도 아니었는데, 그게 중요한 거였다. 여기 소小앤틸리스제도에는 달과 사랑에 빠져서 눌러앉은 낭만주의자들이 여럿 있었는데, 그들은 다들 신사였고, 작문할 때 'h'를 쓸 줄 모르는 소여 씨와는 아주 달랐다. 게다가 그는 달은 물론 소앤틸리스제도에 있는 거라면 무엇이든 질색이었고,

전혀 거리낌 없이 그렇게 말하곤 했다.

그는 당시 베네수엘라나 트리니다드와 다른 작은 섬들 사이를 운행하는 조그마한 증기선 회사의 대리인이었지만 거기서 나오는 수입은 많지 않았다. 뭔가 다른 데서 나오는 돈이 있다는 게 사람들 생각이었지만, 왜 굳이 좋아하지도 않는 곳에 혼혈 여성과 결혼을 해서 정착을 한 건지 그 이유는 도대체 생각해 낼 수가 없었다. 확실히 말하건대 점잖고 예의 바르고 교육도 잘 받은 혼혈 여성이긴 했지만 말이다.

소여 씨도 한때는 아주 잘생긴 사람이었을 것이 틀림없었지만, 이런저런 이유로 그건 과거지사가 되었다.

소여 씨는 술에 취하기만—종종 그랬다—하면 그녀에게 아주 무례하게 굴었다. 그럼 그녀는 아무 대꾸도 하지 않았다.

"저 잘난 체하는 검둥이 좀 보게나." 그렇게 말하곤 했다. 그러면 그녀는 농담으로 받아넘겨야 하지만 그럴 수가 없다는 듯이 그저 미소만 지었다. "눈이 찢어진 이 망할 음침한 혼혈아, 이상한 냄새가 나잖아." 그렇게도 말했다. 그녀는 절대 대꾸하는 법이 없었고, "너도 이상한 냄새가 나거든" 하고 혼자 구시렁거리는 법도 없었다.

항간에 도는 얘기로는 예전에 그들이 한번 디너파티를 열었는데, 하녀인 밀드러드가 커피를 가지고 들어갔을 때 그가 소여 부인의 머리카락을 잡아당기며 큰 소리로 말했다고 한다. "가발 아니야, 보이지?" 믿을 수 있을지 모르겠지만, 그때도 소여 부인은 그냥 웃으면서 그게 농담인 듯이 넘겼다고 한다. 신비롭고 모호하고 성스러운 영국 농담인 듯이.

하지만 밀드러드는 그녀의 눈이 수쿠양*의 눈처럼 사악해졌고 나중에 그렇게 뽑힌 머리카락 몇 개를 집어서 봉투에 넣었으니 소여 씨가 조심해야 할 거라고(손과 마찬가지로 머리카락도 부적이니까) 동네의 다른 하인들에게 말했다.

물론 소여 부인에게는 그런 것들을 보상할 만한 게 있기는 했다. 힐거리의 아주 근사한 집에 살았으니까. 정원이 아주 크고, 거기에 멋진 망고나무도 한 그루 있었는데 망고가 풍성하게 열렸다. 그 나무의 망고는 작고 동그란 게 즙이 많고 아주 달았다. 잘 익으면 노랗고 불그스레한 게 아주 탐스러웠다. 어쩌면 그게 그녀가 받은 보상 중 하나일 거라고 난 생각하곤 했다.

소여 씨는 이 집 뒤편에 방을 만들었다. 페인트칠을 하지 않아서 나무 향기가 아주 향긋했다. 벽마다 책장이 놓였다. 영국 우정공사 증기선이 들어올 때마다 그에게 소포가 왔고, 빈 책장이 점점 채워졌다.

한번은 『천일 야화』를 빌리러 에디와 그 방에 갔었다. 어느 토요일 오후, 모든 것이, 심지어 홈통의 물까지 잠에 빠진 듯한 뜨겁고 고요한 오후였다. 하지만 소여 부인은 자고 있지 않았다. 그녀는 문간에서 머리만 들이밀고 우리를 보았고, 난 그녀가 그 방과 책들을 몹시 싫어한다는 것을 알았다.

처음으로 '조국'에 대한, 그러니까 영국에 대한 의심을 내게 심어준 것은 바로 연한 푸른 눈과 담황색 머리색—엄마처럼 조용할 때가 많았지만 완전 아빠를 빼다 박은—을 지닌 에디였다. 영국은 본 적도 없는 애들—우리 중 누구도 본 적이 없었다—이 내키는 대로 손짓 발짓을 하며 그곳의 재미에 대해 떠들어 댈 때 에디는 조용히 있었다. 런던과 뺨이 불그레한 아름다운 귀부인들, 극장과 상점, 안개, 겨울에

---

* 피를 빨아 먹는다는 전설 속의 노파.

활활 타오르는 석탄 화롯불, 이국적인 음식(바이올린 연주를 들으며 먹는 뱅어랄까)과 크림 얹은 딸기에 대해. '딸기'를 발음할 때는 언제나 일부러 제대로 된 영국 발음이라고 생각되는 목 긁는 소리를 내곤 했다.

"난 딸기 안 좋아해." 한번은 에디가 그렇게 말했다.

"딸기를 **안 좋아한다**고?"

"그래, 그리고 수선화도 싫어. 아빠가 허구한 날 그 얘기거든. 꽃에 침을 묻혀 삼각모에 집어넣는다는데 분명 거짓말이라고 봐."

우리는 너무 충격을 받아 "넌 아무것도 모르면서"라는 말도 하지 못했다. 그냥 너무 충격을 받아서 그날 내내 아무도 그와 얘기를 하지 않았다. 하지만 나로 말하자면 그에게 감탄했다. 나 역시 수선화를 칭송하는 시를 배우고 낭송하는 게 지겨웠고, 몇 안 되는 '진짜' 영국 아이들과의 관계는 어색했기 때문이었다. 내가 나 자신을 영국인이라고 칭하면 그들이 뻐기면서 "넌 영국인이 아니야, 형편없는 식민지 주민이지"라고 무시하는 말을 할 것임을 이미 알아챘던 것이다. "뭐, 나도 그렇게까지 영국인이 되고 싶은 마음은 없어." 이렇게 말해 줄 수도 있었다. "프랑스 사람이나 스페인 사람이나 뭐 그런 쪽이 훨씬 더 재미있다고. 그리고 사실 내가 약간 그쪽이기도 하고." 그때의 나는 그 정도로 못 말리게 괴상하고 우스꽝스러웠던 것이다. 형편없는 식민지 주민일 뿐 아니라 우스꽝스럽기까지. 앞면이면 내가 이기고 뒷면이면 네가 지고, 영국은 그런 식이었다. 난 그에 대해 계속 생각했고 그것도 아주 열심히 생각했지만, 내 생각을 누구에게도 말할 엄두를 내지 못했고, 그래서 에디가 아주 대담했다는 걸 깨달았다.

그 애는 대담했고, 보통 생각하는 것 이상으로 강했다. 일단 뜨거운 열기에 괴로워하는 법이 없었다. 하얀 피부가 지닌 어떤 차가움이 그걸 막아 주는지도 몰랐다. 타서 벌게지거나 가무잡잡해지는 법이 없었고, 주근깨도 별로 없었다.

이글이글 뜨거운 날이면 특히 힘이 펄펄 나는 것 같았다. "이제 잔디밭을 뛰어서 두 바퀴 돌고, 네가 사막에서 목이 타서 죽어 가는 척하면 내가 물을 가져다주는 아랍 추장을 할게."

"물은 천천히 마셔야 해." 그 애가 말하곤 했다. "너무너무 목이 마른 상태에서 물을 급하게 마시면 죽는단 말이야."

그래서 난 목이 탈 때 천천히 물을 마시는 관능적인 느낌을 알게 되었다. 분홍색 얼음을 넣은 코카콜라 잔이 다 빌 때까지 한 모금씩 조금씩 마시는.

나의 열두 번째 생일이 지나자마자 갑자기 소여 씨가 세상을 떴고, 에디의 특별한 친구였던 나는 하얀색 새 옷을 차려입고 장례식에 갔다. 그 자리에 어울리게 머리칼이 좀 보슬보슬해 보이라고 전날 밤에 직모를 설탕과 물로 적신 후 얇은 가닥으로 빡빡하게 꼬았다.

장례식이 끝나자, 관 뒤를 여왕처럼 따라가면서 적절한 순간에 눈이 빠지도록 울었던 소여 부인이 정말 훌륭했다고 모두가 입을 모았다. 그런데 에디는 좀 이상하지 않아? 전혀 울지 않잖아.

그 후 에디와 나는 책이 들어찬 방을 차지하게 되었다. 아침에 밀드러드가 와서 청소를 하고 나면 그 외엔 아무도 들어오는 사람이 없었고, 소여 부인의 머리채를 잡아당기는 소여 씨의 유령도 시간이 좀 걸리긴 했지만 서서히 희미해졌다. 블라인드는 늘 반쯤 내려와 있었고, 밝은 햇빛 아래 있다가 들어가면 마치 암녹색 연못으로 뛰어드는 느낌이었다. 책장과 베이즈 천이 깔린 책상과 고리버들 흔들의자 외에는 아무것도 없었다.

"내 방이야." 에디가 그렇게 불렀다. "내 책." 그렇게 말하곤 했다. "내 책."

그게 얼마나 계속되었는지 모르겠다. 나와 에디가 그 방에 있던 그 모습이 소여 씨의 장례식 몇 주 후였는지, 아니면 몇 달 후였는지 확실히 알 수가 없다. 우리가 거기 있는데 돌연 소여 부인과 밀드러드가 들어온다. 소여 부인은 입을 꽉 다물고 있지만 눈은 기쁨에 차 있다. 책장에서 책들을 모두 끄집어내더니 두 무더기로 쌓는다. 크고 두껍고 반짝거리는 책─좋아 보이는 책이라고 밀드러드가 속삭인다─이 한쪽에 쌓인다. 『브리태니커 백과사전』, 『영국의 꽃』, 『새와 짐승』 그리고 이런저런 역사책이나 지도가 있는 책들, 프루드의 『서인도제도의 영어』…… 이것들은 팔 책이다. 문고본이거나 책장이 상했거나 찢어진, 별로 중요하지 않은 책들은 다른 쪽에 쌓인다. 이것들은 태울 것이다. 그래, 태워 버릴 것이다.

밀드러드가 이 말을 할 때 그 표정이 기이했다. 한편으로는 아주 흐뭇하면서도, 다른 한편으로는 놀라고 겁을 먹은 것처럼 보이기도 했다. 그리고 소여 부인으로 말하자면, 기분이 언짢은 것(자주 봤으니까)도 내가 알고 화가 잔뜩 난 것도 내가 아는데, 이건 증오였다. 즉각 그 차이가 느껴져 난 신기하게 그녀를 바라보았다. 그녀가 정리하고 있는 책의 제목을 좀 보려고 조금씩 그녀 곁으로 다가갔다.

시집이 꽂힌 책장이었다. 바이런의 시집과 밀턴의 시집 등이 있었다. 펄럭, 펄럭, 펄럭하면서 모두 팔 책 더미로 던져졌다. 하지만 크리스티나 로세티의 책은, 가죽 양장본임에도 불구하고 태울 책 더미로 갔는데, 소여 부인의 눈이 반짝하는 것으로 난 책을 쓴 남자들보다 책을 쓴 여자들이 더 나쁘다는 걸, 말도 못 하게 더 나쁘다는 걸 알았다. 남자는 자비롭게 총으로 쏘아 죽여도 되지만 여자는 고통스럽게 죽어야 한다는 듯이.

소여 부인은 우리가 거기 있다는 사실도 의식하지 못하는지, 편하고 자유롭게 숨을 쉬면서 리듬에 맞춰 손을 움직여 찢고 내던졌다. 아름다워 보이기도 했다. 밖의 검푸른 하늘이나 금빛 나는 갈색의 긴 가지를 뻗고 있는 망고나무처럼.

에디가 "안 돼"라고 외쳤을 때도 그녀는 눈길조차 주지 않았다.

"안 돼!" 그가 새된 목소리로 다시 외쳤다. "그건 안 돼. 내가 읽고 있는 거라고."

그녀가 웃었고, 그는 튀어나올 듯이 눈을 부릅뜨고 그녀에게 돌진했다. "그럼 이제 엄마도 미워할 거야. 엄마도 미워할 거라고."

에디가 엄마 손에서 책을 잡아채고 엄마를 거칠게 밀쳤다. 그녀가 안락의자로 넘어졌다.

흠, 나 역시 이런 일에 빠질 수 없지. 그래서 난 불에 탈 운명에 놓인 책 더미에서 책을 하나 잡아채고는 내 쪽으로 뻗은 밀드러드의 팔 아래로 몸을 날렸다.

그러고는 둘 다 정원으로 나왔다. 파두가 양쪽으로 줄지어 자란 길을 따라 뛰었다. 아무도 따라오지 않았지만 우리는 맹렬하게 달렸고, 밀드러드가 킥킥거리며 웃는 소리가 들렸다. 달리면서 들고 있던 책을 헐렁한 갈색 삼베옷 앞자락에 집어넣었다. 따뜻한 게 살아 있는 것 같았다.

거리에 들어서자 우리는 흑인 아이들이 비웃을까 봐 천천히 걸었다. 난 너무 행복했다. 이 책을 구해 냈으니 이제 이 책은 내 책이고,

그것을 처음부터 시작해서 의기양양하게 '끝'이라고 적힌 데까지 다 읽을 수 있을 테니까. 하지만 소여 부인을 생각하자 마음이 불편해졌다.

"뭘 어떻게 하실까?" 내가 물었다.

"아무것도." 에디가 말했다. "나한텐 아무것도 안 하실 거야."

세일러복을 입은 에디는 유령처럼 새하얬다. 석양 속에서 보니 푸른빛이 나도록 하얗고, 그의 아버지의 비웃음이 그 얼굴에 선명히 찍혀 있었다.

"하지만 너희 엄마에게는 별별 거짓말을 다 하실 거야." 에디가 말했다. "엄마는 거짓말엔 젬병이야. 그래서 엄마한테 필요할 때는 거짓말을 잘 못 지어내는데, 다른 사람들에 대한 건 또 그런대로 해서."

"우리 엄마는 그런 건 신경도 안 쓰실 거야." 내가 말했다. 정말 그럴지 확신이 안 가긴 했다.

"왜? 엄마가…… 엄마가 백인이 아니라서?"

그런 질문에 대한 대답은 이미 알고 있었다. 그런 주제가, 그러니까 사람들의 관계나 누가 혼혈 피가 있네 없네 하는 얘기가 나올 때마다 아빠는 약간 짜증을 내면서 끼어들었다. "백인이 누가 있는데?" 그렇게 묻곤 했다. "한 줌이 될까 말까 한걸."

그래서 내가 말했다. "백인이 누가 있는데? 한 줌이 될까 말까 한걸."

"집어치워." 에디가 말했다. "우리 엄마가 너희 엄마보다 예뻐. 주무실 때면 입에 미소가 떠오르고 너같이 곱실한 눈썹에 머리숱이 수없이, **수없이** 많다고."

"맞아." 내가 진심으로 말했다. "너희 엄마가 우리 엄마보다 예뻐."

그날 석양은 붉게 타올랐다. 엄청난 기세의, 서글프면서도 섬뜩한 석양이었다.

"자, 돌아가자." 내가 말했다. "너희 엄마가 너한테 화내시지 않을 게 분명하면 돌아가자고. 곧 어두워질 거야."

대문 앞에서 그가 내게 가지 말라고 했다. "아직 가지 마, 아직은."

우리는 망고나무 아래에 앉았고, 내가 손을 잡자 에디가 울기 시작했다. 우리 집 마당 빗물받이 돌에서 여과기로 물이 떨어지듯이 눈물이 방울방울 내 손등으로 떨어졌다. 그러자 나도 울음이 터졌고, 내 손 위로 내 눈물이 떨어지는 걸 보며 생각했다. '이제 우리는 결혼한 사이인지도 몰라.'

'그래, 분명히 결혼한 거야.' 그렇게 생각했지만 입 밖으로는 한 마디도 내지 않았다. 에디가 완전히 울음을 그칠 때까지 한 마디도 하지 않았다. 그러고는 물었다. "네 책은 뭐야?"

"『킴』*이야. 하지만 찢어졌어. 시작이 20쪽이야. 네 건 뭔데?"

"모르겠어. 어두워서 안 보여." 내가 말했다.

집에 돌아가자마자 난 내 방으로 급히 들어가 문을 잠갔다. 이 책이 지금까지 내게 있었던 가장 중요한 일이므로 다른 누구에게도 방해받지 않고 보고 싶었기 때문이다.

하지만 곧 크게 실망하지 않을 수 없었다. 프랑스어로 쓰인 그 책은 따분해 보였던 것이다. 제목이 『죽음처럼 강한』**이었다……

---

* 러디어드 키플링의 소설.
** 기 드 모파상의 소설.

재즈라고 하라지
Let Them Call It Jazz

7월의 어느 화창한 일요일, 노팅힐 집주인이 한 달 치 집세를 먼저 달라고 하는 바람에 말썽이 생긴다. 그것도 지난겨울부터 매주 꼬박 꼬박 집세를 내 왔는데도 그러는 것이다. 당시 난 실직 상태라, 그 돈을 그에게 줘 버리고 나면 남는 게 별로 없었다. 그래서 못 하겠다고 한다. 집주인은 아주 이른 시간인데도 이미 잔뜩 술을 마신 뒤라 온갖 험한 말을 쏟아 놓는다. 하지만 말뿐이라 겁이 나지는 않는다. 반대로 그의 부인은 아주 고약한 사람이어서, 다짜고짜 방으로 들어와 돈을 내놓으라고 한다. 못 준다고 하자 내 옷 가방을 발로 찼고 그러자 가방이 벌컥 열린다. 내가 가진 제일 좋은 옷이 쏟아지고, 그녀는 웃으며 한 번 더 찬다. 한 달 치 집세를 선불로 내는 건 통상적인 일이라며, 돈을 못 내겠다면 딴 데를 알아보라고 한다.

런던 얘기는 내게 꺼내지도 말라. 런던의 많은 사람들이 피도 눈물도 없는 사람들이다. 약간이라도 불만을 제기하면 돌아오는 답은 "증명해 봐"이다. 하지만 그걸 본 사람도 증언을 해 줄 사람도 없는데 어떻게 증명을 한단 말인가? 그래서 난 짐을 싸서 떠난다. 저런 여자랑은 상종을 하지 않는 편이 낫다고 생각한다. 어찌나 교활한지, 악마보다 거짓말에 능할 것이다.

커피와 샌드위치를 먹을 수 있는 근처 식당이 문을 열 때까지 주변을 돌아다닌다. 거기서 나와 같은 테이블에 앉은 남자와 얘기를 나눈다. 그와는 이미 말을 튼 사이라 아는 사람이라고 할 수 있지만, 이름은 모른다. 잠시 후 그가 묻는다. "왜 그래요? 무슨 문제라도 있어요?" 내가 처한 곤경에 대해 얘기하자 그가 집을 알아볼 때까지 자기 소유의 빈 아파트에서 지내라고 한다.

이 남자는 보통 영국 사람과는 전혀 다르다. 아주 재빨리 알아차리고 아주 신속하게 결정한다. 영국 사람들은 뭐 하나 결정하는 데 얼마나 오래 걸리는지 모른다. 당신에 대해서 마음을 정하길 기다리다 보면 4분의 3 정도는 죽은 목숨이 될 것이다. 게다가 그는 아무것도 아니라는 듯이 아주 사실적인 태도로 말을 한다. 나처럼 사는 게 어떤 건지 잘 안다는 듯이 말을 하는 것이다. 바로 그런 이유로 난 그의 제안을 받아들인다.

지난주까지 사는 사람이 있었기 때문에 상태가 괜찮을 거라고 그가 말하고는 가는 길을 알려 준다. 빅토리아 역에서 45분쯤 걸리는데, 가파른 언덕을 올라간 다음 왼쪽으로 돌면 금방 찾을 거라고 한다. 그가 열쇠와 겉면에 전화번호가 적힌 봉투를 건네준다. 아래쪽에 "저녁 6시 이후, 심스 씨를 찾기 바람"이라고 적혀 있다.

그날 저녁 기차를 타고 가며 내가 운이 좋다고 생각한다. 일요일에 갈 곳이 없어서 런던을 배회한다면, 정말이지 말할 수 없이 낙담하게 될 테니 말이다.

그 장소와 아래층 아파트 침실에는 훌륭하게 가구가 갖춰져 있다. 거울 두 개와 옷장, 서랍장, 침대보를 비롯해 모든 것이. 재스민 향기가 나긴 하지만 퀴퀴한 냄새 또한 강하다.

맞은편 문을 열자 테이블과 의자 몇 개, 가스레인지와 찬장이 있는데, 방이 너무 커서 휑해 보인다. 블라인드를 올리자 벽지는 떨어져 나가고 벽에 버섯이 자라고 있다. 그런 건 생전 본 일이 없다.

화장실도 마찬가지여서 수도꼭지는 하나같이 녹이 슬었다. 다른 두 방은 놔두고 침대 정리를 한다. 그리고 가만히 귀를 기울여 보지만 아무 소리도 들리지 않는다. 들어오는 사람도, 나가는 사람도 없다. 한참을 말똥말똥한 정신으로 누워 있다가, 거기 계속 머무르지 않겠다고 결심하고는 아침이 되자마자 마음이 바뀌기 전에 서둘러 나갈 준비를 한다. 가장 좋은 드레스를 입고 싶은데, 웃긴 게, 그 옷을 집자 집주인이 그것을 발로 차던 생각이 나면서 울음이 터진다. 걷잡을 수 없이 울음이 터져 멈출 수가 없다. 겨우 울음이 그쳤을 때는 뼛속까지 진이 빠져 노인네처럼 기운을 차릴 수가 없다. 또 짐을 옮기기가 싫다. 기를 써야만 했다. 하지만 종국에는 겨우 복도로 나섰다. 거기 엽서 한 장이 붙어 있다. "원하면 언제까지나 있어도 돼요. 곧 봐요, 아마 금요일쯤? 너무 걱정 말아요." 서명은 없었지만 아주 슬픈 마음이 들지는 않아서 이렇게 생각한다. '좋아, 저 사람이 올 때까지 기다리자. 어쩌면 아는 일자리가 있을지도 몰라.'

맨 꼭대기 층에 사는 부부 외에 그 집에는 아무도 살지 않는다. 조용한 사람들이라 귀찮은 일은 없다. 그들과 관련해 불평할 거라고는 없다.

여자가 현관문을 열고 들어올 때 처음 그녀를 마주쳤고, 그녀가 뜯어보듯이 나를 쳐다보았다. 하지만 그다음 번에는 살짝 미소를 보였고 그래서 나도 미소를 보여 주었다. 한번은 말을 걸기도 했다. 그 집이 아주 오래된 집이라고, 150년은 되었고, 그녀와 남편은 아주 오래전부터 살았다고 말한다. "소중한 자산이죠." 그녀가 말한다. "지킬 수도 있었는데, 당연히 할 수 있는 게 없었어요." 그러고는 현 주인—그가 주인이라면—이 지역 관리들을 상대해야 할 텐데 분명 그들이 일을 어렵게 만들고 있을 거라고 한다. "오래된 멋진 집들을 다 허물어 버리려고 작정을 한 사람들이니까요. 부끄러운 일이죠."

그래서 난 부끄러운 일이 비일비재하다는 데 동의한다. 하지만 어쩌겠는가? 어쩌겠냐고? 이 집이 아주 우아하다고, 그래서 거리의 다른 집들이 형편없는 싸구려처럼 보인다고. 그 말에 그녀는 기뻐한다. 그 말은 사실이기도 하다. 어울리지 않아 애처로워 보이긴 하지만, 특히 밤엔 더 그렇지만 이 집은 품격이 있다. 2층은 잠겨 있고, 내 아파트의 경우 비어 있는 두 집에는 딱 한 번 들어가 봤을 뿐 절대 다시 들어가지 않는다.

아래층에는 지하실이 있는데, 오래된 판지와 부서진 가구들이 가득하다. 하루는 거기서 커다란 시궁쥐를 보았다. 분명히 말하는데 혼자 들어갈 곳이 못 된다. 이곳의 위스키와 럼이 별로 맘에 들지 않아서 저녁마다 와인을 한 병씩 사 들고 들어가는 버릇이 생겼다. 럼은 아예 럼 맛이 나지도 않는다. 뭘 어떻게 한 건지 모르겠다.

와인 한두 잔을 마시고 나면 노래를 부를 수 있고, 노래를 부르면 가슴속의 고통이 다 날아가 버린다. 때로는 노래를 만들어 부르기도 하는데 다음 날 아침이면 다 잊어버리고, 그래서 〈감질나는〉이나 〈이제는 날 괴롭히지 마〉 같은 옛날 노래를 부른다.

떠나야 한다는 생각이지만 떠나지 않는다. 대신 저녁과 와인을 기다린다. 그게 다이다. 다른 어디에서 살건, 뭐, 전혀 상관이 없다. 하지만 이 집은 다르다. 텅 비어 있고 아무 소리도 없는데 그림자만 가득하다. 그래서 텅 빈 방에 어째서 이렇게 그림자가 많은지 묻게 되는 것이다.

부엌에서 밥을 먹고, 깨끗이 청소를 한 후 땀을 식히려고 목욕을 한다. 그다음에는 창틀에 팔꿈치를 올리고 기대어 정원을 내다본다. 빨갛고 파란 꽃들이 잡초들과 섞여 자라고 사과나무 대여섯 그루가 있다. 익은 사과가 떨어져 풀밭에 뒹굴어도 얼마나 신지 주워 가는 사람이 없다. 뒤쪽으로 벽 가까이에 그보다 큰 나무가 있다. 이 정원은 분명 엄청나게 자리를 많이 차지하고 있다. 어쩌면 그 때문에 사람들이 이 집을 허물고 싶어 하는지도 모르겠다.

여름 내내 비가 별로 내리지 않는데 그렇다고 햇볕이 좋은 것도 아니다. 이글거리는 쪽에 가깝다고 할까. 잔디가 누렇게 마르고 잡초는 쑥쑥 자라고 나뭇잎들은 축 늘어져 있다. 빨간 꽃, 양귀비만이 그 뜨거운 볕을 향해 꼿꼿이 서 있을 뿐 다른 건 다 지쳐 보인다.

돈이 없어 걱정할 정도는 아닌데 와인과 가스비, 전기세 등으로 돈은 빨리 없어진다. 그래서 먹는 데 돈을 많이 쓰지 않는다. 저녁에는 밖으로 산책을 나가는데—사과나무 주위가 아니라 거리 쪽으로—그렇게 외롭지는 않다.

여긴 담이 없어서 이웃집 여자가 울타리 너머로 나를 쳐다보는 게 보인다. 처음에 인사를 건넸을 때 그녀가 고개를 돌렸기 때문에 그다음부터는 아예 말을 걸지 않는다. 남자가 함께 있을 때가 많은데 검은 리본이 달린 밀짚모자에, 금테 안경을 썼다. 옷이 남의 옷을 빌려 입은 것처럼 헐렁하다. 남편일 텐데 부인보다 더 심하게 나를 뚫어져라 쳐다본다. 마치 내가 풀어놓은 야생동물이라도 되는 것처럼. 이 사람들이 왜 그러고 사는지 모르겠어서 한번은 아예 면전에 대고 웃었다. 내가 그들을 성가시게 하는 것도 아닌데 말이다. 결국 그들에게 아예 눈길을 주지 않기로 한다. 그것 말고도 걱정할 일이 얼마나 많은데.

내 심정이 어떠했는지 당신에게 알려 주자면 이렇다. 정확히 기억은 나지 않는다. 하지만 그곳에 와서 두 번째 맞는 토요일이었던 건 분명하다. 창가에 앉아 있다가 막 와인을 가지러 가려는 참인데 내 어깨에 누군가의 손이 닿는 느낌이 들어 고개를 돌려 보니 심스 씨였다. 내 어깨에 손을 얹을 때까지 전혀 몰랐으니 굉장히 조용히 걸어온 게 분명하다.

그가 안녕하세요, 라고 하더니, 엄청 말랐다고, 뭘 먹기는 하는 거냐고 묻는다. 당연히 먹죠, 라고 하지만 그는 그렇게 마르면 안 어울린다고, 자기가 마을에 내려가 먹을 것을 좀 사 오겠다고 한다. (그가 말하는 방식이 그렇다. 여기 마을 같은 건 없다. 런던에서 그렇게 순식간에 벗어날 수는 없으니까.)

내가 보기엔 그 역시 별로 건강해 보이지 않지만, 그냥 배 안 고프니까 술이나 사 오세요, 라고 한다.

그가 베르무트*와 진과 적포도주, 세 병을 사 들고 돌아온다. 그러

---

* 포도주에 약초나 향신료 등을 섞어 우려 만든 술.

고는 전에 여기 있던 작은 악마가 잔을 다 깨 먹었냐고 물어서, 난 몇 개는 그랬다고, 깨진 조각을 봤다고 말한다. 하지만 다는 아니라고. "그 악마랑 싸웠나 봐요?"

그가 대답은 하지 않고 웃는다. 술을 따르더니 말한다. "자, 저 샌드위치를 들어요."

같이 있어도 별걱정이 안 되는 남자들이 있다. 눈을 가린 채 하라는 대로 다 하게 되는 그런 남자들. 마음의 걱정을 덜어 주고 안전하다는 느낌이 들게 하니까. 그것은 그들이 어떤 말을 해서나 어떤 일을 해서가 아니다. 그냥 그런 느낌이 들게 하는 거다. 그래서 난 그와 심각한 얘기를 하지 않는다. 그 저녁 시간을 망치고 싶지 않다. 하지만 그 집에 대해 물으며 왜 집이 이렇게 비어 있냐고 하자 그가 말한다.

"위층 할망구가 뭐라고 떠들던가요?"

내가 솔직하게 말한다. "그 사람들이 문제를 복잡하게 만드는 것 같다고요."

"정말 잘못 산 거였어요." 그렇게 말하더니 공유지인가 뭔가를 파는 얘기를 한다. 난 별로 귀를 기울이지 않는다.

우리는 창가에 서 있었고 해가 지고 있었다. 이글거리는 빛은 없었다. 그가 내 눈 위에 손을 얹는다. "너무 커요, 얼굴에 비해 너무 커." 그렇게 말하더니 내게 입을 맞추는데 꼭 아기에게 하는 입맞춤 같다. 그가 손을 떼어 쳐다보니 그는 정원을 내다보고 있다가 이렇게 말한다. "알 수가 없어, 맙소사, 정말이지 알 수가 없어."

내 얘기를 하는 게 아니라는 걸 잘 알기 때문에 내가 묻는다. "그렇다면 왜 팔아요? 마음에 들면 그냥 가지고 있으면 되잖아요."

"팔다니 뭘요?" 그가 말한다. "이 망할 집 얘기를 하는 게 아니에요."

그럼 무슨 얘기냐고 묻는다. "돈 얘기죠." 그가 말한다. "돈요. 돈 얘기라고요. 어떻게 돈을 벌까."

"전 돈 생각은 별로 안 해요. 돈이 저를 별로 안 좋아하는 모양이니 신경 써서 뭐 해요?" 농담이었는데, 그가 얼굴이 창백해지더니 몸을 돌려 나보고 바보라고 한다. 평생 이리저리 치이다가 개처럼 죽을 거라고, 차라리 개는 단숨에 끝내 버리지만, 난 나라는 인간의 껍데기만 남을 때까지 살 것이기에 더 끔찍할 거라고 한다. 그렇게 말했다. '나라는 인간의 껍데기.' 끝장나기에 앞서 태어난 것을 저주하고 이 망할 세상의 모든 사람들과 모든 것을 저주할 날이 올 거라고 한다.

내가 말한다. "아니요, 그런 생각은 절대 하지 않을 거예요." 그러자 그가 미소를 짓는다. 그걸 미소라고 할 수 있다면. 자기 팔자에 만족하다니 다행이라고 한다. "실망했어요, 셀리나. 그보다는 기백이 있는 사람인 줄 알았는데."

"만족한다고 생각해도 상관없어요." 내가 대답한다. "여기에는 만족하고 사는 사람이 별로 안 보이니까요." 서로를 똑바로 마주 보며 서 있는데 현관 벨이 울린다. "내 친구예요." 그가 말한다. "들어오라고 할게요."

그 친구로 말하자면 줄무늬 바지와 검은 재킷으로 잘 차려입고 서류 가방을 들고 있다. 평범하게 생긴 사람인데 목소리가 부드러운 편이다.

"모리스, 이쪽은 셀리나 데이비스." 심스 씨가 말하자 모리스가 무척 상냥한 미소를 보이는데 별 뜻이 있는 건 아니다. 그러더니 시계를 들여다보고는 바로 떠나야 한다고 말한다.

문간에서 심스 씨가 다음 주에 오겠다고 말하고 난 곧바로 대꾸한다. "다음 주까지 있지 않을 거예요. 일자리를 구해야 하는데 여기서 구할 수는 없으니까요."

"그세 내가 하려던 얘기였는데, 일주일만 더 있어요, 셀리나."

내가 말한다. "아마 며칠은 더 있을 거예요. 그러고는 떠날게요. 그보다 먼저 갈 수도 있지만."

"안 돼요, 가지 마요." 그가 말한다.

두 사람이 재빨리 대문으로 걸어가 노란 차를 타고 사라진다. 누군가 쳐다보는 시선이 느껴져 돌아보니, 옆집 부부가 정원에 서서 나를 쳐다보고 있다. 남자가 부인에게 무슨 말인가를 하고 여자는 혐오스럽다는 듯이 나를 본다. 그 표정이 얼마나 강렬한지 난 급히 문을 닫는다.

와인을 더 마시고 싶지는 않다. 생각을 좀 해야 하므로 일찍 잠자리에 들고 싶다. 돈에 대해 생각을 해 봐야 한다. 돈에 신경 쓰지 않는다는 건 사실이다. 모아 두었던 돈을 누군가 훔쳐 갔을 때도—노팅힐 집에 들어가고 얼마 안 있어 일어난 일이다—난 금세 잊어버렸다. 30파운드나 되는 돈을 돌돌 말아 스타킹 안에 넣어 놨는데, 어느 날 서랍을 열어 보니 없었다. 결국 경찰에 신고해야 했다. 경찰이 정확한 액수를 묻자 난 최근에 안 세어 봐서 모르겠다고, 한 30파운드 될 거라고 했다. "얼마인지도 모른다고요?" 그들이 물었다. "마지막으로 세어 본 게 언제인데요? 기억은 나요? 이사 오기 전이에요, 이사 온 다음이에요?"

난 갑자기 혼란스러워져서 거듭 기억이 안 난다고만 했다. 사실 이틀 전이라는 기억이 있었지만. 아무도 나를 믿지 않았고, 경찰이 왔을 때 집주인이 이렇게 말하는 걸 들었기 때문이다. "이 집에 들어왔을 때 분명 돈이 없었어요. 한 달 치 집세를 선불하는 게 여기 규칙인데 그걸 낼 돈도 없었다니까요." 그러면서 저런 종자들은 거짓말을 밥 먹듯이 한다는 그 말을 들으며 난 생각한다. '거짓말을 밥 먹듯이 하는 건 너야. 내가 들어왔을 때는 집세를 매주 내든지 매월 내든지 내 맘 대로 하라고 했잖아.' 그때 이후로 그녀는 내게 말을 걸지 않았는데, 어쩌면 돈을 가져간 게 그녀였는지도 모른다. 내가 아는 거라고는 그 이후로 그 돈은 구경도 하지 못했다는 것, 그들은 애초부터 내가 가진 돈이 없었다는 듯이 굴었다는 것이 다인데, 돈이야 이미 없어졌는데 울고불고해야 무슨 소용인가. 그러면서 생각이 아버지에게 미쳤는 데, 아버지는 백인이고 아버지에 대한 생각이 많이 났기 때문이다. 한 번만이라도 아버지를 봤으면. 아버지와 있을 때는 너무 어렸기 때문 에 기억나는 게 전혀 없다. 어머니는 혼혈이었지만 피부색이 검지 않 았다. 사람들 말로는 나보다도 하얬다고 한다. 어머니와도 오래 살지 않았다. 내가 세 살인가 네 살 때 베네수엘라로 갈 기회가 생겼고, 가 서는 돌아오지 않았다. 대신 돈을 보내 주었다. 나를 키워 준 건 할머 니이다. 아주 검은 피부에 '촌사람'으로 불리는 유형이지만 내가 아는 가장 좋은 분이다.

할머니는 어머니가 보내 준 돈을 단 한 푼도 당신을 위해 쓰는 법 없이 다 모아 두었다. 그래서 내가 영국에 올 수 있었던 거다. 난 학교 를 제대로 다니기 시작한 게 좀 늦어서 12년 동안을 다녔지만, 바느 질 솜씨가 아주 뛰어났기 때문에 어쩌면 런던에서 괜찮은 일자리를 구할 수 있을 거라고 생각했다.

하지만 런던에 와 보니 사람들 말이 그렇게 근사한 손바느질은 시 간이 너무 많이 걸린다고 했다. 너무 느려서 시간 낭비라는 것이다.

일을 빨리 해내는, 미친 듯이 빠르게 바느질할 수 있는 사람을 원한다. 나로서는 전혀 전망이 좋아 보이지 않았다. 어쨌든 아버지를 만나볼 수 있으면 좋겠다. 이름은 알고 있다. 데이비스. 하지만 할머니 말은 이랬다. "그 작자 입에서 나오는 말은 몽땅 새빨간 거짓말이야. 거짓말이라면 아주 일급이지, 다른 건 몰라도." 그러니 어쩌면 내가 아는 이름이 진짜 이름이 아닐지도 모른다.

불을 끄기 전에 마지막으로 본 것은 화장대 위의 엽서다. '걱정 말아요.'

걱정 말라고! 다음 날은 일요일이고, 옆집 사람들이 나에 대한 불만을 경찰에 접수한 것은 월요일이다. 그날 저녁 여자가 울타리 옆에 서 있다가 내가 지나가자 상냥하고 조용한 목소리로 물었다. "꼭 저 집에 있어야만 하겠어요? 떠날 수 없나요?" 난 대답하지 않는다. 그녀에게서 벗어나기 위해 거리로 나선다. 하지만 그녀는 집 안으로 뛰어 들어가 창가에 선 채 여전히 나를 내다본다. 그래서 난 노래를 부르기 시작한다. 내가 그녀를 두려워하지 않는다는 걸 이해했으면 해서이다. 남편이 큰 소리로 외친다. "그 시끄러운 소리 당장 집어치우지 않으면 경찰을 부를 거야." 난 아주 퉁명스럽게 말한다. "지옥에나 떨어져. 당신 부인도 같이." 그러고는 더 큰 소리로 노래를 부른다.

경찰은 아주 부리나케 왔다. 두 사람이. 어쩌면 바로 근처에 있었는지도 모른다. 경찰에 대해서, 그들의 행동거지에 대해서 내가 할 수 있는 말이라고는 그들은 사람을 봐 가며 아주 다르게 행동한다는 것뿐이다. 내 쪽에서 원해서 경찰과 상종하고 싶은 마음은 전혀 없다. 전혀.

경찰 하나가 여기서 문제를 일으키지 말라고 말한다. 하지만 다른 한 사람이 계속 질문을 퍼부어 댄다. 이름이 뭔가? 17번지 아파트에 사나? 얼마나? 그 전에는 어디서 살았나…… 그의 말투에 짜증이 치밀어 내가 말한다. "내가 여기 온 건 누군가 내가 가진 돈을 몽땅 훔쳐 갔기 때문이에요. 괜히 나만 들볶지 말고 내 돈이나 찾아보는 게 어때요? 열심히 일해서 번 거라고요. 그런데 당신들은 그걸 찾으려고 손가락 하나 까딱하지도 않잖아요."

"지금 뭐라는 거야?" 첫 번째 경찰은 이랬고, 다른 경찰이 말한다. "여기서 그렇게 떠들면 안 된다고요. 집에 가요. 술까지 마셨구먼."

그 여자가 웃으며 내다보고 다른 사람들도 창가에 서 있는 걸 보고 난 너무 화가 나서 그들에게 버럭 소리를 지른다. "다른 사람들처럼 나도 똑같이 거리를 걸어 다닐 완전한 권리가 있고, 내 돈이 없어지면 경찰한테 왜 내 돈을 안 찾아 주느냐고 물어볼 완전한 권리가 있다고요. 당신들이 내 돈을 안 찾는 건 그걸 훔쳐 간 게 영국 도둑놈이라서잖아." 그렇게 말한다. 그 결과 나는 치안판사 앞으로 불려 갔고, 판사는 술에 취해 난동을 부린 죄로 내게 2주 안에 5파운드의 벌금을 내라고 한다.

법정에서 돌아와 부엌에서 이리저리 서성이면서 6시가 될 때까지 기다린다. 수중에 5파운드라고는 없으니 어째야 할지 알 수가 없어서이다. 6시에 전화를 걸자 여자가 퉁명하고 사납게 전화를 받고, 곧 심스 씨를 바꿔 주는데, 내가 사정을 얘기하자 그 역시 기분이 좋지 않은 듯하다. "오, 저런!" 그가 말하고 난 미안하다고 한다. "너무 겁먹지 말아요." 그가 말한다. "벌금은 내가 내 줄게요. 그런데, 이봐요, 내가 보기엔……" 그러더니 말을 끊고 방 안에 함께 있는 다른 사람에게 말을 한다. 그러고는 말을 잇는다. "아무래도 17번지에서 지내지 않는 게 좋겠어요. 뭔가 다른 방법을 찾아보죠. 수요일에 전화할게요. 늦어도 토요일까지는. 그때까지 조신하게 있어요." 그러고는 내가 토요일은 고사하고 수요일까지도 기다리고 싶지 않다고 말을 하기도 전에 전화를 끊어 버린다. 난 이 집에서 지금 당장이라도 나가고 싶다고. 처음에는 다시 전화를 걸까 했는데, 그가 기분이 안 좋은 듯해서 하지 않기로 한다.

준비를 다 해 놓고 기다리지만 그는 수요일에 오지 않았고 토요일에도 오지 않는다. 그 주 내내 난 집 안에만 처박혀 있다. 빵과 우유와 달걀을 문 앞까지 배달시키려고 딱 한 번 나갔는데 경찰을 수도 없이 마주친 것만 같다. 딱히 나를 주시하는 건 아니지만 여하튼 내가 어쩌나 보고 있기는 하다. 술을 마시고 싶지 않다. 내내 귀를 기울이고 귀를 기울이면서, 벌금을 냈는지 확실히 알기 전에 어떻게 여기를 뜰 수 있을지 생각한다. 경찰이 알려 줄 거라고, 당연하지 않냐고 혼잣말을 한다. 하지만 그들을 믿을 수가 없다. 그들이 상관할 게 뭐가 있나? 하나도 없지. 어느 날 오후 위층 할머니의 문을 두드린다. 어쩌면 도움이 될 만한 말을 해 주지 않을까 싶어서. 안에서 말을 하며 돌아다니는 소리가 들리는데 대답은 없고, 그래서 난 이후 그런 일은 절대 하지 않는다.

그런 식으로 거의 2주가 지나가고 난 다시 전화를 건다. 다시 그 여자가 전화를 받고는 말한다. "심스 씨는 지금 런던에 없어요." 내가 묻는다. "언제 돌아오죠? 급한 일이라." 그녀가 그냥 전화를 끊어 버린다. 놀랍지도 않다. 전혀. 그럴 줄 알았으니까. 그럼에도 어쨌든 마음이 납덩이처럼 무거워진다. 공중전화 근처에 약국이 있는 걸 보고 들어가 수면제 같은 걸 달라고 한다. 거지 같은 날인데 밤새도록 잠도 못 잔다면…… 아, 안 돼! 약사가 '한 알이나 두 알씩만'이라고 적힌 작은 병을 주고, 잠을 자는 게 그 무엇보다 낫다는 생각이 점점 강해 졌기 때문에 잠자리에 들기 전에 세 알을 먹는다. 하지만 잠자리에 들어서도 여전히 눈이 말똥말똥해서 세 알을 더 먹는다. 그다음 내가 의식한 것은 방에 햇빛이 가득하니 분명 늦은 오후일 텐데, 여전히 불이 켜져 있다는 것이다. 머리가 빙빙 돌고 제대로 생각을 할 수가 없다. 우선은 내가 어떻게 이곳에 오게 되었는지 머릿속으로 따져 본다. 생각이 나기는 나는데 장면으로 떠오른다. 여주인이 내 옷 가방을 발로 차는 것이나 빅토리아 역에서 표를 끊는 것 그리고 심스 씨가 내게 샌드위치를 먹으라고 하는 것 같은. 하지만 어느 것도 또렷하게 기억이 나지는 않고, 심한 현기증에 속이 메스껍다. 문간에 놓인 우유와 달걀을 들여와 부엌으로 가서 뭐든 먹어 보려 하지만 삼키기가 너무 힘들다.

그래서 먹던 것을 치우는데 병이 눈에 띈다. 찬장 맨 아래 칸 안쪽에 밀어 놓은.

술이 아직 많이 남아 있는 걸 보니 무척 기쁘다. 밀려드는 감정을 감당할 수가 없으니까. 더 이상은. 진과 베르무트를 섞어서 단숨에 넘긴다. 그리고 다시 한 잔을 섞어서 이번에는 창가에서 천천히 마신다. 생전 처음 보는 광경처럼 정원이 달라 보인다. 뭘 해야 할지 아주 잘 알지만 지금은 너무 늦었다. 다음 날에도 술 한 잔을, 이번에는 와인을 마시자 머릿속에 노래가 떠오르고 난 춤추며 노래를 부른다. 노래를 부르면 부를수록 이것이 평생 내가 불렀던 가장 훌륭한 노래라는 게 확실해진다.

창문으로 들어오는 석양이 황금빛을 띠고 있다. 내 신발 소리가 나무 바닥에서 요란하게 울린다. 그래서 신발을 벗고 스타킹도 벗어 던지고는 계속해서 춤을 추는데, 문득 방이 갑갑해진다. 숨을 쉴 수가 없어서 밖으로 나가 계속 노래를 부른다. 아마 춤도 좀 추었을 것이다. 그 여자에 대해서는 완전히 잊고 있었는데, 갑자기 그녀의 목소리가 들린다. "헨리, 와서 이것 좀 봐요." 몸을 돌리니 여자가 창가에 서 있다. "아, 맞아, 당신과 얘기를 하고 싶었어요." 내가 말한다. "왜 경찰을 불러서 날 곤란하게 했어요? 얘기해 봐요."

"그런 당신은 지금 도대체 뭐 하는 짓인지 얘기해 보지. 여긴 점잖은 동네라고."

남자가 나타난다. "자, 아가씨, 이곳을 떠나라고. 이런 짓을 하다니 부끄러운 줄 알아야지."

"남세스러워서, 원." 그가 부인을 향해 말했지만 내게도 들릴 만큼 큰 소리였고, 부인의 대답 역시 다 들린다, 이번만은. "저 사기꾼이 들였던 다른 창녀들은 그래도 백인 여자이기나 했지." 그렇게.

"새빨간 거짓말쟁이!" 내가 말한다. "당신 나라에 그런 여자들은 이미 쌔고 쌨어. 바닷가 모래알만큼 많다고. 굳이 내가 아니어도 될걸."

"그중에서 별로 성공한 경우가 아닌 건 분명하네." 그녀가 다시 설탕을 바른 듯 상냥한 목소리로 말했다. "그리고 당신 친구인 심스 씨는 이제 보기 힘들 거야. 거기도 문제가 생겼거든. 다른 데를 알아보는 게 좋을걸. 다른 사람을 찾아보라고. 할 수 있다면 말이지." 그녀가 그렇게 말을 하는데 내 팔이 자동으로 움직인다. 돌을 집어 들고는 휙, 창문 쪽으로 던졌다. 그들이 서 있는 창문이 아니라 그 옆의, 녹색 보라색 노란색 총천연색 창으로.

여자가 그렇게 놀라는 건 생전 처음 보았다. 너무 놀라서 입이 떡 벌어진다. 난 웃기 시작한다. 크게, 더 크게. 할머니처럼 손을 엉덩이에 대고 고개를 뒤로 젖히고 한바탕 웃는다. (할머니가 그렇게 웃으실 때면 그 소리가 동구 밖까지 들렸다.) 드디어 내가 입을 연다. "아, 죄송해요. 사고였어요. 내일 고쳐 드릴게요." 남자가 말한다. "저 유리는 교체할 수가 없어. 교체가 안 된다고." 내가 말한다. "잘됐네요. 색깔이 무슨 뱃멀미가 나는 색깔이야. 더 좋은 걸로 바꾸면 되죠."

그가 나를 향해 종주먹을 들이대며 말한다. "이번에는 벌금 정도로 끝나지 않을걸." 그러더니 커튼을 닫아 버렸고 난 거기 대고 소리 지른다. "또 도망치나. 언제나 도망치지. 대답을 안 했다고 해서 내가 여기 온 뒤로 내내 날 쫓아다니며 들들 볶지. 창피스러운 건 당신들이야." 〈이젠 날 괴롭히지 마〉를 불러 본다.

이젠 날 괴롭히지 마
자존심도 없는 당신.
내 뒤를 졸졸 따라오지 마
창피도 모르는 당신.

하지만 목소리가 제대로 나오지 않아서 안으로 들어가 와인 한 잔을 더 마신다. 여전히 웃음이 터질 것 같은 느낌으로, 여전히 할머니 생각을 하면서. 이 노래도 할머니가 부르시던 노래였기 때문이다.

애인이 부자 남자를 만나 자신을 모른 체하자 배를 타고 파나마로 가 버린 남자에 대한 노래이다. 아주 오래전 파나마 운하를 만들 때 많은 사람들이 열병에 걸려 죽었다. 하지만 그는 죽지 않고 돈을 잔뜩 벌어 돌아온다. 옛 애인이 옷을 잔뜩 차려입고 만면에 미소를 짓고 방파제로 그를 만나러 가는데, 그가 이렇게 노래 부른다. "자존심도 없

는 당신, 창피도 모르는 당신." 마르티니크 말로도 듣기가 좋다. "상
옹트."

　나중에 난 혼잣말을 한다. "내가 왜 그랬지? 난 그런 사람이 아닌데.
하지만 이렇게 자꾸 못되게 굴면 나도 폭발하는 순간이 오게 마련이
지. 그런 거야."

　게다가 심스 씨도 이제 내게 기백이 없다는 말은 못 하겠지, 뭐 상
관없다. 난 곧 잠이 들고, 그 여자네 보기 싫은 유리창을 깨서 기분이
좋다. 하지만 내 노래로 말하자면, 곧바로 사라져서는 다시 오지 않는
다. 애석하다.

　다음 날 아침 현관 벨 소리에 잠에서 깬다. 위층 사람들은 내려오지
않고 누군가 불나게 벨을 울려 댄다. 나가 보니 남자 경찰과 여자 경
찰이 서 있다. 문을 열자마자 여자의 발이 들어온다. 두꺼운 스타킹에
샌들을 신었는데, 그렇게 크고 못생긴 발은 생전 처음 본다. 전 세계
를 밟아 뭉갤 것처럼 보인다. 발 다음으로 그녀의 몸이 들어오는데 얼
굴 역시 예쁘지 않다. 남자 경찰이 말하길, 내가 벌금도 아직 내지 않
았고, 나에 대한 민원이 자꾸 들어와서 다시 치안판사에게 가야겠다
고 한다. 종이 하나를 보여 주기에 들여다는 봤지만 실제로 읽지는 않
는다. 여자가 나를 방으로 밀어 넣으며 빨리 옷을 입으라고 한다. 난
그냥 멀뚱거리며 그녀를 쳐다보는데, 아마 잠에서 깬 지 얼마 안 되
어서일 것이다. 그러고는 무슨 옷을 입어야 하냐고 묻는다. 그녀가 어
제 입은 옷 있지 않느냐고 한다. 없어요? 무슨 상관이람, 아무거나 입
어요. 그녀가 말한다. 하지만 난 새 속옷과 스타킹을 찾아 입고 하이
힐을 신고 머리를 빗는다. 법정에 가기에는 손톱이 너무 긴 것 같아
손톱 정리를 시작했는데 여경이 화를 낸다. "조용히 갈래요, 말래요?"

그래서 난 그냥 나가 차에 오른다.

경찰들이 가득 들어찬 방에서 오래 기다린다. 들어오고, 나가고, 전화를 걸고, 낮은 소리로 이야기를 나눈다. 이제 내 차례다. 법정에서 가장 먼저 눈에 띈 것은 검은 눈썹을 잔뜩 찌푸리고 있는 남자이다. 검은색 옷을 입고 판사 아래쪽에 앉아 있는데, 너무나 잘생겨서 눈을 뗄 수가 없다. 그걸 눈치채고는 그가 더욱 인상을 쓴다.

첫 번째로 경찰이 나와서 내가 소란을 일으켰다는 증언을 하고, 다음으로 옆집의 그 나이 든 남자가 나온다. 그가 진실만을 말하겠다는 선서를 한다. 그러고는 내가 밤에 지독히 시끄럽게 떠들고 상스러운 표현을 사용하며 음탕한 춤을 춘다고 말한다. 부인이 너무 겁을 내서 커튼을 내리려고 했더니 돌을 던져서 값비싼 스테인드글라스 유리창을 깼다고 말한다. 혹시라도 부인이 그 돌에 맞았으면 심하게 다쳤을 것이며, 사실 지금 불안 증세를 보여 의사를 불렀다고 말한다. 내가 생각한다. '분명히 말하는데, 당신 부인을 겨냥했으면 당연히 맞았을 걸.' 그가 말한다. "먼저 시비를 건 것도 없었어요. 전혀 없었죠." 다음으로 길 건너에 사는 다른 여자가 나와 그것이 사실이라고 말한다. 상대편에서 시비를 거는 건 전혀 못 들었고, 그들이 커튼을 닫았는데 내가 계속 그들에게 상스러운 표현을 써 가며 계속 모욕을 주었다고 맹세한다. 자신이 다 봤고 다 들었다고 한다.

판사는 목소리가 조용한 자그마한 신사였는데, 나는 이제 그런 조용한 목소리가 매우 의심쩍다. 그가 왜 벌금을 내지 않느냐고 묻고, 난 돈이 없다고 대답한다. 그들이 심스 씨에 대해 알아내고자 한다는 생각이 든다. 아주 주의 깊게 내 얘기를 듣는 것이다. 하지만 내게서는 하나도 알아낼 수 없을 거다. 그 아파트에 얼마나 오래 살았냐고 판사가 묻고, 난 기억이 안 난다고 답한다. 돈을 잃어버렸을 때 그랬듯이 내가 모르는 새에 실수를 하게 만들려고 그런다는 걸 알기에 아무 말도 하지 않을 것이다. 마침내 그렇게 계속 사람들의 골칫거리로 놔둘 수는 없다며 다른 할 말이 없냐고 그가 묻는다. 나는 생각한다. '돈이 없어서 당신한테 골칫거리인 거잖아. 그게 다야.' 그들이 내 돈을 훔쳐 갔고, 그래서 여주인이 한 달 치 집세를 먼저 내라고 했을 때 줄 돈이 없었다고 목소리를 높여 말하고 싶다. 옆집의 그 여자가 얼마나 오래도록 날 약 올리고 모욕했는지 알려 주고 싶지만, 그녀의 목소리가 워낙 부드럽고 달달해서 아무도 내 말을 들어 주지 않는다. 그래서 내가 유리창을 깼는데, 어쨌든 새 유리창으로 갈아 줄 거라고, 내가 한 일이라고는 정원에서 노래를 부른 것밖에 없다고 얘기하고 싶다. 그것도 점잖게 조용한 목소리로 얘기하고 싶다. 하지만 크게 떠드는 내 목소리가 들리고 공중에서 손을 마구 휘두르는 것도 보인다. 게다가 소용없는 일이다. 내 말을 믿지 않을 테니까. 그래서 말을 끝까지 하지 않는다. 말을 멈추고, 눈물이 흘러내리는 게 느껴진다. "증명해 봐." 그들은 그저 그렇게 얘기할 것이다. 자기들끼리 속닥거리고, 고개를 끄덕거린다.

다음으로 난 아주 말쑥하게 차려입은 다른 여경과 차에 탄다. 제복이 아니다. 어디로 가는 거냐고 물어도 그녀는 그냥 "홀러웨이, 홀러웨이"*라고만 한다.

겁이 나서 그녀의 손을 잡아 보지만 그녀는 손을 뿌리친다. 차갑고 부드러운 손이 미끄러져 나가고, 얼굴은 도자기 같다. 인형처럼 반질

* 런던 북부의 여자 교도소.

반질할 것 같다. 내가 생각한다. '누구에게든, 무엇이 되었든 부탁하는 일은 이게 마지막입니다. 그러니 신이여 도와주소서.'

성처럼 생긴 검은색 건물로 차가 접근한다. 추레하고 좁은 거리들이 주위를 둘러싸고 있다. 대형 트럭이 입구를 막아서고 있다. 트럭이 지나가자 우리가 들어가고, 이제 난 교도소 안이다. 우체국처럼 창살 뒤에 앉아 있는 여성에게 가방과 모든 소지품을 맡기기 위해 늘어선 줄이 있고, 나도 거기 선다. 앞에 선 여자는 금색으로 보이는 멋진 분첩과 거기에 어울리는 립스틱 그리고 지폐가 잔뜩 든 지갑을 건넨다. 창살 안의 여자가 돈은 받고 분첩과 립스틱은 다시 돌려주면서 슬쩍 미소를 띤다. 난 2파운드 7실링과 페니 동전 여섯 개가 있다. 내 지갑을 받고는 내 가방에 든 게 다 더럽다는 듯이 분첩(내 건 싸구려이다)과 빗과 손수건을 내게 던진다. 그래서 난 생각한다. '여기도 마찬가지구나, 여기도.' 그러면서 혼잣말을 한다. '야, 그럼 뭘 기대했어? 다 똑같아. 하나같이 다.'

그다음에 일어난 일 중 얼마간은 기억이 나지 않는다. 어쩌면 기억이 나지 않는 편이 좋은 것일 수도 있다. 거기서는 일단 당신에게 겁을 주는 일로 시작하는 것 같다. 하지만 난 이제 아무것도 개의치 않으므로 나에게는 통하지 않는다. 마치 가슴이 바위처럼 딱딱해져 아무것도 느끼지 못하는 것처럼.

수많은 여자들과 함께 계단 꼭대기에 선다. 계단을 내려가면서 보니 한쪽 난간이 아주 낮아서 넘어갈 수도 있겠고, 저 아래쪽에는 당신을 기다리는 듯한 칙칙한 돌길이 뻗어 있는 게 보인다.

그런 생각을 하고 있는데 제복 입은 여자가 옆쪽에서 재빨리 다가오더니 내 팔을 잡으며 말한다. "오, 안 되지. 그럼 안 돼."

난 그저 난간이 아주 낮다는 생각을 했을 뿐이다. 하지만 그렇게 얘기해 봐야 무슨 소용이 있겠는가.

의사를 만나기 위한 줄이 다시 길게 늘어서 있다. 진행이 아주 느리고 다리가 말할 수 없이 피곤하다. 내 앞의 여자는 아주 어린 편이라 계속 울기만 한다. "무서워." 계속 이렇게 중얼거리며. 어떤 면에서 그녀는 운이 좋다. 나로 말하면 다시는 울 일이 없을 거다. 내 안의 눈물은 다 말라 버렸다. 그렇게 되었고, 그것 말고도 많은 일이 일어났다. 마침내 내가 그만 울라고 말한다. 그건 단지 여기 사람들이 바라는 일이니까.

그녀가 울음을 멈추고 자기 얘기를 길게 늘어놓는다. 하지만 그 얘기가 이어지는 동안 목소리는 갈수록 멀어지고 얼굴마저 흐릿해진다.

날 의자에 앉히고 제복 입은 여자 하나가 내 머리를 무릎 사이로 찍어 누른다. 맘대로 누르라지. 어차피 모든 게 사라질 테니까.

의사가 내가 건강이 안 좋다고 말하자 그들은 나를 병원에 집어넣는다. 독방을 쓰고, 잠을 못 잔다는 것만 빼면 괜찮다. 신경 써야 할 거라고 얘기하는 것들에 난 신경 쓰지 않는다.

덜컥하며 문이 잠길 때 난 생각한다. '나를 이 안에 가둔다고 생각하겠지만 사실 다른 망할 악마들을 밖에 가둬 두는 거야. 여기까지 날 쫓아오진 못하겠지.'

밤새도록 누군가 나를 계속 지켜보는 게 처음에는 신경이 쓰였다. 문에 달린 작은 창문을 열고 들여다보는 것이다. 하지만 곧 익숙해지고, 내게 준 잠옷에도 익숙해진다. 아주 두껍고, 보아하니 별로 깨끗하지도 않지만, 무슨 상관인가? 단지 음식을 먹을 수가 없다. 특히 죽은 더욱. 여자가 비꼬듯이 묻는다. "단식투쟁인가?" 하지만 나중에는 대충 신경을 끄게 되었고, 여자도 아무 말 하지 않는다.

어느 날 상냥한 여자가 책을 들고 와서 내게 두 권을 건넨다. 하지만 난 그렇게나 책을 많이 읽고 싶은 생각이 없다. 게다가 한 권은 살인에 대한 책이고 다른 건 유령에 대한 책이라서 그런 책들이 말해 주는 게 사실일 것 같지 않다.

원하는 게 전혀 없다. 소용이 없으니까. 그냥 조용히, 가만히만 내버려 둔다면 더 바랄 게 없다. 창살이 있지만 창이 작은 편은 아니라 창살 사이로 가느다란 나무가 보인다. 그 나무를 바라보는 게 좋다.

일주일 후, 내 상태가 나아졌으니 나가서 다른 사람들과 함께 운동을 하라고 한다. 우리는 그 성의 마당 둘레를 계속 걷는다. 날씨가 좋고 하늘은 연하늘색이지만, 마당은 끔찍하고 처량하다. 햇빛이 떨어져 거기서 죽어 버린다. 난 하이힐을 신고 걷다 보니 너무 피곤해져서 그 시간이 끝나자 안도한다.

대화는 허용되어 있으므로 어느 날 한 나이 든 여성이 와서 '개꽁다리' 있냐고 묻는다. 내가 알아듣지 못하자 그녀는 아주 짜증스러운 듯이 뭐라고 중얼거리기 시작한다. 다른 여자가 담배꽁초를 뜻한다고 말해 줘서 난 담배를 피우지 않는다고 대답한다. 하지만 나이 든 여성은 여전히 화가 나는지 안으로 들어가면서 나를 확 밀고, 그 바람에 난 거의 넘어질 뻔한다. 저런 사람들에게서 벗어날 수 있음에 안도하며, 문이 쾅 닫히는 소리를 듣고 신발을 벗는다.

때로 이런 생각이 든다. '난 노래를 부르고 싶었다는 이유로 여기 온 거야.' 그러면 웃음이 나온다. 내 방에는 작은 거울이 있는데, 내 모습을 보면 다른 사람 같다. 처음 보는 낯선 사람. 심스 씨는 나보고 너무 말랐다고 했는데, 지금 거울에 비친 이 모습을 보면 뭐라고 할까?

그래서 그 이후로는 웃지 않는다.

대개는 생각을 전혀 하지 않는다. 모든 것이, 모든 이들이 점점 멀어져 작아져 간다는 것, 그게 유일한 문제이다.

의사가 두 번 찾아왔었다. 별 얘기를 하지 않았고, 제복 입은 여자가 함께 있기 때문에 나도 아무 말 하지 않는다. '자, 이제 거짓말이 시작되겠지.' 이런 생각을 하는 것만 같다. 그래서 차라리 말을 하지 않는다. 그러면 내가 괜히 말려드는 일은 없겠지. 그래서 여전히 거기 있거나 아니면 더 나쁜 곳으로 가거나 하는 일은. 그런데 하루는 이런 일이 있었다.

마당을 빙빙 돌며 걷고 있는데 누군가의 노랫소리가 들려왔다. 저 위쪽, 창살이 있는 작은 창문 중 하나였다. 처음에는 믿을 수가 없었다. 여기서 도대체 누가 노래를 부른단 말인가? 교도소에서 노래를 부르고 싶은 사람은 아무도 없을 테니까. 아무것도 하고 싶은 마음이 들지 않을 테니까. 그럴 이유도 없고 희망도 없으니까. 내가 깜박 졸아서 꿈을 꾼 줄 알았다. 하지만 난 말똥말똥 깨어 있었고, 다른 사람들 역시 귀를 기울이는 것이 보였다. 그날 오후에는 경찰이 아니라 간호사가 우리와 함께 있었다. 그녀도 하던 일을 멈추고 창문을 올려다보았다.

약간 텁텁한 목소리가 때로 갈라졌다. 마치 오래되어 시커메진 벽들이 비참한 꼴을 너무 봤다고, 봐도 너무 많이 봤다고 불평이라도 하는 듯했다. 하지만 그 목소리는 떨어져 내려 마당에서 죽어 버리지 않았다. 내 생각에는 교도소 담장을 훌쩍 넘어 멀리멀리 가 버리는데 아무도 막지 못하는 것 같았다. 가사는 들리지 않고 멜로디만 들렸다. 한 곡을 부르고 한 곡을 더 부르더니, 뚝 멈췄다. 다들 다시 걷기 시작했고 아무도 입을 열지 않았다. 들어가는 길에 난 앞쪽 여자에게 노래 부른 사람이 누구냐고 물어보았다. "홀러웨이 노래잖아요." 그녀가 말한다. "아직 몰라요? 그 여잔 징벌방에서도 노래를 불렀고, 다른 죄수들한테 힘을 내라고, 죽겠다는 말은 절대 하지 말라고 해요." 그러고는 난 병원 쪽으로, 그녀는 다른 쪽으로 가서 더 말을 하지 못했다.

내 방에 돌아왔을 때 잘 시간만을 기다릴 수가 없다. 이리저리 서성이며 생각한다. '언젠가 저 노래가 트럼펫으로 울리는 소리를 들을 거고, 그러면 이 벽들이 다 무너져 내릴 거야.' 여기서 나가고 싶은 마음이 너무 간절해서 망치로 문을 부술 수도 있을 것 같다. 이제 어떤 일이든 일어날 수 있다는 걸 알기에. 여기 갇혀 그걸 놓치기는 싫다.

그러자 배가 고파지기 시작한다. 갖다주는 음식은 다 먹는데 그래도 아침이 되면 배가 너무 고파 죽을 먹는다. 그다음 번 찾아왔을 때 의사가 내게 훨씬 좋아 보인다고 말한다. 그래서 나는 그 집에서 사실 어떤 일이 있었는지 약간 얘기한다. 많이는 아니고, 조심스럽게.

그가 놀란 표정으로 나를 뚫어지게 본다. 문을 나설 때 그가 손가락을 흔들며 말한다. "자, 다시는 여기서 만나지 맙시다."

그날 저녁 여자가 와서 나가라고 하는데, 어찌나 기분이 나빠 보이는지 난 아무것도 묻지 않는다. 아주 이른 시간에, 해가 뜨기도 전에 그녀가 문을 쾅 열어젖히더니 서두르라고 소리를 지른다. 복도를 걸어가다 보니 내게 책을 주었던 여자가 보인다. 다른 사람들과 함께 줄을 지어 운동을 하고 있다. 위로 아래로, 위로 아래로. 옆으로 가까이 지나갔기 때문에 그녀가 아주 창백하고 피곤해 보인다는 걸 알 수가 있다. 말도 안 돼, 다 말도 안 돼. '위로 아래로'를 하고 있는 거든 다른 무엇이든. 돈을 돌려받다가 내 분첩을 방에 두고 왔다는 게 떠올라 다시 가서 가져와도 되냐고 묻는다. 빨리 나가라고 할 때 그 여자의 얼굴을 봤어야 하는데.

차는 없고 밴이 한 대 서 있는데 창문 안이 보이지 않는다. 세 번째 정차할 때 나는 다른 젊은 여자 하나와 같이 내리고, 예전처럼 다시 치안판사의 법정이다.

우리 둘은 작은 방에서 기다린다. 다른 사람이라고는 전혀 눈에 띄지 않아 얼마 후 여자가 말한다. "도대체 뭘 하고 있는 거람? 여기 하루 종일 붙잡아 둘 셈인가?" 벨이 있는 곳으로 가서 자꾸자꾸 벨을 누른다. 내가 쳐다보자 그녀가 말한다. "뭐, 벨이 누르라고 있는 거 아닌가?" 그녀의 얼굴은 판자처럼 딱딱하다. 표정을 아무리 바꿔도 전혀 달라 보이지 않을 것 같다. 그래도 어쨌든 성과는 있다. 경찰 하나가 만면에 미소를 띠며 들어오고, 우리는 법정으로 들어간다. 똑같은 판사에, 아래쪽엔 오만상을 찌푸린 똑같은 남자가 앉아 있다. 내 벌금을 누군가 냈다는 얘기를 듣고 누가 냈느냐고 물어보려 하지만 그가 조용히 하라고 소리를 빽 지른다.

무슨 일이 있었던 건지 도무지 이해할 수가 없지만, 그들이 내게 가도 된다고 하고, 그 말은 이해한다. 그 동네를 떠날 거냐고 판사가 묻고 난 그러겠다고 한다. 다시 거리로 나오자 똑같이 화창한 날씨고 똑같이 꿈을 꾸는 듯한 기분이다.

집으로 가자 두 남자가 정원에서 얘기를 나누고 있다. 현관문과 집 안 문이 다 열려 있다. 들어가 보니 침실은 텅 빈 채, 베네치아 블라인드까지 떼어 버려 환한 햇빛만 쏟아지고 있다. 내 옷 가방과 옷장 속 내 옷은 어디 있을까 생각하는데, 누군가 문을 두드리더니 위층의 나이 든 부인이 옷가지를 챙겨 넣은 내 가방을 들고 코트는 팔에 걸치고 나타난다. 내가 들어오는 걸 봤다고 한다. "당신 물건을 보관하고 있었어요." 고맙다고 하려는데 바로 등을 돌리더니 나가 버린다. 여기선 다 이런 식이니까 너무 기대하지 않는 게 좋겠지. 게다가 그들이 그녀에게 내가 몹쓸 사람이라고 말했을 테니까.

부엌으로 들어갔는데, 일꾼들이 뒤편의 커다란 나무를 베는 게 보여서 난 바로 나와 버린다.

역에서 기차를 기다리는데 한 여자가 괜찮냐고 묻는다. "굉장히 지쳐 보이는데요." 그녀가 말한다. "멀리서 왔나요?" 너무나 멀리서 와서 오는 중에 나 자신을 상실했어요, 라고 말하고 싶다. 하지만 이렇게 대답한다. "아, 괜찮아요. 그냥 태양이 너무 뜨겁네요." 그녀가 정말로 그렇다고 하고, 우리는 기차가 올 때까지 날씨에 대해 얘기를 나눈다.

더 이상 그들이 두렵지 않다. 결국 그들이 달리 뭘 할 수 있겠는가? 난 해야 할 말이 뭔지 알고 만사는 시계처럼 돌아간다.

난 선불로 1파운드만 요구한, 빅토리아 역 근처의 방을 구하고, 다음 날엔 가까운 민박집 주방에 일자리를 구한다. 거기서 오래 일하진 않을 것이다. 큰 옷 가게에서 여자들 옷을 고쳐 주는 일자리가 있다는 얘기를 듣고 거기로 간다. 뉴욕의 비싸다는 옷 가게에서 다 일을 해 봤다고 거짓말을 한다. 얼굴 표정도 안 바꾸고 아무렇지도 않게 얘기 했기 때문에 그들은 확인도 해 보지 않는다. 거기서 클래리스라는 친구를 사귄다. 혼혈이지만 피부색이 밝은 편이고 아주 똑똑해서 손님들이랑 잘 어울리는데 때로는 뒤에서 흉을 보기도 한다. 하지만 난 옷이 안 맞는 게 손님들 잘못은 아니지 않냐고 한다. 단 한 사람을 위한 특별한 드레스. 그것은 런던에서 아주 돈이 많이 든다. 그래서 여기에 옷이 계속 들어왔다 나갔다 하는 것이다. 클래리스는 가게에서 멀지 않은 곳의 방 두 개짜리 집에 산다. 가구를 하나씩 사들이고 때로 토요일 밤에 파티를 연다. 내가 휘파람으로 홀러웨이 노래를 부르게 된 것이 바로 그 파티에서이다. 한 남자가 다가오더니 그것 좀 다시 불러 보라고 한다. 그래서 다시 휘파람을 불었더니(난 이제 절대 노래는 안 부른다) 괜찮은데, 라고 한다. 클래리스 집에는 누군가 보관해 달라며 맡긴 피아노가 있어서 그가 피아노로 그 곡을 연주하는데 재즈풍이다. 난 "아, 그게 아니에요"라고 하지만, 다른 사람들 모두 그가 하는 식이 최고라고 한다. 그래서 그냥 잊어버리고 말았는데, 어느 날 그 노래를 팔았다고 그가 편지를 보낸다. 내가 큰 도움이 되었으므로 감사의 표시로 5파운드를 동봉한다고 한다.

그 편지를 읽자 비로소 울음이 터져 나왔다. 왜냐하면 결국 그 노래가 내가 가진 전부였으니까. 난 어디에서도 내 자리를 찾지 못했고, 제자리를 찾게 해 줄 돈도 없다. 어느 쪽이든 하고 싶지도 않았고.

하지만 그때 그녀가 그 노래를 불렀을 때, 그것은 나에게, 나를 위해서 부른 것이었다. 내가 거기 있을 **운명이었기** 때문에 내가 거기 있었고, 내가 그 노래를 들을 **운명이었던** 것이다. 그것은 확실히 **알았다.**

이제 나는 아무나 되는대로 그것을 연주하게 만들었고, 다른 모든 노래처럼 그 노래도 내게서 떠나 버릴 것이다. 다른 모든 것처럼. 내게 남은 것은 아무것도 없다.

그러다가 이건 다 바보 같은 짓이라고 나 자신에게 말한다. 내가 원하는 식으로 그들이 그걸 트럼펫으로 연주하더라도, 딱 맞는 식으로 연주하더라도 벽이 그렇게 빨리 무너지는 일은 없을 테니까. "그럼 재즈라고 하라지, 뭐." 그렇게 생각한다. 그냥 잘못된 식으로 연주하게 놔두자고. 그렇다고 내가 들은 노래가 달라지는 건 아닐 테니까.

난 그 돈으로 광택이 없는 분홍색 드레스를 산다.

호랑이는 멋지기나 하지
Tigers Are Better-Looking

마인 리프, 몽 셰르, 마이 디어, 아미고. 편지는 그렇게 시작했다.

　나 떠난다. 당신도 분명 알겠지만 오랫동안 떠나고 싶었어. 하지만 냉
정한 세상에 다시 발을 들여놓을 용기가 생길 순간을 기다리고 있던 거지.
작별 인사를 나누고 싶은 기분이 아니네.

　할 얘기는 많지만 여기서 구구절절 늘어놓을 필요는 없을 거고. 그것 말
고도 그 공산주의에 대해 떠드는 모든 위선적인 얘기들이 얼마나 신물 나
는지 당신은 상상도 못 하겠지. 위선적인 얘기라면 그것 말고도 많지만.
스스로를 뭐라고 칭하든 당신네들은 하나같이 다 똑같아. 절대 건드릴 수
없는 존재. 꼭 필요한 존재가 되자는 게 당신네 좌우명이고. 멸시하고 모
욕할 누군가가 없다면 아주 죽을 맛이겠지. 누구라도 곤경에 처하거나 돈

이 떨어지기만 하면 냅다 달려들려고 기다리는 소심한 호랑이 무리들에 둘러싸인 기분이었어. 하지만 **호랑이는 멋지기나 하지**, 안 그래?

마차를 타고 플리머스로 갈 거야. 계획이 있어.

희망에 부풀어 런던으로 왔는데, 떠날 때의 나는 다리도 부러지고, 앞으로 30년은 날 버티게 해 줄 조롱만 가득 안고 떠나네. 그만큼을 더 산다면 말이야. 하느님, 제발 그런 일은 없기를.

사고 후에 당신이 얼마나 친절했는지를 잊었다고는 생각하지 마. 함께 머무를 수 있게 해 준 것과 또 다른 것들도 그렇고. 하지만 '아세'의 뜻은 '그만하면 됐다'는 거야.

냉장고에 있는 우유 내가 마셨어. 간밤의 파티 때문에 목이 타서. 당신이 파티라고 부르는 그게 내게는 장례식장에서 밤새우는 것 같지만. 게다가 당신이 우유 같은 걸(프로이트! 와우, 와우, 와우!) 얼마나 싫어하는지 아니까. 어쨌든 차는 우유 없이 마셔야겠네.

잘 있어. 형편이 나아지면 다시 편지 쓸게.

한스

추신이 있었다.

오늘 멋진 기사 써야 하는 거 잊지 마, 길들여진 회색 암말.

세번 씨는 한숨을 쉬었다. 한스가 조만간 이곳을 뜨리라는 걸 알았는데 모래라도 씹은 듯한 입 안의 이 씁쓸한 맛은 뭐란 말인가?

멋진 기사.

임뱅크먼트가든에서 밴드의 공연이 있었다. 여전히 늘 똑같은 노래에 똑같은 후렴구이다. 마차가 시야에 들어오자 군중들이 환호했고, 한 뚱뚱한 남자가 안 보인다며 가로등을 타고 올라가려 했다. 마차에 탄 사람들이 양쪽에 대고 연신 인사를 했다. 희생자가 희생양들에게 고개 숙여 하는 인사. 무혈의 희생 제물이 전시되어, 어딘가에는 태양이 비출 거라는 사실을 알려 준다. 모든 사람에게 그런 건 아니겠지만.

"밀랍 인형처럼 보이지 않아요?" 한 여성이 흐뭇하게 말한다……

아냐, 저건 절대 안 돼.

그가 창문 너머로 건너편 신문 가게 밖에 걸린 점심판 현수막을 보았다. '축제 사진, 사진, 사진' 그리고 '폭염이 시작된다'.

가게 위쪽의 아파트에는 좀 특이한 중년 여인이 살았다. 하지만 평소에는 다정해 보이던 레이스 커튼이 달린 그 집 창문이 오늘은 황량한 느낌만 더한다. '사진, 사진, 사진'이라는 글자도 마찬가지다.

6시쯤 되면 마룻바닥엔 그가 매주 호주 신문에 쓰는 기사의 앞부분만 적었다가 구겨 버린 종이와 신문이 잔뜩 널려 있었다.

도대체 감을 잡을 수가 없었다. 다들 말하듯이 그 감이라는 게 중요했다. 달리 말하면 문장의 리듬이랄까. 일단 그 감을 잡으면 다른 좋아하는 얘기를 해 주면서 늙은 말처럼 달가닥달가닥 앞으로 나아갈 수 있을 텐데.

'길들여진 회색 암말이라.' 그가 생각했다. 그러고는 신문 하나를 집어 들어 광고를 세기 시작했는데, 그는 통계에 미친 사람이기 때문이었다. 변비약 두 개, 명치와 위통에 대한 약 셋, 얼굴에 바르는 크림 셋, 보디로션 하나, 모로코행 크루즈 하나. 개인 광고란 맨 끝에 이런 작은 광고가 있었다. '하느님께서 말씀하시길, 내가 분노하는 날엔 모조리 죽여 없앨 것이며 하나도 살려 두지 않을 것이다.' 도대체 누가 이런 광고를 실으라고 돈을 내는 걸까?

'끝없이 지속되는 이 은밀한 협박.' 그는 생각한다. '모든 게 그것에 기초하지. 혐오스러워. 그들이 뭐라고 할까? 그런 거 말이야. 그리고 시키는 대로 하지 않으면 어떻게 될지는 이 면 아래에 나와 있잖아. 죽임을 당한다고. 살아남을 수 없다고. 협박과 조롱, 조롱과 협박……' 그리고 이 방의 적막함과 황폐함과 구겨진 신문.

그나마 있는 유일한 위안이라고는 식사 전에 몸을 따뜻하게 해 줄 술을 사 먹을 수 있는 돈과 그다음에 이어지는 축일의 웃음이다. 환희에 찬, 축일, 기쁨…… 머릿속에서 단어들이 빙빙 도는데 제대로 형체를 갖추지 못한다.

"안 할 거면, 하지 말든가." 그가 타자기에 대고 말하고는 계단을 뛰어 내려간다. 뛰어 내려가면서 계단을 센다.

단골 술집에서 더블 위스키 두 잔을 마시자, 하루 종일 뭉그적거리던 시간이 갑자기 빨리 지나가기 시작한다. 아예 뜀박질을 한다.

11시 반에 세번 씨는 두 아가씨를 양쪽에 두고 워더가를 오르락내리락하고 있다. 실연에 대한 반작용이다.

둘 중 하나는 꽤 잘 아는 사람이다. 더 뚱뚱한 쪽. 술집에 종종 왔고, 그는 그녀와 얘기를 나누는 게 좋았다. 마음씨가 착하고 그를 신경 쓰이게 하는 법이 없어서 때로 술을 사 주기도 했다. 그게 그녀의 숨겨진 장기였다. 모르긴 몰라도 그녀의 묘비명은 이런 식일 것이다. '나는 그 누구도 신경 쓰이게 한 적이 없다…… 일부러는.' 물론 바로 그랬기 때문에 불운했던 것이다. 하지만 같이 얘기를 나누기에 즐거운 사람이었고 대충 외모도 괜찮았다. 그녀의 이름은 메이디였다. 메이디 리처즈.

다른 여자는 지금까지 본 적이 없었다. 아주 젊고 생기가 넘치는 데다 정말이지 미소가 눈부셨고, 그로서는 어디 억양인지 알 수 없는 억양이 있었다. 이름은 헤더 아무개라고 했다. 술집이 너무 시끄러워서 그는 헤다라는 줄 알았다. "무척 특이한 이름이네요!" 그가 말했다. "헤더라고요, 헤다가 아니라. 헤다라니! 내가 그런 이름을 가지고 살다 죽을 것 같아요?" 그녀는 예리하고 총명하고 자신감이 있었다. 무기력하게 늘어진 면이라고는 없었다. 마지막으로 같이 한잔 더 하고 가자고 한 사람이 그녀였다.

두 아가씨가 말싸움을 했다. 세번 씨의 팔을 한쪽씩 잡은 채 그를 사이에 두고 말이다. 섀프츠버리까지 왔다가 다시 되돌아가는 중이었다.

"그 술집이 이 거리에 있는 게 맞다니까요." 헤더가 말했다. "'짐잼'이라고, 한 번도 들어 본 적 없어요?"

"확실한 거예요?" 세번 씨가 물었다.

"당연하죠. 왼편에 있다고요. 지나쳤나 봐요."

"그 술집 찾는다고 계속 오르락내리락하는 데 지쳤다고." 메이디가 말했다. "어차피 형편없는 곳일 텐데. 딱히 가고 싶은 마음도 없다고요, 당신은요?"

"뭐, 나도 딱히." 세번 씨가 말했다.

"저기 있다." 헤더가 말했다. "두 번이나 지나쳤네. 이름을 바꿨잖아, 그래서 그랬구나."

그들이 좁은 돌계단을 올라가자 2층 층계참에서 얼굴이 누런 남자

266

가 커튼을 열고 나타나더니 쏘아보았다. 헤더가 미소를 지으며 말했다. "안녕하세요, 존슨 씨. 친구 두 명을 데려왔어요."

"세 명? 그럼 15실링."

"들어가는 데 반 크라운*인 줄 알았는데요." 메이디가 말했는데, 너무나 억울하다는 투였으므로 존슨 씨가 놀란 표정으로 그녀를 쳐다보고는 설명했다. "오늘은 특별 공연이 있어요."

"오케스트라라고 해 봤자 연주도 후진데." 메이디가 들어가면서 말했다.

금속 테 안경을 쓴 나이 든 여성이 바에서 서빙을 하고 있었다. 색소폰을 부는 물라토 혼혈이 몸을 앞으로 내밀고 탄성을 질렀다.

"연주가 얼마나 엉망인지 일부러 그러는 게 아닌가 생각될 정도라니까요." 세 사람이 벽에 붙은 테이블에 앉자 메이디가 말했다.

"불평 좀 그만해요." 헤더가 말했다. "다른 사람들은 그렇게 생각하지 않으니까. 여긴 밤마다 사람들로 미어터지는걸. 게다가 연주를 잘해 봐야 뭐 해요? 그래 봤자 뭐가 달라지나?"

"아하!" 세번 씨가 말했다.

"글쎄 달라질 거 하나도 없다고요. 다 말만 그런 거지."

"맞아요. 모든 게 다 환상이지." 세번 씨가 동의했다. "진저에일 한 병요." 그가 웨이터에게 말했다.

헤더가 말했다. "위스키 마셔야죠. 괜찮다면요?"

"아, 걱정 마요, 걱정 마." 세번 씨가 말했다. "농담이었어요······ 위스키 한 병." 그가 다시 웨이터에게 말했다.

---

* 영국의 구 화폐로 당시의 2.5실링, 현재 12.5펜스.

"지금 계산해 주시겠어요?" 위스키를 가져온 웨이터가 말했다.

"뭐가 이렇게 비싸!" 메이디가 대담하게도 웨이터에게 인상을 썼다. "아, 됐어. 이걸로 몇 잔 마시고 나면 골치 아픈 건 다 잊겠지."

헤더가 손가락으로 입술을 잡아당기며 말했다. "난 별로 없는데."

"자, 취해 봅시다." 세번 씨가 말했다. "신청곡, 〈다이나〉!" 그가 오케스트라 쪽을 향해 소리쳤다.

색소폰 연주자가 그를 흘끗 보더니 키득거렸다. 그 외에 그 말에 신경 쓰는 사람은 없었다.

"앉아서 한잔해요." 존슨 씨가 테이블 옆을 지나가자 헤더가 그의 소맷자락을 붙잡으며 말했다. 하지만 그는 "미안하지만 지금은 안 돼요"라고 거들먹거리며 대답하고는 가 버렸다.

"술 마시는 것 가지고 왜들 난리람." 메이디가 말했다. "실컷 마시게 해 놓고는 나중에는 그렇게 사 먹었다고 뒤에서 비웃잖아요. 하지만 반대로 안 마시려고 하면 무지하게 무례하게 군다고요. 정말 말도 못 하게 무례해져요. 일전에 밤에 음악을 연주하는 술집에 갔었는데, 이름이 인터내셔널 카페였어요. 위스키를 마셨는데 목이 타서 좀 빨리 마셨더니 기분이 마구 처지는 거예요. 그래서 음악을 좀 들어야겠다고 생각을 했죠. 그 사람들 연주는 나쁘지 않아요. 헝가리에서 와서 그렇다나요. 그런데 웨이터가 와서는 마지막 잔 주문하라고 소리를 지르는 거예요. '물 좀 갖다줄래요?' 그랬더니 '내가 여기 너 물 갖다주려고 있는 줄 알아?' 그러는 거예요. '여긴 물 마시는 데가 아니라고' 그러면서. 그것도 얼마나 큰 소리로 그랬는지 다들 날 빤히 쳐다봤다고요."

"뭐, 뻔한 거 아니겠어요?" 헤더가 말했다. "물을 달라고 하다니! 상식이 없네요. 난 이제 됐어요." 그녀가 술잔을 손으로 덮었다.

"날 못 믿는 거예요?" 세번 씨가 음흉하게 웃으며 말했다.

"난 아무도 안 믿어요. 왜냐고요? 뒤통수 맞고 싶지 않으니까요. 그게 이유예요."

"꽤나 잘나셨네." 메이디가 말했다.

"당신같이 쉬운 여자보다야 잘난 게 낫지." 헤더가 받아쳤다. "저쪽에 가서 친구들하고 얘기 좀 하고 올게요, 괜찮죠?"

"멋지네." 세번 씨가 반대편으로 가는 그녀를 바라보았다. "멋져. 도도하고 무심하고 거기에 약간의 흑인 피까지. 아주 잘못 본 게 아니라면 말이지. 딱 내 스타일이야. 내 스타일 중 하나. 왜 백인이 아닌 거지? 도대체 왜?" 그가 주머니에서 노란색 연필을 꺼내더니 테이블보 위에 끄적거리기 시작했다.

사진, 사진, 사진…… 얼굴, 얼굴, 얼굴…… 하이에나 같은, 돼지 같은, 염소 같은, 유인원 같은, 앵무새 같은. 하지만 호랑이 같진 않은. 호랑이는 멋지기나 하지, 안 그래? 한스 말처럼.

메이디가 말을 하는 중이었다. "무지하게 세련된 '숙녀'들이 있네요. 그런 숙녀랑 얘기를 좀 하다 왔어요. 내 친구예요. 창문을 열어 놓았는데 거리는 너무나 차분하고 평화로워 보였어요. 그래서 좀 오래 걸렸네요."

"런던은 점점 이상해지고 있어요, 안 그래요?" 세번 씨가 혀가 잘 굴러가지 않는 발음으로 말했다. "저쪽에 저 키 큰 여자 보여요? 등이 다 드러난 드레스 입은 여자. 물론 저런 드레스에 대해서 내가 생각하는 바는 있지만, 지금 그런 얘기를 할 계제는 아니고. 그러니까 저 깜찍이가 내일 아침 9시 15분에 음악 수업을 하러 브릭스턴에 가야 한대요. 그리고 자기가 정말 되고 싶은 건 남아프리카로 운행하는 비행기의 승무원이래요."

"그게 뭐가 잘못되었는데요?" 메이디가 물었다.

"잘못된 건 없지. 그냥 좀 뒤죽박죽 아닌가 싶어서. 신경 쓰지 마요. 저쪽 바에 앉은 커플 보여요? 멋있는 짙은 갈색 피부를 가진. 마실 걸더 가지러 갔다가 그들하고 얘기를 나눴는데, 남자랑, 말하자면 친구가 되었죠. 그래서 시간 나면 날 찾아오라고 했어요. 주소를 알려 줬더니 여자가 바로 '메이페어에 있는 거예요?' 그러는 거예요. '맙소사, 아니요, 아주 더럽고 어두침침한 블룸즈버리에 있어요'라고 했더니 완벽한 영국 억양으로, 명료하고 날카롭고 정신을 빼 놓을 만큼 새된 목소리로 이렇게 말하는 거예요. '슬럼에나 가려고 영국에 온 게 아니에요.' 그러고는 내게 등을 돌리고는 남자를 다른 쪽으로 데리고 가버렸어요."

"여자들은 원래 더 빨리 알아차려요." 메이디가 단언했다.

"사교상 분위기를요?" 세번 씨가 말했다. "그래요, 그런 것 같아요. 하지만 그만큼 재빠른 남자들도 있어요. 호랑이는 더 멋지니까요, 그렇죠?"

"위스키 때문에 좀 맛이 간 거 아니죠?" 메이디가 약간 불안한 듯 물었다. "그 호랑이 얘기는 도대체 다 뭐예요?"

세번 씨는 다시 큰 소리로 오케스트라 쪽을 향해 소리쳤다. "〈다이나〉를 연주해 달라고. 당신들이 계속 연주하는 그 망할 노래는 정말 질색이야. 허구한 날 똑같은걸. 내가 속을까 봐? 〈다이나, 더 훌륭한 사람은 없나요?〉를 연주해 봐. 오래된 명곡이잖아."

"나 같으면 그렇게 소리치지 않겠어요." 메이디가 말했다. "여기 사람들은 그렇게 소리 지르는 거 안 좋아한다고요. 존슨이 당신 처다보는 거 못 봤어요?"

"볼 테면 보라지."

"아, 제발 입 좀 다물어요. 그가 웨이터를 이리로 보내잖아요."

"여기서는 테이블보에 음란한 그림 그리시면 안 됩니다." 웨이터가 다가와 말했다.

"저리 꺼져." 세번 씨가 말했다. "뭐가 음란한 그림이라는 거야?"

메이디가 그를 꾹 찌르더니 격렬하게 고개를 가로저었다.

웨이터가 테이블보를 벗기더니 깨끗한 것을 새로 가져왔다. 입술을 삐죽 내민 채 테이블보를 깔고는 세번 씨를 엄하게 바라보았다. "테이블보에 어떤 그림도 그리시면 안 됩니다." 그가 말했다.

"내가 그리고 싶으면 그리는 거야." 세번 씨가 시비조로 말했다. 그러자 바로 남자 두 명이 나타나 그를 멱살을 잡아 일으키더니 문 쪽으로 떠밀었다.

"그냥 놔둬요." 메이디가 말했다. "뭘 어쨌다고 그래. 가증스러운 인간."

"살살해, 살살." 존슨 씨가 진땀을 흘렸다. "뭣 때문에 그렇게 거칠게 구나? 조용하게 처리하라고 맨날 얘기하잖아."

그들에게 끌려 바 앞을 지나갈 때 그는 헤더를 보았다. 맘에 안 드는 눈빛으로 그를 노려보고 있었는데, 통통한 얼굴이 실제보다 두 배는 더 길게 늘어나 있는 것처럼 보였다. 그가 그녀를 향해 험상궂게 인상을 써 보였다.

"세상에." 그녀가 고개를 돌렸다. "세상에!"

그를 계단 아래로 밀친 사람은 네 명뿐이었지만, 거리에 나서자 야유를 퍼붓고 고함을 지르는 게 마치 열네 명은 되어 보였다. '아니 이 사람들은 다 뭐지?' 세번 씨가 생각했다. 그러자 누군가 그를 때렸다. 그를 때린 사람은 테이블보를 갈았던 웨이터와 아주 똑같았다. 세번 씨도 있는 힘껏 그를 쳤고, 웨이터(그가 웨이터가 맞는다면)는 비틀거리며 벽에 등을 부딪었다가 바닥으로 쓰러졌다. '때려눕혔어. 때려눕혔다고!' 세번 씨가 생각했다.

"어이어이!" 그가 목청을 높여 외쳤다. "길든 회색 암말 가격이 얼만가?"

웨이터가 일어나서 잠깐 망설이더니, 생각을 바꿔서 몸을 돌려 대신 메이디를 쳤다.

"입 닥쳐, 시끄러운 년." 그녀가 욕을 하기 시작하자 누군가 그렇게 말하며 그녀를 발로 찼다. 세 남자가 세번 씨를 그러쥐고 바닥에 끌며 달려가 워더가 한가운데에 내팽개쳤다. 그는 메슥거리는 속으로 메이디의 목소리를 들으며 누워 있었다. 정말이지 메이디의 입은 닫힐 줄을 몰랐다.

"야이!" 사람들이 그녀를 둘러싸고 야유했다. "우우우!" 그러다가 갑자기 비굴하고 공손한 태도로 길을 열어 주었고, 그 사이로 경찰 두 명이 나타났다.

"이 망할 자식들아!" 메이디가 고함을 지르며 대들었다. "나쁜 자식들, 난 아무 짓도 안 했다고. 저 자식이 나를 때렸어. 이 짓을 하고 매주 존슨한테 얼마나 받아?"

세번 씨가 일어났다. 여전히 속이 메스꺼웠다. 누군가 말하는 소리가 들렸다. "저자예요. 다 저자 때문에 벌어진 일이라고요." 경찰 두 명이 그의 팔을 잡더니 끌고 걸어갔다. 메이디도 두 경찰 사이에서 울면서 앞서 걸었다. 사람 하나 없이 황량한 피커딜리서커스를 가로질러 가다가 그녀가 울부짖었다. "신발 잃어버렸어요. 가서 찾아야겠어요. 신발 없이는 못 걷는다고요."

나이 든 경찰은 그냥 가라고 하려 했으나 젊은 쪽이 걸음을 멈추고 되돌아가 신발을 집어 와 싱글거리며 그녀에게 건네주었다.

'뭣 때문에 울고불고 난리야?' 세번 씨가 생각했다. 그러고는 소리쳤다. "여이, 메이디, 힘내라고. 힘내, 메이디."

"시끄러워." 경찰 하나가 말했다.

하지만 다행히도 경찰서에 도착했을 때 그녀는 이미 울음을 그친 뒤였다. 얼굴에 분을 바르더니 책상 앞에 앉은 경사와 옥신각신하기 시작했다.

"진찰을 받고 싶다는 거죠?" 경사가 말했다.

"당연히 그래야죠. 망신스러운 일이야, 정말로 망신스러운 일이라고요."

"그럼 당신도 진찰을 받고 싶은가요?" 경사가 세번 씨를 흘끗 보고 냉정하게 예의를 차리며 물었다.

"그래야겠죠?" 세번 씨가 대답했다.

메이디가 다시 얼굴에 분을 바르더니 소리를 질렀다. "하느님이시여, 아일랜드를 구하시길. 더러운 고자질쟁이들이랑 《코믹 컷》*이랑 뭐가 되었든 너희들 다 지옥에나 가 버려."

"아버지가 하신 말이에요." 경찰에 이끌려 자리를 뜨면서 그녀가 어

---

* 1890년에서 1953년까지 영국에서 발행되던 만화 잡지.

깨 너머로 그렇게 말했다.

세번 씨는 유치장에 갇히자마자 벙커에 누워 잠이 들었다. 경찰이 의사가 왔다고 깨웠을 때는 술이 완전히 깬 상태였다.

"지금 몇 시죠?" 의사가 물었다. 이 바보 멍청이가 머리 위에 시계가 있는데도!

세번 씨가 냉담하게 대답했다. "4시 15분."

"똑바로 걸어 보세요. 눈을 감고 한 발로 서 보세요." 의사가 지시했고, 그것을 지켜보는 경찰은 선생님이 인기 없는 애 약 올리는 걸 보는 학생처럼 어렴풋한 비웃음을 입에 달고 있었다.

다시 유치장으로 돌아오자 잠을 이룰 수가 없었다. 그는 누운 채로 화장실 변기를 노려보면서 아침이면 눈두덩에 시커멓게 멍이 들겠다는 생각을 했다. 단어와 무의미한 구문들이 여전히 고통스럽게 그의 머릿속에서 맴돌았다.

칙칙한 벽에 적힌 글씨들을 읽어 보았다. '단연코 네 죗값을 받을 거야. B. 루이스.' '앤은 멋진 아가씨야. 최고지. 누가 알아주건 상관 안 해. 찰리 S.' 또 다른 사람은 이렇게 적었다. '하느님 살려 주세요, 전 죽어 갑니다.' 그리고 아래에는 'SOS, SOS, SOS. G.R.'

'이거 딱 좋군.' 세번 씨가 생각하고는 주머니에서 연필을 꺼내 벽에 썼다. 'SOS, SOS, SOS. N.S.' 그리고 날짜를 적었다.

그러고 나서 벽 쪽으로 누웠는데, 시선이 닿는 높이에 이런 글이 적혀 있었다. '기다리다 죽었다.'

교도소 승합차 안에 앉아 출발하기를 기다리는데, 누군가 휘파람으로 〈런던데리의 노래〉를 부르고, 여자가 경찰들과 농담을 하며 떠드는 소리가 들렸다. 낮으면서 부드러운 목소리였다. 딱 어울리는 단어가 바로 머리에 떠올랐다. 섹시한 목소리.

'섹시, 섹시라니.' 그가 생각했다. '말도 안 돼! 이런 싸구려!'

"지금 필요한 건 완전히 새로운 단어야." 그가 결심했다. "뭔가 의미가 있는 단어. 이제 그나마 의미가 있는 단어라고는 죽음밖에 없어. 그리고 그건 내 죽음이어야 하겠지. 당신의 죽음은 큰 의미가 없으니까."

여자가 말했다. "아, 내가 새라서 날개가 있으면 날아가 버릴 수 있을 텐데, 그렇죠?"

"가다가 총에 맞을 수도 있을걸요." 경찰 한 사람이 대답했다.

'꿈을 꾸는 게 틀림없어.' 세번 씨가 생각했다. 메이디의 목소리가 들리나 귀를 기울여 보았지만 전혀 들리지 않았다. 승합차가 출발했다.

보 거리까지는 꽤 멀어 보였다. 승합차에서 내리자마자 메이디가 눈에 들어왔는데, 밤새도록 운 모양이었다. 그녀가 변명하듯 머리에 손을 얹었다.

"내 가방을 가져가 버렸어요. 정말 끔찍해."

'헤더였으면 좋았을 텐데.' 세번 씨가 생각했다. 그러면서 상냥한 미소를 지어 보이려 애썼다.

"금방 끝날 거예요. 죄를 인정하기만 하면 돼요."

정말로 순식간에 끝났다. 판사는 그들을 거의 쳐다보지도 않으면서 자기 나름의 이유로 그들에게 각각 30실링의 벌금을 선고했고, 그들은 친구에게 전화를 해서 특별송달로 돈을 보내라고 한 후 한없이 기다렸다.

그들이 보 거리로 나선 것은 12시 반쯤이었다. 메이디가 망설이며 서 있었는데, 누리끼리한 불빛 아래에서 보니 그 어느 때보다 보기 흉했다. 세번 씨가 택시를 잡고, 집에 데려다주겠다고 했다. 최소한 이정도는 해야지, 그렇게 생각하면서. 최대한이기도 했지만.

"오, 눈 어떻게 해요!" 메이디가 말했다. "많이 아파요?"

"지금은 안 아파요. 놀랍도록 괜찮아요. 분명 좋은 위스키였나 봐요."

그녀가 가방에서 금이 간 거울을 꺼내 들여다봤다.

"나도 아주 엉망이죠? 하지만 소용없어요. 얼굴이 이 지경일 땐 뭘해도 소용없으니까."

"안됐네요."

"아, 뭐." 그녀가 말했다. "그 자식이 날 때려눕히고 발로 차서 너무나 기분이 나빴고 그다음엔 의사가 몇 살이냐고 물어봐서 또 기분이나빴어요. '이분 술이 너무 많이 취했는데요' 그러더라고요. 근데 내가 그렇게 술이 취했었어요? 정말? 그리고 유치장에 들어가서 맨 처음 눈에 띈 게 거기 쓰여 있는 내 이름인 거예요. 하느님 맙소사, 정말토할 것 같았다니까! 글래디스 라일리, 그게 내 진짜 이름이거든요. 메이디 리처즈는 그냥 내가 지어서 부르는 이름이고. 그런데 그게 떡하니 거기 있는 거예요. '글래디스 라일리, 1934년 10월 15일……' 게다가 난 갇혀 있는 건 질색이라고요. 경찰들이 그렇게 오랫동안 가둬놓은 그 많은 사람들을 생각할 때마다 진저리가 나요."

"맞아요, 나도 그래요." 내가 말했다. **난 기다리다 죽었다.**

"차라리 바로 죽어 버리는 게 낫지, 안 그래요?"

"나도 그래요."

"아무리 해도 잠은 안 오고, 의사가 내 나이를 물었을 때의 그 말투가 계속 떠올랐어요. 무슨 재밌는 농담인 것처럼 주위에 있던 경찰들이 다 웃었다고요. 그게 뭐가 재밌는데? 워낙 재밌는 일이 없어서 그렇긴 하겠지만. 그래서 유치장 안에 있으니까 눈물이 멈추지를 않는 거예요. 그리고 아침에 일어나 보니 가방이 없더라고요. 여교도관이 빗을 빌려줬죠. 괜찮은 사람이었어요. 하지만 정말 이젠 신물이 나는 게……"

"당신이 돈 때문에 전화 거는 동안 내가 기다렸던 방 알아요?" 그녀가 물었다. "진짜 예쁜 여자애가 있었는데."

"그랬어요?"

"네, 아주 검은 피부의. 돌로레스 델리오* 같았어요. 더 젊다 뿐이지. 하지만 예쁜 여자들이 잘나가는 건 아니죠. 아니, 아예 반대지. 예를 들어 그 여자를 보라고요. 말도 못 하게 예뻐요. 얼마나 사랑스러운지. 그리고 얼마나 훌륭하게 차려입었는데요. 검은색 치마에 깔끔하고 멋진 하얀 블라우스에 검은 외투를 입고, 앙증맞은 흰 모자를 쓰고 멋진 스타킹에 신발까지. 하지만 겁을 잔뜩 집어먹었어요. 얼마나 겁을 먹었는지 온몸을 사시나무 떨 듯 떨더라고요. 어쩐지 끝까지 견딜 수 있을 것 같지 않아요. 그러니까 예쁘다고 되는 게 아닌 거죠…… 다리에는 털이 북슬거리고 스타킹도 없이 샌들만 신은 여자도 있었어요. 다리에 털이 많으면 꼭 스타킹을 신어야 한다고 봐요, 그렇지 않나요? 아니면 뭘 어떻게 해 보든가. 그런데 그 여잔 그냥 웃으면서 농담 따 먹기나 하는 게, 무슨 일이 생기건 멀쩡할 것처럼 보여요. 얼

* 1920년대와 1930년대에 할리우드의 스타였던 멕시코 출신 배우.

굴이 엄청 크고 벌겋고 넓적한 데다가 그 털북숭이 다리라니. 하지만 본인은 전혀 아무렇지도 않은 거죠."

"너무 잘나서 그럴지도 모르지." 세번 씨가 말했다. "당신 친구 헤더처럼."

"아, 개요. 그렇죠, 개도 잘나가지는 못할 거예요. 야망이 너무 크고, 원하는 것도 너무 많고. 너무 날카로워서 자기가 베인다고나 할까…… 그러니까 예뻐도 소용없고 잘난 것도 소용없고. 그러니까, 잘 적응해야 하는 거죠, 그래요. 게다가 그렇게 되길 **바라는** 건 소용없어요. 아예 적응을 잘하게 태어나야 한다고요."

"아주 명료하네." 세번 씨가 말했다. 납빛 하늘에 적응하고, 흉한 집들과 히죽거리는 경찰과 상점의 현수막에 적응하고.

"그리고 젊어야 해요. 이런 걸 즐기려면 젊어야죠. 우리보다." 택시가 멈춰 설 때 메이디가 말했다.

세번 씨가 너무 충격을 받아 화를 내지도 못한 채 그녀를 뚫어지게 보기만 했다.

"자, 잘 가요."

"잘 가요." 그녀가 내민 손을 모른 체하며 세번 씨가 험한 얼굴로 말했다. "우리라고!"

콥틱가로 296걸음. 모퉁이를 도는 데 120걸음. 아파트까지 올라가는 계단이 마흔 개. 안에 들어가서 열두 개. 그는 세는 걸 그만두었다.

구겨진 종이들이 있긴 했지만 거실은 괜찮아 보인다고 생각했다. 그곳이 그럴듯해 보이는 때였다. 들어오는 빛은 딱 적절하고 서로 어울리지 않는 색과 모양들이 어울려 하나가 되는 시간. 비둘기 몇이 올라앉은, 누렇게 바랜 박물관의 하얀 벽돌 벽. 은빛으로 반짝이는 홈통, 둥그렇거나 네모지거나 뾰족하거나, 온갖 환상적인 모양의 굴뚝들. 중간에 신기한 구멍이 뚫려서 그리로 차가운 잿빛 하늘이 내려다보는 희한하게 생긴 것까지. 기름 먹인 천으로 만든 은색 커튼(한스의 생각이었다)을 액자 삼은 외따로 선 나무들. 고개를 돌리자 암스테르담에서 사 온 목판들과 친츠를 씌운 안락의자와 길쭉한 거울에 비친 색 바랜 화병이 눈에 띄었다.

펠트 모자를 쓰고 지팡이를 짚은 나이 든 신사가 창문 앞을 지나갔다. 걸음을 멈추더니 모자와 코트를 벗고, 지팡이를 코끝에 얹은 채 앞뒤로 왔다 갔다 균형을 잡으면서 뭔가 바라듯 위를 쳐다보았다. 아무 일도 없었다. 그에게 동전을 던져 줄 생각이 있는 사람은 없었다. 다시 모자를 쓰고 코트를 입더니 점잖게 지팡이를 짚고 모퉁이를 돌아 사라졌다. 그리고 그와 동시에 그를 계속 괴롭히던 문구들도 사라졌다. '누가 돈을 내는 거야? 지금 계산하시겠어요? 내가 떠나도 괜찮겠지, 자기야? 난 기다리다가 죽었다. (아니면 증오하면서 죽었다였나?) 아버지가 한 얘기였어요. 그럼, 그럼, 그럼. 젊어야 해요. 하지만 호랑이는 멋지기나 하지, 안 그래? SOS, SOS, SOS. 내가 새라서 날개가 있으면 날아가 버릴 수 있겠죠, 그렇지 않아요? 우리보다 젊어야 하는 거예요……' 다른 문구들이, 온화하고 번드르르한 것이 대신 자리를 잡았다.

감이 중요한 거야. 문장의 리듬 말이야. 그걸 드디어 찾았다.

그가 거울로 눈을 살펴본 뒤에 타자기에 앉았고, 자신감에 가득 차서 타자기를 두드리기 시작했다. "축제……"

기계 밖에서
Outside the Machine

1

베르사유 근처의 커다란 병원은 엄격하게 영국식으로 운영되어 매일 아침 일반 병동 여성 환자들은 6시에 기상했다. 차와 함께 버터 바른 빵을 먹었다. 그다음엔 간호사가 양철 대야와 비누를 가지고 들어올 때까지 누워서 기다렸다. 씻고 난 다음엔 다시 누워서 기다렸다.

천장이 높은 좁은 방에는 열다섯 개의 병상이 있었다. 벽은 회색으로 칠해져 있었다. 창문은 길었지만 워낙 높이 달려 있어서 바깥마당에 있는 나무의 꼭대기만 보였다. 창문으로 보이는 하늘은 색깔이 없었다.

10시 30분에 수간호사가 다른 간호사와 함께 병동을 점검하러 들어왔는데, 걸음걸이가 공공건물 개관식을 하는 왕족처럼 보였다. 이따금씩 걸음을 멈추면서 여기서는 환자의 차트에서 체온 기록을 슬쩍 보기도 하고 저기서는 몇 마디를 던지기도 했다. 왼쪽 줄 마지막에서 두 번째 침대에 있는 젊은 여자는 새로 온 환자였다. '이네스 베스트'라고 차트에 적혀 있었다.

"어젯밤에 들어왔죠?"

"네."

"불편한 데는 없고요?"

"아, 네, 괜찮아요."

"여기 있는 동안만이라도 이런 건 안 쓰고 지낼 수는 없나요?" 수간호사가 물었는데, 협탁에 놓인 볼연지와 분, 립스틱, 손거울 등을 말하는 거였다.

"너무 형편없는 몰골로 있기 싫어서요. 그러면 몸이 더 안 좋아지거든요."

수간호사는 고개를 절레절레 흔들더니 웃지도 않고 가 버렸고, 이네스는 기운도 없고 얼떨떨한 채로 이불을 턱까지 끌어다 덮었다. **추워. 피곤하고.**

"라켈 멜러*랑 많이 닮았다는 말 들은 적 없어요?" 옆 침상의 나이 많은 여자가 물었다. 그녀는 분홍색과 노란색 꽃이 수놓인 검은 숄을 두르고 앉아 있었다.

"제가 그래요? 오, 정말요?"

* 스페인의 가수이자 배우.

"그래요, 많이 닮았는데."

"정말 그렇게 생각하세요?" 이네스가 말했다.

〈제비꽃〉이라는 라켈 멜러의 노래가 머릿속에 떠올랐다. 그러자 기분이 나아졌다. 꽤나 행복하고 유쾌해지기까지 했다. '이렇게 축 처져 있을 필요가 뭐 있어?' 그녀가 생각했다. '말도 안 되지. 여기서 나가자마자 바로 다음 날에 행운이 찾아올 거야.'

그러고 보니 이렇게 누워 있으면 남들이 알아서 다 해 주는 게 별로 나쁘지 않았다. 단지 움직여야 할 때만 겁이 났는데, 아프지 않게 움직일 수 있다는 걸 상상도 할 수 없게 되었기 때문이다.

그녀는 건너편에 늘어선 침대를 바라보며 한숨을 쉬었다. "정말 이상한 곳이야."

"아, 내일이 되면 생각이 달라질 거예요." 나이 든 부인이 말했다. 그녀는 주저하며 영어를 했는데, 다른 언어에 익숙한 것처럼 억양이 없었다.

두 사람은 그날 중간중간 많은 얘기를 나누었다.

"……게다가 거기서 끝나지 않고 내 배 속이 이렇게 망가질 줄 어떻게 알았겠어요?" 이네스가 투덜댔다. "그것도 아주 안 좋은 때에 말이죠."

'안 돼, 입 다물어.' 그녀가 속으로 말했다. '돈이 하나도 없는 이런 때에 말이죠, 이런 얘기는 하지 말라고. 그렇게 너를 다 까발리지 마. 이 바보야!' 하지만 입에서 쏟아져 나오는 말을 막을 수가 없었다.

말하는 중간중간 나이 든 부인은 안됐다는 듯이 혀를 끌끌 차거나 '불쌍한 것' 같은 말을 보탰다. 나부대대한 그녀의 얼굴은 평온했다. 머리는 검은색이었는데 분명 염색을 했을 거라고 이네스는 생각했다. 반지를 두 개 끼고 있었다. 왼손 세 번째 손가락에 색깔 있는 돌을 박은 반지를, 새끼손가락에는 뭔지 알 수 없는 무늬가 새겨진 두꺼운 금반지를. 보아하니 무릎에 문제가 있는 것 같았고, 여러 다른 병원을 돌아다니다 왔다고 했다.

"프랑스 병원이 편하기는 한데 난 운이 좋아서 여기 들어올 수 있었죠. 평판이 좋은 곳이니까. 영국 간호사만 한 간호사가 없어요. 게다가 여기서 받는 서비스에 비하면 가격은 거의 공짜라고 할 수 있죠. 영국 수간호사에 영국 수련의에 간호사도 몇몇은 영국인이에요. 1인실은 분명 엄청나게 호화로울 텐데 물론 아주 비싸겠죠."

그녀의 이름은 태버니어였다. 젊을 때 영국을 떠나서 이후로 한 번도 가 본 적이 없다고 했다. 결혼을 두 번 했는데, 첫 번째 남편은 나쁜 놈이었고 두 번째 남편은 좋은 사람이었다. 정말 그랬다. 두 번째 남편은 좋은 사람이라 세상을 떠나면서 돈을 좀 남겨 줬다고 했다.

첫 번째 남편 얘기를 할 때 보면 그렇게 세월이 흘렀음에도 여전히 그를 미워하고 있는 걸 알 수 있었다. 좋은 남편 얘기를 할 때는 눈에 눈물이 고였다. 말할 나위 없이 행복했다고, 완벽하게 행복했다고, 맘상할 얘기를 한 적은 전혀 없었다고, 그러면서 눈에 눈물이 고였다.

'불쌍한 할망구 같으니,' 이네스가 생각했다. '진짜 스스로 그렇게 믿게 되었구나.'

태버니어 부인이 목소리를 낮췄다. "남편이 마지막 편지에 뭐라고 썼는지 알아요? '당신은 나의 전부야.' 그래요, 그렇게 적은 마지막 편지를 아직도 가지고 있다우."

'불쌍한 할망구.' 이네스가 다시 생각했다.

태버니어 부인이 눈물을 훔쳤다. 스스로에게 거듭 이렇게 말하는 듯 표정이 차분하고 온화했다. "이게 사실이 아니라고는 아무도 말 못할걸. 내가 편지를 가지고 있어서 언제든 보여 줄 수 있으니까."

건너편에 있는 뚱뚱한 백인 여성도 옆자리 환자와 잡담을 하고 있었다. 둘 다 금발에 아주 깔끔하고 보란 듯이 점잔을 떨었다. 그들은 어딘지 주변 환경과 너무나 잘 맞아떨어져서 그로 인해 다른 모든 사람들은 어울리지 않는 미심쩍은 존재로 보였다. 뚱뚱한 쪽이 날씨에 대해 얘기를 했고, 상대방은 그걸 메아리처럼 따라 했다. "더워요…… 오, 그래요, 정말 더워요…… 어제보다 더 더워요…… 그래요, 훨씬 더 덥죠…… 날씨가 좀 시원해졌으면 좋겠어요…… 그래요, 저도 그랬으면 좋겠는데, 그럴 것 같지 않네요…… 그러니까요, 그런 일은 없겠죠…… 오, 그러면 좋을 것 같은데……"

이렇게 겉으로는 무의미한 대화를 나누는 중에 그 백인 여자의 예리하고 교활한 시선이 탐문하듯이 이네스에게 꽂혔다. '영국 사람인가? 영국 사람이라면 어떤 부류지? 일곱 가지 분류와 그 아래 예순아홉 가지, 또 그 아래 천세 가지 분류 중에 어디 속해 있나? (하지만 본바탕은 단 한 가지야, 이것아.) 내가 속한 세계는 안정되고 품위 있는 세계야. 네가 네 정체를 제대로 대지 않는다든가, 여러 범주를 막 왔다 갔다 해서 날 혼란스럽게 하면 아주 불쾌한 상황이 벌어질 수 있어. 게다가 불쾌하게 나가겠다고 작정을 하면 난 그런 면에서는 교묘하고 창의적이거든. 날 과소평가하지 마. 내가 기계를 돌려서 박살 내 버린 너 같은 애들이 한둘이 아니라고. 아주 많지……'

이러한 인성의 충돌―중간에서 시선이 부딪히고 불꽃이 튀고―을 감지하기라도 한 듯 태버니어 부인이 침대에서 안절부절못하고 들썩거렸다.

"건너편의 저 두 사람은 영국인이에요." 그녀가 속삭였다.

"오, 그래요?"

"당신 반대쪽 옆에 있는 환자도 그렇고."

"간호사들이 야단스럽게 구는, 맨날 졸린 여자 말이에요?"

"댄서래요. 있잖아요, 그 '여자애'. 예타 카우프만의 여자애들 중 한 명이죠. 맹장염 수술을 받았어요."

"오, 그래요?"

"침대 주위에 칸막이를 둘러친 저 환자는 상태가 위중해요." 태버니어 부인이 계속 조잘거렸다. "아무래도 회복이…… 아, 저쪽은……"

얼마 후 이네스가 끼어들었다. "영국 사람들은 다 이쪽 끝에 몰아 놓은 모양이네요. 좀 섞어 놓으면 좋을 텐데."

"절대 그런 법은 없어요." 태버니어 부인이 대답했다. "이미 다 알아 봤죠."

"잘못하는 거예요." 이네스가 말했다. "영국 사람들은 보통 자기들 끼리보다는 외국인들에게 더 친절하잖아요."

잠깐의 침묵 후에 태버니어 부인이 정중하게 물었다. "여행을 많이 했나요?"

"아, 약간요."

"여기서 지내는 건 맘에 드나요?"

"그럼요, 파리가 가장 맘에 들어요."

"여기가 편안한가 보네요." 태버니어 부인이 말했는데, 비꼬는 말투 였다. "많은 사람들이 그렇죠. 취향이 어떻든 여기엔 다 맞는 게 있으 니까."

"아니요, 딱히 편안한 건 아니고요. 편안해서 좋아하는 건 아니에요."

그녀가 몸을 돌려 눈을 감았다. 통증이 시작되려고 해서였다. 그리고 정말로 그랬다. 간호사가 주사를 놓아 주었고 그녀는 잠이 들었다.

다음 날 아침 그녀는 좀 몽롱한 상태로 잠에서 깨었다. 누운 채 간호사 두 명이 말없이 매우 분주하게 돌아다니는 것을 지켜보았다. 그들은 "가세요"나 "자, 아"나 "이거 마셔요"란 말조차 하지 않았다.
확신에 차서 재빠르게 움직였다. 모든 걸 사무적으로 했다. 부드럽게 작동하는 기계 부품 같다는 생각이 들었다. 침대의 환자들이 일어났다 누웠다, 나갔다 들어왔다를 반복한다. 환자들 역시 기계 부품 같다. 그들에게 힘이, 확신이 있는 것은 자신들의 생명이 모두 기계에 달려 있고, 하라는 대로 들락날락하며 부드럽게 움직이기 때문이다. 기계가 오작동하더라도, 아예 이상해지더라도, 어쨌든 그들은 여전히 하라는 대로 들락날락하며 움직일 것이다. 점점 더 빠르게 부드럽게 파멸을 향해 소용돌이치며 빨려 들어가는.
그녀는 겁에 질려 있다는 걸 아무도 알지 못하도록 꼼짝 않고 누워 있었다. 기계 밖으로 벗어났다 하면 그 즉시 그들이 거대한 쇠 집게를 들고 와서 그녀를 집어다가 쓰레기 더미 위에 던져 버릴 것이고, 그녀는 거기 누운 채 썩어 갈 것이기 때문이다. "이것은 무용지물"이라고 그들은 말할 것이다. 그리고 그녀가 미처 해명하기도 전에 던져 버릴 것이다. "당신이 생각하는 것과는 달라요. 전혀 그게 아니에요. 그 사람들이 말하는 그런 게 아니라고요. 잠깐만 내 얘기를 들어 봐요. 들어야 해요, 아주 중요한 문제라고요."

하지만 저녁이 되자 기분이 좀 나아졌다.

오른쪽 침대에 있는 여자가 일어나 앉아서는 극장의 친구에게 편지를 쓰고 싶다고 했다.

"프랑스어로요." 그녀가 말했다. "누가 좀 도와줄 수 있나요? 전 프랑스어를 모르거든요."

"내가 도와줄게요." 태버니어 부인이 말했다.

"'사랑하는 릴리…… L-i-l-i. 사랑하는 릴리……' 음, 이렇게 써 주세요. '이제 몸이 나아지고 있어. 월요일이나 목요일에 날 보러 와 줄래? 2시에서 4시 사이에 아무 때나. 그리고 올 때 편지지랑 우표도 좀 갖다주겠어? 조만간 여기서 나갈 수 있었으면 좋겠어. 월요일에 다 얘기해 줄게. 우표 잊어버리지 마. 면회를 와도 된다고 다른 사람들에게도 얘기해 주고, 오는 법도 알려 줘. 애정을 담아, 친구 팻.' 이리 주시면 제가 서명할게요…… 고맙습니다."

그녀에게는 두 개의 목소리가 있었다. 맑고 발랄한 목소리와 무겁고 무자비한 목소리.

"여기 있는 게 굉장히 괴로운가 봐요. 내 옆에 있는 당신 말이에요." 그녀가 말했다.

"지금은 좀 나아요."

"파리에는 오래 있었어요?"

"여기 살아요."

"아, 그럼 찾아와서 기운을 북돋아 줄 친구들이 있을 거 아니에요."

"별로요. 올 만한 사람이 없어요."

그녀가 빤히 쳐다보았다. 20대 초반일 테고, 맑고 파란 눈은 약간 위쪽으로 치켜 올라가 있었다. 일어서면 탄탄한 댄서의 다리를 가진 작달막한 키일 듯했다. 작은 조랑말처럼 다부진.

오, 하느님. 그냥 자기 얘기나 하라고 하세요. 나를 저렇게 빤히 보거나 위아래로 훑으며 재거나 그러지 말고.

"내 친구인 이 프랑스 여자애는 완전 재밌는 애예요." 팻이 말했다. "하지만 정말 친절하기도 해요. 내가 우표 사 들고 오라고 하면 우표를 사 들고 오죠. 다른 사람도 많지만 걔한테 편지를 쓰는 이유가 그래서예요. 다른 사람들은 올 수도 있고 안 올 수도 있어요. 그렇잖아요. 그런데 그 애는 진짜 재미있어요…… 사실 못생긴 건 아닌데 걸음걸이가 너무 웃겨요. 걔는 스트리퍼라서 그렇게 걷는 걸 배웠대요. 신발을 안 신고 있을 땐 그런대로 볼만한데, 신발을 신으면 거의…… 오면 직접 볼 수 있을 거예요. 우리보다 돈도 반밖에 못 받는대요. 어쨌든 되게 친절해요. 상냥한 아이죠."

간호사가 저녁을 가지고 왔다.

"여자애들도 착하고 배우들도 착해요." 팻이 말을 이었다. "하지만 무대 담당자들은 우리를 미워해요. 웃기지 않아요? 한번은 무대 담당자 하나가 우리 중 한 사람에게 억지로 입을 맞추려 해서 걔가 얼굴을 후려쳤어요. 그러니까 놀라더래요. 그러고는 어떻게 했는 줄 알아요? 걔를 때린 거예요! 그래서 우리가 어쨌게요? 무대감독에게 가서 말했죠. '저 사람을 해고하지 않으면 우린 아무것도 안 할 거예요.' 우리 없이 쇼를 한 번 해 보더니 항복했어요. 자기들 노래 망쳤다고 주연배우들이 한바탕 난리를 쳤죠. 프랑스 여자애들은 칼같이 맞추는 걸 못해서 우리를 대신할 수가 없어요. 혼자서는 괜찮고, 때로는 훌륭하기도 한데, 팀워크는 이해를 못 한다니까요…… 그러자, 맙소사, 무대 담당자들이 얼마나 우리를 미워하던지. 화장실 갈 때도 둘씩 갔다니까요. 하지만 우리 여자애들이나 배우들은 정말 착해요. 무대 담당자들만 우리를 미워하지."

건너편의 뚱뚱한 여자—이름은 윌슨 부인이었다—가 이 얘기를 다 듣고 있었는데, 처음에는 미심쩍은 투로 듣더니 나중엔 마음에 드는 모양이었다. 그래, 이런 건 봐줄 만해. 나름 쓸모가 있으니까. 잉글랜드 북쪽 지방 출신의 예쁜 영국 코러스 걸. 행복하고 독립적인 성향에 남자 애를 태우는 반짝거리는 눈. 파악됐어! 다 맞아.

팻이 밥을 다 먹고는 아이처럼 순식간에 다시 잠이 들었다.

"되바라진 애야, 그렇지?" 태버니어 부인이 말했다. 눈은 반쯤 감기고 입꼬리는 축 처진 채로.

창문을 통해 보이는 빛이 연한 노랑에서 연보라색으로, 연보라색에서 회색으로, 회색에서 까만색으로 변해 갔다. 그러고는 병동을 따라 죽 걸린, 갓을 씌우지 않은 빨간색 불을 빼고는 전부 암흑 속에 잠겼다. 이네스는 팔로 머리를 감싸고는 베개에 얼굴을 묻었다.

"잘 자요." 나이 든 부인이 말했다. 그러더니 한참 있다 다시 말했다. "울지 말아요, 울지 마."

이네스가 속삭였다. "그들이 당신들을 아주 천천히 죽일 거야……"

병동은 긴 잿빛 강이었고 침대는 안개 속에 갇힌 배였다……

다음 날은 일요일이었다. 창문으로만 봐도 하늘은 파랗고, 밝은 햇빛이 반짝반짝 윤을 낸 마룻바닥에 무늬를 그리고 있었다. 환자들은 30분 늦게, 그러니까 6시 반이 아니라 7시에 아침을 먹었다.

"당신 아침은 우유가 전부예요." 간호사가 말했다. 이네스는 왜냐고 물으려다가 수술이 월요일에 잡혀 있는 걸 떠올렸다. **아직은 생각하지 마. 아직 멀었잖아.**

점심 식사 후 수간호사가 와서 괜찮다면 영국인 신부가 와서 짧은 기도를 드릴 예정이라고 말했다. 다들 괜찮다고 했고, 얼마 후 신부가 아무도 예상치 못한 문을 통해 들어왔는데, 얼마나 추워 보이는지 살면서 한 번도 따뜻한 적이 없었던 사람 같았다. 머리가 세었고, 숫기 없는 무표정한 얼굴이었다.

그가 병동 끝 쪽에 섰고 환자들은 고개를 돌려 그를 보았다. 다른 편에 쳐 놓았던 칸막이도 치워져, 그 안에 누워 있던 누렇게 뜬 얼굴에 몸이 쭈그러든 여자도 다른 사람들처럼 고개를 돌려 그를 보았다.

신부가 기도를 했고 환자들 대부분이 "아멘"이라고 했다. ("아멘"이라고 말했다. "우리가 듣고 있습니다"라고 했다…… 저는 어찌할 바 모르는 불행하고 불쌍한 존재입니다 저를 위로해 주소서 전 죽어 가고 있습니다 위안을 주소서 물론 죽어 간다는 걸 알고 있다는 내색은 하지 않습니다 하지만 압니다 알고 있습니다 일반적인 삶에 대해서 말하지 마세요 그건 지금의 나와 아무 상관도 없으니까 무슨 얘기라도 하세요 어서요 여자들이 떠드는 소리는 정말 신물이 나니까 맙소사 이 여자들은 얼마나 질색인지 재밌는 얘기를 해 주세요 내가 웃을 수 있게 하지만 당신이 하는 얘기는 다 재밌을 거예요 이 영감탱이 아 신경 쓰지 말고 아무 얘기나 해요…… "우리가 듣고 있습니다"라고 한다. "우리가 듣고 있습니다……") 하지만 신부는 일반적인 삶을 고수하기로 결정했는지, 동료들을 적대시하여 스스로의 삶만 더 힘들게 만드는 그런 죄악에 대해 경고를 늘어놓았다. 예를 들어 자기 연민을 생각해 봅시다. 그게 무엇으로 이어지겠습니까? 아, 무엇으로요? 냉소주의죠. 아주 값싼…… 반항, 아주 쓸모없는…… "기억합시다. 하느님은 공정하신 하느님이고, 하느님의 모습으로 지어진 사람 역시 공정하다는 것을. 대체로 말입니다. 그러니 자매여, 하느님이 우리를 불러 주시는 그런 상태에서 유용하고 의롭고 신을 경외하는 그런 삶을 살도록 노력합시다. 아멘." 그가 말을 맺었다.

기도 하나를 더 한 후 돌아다니면서 악수를 했다. "안녕하세요, 안녕하세요, 안녕하세요." 양쪽 편을 쭉 따라가면서. 그러고는 나갔다.

그가 나간 후 병동에는 잠깐 침묵이 감돌다가, 누군가 한숨을 쉬었다. 태버니어 부인이 말했다. "불쌍한 사람 같으니, 엄청 긴장했네."

"뭐, 어쨌든 아주 길지는 않았으니까요." 팻이 말했다. "사탄처럼 간헐적으로……"

오, 그는 별로 연인처럼 보이지 않아요.

하지만 표지를 보고 책이 뭔지 알 수는 없지요.

그러더니 〈아라비아의 족장〉이라는 노래를 불렀다. 수건을 터번처럼 머리에 둘러 묶더니 다시 부르기 시작했다. "거칠 것 없는 야생의 사막을 넘어…… 노래하라, 합창단이여, 난 아라비아의 족장……"

모두들 팻을 보며 웃었다. 죽어 가는 여자의 누렇게 뜬 작은 얼굴도 웃느라 씰룩거렸다.

'내일까지는 아직 시간이 많아.' 이네스가 생각했다. '벌써부터 걱정할 것 없어.'

"나는 아라비아의 족장……" 누군가 그걸 프랑스어로 불렀다. "나는 *안티네아*를 찾네." 기이한 번역이었다. 생각해 보면 의미심장한.

팻이 외쳤다. "이거 들어 봐요. 뭔지 알겠어요? 오래됐지만 좋은 노래예요. '내 문을 두드리는 사람이 누구인가요? 아름다운 젊은 부인이 묻습니다……'"

키가 큰 영국 수녀 간호사가 들어왔다. 좁은 얼굴에 움푹 들어간 특이한 적갈색 눈을 지녔고 입은 컸다. 창백한 입술을 차분히 다물고 있었는데, 아주 성격이 좋거나 아주 절제력이 강해 보였다. 그녀가 온화하게 미소를 지으며 말했다. "자, 팻, 이제 그만하지." 건너편의 칸막이를 다시 치고 뒤쪽 유리창의 블라인드를 내렸다.

정말이지 너무나 더운 날이어서 그녀가 다시 나간 후 대부분은 누워서 정신을 못 차렸지만 팻은 얘기를 계속했다. 자기 목소리에 자기가 더욱 흥분이 되는 모양이었다. 누구랑 말싸움이라도 하는 듯이 강한 어조였다.

사랑에 대해서 그리고 화려한 삶과 보잘것없는 삶의 차이에 대해서 말했다. 진짜 차이는 파운드-실링-펜스에서 나온다. 돈이 좀 있으면 화려할 수 있고, 그렇지 않으면, 그걸 뭐라 부르든 그건 그냥 형편없는 거다. 멍청하기도 하고.

'생존에 필요한 가치를 아주 많이 지니고 있네.' 이네스가 생각했다. 그녀는 눈을 감고 누워 나무와 잔잔한 물을 떠올리려 했다. 하지만 떠올리자마자 순식간에 다시 마음속에서 스르륵 빠져나가서 뒤틀리고 악의적인 모습이 되었다.

그날 밤 병동의 모든 환자가 깨어 있었다. 누군가 신음을 했다. 간호사가 환자용 변기를 들고 낮게 구시렁거리며 바삐 돌아다녔다.

2

월요일 아침 9시, 키 큰 영국인 간호사가 말했다. "아무 일 없을 거예요. 이제 모르핀을 놔 줄게요."

그럼에도 이네스는 여전히 겁에 질려 있었지만, 그 느낌조차 둔탁했다.

"당신도 같이 있었으면 좋겠어요." 그녀가 졸린 목소리로 말했다. 하지만 수술실에는 다른 간호사가 있었다. 마스크를 쓴 모습이 무시무시하다고 이네스는 생각했다. 꼭 고문관 같아.

공중에 둥둥 떠 있는 느낌이었다. 모르핀을 맞았기 때문에 자연스럽고 편안했다. **당연하지, 이런 건 언제라도 할 수 있었을 텐데. 왜 그걸 잊었지? 바보 같으니라고!** 그런 느낌으로 그녀는 두 뺨에 눈물을 줄줄 흘리면서 무시무시한 낯선 사람에게 이끌려 복도를 가로질러 걸어가는 자신을 보았다.

"바보같이 굴지 말아요." 간호사가 짜증스럽게 말했다.

이제 둥둥 떠다니는 기분이나 분리된 느낌은 사라진 이네스가 침상 끝에 걸터앉았다. 하나로 온전해졌지만 납덩이처럼 무거웠다.

'내가 왜 우는지 당신은 모르잖아.' 이네스가 생각했다.

하늘을 쳐다보려고 했지만 눈앞이 부예서 보이지 않았다. 누군가 어깨를 손으로 꽉 누르는 게 느껴졌다.

"아니, 그냥 놔둬요." 누군가 프랑스어로 말했다.

영국인 의사는 없고 거긴 이 사람만이 있었다. 역시 마스크를 쓴 채로.

"너무 멍청해." 이네스가 불평 가득하게 새된 소리로 말했다. "끔찍하다고. 아, 이게 다 뭐야? 뭐냐고?"

"겁먹지 말아요." 의사가 말했다. 갈색 눈이 상냥해 보였다. "겁먹을 거 없어요."

"알겠어요." 이네스가 말하고는 누웠다.

영국인 의사의 목소리가 말했다. "자, 깊게 숨을 쉬어요. 천천히 수를 셉니다. 하나, 둘, 셋, 넷, 다섯, 여섯……"

3

"오늘은 좀 나아요?" 나이 든 여자가 물었다.

"네, 훨씬 나아요."

침대 뒤쪽의 블라인드는 내려와 있었다. 탁탁거리는 소리가 작게 들렸다. 잠이 왔다. 몇 주 동안이고 잠만 잘 수 있을 것 같았다.

"여보세요." 팻이 말을 걸었다. "다시 살아났네요?"

"지금은 훨씬 나아요."

"상태가 정말 안 좋았어요." 팻이 말했다. "월요일에는 말이에요, 그렇죠?"

"그랬던 것 같아요."

사흘 동안 그녀의 침대 주위를 둘러쌌던 칸막이 때문에 그녀는 손거울조차 볼 수 없었다. 이제 거울을 집어 얼굴을 비춰 보았는데 완전히 낯선 사람처럼 보였다. 누워 있는 동안 과거의 장면들, 항상 불길하고 항상 지나치게 화려한 색깔에 항상 뒤틀린 그런 장면들만 계속해서 눈앞을 지나갔다. 머릿속에서는 조리가 맞지 않는 대화만 끊임없이 들려왔다.

'나 같지 않네.' 그녀가 생각했다.

'모습이 너무 형편없어.' 야윈 잿빛 얼굴과 아래가 푹 파인 눈을 근심스럽게 쳐다보면서 생각했다. 이건 아주 중요한 문제였다. 자신의 가장 주요한 자산이 망가지려 하니까.

'좀 쉬어야겠다.' 그녀가 생각했다. '쉬어야지, 걱정은 하지 말고.'

얼굴에 분을 두드려 바르고 볼연지도 좀 발랐다.

팻이 그녀를 보고 있었다. "내가 알게 된 게 뭔지 알아요? 얼굴이 너무 흉할 때는 화장을 하면 안 된다는 거예요. 얼굴 상태가 별로 안 좋을 때는 오히려 더 흉해 보이거든요. 더 나이 들어 보이는 거죠. 내 친구 릴리가 월요일에 왔었어요. 걔가 얼마나 예쁜지 봤어야 하는데. 여기 파리 여자애들은 화장하는 데는 도사라니까요……"

왈왈왈……

"사실은 별것 아닌 경우라도—그리고 사실 별것 아닌 경우가 더 많지만—겉으로 그럴듯하게 보이게 하는 법은 잘 알잖아요. 내 말은 런던에 가면 더 예쁜 여자들이 많지만 내 생각에는……"

건너편 침대를 두르고 있던 칸막이는 치워졌고 침대는 비어 있었다. 이네스는 그쪽을 쳐다보고는 아무 말도 하지 않았다. 그런 그녀를 본 태버니어 부인 역시 아무 말도 하지 않았지만, 잠시 눈에 겁먹은 기색이 서렸다.

4

다음 날 병동 간호사가 영국 소설 몇 권을 들고 왔다. "이게 위로가 될 거예요." 그렇게 말하는데 눈에서 어떤 빛이 반짝였다. 그녀는 훌륭한 간호사였다. 자기 일에 능숙했다. 천생 간호사라고들 하는.

천생 간호사. 그럼 천생 요리사나 천생 광대, 천생 바보, 천생 이거,

천생 저거도 있나?

"뭐가 웃겨요?" 팻이 미심쩍다는 투로 물었다.

"아, 아무것도 아니에요. 자유의지를 믿는 게 얼마나 힘든지 생각하고 있었어요."

"뭔 소린지 알면서 하는 얘기겠죠." 팻이 냉담하게 대꾸했다. 무슨 이유에서인지 적대적이었다. 상관은 없지만.

'다 괜찮을 거야. 걱정할 필요 없어.' 이네스가 스스로에게 다짐하듯 생각했다. '아직 시간은 많아.'

그러자 곧 그렇게 믿을 수가 있었다. 거기 누워서, 돌봄을 받아 가며 동틀 녘에 고분고분 일어나다 보니 아이가 된 기분이었다. 미래가 어떨지 거의 상상할 수가 없지만 분명 즐거울 것만 같았다. 마치 내내 거기에 누워 있었고, 병동에 있는 모든 사람들—태버니어 부인과 그녀의 숄과 반지와 코바늘과 여행 책자라든가 팻과 그녀가 부르는 노래들, 무척이나 경건한 태도로 씻는 두 명의 뚱뚱한 백인 여인들—을 평생 알아 왔던 것만 같았다.

방은 넓고 침대는 간격을 두고 놓여 있었지만, 이제 그녀는 다른 사람들도 알게 되었다. 길게 땋은 머리에 뚱한 표정을 하고 있는 불가사의한 아가씨가 있었는데, 때로 아침에 간호사들이 침대 정리하는 걸 도와주었다. 왜 불가사의하냐면 겉으로는 전혀 아픈 데가 없어 보였기 때문이다. 예쁜 얼굴인데 늘 고개를 숙이고 다니고, 어쩌다가 누군가와 눈이라도 마주치면 눈을 깜박이고는 시선을 돌렸다. 그리고 호화로운 잠옷을 입고 있는 사람, 뜨개질을 하는 사람, 끊임없이 책을 읽는 사람(그녀를 쳐다보는 건 때로 무시무시한 게임이었다), 손님이 엄청나게 많이 찾아오는 사람, 분홍색의 실크 크레이프 천 슈미즈처럼 보이는 것을 하루 종일 꿰매고 있는, 원숭이를 닮은 못생긴 사람도 있었다.

하지만 그녀는 꿈자리가 뒤숭숭했고, 어쩌다 책이라도 떨어지거나 문이 쾅 하고 닫히기라도 하면 가슴이 덜컹 내려앉고 고통스러운 여운이 따라왔다. 간호사가 가져다준 소설 중 어떤 건 마음에 들지 않았다. 어느 날은 책을 읽다가 너무 화가 나서 얼굴이 붉으락푸르락해지기도 했다. **뭐야, 전혀 이렇지 않아. 맙소사, 뭐 이런 거짓말쟁이들이 있담! 게다가 용감하게 나서서 그렇게 얘기하는 사람도 전혀 없고. 그래, 유다! 그게 진실인 것 같지! 네가 그렇게 말하니까.**

그녀가 옆을 바라보았다. 그녀를 뚫어지게 보던 팻이 웃었고, 눈썹을 치키며 이마를 두드렸다. 이네스도 같이 웃어 주면서 역시 이마를 두드리고, 곧 다시 평화롭게 책을 읽기 시작했다.

낮 시간은 그렇게 지나갔다. 하지만 밤이 오면 잠을 자기 위해 땅속 깊이 파고 내려가야 했다. '절대 깨지 마라, 절대 깨지 마라.' 마음속에서 그런 말이 들렸다. 하지만 늘 아침은 왔고, 그와 함께 양은 대야와 비누 냄새와 햇빛이 비치는 길고 단조로운 날도 왔다.

드디어 그녀는 혼자 걸어서 화장실에 갈 수 있을 만큼 회복되었다. 가는 것까지는 괜찮았는데, 돌아올 때는 다리가 후들거려서 통로 벽을 붙들며 와야 했다. 몸 한가운데에 무거운 추가 있어서 아래로 아래로 끌어 내리는 것만 같았다.

다시 침대로 돌아와 눕는다. 암흑과 고요와 안전함. 그래도 어쨌든 이제 현실을 마주하고 만사를 말끔하게 정돈할 때였다. '하나, 예상했던 것보다 훨씬 상태가 안 좋다. 둘, 일주일 더 있어도 되냐고 돈을 미리 내지 않아도 되냐고 내일 수간호사에게 물어봐야 한다. 셋, 한 주 더 있을 수 있다고 하면 곧바로 여기저기 편지를 보내서 돈을 구해 봐야 한다. 나갈 때 50프랑이 있어야 한다! 상태가 이런데 50프랑이 뭐라고.'

그날 밤 그녀는 한참을 자지 않고 누워 계획을 세웠다. 하지만 다음 날 아침 수간호사가 왔을 때 그녀는 거절을 당할까 봐 불안해졌다. '내일은 분명히 물어볼 거야.' 그러나 다음 날에도 하루가 다 지나갈 동안 입도 벙긋하지 못했다.

그녀는 밥을 먹고 잠을 자고, 점잖고 존경받는 사람들에 대한 편안한 영국 소설들을 읽었지만 말을 꺼내지 않았고 편지도 쓰지 않았다. 핑계는 좋았다. '오늘 기분이 좀 나빠 보여…… 아, 의사 선생님과 같이 있네. 의사 선생님은 날 별로 안 좋아하는데. (나도 당신 별로 안 좋아하거든. 눈이 너무 모여 있다고.) 오늘 금요일이잖아. 내가 운이 좋은 요일이 아니야…… 머리가 좀 맑아지면 편지를 써야지……'

병동에서 테레빈유油 냄새가 나는 긴 갈색 통로를 따라가면 세면실이 나왔다. 회칠이 된 벽을 따라 세면대가 늘어서 있고, 맨 끝에 세 개의 화장실과 두 개의 목욕탕이 있었다.

이네스는 세면대로 갔다. 세면도구가 든 가방을 들고. 거기서 비누와 칫솔, 치약, 과산화수소를 꺼냈다.

누군가 살며시 문을 열더니 잠깐 망설이다가 들어와 그녀를 지나쳐 저 끝의 세면대 앞에 섰다. 길게 머리를 땋은 그 뚱한 여자였다. 파란색 기모노를 입고 있었다.

'정말 넌더리가 난다는 표정이네.' 이네스가 생각했다.

여자애가 두 손으로 세면대 양 끝을 잡고 몸을 기울였다. 토하려는 건가? 그녀가 가볍게 떨면서 긴 한숨을 토해 낸 후, 세면도구 가방을 열었다.

이네스는 말없이 몸을 돌려 이를 닦기 시작했다.

문이 다시 열리더니 간호사가 들어와 세면실을 죽 둘러보았다. 그 퉁퉁한 분홍색 얼굴이 순식간에 무심함에서 호기심으로, 놀라움으로, 충격과 분노로 바뀌는 걸 보자니 신기했다.

그러더니 "멈춰. 자, 머피 부인. 이리 내"라고 소리를 지르며 안쪽으로 달려갔다.

이네스는 그 두 사람이 서로 붙들고 버둥대는 걸 보았다. 뭔가 금속성 물건이 바닥으로 떨어졌다. 머피 부인이 뱀처럼 몸을 비비 꼬았다.

"와서 좀 도와줘요, 네? 팔을 좀 잡아요." 간호사가 헐떡이며 말했다.

"아, 놔둬요, 그냥 놔두라고요." 머피 부인이 울부짖었다. "제발 나 좀 그냥 내버려 둬요. 당신이 뭘 안다고 그래?"

"가서 수녀님 좀 불러 줘요. 병동에 있을 거예요."

'나한테 하는 얘기지.' 이네스가 생각했다.

"아, 이거 놔요. 그냥 놔둬요. 제발, 제발, 제발, 제발, 제발." 머피 부인이 흐느꼈다.

"뭘 어쨌는데요?" 이네스가 물었다. "그냥 놔두지 왜 그래요?"

그때 다른 간호사 두 명이 뛰어 들어와서 머피 부인을 덮쳤다. 그녀는 고개를 젖히고 입을 벌리고 크게 비명을 지르기 시작했다.

이네스는 세면대를 하나씩 붙잡으며 겨우 문간까지 갔다. 그러고는 문틀을 붙잡고 나가서 통로 벽을 짚으며 걸었다. 드디어 침대에 이르러 부들부들 떨며 몸을 눕혔다.

"왜 그래요? 무슨 일이에요?" 팻이 흥분해서 물었다.

"몰라요."

"머피였어요? 당신은 괜찮은 거죠? 걱정하던 중이었어요. 머피인
지 아니면……"

'아니면 당신인지…… 그런 뜻이지.' 이네스가 생각했다. '아니면
당신인지……'

그날 저녁 팻과 백인 여성인 윌슨 부인—최근 아주 우호적이었
다—이 격앙되어 떠들었다. 그들은 머피 부인에 대해 하나부터 열까
지 다 아는 모양이었다. 예전에도 그런 일을 시도한 적이 있다는 것도
알았다. 갑작스레, 마술처럼, 그녀에 대해 다 알게 된 모양이었다. 게
다가 스스로 목숨을 끊다니, 그게 무슨 일이래! 남자였다면 약간 안
됐다는 생각이 들 수도 있겠지, '불쌍한 인간이 아마 사는 게 너무 힘
들었을 거야' 뭐, 이러면서. 그런데 여자가!

"귀여운 자식도 둘이나 있는 유부녀가."

"멍청이." 팻이 말했다. "맙소사, 그런 멍청이를 뭘 어쩌겠어요?"

한동안 치료실에 있던 윌슨 부인이 설명하기를, 병동을 나가면 바
로 약장이 있다고 했다.

"분명 열려 있었을 거야." 그녀가 말했다. "만약 그랬다면 누군가 질
책을 받겠지. 아니면 머피가 열쇠를 어떻게 손에 넣었을 수도 있고.
어쨌든 거기서 모르핀 알약을 구했을 거야."

하지만 팻의 의견은 달랐다. 간호사한테 들은 얘기이니 이게 사실
이라고 했다. 머피 부인이 치료실에 있다가 나온 이후로 피하주사기
와 약을 내내 감춰 두고 있었다는 것이다.

"그 여자가 그 덜떨어진 신경쇠약증인가 신경증인가 뭐 그런 환자
잖아요. 사는 게 무섭대요. 그래서 여기 온 거예요. 잘 지켜봐야 하니

까. 그런데 사실 그러면 그들이 얼마나 교활한지를 알게 될 뿐이죠. 그런 걸 그렇게 감춰 두고 있다니……"

"남편이 얼마나 안됐는지 몰라." 윌슨 부인이 말했다. "애들도 그렇고, 정말 불쌍해. 불쌍한 아이들 같으니, 그 어린것들이…… 그런 여자는 그냥 교수형에 처해야 하는 거 아니야?"

심지어 소등 후에도 그들은 계속 떠들어 댔다.

"그런데 도대체 뭣 때문에 신경쇠약인가 신경증인가에 걸린 거예요?" 팻이 물었다. "완전히 착한 남편에 아이들까지 있는데 그런 게 걸릴 이유가 뭐가 있대요?"

돌이나 쇠처럼 무자비한 말투…… 하나는 돌, 하나는 쇠……

이네스가 떨리는 목소리로 그 둘 사이에 끼어들었다. "아, 신경쇠약증인데 이런 곳에 보내서 치료를 받게 한 거예요? 진짜 대단한 생각이네요. 신경쇠약증을 치료하기에 얼마나 좋은 곳인지! 누가 그런 생각을 했을까? 아마 그 완전히 착하고 상냥하다는 남편이겠지."

팻이 말했다. "제발 좀! 진짜 거슬린다니까. 맨날 다른 모두하고 다르게 삐딱하게 구는 것 좀 그만해요."

"다른 모두가 누군데요?"

아무도 대답하지 않았다.

'불쾌한 인간들 같으니라고!' 이네스가 생각했다. 하지만 분노가 치밀어서 후끈 달아오르거나 위안이 되지는 않았다. 팻이 그녀를 뜯어보고 있었다. **저런 여자한테 뭣 하러 신경을 써? 말도 못 하게 멍청한 인간인데. 하지만 사람을 뜯어보는 문제에 있어서는, 누가 결딴이 났는지 알아내는 문제에 있어서는 그렇지 않지. 춥고 피곤해, 피곤하고 추워.**

다음 날 아침 머피 부인이 침대 정리를 도와줄 시간에 맞춰 모습을 보였다. 여느 때처럼 고개를 숙이고 어깨는 구부정하게 하고 시선을 바닥에 고정한 채였다. 반대쪽 침대를 따라 아주 천천히 움직였고, 모두들 호기심 어린 매정한 시선으로 그녀를 쳐다보았다.

"뭐라고 중얼거리는 거예요, 이네스?" 팻이 매섭게 물었다.

머피 부인과 간호사가 반대편 침대의 맨 끝에 이르렀고, 이제 이쪽 편 침대를 정리하기 시작했다. 그들이 천천히 가까워졌다.

'입 다물어. 너랑 아무 상관도 없는 일이야.' 이네스가 속으로 말했다. 하지만 이불 아래에서 차가운 손을 단단히 쥐었다.

간호사가 말했다. "팻, 좀 도와줄 수 있죠? 금방 돌아올게요."

'멍청이.' 이네스가 생각했다. '그렇게 가 버리면 안 되지. 무슨 일이 벌어질지 절대 모르니까 그렇겠지만. 아니, 아는 거야. 기계가 순조롭게 돌아가는 거지, 그냥 그거야.'

아무 말 없이 팻과 머피 부인이 침대보과 베개를 잡아당기고 두드려 펴기 시작했다.

"안녕, 팻." 머피 부인이 마침내 낮은 소리로 말했다.

팻이 당연히 역겹다는 표정으로 입술을 앙다물었다. 두 사람이 침대보를 아래쪽으로 집어넣고 위쪽에서 매끈하게 폈다. 그다음 베개를 흔들었다.

얼굴이 일그러지면서 머피 부인이 울기 시작했다. "아, 하느님." 그녀가 말했다. "나를 내보내 주질 않아, 절대로."

팻이 말했다. "내 베개에 대고 훌쩍거리지 말아요. 당신 같은 사람들은 정말 역겨워." 그러자 월슨 부인이 말처럼 히이힝 웃었다.

목소리와 웃음소리가 얼마나 똑같은지 한 사람에게서 나오는 거라고 해도 될 정도였다. **기름지고 냉정한, 어리석고 원초적인, 거칠고 얄팍한, 말할 수 없이 흉측한 모든 것.**

"이 벼락 맞을 인간들." 이네스가 버럭 소리를 질렀다. "나쁜 년들 같으니라고. 딱한 사람한테 그런 식으로 행동하다니! 당신들이 뭘 안 다고 그래? 머피 부인, 고개를 빳빳이 세우고 같이 욕을 해 줘요. 그럼 기분이 훨씬 나아질걸요."

머피 부인이 흐느끼면서 방을 뛰쳐나갔다.

"지금 누구한테 한 얘기였어요?" 팻이 말했다.

이네스는 자신의 입에서 신나게 거침없이 마구 쏟아져 나오는 말을 들었다. 그들에 대해 어떻게 생각하는지, 그들이 어떤 인간인지, 그들에게 어떤 일이 생겼으면 좋겠는지를 그대로, 정확하게.

"역겨워, 정말." 윌슨 부인이 말했다. "내가 말했지." 의기양양하게 덧붙였다. "이럴 줄 알았어. 처음부터 저게 어떤 부류인지 알았다고."

바로 그때 문이 열리며 의사가 들어왔는데, 평상시처럼 수간호사가 아니라 키 큰 병동 수녀 간호사와 함께였다.

다시 한번 손짓과 함께 그녀가 외쳤다. "너희들은 다 이거나 처먹어!" 그러고는 "간호사는 빼고, 간호사는 아니야" 하고 베개에 대고 속삭였다.

윌슨 부인이 크고 또랑또랑한 목소리로 선언했다. "추잡한 말을 사용하는 사람은 점잖은 사람들과 어울려서는 안 된다고 봅니다. 숙녀와 어울려서는 안 되는 여자들이 여기 있어요. 아주 수치스러운 일이죠. 있을 수 없는 일이에요."

의사는 눈을 깜박거렸지만, 수녀의 길고 좁은 얼굴에는 아무 표정이 없었다. 두 사람은 침상을 돌면서 여기서는 체온 차트를 보고 저기

서는 몇 마디를 던졌다. 이네스 베스트······

의사가 물었다. "이렇게 하면 아픈가요?"

"아니요."

"여기 누르면 아파요?"

"아니요."

그들은 키가 아주 크고 말랐고 저 멀리 있었다. 고개를 약간 돌린 채 말해서 무슨 말인지 들리지 않았다. 그리고 그녀는, 제가 말이에요, 라고 말을 꺼냈을 때, 그들에게도 자신의 말이 들리지 않는다는 걸 알았고, 그래서 말을 멈췄다.

5

"점심 먹고 세면실에 가서 옷을 갈아입어도 돼요." 다음 날 아침 수녀 간호사가 말했다.

"아, 그래요?"

놀랄 건 없었다. 이만큼의 시간에 맞는 돈을 지불했고 그래서 그 시간이 다 되었으니 떠나야 하는 것뿐이었다. 놀랄 건 없었다.

이네스가 말했다. "2, 3일 더 있으면 안 될까요? 좀 정리할 게 있는데요. 여기 있으면 좀 더 편할 것 같아서요. 미리 얘기했어야 했는데, 바보같이."

수녀 간호사가 눈썹을 추켜올렸는데 그 눈썹이 아주 가늘었다. 두 개의 가느다란 초승달처럼.

그녀가 말했다. "미안하지만 그건 안 되겠는데요. 미리 말하지 그랬어요? 그렇잖아도 어제 당신이 아직 퇴원할 상태는 아닌 것 같다고 의사 선생님께 말씀드렸는데, 오늘 저녁에 환자 네 명이 들어올 거고 내일 오후에도 몇 명이 더 들어올 거예요. 안됐지만 빈자리가 없을 거고 의사 선생님은 당신이 퇴원해도 된다고 생각하세요. 집에 가면 잘 쉬어야 해요. 가능하면 움직이지 말고."

"예, 그럼요." 이네스가 말했다. 하지만 속으로는 이렇게 생각했다. '아니야, 이번엔 해내지 못할 거야, 이번엔 끝장이야.'

"걱정하던 중이었어요, 머피인지 아니면 당신인지……"

글쎄, 우리 둘 다야.

그러자 몸에서 긴장이 풀려서 자리에 누웠고 그리고 아무 생각도 하지 않았다. 평온함에 절망이 있는 것과 똑같은 식으로 절망에도 평온함이 있으므로. 몸 안의 모든 것이 편안하게 풀어졌다. 더 이상 계획 같은 것은 세우지 않고 그냥 누워 있었다.

점심시간이었다. 로스트비프와 감자와 콩 그리고 밀크푸딩. 딱 영국에서처럼. 이네스는 맛있게 먹었고 그러고는 누워서 눈에 팔을 얹었다. 팻이 보고 있다는 걸 알았지만 평온하게 누워 아무 생각도 하지 않았다.

"여기 당신 소지품이에요." 간호사가 말했다. "지금 옷 갈아입을래요?"

"그러죠."

"기력이 있을지 모르겠어요. 나가기 전에 차라도 한잔할래요? 돌아가면 바로 침대에 누워 쉬어야 해요."

'어디로 돌아가?' 이네스가 생각했다. '사람들은 왜 모두에게 돌아

갈 곳이 있다는 걸 당연시하는 거지?'

"아, 그럼요." 그녀가 말했다. "그럴게요."

옷을 입는 내내 그녀의 눈에는 거리와 자신에게 달려드는 버스와 택시, 자신을 거칠게 밀치는 사람들이 보였다. 사람들의 목소리가 들리고 쳐다보는 눈이 보이고…… 쓰러지면 절대 일어나지 못할 거야. 저들이 알아서 하겠지……

그녀는 벽에 기대서서 '제발, 제발, 제발, 제발, 제발……' 하고 호소하던 머피 부인을 떠올렸다.

잠시 후 그녀는 얼굴에서 눈물을 훔쳤다. 얼굴에 화장을 전혀 하지 않았고, 병동으로 돌아가니 나중에 그들이 집게를 가져와 자신을 집어 내던질 때까지 누워 기다릴 침대만이 보였다.

"잠깐 이쪽으로 와 볼래요?"

각 침대 머리맡에는 의자가 있었다. 그녀가 의자에 앉아 태버니어 부인의 작고 까만, 우수에 젖은 눈 아래 부채처럼 펼쳐진 주름살과 손등에 툭 불거진 푸른 혈관과 금반지의 무늬—꽃잎을 서로 맞댄 장미 두 송이—를 바라보았다. 침대에 펼쳐진 채 놓인 책의 문장 하나를 읽어 보았다. **'저 위쪽에서 우리가 찾아낸 풍경은 형용할 수 없을 정도로 아름다웠다……'**

태버니어 부인이 말했다. "드레스 참 예쁘네요. 아주 보기 좋아요, 정말로."

"맙소사!" 이네스가 말했다. "재밌네요."

태버니어 부인이 속삭였다. "쉬…… 들어 봐요. 의자를 이쪽으로 돌려 봐요. 할 얘기가 있어요."

이네스가 다른 사람들을 등지게 의자를 돌렸다.

태버니어 부인이 베개 아래에서 손수건을 꺼냈다. 작지 않은 구식의 흰 손수건이었는데, 가장자리를 레이스로 장식한 아주 고급 리넨이었다. 그녀가 그것을 이네스의 손에 쥐어 주었다. "자." 그녀가 말했다. "쉬쉬…… 여기."

이네스가 손수건을 받았다. 바닐라 향이 났다. 그 안에 지폐가 만져졌다.

"몸조리 잘해요. 다른 사람들이 보지 못하게 하고. 우는 걸 다른 사람들한테 보이지 말아요……" 그녀가 속삭였다. "저 사람들은 너무 신경 쓰지 말아요. 인생에 대해 아무것도 모르는 사람들이니까. 신경 쓸 것 없다고. 저런 사람들이 얼마나 많은지…… 너무 많아…… 게다가 조금씩 나아지기는커녕 더 심해지는 게 아닌가 싶다니까." 그녀가 한숨을 쉬었다. "돈 하나도 없죠?"

이네스가 고개를 저었다.

"그럴 거라고 생각했어요. 그거면 한 주는 버틸 수 있을 거고, 어쩌면 두 주도 갈 거예요. 조심하면."

"예, 예." 이네스가 말했다. "이젠 괜찮을 거예요."

그녀가 울음을 멈췄다. 피곤하면서도 편안해졌지만 다소 굴욕감도 들었다. 여자에게 돈을 받아 본 적은 지금까지 한 번도 없었다. 여자를 좋아하지 않는다고, 믿지 않는다고, 항상 스스로 말해 왔다.

태버니어 부인의 말이 이어지고 있었다. "잘만 쓰면 그래도 꽤 큰돈이에요." 그런 뜻이었겠지만, 그렇게 말하지는 않았다.

"고맙습니다." 이네스가 말했다. "정말 감사해요."

"가기 전에 차 한잔할 거죠?" 간호사가 말했다.

이네스는 차를 마시고 세면실에 들어가 얼굴을 매만졌다. 태버니어 부인의 침대로 다시 갔다.

분을 바른 부인의 얼굴은 오래 쓴 고무 밴드처럼 부드럽고 휘주근했다. 손수건과 마찬가지로 바닐라 향이 났다. "친절하게 대해 주신 거 절대 잊지 않을게요. 정말 큰 힘이 되었어요." 이네스가 말하자 그녀가 눈을 감았는데, 이런 뜻 같았다. "괜찮아요, 괜찮아. 괜찮아."

'역까지 택시를 타야겠다.' 그렇게 마음을 먹었다.

하지만 택시 안에서 그녀에게 떠오른 생각은, 나이가 든다는 건 어떤 거냐고 태버니어 부인에게 불쑥 묻는다면 뭐라고 대답했을까, 그것뿐이었다. 어쩌면 이렇게 대답할지도 몰랐다. "때로 평온하지." 그러고는 장미 두 송이가 새겨진 금반지를 떠올렸고, 무엇보다 다시 그 병동의 침대로 돌아가 머리까지 이불을 뒤집어쓰고 싶었다. 몇백 프랑으로 죽지 않고 다시 살아날 수는 없는 법이니까. 그것보다는 더 많이 필요하니까. 어쩌면 누구든 기꺼이 줄 수 있는 것 이상이.

로터스
The Lotus

"갈랜드 말이 헤픈 여자라던데."

"헤픈 여자라고! 이봐, 크리스틴, 만나 보기나 했어? 게다가 할 말 안 할 말이 있지."

"뭐라고? 포토벨로로에서 말이야? 별로 아닌 것 같은데."

"허튼소리야." 로니가 말했다. "그녀는 소설을 쓴다고. 그래, 자기야……" 그가 눈을 크게 뜨고 입꼬리를 끌어 내렸다. "유혹당하는 여자에 대해서 말이지."

"봐, 봐."

"건초 더미 위에서." 로니가 박장대소를 했다.

"우리가 운이 좋을 수도 있어. 오늘 밤에 평소보다 일찍 술이 취해서 오지 않을 수도 있다는 거지."

"안 온다고? 당연히 올걸."

크리스틴이 말했다. "애초부터 그녀를 왜 불렀는지 난 도대체 알 수가 없네."

"전날에 책을 빌려 갔는데, 돌려주러 오겠다고 했다고. 그러니 어쩌겠어?"

그렇게 여전히 옥신각신하고 있는데 문을 두드리는 소리가 들렸고 그가 소리쳤다. "들어와요…… 크리스틴, 이쪽은 히스 부인. 로터스 히스."

"안녕하세요." 로터스가 쉰 목소리로 말했다. "예…… 안녕하세요, 마일스 씨. 당신 책을 가져왔어요. **정말** 재미있었어요."

그녀는 땅딸막한 중년 여성이었다. 통통한 팔뚝을 드러내고, 손톱에는 밝은 빨간색 매니큐어가 칠해져 있었다. 손톱 색깔에 맞는 립스틱을 서투르게 발랐는데 얼굴이 매우 창백했다. 검은 드레스 앞쪽에 분가루가 티 나게 묻어 있었다.

"이 창문은 왜 이렇게 덜거덕거려!" 크리스틴이 말했다. "신경질적으로 덜거덕거리네." 그녀가 신문 조각을 창틀에 끼워 넣고 긴 의자에 앉았다. 로터스가 곧장 그녀 옆으로 가서 몸을 앞으로 기울였다.

"나를 좋아하죠? 나를 좋아한다고 말해요."

"당연히 좋아하죠."

"날 불러 줘서 정말 고마워요." 로터스가 말했다. 미간이 넓고 슬퍼 보이는 두 눈을 굴리며 막연히 방을 둘러보았다. 노란색 수성 도료 칠이 된 방에는 '모로코, 태양의 나라'나 '아름다운 발리로 오세요' 같은 증기선 포스터가 붙어 있었다. "밤이면 밤마다 그 지하실 방에 혼자 앉아 있는 데 진력이 나 있었거든요. 낮에도 그렇지만."

크리스틴이 새침하게 말했다. "여기가 런던에서 지독하게 우울한 곳이라는 게 제 생각이에요."

그녀의 코가 벌어졌다. 팔을 옆구리에 단단히 붙이고는 약간 떨어지더니 담배에 불을 붙이고 깊이 들이마셨다.

"하지만 집을 잘 꾸며 놓았네요. 벽난로 위의 저 사진은 당신 아버님인가요? 아버님을 닮았네요."

로니가 크리스틴을 힐끗 보고는 기침을 했다. "어, 시 쓰는 건 어떠세요?" '시'라는 말이 무슨 부적절한 농담이라도 되는 것처럼 은근한 미소를 보이며 그가 물었다. "그리고, 소설은 잘되어 가시나요?"

"진도가 아주 빠르진 않아요." 위스키 디캔터를 바라보며 로터스가 말했다. 로니가 그녀를 대접하기 위해 일어났다.

그녀는 그가 건네준 잔을 받아 들고 눈을 찡그리더니 단숨에 잔을 비웠고, 그가 잔을 다시 채우는 것을 멍한 표정으로 바라보았다.

"하지만 그 소설 아이디어가 떠오른 건 정말 놀라워요." 그녀가 말했다. "꽤 긴 소설이 될 거예요. 있는 건 다 집어넣을 생각이에요. 몽땅 다 말이에요. 지금까지 아무도 쓴 적이 없는 그런 책을 쓸 거예요."

"맞습니다, 히스 부인. 긴 소설을 쓰셔야죠." 로니가 충고했다.

정중하게 관심을 보이는 남편의 표정이 크리스틴에게는 거슬렸다. '웃자고 하는 얘긴가?' 그런 생각이 떠오르며, 온몸에 뭐가 기어 다니는 듯한 불쾌한 느낌이 좍 퍼졌다. 그녀가 중얼거리며 일어섰다. "위스키가 좀 더 있나 볼게요. 아무래도 더 있어야 할 것 같네요."

"끔찍한 건 단어가 생각이 안 난다는 거예요." 그녀가 나가자 로터스가 말했다. "거의 고문이죠. 대상은 알겠는데 단어가 떠오르지 않는 거."

노래하는 듯 단조로운 그녀의 목소리, 흔히 혼잣말할 때의 그런 목소리가 바로 옆 침실에 있는 크리스틴에게 여전히 들렸다. '저런 섬뜩한 늙은이를 여기로 끌어들이다니!' 그녀가 생각했다. '로니가 미친 게 틀림없어.'

'여기 있으면 계속 기분이 가라앉아.' 그녀가 생각했다. 현관문은 특징 없는 푸른색으로 칠해져 있었다. 네 개의 작은 황동 팻말이 있고 오른쪽에 누르는 벨이 있었다. 갈랜드 부부, 마일스 부부, 스펜서 부인, 리드 양 그리고 때 묻은 명함이 아래 끼어 있었다. 로터스 히스 부인. 아래로 향하는 손가락 모양이 그려져 있었다.

크리스틴이 얼굴에 분을 바르고 조심스럽게 입술을 그렸다. 저 멍청이가 무슨 얘기를 하고 있을까?

"그 정도로 가망이 없는 건가요?" 그녀가 거실 문을 열었을 때 로터스는 그렇게 말하고 있었다. 눈물이 그렁한 채.

"아주 좋아요." 수줍기라도 한 양 로니가 발을 끌며 걸었다. "정말로 아주 좋은데, 좀 슬픈걸요. 사실 좀 슬픈 쪽이에요, 그렇죠?"

크리스틴이 낮게 웃었다.

"내 친구도 그랬어요." 크리스틴을 본체만체하고 로터스가 말했다. "'뭘 하든 칙칙하게는 만들지 마.' 그렇게 말했죠. '그건 사람들의 신경을 거스르거든. 그리고 아는 것에 대해서 쓰지 마. 그러면 네 스스로 흥분해서 말이 너무 많아지고, 그것도 사람들 신경을 긁는단 말이지. 지어내. 상상력을 발휘하라고.' 그래서 내 책은 어떠냐? 전혀 슬프지 않다는 거죠! 상상으로 쓰고 있으니까요. 그래도 내가 경험한 일을 약간 넣을 수 있으면 좋겠어요. 슬픈 일이건 아니건 그냥 사실을 쓰는 거죠. 나름 재미있는 일도 있었어요. 그럼요."

로니가 자기 쪽을 보았지만, 크리스틴은 아무 반응 없이 몸을 돌려 디캔터를 테이블 반대쪽으로 밀었다.

"먼저 위스키 한잔 더 하시고 얘기하시죠. 얘기 더 해 주세요. 위스키가 그래서 있는 거 아닌가요. 최대한 이용하세요. 안됐지만 부엌에는 이제 남은 게 없고 술집은 문을 닫았으니까요."

"내가 당신 스카치를 너무 축낸다고 생각하나 보네요." 로터스가 로니에게 말했다.

"아니에요, 전혀 그런 게 아니에요."

"그런 생각 하지 말아요. 이름이 뭐죠? 크리스틴, 내 집에 포트와인 한 병이 있으니 금방 가서 가져올게요."

"그러세요." 크리스틴이 말했다. "아주 친하게 지내 보자고요."

"바로 그거예요. 자, 마일스 씨에게 하고 있던 얘기인데, 내가 지금 껏 쓴 가장 좋은 작품은 시예요. 우리끼리 얘기지만 소설은 신경도 안 썼죠. 소설은 그냥 돈을 좀 벌려고 쓰는 거예요. 내가 정말 좋아하는 건 시예요. 어쨌든 내가 간직한 기억들이 어떤 건지 정말 믿기 힘들 거예요. 그거 알아요? 난 한참 전에 사람들이 한 말도 다 기억한다고요. 하려고만 하면 그 정확한 말이 다 기억나고 목소리까지 귀에 들려요. 내 기억이 그렇게 놀랍다니까요. 지금은 예전처럼 그렇게 잘 기억 나지는 않지만, 어쩌겠어요, 누구나 나이는 먹게 마련이니."

"맞아요, 참 비참하지 않아요?" 크리스틴이 누구에게랄 것 없이 말했다. "그만 죽어야 될 나이가 지나도록 사는 사람들이 너무 많다니까요, 그렇지 않아요? 특히 여자들 말이에요."

"꽤 비아냥대는군요. 앙증맞고 귀여운 분이 아주 냉소적이야." 로터스가 일어나서 휘청거리며 벽난로를 잡았다. "자기, 애가 있나요?"

"저 말이에요?"

"아니, 당신에게 애가 없는 건 보면 알죠. 그리고 가능하면 끝까지 애를 갖지 않겠지. 아주 약아빠졌으니까, 그렇죠? 뭐, 어쨌든 내가 지금 시를 하나 완성했어요. 눈물을 줄줄 흘리면서 썼고, 내가 지금껏 쓴 최고의 시예요. 마치 누군가가 내 귀에 대고 내내 말을 하는 것 같았어요. '이걸 써, 이걸 쓰라고.' 그렇게요. 한 여자에 대한 시예요. 법정에 있는데 판사가 그녀의 아들에게 사형선고를 하는 거예요. '넌 죽어야 한다.' 그렇게 말하는 거죠. '아, 안 돼요, 안 돼.' 여자가 말해요. '너무 어린애예요.' 하지만 판사가 말을 계속해요. '네가 죽을 때까지는.' 그러니까, 알겠죠." 그녀의 목소리가 높아졌다. "판사는 진짜가 아닌 거예요. 복화술사가 들고 다니는 그런 인형이지, **진짜**가 아니라고요. 아무도 그걸 모르는데 그녀는 알아요. 그래서 그녀가 말하죠…… 잠깐, 그냥 낭송을 해 줄게요."

그녀가 방 한가운데로 걸어가 고개를 뒤로 젖히고는 발을 모으고 똑바로 섰다. 그러고는 등 뒤에서 두 손을 살짝 모아 잡고 높고 인위적인 목소리로 선언했다. "죄수의 어머니."

크리스틴이 웃기 시작했다. "아, 너무 웃겨. 무례하게 보이겠지만 그런 뜻은 아니에요. 어쩔 수가 없어요. 누가 낭송만 했다 하면 전 예의를 못 지킨다니까요." 그녀가 축음기로 가서 레코드판을 올렸다. "그러지 말고 춤을 춰 보세요. 춤을 아주 잘 추실 것 같아요. 여기 딱 맞는 곡이 있어요. 〈딱 한 번만 기회를〉. 이거면 괜찮죠?"

"저 사람은 개의치 마세요." 로니가 말했다. "시를 계속 들려주세요."

"됐어요. 당신 부인이 싫어하는데 해서 뭐 해요."

"아, 크리스틴은 아무것도 몰라서 그래요."

"뭐가 우스워서 그러는지 얘기해 봐요. 그럼 내가 당신이란 사람에 대해 얘기해 주지." 로터스가 말했다. "사람들은 보통 불행할 때 웃어요. 그래서 웃는 거죠. 나만큼 인생을 살게 되면 그 정도는 알아요. 아마 그러고도 더 살아서 그렇게 득의양양하던 그들이 울상을 짓는 것도 보게 되겠죠."

"저 사람은 개의치 마세요." 로니가 되풀이해서 말했다. "원래 그래요." 그가 크리스틴의 등 뒤에서 고개를 끄덕거렸고, 자랑스럽고 다정한 목소리로 말했다. "오늘 아침만 해도 다른 사람들을 보며 감상적인 마음이 드는 걸 믿을 수 없다고 했다니까요, 그렇지, 크리스틴?"

"그렇게 얘기한 적 없어." 크리스틴이 얼굴이 벌게진 채 몸을 돌렸다. "신파는 신물이 난다고 했지. 그렇게 얘기했다고. 그리고 당해도 싼 일을 당하는 것뿐인데 그런 사람들한테 잘해 주라는 소리 듣는 것도 지겹고. 사는 게 엉망이면 그건 다 자기들 잘못이라고."

"계속해 봐요." 로터스가 말했다. "아무것도 모르는 바보들이 하는 얘기죠. 살면서 뭐든 정말로 느껴 본 적이라고는 없겠죠. 아니면 그걸 표현하지 못했거나. 아주 미숙한 가슴, 그게 당신들 문제예요. 당신 부친이 성직자였을지는 모르지만, 여전히 당신은 미숙한 가슴을 지녔어요." 그녀는 여전히 손을 뒤로 모은 채 방 한가운데에 서 있었다. "당신이 얘기해 줘요. 이름이 뭐죠? 과감하게 진실을 말하라고요. 자, 당신의 어린 친구에게 아무것도 모르는 바보라고 얘기해요."

"가만, 가만, 가만, 지금 이게 뭐 하자는 거죠?" 로니가 거북한 태도로 움직였다. 디캔터를 집어 잔에 대고 기울였다. "절실하게 술이 필요할 때마다 술이 없다니까. 그런 생각 해 봤어요? 포트와인은 어떻게 된 거죠?"

두 여자가 눈을 부라리고 서로를 쏘아보았다. 둘 다 대답하지 않았다.

"포트와인은 어떻게 된 거냐고요, 히스 부인. 아까 약속한 와인을 보여 달라고요."

"오, 맞아요. 포트와인." 로터스가 말했다. "포트와인. 알겠어요. 가서 가져오죠."

그녀가 나가자마자 크리스틴은 격분하여 이리저리 걷기 시작했다. "무슨 생각이야? 저 끔찍한 여자를 왜 부추기는 거야? '당신의 어린 친구'라고? 들었어? 내가 무슨 첩인 줄 아는 거야? 그렇게 나를 모욕하는 게 당신은 괜찮아?"

"아니, 그게 무슨 소리야. 당신을 모욕하려는 게 아니야." 로니가 주장했다. "술에 취했을 뿐이라고. 술이 문제일 뿐이야. 내가 보기엔 무지하게 웃기는데. 저렇게 웃기는 구닥다리를 만난 게 정말 얼마만인지 모르겠어."

그 말이 하나도 안 들리는 듯 크리스틴이 말을 이었다. "이 거지 같은 더러운 집구석에 거지 같은 내 인생! 게다가 이제 술 냄새가 진동하고, 그것도 모자라 알고 싶지도 않은, 시궁창 냄새가 진동하는 이따위 인간을 끌어들여 나한테 말을 걸게 만들어. 나한테 말을 걸다니! 당신 말처럼 넘지 말아야 할 선이 있는 거야…… 건초 더미 위의 유혹이라니, 맙소사! 아주 상종도 하지 말아야 할 인간을."

"말조심해." 로니가 말했다. "다시 올 거잖아. 듣겠다."

"들으라고 해." 크리스틴이 말했다.

그녀가 층계참으로 나가서 섰다. 로터스의 정수리가 눈에 띄자 카랑카랑한 목소리로 말했다. "도저히 더 이상은 그 여자랑 같은 방에 못 있겠어. 위스키 냄새랑 그 퀴퀴한 냄새가 섞여서 악취가 말도 못해."

그녀는 침실로 들어가서 침대에 걸터앉아 웃기 시작했다. 곧 거리낌없이 마구 웃음이 터져 나와 그녀는 손등으로 입을 틀어막아야 했다.

"어서 오세요." 로니가 말했다.

"포트와인을 못 찾겠네요."

"괜찮아요. 걱정 마세요."

"분명 남은 게 좀 있었는데."

"괜찮다니까요…… 집사람은 몸이 좀 안 좋아서 침대에 누워 있어요."

"그런 사람은 보면 알아요, 마일스 씨." 로터스가 말했다. "그냥 술 한 잔만 더 줘요. 어딘가 꿍쳐 놓은 거 있죠?"

찬장에 셰리주가 좀 있었다.

"정말 고마워요."

"좀 앉으시죠."

"아니에요, 갈게요. 하지만 아래까지 좀 배웅해 줘요. 너무 어두운데 등이 어디 있는지 모르겠어요."

"그럼요, 그럼요."

그가 층계참마다 불을 켜며 앞서갔고 그녀가 난간을 잡고 뒤를 따랐다.

이제 비는 그쳤지만 여전히 바람이 거칠고 몹시 추웠다.

"이 계단 내려갈 때 나 좀 붙잡아 주겠어요? 상태가 별로 안 좋네요."

그가 그녀의 팔 아래쪽을 붙잡고 지하실 계단을 함께 내려갔다. 그녀가 가방에서 열쇠를 꺼내 아파트 문을 열었다.

"잠깐 들어와요. 따뜻하게 불을 피워 놓았거든요."

작은 방에 가구들이 잔뜩 들어차 있었다. 로코코식 다리에 등받이가 곧은 의자 네 개, 충전재가 밖으로 삐져나온 안락의자들, 무더기로 쌓아 놓은 옛날 잡지들, 하나같이 섬세한 연회복 차림에 생기 없이 미소 짓고 있는 로터스의 사진들이.

로니는 앞뒤로 흔들흔들 무게중심을 옮기며 서 있었다. 사진들이 마음에 들었다. '20년 전에는 인물이 수려했겠어.' 그가 생각했다. 그러자 마치 대답이라도 하듯이 로터스가 울먹이는 소리로 말했다. "예전엔 없는 것 없이 다 있었는데. 맙소사, 정말 그랬어. 눈이고 치아고 머리칼이고 몸매고, 다 말이야. 이제 그게 무슨 소용이람?"

창문은 닫히고 갈색 커튼이 쳐져 있었다. 바깥쪽에 놓인 휴지통 세 개에서 풍기는 시큼한 냄새가 진동했다.

"여기 집세가 얼마나 돼요?" 로니가 턱을 문지르며 말했다.

"가구 없이 일주일에 30실링."

"집주인 여자가 이 거리에만 집을 네 채나 갖고 있는 거 아세요? 층마다 방이란 방은 다, 지하실까지 세를 놓았죠. 그러니까 봐요. 돈이 돈을 낳는 거죠. 돈이 없으면 아무리 애써 봐야 소용도 없고. 그래요, 돈이 돈을 낳아요."

"그러라죠." 로터스가 말했다. "난 손톱만큼도 신경 안 써요."

"그렇게 말도 안 되는 소리 하지 말아요."

"진짜 신경 안 써요. 내가 그렇게 말했다고 동네방네 떠들어도 돼. 손톱만큼도 안 쓴다고. 돈을 원해 본 적은 한 번도 없었어요. 당신들이 관심을 가지는 것들에는 하나도 관심이 없다고."

'이 노인네가 정신이 나갔구먼.' 이렇게 생각하며 그가 말했다. "자, 괜찮으신 거면 전 가 볼게요."

"아, 그 포트와인. 사실은 남은 게 있어요. 없었으면 있다고 얘기하지도 않았지. 난 그런 사람이 아니거든. 내 말 믿죠?"

"그럼요." 그가 그녀의 어깨를 두드렸다. "그런 사소한 일에 괘념하지 마세요."

"그런데 내가 가지러 와 보니 없어졌더라고. 누가 그랬는지는 얘기 안 해도 다 알아."

"에?"

"망할 인간들이 있어. 진짜 망할 인간들이 있다고. 손에 잡히는 건 닥치는 대로 다 가져가지. 나를 보러 오는 건 그저 뭐라도 집어 가려고 오는 거라고." 그녀가 무릎에 팔꿈치를 대고 손에 얼굴을 묻고는 울기 시작했다. "이젠 지쳤어, 아주 넌더리가 난다고. 사람들이 뭐라고 하는 줄 알아! 하느님, 사람들이 떠들어 대는 얘기는……"

"오, 사람들이 하는 말 때문에 의기소침하지 말아요." 로니가 말했다. "그래선 되는 일이 없어요. 다음엔 나아질 거예요."

그녀는 대답도 하지 않고, 그를 쳐다보지도 않았다. 그가 안절부절못하며 말했다. "저, 아무래도 전 이제 가 봐야겠어요. 힘내세요. 다음엔 나아질 거라는 걸 꼭 기억하세요."

그가 위층에 올라오자마자 크리스틴이 침실에서 그를 불렀고, 그가 들어가자 여기를 떠야 한다고, 더 나은 집을 구할 돈이 없다는 얘기는 집어치우라고, 더 나은 집을 구해야만 한다고 말했다.

로니는 틀린 말은 아니라고 생각했지만 그녀가 한 얘기를 하고 또

했기 때문에 나중에는 신경이 곤두서기 시작했다. 그래서 그는 다시 거실로 돌아가 근처 가게에서 파는 중고 축음기 음반 목록을 훑어보면서 맘에 드는 것에 줄을 치기 시작했다. 〈난 몽상가예요. 우리가 다 그렇지 않나요?〉, 〈당신에게 빠졌어요〉. 이건 당연히 사야지. 그 아래에 두 줄을 그었다. 그러고는 다음 날 아침 청소부가 와서 치울 수 있도록 술잔을 모아서 부엌으로 가지고 갔다.

창문을 열고 축축한 거리를 내다보았다. "당신에게 빠졌어요." 그가 나직하게 흥얼거렸다.

잔가지를 쳐낸 나무들이 양쪽에 열을 지어 선 거리는 시골길처럼 캄캄했다. 반짝반짝했는데, 약간 사악하다는 느낌이 들었다.

"내 마음속 깊은 곳에서." 그가 흥얼거렸다. 그러다가 계절에 비해 너무 바람이 차서 몸을 부르르 떨고는 창문에서 몸을 돌려 청소부에게 줄 메모를 적었다. '브라이언 부인, 도착하자마자 전화해 주세요.' '하자마자'에 밑줄을 긋고 지저분한 그릇 중 하나에 봉투를 세워 놓았다. 그 일을 막 마쳤을 때 이상한 삐걱임이 들렸다. 다시 창문을 내다보았다. 하얀 사람의 모습이 거리를 달려 올라가고 있었는데, 어두워서 아주 자그맣고 기이해 보였다.

"아니, 옷을 하나도 안 입었잖아." 그가 큰 소리로 말하고는 목을 열심히 창문 밖으로 내밀었다.

경찰 호루라기 소리가 들렸다. 삐걱거리는 소리가 계속되자 위층의 갈랜드 부부네 창문이 올라갔다.

경찰 두 명이 로터스를 반쯤은 부축하고 반쯤은 질질 끌면서 나타났다. 한 사람이 그녀에게 자신의 망토를 씌워 주었는데, 그것이 그녀 무릎까지 내려와 있었다. 그 아래로 비척거리며 움직이는 다리가 보였다. 세 사람이 지하실 계단을 내려갔다.

크리스틴이 부엌으로 들어와 그의 어깨 너머로 밖을 내다보았다. "맙소사." 그녀가 말했다. "다른 게 전혀 안 먹히면 저것도 관심을 끄는 한 방법이네."

벨이 울렸다.

"경찰인데." 로니가 말했다.

"뭣 때문에 남의 집 벨은 누르는데? 그 여자에 대해 아는 건 하나도 없다고. 왜 다른 집에 물어보지 않고?"

벨이 다시 울렸다.

"내려가 보는 게 좋겠어." 로니가 말했다.

"히스 부인에 대해 뭐 아는 게 있으신가요? 지하실에 사는 로터스 히스 부인요." 경찰이 물었다.

"안면은 있습니다만." 로니가 조심스럽게 대답했다.

"지금 좀 상태가 엉망인데요." 경찰이 말했다.

"오, 저런!"

"완전히 정신을 잃었어요." 경찰이 은밀하게 말했다. "그런데 문제가 술만이 아닌 것 같아서요."

로니가 왜인지는 모르겠지만 너무나 깜짝 놀라서 물었다. "돌아가실 것 같아요?"

"돌아가신다고요? 아니요!" 경찰이 말했는데, '아니요'라는 그 말투가 죽음은 생각할 수도 없는, 신경증에서 생겨난 허구나 일어나지 않는 어떤 일처럼 들렸다. 보통 사람에게는 일어나지 않는. "괜찮을 거예요. 구급차가 금방 올 거예요. 그분에 대해 뭐 아시는 것 없나요?"

"없는데요." 로니가 말했다. "전혀 없어요."

"그래요?" 경찰이 수첩에 끄적거렸다. "뭐든 알 만한 다른 분은 여기 안 계신가요?" 그가 황동 명패에 손전등을 비췄다. "갈랜드 씨?"

"갈랜드 씨는 아닙니다." 로니가 황급히 대답했다. "분명히 아니에요. 그분은 갈랜드 부부하고는 친하지 않았어요. 그건 확실히 압니다. 사실 다른 사람들하고 별로 어울리질 않았어요."

"고맙습니다." 경찰이 말했다. 비꼬는 투였나?

경찰이 리드 양의 집 벨을 눌렀고 아무 대답이 없자 험악하게 위를 올려다보았다. 하지만 그는 앨비언 크레센트 6동에서 다른 아무런 반응도 끌어낼 수가 없었다. 모두들 불을 끄고 창문을 닫아 버렸으니까.

"저⋯⋯" 로니가 입을 열었다.

"아, 알겠네요." 경찰이 말했다.

로니가 다시 집으로 올라갔을 때 크리스틴은 침대에 누워 있었다.

"뭣 때문에 그러는 건데?"

"완전히 정신을 잃었나 봐. 구급차를 불렀대."

"정말? 안됐네." ('안됐네'라고 했지만 사실 무슨 뜻이 있는 게 아니었다.) "몰골이 아주 말이 아니던데, 그렇지 않았어? 백지장처럼 하얀 얼굴에 립스틱이 번져서 입술은 정말 괴상한 색이고. 눈치 못 챘어?"

밖에 차가 멈춰 섰고 로니는 사람들이 줄을 지어 지하실로 내려가는 걸 보았는데, 모두들 아주 대단해 보이고 표정도 엄숙했다. 능수능란하기도 했다. 들것을 들고 나와 구급차 안으로 넣는 게 말이다. 맨 꼭대기 층에서 갈랜드 부부가, 아래층에서 스펜서 부인이 내다보고 있을 것임을 그는 알았다. 리드 양은 며칠 집을 비운 참이라 그 층은 어둠에 잠겨 있었다.

'이 거리가 오늘 밤엔 왜 이리 으스스한지 모르겠네.' 그가 생각했다. '시쳇말로 누가 내 무덤 위를 걸어가기라도 하는 것처럼.'

이 구지레한 모든 일들에 전혀 아랑곳없이 눈을 감고 오리 솜털 이불을 턱까지 끌어 올린 채 약간 미소까지 지으며 누워 있는 크리스틴을 보며 어떻게 그럴 수 있는지 감탄하지 않을 수 없었다. 달콤한 사탕을 물려 준 아기처럼 예쁘장하고 포근하고 행복해 보였다. 평화롭고.

사랑스러운 아기. 얼마나 사랑스러운지 그는 정말 사랑스럽다고 말하면서 그녀에게 키스하기 시작했다.

견고한 집

A Solid House

1

"지금은 어때요?" 미스 스피어먼이 큰 소리로 물었다. 그녀는 귀가 잘 안 들렸다.

"좀 조용해졌어요." 테리사가 말했다.

미스 스피어먼이 귀를 손으로 막고 고개를 저었다. 듣지 못한 것이다.

"자, 자." 그녀가 말했다. 팔은 드럼 스틱처럼 얇고 가슴은 뼈가 앙상했고 머리칼은 고양이 털처럼 가늘었다. "다 끝났어요. 이제 됐어."

"담배 줄까요?" 테리사가 물었다.

하지만 담배 케이스를 여니 담배가 없었다. 전날 저녁에 모퉁이의 담배상이 그녀에게 담배를 팔지 않았기 때문이다. 그는 물량이 모자랄 것 같으면 늘 여자에겐 담배를 팔지 않았다. 그리고 그럴 수 있다는 사실을 아주 뿌듯해했다. 자신이 그를 괜찮게 생각한다는 걸 알면 그가 뭐라고 할지 궁금했다. 신문의 행간이나 책의 표지에서 뱀의 혀처럼 날름대는 혹은 음흉하게 미소 짓는 눈에서 슬쩍슬쩍 비치는 내밀한 증오에 비해서 그의 공공연한 경멸과 증오는 오히려 안도가 되었다. 여자? 그래, 여자. 여자는 이래야 하고, 여자는 이렇게 될 것이고, 여자는 이러할 것이고.

미스 스피어먼이 또 뭔가를 가지고 수선을 떨었다.

"이어폰을 위층에 놓고 왔어. 이 바보! 굳이 다시 가서 가져와야 할까요?"

"아니, 그러지 마요. 안 그러는 게 나아요." 테리사가 말했다.

당연히 안 그러는 게 낫지. 파편적 문장들이, 어쩔 수 없이 더하고 빼고 곱해야 하는 늘어선 숫자들이 그리고 그 첫 번째 비명과 요란한 소리가 고요함과 휑뎅그렁함 속으로 점차 들어차는 동안 그녀가 생각했다. 허전한 느낌이 드는 정수리가 덜거덕덜거덕 흔들리기 시작했다.

미스 스피어먼이 이번에는 목소리를 죽여 속삭였다. "바로 위에 있어, 그렇지? 어쩌면 우리 편인지도 몰라."

우리 편? 글쎄, 어쩌면······

지하 창고 벽에 바짝 붙어서 그들은 벽면이 사정없이 울리는 소리를 들었다. 그리고 그들 위쪽으로 집 전체가 기다리고 있었다. 메아리와 그림자와 삐걱거리는 소리들―아마 쥐들일까―이 가득한 길고 음침한 복도들. 하지만 바깥 광장은 차분하고 무심했다. 런던 광장 나무들보다 더 깨끗하고 냄새도 다른 나무들이 심어진.

"뭐 들리는 거 있어요?" 미스 스피어먼이 물었다.

"이제 지나갔나 봐요." 테리사가 말하고는 손짓을 했다.

그녀는 아주 오래전에 이 지하 창고와 아주 비슷한 창고에서 숨바꼭질을 했던 기억이 났다. 숨바꼭질은 참 이상하기도 하지. 시작은 좋다. 편을 정한다. (넌 내 편, 넌 내 편.) 그러고 나면 중간에 갑자기 뭔가 달라진다. 완전히 다 바뀌어서 무의미하고 무시무시한 것이 된다. 하지만 여전히 계속된다. 숨거나, 얼굴이 벌게져서 내달리거나. 이게 뭐 하는 건지 다 안다는 듯이. 남자애들의 과시욕이 드러나면서 사나워진다. 여자애들은 분위기를 맞추려 애쓰며, 그들이 하는 대로 따라 하며 종종걸음으로 돌아다니는데, 계속 곁눈질을 하고 난데없이 낄낄거리기도 하다가 보통은 우는 것으로 끝난다.

"뭘 기다리는 거지?" 미스 스피어먼이 신경질을 내며 말했다. "경보 해제가 울렸는데 왜 빨리 사라지지 않는 거야?"

테리사가 미소를 지으며 어깨를 으쓱했다. '이제 다 갔어.' 이제 진정된 그녀가 생각했다. '메달을 벽에 걸어 두러 집에 간 거지. 뭐든 먹기도 해야겠고.' 그녀는 이 지하 창고에 익숙해져서 이젠 여기를 떠나고 싶지 않았다. 그 옛날 창고와 아주 닮은, 완전히 안전한, 창문도 없는 이 훌륭한 창고를 왜 떠난단 말인가?

'변한 건 별로 없어.' 그녀가 생각했다. 금방금방 바뀌는 우렁찬 명령 소리—좌향좌, 아니 우향우. 아니, 제자리, 이 바보야—와 의무적으로 지어야 하는 웃음, 언제나 똑같은 얘기인데도 꼭 웃어 줘야만 하는 멍청한 농담들. 처음엔 내키지 않는 웃음이었지만 나중에는 얼마나 히스테릭하게 웃는지 턱이 다 뻐근할 정도였다. 그리고 여자들도 역시 허리에 칼을 차고 다녀도 되는 건지 아닌지를 놓고 논쟁이 끝도 없이 벌어졌다. "아, 여자들은 칼을 지니면 안 돼." "왜 안 돼?" "음, 장교가 아니니까. 여자들은 일반 선원이잖아." "그래, 하지만 일반 선원들도 칼은 차고 다녀." 그러면 여자를 좋아했던 것 같은 순한 남자애인 노먼이 말했다. "그게 일반 선원들한테 있는 제일 좋은 거잖아." 결국 우두머리 여자만 칼을 지니고 나머지는 막대기를 들기로 결정을 했다. 이 끔찍한 놀이에서 최악은 광란 같은 시간이 지나고 누군가 다쳤을 때 벌어진다. 그러면 남자애들이 자기들끼리 모이고, 그중에는 이렇게 말하는 애가 꼭 있기 마련이다. "여자애들 잘못이야. 먼저 시작했다고. 우리를 자꾸 부추겼잖아. 우리보다 쟤네들이 더 나빠."

"자, 이제 됐어요." 그녀가 말했다. "오늘 아침은 이게 다인가 봐요."

미스 스피어먼은 대답하지 않았다. 긴장한 채 귀를 기울이며 앞쪽만 뚫어져라 보고 있었다.

"경보 해제." 테리사가 조심스레 말했다. 이제는 생각을 좀 할 수 있었으므로 이렇게 속으로 얘기할 수 있었다. '소리치면 안 돼. 목소리를 적당히 높이면 들릴 거야.'

"아!" 미스 스피어먼이 말했다. "대단한 공습은 아니었네." 심술궂은 표정으로 얼굴이 바뀌었다. "당신 무서워서 죽을 뻔했지? 저 손 떠는 것 좀 봐."

"여기가 너무 추워서 그래요."

"그럼 가요. 몸을 녹여야겠어."

그들은 가파른 돌계단을 올라가 현관의 청동 종과 명함 접시와 세월이 흐르며 고약해진 뿌연 거울을 지나 부엌으로 들어갔다.

커다란 식당은 안락했다. 이 집 주인은 공습이 시작되자 바로 짐을 싸서 레이크 지구의 호텔에서 살고 있었다. ("사람들은 그러면 안 되는 거였다고들 했어요. 안 좋은 선례라고. 하지만 그 나이 대 사람한테 뭘 기대하겠어요? '그 사람들도 그 나이가 되면 이 악마들이 벌이는 난리굿을 견디지 못할걸.' 내가 그렇게 말했죠.") 몰락한 귀족 부인의 하녀나 가정부 혹은 그녀의 가난한 친척이나 어정쩡한 친척—이 신성하고 복 받은 섬나라에도 어정쩡한 친척들이 돌아다니기는 할 테니까—처럼 보이는 미스 스피어먼을 이 집에 두고 하숙인을 정해 방을 빌려주는 일을 맡겼다.

공습과 지뢰와 살육 등에 대해 늘어놓으며 그녀가 불을 피웠다.

"그러니까 광장 주변에 멀쩡한 창문이 하나도 없었다니까. 세인트 애그니스부터 카운티 찻집까지 몽땅 다 날아갔다고요. 정말 대단한 밤이었지."

그녀가 부엌에 들어가 차와 버터 바른 빵을 검은 칠기 쟁반에 담아 내왔다.

"난 좀 더 있다 마실게요. 진한 게 좋거든. 눈도 안 보이는 마님이 괜찮은지 가 봐야겠네." 그때 그녀의 '마님'이라는 말은 불쌍하다는 듯 낮잡아 보는 경멸 어린 투였다. "그리고 어쩌면 7번 방의 올리 피어스가 뭔 소식을 들었을지도 모르겠네."

벽난로 가까이에는 빨간 플러시 천을 덮은 안락의자 두 개와 조각보 깔개와 고양이 그림이 있는 달력, 중앙에 모직 매트가 놓인 둥그런 테이블, 커다란 검은색 벽장이 있었고, 벽에는 군복을 정식으로 차려입은 군인의 오래된 사진이 있었다. 왕실 근위대 소위, 78보병대 대위. 위층 로퍼 대위 침실에 있는 군인들의 동료일 테다. 테리사는 항상 로퍼 대위가 잠자리에 들 때마다 그 사진들이 흡족하게 내려다보는 상상을 하곤 했다. '잘 자게, 동지.' 그렇게 말한다. '푹 자라고, 친구.'

여기 함께 묵고 있는 로퍼 대위는 치료를 받느라 집에 없었다. 지금 그녀와는 앙숙이 되었기 때문에 그것 역시 아주 잘된 일이었는데, 그녀는 왜 그렇게 되었는지 잘 알았다.

그녀가 여기 온 첫날 밤에 그들은 가까운 극장에 함께 갔다. 둘째 날 밤에는 저녁을 함께 먹고 불가에 자리를 잡고 앉았다. 그는 큰 안락의자에, 그녀는 작은 안락의자에 앉았고, 그가 절반 남은 위스키 병을 내왔다.

"한잔할래요?"

"군복을 입으면 남자들 모양이 제대로 안 나." 그가 위스키 두 잔을 마신 후 말했는데, 아마 그의 경우엔 그 말이 맞을 것이었다. 거만해 보이고 나이를 알 수 없는 잘생긴 얼굴에 역시 거만해 보이는 콧수염을 기르고 있었다.

이 전쟁이 끝나면 상황이 아주 힘들어질 거라고 그가 말했다. 상황이 아주 나빴던 지난번 전쟁보다도 더할 거라고. 또 1902년에 멕시코에 있다가 1921년에 다시 런던으로 돌아왔다고 했다. 돈이 다 떨어져서. "예복만 빼고 몽땅 다 날아갔지. 1914년에는……"

"1914년에는 무척 젊으셨겠어요." 테리사가 공치사를 했다.

로퍼 대위가 눈을 끔벅거렸다. "뭐, 사실 그랬죠. 그런데, 내 기억에……"

그래, 전쟁 전인 1914년은 분명 황금기였겠지.

테리사는 어느 순간부터 얘기를 듣지 않았다. 얼마 후 그의 얘기가 다시 귀에 들려왔을 때는 1914년이 아니었다. 이미 1924년이 되었고, 그는 생계를 위해 마작을 가르치고 있었다.

"그런데 학생들 중에 흥미로운 사람들이 많았어요. 정말 예쁜 여자도 있었는데, 그렇게 예쁜 여자는 처음 봤다니까. 가무잡잡하고 생기발랄한 사랑스러운 여성이었는데. 당연히 마작은 재미없어했죠. 점수 내기가 너무 복잡하니까." 매정하고 깊이가 없는, 감상적인 그의 두 눈이 그녀를 지나 먼 곳을 바라보았다. 아마 햇살이 환히 내리쬐는 거리와 새로 페인트칠을 한 문으로 이어지는 단정한 계단과 창문에 놓인 화분과 그 집 안의, 가질 수 없는 장식용의 젊은 여성을 보고 있겠지. "이름은 기억이 안 나요. 하이픈으로 연결된 이름이었는데. 생각이 날 듯 말 듯 안 나네."

하이픈으로 연결된 이름들이 테리사의 머릿속을 스쳐 갔다.

"아, 기억났어요." 로퍼 대위가 말했다. "바턴-럼리."

"바턴-럼리?"

"그래요, 바턴-럼리 부인. 재미없어했어요." 그렇게 중얼거렸고, 잠시 후 이렇게 덧붙였다. "그리고 세상을 떴죠."

그때 테리사는 크게 웃음을 터뜨렸다. 너무나 예기치 못한 순간에 터져 나오는 그런 말도 안 되는 웃음이었다. 저 깊숙한 곳에서부터 솟아나는, 정말 사악한 웃음이었다. 그럴 때마다 그녀는 생각하곤 했다. '지금 웃는 이 사람은 누구지?'

그녀는 얼굴을 문지르며 웃음을 기침으로 바꿔 보려 했다.

"오, 말도 안 돼요. 아름다운 사람들은 그렇게 세상을 뜨면 안 되죠.

다른 사람들은 다 죽어도 그들은 잘 지키고 보호해서 살아 있게 해야 죠. 이 세상에 얼마 있지도 않은데."

하지만 소용없었다. 그는 미심쩍게 그녀를 쳐다보았고, 이후로도 내내 그렇게 미심쩍게 그녀를 보았다.

'아니야.' 미스 스피어먼이 돌아왔을 때 그녀는 이런 생각을 하고 있었다. '그 나머지 이야기는 절대 들을 수 없을 거야. 1925년에 무슨 일이 일어났는지. 1938년에는, 1927년에는, 1931년에는……'

"노턴가." 미스 스피어먼이 차를 따르며 말했다. "그리고 베일리도 부서졌대요."

"아주 가까운 곳인데. 분명 첫 번째 폭격 때였을 거예요."

"맞아요. 올리 말이 열다섯 명이 죽었다고 해요. 지미는 또 서른 명이라고도 하고. 노턴가면 오늘 오후에 가 볼 수도 있어요. 지금 가는 건 소용없겠죠? 벌써 많이 나아진 것 같네요." 그녀가 말했다. "아까 지하실에서는 진짜 안 좋아 보이더니. 안색이…… 백지장처럼 하얗더라니까. 그렇게 유약하게 굴면 안 돼요. 그러면 안 된다니까. 다른 생각을 해요. 기운을 좀 차려야 할 것 같네."

그녀가 방을 가로질러 가서 벽장을 열었는데, 그 안에는 드레스와 속옷, 샌들, 브래지어, 기모노 등 중고 여성복들이 가득했다. 미스 스피어먼의 부업이었다.

"이거 어때요? 3파운드 6펜스."

그녀가 긴 베일이 달린 갈색 펠트 헤일로 모자*를 들어 보였다.

"내가 그걸 쓰면 웃기지 않겠어요?" 테리사가 말했다. "그러니까 약

---

* 넓은 챙이 얼굴 주위로 후광처럼 보이는 모자로 1930년대에 유행하기 시작했다.

간 말이에요."

"그래요, 딱히 당신 스타일은 아닌 것 같네." 미스 스피어먼이 동의
했다. 그녀는 이제 보청기를 끼고 있었고 듣는 데 문제가 없는 듯했
다. "이 옷은 어때요? 바로 어제 산 거예요. 옷을 멋지게 차려입은 아
주 말쑥한 부인이었어요. 세탁까지 다 한 거라고 2파운드*를 달라고
하더라고요. 당신에게는 30실링에 줄게요."

"하지만 그런 녹색은 별로 안 좋아해서요. 사실 녹색 자체를 별로
안 좋아해요. 나한테 행운의 색이 아니거든요."

"뭐라고요?" 미스 스피어먼이 말했다. "안 들려요. 방에 가져가서
한번 입어 봐요. 1파운드에 줄게요. 거의 거저지."

"알겠어요." 테리사가 힘없이 말했다. 흉측한 그것을 집어서 의자
등받이에 걸쳤다. 그리고 생각했다. '그래, 결국엔 이걸 사고 말 거야.
결국엔 이걸 입고 돌아다니겠지. 하느님, 도와주세요.'

그러다가 벽장에 걸린 자신의 검은 드레스가 눈에 띄었다. 볼품없
는 보라색 코트 옆에 걸려 있었다. 벗어던진 자아처럼 얼마나 처량하
면서 또 얼마나 위협적으로 되쏘아보는지 그녀는 시선을 돌렸다.

"차 한잔 더 해요." 미스 스피어먼이 말했다. "오래된 검은색 드레스
를 보고 있군요. 이번 주에는 팔렸으면 좋겠는데. 하지만 많이 받지는
못할 거예요."

"그렇겠죠."

"검은색은 너무 칙칙하거든요. 12실링 6펜스 정도 받을 수 있겠죠."

"꽤 비싸게 주고 산 건데요."

---

* 화폐개혁 이전으로 1파운드는 20실링, 1실링은 12펜스.

"그래요, 잘 만든 옷인 건 알겠어요. 하지만 어쨌든 칙칙하다고요. 10실링이면 되겠어요?"

얼굴이 매섭고 간절해지면서 갈색 눈이 반짝거렸다. 돈 얘기나 하고 있는 거라고는 믿을 수 없을 정도로.

"그것밖에 못 받는 거라면……"

미스 스피어먼이 긴장을 풀었다.

"이놈의 공습만 있다 하면 사람이 얼마나 기운이 빠지는지, 참 이상하죠?" 그녀가 한숨을 쉬었다. "항상 생각하는 거지만 나중에서야 피로가 몰려온다니까. 그래, 당시엔 모르다가 나중에야."

"앉아 있어요. 내가 잔을 씻을게요." 테리사가 말했다.

하지만 부엌은 지하 창고와 마찬가지로 어둡고 침침했다. 달랑 조그만 창문 하나가 높이 달려 있어서, 그리로 들어온 빛에 싱크대와 녹슨 가스레인지, 건조대에 놓인 멍청한 달 얼굴 접시와 화사한 컵과 고리에 걸려 있는 칙칙한 냄비가 보였다. 그래서 미스 스피어먼이 가정부에 대해 혼잣말을 하고 있는 식당으로 다시 돌아오니 마음이 놓였다.

"넬리는 안 나타날 게 분명해요. 이 공습을 핑계 삼아서 말이야. 늘 그런 식이니까. 정말 짜증 나. 그 집 근처에는 공습이 일어나는 일도 없는데.

노동자들이 도대체 어떻게 되어 가는 건지 알 수가 없어요. 당신은 그런 생각 안 해요? 게다가 이 집은 장교든 아니든 누가 도와주지 않으면 나 혼자 감당이 안 된다고요."

"또 난 이 일을 좋아서 하잖아요." 그녀가 말을 계속했다. "나 같은 사람이 죽어 없어지면 그 사람들이 어떻게 해 나가겠어요? 어떤 꼴이 될지 곧 알게 될걸." 애통해하면서 투덜거리는 말투가 전하는 무언가로 인해 갑자기 모든 집에 점차 먼지가 쌓이고 지저분해지면서 인기척이 없어지는 게 눈에 보일 정도였다. "다 황폐해지거나 말거나 그냥 놔두면 어떻게 되겠느냐고요." 그녀가 한탄을 했다. "그럼 사람들은 어디서 사나? 땅에 굴을 파고 살 거야, 콘크리트 막사를 지어 살 거야, 어쩔 거야?"

걱정 마요. 어딘가에선 그 모든 게 살아남을 테니까. 반짝거리는 마루와 장미꽃이 가득 담긴 화병들, 향수 뿌린 머리와 매니큐어 칠한 손톱. 누군가는 가라앉지만 또 누군가는 유유히 헤엄치고 다닐 테니까. 가정주부를 믿어······

그녀가 화끈거리는 눈을 손으로 가렸다. 그리고 시끄러운 시계 소리를 들으며 저쪽 시계는 너무 천천히 똑딱거리고 테이블 위의 손목시계는 너무 빨리 똑딱거린다는 생각을 했다. 하지만 똑같은 초인데, 아니면 같은 초를 알리는 건데. 그것이 알려 주는 바를 하나도 믿지는 않았지만.

"그 여자 안 올 줄 알았어. 벌써 한 시간 반이나 지났잖아. 지킬 생각도 없는 약속을 하는 게 가장 큰 문제라니까. 전혀 영국인답지 않아, 전혀. 게다가 오늘 내 카드를 잘라 주기로 해 놓고서. 카드 자르는 일은 아주 잘하거든요."

그녀가 무릎 위에서 깍지를 끼었다 풀었다 했다. 피부가 벗겨져 아주 빨갛고 관절이 부어오른 손은 그녀에게서 유일하게 볼품없는 부분이었다.

"미스 스피어먼, 당신 정말 놀라워요."

"그래요?"

"그럼요, 그래서 부러워요."

"부럽다고요?" 미스 스피어먼이 행복한 표정으로 물었다. 그리고 벽난로 위의 작은 거울을 들여다보았다. "얼굴과 머리는 꼭 빗물만 가지고 씻어요. 밖에 통에 받아 놓은. 단물이거든요. 그게 비밀이에요."

테리사가 말했다. "당신 생김새도 부럽긴 해요, 물론. 하지만 내 말은 언제나 그렇게 차분하고 자기 확신에 차 있어서 부럽단 뜻이었어요. 그리고 또……"

바깥 날씨는 이글이글 반짝반짝하고 하늘은 터질 듯한 파란색이었다. 무정한 초봄…… 설익은 구스베리처럼 시큼한. 돌을 깔아 놓은 정원과 아무것도 없는 깔끔한 화단과 높은 담장으로 냉랭한 노란 햇빛이 떨어졌다. 그 담장 위에 연한 적갈색 고양이가 새를 노려보며 앉아 있는데, 축축한 곰팡이 위에 말쑥한 발자국이 선명하게 찍혀 있었다.

"이제 기운이 나요." 테리사가 말했다. "좀 졸리긴 하지만. 몸이 나아지고 있는 거예요. 해도 아직 안 뜬 이른 아침인데도 이렇게 거뜬한 기분이니 말이에요."

"몸이 안 좋았던 거예요?" 미스 스피어먼이 캐물었다. "요즘에야 아픈 사람들이 한둘이 아니지만. 수도 없이 많죠. 물론 이 매정한 젊은이들은 안 그렇지만."

테리사가 말했다. "젊은이들이 매정하다고 보세요? 나이 든 분들은 매정하지 않나요? 그리고 나이가 들어 가는 사람들은요? 그 사람들은 안 그런가요?"

"당신 몸이 안 좋다는 게 보이네요. 눈을 보니 알겠어."

"아, 심하진 않았어요." 테리사가 말했다.

하지만 고개를 돌리는 대신 그녀는 미스 스피어먼을 똑바로 보았다. 쨍하고 매서운 바깥 날씨처럼 매정하게 반짝거리는 그 눈을. 하지만 그 반짝거림 뒤로는 확실히 뭔가 꿈꾸는 듯 부옇고 부드러운 게 있지 않을까? 상냥함과 부드러움은 대개 밖으로 드러나 보이기 마련이다. 그런 게 있다면 말이다. 하지만 그 깊숙한 곳에는 얼마나 거대한 불신의 대륙과 얼음 덮인 침묵의 바다가 숨겨져 있는지. 북극으로의 여행……

그녀는 생각했다. '이 상쾌한 아침에 그녀에게 이런 얘기를 해야 할까?'

3

하지만 그때는 오후였다. 뜨거운 오후. 여러분도 알다시피 '쉬어야겠어. 잠을 좀 푹, 충분히 자고 싶어' 그런 생각이 드는 오후가 있는 것이다. 그래서 난 약 두 알을 삼키고, 다시 두 알을 더 삼켰다. 그리고 위스키를 좀 마셨더니 만사가 꽤 분명해졌다. 자, 내 아가씨, 희망이라는 독수리야, 이제는 가서 딴사람을 뜯어 먹어야 할걸. '예쁜 옷을 입고서 해야지.' 내가 생각했다. 그래서 위층으로 올라가 파란 드레스를 입고 얼굴에 분을 칠했다. 서두르지 않았는데도 다시 내려와서 시계를 보니 시곗바늘이 여전히 같은 자리에 있었다. 그러니 사람들이 하는 말이 사실인 거지. "시간은 노예들한테나 필요한 것이다." 그러자 꼭 해야겠다는 생각이 들어 병에 든 약을 몽땅 위스키와 함께 먹어 버렸다. 각각 7그레인*씩 들어 있으니 아주 강한 것이었다. 몇 개가 바

---

* 무게의 단위로 1그레인은 0.0648그램.

닥에 떨어져 있었다. '이것도 다 먹어야 해.' 그렇게 생각했지만 그걸 집기도 전에 의식을 잃었다.

정신을 차렸을 때 가장 먼저 눈에 띈 것은 의자 위에 놓인 파란 드레스였다. 그리고 의사가 있었다. "여기서 뭐 하시는 거예요?" 내가 묻자 그가 대답했다. "당신을 보러 오는 날이거든요." 그래서 화요일이란 걸 알았다. 하룻밤과 하루 낮이 지나갔지만 그사이에 무슨 일이 있었는지는 난 절대 알지 못할 것이다. 나중에라도 기억하는 일도 없을 것이고. 물론 꿈을 꾸었다. 하지만 그게 꿈이었을까……?

그녀가 말했다. "이 집을 보자마자 마음에 들었죠. 그리고 당신이 문을 열었을 때 당신도 딱이었어요. 나처럼 정신없고 불안한 사람이 아니었으니까."

"멋있는 고택이죠." 미스 스피어먼이 말했다. "견고하고."

"그래요, 멋있고 견고해요." 테리사가 말했다.

하지만 어떻게 알겠는가? 지난번 집도 역시 견고했었다. 가까이 다가가면 좁던 강이 대로처럼 넓어지며 양쪽 둑에 늘어선 버드나무와 함께 앞으로 곧게 뻗어 갔다. 강물 위에는 낙엽이 가득했다. 노를 저어도 소리가 나지 않았고, 낙엽 때문에 배가 느릿느릿 움직였다. 굽이를 돌자 집이 나타났다. 작은 탑과 박공과 발코니와 녹색 셔터가 마구 뒤섞인 모습으로. 쇠락한 빈집이었다. 부잔교 판자들이 썩거나 부러져 있었다. 두 석상이 마주 보고 서 있었는데, 남자는 삼각모를 쓰고 무릎까지 오는 바지에 연미복을 입고 있었지만 여자는 커다란 가슴을 드러내고 있었다. 한 손으로는 옷자락을 붙잡고 다른 한 손은 뭔가에 귀를 기울이는지 위쪽으로 들고 있었다. 짙은 녹색의 잔디밭은 가지런했고 중앙에 삼나무가 있었다. 그 아래로 흰색 바탕에 빨간 점박이가 그려진 목마가 있었다. 아무 소리도 들리지 않았다. 그래서 난 내가 석상을 지나 나무에 한 번 손을 대고 집 안으로 들어가면 다시 좋아지리라는 것을 알았다. 하지만 그들은 허락하지 않았다. 그 간단한 일로 좋아질 수 있는데도.

그녀에게 어디까지 말해야 할까? 그들이 할 수 있는 건 다 했지만 내가 그때 죽었다고 말해 줄까? 죽은 느낌이었다고 말해 줄까? 슬픈 게 아니라고, 그것과는 아주 다르다고. 아무것도 아닌 것, 아무것도 아니라는 느낌. 모욕감도 느껴지지 않고, 설사 누가 어루만진다 해도 그것 역시 느낄 수 없다고. 이런 식이다. 모든 걸 두고 왔음을 아는 채로 안개 자욱한 길을 따라 걸어가는 느낌. 하지만 돌아가고 싶지 않은 것이다. 계속 나아가야 하는 것이다. 그러다 문득 어디로 가는 건지 깨닫는 순간이 있지만 곧 잊어버리고 계속 걸어간다. 그래도 그게 중요한 문제니까 기억하려고 애쓰며, 스스로를 괴롭히며. 길을 떠나고 얼마 안 되었을 때는 자주 뒤를 돌아보고, 그럴 때면 그들이 안개 바깥 밝은 빛 속에서 웃거나 인상을 쓰는 모습이 눈에 들어온다. 나중에는 돌아보지 않는다. 더 이상 관심이 없으니까. 아무리 입이 귀에 걸리도록 웃고 너무 익어 보기 싫은 과일처럼 머리를 뒤로 툭 젖히며 웃어도—틀림없이 언젠가는 그리할 테니까—끔찍하지만 웃기는 그 모습을 보려고 고개를 돌리는 일은 없을 것이다……

"그래요, 계속 아팠죠." 그녀가 말했다. "휴가를 보내는 중이었어요. 여기서 멀지 않은 곳에 머물고 있었는데. 지역신문에 실린 당신 광고를 보았죠."

미스 스피어먼이 말했다. "보통은 장교들에게 세를 놓는데 요즘은 한산한 때라서."

테리사가 미소를 지었다. "저한텐 잘된 일이었죠."

그녀에게 어디까지 얘기를 한 걸까? 무슨 말을 했을까……

그렇게 많이 하지는 않았을 것이다. 미스 스피어먼이 그다지 놀란 기색이 아니니까.

"차분하다고요?" 그녀가 말했다. "당연히 차분한 게 낫죠. 히스테리는 믿지 않으니까. 어쨌든 여자들 경우에 말이에요. 남자들은 이따금 히스테리로 빠져나갈 수 있을지 모르지만 여자들은 안 돼요. 그다음에는 물론 너무 혼자 있지 말아야지요. 사람들은 혼자 있는 건 안 좋아하니까. 혼자 있는 사람에 대해 주변에서 떠드는 얘기라는 게! 혼자 살면서도 괜찮으려면 돈이 아주 많든가. 친구들과의 관계도 유지하고. 편지도 쓰고. 아, 물론 많이 웃는 건 늘 도움이 돼요."

"함께 웃는 거랑 다른 사람을 보고 웃는 거랑 어느 쪽이 더 도움이 되나요?"

"무슨 소리인지 모르겠네요." 미스 스피어먼이 말했다. "그리고 약간 수다를 떠는 것도 좋아요."

……사람들을 만나고, 편지를 쓰고. 마녀사냥에 나선 고귀하고 용맹한 군대—남녀노소 가릴 것 없이 다 받는—에 들어가서 코를 땅에 대고 냄새를 맡으며 열심히 가련한 악마들을 쫓아다니고. 가운데로 몰린 북유럽 인종의 옅은 푸른색 눈동자에 마녀를 잡아 창으로 찔러댔던 조상들 모습이 힐끗힐끗 나타나는 걸 바라보고.

하지만 어떻게 하면 다른 사람들과 아주 똑같아질 수 있는지, 그 진짜 비밀을 내게 알려 줄래요? 알려 줘요, 당신은 분명 알고 있을 테니까. 귀가 멀어야 하는 거라면 나도 귀가 멀도록 하죠. 그 길이 두려워요, 미스 스피어먼. 광기로, 다음엔 죽음에 이른다고 하는 그 길 말이에요. 사실이 아니에요. 그 길은 거기서 끝나지 않아요. 하지만 어쨌든 발을 들여놓기에는 정말 무시무시한 길이고 난 그만큼 강하지도 않아요. 다른 사람보고 하라고 해요. 난 돌아가고 싶어요. 어떻게 돌아가는지 알려 줘요. 뭘 어떻게 해야 하는지 알려 주면 그대로 할게요.

"그리고 또 있어요." 미스 스피어먼이 말했다.

테리사가 관심을 보이며 몸을 앞으로 내밀었다.

"올리 피어스를 통해야 해요." 미스 스피어먼이 종잡을 수 없는 낮은 목소리로 말했다.

"뭐라고요? ……아, 알겠어요."

"우리가 모임을 가지잖아요. 그녀 집에서나 여기서나 데이비스 부인네 집에서 하는데, 전언이 오는데 그게 밤에 자기 전에 들리는 거예요. 특히 귀가 잘 안 들리게 된 다음부터는 늘 머릿속에서 윙윙 팅팅하는 소리와 함께 시작돼요."

"그래요, 항상 그렇게 시작해요, 그렇죠?" 테리사가 그녀를 뚫어지게 보며 말했다.

"저거 벨 소리예요?" 미스 스피어먼이 허리를 곧추세웠다. "그 잡년, 넬리인가 보네. 나쁜 말 써서 미안해요. 두 시간도 더 늦었잖아."

그녀가 현관으로 나갔다. 커다랗게 변명을 하다가 따지다가 그다음엔 시비조로 나오는 넬리의 목소리가 들렸다. 그리고는 미스 스피어먼의 날카로운 대답이 들렸는데, 높고 가는 소리로 끝을 맺었다.

그녀가 의기양양하게 식당으로 다시 들어왔다.

"당신 방을 대청소하는 동안 뭘 할래요? 노턴가로 슬슬 걸어가서 뭐가 있나 한번 보는 건 어때요?"

"아니에요." 테리사가 말했다. 노턴가에는 인형인지 양장점 인체 모형인지가 멍한 눈길로 사람들을 바라보고 망가지지 않은 담배 포스터가 바람에 펄럭거리며 미소를 지으며 교태를 부리듯 손을 흔들어 부르곤 했다. 이런 안내문이 붙어 있었다. '위험. 통행로 없음.'

넬리가 사납게 삽으로 통에 석탄을 퍼 넣으며 투덜거리는 소리가 들렸다.

"늙은 너구리 같으니라고!" 넬리가 말했다. "망할 늙은……"

옆방에서는 그에 맞서듯 라디오에서 노랫소리가 흘러나왔다. "이제는 천국의 시간, 두 사람을 위한 천국의……"

4

"보통은 잠가 놓는데." 미스 스피어먼이 말했다. "화요일마다 열어서 환기도 시키고 불도 피우고 그랬죠."

'그리고 오늘은 화요일이니까, 그렇지.' 테리사가 생각했다. '늘 화요일……'

"로퍼 대위도 가끔 여기 앉아 있곤 하니까, 당신도 그러지 그래요?" 미스 스피어먼이 말했다.

그녀가 흰 칠이 된 문을 열고 다른 방으로 안내했다. 길고 좁은 처량한 방이었다. 광장 쪽 유리창엔 금색 양단 커튼이 쳐져 있었지만 정원 쪽 유리창은 열려 있었다. 방금 피운 벽난로 불. 먼지가 더께로 앉거나 한 일은 없었다. 모든 게 아주 깔끔했다.

"아름답지 않아요?" 공들여 쓴 비스듬한 글씨로 단정하게 이름표를 붙여 놓은 장식장 안의 박제한 새들을 가리키며 미스 스피어먼이 물었다. 같은 글씨로 쓴 카드가 한구석에 있었다. '나는 망자의 부활을 믿는다.' 광적인 새 애호가? 농담? 아니면 미스 스피어먼이 어디선가 집어다가 그 훌륭한 감성을 보전하기 위해 거기 꽂아 놓았나?

테리사가 가까이 다가가 다시 날아오를 것처럼 보이는 새들을 들여다보았다. 백로, 댕기물떼새, 뿔논병아리, 장끼, 물오리 그리고 구석에 벌새 네 마리. 사나운 유리 눈알을 지닌 네 마리의 벌새.

"자, 너희들은 이제 다 컸어, 그렇지?" 그녀가 새들을 향해 말했다. "이제 복수를 하고 있는 거지."

미스 스피어먼이 벽을 덮고 있는 흰색과 금색 액자 안의 그림에 대해 얘기하고 있었다. 푸른 바다 그림—하지만 천한 열대 바다처럼 아주 파랗지는 않은—과 하얀색 벽 그림—하지만 황량하게 하얗지는 않은—과 그림자 그림—하지만 너무 시커멓지는 않은—에 대해. 머리칼에 분을 뿌린 한 신사와, 구슬프고 긴 입매에 길고 우아한 목에는 곱슬머리가 감겨 있고, 경우에 따라 참을성 있게 기다리거나 미소를 띠고 있는 숙녀들 그림. 한 사람은 바이올린을, 다른 사람은 책을 들고 있었다.

광택이 나는 녹색 테두리 거울이 있었고, 장미와 카네이션과 제비꽃이 든 유리 문진이 있었다. 흰색 옥으로 된 화병과, 그 아래 깔린 울워스에서 파는 컵 받침은 미스 스피어먼의 벌게진 손이나 나이 든 여성의 화장처럼 짠했다. ('불쌍한 늙은 얼굴이지만 잘해 봐야지.')

'어쩌면 뮤직 박스가 있을지도 몰라.' 테리사가 생각했다. '어쩌면 그걸로 노래를 틀 수 있을지도 몰라. 분홍과 파랑, 분홍과 파랑. 사랑으로 무엇을 할 수 있는지 알아요? 사랑 때문에 죽을 수도……'

뮤직 박스는 없었지만 역시 울워스에서 파는 일본식 유리 풍경이 정원으로 나가는 문 위에 걸려 있었다.

"피곤하다고 그랬잖아요." 미스 스피어먼이 말했다. "누워서 좀 쉬지 그래요? 잠깐 눈을 붙여 봐요. 소파가 꽤 편안해요." 그러고는 자리를 떴다.

그녀는 이제야 신사 중의 한 사람, 도자기처럼 파란 눈을 가진 남자를 알아보았다. 바이올린을 든 여자도. 그녀 방에 그들의 초상화가 있었다. 하지만 여기 그림에는 어떤 연결 고리도 없고, '여호와는 나의 목자시니 내게 부족함이 없으리로다' 식의 엉뚱한 글도 없이 달랑 그림만 걸려 있었다.

금박 의자에 앉자, 그 방에서 유일하게 요란한 물건인 빨간색과 금색 가리개 뒤에 작은 책장이 있는 것이 눈에 띄었다. 그 안엔 딱 어울리는 책들이 있었다. 『로마의 중심』, 『완다』, 『차르를 위하여』, 『잠에서 깨었을 때의 꿈처럼』, 『한 세대에서 다음 세대로』. '그래, 이게 천국이지.' 그녀가 생각하면서 책에 손을 대어 보려고 앞으로 몸을 기울였다. 그런데 『완다』 바로 옆에 경고처럼 『미스 블랜디시에게 줄 난초는 없다』가 있었다. '로퍼 대위 그 노인네가 그걸 이리로 가져다 놓았나 보군. 딱히 이 책에 불만이 있는 건 아니지만. 오히려 내가 아주 옛날에 전적으로 소설만 보고 그게 영국 소설이라는 걸 맞춰서 상금을 따는 바람에 전문가들도 놀라지 않았던가?'

그녀가 초조하게 방을 이리저리 서성였다. '아냐, 여기서 잠이 들면 꿈을 꿀 거야. 무시무시한 벌새와 지하실과 유리잔 아래 깔린 꽃과 도자기처럼 푸른 눈을 가진 신사와 매끄러운 어깨를 지닌 숙녀들의 꿈을. 그들에게는 고요한 목초지와 녹색 물에 평화로운 죽음과 명예로

운 무덤, 그에 덧붙여 천국까지 없는 적이 없겠지. 우월감이나 잘 조
절된 반응, 남들을 무시하는 적절한 방법과 돌처럼 단단한 심장과 놀
랄 만큼 두꺼운 손목까지도 부족한 법이 없겠지. 그 무리 안에는 기꺼
이 희생시킬 최고의 존재도 늘 있을 거고.'

그녀가 생각했다. '눈을 붙일 다른 장소를 찾아봐야겠다.'

그때 미스 스피어먼이 문을 열고는 "식사 준비됐어요!"라고 소리쳤다.

5

식당 벽을 둘러 세워진 유리 장식장 안에는 양치기들과 고관대작
들과 작은 도자기 인물상들이 가득했다. "여동생이 어제 갓 낳은 달걀
을 가져다줬어요. 당신을 위해 최고로 신경을 쓰는 거예요."

"그건 정말 그래요."

접시 옆에 신문 두 벌이 있었는데, 하나는 낯선 것이었다. 미스 스
피어먼이 들어와 접시들을 치우면서 괜히 서성였다.

"저 신문 봤어요? 아주 좋던데."

"네, 정말 좋던데요."

하지만 미스 스피어먼은 이 대답이 만족스럽지 않았거나 제대로
들리지 않은 모양이었다.

"봐요." 그녀가 신문을 들어 빨간 줄이 두 줄 그어진 기사를 가리켜
보였다. "아주 간단하고 평이해요. 어쨌든 처음에는 말이에요. 자신이
죽었다는 걸 그냥 믿지 않는 사람들이 아주 많다고 해요. 이런 표현을
써도 될지 모르지만 아주 재미있는 일이라고요."

"그런 표현을 써도 된다면 말이죠."

"물론 뒤쪽으로 갈수록 좀 더 복잡해져요."

"뒤로 갈수록 항상 더 복잡해지죠. 안 그래요?" 테리사가 말했다.

"오늘 밤에 모일 거예요." 미스 스피어먼이 말했다. "공습이 있고 난 다음에는 항상 결과가 아주 좋거든요. 이런 것들에 대해 질문하지 않는 걸 배우니까요. 같이 갈래요? 올리 피어스랑 데이비스 부인이랑 나랑 그리고 모더가에서 털실 가게를 하는 부인이 올 건데."

"아뇨." 테리사가 말했다. "아뇨, 미안하지만 전 못 가겠어요."

"생각해 볼게요." 그녀가 어렴풋하게 웃으며 다시 말했다. "녹색 옷처럼 좀 더 생각해 볼게요."

보청기를 끼고 있었음에도 미스 스피어먼은 어리둥절한 표정이었으므로 테리사가 다시 말했다. "아뇨, 아직 안 되겠다고요."

"그럼요." 미스 스피어먼이 뻣뻣하게 말했다. "강요해서는 안 되죠. 자기가 알아서 오는 거지. 좋을 대로 해요."

쟁반에 그릇을 담는데 다정다감함이라고는 이제 흔적도 없었고 나가면서 문을 얼마나 요란하게 닫았는지 벽에 걸린 그림들과 장식장 안의 작은 인형들이 달가닥거렸다.

하지만 곧 고요함이 찾아와 찢어진 틈새들을 메워 주었다. 푸른 멜빵바지를 입은 올리 피어스의 어린 조카딸이 7동 앞쪽 정원에 있었다. 이마에서 머리칼을 쓸어 올리고 팔을 쭉 뻗으며 하품을 했다. 그녀도 졸린 것이다. 밖에서는 연갈색 고양이가 찬바람 속에서 춤을 췄다. 한쪽으로 세 걸음, 반대쪽으로 세 걸음, 뒤로 갔다가 폴짝 뛰어올랐다.

테리사가 소파에 누워 눈을 감았다. 머릿속의 굉음이 점점 희미해졌다. 제 갈 길을, 먼 여행을 떠나는 것이었다. 영원히, 끝없는 세상 속으로.

'이제 좀 눈을 붙이겠네.' 그녀가 생각했다. '드디어, 좀 잘 수 있겠어.'

강물 소리

The Sound of the River

짧은 전선 끝에 달린 전구 하나가 천장 중간에 매달려 있을 뿐이라 책을 읽을 만큼 밝지 않아서 그들은 침대에 누워 얘기를 나눴다. 열린 창문으로 촉촉하고 부드러운 밤공기가 커튼을 펄럭이며 들어왔다.

"하지만 뭐가 두려운 거야? 두렵다는 게 무슨 뜻이지?"

그녀가 말했다. "뭔가를 삼키고 싶은데 도저히 할 수가 없는 그런 두려움이지."

"내내?"

"거의 내내."

"맙소사, 자기야. 이런 바보 같으니라고."

"그래, 알아."

이 얘기는 말고, 그녀가 생각했다. 이 얘긴 아니야.

"그냥 기분이야." 그녀가 말했다. "괜찮아지겠지."

"당신은 참 변덕스럽다니까. 당신이 여기를 딱 집어서 오고 싶다고 했잖아. 당연히 맘에 들었다고 생각했는데."

"맘에 들어. 습지랑 호젓함이랑 전체적인 풍경이 다 맘에 들어. 특히 호젓해서 좋아. 단지 이따금은 비가 좀 그쳤으면 좋겠어."

"호젓한 건 괜찮다." 그가 말했다. "하지만 날씨는 좋아야 한다."

"어쩌면 내일은 날이 갤지도 모르지."

혹시 말로 표현할 수 있다면 사라질 수도 있겠다는 그런 생각이 들었다. 때로 말로 표현—거의 비슷하게—해서 없애 버릴—거의—수도 있으니까 말이다. 오늘 두려웠다는 사실을 인정하게 될 거라고 가끔은 스스로에게 말할 수도 있을 것이다. 미끈하고 날렵한 얼굴, 쥐같이 생긴 얼굴, 극장에서 웃는 사람들이 두려웠다고. 에스컬레이터와 인형의 눈이 무서웠다고. 하지만 이 두려움은 표현할 단어가 없다. 아직 그런 단어는 만들어지지 않았다.

그녀가 말했다. "비가 그치면 다시 좋아질 거야."

"지금도 별로 마음에 들지 않았던 거지? 강가에 내려갔을 때 말이야."

"글쎄." 그녀가 말했다. "그래, 별로."

"오늘 밤엔 약간 무시무시하긴 하더라. 하지만 당연하지 뭐. 그래서 절대 좋은 날씨에 장소를 고르면 안 되는 거야."(뭐든지 다 그렇지만, 그가 생각했다.) "주변에 소나무가 너무 많아." 그가 말했다. "그래서 갇혀 있는 느낌이야."

"맞아."

하지만 거무칙칙한 소나무 때문이 아니야. 그녀가 생각했다. 별이

라고는 없는 하늘이나 보일까 말까 하는 가느다란 초승달이나 음침
하고 평평한 언덕이나 바위산이나 커다란 돌무더기 때문이 아니었
다. 강 때문이었다.

"강이 아주 고요해." 그녀가 말했었다. "물이 많아서 그런가?"

"강물 소리에 익숙해진 걸 거야. 들어가서 침실에 장작불을 피우자.
술이 있으면 좋을 텐데. 술만 준다면 뭐든지 다 줄 텐데, 안 그래?"

"커피를 마시면 되지."

다시 집으로 걸어가는 중에 그는 거듭 고개를 돌려 강물을 보았다.

"이렇게 밤에 보니까 이상하게 금속성 분위기가 느껴지네. 전혀 물
같지가 않아."

"언 것처럼 만질만질해 보여. 훨씬 더 넓어 보이기도 하고."

"아냐, 언 것처럼 보이진 않아. 기이한 방식으로 벌떡거리며 살아
있다고 할까. 머리칼이 흘러내리는 것처럼." 그가 혼잣말을 하듯 말
했다. 그러니까 그 역시 감지한 것이었다. 그녀는 누운 채 빠르게 흘
러가는 거친 표면의 갈색 강물이 달빛을 받아 어떻게 변했는지를 떠
올렸다. 사물이 사람보다 훨씬 더 강력해. 난 늘 그렇게 믿었어. (말을
무서워하면 넌 내 딸이 아니야. 뱃멀미를 할까 봐 두려우면 넌 내 딸
이 아니야. 언덕의 형태나 이울어 가는 달을 무서워하면 넌 내 딸이
아니야. 사실은 넌 내 딸이 아니야.)

"지금은 조용해졌어, 그렇지?" 그녀가 말했다. "강 말이야."

"아니야, 여기 위쪽에서도 요란스럽기만 한데." 그가 하품을 했다.
"장작 하나를 더 넣어야겠다. 저 석탄이랑 장작을 써도 된다고 했으니
랜섬이 참 친절하지 뭐야. 이 시골집을 빌렸을 때는 그런 식의 안락함
을 약속하진 않았으니까. 나쁜 사람은 아니야, 그렇지?"

"마음이 따뜻해. 그리고 어쨌든 여기 기후를 잘 알 테니까."

"난 마음에 들어." 그가 다시 침대로 들어오며 말했다. "이렇게 비가 와도 말이야. 즐겁게 지내자고."

"그래, 그러자."

두 번째다. 전에도 저 말을 한 적이 있다. 여기 온 첫날 그렇게 말했었다. 그때는 그녀를 기다리고 있던 두려움이 다가와 살갗에 닿았기 때문에 "그래, 그러자"라고 바로 대답하지 못했고, 몇 초가 지난 다음에야 겨우 입을 열 수 있었다.

"오늘 저녁에 본 거 분명 수달이었을 거야." 그가 말했다. "물쥐라기엔 너무 컸어. 랜섬에게 말해 줘야겠다. 아주 신나 할걸."

"왜?"

"아, 이 근처에서는 보기 드문 녀석들이니까."

"불쌍한 것들. 여기서 드물다면 아주 힘들게 살고 있는 거잖아. 랜섬이 뭘 할 것 같아? 사냥이라도 하려나? 아마 아닐 거야. 그가 착하다는 데 우리 합의했잖아. 여긴 조류보호구역이래, 당신 알았어? 온갖 종류가 다 있어. 가슴이 노란색인 새에 대해 얘기해 줘야지. 이름이 뭔지 알지도 몰라."

그날 아침에 그녀는 그 새가 창문에서 퍼드덕거리며 오르락내리락하는 걸 보았다. 비가 내리고 있어서 노란색이 섬광처럼 번뜩였다. "와, 너무 예쁘다." 두려움은 노란색인데, 너도 노란색이구나. 넓은 노란색 띠를 두르고 있었다. 사람들 말이 맞아, 두려움은 노란색이지. "예쁘지 않아? 게다가 집요하잖아? 들어오고야 말겠다는 마음으로……"

"이 불은 꺼야겠어." 그가 말했다. "별 소용도 없잖아. 난롯불이 더

낫네."

그가 성냥을 그어 다시 담배에 불을 붙였다. 담뱃불이 타오르면서 푹 꺼진 눈 아래와 광대뼈 위로 팽팽히 당겨진 피부와 가느다란 콧등이 보였다. 그녀가 무슨 생각을 하는지 짐작하는 듯 그가 미소를 지었다.

"그런 기분일 때 두렵지 않은 건 뭐가 있어?"

"당신." 그녀가 말했다. 성냥이 꺼졌다. 무슨 일이 있건, 하고 그녀가 생각했다. 당신이 무슨 일을 하건. 내가 무슨 일을 하건. 절대 당신은 두렵지 않아. 내 얘기 들려?

"좋아." 그가 웃었다. "다행이네."

"내일이 되면 괜찮을 거야. 행운이 있을 거라고."

"우리 행운을 너무 믿지 마. 이젠 좀 현실적이 되어 봐." 그가 중얼 거렸다. "하지만 당신은 현실적이 될 그런 사람은 아니지. 불행히도 우리 둘 다 말이야."

"피곤해? 피곤해 보이네."

"응." 그가 한숨을 쉬며 돌아누웠다. "좀 피곤하네." 그녀가 "아스피 린을 찾아야 하니까 불을 좀 켜야겠어" 하고 말했을 때에도 그는 대 답이 없었다. 그래서 그녀는 그의 위로 손을 뻗어 침침한 전등불 스위 치를 올렸다. 그는 이미 잠이 들어 있었다. 여전히 타고 있는 담배가 침대보에 떨어져 있었다.

"내가 봤으니 다행이지." 그녀가 큰 소리로 말했다. 담뱃불을 꺼서 창문 밖으로 던져 버리고, 아스피린을 찾고, 재떨이를 비워 가면서 침 대에 누워야 하는 순간을 계속 미뤘다. 반듯하게 누워서 귀를 기울이 고, 눈이 감기는가 싶다가 금세 반짝 떠지는 그 시간을.

'자지 마.' 그녀가 몸을 누이며 생각했다. '자지 말고 내 맘을 편하게 해 줘야지. 너무 무섭다고. 여기 무서운 뭔가가 있다고. 얘기했잖아. 당신은 못 느끼는 거야? 여기 온 첫날 당신이 즐겁게 지내자고 했을 때 어디선가 물이 가득한 세면기에 수돗물이 똑똑 떨어지면서 명랑하면서도 무시무시한 곡조를 울려 댔다고. 못 들었어? 난 들었단 말이야. 그렇게 돌아누워서 깊은 숨을 몰아쉬며 자지 말라고. 눈을 뜨고 내 맘을 위로해 줘.'

날 위로해 줄 사람은 아무도 없어. 그녀가 혼잣말을 했다. 그 정도는 알아야지. 마음을 다잡아. 두려움이 없었던 때가 있었잖아. 있었어? 언제? 그때가 언제였는데? 당연히 있었지. 계속해 봐. 마음을 다잡아, 정신을 바짝 차리고. 그런 때가 있었어. 그런 때가 있었어. 게다가 곧 잠이 들 거야. 언제든 잠이 들 수 있고, 내일이 되면 괜찮을 거야.

'내일이면 괜찮으리라는 걸 알았어.' 그녀가 얇은 커튼 사이로 햇살이 들어오는 것을 보며 생각했다. '여기 와서 처음으로 날이 화창하잖아.'

"깼어?" 그녀가 말했다. "날이 개었어. 정말 이상한 꿈을 꾸었지 뭐야." 여전히 햇살을 바라보면서 그녀가 말했다. "숲속을 걸어가는데 나무들이 신음하는 꿈을 꿨어. 그다음에는 전선에서 바람이 윙윙거리는 꿈을 꿨는데, 그러니까 그런 비슷한 소리인데 더 요란스러웠어. 아직도 들리는 것 같아. 맹세하는데 지어낸 얘기가 아니라고. 아직도 머릿속에서 윙윙거리는데, 전선에서 바람이 윙윙거리는 소리라고밖에는 할 수가 없네."

"정말 화창한 날이야." 그녀가 말하면서 그의 손을 잡았다.

"자기야, 몸이 왜 이렇게 차. 뜨거운 물 주전자랑 차를 좀 가져올게.

오늘 아침에 기운이 펄펄 나니까 내가 가져올게. 당신은 오늘은 가만히 있어!"

"왜 대답이 없어?" 그녀가 일어나 앉아 그를 쳐다보았다. "그러면 무섭다고." 그녀의 목소리가 높아졌다. "무섭게 하지 말라고. 일어나." 그렇게 말하며 그를 흔들었다. 그의 몸에 손이 닿자마자 가슴이 터질 것처럼 부풀어 숨이 막힐 것만 같았다. 마구 부풀더니 거기서 날카로운 발톱이 자라났고 그것이 그녀의 몸 깊숙이 박혔다. "하느님 맙소사." 그녀가 말하면서 일어나 커튼을 걷자 태양에 그의 얼굴이 보였다. "맙소사." 태양 속의 그의 얼굴을 뚫어져라 보면서 그녀는 이 말을 되풀이했고, 그의 손을 두 손으로 붙들고 침대 옆에 꿇어앉은 뒤, 더 이상 아무 말도, 아무 생각도 하지 않았다.

의사가 말했다. "밤에 아무 소리도 못 들었나요?"

"꿈인 줄 알았어요."

"아, 꿈인 줄 알았다고요. 알겠어요. 몇 시에 잠에서 깼나요?"

"모르겠어요. 시계 째깍거리는 소리가 너무 커서 다른 방에 놓았거든요. 8시 반이나 9시쯤인 것 같아요."

"당연히 무슨 상황인지 알았던 거죠?"

"잘 몰랐어요. 처음엔 확신할 수가 없었어요."

"하지만 뭘 했나요? 전화를 한 건 10시가 넘어서였는데, 그때까지 뭘 했나요?"

위로의 말은 전혀 없이 의심만. 작은 눈에 눈썹이 덥수룩한 그가 오히려 수상쩍어 보였다.

그녀가 말했다. "코트를 입고 랜섬 씨에게 갔어요. 거기 전화가 있으니까. 내내 뛰어갔지만 너무 멀게 느껴졌어요."

"그래도 기껏해야 10분밖에 안 걸렸을 텐데요."

"그렇겠죠, 하지만 제겐 너무 멀었어요. 뛴다고 뛰었는데 발이 잘 떨어지지 않았어요. 거기 도착했을 땐 다들 나가고 없는 데다가 전화가 있는 방은 잠겨 있었어요. 현관은 항상 열려 있지만 외출할 때 그 방은 잠그거든요. 다시 거리로 나가 봤지만 아무도 보이지 않았어요. 집에도 아무도 없고, 거리에도 아무도 없고, 언덕 중턱에도 아무도 없고. 빨랫줄에는 침대보랑 남자 셔츠가 잔뜩 널려 흔들리고 있었어요. 물론 태양도 비쳤고. 그날이 처음이었어요. 우리가 여기 온 후 처음으로 화창한 날이었다고요."

그녀가 의사의 얼굴을 보고는 말을 멈췄다가 다른 말투로 다시 말을 이었다.

"약간 서성였어요. 뭘 어떻게 해야 할지 몰랐어요. 그러다가 방문을 부수고 들어갈 수도 있겠다는 생각이 들었어요. 그래서 한번 해 봤더니 방문이 부서졌죠. 판지가 부서져서 그리로 들어갔어요. 하지만 전화를 받기까지도 한참 걸렸던 것 같아요."

그녀가 생각했다. 그래, 당연히 알지. 내가 그렇게 늦었던 건 거기서 계속 귀를 기울이고 있었기 때문이야. 그래서 마침내 들었지. 점점 크게, 점점 가까이, 그러더니 내가 있는 방 안까지. 강물 소리를 들었던 거야.

내게 강물 소리가 들렸던 거야.

낯선 이를 알아채다
I Spy a Stranger

"얼마나 지독한 무례함을 참아야 했는지 몰라." 허드슨 부인이 말했다. "게다가 처음에는 아직 그럴 만한 이유도 없었는데 말이야. 캐고 다니긴 또 얼마나 하던지. 여기 온 지 일주일도 안 되어 사람들이 벌써 수군거리기 시작했다고. 불쌍한 로라. 그리고 나로서는 리키 생각도 해야 하니까, 그렇잖아? 공군 기지에서 하는 일이 굉장히 쉬쉬해야 하는 일이고, 그러니까 리키로서는⋯⋯"

언니가 그렇게 떠드는 동안 트랜트 부인은 창문 밖으로 시선을 둔 채 앞마당에 있는 두 개의 장미 화단을 바라보았다. 장미를 보고 있으니 안심이 되었다. 그리고 지난여름이 혹은 그냥 아무 여름날이 떠올랐다. 장미 덕에 어떤 무시무시한 변화도 일어나지 않는다는 혹은 일어난다 하더라도 별로 상관없다는 느낌이 들었다. 장미는 자그마하니 불타는 빨간색이었고, 가지 하나에 너덧 송이가 피어 있었는데, 그 꽃이 지면 이어서 필 꽃봉오리들이 또 있었다. 대형 군용 트럭이 지나 갈 때마다 장미들이 부르르 떨었다. 트럭이 보이기도 전에, 트럭 소리가 들리기도 전에 먼저 부르르 떤다는 걸 알았다. 하지만 장미들은 강인했다. 불어오는 동풍에 단련되어 언제라도 계속 피어 있을 것처럼 보였다. 파란 하늘을 배경으로 그 색깔은 도전적이고 강렬하고 눈이 부셨다. 눈을 감아도 마치 눈망울에 사진이 찍힌 듯 선명하게 그 모습이 보였다.

"별별 고약한 얘기를 떠들어 대는 데서 끝난 게 아니야." 허드슨 부인이 말했다. "이것 좀 들어 봐."

이 마을 사람들은 당신이 생각하는 것처럼 바보가 아닙니다. 당신이 친척이라고 주장하는 그 미친 외국인 노인네, 프라하의 마녀를 당장 떠나보내지 않으면 우리가 조치를 취할 텐데 그게 별로 당신 마음에 들지는 않을 겁니다. 정중하게 경고하지만, 우리 대부분이 그녀를 주시하고 있으니 계속 그녀가 여기 머문다면……

내년 이맘때쯤에는……

당신에게 상황은 아주 안 좋아질 겁니다.

"그게 첫 번째 거야." 그녀가 말했다. "그런데 그다음에…… 정말이지! 도대체 누가, 이렇게 작은 마을에서 도대체 누가 이런 짓을 하는 것 같아?"

"추측해 볼 수는 있겠지."

"아, 하지만 그게 가장 큰 문제야. 일단 그런 식으로 시작하면 그다음엔 끝이 없다고. 믿을 사람이 너무 없어서 놀랄 정도라니까. 이게 또 끝내주는데, 아주 비싼 편지지에 썼다니까."

"할망구들을 위한 총······ 할망구들을 위한 총?" 트랜트 부인이 반복했다. "그게 무슨 뜻이야?"

"뒤쪽에 그림이 있어."

"하!"

"그래. 그 편지가 오자 리키가 이러더라고. '더 이상은 못 데리고 있겠네. 당신이 그렇게 말해'라고."

"그런데 대체 왜 나한테 이런 얘기를 하지 않았던 거야? 맬번이 무슨 지구 반대쪽에 있는 곳도 아니고. 왜 그렇게 어정쩡했던 거야?"

"그게 어정쩡했으니까. 처음에는 그랬다고. 그래서 리키도 그랬지. 신경 쓰지 마라, 가만히 있으면 그냥 지나갈 거다. 그리고 요즘 세상에서는 편지도 어떻게 될지 모르니까 누구한테 편지를 쓰든 남 얘기 길게 쓰지 마라. 실제로 놀랄 만한 일이 있었는데 한두 가지 정도 얘기해 줄 수도 있다. 그래서 내가 말했지. '그래서 다음엔 어떻게 되는데? 여기는 자유로운 나라라고, 안 그래?' 그랬더니 요즘엔 천국으로 가는 삼등석 표 말고는 자유롭게 가질 수 있는 게 없다는 거야. 그러니 뭘 어쩔 수 있겠어? 계속 여기 머무르게 할 수는 없었다고. 왜, 톰도 그 언니를 너무 싫어하잖아. 안 되겠네. 그래서 런던으로 보내는 게 최선이라고 생각했어."

게다가 최대한 상냥하게 대했고, 최대한 좋게 얘기하려고 하지 않았던가?

"로라 언니, 이런 얘기는 정말 하고 싶지 않지만." 그녀는 이렇게 말했었다. "리키와 나로서는 언니가 여기를 떠나는 게 최선이라고 봐.

왜냐하면 지금 사람들이 온갖 얘기들을 떠들고 있어서 리키에게 상황이 정말 안 좋거든. 이제 공습이 끝나서 홀랜드파크나 핀칠리로 주변에 간이침대를 놓은 빈빙 광고가 많이 붙었잖아. 그런 데라면 충분히 편안할 거야. 그리고 근처에 좋은 식당들도 꽤 있을 거고. 우리 같이 갔던 식당 기억하지? 음식이 아주 기가 막혔잖아. 메뉴가 한쪽은 영어, 한쪽은 유럽어로 적혀 있던."

"유럽어가 뭐야?"

"뭐긴, 유럽에서 쓰는 언어…… 독일어라고 하자, 그럼."

"당연히 독일어지. 영국과 독일 간의 이 애증 관계하고는!" 그녀가 말했었다. "역사를 통틀어 가장 기이한 애증 관계라고 해도 크게 틀리지는 않지……!"

"언니가 보기에 짜증스러울 수도 있지." 허드슨 부인이 말을 계속했다. "런던 얘기를 계속하더라고. '그렇겠지, 언니.' 내가 말했어. '그럴 거야. 하지만 런던은 큰 도시이고 무슨 단점이 있든 적어도 사람들이 무척 많다는 장점 하나는 있잖아. 이상한 사람이라도 그렇게 눈에 띄지 않는다고. 특히 요즘에는. 그리고 런던이 별로라면 노리치나 콜체스터나 입스위치 같은 데로 가 보면 어때? 하지만 나라면 여기 계속 머물진 않겠어.' 그랬더니 왜냐고 묻는 거야. '왜냐고?' 내가 말했지. 분명 다 알 텐데 그런 식으로 모른 체하니까 좀 기분이 상하긴 했어. '왜냐하면 사람들이 고약한 얘기를 떠들고 다니기 시작했으니까. 언니가 해외에서 오랫동안 살았고, 중부 유럽을 떠나야 했을 때 프랑스로 갔다는 걸 사람들이 알았다고. 다른 수가 없을 때에서야 고국으로 돌아왔다고 사람들이 미심쩍어한단 말이야. 이런저런 걸 다 따져 보면 사람들에게 뭐라 할 순 없어, 그렇잖아?' 그러자 이렇게 대답했어.

'뭐라 할 수 없지. 실제 공포심에서 벗어나기 위해서 그나마 허용된 끔찍한 게임을 하는 거니까.' 하여튼 그런 식의 생각을 하곤 했다니까. 내가 단도직입적으로 말했지. '미안한데, 여론을 무시할 수 있다고 생각해 봐야 소용없어. 무시할 수가 없으니까.' 이렇게 묻더라고. '당장 떠나라는 거야? 아니면 짐 쌀 시간을 며칠 줄 수 있는 건가?' 갑자기 얼굴이 해쓱해 보였어. 눈앞에서 누군가의 얼굴이 그렇게 해쓱해지는 걸 봐야 하는 건 정말 끔찍해. 당연히 짐 쌀 시간은 충분히 주겠다고 말했지. 리키만 아니었으면 절대 그렇게 보내지 않았을 거야. 플루팅이 아무리 쫓아다니며 괴롭혀도 말이지."

"맙소사, 플루팅이 거기 연루된 거야?"

"연루되었냐고? 하지만 그건 로라 언니 잘못이었어. 사람들이 다 등을 돌리게 했으니까. 너무 현명하지 못하게 처신을 했다고. 플루팅과의 그 분쟁은 전혀 일어날 이유가 없었어. 너도 알다시피 플루팅이 여기서 식사를 하잖아. 부대에 있는 여자 공군 보조 부대원들이 냄새가 난다고 그러는 거야. 그러면서 빨래 수당에 대해 비꼬는 투로 얘기를 했어. '쳇!' 정말 그랬다고. '쳇!'이라니. 정말 불필요한 말이었다고 봐. 게다가 그런 자리에 있는 사람에겐 더 그렇지. 하지만 어쩌겠어? 웃으면서 주제를 바꾸는 수밖에 뭘 어쩔 수 있겠냐고. 그런데 로라가 냅다 달려들었던 거야. '이보세요, 당신도 냄새가 나요. 아주 지독한 냄새가.' 그가 자신의 귀를 믿을 수 없다는 투로 물었지. '뭐라고요?' 그 사람 말투 알잖아. 그러자 '사람들 말이 그렇다고요' 그러는 거야. 그때 그의 표정을 봤어야 했는데. '언니, 적이 한 사람 생겼네.' 그렇게 생각했지."

"요령 없는 일이었네. 처신도 잘못했고."

"그렇지. 하지만 요령 없고 처신도 잘못한 건 양쪽이 마찬가지이긴 했어. 그래서 내가 말해 주었지. '아예 대꾸를 하지 않는 게 좋아. 분명히 말하는데 그건 실수한 거야.' 하지만 내 말은 들으려고도 하지 않았어. 그렇게 대수롭지 않은 일이 연거푸 일어나면서 여기저기에 적을 만들게 되었지…… 게다가 얼마나 끊임없이 생각하고 걱정을 하는지." 허드슨 부인이 말했다. "전쟁에 대해 너무나 심하게 걱정을 하는 거야."

"그건 다들 그렇잖아?"

"그래, 하지만 이건 좀 달랐다고. 언니가 이 문제 전체에 대해 개인적으로 책임이 있나, 하는 생각이 들 정도였다니까. 전쟁이 왜 일어났는지, 그 의미가 뭔지에 대해 온갖 기막힌 생각을 가지고 있어."

"달걀로 바위 치는 격이지." 트랜트 부인이 서글프게 말했다.

"그래, 바로 그거야. '그건 너무 복잡한 문제라서 언니가 그렇게 이유를 확실히 따질 수가 없어.' 어느 날 또 그렇게 장황하게 늘어놓기에 내가 말했지. 하지만 그런 기가 막힌 생각을 원래 가지고 있었던 건지, 누구한테 들었던 건지 그건 모르겠지만, 계속 그걸 증명하려 했어. 그래서 이 책을 쓰기 시작한 거야. 책에 별문제는 없었어. 진짜 문제될 건 전혀 없다고."

"책 얘기는 처음 듣는데." 트랜트 부인이 말했다. "무슨 책?"

허드슨 부인이 한숨을 쉬었다. "설명하기가 정말 힘든데…… 친구들에게 무슨 일이 생겼는지 알아보려고 로라가 편지를 수도 없이 많이 썼던 거 기억하지? 적십자든 쿡스든 리스본을 거쳐서든, 그 외에도 온갖 방법으로."

"그거야 뭐 자연스러운 일이잖아."

"아, 그렇지. 그런데 갑자기 그만둔 거야. 그래 봐야 소식을 전혀 듣지 못했거든. 매주, 매달을 어떻게 계속 살아가는 걸까 놀라울 정도였는데, 불쌍한 로라 언니. 그런데 얼마나 단박에 희망을 접던지 이상할 정도였어. 그때부터 변하기 시작한 거야. 표정이 아주 기이해지고 말도 없어졌지. 리키가 언니를 웃겨 보려고 애를 써도 대꾸도 하지 않았어. 어느 날인가 리키가 게슈타포가 언니 애인을 잡아간다는 그런 농담을 했는데 얼굴이 얼마나 창백해지던지 기절하는 줄 알았다니까. 그다음부터는 몇 시간이고 방 안에 틀어박혀 있었고, 리키는 리키대로 그게 별로 맘에 들지 않았던 거지. '하여튼 로라는 유머 감각이라고는 약에 쓰려도 없어, 그렇잖아?' 그가 말했어. '게다가 사교적이지도 않아. 혼자서 도대체 뭘 그렇게 하는 거야?' 내가 '아마 책을 읽을 거야' 그랬어. 일간이든 주간이든 신문을 계속 사들였고 서점이나 도서관을 들락거렸으니까. 그리고 두 번인가는 책을 사러 런던에 올라갔었지. '로라는 우리 집안에서 머리가 좋은 사람이었어.' 그러자 그가 말했어. '머리가 좋다고? 그렇게 말할 수도 있겠지.' 리키가 그런 식으로 나오는 바람에 무척 화가 났어. 어쨌든 로라는 방세에 가스 요금에 하숙비를 다 내고 있는데 말이야. 자기 방에 틀어박혀 있든 말든 그게 무슨 상관이냔 말이야. '로라를 그렇게 싫어하면서 잘된 일 아니야?' 그렇게 말했지. 그런데 그게 또 웃긴 거야. 로라를 싫어하면서도 가만히 못 둬요. '왜 이렇게 안 하는 거지? 왜 저렇게 안 하는 거지?' 그러면 내가 말했지. '좀 기다려, 리키. 말을 안 해서 그렇지 언니는 아주 불행하다고. 어쨌든 자기 스스로 꾸려 왔던 삶이 자기 잘못도 아닌데 다 파탄이 났잖아. 좀 기다려 줘.' 하지만 그는 계속 적대감을 보였어. '대체 왜 여기 들어앉은 거야? 친척이 당신밖에 없어? 그리고 여기 들어앉아도 된다고 생각했으면 다른 사람들처럼 행동을 해야 할 것 아냐?' 그녀가 여기 들어앉은 게 아니라 내가 오라고 했다고 말해 줬어. 하지만 리키 생각을 약간은 언니에게 알려 줄 필요가 있다고 보았지. 그래서 방에 들어갔더니 글쎄 신문들을 온통 방에 늘어놓고 기사를 오려 연습장에 붙이고 있는 거야. 왜 그런 일을 하고 있냐고, 나한테 보여 줄 수 있냐고 물었지. '아, 넌 별로 재미없을걸' 그러더라. 문제가 터졌을 때 당연히 사람들이 가장 비난했던 게 바로 그거였어. 자 여기. 경찰이 다시 갖다줬어. 리키랑 내가 없애 버렸어야 했는데, 그 전에 네게 보여 주고 싶었어."

트랜트 부인이 생각했다. '처음엔 저 끔찍한 익명의 편지더니 이젠 우스꽝스러운 연습장이군!' 그러고는 말했다. "뭔지 제대로 이해가 안 되는데."

"내 말이 그 말이야. 뉴스 헤드라인에 기사에 광고에 그리고 법정 사건 기록과 유머들까지. 유머들도 아주 많아, 봐."

연습장은 처음에는 신문 스크랩처럼 보이는 것으로 시작했지만 마지막 장들은 로라가 직접 쓴 것들이었는데, 처음엔 또렷하다가 갈수록 들쭉날쭉해져서 선이 위아래로 올라갔다 내려갔다 하고 글씨가 커졌다 작아졌다 했다.

"그냥 시간을 죽이려는 거였지." 허드슨 부인이 말했다. "별문제가 될 건 없어."

"그래, 그런 것 같네."

트랜트 부인이 글씨가 쓰인 맨 마지막 장으로 가 보았다.

그녀가 말했다. "이 장의 위쪽이 찢겨 나갔네. 누가 그랬지?"

"모르지. 아마 경찰이 그랬나. 그걸 읽으면서 신나게 웃은 모양이야. 정말 웃긴 내용이었나 봐."

트랜트 부인이 말했다. "헛된 희망? 무슨 헛된 희망?"

……헛된 희망. 첫인상…… 그리고 두 번째 인상?

무자비한 하늘. 내게는 너무 무시무시한, 모든 사람들과 모든 사물에 깃든 기계적 특성. 지하철 표를 살 때나 버스에 오를 때나 상점에 들어갈 때나 기계 안의 다른 톱니와 접촉하는 느낌이다. 한 인간이 다른 인간과 교류하는 것이 아니라. 나를 파괴할 작정을 한 기계장치 안으로 끌려 들어갔다는 느낌이 강박처럼 나를 짓누르게 되었다.

영국에 돌아온 것은 최악의 선택이었고, 다른 무엇을 했더라도 이보다 나았을 거라는 확신이 들었다. 어떤 사악한 운명이 나를 기다리고 있는 게 분명했기에 거기에서 벗어나기를 열렬히 바랐다. 하지만 난 다 닳아빠지거나 제대로 맞지 않는, 쓸모없는 톱니처럼 무력했다. 내가 런던을 떠난다면 이 강박관념—겉보기보다 훨씬 더 끔찍하다—을 없애야 한다고 스스로 다짐했고 그래서 유일하게 아직도 주소를 가지고 있는 사촌 매리언 허드슨에게 편지를 썼다. 시골에 잠시 머물 만한 장소가 있을지 알려 줄 수 있지 않을까 해서. 매리언이 자기 집에 방이 있으니 와 있으라고 했다. 지금은 소위 '개전 중 휴전 상태'의 끝자락이었다……

"그런데 특정인을 염두에 두고 쓴 것처럼 보이는데." 트랜트 부인이 말했다. "누구지?"

"나야 알 수 없지. 자기 얘기는 거의 안 했으니까." 허드슨 부인이 덧붙였다. "언니가 여기 있어서 난 좋았어. 하숙비도 꼬박꼬박 냈고 집안일도 잘 도와줬으니까. 그래, 언니가 있어서 좋았지, 처음에는."

……'개전 중 휴전 상태', 이것은 오래 지속되지는 않을 것이었다. 아무리 편지를 보내 봐야 답장을 받지 못할 것임을 깨달은 후 마침내 악몽이 내게 확고히 내려앉았다. 너무 비참한 심정이라 유럽에서의 일들에 대해 사람들이 이러쿵저러쿵하는 것을 참을 수가 없었다. 마치 내 뺨을 후려치는 것만 같았으니까.

계속 말대답을 하는 나 자신을 제어할 수 없었다. 누가 누구를 실망시키고 언제 그랬는가, 라는 영원한 질문에는 다른 면도 있다고 얘기하지 않을 수가 없었고, 이것은 언제나 말다툼으로 이어졌다. 자기 몸을 내던져 벽을 쓰러뜨리려 하는 걸 말다툼이라고 부를 수 있다면 말이다. 현명하지 못한 처사임을 알았기에 침묵을 지킴으로써, 가능하면 사람들을 피함으로써 나 자신을 지키려고 했다. 책을 아주 많이 읽고, 오래 산책을 하고, 보통 죽은 척하고 있을 때 하는 일들을 다 했다.

때로 어떤 단어들이나 구문들 혹은 예전에 했던 대화 전체가 툭하면 나타나 괴롭힌다는 걸 아는가? 가뜩이나 안 좋은 상황이 최악으로 치달을 것임을 우리 모두 알았던 그 당시의 길고 부질없는 논쟁들이 내게 출몰하기 시작했다. 독일판 북유럽 민족이 지배하는 세상…… 얼마나 엄청난 재앙인가. 하지만 앵글로색슨족이 세계를 지배해도 역시 재앙이지 않을까? 물론 그땐 영국과 영국 민족을 얘기하는 거지만. 그러면 모든 사람들이, 특히 블랭카가 험악하게 나왔다. "여성들에 대한 그 이상한 태도하며", "그들은 다 미쳤어", "바로 그래서지" 등등. 블랭카의 목소리와 그 얼굴, 그녀가 하던 얘기들이 내 곁을 떠나려 하지 않았다. 내가 책을 끝냈을 때 그녀가 던질 날카로운 비판이 들리는 듯했다. "이거에 대해 어떻게 생각해? 이건 믿기 힘든 거 아냐? 내가 뭐랬어? 누가 옳았어?" 이렇게 별별 얘기를 하는 그녀의 목소리가 들렸다.

그리고 그 말이 아주 틀린 건 아니라는 느낌이 들기 시작했다. 여자들이 서로를 대하는 태도에는 뭔가 이상한 것이 있다. 싫어한다거나 두려워하는 것이 아니다. 그건 이상할 것도 없으니까. 하지만 모든 게 너무나 철저히 당연시되는데, 그건 확실히 이상하다. 그냥 자리를 잡고, 그러면 하나의 분위기가 되는데, 원한다면 풍조라고 해도 좋겠다. 그러면 거기에 의문을 제기하는 사람은 전혀 없고, 여성들 자신은 말할 것도 없다. 반대라고는 전혀 없다. 결과에 대해서는 비판을 한다. 결과들 중에는 체제에 대한 광고라고 할 수 없는 것들이 있으니까. 하지만 원인은 거의 언급하는 법이 없고, 해도 아주 조심스럽다. 얼마 안 되는 막연하고 가벼운 항의는 남자들에게서 나온다. 대부분의 여성들은 자신이 느끼는 불행을 서로에게 혹은 아이에게 쏟아붓도록 주도면밀하게 길러진 것만 같다. 혹은 어떤 면에서든 좀 불리한 입장에 있는 특정한 남자나. 남자 전체와 관련해서는 대개 굴종이나 노예근성의 특성이 나타난다. 뭔가 냉랭하고 계산적인, 상상력이 부재한 어떤 것.

하지만 국가의 정신에 반대하고도 무사할 사람은 없고, 요람부터 무덤까지 이어진 선전은 상당한 효과가 있다.

난 재미 삼아 이러한 선전들을 수집했다. 때로는 노골적이고 때로는 교활하게 에둘러 표현되지만 변함없이 늘 지속된다. '블랭카를 위해'가 하나의 방식인데, 물론 가장 미묘하거나 강력한 종류는 못 된다.

앞으로 10년 후에 혹은 20년이나 40년, 100년 후에 쓰일 책의 제목은 이러하다.『여성은 곤충 문명의 장애물인가?』,『여성의 규격화』,『여성의 기계화』,『여성 혐오……』, 그래, 여성 혐오라 하자,『여성 혐오와 영국적 유머』이건 술술 나올 테고. (하지만 왜 그렇게 영국에 대해 트집을 잡아, 블랭카? 다른 몇몇 나라들보다 더 나쁠 것도 없는데.)『여성 혐오와 전쟁』,

『여성의 고통과 남성의 사악함 혹은 다른 모든 복수를 하찮게 만들 대단한 복수』. 숭고한 제목에서 시작했는데 결국 우스꽝스러운 것으로 끝난다.

　　원하는 만큼 계속해서 수집을 할 수도 있었다. 수집할 건 충분했으니까. 하지만 뭐 하러 그런 수고를 한단 말인가? 다시금 벽에 내 몸을 들이박는 일일 뿐이다. 당신은 이것을 절대 읽지 못할 것이다. 난 도망가지 못할 테니까.

『여성 혐오와 전쟁』에서 인상을 찡그렸던 트랜트 부인이 벌컥 화를 내며 소리쳤다. "이런 거 말고 마음을 쏟을 일이 그렇게 없었던 거야? 그 많은 시대 중에서?"

"그거 알아?" 허드슨 부인이 말했다. "문득 언니가 무슨 얘기를 하고 싶은 건지─웃지 마─이해될 때가 있어. 물론 너무나 극단적이긴 하지만."

"말도 안 되는 얘기야." 마지막 몇 장의 여백에 그려진 뾰족한 코를 가진 가느다란 얼굴 그림을 보며 트랜트 부인이 말했다.

　　이 망할 마을에서 난 정말이지 인기가 없다. 그들은 그 점을 아주 확실히 알려 준다. 나에 대한 정말 황당한 얘기들이 떠돌고 사람들은 그 말을 다 믿는다. 진실을 빼고는 뭐든 믿을 것이다.

　　때로 사람들이 거리를 서성거리다가 입을 벌리고 이 집을 올려다본다. 창문 밖 나무의 가지를 다 쳐냈기 때문에 내 방 안을 바로 들여다볼 수 있다. 내 생각엔 그럴 것 같다. 그래서 난 커튼을 치고 대개 아주 컴컴한 방에서 책을 읽거나 글을 쓴다. 아무래도 그 때문에 불쑥불쑥 현기증이 이는 것 같다.

정신적 고문에 그렇게 능한 사람들이 어떻게 아무렇지도 않게 그런 건 존재하지도 않는다는 듯이 구는 걸까? 그들이 늘어놓는 능란한 해명과 핑계들은 너무 친숙하다. 종종 드는 생각이, 이들 사이에 비슷한 구석이……

여기서 문장이 끊겼다. 트랜트 부인은 고개를 절레절레 저으며 연습장을 덮었다. "너무 후덥지근한걸!" 그녀가 말했다. "햇빛이 너무 많이 들어오지 않아?"

그녀가 다시 장미에 잠깐 눈길을 주었는데 그 색깔이 감당하기 힘들었다. 하늘이 구름 한 점 없이 눈부시게 환해서였다. 그 때문에 장미는 낯설고, 따라서 위협적이고, 따라서 당연히 비현실적으로 보였다.

'아무도 로라를 좋아하지 않았다고 할 수도 있겠지.' 그녀가 생각했다. '수디는 좋아했지만.'

주디는 그녀의 막내딸이자 가장 예쁘게 생긴 딸이었다. 하지만 너무 기분 변화가 심하고 공상이 가득하고 고집이 셌다. 그 애가 로라를 두고 제 아빠와 맞섰다. 그때는 그저 재밌다 싶었는데 지금은 자신할 수가 없었다. 여자는 신중을 기해야 하고 추세에 따라야 하므로 인기 없는 사람을 좋아한다는 건 나쁜 신호였다. 주디가 나이가 들어 불행해지고 겁을 집어먹다가는 또 벌컥 화를 내는 걸 상상해 보았다.

그러다가 '주디'라는 말을 입 밖으로 낸 게 분명했다. 허드슨 부인이 이렇게 말했던 것이다. "넌 주디 걱정을 너무 많이 해. 주디는 괜찮아. 강한 애잖아."

'강하지 않아.' 트랜트 부인이 생각했다. '강한 것의 정반대라고. 자식도 없는 바보 같으니.'

그녀가 장미가 보이지 않도록 의자를 옮겨 앉은 후 말했다. "이 망상에 대해 리키에게 얘기했다면 당연히 싸움이 날 만도 하네."

"얘기한 적 없어."

"그럼 도대체 왜 이렇게까지 한 건데? 로라가 제정신이 아닌 것처럼 보인 거야? 정신이 나갔었어?"

"아니, 꼭 그렇진 않아. 그냥 아주 껄끄럽고 부자연스러운 표정을 하고 있었을 뿐이지. 사람들이 왜 그렇게 그녀를 못 잡아먹어서 안달인지 나도 모르겠어. 아마 언니 쪽에서 적을 만드는 소질이 있나 보지."

"플루팅 말이야?"

"플루팅만이 아니야. 조심성이라고는 없었으니까."

……조심성이 없다고! 그 망할 책을 아무렇게나 던져 놓는 바람에 여기 일하러 오는 청소부가 그녀가 적에게 정보를 넘기려 한다는 소문을 퍼뜨리게 만들고. 하여튼 이상하게 모두에게서 미움을 받아, 하나같이 다……

"옆집 로버트 영감님 알지? 글쎄 그 할아버지하고도 싸웠다니까. 왜 싸웠는지 상상도 안 될걸. 그 집 개 이름이 브론테인데 그 개를 찼다고, 아니 차는 척했다는 거야. '이게 에밀리 브론테야, 아니면 애완동물 혐오야' 그러면서 개를 차는 흉내를 낸 거야. 그냥 웃자고 한 거지. 리키 말이 맞아. 하여튼 유머 감각이라고는 전혀 없다니까. 하루는 둘이서 담장을 사이에 두고 서로에게 마구 고함을 질렀지. '정말이지, 로라 언니.' 내가 말했어. '그래 봤자 언니만 바보 되는 거야. 저 사람하고 싸울 이유가 도대체 뭐가 있어? 마음씨 좋은 할아버지인데.' 그러자 로라가 이상한 표정을 짓는 거야. '이렇게 평생을 살고 나서 어떻게 숨을 제대로 쉴 수 있는 건지 모르겠구나' 그러면서……

상황은 갈수록 나빠졌고 익명의 편지가 온 다음엔 리키가 언니를 내보내야겠다고 했어. '언제 간대?' 그렇게 물으면 내가 다음 주 중엔 갈 거라고 그랬지. 하지만 다음 주가 와도 떠나지 않았고, 그다음 주에도 마찬가지고……"

……떠나라고 종용을 했어야 했다. 이제 깨달은 거지만. 하지만 왠지 그렇게 할 수가 없었다. 언니가 내는 주당 3기니의 돈 때문이 아니었다. 난 2기니만 내라고 했는데 언니 쪽에서 그걸로는 안 된다고 했지. 그래서 3기니를 냈고, 달라고 하지 않아도 얼마간의 돈이 들어오는 게 얼마나 기분 좋은지 알 거다. 리키가 치졸하다고 할 순 없지만 어쨌든 달라고 해야 주니까. 게다가 이 나이가 되어서까지 일일이 돈을 타서 쓸 수는 없고. 하지만 그런 문제는 아니었다. 그렇게 아파 보이는 사람을 내쫓는 건 전혀 사람의 도리가 아니었던 거다. 떠날 때 몸무게가 7스톤* 10파운드밖에 안 나갔다. 약국에서 조수로 일하는 사람도 깜짝 놀랐으니까.

그러다가 어느 날 내가 다시 눈치를 챘더니, 언니는 짐을 싸기 시작했다고 말했다. 그러면서 가진 것들을 몽땅 바닥에 무더기로 쌓아 놓았다. 그렇게 많은 잡동사니들을 싸 들고 어떻게 세계 여기저기를 돌아다니는지. 책과 사진, 낡은 옷이니 스카프니 하는 것들에 색색의 무명실 타래들.

얼굴이 그려진 코르크 마개, 생 쥘리앵 르 포브르 성당의 성처녀 엽서, 제비꽃이 그려진 도자기 잉크병 받침대, 한 번도 쓴 적 없는 깃펜, 조림병, 옛날 편지들이 가득한 상자, 안감이 뜯겨 나간 여우털 목도리, 빨강, 파랑, 갈색, 보라색 등 각

---

* 예전 영국 무게 단위로 1스톤은 14파운드, 약 6.35킬로그램.

자 이야기를 지닌 실크 스카프들, 내가 보석함이라고 부르는 녹색 상자와 거기 맞는 작은 금색 열쇠(이제 내 마음을 잠그고 열쇠는 없애 버릴 거예요), 스테인드 글라스처럼 보이니까 아마 피렌체에서 샀을 팔찌, 그가 준 반지, 색색의 무명실과 명주실 그리고 정말 잘 드는 가위가 들어 있는 오래된 꽃무늬 상자, 사진이 들어 있는 가죽 담배 케이스…… 마지막으로 그가 빨간 분필로 '들어 봐, 들어 봐'라고 적은 파란색 봉투……

"언니가 짐을 싸고 있으니까 이제 갈 거라고 리키에게 말했더니 그가 말했어. '정말 다행이군. 요새 들은 얘기 중 가장 좋은 소식이야.' 그런데 바로 그다음 날 그 일이 일어났어. 우리는 식당에 내려와 있었지. 지금껏 가장 극심했던 공습이었는데 로라 언니가 보이지 않았어. 내가 '자는 걸까?' 하고 물었지. 그랬더니 '이런 북새통에 누가 잠을 잘 수 있겠어? 준비가 되면 내려오겠지. 붉은 작업복 지퍼가 끼었나 보지' 하고 말하는 바람에 난 웃지 않을 수 없었어…… 로라한테 얼마나 못되게 굴었는지. '저 노인네 목욕탕에 들어앉아서 뭐 하는 거야?' 그러면 내가 말했지. '그러지 마, 리키. 나이가 들었어도 씻긴 씻어야지. 안 씻으면 그걸 가지고 또 흉볼 거면서.' ……처음 여기 왔을 때는 좋은 옷이 몇 벌 있었고 그것으로 어떻게든 옷을 잘 입었어. 그러면 이래. '하여간 저 피난민들! 갈 데도 없으면서 옷은 잘도 차려입네.' 언니가 그 얘기를 들었고 그래서 이후로는 겉모습에 전혀 신경을 쓰지 않았더니 이제는 또 그걸 가지고 투덜대지 뭐야. 게다가 로라는 폭삭 늙었거든. 내가 이렇게 말했지. '리키, 기를 써서 사람을 기운 빠지게 만들어 놓고는 그다음엔 기운 빠져 보인다고 타박하는 건 아니잖아, 안 그래?' 그런데 때로는 언니가 약간 정신이 나간 게 아닌가 하는 생각이 들 때가 있었어. 뭔가 심술궂은 면이 있었던 게 아닌가."

"하지만 그건 늘 그랬잖아." 트랜트 부인이 말했다.

"그랬지. 그런데 그게 더 심해졌다고. 훨씬 더…… 공습이 잠잠해졌을 때 내가 위층으로 뛰어 올라갔었어. 죽음기를 틀어 놓고 담배를 피우고 있더라고. 내가 들어섰을 때 마침 음악이 끝났는데 그걸 다시 트는 거야. '언니, 지금 이런 때에 어떻게 음악이나 듣고 있을 수가 있어? 게다가 빛을 제대로 못 막았잖아.' 내가 말했지. 그래서 다시 제대로 창을 막고 있는데 관리인이 문을 쾅쾅 두드리며 빛이 새어 나온다고 소리치는 게 들렸어. '그럴 줄 알았어.' 언니가 그러는 거야. '유니버설 로봇들이 온 거지.' 또 R. U. R*이 어쩌고저쩌고하더라고. 그러더니 층계참으로 나가서 관리인에게 소리를 지르는 거야. '법이라고? 법이라! 예언자는 어쩌고? 당신들은 늘 예언자는 잊어버리지.' 그러는 와중에 경보 해제 신호가 울렸어. 리키가 말했어. '더 이상 못 참겠어. 미쳐도 아주 단단히 미쳤으니 이젠 하루도 더 못 참겠어. 당장 나가라고 해.' 아예 잘 마음이 없어져서 이번만은 좀 일찍 장을 보러 가야겠다고 나갔는데, 정육점에 들어가자마자 이미 그 얘기가 동네에 쫙 퍼진 걸 알겠더라고. 사람들이 날 쳐다보는 표정을 보니까 말이야. 누군지 모르겠지만 어떤 여자가 그런 흉악한 인간은 총으로 쏴 죽여야 한다고 했고, 또 누군가는 이렇게 말했지. '맞아, 그리고 그런 인간을 봐주는 인간들도 총으로 쏴 죽여야 해. 망신스러운 일이지. 총알이 아까울 지경이야.' 분명히 얘기하지만 난 아무 응수도 하지 않았어. 아무 말도 못 들었다는 듯이 고개를 빳빳이 들고 서 있었지. 하지만 집에 돌아와 보니 경찰이 와 있는 거야. 경찰들은 뭐 명분이 없나 찾

* 체코의 극작가인 카렐 차페크의 희곡 『로숨의 유니버설 로봇』을 말한다. 이 작품에서 로봇이라는 말이 처음 사용되었다.

고 있었으니까. 그건 의심할 여지가 없다니까. 불 때문에 왔다고는 했지만 수색영장을 가지고 와서 언니의 방을 뒤졌어. 책과 편지를 몽땅 가져갔지. 그리고 점심쯤에 플루팅이 리키에게 전화해서 마을에 로라에 대한 반감이 너무 팽배하니까 그녀가 당장 떠나도록 무슨 조처를 취해야 할 거라고 하더군…… 내가 어떻게 그렇게 차분했는지 나도 모르겠어. 그런데 나도 늙은 것 같아, 그렇지 않아? 근데 놀랄 것도 없지? 경찰이 떠나고 바로 언니는 위층 자기 방으로 올라가 문을 걸어 잠그고 나오지 않았어. 문을 두드리면서 불러 봤지만 아무 소리도 들리지 않았지. 플루팅의 전화를 받자 리키는 문을 부수고 들어가겠다고 했어. 리키의 그런 모습은 정말 처음 봤어. 맙소사, 화가 치밀어 어쩔 줄 모르더라니까. 그래서 내가 그러지 말고 의사인 프랫 선생을 부르자고, 그러면 어떻게 해야 할지 알 거라고 했지.”

“그런데 프랫 선생이 그녀가 미쳤다고 그랬다는 거지? 정말 끔찍하군!”

“아냐, 꼭 그렇진 않아. 그가 오자 언니가 바로 문을 열어 줬고, 그가 내려오자 리키가 정신 질환자 증명서 얘기를 꺼냈어. ‘난 그런 일은 안 해요.’ 의사 선생이 이렇게 말했지. ‘그러잖아도 그런 일이 너무 많아서 못마땅한데’ 하고.”

“프랫이 좀 구식이지, 그렇지?”

“그래. 게다가 말도 못 하게 완고하지. 그에게 뭘 하라고 억지로 들이밀었다가는 횡하니 반대 방향으로 가 버린다니까. 게다가 누군가가 이미 그를 계속 졸랐다는 인상을 받았어. 십중팔구 플루팅이겠지. ‘내가 들은 바에 따르면 그녀가 안 좋은 대우를 받았다던데요.’ 그렇게 말했어. 그러자 리키가 말했지. ‘그럼 좋은 대우를 받을 수 있는 다른 곳에 가면 되잖아요? 난 그녀가 여기 있는 걸 원하지 않으니까.' 경찰이 아무런 죄도 묻지 않을 거라고 프랫이 말했어. 당연히 물을 죄가 없지 않느냐고 내가 말했지. '불 켜 놨다는 거 말고는 말이에요. 게다가 겨우 보일까 말까 했던 불을 가지고.' 그러자 프랫이 내게 미소를 지어 보이더라. 하지만 로라가 마을을 떠나는 게 낫겠다고 말했어. 혼자 있지 않는 게 좋을 텐데, 가서 함께 지낼 수 있는 친구가 없느냐고. 그런 친구는 없는 것 같다고 우리가 말했지. 그러다가 네가 톰에 대해 한 말이 떠올랐어. 그래서 우리가 함께 언니의 방으로 올라갔지. 요양원에 갈 생각이 있느냐고 프랫이 묻자 언니가 '그러죠 뭐' 그러더라. 리키가 빽 소리를 질렀어. '지금 당장 요양원으로 꺼져 버려. 진즉에 갔어야 했는데.' 너무 비인간적이라고 프랫이 나무랐어. 리키가 그럼, 저 망할 할망구가 앞으로 잠자코 있겠느냐고 하니까 프랫이 자기가 장담한다고 했지."

"비인간적이네." 트랜트 부인이 말했다. "줄곧 내 머릿속을 맴돌던 단어가 그거였어. 비인간적, 비인간적."

그녀의 언니가 말을 이었다. "그리고 마지막까지 아주 멀쩡했어. 택시가 왔는데 내려오지를 않는 거야. 그래서 우리가 가서 데리고 오는 게 좋겠다고 생각했지. '자자, 아줌마, 이삿날이에요.' 리키가 그렇게 말하며 언니의 팔을 잡아당겼는데 그게 실수였던 거야. 그러지 말았어야 했는데. 그의 손이 닿자마자 언니가 있는 대로 비명을 지르기 시작했어. 그리고 마구 욕을 해 댔는데, 오, 세상에, 정말 끔찍했어. 리키역시 못되게 굴기 시작했지. 리키는 언니를 질질 끌고 언니는 난간을 붙들고 비명을 지르며 욕을 해 대고. 오, 그런 욕은 정말 생전 처음 들어 봐. '당장 그만두지 못해, 당신들 둘 다!' 이렇게 소리 지르고 싶었는데 알고 보니 내가 깔깔 웃고 있는 거야. 리키와 언니의 얼굴을 보고, 깔깔거리는 내 웃음소리를 들으며 이런 생각이 나더라. '뭔가 잘못되어도 된통 잘못되었네. 우리 다 악마가 씐 거야.' 정원으로 나서자 리키가 언니를 놔주었어. 자기도 약간은 창피했겠지. 언니가 조용히 일어서서 주위를 둘러보더니, 어쨌는지 알아? 너무나 아무렇지도 않은 목소리로 장미 얘기를 꺼내더라. '너무 아름답네!' 그래서 온몸을 흔들며 웃는 와중에도 내가 대꾸했지. '정말 그렇지?' 언니가 말했어. '저번에 산책 나갔을 때만 해도 없었는데. 정말 순식간에 꽃이 펴. 아주 갑자기.' 내가 '하나 꺾어서 단춧구멍에 끼우지 그래' 하고 권하니까, '아니야, 그냥 놔둬' 하더라. '장미를 잊어버린다니까. 늘 그런 실수를 해.' 생전 처음 장미를 보는 사람처럼 그렇게 뚫어지게 보며 서 있더니 계속 떠드는 거야. 사람들이 그런 일을 할 수가 없다든가, 그런 일은 일어나지 않을 거라면서. '장미가 있는 한은 말이야.' 그런 말을 두세 번인가 했어. 프랫의 진단이 무엇이었든 상당히 제정신이 아닌 거지, 불쌍한 로라 언니. '택시가 기다려.' 내가 말하자 언니는 더 이상 소동을 피우지 않고 택시 안으로 들어갔어."

"여기가 거기야?" 트랜트 부인이 물었다.

안내서 표지에 작은 창문이 달린 커다랗고 흉한 건물 사진이 있었다. 꼭대기 층 창문에는 창살이 쳐져 있었다. 높은 담장이 둘러쳐진 마당도 건물만큼이나 험악했다.

"마음에 안 드는데."

"달리 뭘 어쩌겠어? 프랫이 추천해 준 요양원은 너무 비쌌다고. 언니에게 남은 돈은 거의 없었고. 돈이 그렇게 없는지는 전혀 몰랐어. 돈이 다 떨어졌으면 어쨌을지 상상하기도 싫다니까. 그러다가 리키가 뉴캐슬 근처의 이 장소를 발견했어. 내가 그 안내서를 언니에게 보여 주었지. 가겠냐고 했더니 싫다고 하더라. '언니 좀 쉴 필요가 있어, 그거 알지?' 내가 말했어. '그건 그래. 나도 알아' 그러더라. 나오고 싶으면 언제라도 나올 수 있어."

"그럴 수 있을 것 같아?"

"글쎄, 그럴 수도 있을 거라고 봐. 보기에는 거기 의사들이 그렇게…… 내가 만나러 가야 하는데 좀 무서워. 그래서 계속 미루는 거지. 물론 거기 골프장도 있어. 정원이라고 할 만한 건 없지만 골프장은 있다고. 상태가 좋아지면 골프를 칠 수 있는 거지."

"근데 그 언니가 골프를 쳐?" 트랜트 부인이 물었다.

"그럴 거라고 생각하자." 허드슨 부인이 말했다. "그렇게 생각하자고……"

낭비한 시간
Temps Perdi

'롤벤든'은 붉은 벽돌로 지어진 사각형의 집이다. 동쪽 해안의 꽤 규모가 큰 마을의 가장 바깥쪽에 다른 집 두 채와 함께 자리를 잡고 있다. 안전을 위해서 글로스터셔로 옮겼던 작은 공립학교의 한 선생님 소유이다. 그 집엔 보기 흉하다고 할 만한 면은 전혀 없는데, 반대로 아름답거나 충동적이거나 격렬하거나 관대하다고 할 만한 면도 없다. 어디를 보나 휑뎅그렁하고 가라앉은 분위기에 조용하고 부정적이다. 아니면 그냥 그런 생각이 드는 것이든지. 잔디밭과 커다란 채소밭, 빈 차고 그리고 내가 처음 그곳에 갔을 때는 개화가 막바지에 이른 애처로운 꽃 몇 송이가 있었다. 한때는 라벤더가 양쪽에 늘어서 있던 자갈길이 현관 바깥쪽에서부터 녹색 대문까지 이어진다.

나머지 두 집은 군대가 차지했다. 건너편 집에는 커다란 마당이 있는네 거기서는 아무 소리도 들린 적이 없다. 하지만 다른 쪽 십에서는 남자들이 성질을 부리며 요란스럽게 썻는 소리가 들리곤 한다. 물건들을 얼마나 험하게 다루는지! 지금은 누구든 부수고 차지하면 되는 때이다. 가련한 악마들—돈 많은 악마나 멍청한 악마들—이 그 집을 차지하려고 기를 써 왔다. 그 집엔 분홍색, 검은색, 녹색, 파란색, 네 개의 욕실이 있다. 하지만 그 군인들은 썻을 때도 양심이 있어서 군대가 철수하고 나면 분홍색, 검은색, 녹색, 파란색 욕실에 남아나는 것이 별로 없을 것이다.

하지만 좋아할 게 뭔가? 무엇보다 슬퍼할 건 또 뭔가? 죽음은 올 때 마취제도 가져온다고 한다. 적어도 사람들 말이 그렇다……

정원 담장 바깥으로는 양배추가 줄지어 심어진 밭이 있다. 그쪽에서도 역시 아부 소리도 늘리지 않는다. 처음에는 사람이 아무도 살지 않은 줄 알았는데 나중에 사정을 알게 되었다.

'롤벤든'을 공평하게 평하자면 내가 거기 살기 시작한 이래 많이 변했다고 해야 할 것이고, 내 스스로 공평하려면 거기서 내가 잘 지내지 못하리라는 것을 바로 알아채고 혼자 살지 않겠다고—특히 10월, 11월, 12월, 1월에는—주장했다는 얘기를 덧붙여야겠다. 하지만 때로 속수무책일 때가 있다. 그런데 이건 그렇게 속수무책이었던 경험이 있는 사람만 아는 일이다. 그러니 전향한 사람에게 설교를 해서 뭐 하나?

며칠 전인가 몇 주 전인가, 정확히는 기억이 안 나지만, 눈이 내리기 시작했다. 그때부터는 꽤 행복했다. 그렇다, 눈이 내리기 시작한 이후로는 훨씬 행복했고, 굳이 눈을 바라보지 않아도 그랬다. 처음 눈을 봤을 때가 너무나 기억이 선명한데 굳이 볼 필요가 뭐 있는가? 그

때가 더 멋있었다. 한마디로 경이로웠고, 영국에서 유일하게 실망스럽지 않았다(눈이 내릴 때마다 눈을 만지고 맛을 보던 때를 떠올리며……).

이제, 아침에 석탄을 가지러 차고로 가다가 정원에 있는 시커먼 나무둥치와 가늘고 뾰족한 나뭇가지가 눈에 띄었고, 그래서 서둘러 불을 피우고 베이컨 샌드위치와 커피 에센스를 만든다. 그다음에는 한참을 누워서 화를 내지도 무서워하지도 뭔가를 바라지도 않은 채 중간색의 거실과 줄지어 꽂힌 특별한 책들을 바라본다. 이제 나는 사람들만큼이나 책들도 경계한다. 책들 역시 너에게 상처를 입히고, 망각된 과거의 세계로 널 집어 던질 수 있으니까. 거짓말—게다가 천박하고 사소한 거짓말—을 할 수도 있고, 수많은 사람들이 다들 똑같은 얘기를 할 때면 당신을 윽박질러 조용히 시키고 스스로를 의심하도록, 단지 기억만이 아니라 제정신인지 의심하도록 만들 수 있으니까. 하지만 반대하는 목소리도 한두 개 발견했다. 예를 들어 이런 것. '……지금 설명한 대로 망자의 영혼을 화이트섬으로 이동시키기 위해서는…… 화이트섬은 때로 브레아 혹은 브리타니아라고 불리기도 한다. 어쩌면 그것은 화이트 앨비언, 영국 해안의 백악질 절벽을 지칭하는 것일까? 영국이 망자의 땅으로 칭해졌다면 매우 재미있는 생각일 것이다. 지옥으로…… 사실 영국은 많은 이방인들에게 그렇게 보였다.' (너무나 많은 이방인들에게……)

나는 또한 따뜻하게 지내는 법도 알아냈다. 문 위에 담요를 치면 열쇠 구멍이나 틈새로 들어오는 바람을 막을 수 있고 그 끝을 쿠션으로 막으면 완전히 없앨 수 있다. 그리고 이제는 쿠션을 어떻게 쌓아야 뒤로 미끄러지지 않고 벽난로 앞 바닥에 앉아 있을 수 있는지도 안다.

단단하고 불편한 의자가 도움이 된다. 나의 적인 당신을 어떻게 이용할 수 있을지도 알아 가는 중이다.

피아노는 조율이 안 되어 있다. 부서지고 갈라진, 흉흉한 소리가 나고, 그걸로 〈엄마, 리듬을 짓고 싶어요, 노래를 짓고 싶어요〉나 〈내게 주어진 시간〉이라든지, 거슬러 올라가 〈내가 알았다면, 아주 분명하게〉, 더 거슬러 올라가 아주 오래전에 들었지만 절대 잊을 수 없는 니나 로드리게스의 왈츠를 연주하면 피아노는 상처 입은 동물처럼 신음 소리를 낸다.

열두 살이라고 했지만 니나는 아마 열여섯이나 열일곱이었을 것이다. 그녀는 카리브해의 작은 섬들을 순회공연하는 아바나 서커스단의 단원이었다. 그것은 내가 처음으로 본 공연이었다. 내 눈에 서커스 텐트는 성당만큼이나 거대했고, 공중그네는 말도 안 되게 높고 가늘어 보였다. 이글거리는 아세틸렌등이 환히 빛나고 있었다.

로드리게스 가족은 스타였다. 건장하면서 사악해 보이는 로드리게스 씨는 늘 하늘색 타이츠를 신었다. 화장한 얼굴 아래로 파리하고 서글프고 애절한 로드리게스 부인은 분홍색이나 빨간색 타이츠를, 사랑스러운 니나—아래 그물이 없이 공연을 하는 유일한 소녀—는 검은색을 신었다. 검은 눈동자에 어울리는 검은 타이츠를. 그리고 곱슬곱슬한 금발 머리가 등 아래까지 찰랑거렸다. 우리는 목을 길게 뽑고 그녀를 보았다. 거미줄에 걸린 검은색과 금색의 나비, 거미줄 사이를 들락날락하며 기적적으로 빠져나와 기적적으로 다시 땅에 내려와 전형적인 방식으로 두 번 깡충 뛰고 웃으면서 손으로 키스를 보내는.

파리한 로드리게스 부인은 더 높은 공중그네를 탔다. 대단한 격식을 차리며 그물이 들어오고 아슬아슬한 분위기를 자아내며 빠른 북

소리가 울렸다. 하지만 그건 다른 것이었고 난 그녀의 왈츠는 기억이 나지 않는다.

부엌에서 베이컨 샌드위치를 만들고 있는데 석탄이 도착했다. 계속 걱정을 하고 있던 참이었다. 차고에 남아 있는 건 별로 없었고 부엌 바깥 통에 담겨 있던 건 몽땅 사라져 버렸기 때문이다. 길가 시골집에 사는 사람들이 대부분 가져갔다. 처음에는 내가 없는 동안 몰래 가져가더니 나에 대해 감을 잡은 후에는 아예 대놓고 가져갔다.

아연 통으로 석탄이 쏟아지는 소리. 그리고 남자의 목소리가 들렸다. "저게 욕실이야."

"그게 뭐? 그건 왜 쳐다보는데? 배수로에 여자라도 빠져 있나?" 두 번째 목소리가 말했다.

"그런 여자가 있다 한들 내가 그 여잘 왜 쳐다보겠어?" 첫 번째 목소리가 기분이 무척 상한 목소리로 대꾸했다. "내가 멍청하고 멍청한 배수로에 빠진 멍청하고 멍청한 암소를 왜 쳐다보겠냐고?"

나는 부엌에서 나와 그들을 노려보았다. 이 인간들은 하나같이 참을 수가 없다니까…… 그들이 나를 보고 히죽거렸다.

"석탄을 그 통에 넣으면 안 된다고." 내가 늙은 잔소리꾼의 말투로 말했다. "먼저 나한테 물어봤어야지. 차고에 넣었어야지. 거기에 놓으면 하나도 남김없이 다 훔쳐 간다고. 내가 왔을 때 꽉 차 있었는데 지금은 하나도 없잖아. 주변에 도둑들이, 그것도 아주 비열한 도둑들이 널려 있어. 이렇게 비열한 도둑들은 내 생전 어디서도 본 적이 없다니까."

"아." 한 사람이 말했다.

"자물쇠를 채워 놓아야죠." 두 번째 사람이 조언하듯 말했다. "자물쇠를 안 채워 놓았으니 당연한 거 아니에요?"

두 사람 다 그 지역의 전형적인 가면을 쓰고 있었다. 늘 그렇듯 베이지 색깔의.

"꺼져." 내가 말했다.

첫 번째 남자가 상냥하게 말했다. "그래요, 오늘 정말 춥네요, 그렇죠?"

두 번째 남자가 첫 번째 남자에게 눈을 찡긋했다. "무척 추운 날씨예요."

그들이 자리를 떴고 난 그들을 쫓아 나갔다. 몸이 꽁꽁 얼었을 거야. 불러서 커피라도 한잔 대접할까? 집 안이 훈훈해질지도 몰라.

하지만 그들이 대문―'롤벤든'이라고 페인트로 적어 놓은―에 이르기도 전에 봄을 흔들며 웃어 대는 게 보였다. 숨죽인, 소리 없는 웃음. 그들 역시 맘 놓고 크게 소리를 지르거나 욕을 하는 경우는 절대 없고, 그저 이렇게 소리 없이 음흉한, 음흉한 웃음뿐이었다. 그들을 집 안으로 들였다면 나에 대해 무슨 얘기들을 떠들고 다녔을지 상상이 갔다.

그건 과장이다. 그들은 내가 상상하는 그런 것들을 생각하거나 말하지 않는다. 자신이 생각하는 그대로 말해야지 거짓을 말해서는 안 된다. 이미 너무나 많은 거짓이 있고 너무나 많은 해를 입었다.

그리고 난 후 오후 내내 난 종종걸음을 치며 부엌 바깥의 통에 있는 석탄을 자물쇠가 있는 차고로 날랐고, 이 집은 있는 그대로의 내 존재를 도도하게 지켜보았다. 그리고 내 쪽에서도 한두 번은 집을 쳐다보며 어쩌면 나 역시 집을 있는 그대로 보게 되었다는 생각을 했다. 그러나 내가 질 것은 분명했다. 무척이나 교활하다는, 아주 대단한 자질을 지니고 있으니 말이다. 위선자의 가면 아래에 어떻게 증오를 숨기는지 잘 아는데, 당연히 다시금 베이지색의 가면이다. 여기는 페인트칠이니 카펫, 커튼, 가구, 침대보 등 베이지일 수 있는 건 다 베이지색이니까. 모든 것이 이 중간색을 띠고 있다. 마을, 사람들, 하늘, 심지어 나무도 예외가 아니다.

그런데 아직 통을 반도 못 비웠는데 마치 80킬로미터는 걸은 것처럼 피로가 밀려왔다. 피로감과 동시에 완전한 절망감까지. 이 욕조는 내게 언제나 배수로일 것이다. 게다가 더러운 배수로. 너무 피곤해서 아무것도 먹고 싶지 않았지만 몸을 덥히기 위해 맥주병에 따뜻한 물을 채워서 침실로 올라갔다.

침대는 모두 차갑고 좁고 딱딱하다. 침실이 세 개. 이 침실 벽에는 그리스 신전—신전이거나 아니면 적어도 신전 기둥이라고 본다—사진이 붙어 있다. 거울이 제대로 붙어 있지 않은 싸구려 화장대가 있고 화장대와 짝을 이루는 옷장과 일자 등받이 의자가 있다. 빈에서 사람들이 추위에 어떤 식으로 대처했는지 기억나서 여기 창틀도 쿠션으로 막았다. 조금씩 마음이 진정되었고 곧 완전히 가라앉았다. 외로움의 두 번째 단계가 끝나고 괴로운 순간이 지나갔음을 알았다.

문풍지를 바라보며 누리끼리해진 눈 더미와 그 성령 석상을 떠올린다. "돌로 만든 구름이라." 앙드레가 말했었다. "아주 독일인답네! 칠면조 내장처럼." 또 언젠가는 이런 말도 했다. "다리가 인간 신체 중에서 가장 고상하고 아름답고 조화롭고 흥미로운 부분이야." 난 동의하지 않는다고 했다. 우리는 '파리지앵'의 한 테이블에 앉아 독일산 샴페인 병을 앞에 놓고 논쟁을 했다. 하지만 진짜로 마시는 건 세련되지 못한 일이다. 이따금 가게에 있는 나무 도구를 써서 거품을 부르르 일으키고 한 모금 마시는 척했다. 우리가 거기 앉아 있는 모습이 눈에 보이고, 내가 입고 있는 아스트라칸 모피 코트와 드레스도 보이지만 그 안의 사람은 내가 아니다. 모든 게 아주 환하고 선명하고 뚜렷하다. 어쩌면 실물보다 약간 작고, 목소리가 저 멀리서 들리는 듯싶지만 아주 또렷하다. 옅은 안개 속에서 내 뒤에 있는 것이 '롤벤든'이다.

라츠모프스키 거리의 아파트 침실에는 낮은 커피 테이블과 보헤미아 유리잔과 커다란 프란츠 요제프 사진과 그 양쪽으로 그보다 작은 폰마르켄 대령과 폰마르켄 부인의 사진이 있었다. 피에르가 들어와 검은 드레스를 입은 나를 보고 "브라보"를 외쳤다. 거리에 나서면 라일락 향이 났다. 라일락 향과 하수구와 과거의 냄새. 그래, 그때 빈에서는 그런 냄새가 났다……

칼춤과 사랑춤

2주마다 일본 위원회 장교들은 자허 호텔에서 추종자들에게 여흥을 베풀었다. 필요한 세 가지 언어—프랑스어, 영어, 독일어—를 모두 할 줄 아는 사람이 하나도 없었기 때문에 일본인들은 추종자들에게 무척 의존하고 있었다. 문서의 정확한 번역을 놓고 끊임없이 논쟁이 일어났다. 아시아 강대국의 대표단으로 마땅히 가져야 할 지략을 보여 주지 못할까 봐, 다수가 아닌 소수 편에 설까 봐 두려워했다. 만약 그런 일이 생기면 도쿄에서 그들을 당장 결딴낼 것이었으니까. 그래서 하토 대령에게 비서와 개인 고문—그게 앙드레였다—이 있었고 마쓰 중령 역시 개인 고문—그게 피에르였다—이 있었다. 그리고 다른 장교 네 명(처음에 네 명이었는데 나중에는 그 수가 대폭 늘었다)이 있었고, 대사관 해군 무관과 타자수들—마쓰가 파리에서 신중하게 골랐다는 사람들인데 생긴 건 다들 아주 괜찮았지만 피에르의 말에 따르면 모두가 능률적인 건 아니었다—, 헝가리 통역사 그리고 그 외에 주변을 얼쩡거리는 여러 다른 사람들이 있었다.

세심하게 준비된 긴 식사가 끝나면 손님들 중 일부는 자리를 뜨고 나머지는 옆에 붙어 있는 마쓰의 거실로 자리를 옮겼다. 실크 커튼이 걸린 높은 창문과 금박을 입힌 가구와 번쩍이는 거울이 있었다. 그리고 도카이 와인과 퀴멜주가 들어오면 일본인들의 얼굴에서 가면이 사라졌다. 사진을 꺼내 돌려보았다.

"이쪽이 요시 부인이네."

"정말 예쁘시네요!"

"서양 복장을 하고 계시는군요."

"오, 환하게 미소를 지으시는 게 아주 행복해 보이네요."

"당연히 미소를 짓고 있지." 요시 대위가 말했는데, 내게는 약간 음침하게 들렸다. "부인은 아주 운이 좋은 여자지. 그리고 자신도 그걸 알고 있고."

마쓰는 어린 아들과 세 딸의 사진을 보여 주었다. 세 딸의 이름은 조기 기상, 질서, 아침 해를 뜻한다고 했다. 각각에게 타자기를 선물로 사 주었다고 했다. 하지만 아들의 이름이나 아들에게 줄 선물에 대해서는 절대 얘기하지 않았다. 너무 신성해서?

오야스 대위에겐 사진이 없었지만, 그는 저녁 신문으로 순식간에 개구리를 접을 수 있었다. 금방이라도 폴짝 뛰어오를 듯이 보이는. 그에 대해 칭찬을 하면 그는 기뻐하며 천진난만한 웃음을 지었다.

이 특정한 저녁에 하토 대령과 오야스는 도카이 와인을 한 잔씩 한 후 자리를 떴고, 그들이 나가자마자 요시가 춤을 추기 시작했다.

요시는 일본인 장교 중에서 가장 키가 크고 잘생기고 옷을 잘 입었고, 다른 장교들보다 프랑스어와 독일어도 잘했다. 처음에는 칼 대신 우산을 사용해서 칼춤을 추더니 그다음, 내 생각에 사랑춤 같아 보이는 춤을 추었다. 왜냐하면 발을 직각으로 바깥쪽으로 벌리고 우산을 곧추세워 치켜들고는 희롱하듯 곁눈으로 여자들이 있는 쪽을 힐끔거리고 발을 끌며 우리를 지나쳐 갔기 때문이다.

그런데 타자수들 중에서 제일 예쁘고 이제 열여덟 살밖에 되지 않은 시몬이 그러한 도발에 즉각 반응했다. 손을 엉덩이에 대고 웃으며 그가 밟는 스텝을 정확히 따라 하면서 마주 보고 춤을 추었던 것이다. 이런 식으로 조금 지속되자 그의 얼굴에서 긴장과 반항심이 사라졌다. 그가 그녀를 가까이 끌어당겨 서투르게 폭스트롯을 추기 시작했다. 앙드레가 피아노로 〈다다넬라〉를 연주했다.

〈다다넬라〉가 끝나자 마쓰가 선언했다. "내가 이제 일본 노래를 연주하겠네."

그가 서글픈 표정으로 집중하여 감정을 잡고 한 손가락으로 조심스럽고 부드럽게 가락을 연주했다.

그가 말했다. 그는 영어를 할 줄 알았다. "이건 잠 노래야."

마쓰는 런던에서 2주를 머물렀고, 그중 하루는 종일 내부 핵심층에 들어가 보이지 않았다. "나오니까 캄캄하고 추웠어. 슬프고 겁이 났지."(런던에 간 것이 11월이었다.)

자장가 다음으로 그가 길고도 단조롭게 이어지는 가락을 연주하기 시작했는데, 마치 흰 건반과 검은 건반으로 어떤 패턴을 만들려는 듯이 보였다. 그에게는 음악적인 자질이 약간 있었다. 피아노를 치는 게 부드러웠으니까.

요시와 시몬은 방 한쪽 끝에 놓인 테이블에 앉아 있었다. 다른 사람들은 하토에 대해 잡담을 했다. 그와 관련해서는 늘 새로운 얘기가 있었다. 그는 백인을 싫어하고 또 스스로 그렇게 얘기하기도 했다. 백인과 접촉해 봐야 일본에 불운밖에 생기지 않을 거라고 주장했다. 앙드레의 말에 따르면 침실에 들어가 혼자 있게 되면 서양식 옷이 불결하다면서 즉시 그것을 벗어 던지고 안도의 숨을 내쉬며 기모노에 슬리퍼를 신는다고 했다.

그는 다른 장교들보다 훨씬 나이가 많고, 작고 말랐다. 정말로 나이가 많아서 망령이 났다고 우리는 생각했다. 눈이 한쪽밖에 없었는데, 러일전쟁에서 한쪽 눈을 잃었기 때문이었다. 게다가 그 눈을 보기 좋게 가리지도 않았다. 사교 모임에서는 등을 꼿꼿하게 세우고 앉아 말없이 먼 곳을 응시하곤 했다.

"무슨 생각을 하는 것 같아, 앙드레?"

앙드레가 말했다. "그 불쌍한 악마는 원래 프랑스어를 해야 하는데 하질 못하잖아. 그 때문에 생각할 게 많을걸."

하지만 그 역시 음악을 좋아했다. 그가 가장 좋아하는 노래는 〈마르졸렌〉이었다. "앙코르, 〈마르졸렌〉" 그렇게 소리치곤 했다. (너무나 우아하고, 너무나 연약하고⋯⋯) "앙코르, 앙코르, 〈마르졸렌〉."

하토 얘기가 다 끝나면 또 다른 타자수 오데트가 빈의 패션에 대한 의견이라며 떠들기 시작했다. 빈의 옷이 예쁘긴 하지만 정말 세련된 건 없다고 말이다. "지난달에 휴가를 얻어서 파리에 갔더니 엄마가 그러는 거야. '너 좀 촌스러워 보인다.' 엄마는 서른아홉인데 스물다섯으로 보인다니까. 내가 떠날 때 막달라 마리아처럼 펑펑 울었어……"

앙드레가 끼어들었다. "맙소사, 저기 뭔 일이지?"

요시가 바닥에 널브러져 있고 테이블과 와인 병이 쓰러져 있었다. 그가 일어나, 웃지도 않고 우리를 쳐다보지도 않은 채 옷을 툭툭 털었다. 앙드레가 뛰어가서 테이블을 일으켜 세우고 병을 집었다. 시몬이 말했다. "오, 정말 미안해요. 내가 이렇게나 뒤퉁스럽다니까요. 늘 이 모양이야. 상상도 못 할 거예요, 내가 이 때문에 얼마나 곤경에……"

곧 우리는 작별 인사를 하고 라일락 향이 감도는 거리로 나왔다. 첫 번째 모퉁이를 돌자마자 시몬이 웃기 시작했다. 지금까지 꾹 참고 있다가 이제 터져 나온 것이다.

"어떻게 된 거야, 시몬?" 앙드레가 마침내 물었다.

시몬이 말했다. "어쩌다가 그런 건지는 나도 몰라. 손에 입을 맞추는 연습을 하고 있었는데 내가 그만 지겨워져서 손을 빼려고 했지. 근데 손을 너무 꽉 붙들고 있는 바람에 테이블에 부딪히면서 넘어져 버린 거야. 술을 너무 많이 마셨다고 봐. 오, 넘어질 때 그 얼굴이라니! 정말 웃기지 않았어? 게다가 우산을 들고 춘 그 춤은 어떻고!"

다시 배를 잡고 웃었다.

피에르가 말했다. "그가 네게 악감정을 가지지 않았으면 좋겠네, 시몬. 나라면 일본인이 악의를 품는 대상이 되고 싶지는 않을 테니."

"그 사람은 안 그래." 시몬이 말했다. "내게 어떤 악감정도 가지지 않을 거야, 가엾은 사람."

그날 밤에는 우리 중 누구도 집에 택시를 타고 갈 생각을 하지 않았다. 어쩌면 달이 떠 있었을지도 모른다. 아니면 거리가 평소보다 아름다워 보였거나 한적해 보였을 수도 있고. 그리고 라일락과 과거의 향이 있었다. 빈은 여전히 과거의 향이 강했다. 우리는 서로에게 바싹 몸을 붙이고 걸어 내려갔다.

"그가 네게 온갖 비밀은 다 얘기하는 것처럼 보이던데." 내가 말했다.

"맞아." 시몬이 말했다. "정말 그래. 그가 뭐라고 했는지 알아? 독일 사람들을 얼마나 존경하는지 모른다고 했어. 독일이 곧 유럽에서 가장 뛰어난 군대를 가지게 될 거고 그래서 몇 년 안에 유럽을 지배할 거래."

"프랑스에 대한 찬사는 없고?" 앙드레가 웃으며 말했다. "내가 그들의 멍청한 생각을 외교적 언어로 바꾸느라 얼마나 고생을 했는데!"

시몬이 진지하게 대답했다. "프랑스 얘기를 하긴 했지. 여자를 너무 좋아한다고. 여자를 제대로 다루는 법을 아는 건 독일 사람밖에 없다나. 독일과 영국은 여자에 대해 생각하는 게 비슷한데 프랑스는 다르대. 영국과 프랑스는 1년도 함께하지 못할 거라고, 그래서 벌써 사이가 벌어지고 있다고 하던데."

피에르가 말했다. "오, 그걸 알아 버렸단 말이야? 알아내지 못하는 게 거의 없다니까."

우리는 계속 걸었다.

오데트가 부루퉁한 목소리로 말했다. "난 영국을 좋아하지 않아. 게다가 왜 거기 노래는 다 찬송가처럼 들려?"

"난 영국 사람들 좋아." 시몬이 유쾌하게 말했다. "아, 남자애들이 맘에 들어. 옷을 아주 세련되게 입고 무척이나 상냥하거든. 난 좋아. 난 아무거나 다 좋아. 아무 사람이나 다 좋고." 그녀가 팔을 활짝 폈다.

'그러다가 꿈에서 깨겠지.' 내가 생각했다.

"정말 멋진 열정인데, 시몬!" 앙드레가 외쳤다.

오데트가 말했다. "영국인들이 우스꽝스러운 생각을 가지고 있는 건 맞아. 지난번에 대위하고 얘기하고 있었는데, 그 있잖아, 코가 길고 단안경을 쓴. 그가 이러는 거야. '방금 기가 막히게 예쁜 여자를 봤는데……' 그러다 말을 뚝 끊더니 얼굴이 새빨개지잖아. 그래서 내가 심술이 나서 못 들은 척했지. 다시 말해 보라고 말이야. 그랬더니 이러는 거야. '케른트너가에서 방금 기가 막히게 예쁜 **사람**을 봤어.' 여자라는 말을 꺼내 놓고 뭣 때문에 그렇게 얼굴을 붉혀야 하는데? 영어에서는 그게 뭐 음란한 말이라도 되는 거야?"

"멍청이라 그래." 피에르가 말했다. "그리고 너도 좀 멍청하다, 오데트."

"어찌되었든 뭔가 있긴 있어." 앙드레가 말했다. "'마 팜ma femme'이라고 하고 '마인 프라우mein frau'라고 하잖아. 하지만 '내 여자my woman인 대령 부인을 소개하겠습니다' 그러면 어떻게 되겠어?"

"그건 대령 부인이 누구냐에 달려 있겠지만 나 같으면 그런 위험은 감수하지 않겠지." 내가 말했다.

"나도 처음 영어를 배울 때 단어들을 혼동해서 쓰곤 했어." 앙드레가 말했다. "그렇게 해서 차이라는 게 얼마나 중요한지를 배우게 되었지. 그리고 부인lady과 아가씨girl도 있잖아. 아주 복잡해."

물론 우리는 모두 빈에 있는 영국인들에 대한 음흉한 농담과 오해와 만화 등이 널렸다는 걸 알았다. 전적으로 그들의 탓도 아니었다. 심각하게 장애가 있는 사람들이었으니까. 빈 여성과의 연애는 웬만하면 말렸고, 그래서 그런 일이 생겼을 때는 조심스럽게 이루어지고 종종 난폭하게 끝났다. 다른 한편 남자들과의 '위대한 우정'은 묵인되었다. 심지어 한 카페에서 잔뜩 화장을 하고 여성 연회복을 입고 있던 남자와도 상관없었다. 하지만 다들 하는 얘기가 베를린의 그들을 봐야 한다고 했다. 빈은 그들의 고향이 아니었으니까.

앙드레가 말했다. "요시가 시몬에게 무슨 얘기를 했는지 도쿄에서 알게 되면 문제가 생길 게 분명해. 이런 식으로 내밀한 얘기를 하는 건 통상적인 일이 아니거든."

"도쿄까지 갈 필요도 없어." 피에르가 말했다. "하토에게만 얘기해도 그렇지. 그러면 요시는 할복이라도 해야 할 거야. 하토가 그를 무지하게 싫어하잖아."

"그건 하토에게 좋은 일 아닐까?" 내가 말했다.

그리고 우리가 다 알다시피 하토에게 좋은 일을 시키고 싶은 사람은 아무도 없었다. 그는 우리를 지독히 싫어했고 우리도 마찬가지였다. 간단했다.

우리는 여자들이 묵고 있는 호텔에 거의 다다랐다.

"그가 영국과 프랑스가 멀어진다느니, 다음 전쟁이 어쩌느니 하는 그런 얘기를 진짜 했어, 시몬?" 앙드레가 물었다.

"분명히 그랬어." 시몬이 말했다. "진짜 그랬다고. 10년에서 15년 정도 예상한다고, 그때는 독일이 유럽을 지배할 거라고. 영국과 프랑스가 서로를 신뢰하지 않고 단결하지 않기 때문에 그런 일이 생기는 거라고 했어. 그 일이 일어나는 걸 막을 방법은 그것밖에 없는데."

"10년에서 15년은 꽤 긴 시간인데." 오데트가 말했다.

"그러면 일본은?" 피에르가 말했다. "멋진 니폰은? 니폰 만세!"

"일본에 대해선 아무 말도 안 했어." 시몬이 말했다. "지금 생각해보니 니폰은 입에 올리지도 않았어."

우리는 여성들에게 작별 인사를 했다. 그리고 한동안 아무 말도 하지 않았다. 그러다 앙드레가 말했다. "일본인들! 심각하게 받아들이면 안 된다니까. 그자들이 뭘 알겠어?"

그래, 내 드레스를 모두 기억할 수 있다. 내 곁의 의자에 걸쳐져 있던 것, 어제 내가 절벽 위를 걸을 때 입었던 것만 빼고. 어제…… 어제가 언제지……?

줄무늬 호박단 드레스가 있었다. 꽉 조인 허리 밴드에 벨벳 꽃이 끼워진. (그리고 당시 영국 패션이 어떠했든지 허리 밴드는 허리에 두르고 있었다.) 흰색 새틴 드레스도 있었다. 아주 매끈하고 부드러운 옷으로, 내가 가진 것 중 가장 예쁘면서도 가장 싼 것이었다. 목선을 따라 목걸이를 흉내 낸 색색의 돌이 붙어 있었다. 직접 손으로 꿰맨 녹색 주름 장식이 끝에 세 겹으로 달린 검은색 새틴 드레스도 있었다. 그 드레스와 함께 걸치는 허리띠가 두 개 있었는데, 둘 다 기모노 허리띠처럼 정교했다. 하나는 검은색에 철심을 넣어 허리가 매우 가늘어 보였다. 다른 하나는 주름 장식과 어울리는 녹색이었다. 하도 빨아서 나달나달해진 흰색 모슬린 드레스와, 그것과 모양이 거의 똑같은 파란색 모슬린 드레스도 있었다. 그것이 내가 가장 좋아했던 드레스였다. 얼마나 빨고 다림질을 했는지 정말 나달나달했지만 언제나 데이지꽃처럼 화사했다. 던들 드레스*와 체크무늬 드레스도 있었고, 상의는 아주 딱 맞았지만 치마는 넓고 펑퍼짐한 파란색 서지 드레스도 있었다. 헐렁한 소맷자락에는 화려한 색의 수가 놓이고 끝에는 술이

* 알프스 티롤 지방의 농민복에서 착안한 의상. 상체는 꼭 맞고 허리를 조여 주름을 잡아 치마를 부풀린 드레스.

달려 있었다. 고전적인 영국식 타이외르*도 있었지만 그건 언제나 질
색이었다. 피곤해서 눕고 싶을 때면 입는 노랑과 파랑 드레스도 있었
다. 길고 헐렁하고, 목과 소매 끝에 파란색 단이 덧대어져 있었다. 마
치 옥수수밭과 하늘 같아서 그걸 보고 있으면 행복하고 자유로운 기
분이 들었다. 그 옷을 생각하자 지금도 자유로운 기분이 든다. 내 생
각은, 내 드레스와 거울과 사진, 돌과 구름과 산 그리고 바로 코앞에
서 나를 기다리는, 내가 또 살아 내야 할 나날들에 대한 생각은 아무도
막지 못할 테니까. 내부 핵심층 주변을 돌고 돌면서도, 그렇게 돌면서
도 난 마쓰와 달리 거기서 나올 즈음엔 춥고 어두우리라는 것을, 그땐
11월이고 난 사나운 인간, 진짜 카리브인이 되어 있을 것임을 안다.

  하지만 카리브인은 다른 하늘 아래, 다른 바다 옆에 산다. 그들은
사람이 눈에 띄면 도망가서 숨는다고 니컬러스가 말했다. 어쩌면 나
역시 그럴지도 모르겠다.

카리브 구역

  니컬러스는 카리브 구역 근처 저택인 '탕 페르디'의 감독이었다.
'탕 페르디'는 크리오요 방언으로, 시적인 의미의 상실한 시간이나 망
각한 시간이 아니라, 그냥 사실적인 차원에서 낭비한 시간, 헛수고를
의미한다. 인간에게 적대적이고 그로부터 스스로를 방어하는 법을
아는 듯한 그런 장소들이 있다. 내가 어렸을 때 사람들은 이 섬이 그

* 남성 정장 스타일의 여성복.

392

런 곳 중 한 곳이라고들 했다. 그럭저럭 잘 지내고 있었는데 난데없이 허리케인이 덮치거나 아무도 어떻게 해 볼 수 없는 병충해가 곡물을 휩쓴다. 자, 그럼 보라고. 서인도제도에 폐허가 더 늘어나고 헛된 노력도 많아지는 것이다. 300년 이상을 그렇게 계속되었다. 그렇다. 근처의 나무에 누군가 '탕 페르디'라고 새겨 놓은 것이 300년도 더 된 일이다.

저택은 얼마나 오랫동안 비어 있었는지 내가 문을 열자 책에서 지네가 뚝 떨어졌다. 모든 게 엉망이었지만, 정원 돌담 옆에는 여전히 히비스커스가 자라고 있었고 가시가 잔뜩 달린 부겐빌레아 위에서 나비들이 교미를 하고 있었다. 매일 아침 니컬러스의 딸인 마이라가 작은 도자기 그릇에 싱싱한 꽃을 담아 베란다와 응접실을 가르는 낮은 칸막이 앞에 늘어놓았다. 베란다에서는 과들루프제도와 생트섬, 마리갈랑트섬이 보였다. 짙은 색 나무 위로 해가 비치고……

하지만 정원 한쪽 끝에는 흰 삼나무―80미터 정도밖에 되지 않는―가 잎을 떨어뜨리고 꽃을 가득 단 채 서 있었다. 아주 약간의 분홍빛이 도는 흰 꽃은 어찌나 연약하고 가벼운지 거친 바람이 한 번 불기만 하면 다 떨어지고, 떨어지자마자 바람에 쓸려 가 버렸다. 흰 삼나무꽃에 대한 유명한 크리오요 노래가 있었는데 기억이 나지 않는다. "오늘 여기 있었는데 내일은 가 버리는" 뭐 이런 식이었을 것이다.

"카리브 구역에 볼 거 없어." 니컬러스가 주장했다. 잘생긴 흑인 얼굴에 넓은 가슴, 깊고 우렁우렁한 목소리를 지녔다.

"그 사람들은 함께 붙어 살지도 않아." 그가 말했다. "집들이 다 멀찍이 떨어져 있는 데다 덤불에 가려 보이지도 않지. 샐리비아엔 볼 게 없어. 게다가 새로 난 길이 강까지만 이어져서 그다음부터는 말을 타고 가야 해. 두세 시간은 걸릴걸."

"하지만 어떻게 해 볼 수 없을까? 말을 어디서 구할 수는 없나?"

"아, 그럼, 어떻게 해 볼 수야 있지." 니컬러스가 마뜩잖게 대답했다.

하지만 쉽게 물러설 내가 아니었다. 언젠가 읽은 책과 언젠가 본 사진으로 인해 난 평생 그 사람들이 궁금했기 때문이다.

자주 있는 일은 아니었지만 카리브 사람들이 화제로 떠오를 때마다 그 앞에 붙는 수식어는 '퇴폐적인'이었다. 사실 그들에 대해 어떤 식으로든 잘 아는 사람은 하나도 없었고 앞으로도 없을 테지만 말이다. 서인도제도에 남아 있는 수는 이제 몇백 명 정도이고 그들은 샐리비아라는 섬의 한편에 산다. 흑인들과 교혼을 그리 많이 하지 않았는데도 여전히 윤기가 흐르는 검은 머리에, 눈꼬리가 올라간 작은 눈, 불거져 나온 광대뼈에 구릿빛 피부를 지니고 있다. 이들은 짚을 엮어 아름다운 바구니를 만드는데, 빨간색이나 갈색, 검은색, 하얀색 등으로 물들인 그것은 가볍고 방수도 된다. 가장 큰 바구니는 섬에서 큰 옷 가방 대신 쓰고 가장 작은 바구니는 아기 신발이 겨우 들어갈 정도로 작다. 때로 중국 상자처럼 여러 개를 겹쳐 넣을 수도 있다.

카리브 구역을 찾아가 보고 싶은 사람은 아무도 없는 모양이었다. 쨍쨍 내리쬐는 해를 받으며 한참 말을 타고 가 봐야 결국 볼 것도 별로 없는 그런 곳에 가고 싶은 마음이 전혀 없는 것이다.

"언어가 두 개 있다고들 하지. 여자들이 쓰는 언어는 남자들은 이해를 못 한대. 여하튼 그 사람들이 그러더라고."

"그 사람들이 그런다고?"

"글쎄, 니컬러스에게 물어보자…… 니컬러스, 카리브 여성들이 그들만의 언어를 가지고 있다는 게 사실이야?"

니컬러스는 싱글거리며 그런 비슷한 얘기를 들어 본 적이 있다고 했다. 맞아, 들어 본 것 같아.

빽빽하게 글자가 들어찬 책, 어렸을 때 열심히 탐독했던 요란한 삽화가 그려진 책을 상상했던 게 아닐까 하는 두려움에 시달리며 난 1935년 11월 23일 자《일뤼스트라시옹》특집호 '프랑스 서인도제도 300주년'을 꺼내어 '플뤼미에 신부가 사실 그대로 그린 카리브해 사람들'을 펼쳤다. 아마 18세기 초쯤일 것이다. 오른손에 활과 화살을 들고 왼손에는 곤봉을 들었다. 건장한 근육질 몸인데 얼굴은 묘하게 작고 여성적이다. 한가운데에서 세심하게 가른 길고 검은 머리가 어깨까지 찰랑거렸다. 하지만 모양 자체부터 길게 째진 눈은 사나우면서도 겁먹은 모습이었다. 겁을 준다기보다 겁을 먹은 야만인으로 보였다.

"우리도 이거랑 비슷한 거 있는데. 같은 것일지도 모르겠다. 집 식당에 있어."

"그다지 매력적이진 않네."

"다들 그렇게 말하더라고."

그리고 그렇게 사람들이 비웃을 때마다 그가 슬퍼 보인다고, 난 생각했다. 야생적인 눈은 긴장해 있고, 쓸모없는 활과 화살을 든 그 모습이.

"서인도제도 원주민이지, 그렇지?"

"오, 아니야. 카리브인이야. 서인도제도 원주민들은 스페인이 학살을 했든지 아니면 히스파니올라섬, 그러니까 아이티로 다 강제 추방되었잖아. 그러니까 남자들 대부분은 그렇게 되었지. 스페인 사람들이 그들에게 천국에 갈 거라고 했대. 그래서 천국에 간 거지. 정말 못된 놈들 아냐? 그러고 나서 식인종인 카리브인들이 남아메리카 대륙에서 왔고, 남아 있는 얼마 안 되는 남자들을 죽여 버렸어."

하지만 그 책, 1880년대에 영국인이 쓴 그 책은 스페인인과 카리브인의 학살을 피한 얼마간의 여성들—당시 사람들은 지금처럼 철저하지 않았는지—이 옛날 언어와 전통을 엄마로부터 딸로 전해 주며 계속 이어 나가고 있다고 적고 있었다. 이 언어를 정복자들에게는 비밀로 했지만 저자는 그것을 배웠다고 주장했다. 어원은 남아메리카어가 아니라 몽골어라고 했다. 그리고 그것을 보면 지금 신세계로 알려진 지역과 중국 사이에 교류가 있었다는 사실을 분명히 확인할 수 있다고 주장했다. 하지만 그는 상상력이 너무 풍부했다. 그 책의 한장은 세인트루시아섬의 수프리에르산—그들 말에 따르면 지옥으로 가는 입구의 하나인—에 묻혀 있는 카리브의 보물을 다루고 있고, 또어떤 장은 뱀 신과 아틀란티스에 대해 쓰고 있기도 했다. 정말이지 상상력이 아주 풍부했다.

우리가 카리브 구역에 갔던 날, 빛이 새어 나오는 짙은 구름이 바람에 밀려 하늘을 가로질러 움직이고 있었다. 바로 길모퉁이에 있는 꼿꼿하고 싱싱한, 반짝이는 녹색 이파리를 달고 있는 코코넛나무들—코프라*를 만들기 위해 일렬로 심어 놓은 재배 식물—과는 보기에도 너무나 다른, 베란다 맞은편의 언덕 경사면에서 자라는 구부러지고 빼빼 마른 코코넛나무들이 바람에 정신없이 흔들렸다. 말들이 대기

* 코코넛 과육을 말린 것.

하고 있다는 장소에 시간을 딱 맞춰 도착했지만 정작 그들이 모습을 드러낸 건 한참이 지나서였고, 우리 안내인인 열여섯의 어린 찰리가 먼저 출발을 했다. 그는 흰 셔츠와 반바지, 양말로 멋들어지게 차려입었는데, 신발만은 아주 흉측한 검은색 장화를 신어서 걸을 때마다 찍찍 소리가 났다. 폭이 넓은 강의 수심이 가장 얕은 곳에 징검다리가 놓여 있었다. 그 징검다리를 건너가다가 찰리의 끔찍한 장화가 미끄러졌고, 난 그가 물에 빠지나 보다 했지만 그는 용케 버텼다. 그가 강 건너편에 이르러 땅바닥에 앉더니 장화와 양말을 벗어 목에 건 후 다시 출발했고, 그걸 보니 마음이 놓였다.

드디어 말이 도착했다. 얼마나 삐쩍 말랐는지 갈비뼈가 앙상하게 드러난 데다 혹독한 환경에서 살아남은 대가로 얻은 고집스럽고 뚱한 표정들을 하고 있었다. 흑인들은 계속 움직이는 걸 좋아해서 구석은 지독히 싫어하는데, 말은 지금 두말할 나위 없이 구석의 것이다.

하지만 우리가 올라타자 말은 목을 힘차게 홱홱 움직이면서 전혀 주저 없이 좁고 맑은 강물을 달가닥달가닥 건너갔다. 물속에서 울리는 멋진 말굽 소리를 들어 본 지가 얼마나 오래되었는지 아예 잊고 있었다.

그러더니 안간힘을 써서 우리를 들어 올려 풀이 자란 넓은 길로 들어섰다. 꽃봉오리가 몇 개 올라온 이색적인 나무가 있었다. 다음 달이면 꽃이 만발하겠구나. 내가 생각했다. 다음 달이면 이색적인 나무들—벽오동나무—이 온통 꽃으로 뒤덮이고 밀짚꽃도 만발하겠지. 하지만 난 여기서 그것을 보지 못할 것이다. 영국으로 돌아가는 길이겠지. 그렇게 생각하자 현기증이 일고 속이 메슥거렸다. 길에는 이구아나가 수없이 많았다. 난 눈을 감고 카리브인들을 그린 삽화, 무척이나 세밀하고 생생한 그 삽화들을 떠올렸다. 꽃으로 관을 만들어 쓴 가무잡잡한 여자아이가 어깨에 앵무새를 얹은 채 스페인 사람들을 오래전에 예언되었던 신으로 여기고 맞이하고 있다. 그 뒤쪽으로는 마을 주민들이 과일이니 꽃 같은 선물을 잔뜩 들고 모여 있는데, 몇몇은 의심에 가득 차 잔뜩 인상을 쓰고 있다. 그들의 의심은 얼마나 옳았는지!

내가 아는 섬과는 확연하게 다른, 황량하고 메마르고 도마뱀 천지인 그 땅을 말을 타고 가면서, 그런 꿈을 꾸다가도 여전히 외지인들의 의견에 지나치게 신경이 쓰이며 신랄한 비판이 나올까 두려웠다. 하지만 아니었다. 그럭저럭 그들의 마음에 든 모양이었다. "탁 트인 게 공원처럼 예쁜 곳이네. 하지만 초록이 정말 **과도해**!"

길이 차츰 오르막이 되었고, 언덕 위편을 돌자 미소를 띤 찰리가 흑인 경찰과 함께 우리를 맞았다. 샐리비아에 온 것을 공식적으로 환영하는 건가? 아래쪽으로 낮은―그 지역 나무치고는―나무들에 둘러싸인 작은 공터가 보였고, 덤불숲 가운데로 수없이 많은 좁은 길이 있었다. 하지만 사람은 눈을 씻고 봐도 없었다. ("이 사람들은 다들 떨어져 사는 데다 덤불에 가려 보이지도 않는다고. 누구라도 눈에 띄면 숨어 버리지.")

"저쪽에 있는 집이 왕이 거주하시는 곳입니다." 경찰이 선언했고 난 생각했다. '그러니까 아직 왕이 있다는 거지?'

한 굽이를 더 돌자 아래쪽에 커다란 공터가 눈에 들어왔다. 경찰서 외에도 대여섯 채의 다른 건물들이 있는데, 그중 하나는 성당이었다.

경찰서에는 소총이 일렬로 놓여 있고, 총검과 다른 것들도 있었다. 그 방은 널찍한 게 시원할 정도였다. 모든 게 다 새것이라 깨끗했고,

바깥의 야자수 주변에 둥글게 자갈이 깔려 있었다.

"여기에 좀 문제가 있었어요." 경찰이 말했다. "예전 경찰서에 불을 내서 다 태워 버린 데다 이 새 경찰서를 짓는 동안 6미터가량을 또 태워 먹었죠."

"왜요?"

"글쎄요, 병원을 지을 거라고 생각했던 것 같아요. 정부에 병원을 지어 달라고 했거든요. 청원 같은 거 말이에요. 그래서 정부가 병원이 아니라 경찰서를 짓는 걸 나중에 알고는 난리가 좀 났었죠."

"심각했나요?"

"꽤 심각했어요. 첫 번째 경찰서는 다 타 버렸고, 이것도 6미터 정도 가 타서 없어졌으니까요."

"그렇군요. 하지만 제 말은, 다친 사람은 없었냐고요."

"아, 별로요." 그가 말했다. "카리브인 두세 명이 죽었을 뿐이죠." 영국인이 말을 하고 있다고 해도 될 정도였다.

"저쪽 집에 아주 예쁜 카리브 소녀가 있어요." 경찰이 말했다. "빨간색 지붕요. 그녀를 구경하고 사진을 찍으러 다들 그 집에 가요. 안 가면 그 모녀가 아주 맘이 상할걸요. 당연히 작은 선물을 갖다줘야죠. 무척 예쁜데 걷지를 못해요. 안된 일이죠."

안으로 들어가자 다른 집들과 비슷했다. 작은 방은 깨끗했고, 신문에서 오린 사진들과 성모마리아와 성자와 천사들, 바다의 별 성모마리아, 고통받는 이들의 피난처, 다시 바다의 별 성모마리아, 예수님, 마리아와 요셉 등 색색의 카드가 벽에 잔뜩 붙어 있었다.

소녀는 어둡고 작은 침실의 문간에 나타나 잠깐 과장된 포즈를 취해 보이고는, 씩씩하고도 필사적인 품위를 보이면서 쓸모없는 다리를 추슬러 가며 마루 위로 몸을 끌어서 사진을 찍기 위해 해가 비치는 바깥으로 나갔다. 치아가 희고 아름다웠다. 거기 햇빛 아래 앉아 순수한 카리브인의 작고 치켜 올라간 검은 눈이 아닌 크리오요의 길쭉한 갈색 눈으로 우리를 똑바로 바라보았다. 짙은 갈색에서 구릿빛으로, 다시 검은색으로 온갖 음영을 지닌, 허리까지 내려오는 그녀의 머리카락 역시 카리브인의 머리가 아니었다. 그녀가 미소를 띠고 앉아 있었고, 벽에 붙은 밝은 색깔의 온갖 성모마리아와 성인들 역시 미소를 지으며 그녀를 내려다보았다. 매처럼 당당한 모습이었다. 햇빛을 받은 피부는 아름다운 색으로 빛났다.

우리가 사진을 몇 장 찍자 찰리가 나머지 사진은 자기가 찍으면 안 되겠냐고 물었다. 그가 낮잡아 보는 투로 말하는 소리가 들렸다. "옆 얼굴이 보이게 좀 돌려 볼래요? 이젠 앞쪽으로 돌려 볼래요? 이번에는 웃지 않고 찍어 볼게요." ('이 사람들은 상당히 야만인들이라. 미개한 사람들이지.')

옛날 중국 여자처럼 보이는 그녀의 엄마는 자신이 젊었을 때 프랑스인 가족에게 고용되어 마르티니크섬에서 살다가 파리까지 갔었다고 말했다.

"엄마가 돌아가시기 전에 보고 싶어서 이곳으로 돌아왔어요." 그녀가 말했다. "엄마를 정말 사랑했거든요. 이제는 늙었으니 여기서 계속 살아야겠죠. 나같이 늙은 사람을 누가 쫓아내겠어요?"

"네 살 때부터 저런 걸 좋아했어요." 그녀가 딸을 가리키며 말했다.

"아아!" 그녀가 손을 휘두르며 말했다. 가늘고 예쁜 손이었다. "아아, 불쌍하기도 하지!"

하지만 사진을 찍으라며 햇빛 속에 앉아 있는 소녀는 만족스러운 표정으로 우리를 향해 미소를 시어 보였고, 어깨로 내려온 머리카락을 뒤로 넘기며 다시 웃었다. 그리고 벽에 붙은 성모마리아와 성인들도 모두 우리에게 미소를 지었다.

'탕 페르디'의 밤은 찍찍거리고 파닥파닥하는 소리로 가득했다. 반딧불이들이 날아다녔는데 거기 사람들은 그것을 '이쁜이'라고 부른다. 밤에 모기장 안에 들어가 누워 있으면 이런 생각이 든다. '흙이 때로는 붉고 때로는 검은 내 고향에 이제야 왔구나. 이 주변 색깔은 황토색이야. 카리브인의 피부색이지. 어떤 식으로 빛을 받으면 피처럼 붉은색이지만 다른 때는 그냥 예쁜 색이지. 아이의 물감으로 상상력이라고는 없이 색칠한 그림엽서처럼.'

당신은 한밤중에 케케묵은 두려움과 케케묵은 희망을 의식한다. 작은 감시 구멍이 잔뜩 뚫려 있는 감방에 갇힌 죄수처럼 모기장 안에서 이리저리 몸을 뒤척이면서 불행을 의식하는 것도 한밤이다. 그때에 당신은 어떤 신식 흑인이 '여자들 꽝, 여자들 꽝'이나 다른 기초적인 한 단어짜리 진실을 반복해서 써 놓은, 가장자리에 가시가 삐죽삐죽 나온 두꺼운 다육식물 잎을 생각한다. 우리는 어렸을 때 나뭇잎에 화살이 관통하는 심장 그림에 '누구는 누구를 좋아한대' 이런 글귀를 적곤 했다. 아마 결국은 다 마찬가지일 것이다.

하지만 럼을 한 모금 가득 들이켜면 무슨 일에도 당혹스럽지 않다. "열려라 참깨" 같은 열쇳말을 알게 되는 것이다. 두 모금을 마시면 모든 걸 이해하게 된다. 태양과 현란함과 사진 모델이 되기 위해 마룻바닥을 기어가는(걷지를 못해서) 소녀를. 그리고 흰색 삼나무에 대한

노래도. "내 사랑스러운 딸들이 엄마에게 말하길⋯⋯" (그들의 노래
는 대부분 이렇게 시작한다.) "꽃은 왜 하루밖에 가지 않나요?" 딸이
묻는다. "너무 안됐어요, 왜죠?" 엄마가 말한다. "하루나 천년이나 하
느님께는 똑같단다." 그 노래가 다 기억이 나면 좋겠지만, 그렇게 고
리타분한 노래를 부르는 사람은 이제 아무도 없으므로 그걸 알아내
려 해 봐야 소용이 없다.

때로 아주 듣기가 좋다, 사투리는. 그리고 절대 머릿속에서 사라지
질 않는다. 탕 페르디.
  '롤벤든'을 떠나기 전에 그 말을 적어 놓을 것이다. 아마 거울에. 혹
시 다시 살아야 할 날들이 모퉁이를 돌아 코앞에서 기다리는 것을 아
는 누군가, 게다가 당신 스스로 그걸 선택할 수도 없다는 것을 아는
누군가가 볼 수도 있으니까. 선택은 당신이 아니라 그날들이 한다는
것을.

개척자여, 오, 개척자여
Pioneers, Oh, Pioneers

두 소녀가 열기로 달구어진 마켓가를 걸어 내려갔다. 아이린이 동생을 꾹 찔렀다. "저 여자 좀 봐!" 시장에서 멀지 않은 곳이라 여전히 생선 냄새가 감돌고 있었다.

로절리가 고개를 돌리자 파라솔을 든 몇 명의 백인 여성이 보였다. 흑인 여성은 맨발에 화려한 줄무늬가 있는 터번을 쓰고 하이웨이스트 드레스를 입고 있었다. 아직 19세기였다. 1899년 11월.

"저기 말이야." 아이린이 말했다.

멘지스 부인이었다. 주말을 시원하게 보내기 위해 몬의 별장에 말을 타고 가는 중이었다.

"안녕하세요." 로절리가 말했지만 멘지스 부인은 아무 대꾸도 없었다. 10년 전에 영국에서 사 온 두꺼운 검은색 승마복을 입은 채 달가닥달가닥 지나가 버렸다. 무릎 위에 플란넬로 감싼 커다란 꾸러미를 조심스럽게 얹어 놓았는데, 거기서 물이 뚝뚝 떨어졌다.

"얼음이야. 음료수를 차게 마시려는 거지." 로절리가 말했다.

"다른 사람처럼 그리로 가져오게 해도 되잖아? 흑인들이 비웃는다고. 부끄러운 줄 알아야지."

"왜 그래야 하는지 모르겠는데." 로절리가 고집스럽게 말했다.

"하여튼 너는." 아이린이 빈정거렸다. "넌 정신 나간 사람들을 좋아하니까. 지미 롱가도 좋아하고 멘지스 할멈도 좋아했지. 심지어 래미지도 좋아했으니까. 그 막돼 먹고 못된 끔찍한 래미지까지."

로절리가 말했다. "언닌 어제만 해도 그 때문에 울고불고했잖아."

"어제는 어제고. 어제는 다들 히스테릭했다고 엄마가 그랬잖아."

그때쯤 집에 거의 다 와서 로절리는 더 이상 아무 말도 하지 않았다.

하지만 길고 시원한 복도로 이어지는 계단을 올라가면서 혀를 삐죽 내밀었다.

아버지 콕스 박사는 다리 세 개 달린 테이블 곁의 안락의자에 앉아 있었다.

테이블 위에는 파이프와 담배 케이스와 안경이 놓여 있었다. 《타임스》 주말판과 《콘힐 매거진》, 《랜싯》과 서인도제도 신문 《도미니카 헤럴드》와 《리워드 아일랜드 가제트》도 있었다.

아버지에게 말을 걸어서는 안 된다는 걸 즉시 알아차렸다. 겨우 열한 살, 아홉 살의 나이였지만.

"완전히 죽어 버렸어." 그들이 옆방으로 가려고 그 앞을 지나칠 때 아버지가 중얼거렸다. 옆방은 안락의자와 마호가니 테이블, 종려잎 부채, 호랑이 가죽 깔개, 가족 사진, 베터지코이드*의 풍경과, 〈모스크

바에서 나폴레옹의 퇴각〉이라는 눈밭의 부상당한 병사들이 그려진 커다란 그림 등이 가득한, 안락한 곳이었다.

　　의사가 딸들을 알아채지 못한 것은 그 역시 래미지 생각을 하고 있었기 때문이었다. 그를 좋아했고 내내 그의 편을 들어 주었고 누가 봐도 뻔한 그의 기벽을 웃어넘겼고, 그가 정신이상이라는 얘기를 딱 잘라 부정했다. 그런데 다 틀린 것이었다. 아마도 정신이상자였을 래미지는 이제 완전히 죽어 버렸다. 어떻게 해 볼 도리가 없었다.

　　래미지가 이 섬에 처음 온 것은 2년 전이었다. 하얀 정장에 빨간 허리띠와 솔라 토피**로 열대지방 복장을 한 잘생긴 남자였다. 그 모습에 흠뻑 빠진 어린 흑인 남자애들 무리가 하도 뒤를 졸졸 쫓아다니는 바람에 지겨워져서 빨간 허리띠와 솔라 토피는 벗어 던졌지만, 그늘조차 온도가 30도를 넘어가는 날씨에 대부분의 남자들은 검은 바지를 입는데도 그는 여전히 흰색 정장을 고수했다.

　　바베이도스에서 함께 배를 타고 온 램턴 양은 그가 확실히 신사이며, 외모로 보자면 단연 남자들 중 왕이라 할 만하다고 주장했다. 그는 무도회든 테니스 파티든 피크닉이든 모든 초대를 무시했다. 성당에는 한 번도 가지 않았고 클럽에도 모습을 보이지 않았다. 하지만 콕스 박사는 좋아했는지 어느 날 그와 함께 저녁 식사를 하러 왔다. 그리고 그때 일곱 살이던 로절리는 사랑에 빠져 버렸다.

　　손님이 계실 때 아이들은 얘기를 많이 해서는 안 되었고 보통은 아예 아래층에 내려가지도 못했지만 저녁을 먹고 난 후 로절리는 슬쩍

---

*　영국 웨일스의 마을.
**　자귀풀을 엮어 만든 햇빛 가리개용 모자.

슬쩍 그에게 다가가 말했다. "노래해 봐요." (저녁 식사를 함께 하러 온 사람들은 식사 후 종종 노래를 부른다는 걸 잘 알았던 것이다.)

"노래 못 하는데." 래미지가 말했다.

"할 줄 알잖아요." 엄마가 꾸짖는 표정을 지어서 그녀는 더욱 매달 렸다. "할 수 있잖아요, 할 수 있잖아요."

그가 웃으면서 그녀를 안아 무릎에 앉혔다. 그의 가슴에 머리를 기 댄 채 그가 깊은 목소리로 가만가만 노래하는 걸 들었다. "매애매애 검은 양, 양털 좀 있니? 그럼요, 그럼요, 세 자루 있어요."

그러자 요새의 총소리가 9시를 알렸고, 빳빳한 흰옷으로 멋지게 차 려입은 두 딸들은 예의 바르게 작별 인사를 하고 위층으로 올라가 잠 자리에 들어야 했다.

열린 패를 놓고 건성으로 휘스트 게임을 한 후 콕스 부인도 자리를 떴다. 소다 탄 위스키를 마시며 래미지는 자신이 주택 부지를 살 계획 으로 이 섬에 왔다고 설명했다. "작고, 가능한 한 외딴곳에요."

"그거야 여기선 어려울 게 없지."

"그렇다고 들었습니다." 래미지가 말했다.

"다른 섬은 좀 찾아봤나?"

"첫 번째로 바베이도스에 갔었어요."

"작은 영국이지." 의사가 말했다. "그랬는데?"

"새로 난 임피리얼로에 선생님이 소유하신 장소가 몇 군데 있다는 얘기를 들었어요."

"오래가지 않아." 콕스 박사가 말했다. "이 섬에서는 그 무엇도 오래 가지 않지. 아무것도 나오지도 않고. 두고 보라고."

래미지가 어리둥절해했다.

"다 그 땅으로 뭘 하려는가에 달려 있지." 의사가 무슨 뜻인지 설명하지 않고 말을 이었다. "자본을 투자해서 두둑한 이자를 받고 싶은 건가, 뭔가?"

"평온함요." 래미지가 말했다. "평온함이 제가 원하는 겁니다."

"돈이 들 텐데." 의사가 말했다.

"얼마입니까?" 래미지가 웃으며 물었다. 다리를 꼬고 앉았는데, 드러난 발목이 가늘고 털이 많았으며 커다란 몸집에 비해 손도 길고 가늘었다.

"무척 외로울 텐데."

"그게 제게 맞습니다." 래미지가 말했다.

"그리고 이 길에서 한참 아래쪽이라면 나무도 잘라 내고 둥치도 태워야 하고, 아예 처음부터 시작해야 할 거야."

"중간쯤에는 없을까요?"

의사가 좀 모호하게 대답했다. "오래된 집들 중에서 하나를 살 수는 있겠지."

젊은 에링턴과 젊은 켈러웨이가 생각이 난 것이었는데, 두 사람 다 임피리얼로에 있는 부지를 사서 열심히 일을 했었다. 하지만 1, 2년 지난 뒤 두 손 들고 싼값에 땅을 처분하고 영국으로 돌아가 버렸다. 숲 생활의 적적함과 울적함을 견딜 수 없었던 것이다.

2주 후에 래미지가 두 군데 남아 있는 오래된 부지 중 하나인 스패니시 캐슬을 샀다고 램턴 양이 콕스 부인에게 알려 주었다. 아름다운 곳이었지만 융성하지는 못했다. 누구는 운이 나빴다고 했고 누구는 운영을 잘못했다고 했다. 가장 가까운 이웃은 '말그레 투'를 소유한 엘리엇 씨였다. 지금은 트위크넘이라고 부르지만.

그 이후로 몇 달 동안 래미지는 모습을 보이지 않았고, 어느 날 오후 크로케 구장에서 콕스 부인은 램턴 양에게 들은 소식이 없느냐고 물었다.

　"희한한 젊은이야." 그녀가 말했다. "얼마나 내성적인지."

　"그 정도로 내성적이진 않아요." 램턴 양이 말했다. "몇 주 전에 결혼을 했는걸요. 사람들한테 얘기하지 말라고 해서."

　"말도 안 돼!" 콕스 부인이 외쳤다. "누구랑?"

　그러자 전말이 밝혀졌다. 래미지의 결혼 상대는 스스로 아일라 해리슨이라 부르지만, 해리슨이라는 성을 가질 자격이 없는 한 흑인 여성이었다. 어머니가 일찍 세상을 뜬 후 그 지역 관습에 따라 대모인 노처녀 미스 마이라가 길렀다. 미스 마이라는 베이가에서 과자점을 했고 아일라는 마을에서 아주 유명했다. 너무 유명했다.

　"래미지가 그녀를 트리니다드로 데리고 갔어요." 램턴 양이 침통하게 말했다. "돌아올 때는 이미 결혼한 상태였죠. 그리고 스패니시 캐슬로 내려갔고, 그 이후로는 저도 들은 바가 없어요."

　"아일라가 괜찮은 흑인 여자라도 되는 것처럼 말이야." 다들 하는 얘기가 그랬다.

　그렇게 래미지 부부는 백인 사회에서 따돌림을 받았다. 콕스 박사를 빼고 모두에게서. 스패니시 캐슬은 그가 매달 찾아가는 지역에 있었기 때문에 어느 날 오후 그는 말을 타고 지나가다가 래미지를 보았다. 길에서 보이는 나무에 못으로 박아 놓은 우편함 근처에 서 있었던 것이다.

　두 사람이 베란다에서 펀치를 마시고 있는데 래미지 부인이 들어왔다. 옷을 있는 대로 차려입고 싸구려 향수 냄새를 강하게 풍기는 그녀는 시비조로 시끄럽게 떠들었다. 그래, 괜찮은 흑인 여자는 분명 아니었던 것이다.

의사는 다음에 또 만나 보려고 했는데—어쩌면 지나치게 열심히—스패니시 캐슬을 방문했을 때 집 안에서 문이 쾅 하고 닫히는 소리가 들리더니 소년이 히죽거리며 나타나 래미지 씨가 집에 없다고 했다.

"래미지 부인은?"

"주인마님도 안 계세요."

진입로 끝에서 뒤를 돌아보았더니 창문에서 몰래 내다보는 래미지 부인이 보였다.

그는 고개를 절레절레 흔들고는 다시는 그 집에 찾아가지 않았고, 래미지 부부는 모든 사람들의 시야에서, 생각 속에서 완전히 사라져 버렸다.

문제가 시작된 것은 트위크넘 주인 엘리엇 씨 때문이었다. 그의 말에 따르면 부지 경계에 있는 어린 육두구나무를 보러 부인과 나갔다고 했다. 시중들 아이가 불을 피우고 찻물을 올렸다. 고개를 들었는데 래미지가 나무 아래에서 나오는 게 보였다. 피부는 짙은 갈색으로 그을었고 머리는 길어서 어깨까지 늘어지고 수염은 가슴에 닿을 정도였다. 샌들을 신고 가죽 벨트를 맸는데, 벨트 한쪽에는 단검이, 다른 쪽에는 커다란 자루가 매달려 있었다. 그게 다였다.

"그자가 집사람에게 사과라도 했으면, 완전히 발가벗은 상태에 대한 자의식이 조금이라도 보였으면 다 그냥 넘어갔을 겁니다." 엘리엇 씨가 말했다. "이런 비참한 곳에서는 관용을 가져야 한다는 걸 배웠으니까요. 하지만 전혀 없었어요. 뚫어져라 집사람을 바라보더니 글쎄

이러는 거예요. '진짜 불편해 보이는 옷이네. 게다가 흉하기도 해라!' 집사람이 얼굴이 새빨개져서 말했어요. '래미지 씨, 찻물이 마침 끓기 시작했는데 차 한잔하실래요?'"

"잘했네." 의사가 말했다. "그러니까 뭐라던가요?"

"약간 어리둥절해하는 것 같았어요. 그러더니 옷이라도 입고 있는 것처럼 허리를 굽혀 인사하고는 자기는 차를 전혀 마시지 않는다고 하더라고요. '혼잣말을 하는 멍청한 버릇이 있어서요. 죄송합니다.' 그러고는 가 버렸어요. 집으로 돌아온 뒤 집사람은 침실에 박혀 나오지 않았어요. 드디어 방에서 나와서도 처음에는 내게 말도 걸지 않더니 그다음에 하는 말이, 그자 말이 맞는다고, 내가 자기 외모에 대해 전혀 신경을 쓰지 않으니 이제 자기도 신경 안 쓰겠다고 그러는 거예요. 나한테 비열한 인간이라고 하면서. 비열한 인간이라니. 이건 참을 수가 없어요." 엘리엇 씨가 분개했다. "완전히 미쳤다니까. 단검을 차고 돌아다니다니. 위험하다고요."

"아, 그건 아니라고 봐요." 콕스 박사가 말했다. "아마 한구석에 옷을 벗어 놓고는 어떻게 설명해야 할지 몰라서 그랬을 거예요. 어쩌면 우리가 너무 싸매고 사는지도 모르죠. 햇빛이 건강에 좋잖아요. 세상에서 가장 유익한 거죠. 나처럼 이런 식으로 생각하면……"

엘리엇 씨가 곧바로 말을 막았다. 의사가 오랫동안 지속해 온 비정통적 방법에 대한 얘기를 시작했다는 걸 알아차린 것이다.

"그런 건 난 몰라요. 하지만 벌거벗은 남자가 단검을 차고 내 집 주변을 어슬렁거리는 게 맘에 안 든다는 말은 할 수 있어요. 사실은 무지하게 마음에 안 들어요. 집사람과 딸 생각을 해야 하니까요. 뭔가 조치를 취해야 해요."

엘리엇은 관심을 보이는 사람이라면 누구에게든 이 얘기를 하고 다녔고, 곧 래미지 부부는 중요한 화제가 되었다.

"그가 보통 바지는 입고 있고, 비가 올 때는 낡은 코트도 입는 것 같긴 해요." 콕스 부인이 말했다. "하지만 베란다 해먹에 벌거벗고 누워 있는 걸 본 사람들이 여럿 있대요. 그 집에 찾아가서 얘기를 좀 해 봐요." 그녀가 덧붙였다. "그 두 사람이 킬케니 고양이*처럼 싸운다잖아요. 점점 인심을 잃어 간다고요."

그래서 다음번 그 구역을 찾아갔을 때 콕스 씨는 스패니시 캐슬 근처에 말을 세웠다. 정원을 가로질러 걸어가면서 집이 돌보지 않아 아주 엉망이란 걸 알아챘다. 잔디는 무성하게 자랐고 베란다는 한참을 비질도 하지 않은 듯했다.

의사는 머뭇거리며 걸음을 멈추고, 열려 있는 거실 문을 톡톡 두드렸다. "안녕하세요." 래미지가 집 안쪽에서 나와 미소를 띠고 말했다. 잘 다려진 말끔한 리넨 정장을 입고 있었고 머리와 턱수염도 잘 손질이 되어 있었다.

"좋아 보이는군." 의사가 말했다.

"오, 그래요. 기분이 너무 좋아요. 앉으세요. 마실 걸 좀 가져올게요."

집에 다른 사람은 없어 보였다.

"하인이 다 그만뒀어요." 펀치를 들고 들어오며 래미지가 해명했다.

"맙소사, 그랬어?"

"네, 하지만 마을에서 나이 든 여자 한 명을 구했어요. 와서 요리를

* 아일랜드 속담에 나오는 고양이로, 끝장을 볼 때까지 싸운다고 한다.

해 줄 거예요."

"부인은 잘 지내고?"

이때 집 옆쪽에서 쿵 하는 육중한 소리가 들렸고, 연거푸 두 번 더 들렸다.

"이게 무슨 소리지?" 콕스 박사가 물었다.

"누가 돌을 던지는 거예요. 가끔 그러죠."

"아니, 도대체 왜?"

"모르죠. 그 사람들한테 물어보세요."

그러고 나서 의사는 엘리엇의 이야기를 전해 줬는데, 어쩔 수 없이 별것 아니라는 투가 되었고, 심지어 우스갯소리 같기까지 했다.

"네, 그 일에 대해서는 아주 죄송해요." 래미지가 아무렇지도 않게 대답했다. "그쪽도 놀랐겠지만 저도 그만큼 놀랐어요. 누구를 마주치리라고 예상을 못 했거든요. 운이 나빴던 건데 앞으로 그런 일은 없을 거예요."

"엘리엇을 만난 게 운이 나빴던 거지." 의사가 말했다.

그게 끝이었다. 가려고 일어나면서도 그는 아무 조언도, 아무 경고도 하지 않았다.

"정말 아무 일 없는 건가?"

"그럼요, 물론이죠." 래미지가 말했다.

"다 허튼소리야." 그날 저녁 의사가 부인에게 말했다. "아주 팔팔한 게 전혀 문제없어."

"부인도 같이 있었어요?"

"아니. 다행이지 뭐야. 나갔는지 없더라고."

"오늘 아침에 들은 말로는 종적을 감췄대요." 콕스 부인이 말했다.

"몇 주 동안 보지를 못했다고."

의사가 껄껄 웃었다. "도대체 그 두 사람을 왜 그렇게 가만두지 못하는 거지? 말도 안 되는 소리!"

"글쎄요, 이상하잖아요, 안 그래요?" 콕스 부인이 웃음기 없이 말했다.

"허튼소리야." 며칠 후 엘리엇 씨의 부추김으로 사람들이 마구 독설을 퍼붓는 것을 막을 수가 없자 의사가 다시 말했다. 래미지 부인이 스패니시 캐슬에도 없고 마을에도 없다고 했다. 도대체 어디 있는 거지?

나이 든 마이라에게 물어보았다. 그녀는 '아주 오래전부터' 아일라를 만나지도 못했고 소식을 듣지도 못했다고 했다. 경감에게 익명으로 두 통의 편지가 왔다. 첫 번째 편지에는 '어느 날 밤 스패니시 캐슬에서 일어난 일을 모두' 안다는 주장이 담겨 있었다. 다른 편지는 증인들이 나서서 백인에게 불리한 진술을 하기를 꺼린다고 했다.

《가제트》에는 다음과 같은 격한 기사가 실렸다.

소위 '임피리얼로'는 돈깨나 가진 젊은 영국인들을 끌어들여 그 안의 부지를 매입하고 개발하도록 만들었다. 많은 돈을 들인 이 실험은 성공한 적이 없고, 그런 신사 농장주들 중 최근의 인물은 이 섬에 발을 들여놓은 이래 자신이 식인종 섬의 왕인 양 행세하고 다녔다. 가장 믿을 만한 소식통에 따르면 그의 지나친 기행은 이웃들에게 말도 못 하게 심각한 골칫거리가 되어 왔다. 이제 상황은 훨씬 더 위험해져서……

그리고 글은 이렇게 마무리되어 있었다. "흑인들은 많은 일을 감수하며 산다. 거기에 야만적인 살인까지 감수해야 하는데도 어떤 조치도 취할 수 없단 말인가?"

"내가 이 모든 거짓말을 믿을 거라고 생각하지는 않겠죠?" 콕스 박사가 엘리엇 씨에게 말했고 엘리엇 씨가 대답했다. "그럼 내가 나서서 진실을 밝혀 보죠. 처음부터 얘기했듯이 그자는 명백히 위협적인 존재이니까 그에 맞게 처리를 해야 해요."

콕스 박사는 편지를 썼다.

> 친애하는 래미지,
>
> 유감스럽게도 자네와 자네 부인에 대해 멍청하고 해로운 소문이 퍼지고 있다는 걸 알려 줘야겠네. 손톱만큼의 분별력이라도 있는 사람이라면 그것을 진지하게 받아들이지 않으리라는 얘기는 굳이 할 필요도 없겠지만, 이곳 사람들은 흥분도 잘하고 이간질하는 사람들을 쉽게 믿기 때문에 당장 그런 얘기들을 그만두게 하고, 필요하다면 법적인 조치라도 취할 것을 강력하게 권하는 바일세.

하지만 의사는 그에 대한 답장을 받지 못했다. 그리고 다음 날 아침, 전날 밤 스패니시 캐슬에서 폭동이 일어났다는 소식이 마을에 전해졌다.

청년과 남자아이들 그리고 몇몇 여성들이 래미지의 집에 떼로 몰려가 돌을 던져 댔다고 했다. 달이 휘영청 밝은 밤이었다. 그가 베란다로 나와 서서 그들에 맞섰다. 흰옷을 입은 그는 아주 커 보였다고 했다. 마치 좀비처럼. 뭔가 얘기를 했는데, 아무도 무슨 얘긴지 듣지 못했고, 누군가 "백인 좀비다"라고 소리치며 돌을 던졌고, 그 돌에 그가 맞았다고 했다. 그가 집 안으로 들어가더니 엽총을 들고 다시 나왔다. 그다음 얘기는 너무나 천차만별이다. 총을 쏴서 앞줄에 있던 여자가 맞았다…… 아니다, 뒤에 있던 남자아이가 맞았다…… 총을 쏜 적이 없고 위협만 했다…… 하지만 사람들이 놀라서 정신없이 도망가는 와중에 넘어지고 쓰러지면서 여럿이 다쳤고, 한 여성은 중상이라고 했다.

마을 남자들이 스패니시 캐슬을 불태워 버리려는 계획을 세우고 있다는 소문도 돌았다. 가능하다면 래미지가 안에 있는 채로. 이렇게까지 되자 더 이상 미적거릴 수가 없었다. 다음 날 경감과 경찰 셋 그리고 콕스가 열을 지어 정원을 가로질러 그 집으로 걸어갔다.

"이 모든 일에 대해 어떤 식으로든 그쪽의 해명을 들어야지." 경감이 말했다.

문과 창문은 모두 열려 있었고 그들은 래미지와 엽총을 발견했지만, 해명은 들을 수 없었다. 이미 죽은 지 몇 시간은 지난 뒤였던 것이다.

그의 장례식은 장관이었다. 많은 사람들이 호기심에서 나왔고, 그의 죽음이 '사고'라고 했음에도 많은 사람들이 죄책감을 느꼈기 때문에 나왔다. 미스 마이라의 속달을 받고 온 래미지 부인이 관 뒤를 따랐다. 그녀는 과들루프의 친척 집에 머물고 있었다. 왜 그렇게 몰래 떠났느냐—섬 반대쪽에서 고깃배를 타고 갔다고 했으므로—고 묻자, 사람들이 얼마나 남 얘기를 하는 걸 좋아하는지 알기 때문에 알리고 싶지 않았다고 퉁명스럽게 대답했다. 아뇨, 남편 소식은 못 들었어요. 그리고 과들루프에서는 《가제트》—영어로 된 신문—를 읽지 않아요.

"그럼, 그럼." 마이라가 맞장구를 쳤다. "언제부터 여자들이 어디에 가서 뭘 하는지를 시시콜콜 사람들에게 떠들고 다녔다고……"

화창한 날이었고, 성공회 묘지로 가는 길에 많은 사람들이 눈물을 보였다.

하지만 여론은 이미 래미지에게 등을 돌리고 있었다.

"그렇게 안 보일지 몰라도 그렇게 죽은 게 사실은 축복인 거야." 한 나이 든 여성이 말했다. "발가벗고 백주에 돌아다녔으니, 가엾게도 정신이 나간 게 분명해. 더 흉측한 일이 벌어질 수도 있었다고."

'오늘이 위령의 날이네.' 잠자리에 들기 전에 침실 창문에 서서 로절리가 생각했다. 하루 종일 켜 놓은 촛불이 대낮의 햇빛 사이로도 보이는 가톨릭 묘지에 래미지가 묻혔으면 하고 바랐었다. 밤이 내리면 촛불은 반딧불이처럼 깜박거렸다. 묘지에는 꽃들이 가득했다. 생화도 있었고, 빨간색이나 노란색 종이꽃도 있었고 작은 금박 꽃도 있었고. 때로 돌로 눌러놓은 편지가 있는데 아침이 되면 그 편지들이 사라지고 없다고 흑인들은 말했다. 도대체 어디로 간 걸까? 죽은 자들의 밤에 편지를 훔칠 사람이 누가 있단 말인가? 그런데 어쨌든 편지는 사라졌다.

언덕 아래쪽, 별로 멀지 않은 성공회 묘지는 휑뎅그렁하고 적막했다. 신교도들은 사람이 죽으면 끝이라고 믿기 때문이다.

그가 편지를 받는다면…… 로절리가 생각했다.

"사랑하는 래미지 씨." 그렇게 적자 갑자기 슬픔이 몰려와 그녀는 울기 시작했다.

두 시간 후 콕스 부인이 방에 들어가 보니 딸은 침대에 누워 잠이 들어 있었다. 침대 곁 테이블에는 쓰다 만 편지가 있었다. 콕스 부인은 그것을 읽으면서 인상을 쓰고 입술을 꾹 다물더니, 구겨서 창문 밖으로 던져 버렸다.

　바람이 꽤 거세게 불어서, 그녀의 눈앞에서 편지가 어떤 목적이 있는 듯 거리를 따라 통통 튀어 내려갔다. 마치 자신의 목적지를 정확히 알고 있다는 듯이.

잘 가 마커스, 잘 가 로즈
Good-bye Marcus, Good-bye Rose

"내 오래된 군모를 처음으로 썼을 때, 10년, 20년, 30년, 40년, 50년 전에⋯⋯" 카듀 대령이 노래를 했고, 피비는 저음의 목소리가 참 멋지다고 생각했다. 지금 두 번째로 그가 그녀에게 함께 산책을 가자고 찾아왔는데, 역시 커다란 초콜릿 상자를 들고 왔다.

카듀 대령과 그 부인은 자메이카에서 겨울을 보내고 있었는데, 그녀가 사는 섬에 와 보고는 훼손되지 않은 자연 그대로의 아름다움에 반해서 거기서 지내기로 했다. 아예 집을 사서 완전히 정착하겠다는 얘기까지 했다.

그는 아주 훤칠한 노인일 뿐 아니라 역사책에서나 읽어 봤을 법한 오래전의 전쟁에 참전하여 용감하게 싸웠던 영웅이기도 했다. 부상을 입었고 마취도 하지 않은 채 중대한 수술을 받았다. 당시에는 마취

약이 아직 발명되지 않았던 것이다. (그에 대해서는 너무 많이 생각하지 않는 게 좋다.)

나처럼 보잘것없는 소녀에게 신경을 써 주다니 얼마나 상냥한 분인지, 그녀는 내내 깊은 인상을 받았다. 어쨌든 그녀는 그가 좋았고, 그는 늘 그녀를 깍듯하게 대했다. 마치 그녀가 다 큰 처녀라도 되는 것처럼. 그는 늘 냉정을 잃지 않는 차분한 사람이었지만, 사람들이 자신을 너무 자주 "캡틴(대령님)"이라고 부를 때만 기분 나쁜 내색을 했다. 때로는 버럭 성질을 내면서 큰 소리로 이렇게 소리치기도 했다. "내가 뭐 선장이라도 된다는 거요? 무슨 선장? 페니 유람선?" 페니 유람선이 뭐지? 그녀는 끝까지 알아낼 수가 없었다.

아름다운 날씨에 그들은 산책을 나섰다. 세일러 깃의 흰 블라우스와 길고 폭이 넓은 흰 치마를 입고, 검은 스타킹에 검은 버튼이 달린 부츠를 신고, 챙이 넓은 커다란 흰 모자는 고무줄로 턱 아래에 단단히 붙들어 매고.

식물원에 다다랐을 때 그녀는 나무 그늘 아래 벤치에 앉자고 했고, 그들은 천천히 그녀가 얘기한 한적한 장소로 걸어가 커다란 나무 아래에 앉았다. 그늘에서 나뭇잎 사이로 노란색 햇빛이 조각조각 춤을 췄다.

"모자를 벗어도 될까요? 고무줄 때문에 턱이 아파서요." 피비가 말했다.

"그럼 벗어요, 벗어." 대령이 말했다.

피비는 모자를 벗고는 정원을 이렇게 아름답게 가꿔 온 식물원 책임자 하커트스미스 씨에 대해 어른들이 할 법한 얘기를 하기 시작했다. 영국의 큐라는 곳에서 왔대요. 들어 보셨어요?

들어 봤다고 했다. 그러고는 물었다. "지금 몇 살이지, 피비?"

"열두 살이에요." 피비가 말했다. "……약간 넘었어요."

"아하!" 대령이 말했다. "그러면 곧 애인이 생길 나이잖아!" 옆에 얌전히 놓여 있던 그의 손이 쏜살같이 그녀의 블라우스 안으로 쑥 들어오더니 자그마한 한쪽 가슴을 움켜쥐었다. "충분히 그럴 나이야." 그가 말했다.

피비는 꼼짝도 하지 않았다. '엄청난 실수를 하신 거야. 엄청난 실수를.' 그녀가 생각했다. '그냥 가만히 있으면 본인이 무슨 짓을 한 건지도 거의 의식하지 못한 채 손을 뺄 거야.'

하지만 대령은 그럴 생각이 전혀 없어 보였다. 숨이 약간 거칠어졌는데 그때 남녀 한 쌍이 모퉁이를 돌아 걸어오는 게 보였다. 그가 전혀 서두르지 않고 침착하게 손을 빼내더니 잠시 후 말했다. "이제 집에 가야겠네."

피비는 내면이 혼란으로 요동쳐 아무 말도 하지 않았다. 그들은 그늘에서 나와 양지로 나섰고, 집으로 걸어가는 동안 그녀는 나이가 들었지만 늙지 않는 어떤 신이라도 되는 양 그를 올려다보았다. 그는 평상시의 말투로 일상적인 얘기를 했고, 그녀는 아무에게도 이 일을 말하지 않으리라 결심했다. 아무에게도. 도대체 말할 수 있는 그런 일이 아니었으니까. 게다가 상황을 그대로 말해 봐야 아무도 믿으려 하지 않을 것이고, 그녀 말을 믿든 안 믿든 다들 그녀를 비난할 테니까.

그가 정말로 잠깐 정신이 나갔던 거라면—정신이 나갔다고밖에 할 수 없으니까—어쩌면 그 이후로 산책을 같이 가지 말았어야 했을 것이다. 머리가 아프다고 둘러댈 수도 있었겠지만, 그것도 한두 번일 것이다. 그래서 산책은 계속되었다. 식물원에 가거나 마을을 굽어보는

몬 언덕에 올라갔다. 거기에는 벤치나 앉을 자리는 있었지만 집도 거의 없고 주변에 사람도 별로 없었다.

이후로 다시 그녀의 몸에 손을 댄 적은 없었지만, 카듀 대령은 화창하고 긴 오후 내내 사랑에 대해 얘기했고, 피비는 너무 놀라면서도 심취하여 그 얘기를 들었다. 간혹 그의 얘기를 의심하기도 했다. 확실히 말도 안 되는 일이야. 소름 끼치게 말도 안 되는 일이라고. 때로는 "제게 이런 얘기 하시면 안 돼요"가 아니라 아가의 투정처럼 "집에 갈래요"라는 말이 튀어나올 뻔하기도 했다. 그럴 때마다 그는 항상 기가 막히게 알아차리고 화제를 돌렸고, 젊은 시절 인도에서 소위로 복무했을 때의 재미난 얘기를 들려주곤 했다.

"덥니?" 그가 말하곤 했다. "이 정도는 더운 것도 아니야. 인도가 얼마나 더운데. 어떤 때는 그냥 옷을 다 벗고 펑카 부채만 부쳐 대는 일말고는 달리 아무것도 할 수 없다니까."

아니면 아주 오래전의 런던 얘기를 해 주었다. 여자들은 먹을 때만큼 매력이 없는 때가 없고 더구나 실컷 먹을 때는 가장 볼썽사납다고 누군가—바이런이었나?—말한 적이 있다고 했다. 그는 섬세한 존재들이 앙증맞게 조금씩 쪼아 먹다가 음식이 거의 그대로 남아 있는 접시를 치우라고 하는 모습을 놀라움에 차서 바라보곤 했었다. 그러다 어느 날 음식이 가득한 접시를 침실로 가지고 올라가는 하녀를 보고는 수수께끼가 풀렸다고 했다.

하지만 이런 얘기들은 끊임없이 읊어 대는 사랑 얘기, 사랑을 나누는 여러 가지 방법이나 여러 종류의 사랑에 대한 얘기들에 중간중간 끼어드는 것일 뿐이었다. 사랑은 그녀가 상상하는 것처럼 친절하고 상냥한 것이 아니라 격렬한 것이라고 했다. 격렬함이, 심지어 잔인함이 본질적인 부분이라는 것이다. 그것이 가장 좋아하는 주제인지 그에 대해 자세하게 늘어놓고는 했다.

산책이 얼마가 지속되자 대령보다 한참 어린 부인 이디스가 수상쩍게 여기면서 그에 대해 빈정거리기 시작했다. 어느 이른 저녁, 모두 함께 석양을 보러 몬 언덕에 올랐을 때, 그녀는 피비를 한참 바라보더니 남편에게 말했다. "진짜 이게 수지가 맞는 일이라고 보는 거예요?" 카듀 대령은 아무 대꾸도 하지 않았다. 아무 표정 없이 해가 지는 것을 보더니, 유혹에서 벗어나는 유일한 방법은 유혹에 굴복하는 거라고 답했다.

피비는 이디스를 좋아한 적이 전혀 없었지만 이제는 아예 싫어졌다. 어느 날 오후 방에 함께 앉아 있을 때 그녀가 말했다. "여기 흰머리가 얼마나 많아졌는지 보여? 다 너 때문이야." 그리고 피비가 흰머리가 안 보인다고 진심으로 말했을 때 그녀가 소리쳤다. "정말로 못돼먹은 거짓말쟁이구나!"

그 후 그녀가 피비의 엄마에게 뭐라고 한 것이 틀림없었다. 조용하고 과묵한 피비의 엄마는 딸에게 아무런 얘기도 하지 않았지만, 미심쩍으면서도 당혹스러운 분위기로, 심지어 약간 수상쩍게 그녀를 지켜보기 시작했다. 곧 엄마가 물어볼 것이고 그러면 해명을 해야 할 것임을 피비는 알았다.

그랬기 때문에 이디스 카듀가 겨울을 그곳에서 나겠다는 애초의 계획을 중도에 접고 바로 다음 배로 영국으로 돌아갈 거라고 했을 때 피비는 상당히 마음이 놓였다. 떠나기 전날 저녁에 카듀 대령이 격식을 갖추어 "잘 있어"라고 했을 때 그녀는 그를 다시는 볼 수 없으리라는 사실을 제대로 깨닫지 못한 채 미소를 띠며 악수를 했다.

그녀의 침실 창문 밖으로 평평한 지붕이 있었다. 날이 좋은, 더운 밤이면 그녀는 잠옷을 입은 채 거기에 누워 하늘에 가득한 눈부신 별들을 올려다보았다. 한번은 별에 대해 시를 써 보려고 한 적도 있었지만, 첫 줄을 쓴 후 더 나아가지 못했다. "내 별들, 친숙한 보석들." 하지만 그날 밤 그녀는 그 시를 절대 끝내지 못할 것임을 알았다. 보석들이 아니었다. 친숙하지도 않았다. 헤아릴 수 없이 멀리 떨어진 차갑고 꽤 무심한 존재였다.

지붕은 마당으로 뻗어 있었기 때문에 빅토리아와 조지프가 식료품 창고 밖에서 웃고 떠드는 소리가 들렸다. 잠시 후 자리를 떴는지 조용해졌다. 그녀는 카듀 부부를 배웅하러 가지 않았기 때문에 집에는 그녀 혼자였다. 이제 그들이 떠났으므로 엄마가 그녀에게 물어보지는 않을 게 분명했다. 그러다가 그가 어떻게 그렇게 자신할 수 있었는지 궁금해지기 시작했다. 그녀가 아무에게도 얘기하지 않으리라는 것뿐 아니라 그의 얘기를 막지 않으리라는 것도 말이다. 그건 결국 그녀가 그런 일에 반대하는 착한 소녀가 아니라 그냥 가만히 듣고만 있는 나쁜 소녀라는 걸 그가 바로 알아차렸다는 얘기밖에 되지 않았다. 알았던 게 분명해. 알았던 거야. 그랬던 거야.

사정이 그러하여 그녀는 이로 인해 슬프다기보다는 마음이 불편하고 심지어 낭패감까지 들었다. 마치 자신에게 너무 큰 옷을, 너무 커서 자신을 완전히 삼켜 버릴 것 같은 그런 옷을 입은 느낌이었다.

나쁜 소녀가 되는 건 어려운 일이 아니었나? 착한 소녀가 되는 일보다 더 어려운 게 아니었나? 게다가 생각과 말과 행동에 있어서의 순결이 가장 소중한 자산이라고 수녀님들이 항상 말씀하지 않으셨던가? 그녀가 두 번째로 좋아하는 성심聖心 수녀님께서 아름다운 영국인의 목소리로 암송하셨던 문구가 떠올랐다. "천국에서 그렇게 소중한 것은 성스러운 순결이니……"

그다음은 뭐였더라? "천 명의 제복 입은 천사들이 그녀를 따를 것이니……"였나?

"천 명의 제복 입은 천사들"은 이제 없었다. 그녀는 모호하지만 돌이킬 수 없는 상실을 겪었다는 생각을 하며 슬픔에 젖었다. 이제는 자신이 결혼을 할지 어쩔지 신경을 쓸 필요가 없다고 혼잣말을 했다. 아는 언니들이 하는 얘기의 대부분은 결혼에 대한 것이었고, 그중에는 다른 얘기라고는 거의 하지 않는 이도 있었다. 그리고 다들 확신이 있었다. 머리를 올리고 파티에 가기 시작하면 바로 잘생긴 (그리고 돈 많은) 남자와 결혼을 할 거라고 말이다. 그다음에는 어른이 되고 대단한 존재가 되면 누가 시키는 일이 아니라 하고 싶은 일을 하며 살 테고, 그럼 얼마나 신날까 하는 얘기가 시작되었다. 그렇게 한참 이어졌다.

하지만 그녀는 그런 일이 자신에게 일어날까 항상 의심스러웠다. 설사 갑자기 잘생기고 돈 많은 남자들이 엄청나게 많이 나타난다 하더라도 자신이 과연 선택을 받을까?

> 나와 결혼하려는 사람이 아무도 없다면,
> 내게는 그게 당연해 보이지만,
> 왜냐하면 간호사가 말하길 난 예쁘지도 않고
> 별로 착하지도 않다니까……

그녀가 바로 그랬다.

그래도 하나는 확실했다. 이제 그녀는 아주 현명해지고 성숙했으므로 이렇게 유치한 걱정들은 다 떨쳐 버릴 수 있다는 것. 몇 주 전까지만 해도 자신이 다른 여자애들과 마찬가지로 몰래 혼수 목록을 짜 보고 잭, 마커스, 로즈라는 세 아이의 이름까지 지었다는 게 믿기질 않았다.

자, 잘 가 마커스, 잘 가 로즈. 그녀의 앞에 놓인 장래는 고되고 불확실할지도 모르지만 훨씬 흥미진진하긴 했다.

주교의 연회
The Bishop's Feast

내가 25년 전에 도미니카를 떠났을 때만 해도 그곳엔 호텔이라고
는 없고 수녀 세 명이 운영하는 작은 민박집만 있었다. 그래서 얼마
안 되지만 도미니카에서 지내려는 사람들은 대개 집을 빌렸다. 라파
스에서 크고 시원한 방을 발견하고 난 안도했다. 욕실도 있었고 수세
식 변기도 있었다. 모든 게 괜찮았다.

다음 날 아침, 어머니의 옛 친구 한 분이 내게 꽃을 보냈고, 거기에
는 내가 학교를 다녔던 수녀원의 원장인 마운트 캘버리 수녀님, 내가
너무나 사랑했던 그 수녀님이 보낸 편지가 있었다. '도미니카에 돌아
온 걸 환영해. 오늘 오후 4시에 이곳으로 오겠니? 내가 너를 어떻게
잊을 수 있겠니?'

앞서 불렀던 택시 운전사에게 수도원으로 데려다 달라고 했다. 내

가 아는 옛날 수도원은 팔렸고, 수녀들은 지금 훨씬 작은 건물에 살고 있다고 그가 말했다. 그녀들은 곧 영국으로 돌아가고 벨기에 수도회의 수녀들이 대신 오게 될 거라고 했다. "듣기로 수녀원장은 안 가겠다고 하는 모양인데, 갈 수밖에 없다는 걸 곧 깨닫겠죠."

"여기서 평생 그렇게 열심히 일했는데 수녀님들에게 떠나라고 하다니 너무한 거 아니에요?"

그가 말했다. "어쨌든 이젠 나이가 너무 많은 건 사실이니까요."

마운트 캘버리 수녀님—우리가 예전에 착한 수녀님이라고 불렀던—은 미소를 지으며 나를 맞았고, 내가 기억하는 과거의 모습만큼이나 쾌활해 보였다. 미소가 사라지자 그 얼굴이 무척이나 나이가 들고 침울하다는 것을 알았다. 우리는 다른 두 명의 수녀와 함께 정원에 자리를 잡았는데, 나는 모르는 수녀들이라고 생각했다. 그중 하나가 내가 정말 많이 변했다고 말했다.

"전혀 변한 게 없는데 뭐." 마운트 캘버리 수녀님이 매섭게 말했다.

그 수녀를 다시 바라보니 그 표정에서 뭔가 알아볼 수가 있었다. 그녀는 아일랜드인 수녀로, 언젠가 그녀가 통에 담긴 물에 비친 자신의 모습을 바라보며 미소를 짓는 걸 본 적이 있었다. 그때 있던 보조개는 이제 없었다. 겁에 질린 노파일 뿐이었다.

그래서 새로 온 주교의 연회 때 시작된 수녀와 주교와의 불화가 이런 식으로 끝나게 된 것이다.

새 주교님을 위한 선물을 마련하기 위해 우리 모두 돈을 냈다. 선물은 안락의자로, 주교님이 자신을 위한 연회의 축하 공연을 보러 올 때 증정할 예정이었다. 우리 모두 그 공연을 무척 기대하고 있었다.

그날 저녁이었다. 우리는 무대 옆에 모여, 식의 첫 번째 순서로 한 소녀가 〈시리아로 떠나며〉를 암송하는 것을 듣고 있었다.

시리아로 떠나며 젊고 잘생긴 뒤누아가
자신의 앞길을 축복해 달라고 성모마리아에게 기도를 드리러 왔네.
저의 청을 들어주십시오

다음 순서로 파리의 영국 여성에 대한 가벼운 풍자인 〈파리의 영국인〉을 부르기 위해 루이즈가 옷을 입었는데, 그때 성 에드먼드 수녀님이 갑자기 뛰어 들어오더니 이유는 설명하지 않은 채 프로그램이 바뀌었다고 말했다. 〈파리의 영국인〉이 취소되고 그 대신 합창단을 선별하여 〈킬라니〉를 부를 거라고 했다.

소스라치게 놀라고, 킥킥거리는 소리가 들렸다.

"괜히 수선 떨지 마라, 얘들아." 수녀님이 말했다. "최선을 다해 노래를 불러. 가사는 다 알잖아."

"그 노래도 좋아하시지 않을걸요." 성심 수녀님이 말했지만 성 에드먼드 수녀님은 그냥 밀고 나갔다.

킬라니 호수와 언덕,
에메랄드빛 섬과 굽이치는 만 옆에……

무대에서 보니 주교님은 새 안락의자인 주교 자리에 앉아 있고 곁에 마운트 캘버리 수녀님이 있었다. 부모님들과 친지들이 홀 끝까지 가득 들어차 있었다.

미의 고향, 킬라니,

천국의 반영, 킬라니……

커튼이 내려갔다.

누군가 쇼팽의 마주르카를 연주했고, 가장 중요한 순서인 일련의
활인화活人畵로 적당히 자연스럽게 차례가 넘어갔다.

첫 번째는 막달라 마리아가 예수님의 발밑에 엎드려 있는 〈최후의
만찬〉이었다. 성도들은 하나도 없었다. 막달라 마리아 역을 하는 딜
리아 폴슨의 가려진 얼굴은 전혀 막달라 마리아라고 할 수 없었지만
머리 모양만은 딱 어울렸다. 밀드러드 와츠가 예수님이었다. 예수님
처럼 사랑스러웠다. 수녀님들이 턱수염을 붙여 주었고, 그녀는 막달
라 마리아의 위쪽 먼 곳을 응시했다. (나로서는 예수님이 막달라 마
리아를 바라봐야 한다는 생각이었지만 수녀님들은 그러지 말라고 했
던 것 같다.) 약간 멍해 보이긴 했지만 축복을 내리기 위해 손을 들어
올리고 있었다.

다음은 음악의 수호성인인 성 세실리아의 죽음이었다. 내가 연습
했던 피아노 위쪽으로 성 세실리아의 조각상이 있었는데, 나는 해야
할 음계 연습은 하지 않고 로돌프 베르거의 왈츠를 칠 때마다 그것이
아주 엄한 표정으로 나를 노려본다는 생각을 늘 하곤 했다. 성 세실리
아는 삼위일체에 대한 믿음을 상징하기 위해 세 손가락을 접고 검지
를 올린 채 미소를 띠고 소파에 누워 있는 모습이었다.

그렇게 활인화가 이어졌고 우리는 모두 주교님을 훔쳐보았지만 그
는 박수도 치지 않았다. 예전 주교님은 언제나 미소를 지으며 크게 박
수를 쳤는데, 새 주교님은 아주 따분한 표정이었다.

모든 순서가 끝나고 주교님이 간단히 감사와 칭찬의 말씀을 할 차
례가 되어 우리는 우르르 무대 위로 나갔다. 잠시 정적이 흘렀다. 무
슨 이유에서인지 주교님이 일어나지 않았기 때문이다. 그가 손으로
팔걸이를 누르며 몸을 돌렸는데, 눈을 부릅뜨고 다시 해 보았지만 소
용이 없었다.

곧 무슨 문제인지 밝혀졌다. 거기에 바른 광택제가 완전히 마르지
않은 상태여서 옷이 달라붙었던 것이다. 몇몇 수녀님들이 걱정스러
운 표정으로 달려가 주교를 도왔지만, 장난과 농담을 무척이나 좋아
하는 수녀원장은 자기도 모르게 만면에 미소가 퍼졌다. 그런 그녀를
주교가 똑바로 쳐다보면서 둘의 눈이 마주쳤고, 그때서야 수녀원장
은 웃음을 눌렀지만 이미 늦은 뒤였다.

그런 후 얼마 안 되어 그가 받아쓰기를 시키러 학교에 왔다. 나는
보라색 주교 모자는 마음에 들었지만 그의 얼굴은 질색이었다. 예전
주교님은 목소리가 밝았는데, 그는 두껍고 탁했다. 그가 받아쓰기 문
장을 읽었다. "나에겐 개가 한 마리 있습니다. 이름은 토비입니다. 토
비는 짖을 수도 있고 물 수도 있습니다……"

그렇게 시작된 거였다. 그는 내가 섬을 떠나기 전부터 수녀님들을
보내 버리려고 기를 썼던 것이다.

당연히 마운트 캘버리 수녀님에게는 밀어주는 친구들이 있었고 분
명 거기 맞서 싸웠을 것이다. 하지만 그녀도 나이는 어쩔 수 없었다.
그 만남은 서글펐다. 자리를 뜨면서 난 그들이 떠나기 전에 다시 오겠
다고 약속했다.

하지만 영원히 그들을 다시 볼 수 없었다. 섬의 대서양 지역에서 일

주일을 보내고 그들이 떠나기로 예정된 전날에 돌아왔는데, 그날 아침에 마운트 캘버리 수녀님이 돌아가셨다는 말을 들은 것이다. 너무나 슬펐지만 약간의 승리감 같은 것도 있었다. 결국 그녀가 이긴 거니까. 그녀는 자신이 하겠다고 마음먹은 일은 언제나 이루었다. 그 섬을 절대 떠나지 않겠다고 했고, 결국 떠나지 않게 되었던 것이다.

열기
Heat

화산재가 떨어져 내렸다. 어쩌면 간밤에 떨어진 걸 수도 있고 어쩌면 여전히 떨어지고 있는지도 몰랐다. 기억이 파편적으로 존재한다. 침실 바깥쪽 평평한 지붕 위에 반 미터 깊이로 쌓여 있는 걸 보고 있었다. 재와 적막감. 거리에서는 아무런 얘기 소리도 들리지 않았고, 우리 중에도 밥을 먹으며 입을 여는 사람이 없었다. 거의. 모두들 겁에 질려 있었다는 걸 안다. 우리 화산이 폭발하고 있다고 생각했으니까.

우리 화산은 끓어오르는 호수라고 불렀다. 사실이 그랬다. 늘 부글부글 끓는 드넓은 물. 무슨 불로 그렇게 끓는 걸까? 거의 본 사람이 없는 어떤 신비로운 장소일 거라고 난 생각했다. 우리가 자주 만났던 교회 묘지―그 당시엔 죽음이란 주제가 금기시되지 않았으니까―에, 내 어린 여동생의 묘지 가까이에 커다란 대리석 묘비가 있었다. '안내원을 구하려는 영웅적 행위 중에 도미니카의 끓는 호수에서 목숨을 잃은 클라이브 ○○를 기리며.' 스물일곱 살의 나이에. 그것 역시 기억이 난다.

그는 이곳을 찾아온 젊은 영국 사람으로, 두 명의 안내원과 함께 끓는 호수를 탐험하러 갔었다. 거기에 서서 호수를 내려다보고 있는데, 한참 앞서가던 안내원 한 사람이 휘청하더니 쓰러졌다. 다른 안내원이 영국인의 손을 붙들고는 "뛰어요!" 하고 외쳤다. 그 지역 사람들은 옛날부터 호수에서 이따금 독가스가 나온다고 믿었던 게 분명했다. 영국인이 몇 발자국 가다가 손을 잡아 빼더니 되돌아가서 쓰러진 안내원을 들어 올렸다. 하지만 그 역시 비틀거렸고 두 사람 모두 쓰러져버렸다. 나머지 안내원이 뛰어 내려가 상황을 알렸다.

오후에 두 친구가 찾아왔는데, 놀랍게도 둘 다 커다란 유리병을 들고 왔다. 두 병 모두 손으로 조심스럽게 적은 딱지가 붙어 있었다. '1902년 5월 8일, 로조의 거리에서 채취한 화산재.' 남자아이가 자기 유리병을 주겠다고 했지만 난 싫다고 했다. 화산재는 건드리고 싶지도 않았다. 그 이후의 일은 기억이 나지 않는다. 잠자리에 들었던 것이 분명했다. 밤중에 엄마가 나를 깨우더니 아무 말 없이 창가로 데리고 갔다. 마르티니크 위쪽으로 거대한 검은 구름이 펼쳐져 있었다. 얼마나 거대하고 얼마나 시커멓던지 어떻게 설명할 수는 없었지만 지금까지 절대 잊은 적이 없었다. 달도 별도 보이지 않았지만, 구름 가장자리는 벌겋게 타올랐고 중앙에서는 번개처럼 보이는 것이 끊임없이 번쩍거렸다. 엄마가 말했다. "네 평생 이런 건 다시 보지 못할 거야." 그게 전부였다. 난 창가에서 잠이 들었을 것이고 누군가 침대에 눕혀 주었다.

다음 날 아침 우리는 무슨 일이 벌어졌는지 알게 되었다. 화창한 날이었던가, 흐린 날이었던가? 이제 떨어져 내리는 화산재가 없었다는 것만 기억한다. 로조의 어부들은 그 시절 으레 그랬듯이 새벽같이 배를 타고 나갔다. 거기서 상황을 아는 포르드프랑스의 어부를 만났다고 했다. 그렇게 해서 우리는 국제 전보나 신문이나 다른 온갖 것들이 쏟아져 들어오기 전에 상황을 알게 되었다. 몽펠레 화산이 폭발해서 4만 명의 사람들이 죽었고, 생피에르에 아무것도 남지 않았다는 소식을 들었던 것이다.

배가 다시 도미니카와 마르티니크 사이를 오갈 수 있게 되자마자 아버지는 폐허를 보러 가셨다가 촛대 한 쌍을 가지고 돌아오셨는데, 교회에 있었던 게 틀림없는 길고 무거운 놋쇠 촛대였다. 열기로 인해 촛대는 괴상한 모양으로 휘어져 있었다. 아버지가 그것을 식당 벽에 걸어 두셨고, 난 밥을 먹는 내내 저게 무슨 모양일까 궁리하며 뚫어지게 쳐다보았다.

그러고 난 후 소문이 퍼지기 시작했다. 몇 년이나 계속되었기에 아주 잘 기억한다. 생피에르가 아주 사악한 도시였다고들 했다. 거기에는 극장만이 아니라 오페라 하우스도 있었는데, 그것이 무엇보다 사악했다고 했다. 파리에서 온 극단이 거기서 공연을 했다. 그런데 더 심각한 것은 서인도제도에서 가장 아름답다는 거기 여성들의 행동이었다. 그들은 특별한 방식으로 터번을 묶었는데, 그것은 생피에르 사람들이라면 모두들 아는 일종의 사랑에 관한 기호였다. 어떤 방식으로 묶으면 "전 이미 사랑하는 사람이 있어요. 매인 몸이에요"라는 의미였고, 다른 방식으로 묶으면 "전 매인 데가 없으니 언제나 환영이에요"라는 의미였다. 그런데 결혼을 했거나 결혼을 한 것과 다를 바 없는 여자들까지 터번을 '매인 데 없음' 방식으로 묶었다는 것이다. 그것만이 아니었다. 그 도시를 마지막으로 방문했던 주교는 돌아와서 신을 벗어 엄숙하게 털었다고 했다. 그 지경까지 간 다음에야 당연히 놀랄 것도 없다는 것이다.

　나이가 들어서 난 라프카디오 헌이라는 사람이 예전의 생피에르와 티마리 등에 대해 쓴 책이 있다는 얘기를 들었지만 아무리 해도 찾을 수가 없어서 얼마 후 포기했다. 그런데 어느 날 오래된 신문과 잡지, 삽화가 있는 잡지 더미를 발견했는데, 영국판 화산 폭발에 대한 설명이 있었다. 영국인들에게는 카리브해가 보였던 경박함의 정점으로 이해되었을 오페라 하우스나 극장에 대한 언급은 전혀 없었고, 도시나 주민들에 대한 얘기도 별로 없었다. 거의 대부분이 거기서 생존한 한 남자에 대한 내용이었다. 그는 지하 감방에 갇혀 있던 죄수였기 때문에 살아날 수 있었다. 4만 명 중 유일한 생존자였다. 온 세계를 돌며 보드빌 극장 등에서 그를 전시했다고 한다. 사람들은 그에게 약간의 말도 가르쳤다. 그렇게 해서 아주 돈을 많이 벌었을 텐데 그는 그 돈으로 뭘 했을까? 다시 결혼을 했을까? 부인과 아이들은 화산 폭발로 목숨을 잃었으니까…… 난 거기 있는 글을 다 읽었고, 그러고 나자 이런 생각이 들었다. 하지만 사실은 그렇지 않았어. 전혀 그렇지 않았어.

시궁창
Fishy Waters

《도미니카 헤럴드》편집자 앞

1890년 3월 3일

친애하는 귀하에게,

어제 너무나 경악스러운 소식을 들었습니다. 1년 전에 이곳에 온 롱가 씨라는 이름의 영국 노동자가 체포되어 경찰서에 구금되어 있는 모양입니다. 롱가 씨는 목수입니다. 사회주의자이기도 한데 자신의 정치적 견해를 숨기지 않습니다. 자신의 피부색 덕에 신처럼 대우받을 자격을 타고났다고 상상하는 듯한 이 섬의 특정 계급이 처음부터 그를 싫어하고 배척했다는 건 말할 필요도 없습니다. 그는 하룻밤 만에 미스 램턴의 하숙집에서 쫓겨났고, 이후 숙박할 곳을 찾을 때까지 엄청난 어려움을 겪었습니다. 결국 대부분 흑인이 사는 구역에 자리를 잡았는데, 그것이 사람들이 괘씸하게 여긴 또 다른 이유가 되었죠. 작정들을 하고 그가 이 섬을 떠나게 하려고 무진장 애를 썼습니다. 그게 실패하자 늘 그렇듯 위선적인 태도로 그를 무시하는 척했는데, 사실은 그저 기회를 노리고 있었을 뿐이었던 겁니다.

그는 로조의 거리에서 우글거리는 부랑아와 상스럽게 웃고 떠드는 모습도 보였으니 아동 성추행과 학대로 고발당할 수도 있을 것입니다. 보기만 해도 날조된 죄목이죠. 이런 식으로 그들은 오랫동안 자신들을 골치 아프게 한 존재를 없애 버리고 공명정대함에 대해 떠벌릴 수도 있을 것입니다. 과거에 그랬던 것(서인도제도 농장주들의 잔학무도함이 대표적이죠)처럼 흑인들의 몸과 마음을 좌지우지하는 게 더 이상 가능하지 않다고 원한에 가득 차 청렴결백한 영국 노동자를 희생양으로 만든 그 종자들의 위선은 점잖은 사람도 분개하게 만들 만합니다. 이 섬에 온 지 얼마 안 된 런던의 변호사가 수임료 없이 롱가 씨를 변호하기로 했습니다. 정의로운 사람이 이 많은 사람들 중 딱 한 사람밖에 없는 걸까요?

염증 나는 사람

《도미니카 헤럴드》 편집자 앞

1890년 3월 10일

친애하는 귀하에게,

'염증 나는 사람'은 누구인가요? 틈만 나면 인종 간 증오를 부채질하려 하는 이 사람(사람들이라고 믿습니다만)은 도대체 어떤 사람일까요? 거의 변함없이 고소해하면서 그들은 끔찍한 노예무역을 끌어들일 겁니다. 저자들이 얘기하는 걸 들으면 노예제가 거의 100년 전에 영국에 의해 폐지되었다는 걸 누가 믿겠습니까? 저자들은 공격은 무지하게 해 대지만 정확한 사실은 별로 없습니다. 노예무역은 가증할 제도였지만 아프리카 추장들이 협력하고 도와주지 않았다면 존재하지 않았을 겁니다. 아프리카에는 흑인과 아랍인 사이에 여전히 노예제가 존재하고 당연시되고 있습니다. 이런 사실을 도대체 언급이나 합니까? 나쁜 건 끊임없이 떠들고 주장하면서 좋은 건 조롱하거나 부정하고 망각합니다. 누가 이런 짓을 하는 것이며 이유는 무엇일까요?

이언 J. 맥도널드

《도미니카 헤럴드》편집자 앞
1890년 3월 17일

친애하는 귀하에게,

아프리카 추장들이 노예무역에 상당한 정도로 관여했다는 얘기가 때로 들리긴 하지만 그것이 확실히 증명되었단 얘기는 지금까지 들은 적이 없습니다. 맥도널드 씨가 그 전형적인 편지에서 아마 실체도 알 수 없을 이 아프리카 사람들에게 모든 비난을 퍼붓고 백인 상인들의 탐욕과 백인 농장주들의 가증스러운 잔인함과 무관심에 대해서는 단 한 마디도 하지 않는다는 사실을 알 수 있었습니다. 롱가 씨에게 가해지는 처벌을 보면 그 후손들도 별로 달라지지 않았다는 게 분명하군요.

켈리 유니버설 가게의
P. 켈리

《도미니카 헤럴드》편집자 앞
1890년 3월 24일

친애하는 귀하에게,

독자들의 흥미를 방해하기는 싫지만 영국 법에 따르면 아직 심리 중인

사건에 대해 떠드는 것은 매우 부적절한 일이라는 걸 지적해야겠습니다. 이 나라에서는 그 관습을 지키는 것보다 어기는 게 더 명예로운 일인 모양이군요.

파이앳 저스티샤

독자의 편지 난은 폐쇄합니다. **편집자.**

같은 날 파파 돔으로 알려진 편집자는 사설에 이렇게 적었다. '이건 시궁창이다. 지독한 시궁창.'

도미니카, 로조
코르크가 6번지
1890년 3월 24일

사랑하는 캐럴라인,

네 편지가 지독한 우울증에서 날 구해 줬어. 그래서 곧바로 답장 쓰는 거야. 여기 사람들하고는 얘기하고 싶지 않은 문제를 네게 얘기하면 내 마음이 정말 편해질 것 같아.

지미 롱가라는 남자를 넌 기억 못 하겠지? 네가 떠나고 얼마 안 되어 여기 왔으니까. 글쎄, 그가 어린 여자아이를 톱으로 두 동강 내는 걸─믿겨져?─맷이 봤다고 했고, 그래서 검찰 쪽 주요 증인으로 나선대. 온갖 소문에 논쟁에, 지역신문에 쏟아지는 독자의 편지 등으로 여기는 온통 난리야. 정말이지 불쾌한 상황이야. 상황이 곤란해질 테니 그 일에 더 이상 관여하지 말라고 맷에게 애원하다시피 했는데, 맷은 롱가가 흑인이 아니라 백인인데 그럴 일이 뭐가 있느냐고만 해. 그래서 내가 말했지. "이 사건이 마무리되기 전에 롱가가 명예 흑인이 될걸, 두고 보라고. 무슨 수를 써서라도 그렇게 비틀어 버릴 거야." 하지만 이제 맷은 얘기도 안 하려고 해. 맷이 하는 일이 마음에 들지 않아. 예전 같지 않은 게, 좀 정상이 아닌 것처럼 보여. 맷이 은퇴했을 때 왜 여기에서 살자고 그랬을까, 후회가 들기 시작해. 잠깐 와서 겨울을 나는 것과 자리 잡고 사는 건 완전히 다른 문제더라고.

롱가와 관련해 처음 문제가 생긴 건 그가 밤마다 술을 진탕 마신다고 미스 램턴이 그를 하숙집에서 쫓아낸 거야. 그는 목수인데, 멀쩡할 때는 꽤나 솜씨가 좋아서 곧 살 집도 구하고 일거리도 아주 많아졌지. 자기가 하는 말로는 미국에 가는 중이었는데 돈을 좀 벌까 해서 도미니카에 들렀다고 해. 하지만 그런 일을 권유할 사람이 세상에 어디 있겠니? 그는 자신이 사회주의자라고, 그것도 골수 사회주의자라고 떠들고 다녔어. 낡은 세계가 무너진 폐허 위에 새로운 세계를 세워야 한다는 둥 말이야. 술집에서건 어디에서건 다 태워 버리고 죽여 버려야 한다고 떠벌렸으니 백인들이 그를 별로 좋아하지 않았다는 건 말 안 해도 알겠지. 그러다가 말라리아에 심하게 걸렸는데, 미스 램턴이 그가 마음에 걸려서 병원으로 병문안을 갔어. 갔다 와서 말하기를, 그가 많이 아파 보였고, 지금 유일한 바람이라고는 영국으로 돌아가는 건데 그럴 돈이 없다고 했다는 거야. 그녀는 그를 위한 기부를 계획했고 맨 처음으로 10파운드를 냈어. 사실 그 정도 돈을 낼 여력도 없었는데 말이야. 마을 사람들 거의 대부분이 십시일반으로 돈을 모아 꽤 많은 금액이 모였지. 그런데 어떻게 했는지 그가 그 돈을 자신에게 직접 달라고 미스 램턴을 꼬드긴 거야. 그러고는 종적을 감췄어. 고소를 할 수도 없었지. 주도면밀하게 어떤 약속도 서명도 하지 않았으니까. 게다가 대부분 그 일은 그냥 코미디라고 생각했어. '불쌍한 메이미 램턴이 무척이나 화가 나겠네. 하지만 대단한 녀석이잖아! 웃음이 나오지 않을 수가 없어!' 하는 식으로. 그가 전보다 더 광적인 모습으로 다시 나타났을 때도 아무도 심각하게 생각하지 않았어. 그냥 도미니카의 우스운 존재였다고 할까. 그런데 지금 이런 일이 생긴 거야.

좋은 소식이 하나는 있어. 맷이 시내에서 사는 게 너무 지긋지긋하다고 해서 시골에 작은 집을 하나 샀어. 거기서 살면 맷의 기분이 나아질 거야. '세 줄기 강'이라고 하는 곳인데, 오래된 곳이라 당연히 집은 다 허물어져가. 지금 수리 중인데 요즘엔 과연 거기에서 살 수나 있을지 모르겠다는 생각이 들어.

영국에 있는 사람들은 내가 왜 이런 일에 이렇게나 영향을 받는지 아무도 이해하지 못하겠지만, 여기 살다 보면 간혹 어떤 기분에 휩싸인다는 거넌 알잖아. 그러니까 넌 이해하리라고 봐.

너무 춥지 않게 잘 지내고 있다니 기쁘다. 어쩌면 다음 편지를 쓸 때쯤에는 이 일이 다 마무리되어 내 기분도 나아져 있을 거야.

그때까지 잘 있어.

사랑을 담아,
매기가

지미 롱가의 재판이 열린 다음 날 《도미니카 헤럴드》 1면에 그에 대한 긴 기사가 실렸다. 보통은 공갈 폭행 사건이라 텅 비어 있게 마련인 법정이 사람들로 꽉 찼다고 쓴 뒤 기자는 검사인 로조의 디디에 씨가 처음에는 얼마나 긴장을 했는지 목소리가 거의 개미만 했다고 적었다. 그의 말은 짧았다. 보통 조조로 알려진 조지핀 메리 덴트에 대한 폭행 사건의 증인이 있어서 다행이라고 말했다. 왜냐하면 롱가 씨의 행위에 대해서 로조에서 다들 알고 있지만 백인인 그를 고소하기 위해 감히 나설 사람은 없었을 것이기 때문이다. "보호자 없이 유기되어 거리를 배회하는 아이들이 있습니다. 이 아이도 그런 아이들 중 하나입니다. 피고는 모든 아이들에게 위험한 존재이지만 이런 아이들은 특히 더 위험에 노출되어 있습니다." 디디에 씨는 혹시라도 모방 범죄가 나오지 않도록 아주 무거운 형을 내려 달라고 청했다. 그러고는 매슈 펜라이스 씨를 첫 번째 증인으로 요청했다.

펜라이스 씨는 2월 27일 늦은 오후에 클럽에 가려고 제티가를 걸어가다가 너무나 고통스러운 아이의 비명 소리를 들었다고 말했다. 비명이 들려오는 집 가까이로 다가가고 있는데 소리가 뚝 그쳤고, 화나서 떠드는 소리 같은 것도 없이 고요한 적막만이 흘렀다. 거리는 텅 빈 데다 집은 거리에서 상당히 떨어져 있었고 집 주변으로 담장이 둘러져 있었다. 혹시 집에 혼자 있던 아이가 사고를 당한 건 아닌가 하는 생각이 들어서 그는 얼떨결에 나무 대문을 두드렸다. 아무런 대답이 없어서 문을 밀고 들어갔는데, 그때 한 남자의 목소리가 들렸다. "이제 너를 톱으로 두 동강 낼 거야. 영국 보드빌에서 하는 것처럼 말이지." 마당은 꽤나 넓었다. 한구석에 나무 한 그루가 있었고, 나무 아래에는 판자가 얹힌 가대가 있었다. 벌거벗은 흑인 여자아이가 한끝으로 머리를 떨군 채 판자 위에 누워 있었다. 말도 못 한 채 겁을 먹어 얼굴이 파랗게 질려 있었다. 남자는 등을 보이고 서 있었고, 손에 든 톱을 아이 허리에 대고 있었다. 펜라이스 씨가 "지금 이게 뭐 하는 짓이냐"고 소리를 지르자 남자가 돌아서며 톱을 떨어뜨렸다. 그 남자는 지금 법정에 나오지 않은 롱가 씨였다. 롱가 씨가 말했다. "다치게 하려는 게 아니었어요. 그냥 장난이에요." 그가 판자 위의 여자아이를 붙잡고 있었기 때문에 그가 몸을 돌리자 여자아이는 판자에서 굴러떨어졌고, 꼼짝도 않고 바닥에 누워 있었다. 롱가 씨는 거듭 장난이라고 말했다. 증인은 아이에게 가까이 갔고, 아이의 온몸에 멍이 들어 있는 것을 보았다. 더 이상 롱가 씨에게 말을 걸지 않고 아이를 웃옷으로 감싸 안고는 가까이 사는 옥타비아 조지프 부인 집으로 데리고 갔다. 그러고는 의사를 불렀는데 다행히 의사가 바로 와 주었다. 의사가 도착한 후 그는 경찰서에 가서 자신이 본 것을 신고했다.

반대신문에서 변호사는 펜라이스 씨에게 제티가가 보통 그가 클럽에 갈 때 다니는 길이냐고 물었다. 그는 그건 아니지만 약속 시간에 맞추려 서둘러 가고 있었고 제티가는 지름길이라고 답했다.

변호사가 물었다. "증인의 식솔들이 하는 얘기로는 그 특정한 날에 증인이 평소보다 무척 일찍 집을 나섰다는데 그건 어떻게 생각하십니까? 하인 하나가 그날이 자기 생일이라 아주 똑똑히 기억하고 있었어요. 증인이 아주 규칙적인 생활 습관을 가진 걸 알기 때문에 그렇게 더운 날 왜 걸어서, 그것도 평소보다 거의 두 시간이나 이르게 집을 나섰는지 의아했다고 진술했습니다. 왜 군이 지름길로 갔나요?"

펜라이스 씨가 대답했다. "두 시간은 과장입니다. 걸어서 가려고 일찍 집을 나섰던 겁니다. 난 더운 건 별로 개의치 않고, 게다가 시계를 놓고 왔기 때문에 가능한 한 빨리 클럽에 가려고 했던 겁니다."

"피고가 '영국 보드빌에서 하는 것처럼'이라고 말했을 때, 그건 피고가 누군가 듣는 사람이 있다는 걸 알고 하는 말이었습니까?"

"아니요, 내가 거기 있는 걸 피고는 몰랐습니다."

"그렇다면 아이에게 한 말이라는 거지요?"

"그렇다고 봅니다."

"영국 보드빌 중에 여자아이를 톱으로 두 동강 내는 척하는 유명한 속임수가 있는 걸 알고 있습니까?"

"알고 있습니다."

"그래서 누구라도 정말 두 동강이 나거나 다친 적이 있었습니까?"

"물론 없었죠. 속임수니까요."

"어쩌면 증인은 너무 놀라고 충격을 받아서 피고가 '영국 보드빌에서 하듯이'라고 말했을 때 그건 자신이 하려는 일이 심각한 것이 아니다, 그냥 장난이다, 라는 뜻이라는 걸 깨닫지 못한 게 아닐까요?"

"장난이 아니었습니다."

"어떻게 그렇게 확신하죠?"

"그가 저를 마주 보았을 때 전혀 장난이 아니라는 걸 알았습니다."

"알겠습니다. 하지만 이 섬에는 롱가 씨에 대한 편견이 어느 정도 있지 않습니까? 증인도 기꺼이 나쁜 쪽으로 보려는 경향이 있지 않나요? 피고에 대한 소문이 엄청나게 많은 걸로 아는데요?"

"롱가 씨는 얼굴만 아는 사이입니다. 그런 소문에 대해서는 관심이 없습니다."

"그러니까 당신은 편견을 가지고 있지 않다?"

"네, 전혀 없습니다. 당신이 뜻하는 그런 의미의 편견은요."

"그렇다면 다행이군요. 자, 아이가 의식이 없고 심하게 다쳤다고 하셨는데, 그럼 보통은 직접이든 누구를 시켜서든 병원으로 데려가지 않나요?"

"병원 생각을 못 했습니다. 조지프 부인의 집이 가까이에 있었고, 그녀가 잘 보살펴 주리라는 걸 알았기 때문에 그리로 데리고 갔고 그리고 의사를 불렀던 겁니다."

"펜라이스 씨, 조지프 부인이 증인 집에서 일한 적이 있나요?"

"있습니다. 여기 아예 자리를 잡기 전에 겨울에만 와서 지낼 때라

444

드문드문이긴 했지만 거의 5년 동안 우리 집에서 일했습니다. 바로 그래서 그녀가 친절하고 믿을 수 있는 사람이라고 확신했던 거죠."

"일을 완전히 그만두었을 때 큰돈을 주었나요?"

"큰돈은 아니에요, 아닙니다. 집사람과 나는 그녀가 우리에게 너무 잘해 주었다고 생각했어요. 그녀가 건강도 안 좋아졌기 때문에 편안하고 안전하게 살 수 있는 작은 집을 마련할 정도의 돈은 기꺼이 줄 수 있는 마음이었습니다."

"당연히 부인은 무척 고마워했겠죠?"

"기뻐했겠죠, 그럼요."

"그렇게 당신에게 빚진 게 있으니 그녀가 비상시에 당신이 하라는 대로 하리라고 확신할 수 있었겠죠?"

"그런 말을 한다는 건, 변호사께서 이 섬의 사람들에 대해 얼마나 무지한지를 보여 주는 겁니다. 조지프 부인은 아주 독립적인 사람입니다. 제가, 아니 우리가 그녀에게 작은 집이 아니라 궁전 같은 집을 사 주었다고 해도 그녀는 내가 시키는 대로 해야 한다는 생각 같은 건 절대 할 사람이 아닙니다. 절대요."

"그러면 아무리 헌신적이라 해도 의학적인 지식이나 간호 경험이 전혀 없는 예전 하인에게 그렇게 심하게 다친 아이를 맡기는 게 정말 적절해 보였다는 겁니까?"

"나로서는 그 아이에게 최선이라고 생각한 일을 한 겁니다."

"그래서 당신은 의사에게 조지프 부인이 아이의 가까운 친척이라 거기로 데리고 왔다고 말했습니까?"

"그렇게 말한 적 없습니다."

"하지만 실제로 말을 하지 않아도 은연중에 내보일 수는 있죠, 그렇지 않습니까?"

"그거야 당연히 그렇겠죠."

"고맙습니다, 펜라이스 씨. 이제 내려가서도 됩니다."

펜라이스 씨 다음으로 증인석에 선 사람은 옥타비아 조지프 부인이었다. 위엄 있는 여성으로 또렷하게 증언을 했기 때문에 판사인 서머스 씨에게 긍정적인 인상을 준 것이 분명했다. 어린아이의 상태를 보자 펜라이스 씨가 왜 경찰서에 갔는지 이해할 수 있었다고 그녀가 말했다. "그런 짓은 아주 악독한 사람이나 할 테니까요." 의사가 온 뒤 아이는 곧 의식을 회복했지만 부들부들 떨며 비명을 질렀다. 의사는 상처를 치료한 후 안정제를 투여했고, 내일 다시 오겠다고, 아무도 만나지 못하게 해야 하며 상태가 호전될 때까지는 질문도 해서는 안 된다고 말했다. 조지프 부인은 의사의 지시를 충실히 따르려 했고 아이를 성심으로 돌보았으며, 그래서 지금은 아이의 상태가 많이 나아졌다고 했다. "하지만 폭행을 당한 기억은 전혀 나지 않는다고 해요. 어떻게든 기억을 떠올려 보라고 하면 몸을 떨며 울기만 했어요. 그래서 의사가 애와 얘기를 해 보는 게 낫다고 생각했어요."

검사 측 마지막 증인은 트레버 박사로, 2월 27일 저녁에 집에 있는데 심하게 부상을 입은 아이가 있으니 곧장 힐가 11번지로 와 달라는 전갈을 받았다고 진술했다. 처음 아이를 봤을 때 의식을 잃은 상태였고, 무자비하게 맞은 게 분명했다고 했다. 정신을 차렸을 때 너무나 겁에 질려 히스테리 반응을 보였기 때문에 상처를 치료한 후 안정제를 투여했다. 아마 열한 살이나 열두 살쯤 되어 보였는데 영양실조에 깡마른 상태였으므로 한두 살 더 많을 수도 있다고 했다.

변호사가 트레버 박사에게 물었다. "이후로도 아이를 본 적이 있습니까?"

"네, 몇 번 봤습니다."

"마지막으로 본 게 언제입니까?"

"어제입니다."

"어떻던가요?"

"상태가 아주 많이 호전되었습니다. 세심한 보살핌을 받았고 거의 회복되어 있었습니다. 이미 아주 다른 아이가 되었어요."

"아이를 보러 갔을 때 누가 폭행을 했는지 물어본 적이 있나요?"

"있습니다. 좀 나아진 것 같아 당연히 물어봤죠. 늘 마찬가지 반응이었습니다. 잊어버렸다고 해요. 두세 번인가는 약간 꼬치꼬치 캐물었는데, 결과적으로 겁을 먹고 히스테릭해져서는 앞뒤가 맞지 않는 얘기만 했을 뿐입니다."

"아이에게 그런 질문을 했을 때 조지프 부인이 함께 있었나요?"

"처음에는 함께 있었지만, 아이와 단둘이 있었을 때도 많았는데 반응은 늘 똑같았습니다."

"너무 심한 일을 당해서 정신이 좀 이상해진 게 아닌가 하는 생각이 드신 적 있나요?"

"아니요, 그런 조짐은 없었습니다. 환경이 괜찮았다면 아마 꽤 똑똑했을 아이입니다."

"상태가 이렇게 훨씬 좋아졌는데도 여전히 무슨 일이 있었는지 얘기하려 들지 않는 게 좀 이상하다고 생각하지 않으시나요?"

"생각만큼 그렇게 이상한 일은 아닐 수도 있어요. 엄청난 충격이나 공포를 겪은 후 그에 대해 술술 말하는 사람도 있지만, 영국에서 표현하듯 '조개처럼' 입을 꽉 다무는 사람들도 있거든요. 언젠가는 말을 하겠지만 그게 언제가 될지는 예상할 수가 없습니다."

"그런데 증인 말대로 '조개처럼' 입을 닫고 있는 데에 특이한 점은 없습니까?"

"무시무시한 일로 해를 입은 후 정신이 그 기억을 지움으로써 자신을 보호하려 했던 경우를 알고 있습니다. 억지로 그 일을 떠올리게 하면 환자는 불안해하면서 앙심을 품게 됩니다."

"흥미롭긴 하지만 좀 복잡해 보이는 그 이론이 글이라고는 전혀 모르는 열한 살, 열두 살짜리 흑인 아이에게 해당된다고 정말 생각하시는 겁니까? 그보다는 누군가 말하지 말라고 했거나 위협을 해서—아마 둘 다 어느 정도씩은 있겠죠—입을 닫고 있다는 게 더 그럴듯하지 않습니까?"

"글을 모른다고 해서 그 정신이 복잡하지 않다고는 믿지 않습니다. 전혀 그렇지 않아요. 그리고 누가 그런 식으로 위협을 했을 거라고 생각하시는 건지 전 모르겠습니다. 제가 내린 지시는 아이를 가만히 내버려 두고 조지프 부인 외에는 아무도 만나게 하지 말라는 거였어요. 그 집 주변에 뭘 좀 알아내려고 하는 이웃들이 잔뜩 있었으니까요. 다른 누군가 왔다 간 적이 있었다면 내게 얘기했을 겁니다. 제 말을 믿으세요. 확실히 아이는 조지프 부인은 전혀 두려워하지 않았습니다. 오히려 부인을 믿고 아주 따르는 눈치였어요. 그런 아이가 믿고 따르는 게 가능한 그런 정도로는 말이죠. 그런데 제 진술이 만족스럽지 않으시다면 직접 아이에게 물어보지 그러세요? 제 소견으로는 아무것도 얻어 내지는 못하고 아이에게 해만 될 텐데, 그건 변호사께서 알아서 결정하시지요."

이때 서머스 판사가 끼어들어서, 아이에게 해가 된다는 게 의사의 소견이라면 누구도 아이를 심문해서는 안 된다고 말했다.

변호사가 다시 트레버 박사에게 물었다. "아이가 조지프 부인의 가까운 친척이기 때문에 그리로 데리고 갔다는 의도적인 암시를 받았나요?"

"아닙니다. 그냥 당연히 그런가 보다 했습니다. 어떻든 간에 아이를 딴 데로 옮기라는 제안은 하지 않았습니다. 거기서 충분히 잘 보살피고 있다고 보았으니까요."

피고 측 변호사인 버클리 씨는 자신의 의뢰인이 몸이 너무 안 좋아서 법정에 나오지 못했으므로 자신이 대신 그의 진술서를 읽겠다고 말했다. 이것이 그의 혐의에 대한 충분한 답변이 될 거라고 했다.

롱가 씨의 진술은 다음과 같다. "그날 전 몸이 별로 좋지 않았습니다. 날이 너무 더웠기 때문에 일을 그만해야겠다고 생각했습니다. 하지만 나중에 좀 시원해지면 다시 일을 할 수도 있기 때문에 책장을 만들기 위해 썼던 나무 판자와 톱은 마당에 그대로 놔두었습니다. 목이 너무 타서 술을 몇 잔 마시고 잠이 들었습니다. 얼마를 잤는지 모르겠는데 마당에서 들려오는 요란한 비명 소리에 잠이 깼습니다. 이 아이들이 피우는 소란은 정말 성가신데, 좋게 말해서 그렇다는 겁니다. 아이들은 담장을 넘어 마당에 들어와 놀면서 온갖 못된 장난을 칩니다. 그럴 때마다 쫓아내곤 하지만 늘 다시 오죠. 거리에서는 비웃고 야유하면서 내 뒤를 쫓아오고, 몇 번인가는 돌까지 던졌습니다. 정말이지 그 아이들이 지긋지긋하다는 건 부인하지 않겠습니다.

일어났을 땐 몸살 기운도 있었고 기분도 안 좋았는데, 마당에 나가 보니 여자아이가 땅에 누워 비명을 지르고 있었습니다. 무슨 일이냐고 몇 번을 물었지만 내 말은 들은 체도 안 하고 계속해서 소리를 질러 댔죠. 결국 입 닥치고 일어나라고, 소리 지를 거면 딴 데 가서 하라고 말했습니다. 그래도 날 거들떠보지도 않았고, 계속해서 질러 내는 비명 소리가 머릿속을 마구 헤집는 바람에 갑자기 화가 치밀어서 아이를 들어 판자에 올리고는 반으로 잘라 버리겠다고 했습니다. 하지만 진짜로 그러려는 생각은 절대 아니었고, 그렇게 얘기하기도 했습니다. 아이한테 무슨 문제가 있다는 눈치는 채지 못했고, 발가벗고 있는 게 이상하다는 생각도 하지 않았습니다. 그 아이들은 그러고 다닐 때가 많았으니까요. 더운 날이면 특히 그렇고요. 아니요, 아이를 해칠 마음은 손톱만큼도 없었습니다. 하지만 아이가 겁을 좀 집어먹고 다른 아이들한테 말하면 혹시 아이들이 날 괴롭히는 걸 그만두지 않을까 하는 바람은 있었습니다. 이 아이들이 내 삶을 너무 비참하게 했기 때문에 날 좀 그만 괴롭히기를 바랐던 겁니다. 맹세하는데 그게 다입니다. 그냥 겁을 주려고 했던 겁니다. 장난이었어요. 펜라이스 씨가 와서 나를 비난했을 때는 너무 당황해서 제대로 말을 못 했습니다. 정말 다치게 하려던 게 아니라고 했지만 그는 들으려고도 하지 않았고, 날 체포하러 온 경찰들도 마찬가지였습니다. 내가 한 일에 대해 그리고 아이에게 겁을 준 것에 대해서는 미안하게 생각합니다. 하지만 술을 마셨고 갑자기 화가 치밀어서 화를 주체하지 못했습니다. 그게 사건의 진상이고 진실입니다."

여기에 버클리 씨는 롱가 씨가 이제 이 섬을 기꺼이 떠날 마음이라고 덧붙였다. "롱가 씨가 말하길 영국에서도 이런 식의 부당한 대우를 받은 적은 없었다고 합니다. 제 의뢰인을 둘러싼 소문에 대해서는, 배웠다는 저 친구가 그것을 뒷받침할 만한 단 한 사람의 증인도 내세우

450

지 못하면서 그 얘기를 꺼냈다는 사실이 놀랍기만 합니다. 펜라이스 씨의 증언을 의심하려는 건 아니지만 롱가 씨가 아이를 폭행했다는 증거는 전혀 없다는 사실을 지적하고 싶습니다. 아무도 없는 마당에 숨으려고 들어왔을 수도 있고, 그보다 더 신빙성 있는 거라면 진짜로 폭행을 한 자가 거기에 던져 놓고 도망갔을 수도 있습니다. 롱가 씨가 혐의를 뒤집어쓸 거라고 확신하면서 말이죠. 펜라이스 씨는 롱가 씨가 누가 듣고 있다는 사실을 알지 못했는데도 '영국 보드빌에서 하듯이'라고 말하는 걸 들었다고 인정했습니다. 제가 보기엔 이 점이 롱가 씨의 행위가 장난이었다는 것을 단정적으로 증명합니다. 상스럽고 잔인한 장난이라고 할 수는 있겠지만, 영국인이든 아니든, 어떤 인간도 살 수 없는 그런 감방에서 7년간 복역해야 할 장난은 확실히 아닙니다."

그러면서 롱가 씨는 아주 지적인 사람인데 지독한 고립감과 외로움에 시달렸고 또한 몸도 좋지 않다는 말로 변론을 마쳤다. 위안을 얻으려 술을 찾게 된 것도 놀랄 일이 아니고, 난데없이 잠에서 깨어 너무나 짜증이 난 나머지 통상적으로 보이지 않던 행동을 했다는 것도 쉽게 믿을 만한 일이라고 했다.

서머스 판사가 이것은 매우 곤란한 사건이라고 말하면서 판결을 했다. "아이에게 온몸에 멍이 들 정도의 폭행을 처음 가한 사람이 롱가 씨라는 직접적인 증거는 없다. 피고는 극구 그 사실을 부인하고 아이는 아직 심문을 할 수 있는 상태가 아니다. 변호사가 대신 읽은 그의 진술이 어느 정도까지는 신빙성이 있다고 본다. 하지만 두 가지가 납득하기 힘들다. 롱가 씨는 왜 이 무지몽매한 아이가 영국의 보드빌이나 거기서 하는 마술 쇼에 대해서 알 거라고 생각한 것인가? 그런 얘기를 해 본들 그게 아이를 어떻게 안심시킬 수 있단 말인가? 오히려 더 겁만 주었을 것이다. 또한 더 중요한 점은, 아무리 술에 취해 있었다 하더라도 그렇게 심한 상처를 입고 발가벗고 있는 아이를 땅에서 들어 판자에 눕히면서도 몸의 상처를 보지 못할 수도 있단 말인가? 롱가 씨의 진술에 따르면 그는 전혀 알아채지 못했기 때문에 그 야만적인 장난을 계속했다고 한다. 너무 신빙성이 떨어져 나로서는 믿기 힘든 부분이다. 술에 취해 있었다는 구실을 대지만 그는 원래 술을 많이 마시는 사람이고, 체포 당시 상당히 취해 있었다는 경찰 보고는 없었다.

그냥 짐작하는 게 판사의 일이 아니며, 난 전문傳聞 증거이든, 증거가 없다는 데 근거한 어떤 암시든 받아들일 수가 없다. 하지만 20년을 이 자리에 있으면서 직접적인 증거를 얻기가 극도로 힘들다는 사실도 안다. 범인이 누군지 잘 알고 있으면서도 경찰이 그를 기소할 단한 사람의 증인도 구하지 못하는 경우도 빈번하다. 불행히도 그 때문에 이 섬에는 경찰과 법에 대한 깊은 불신이 존재하는 것이다."

여기서 목소리 하나가 끼어들었다. "당신이 그들을 비난할 수 있습니까?" 법정이 왁자지껄 소란스러워졌다. 몇몇 여자들은 눈물을 흘렸다. 법정에서 쫓아내겠다는 위협이 있은 다음에야 상황이 진정되었다.

서머스 씨가 말을 이었다. "어쩌면 자연스럽다 할 그런 불신이 시간이 가면서 줄어들기를 바랄 수밖에 없다. 나의 의혹을 생각하면 롱가 씨가 기꺼이 이 섬을 떠난다니 다행스럽다. 그가 사우샘프턴으로 가는 데 드는 비용은 정부가 부담할 것을 명한다. 떠나기 전까지는 경찰에 구금될 것이지만 면회는 허용된다. 외부에서 식사나 다른 먹거리

452

를 받을 수 있고, 건강을 회복할 수 있도록 보살핌을 받아야 한다. 능력 있는 그의 변호사가 이런 지시가 이행되도록 알아서 잘할 것이라 본다."

법정을 떠나는 청중들은 평소보다 가라앉은 분위기에 말도 별로 없었지만, 한 무리의 사람들은 펜라이스 씨가 나올 때 그에게 마구 소리를 질렀다. 그는 전혀 신경 쓰지 않고 기다리던 마차를 타고 가 버렸다. 몇몇이 거기에 대고 돌을 던졌지만 경찰이 나타나자 소동을 피우던 사람들은 흩어졌다.

"메이미 램턴이 다시 기부금을 모을 거라는 데 뭐든지 걸지." 매슈 펜라이스는 집에 와서 부인에게 말했다. 그러고는 이렇게 덧붙였다. "그렇게 우울해하지 마, 매기. 그래도 아주 좋은 소식 하나는 있어. 옥타비아 말이 세인트루시아에 사는 오래된 친구와 계속 서신 왕래를 해 왔는데, 아이가 없는 그녀가 조조를 입양하겠다고 했다는군. 그 친구에 대해 잘 알기 때문에 그게 아주 잘된 일이라고 말이야. 내 생각도 그래. 이곳의 온갖 소문과 호기심에서 벗어나 새로 시작할 수 있을 테니까. 몸이 나으면 바로 갈 수 있도록 해야겠어. 내가 다 알아서 할 테니 걱정하지 마."

매기 펜라이스는 흑인 하녀 재닛이 커피 잔 등을 접시에 쌓아서 조용히 맨발로 걸어 나가는 모습을 지켜보았다. "커피 아주 맛있었어, 재닛"이라고 말했을 때 그녀는 아무 대꾸도 하지 않았고 미소조차 보이지 않았다. 하지만 이곳의 그들은 미소를 짓지 않는다. 웃을 뿐이지 미소를 짓는 법은 거의 없다. 미소를 지으며 칼을 꽂는 사람은 아닌 것이다. 그런가? 두 사람만 남게 되었을 때도 그녀는 아무 말 없이 그저 편지만 접었다 폈다 했다. 마지막 문장을 다시 읽어 보았다.

보내 주신 돈 감사합니다. 아이가 자랄 때를 대비해서 잘 간수하겠습니다. 아이를 제게 보내 주셔서 정말 마음 깊이 감사드립니다. 지금 아이를 보면 기뻐하실 텐데. 살도 많이 오르고 예뻐진 데다 이제는 그전처럼 자다가 소리를 지르며 깨는 일도 거의 없어요. 가슴이 벅차올라 더 이상 말을 할 수 없으니 이만 줄이겠습니다. 당신과 사랑스러운 부인께 건강과 번영이 가득하시길.

애닌 딥

매기가 말했다. "딥이라, 정말 재밌는 이름이네."

"아마 시리아 사람일 거야." 맷이 말했다. "그걸로 끝난 거야. 그러니까 더 이상 걱정하지 마. 그나마 가장 잘된 일이잖아. 당신 생각도 그렇지?"

"그럴지도 모르지…… 하지만 맷, 아이를 그렇게 서둘러 보낸 게 정말 잘한 일일까?"

"빠를수록 좋다고 생각했으니까. 뭐가 어때서?"

그 방은 집 뒤쪽에 있었기 때문에 거리에서 들리는 소리는 미치지 않았다. 덥고 바람도 없는 날이었고 블라인드는 반쯤 내려와 있었다. 그녀가 편지를 세심하게 접어서 봉투에 넣은 뒤 그의 앞으로 밀었다.

"옥타비아가 돈을 받고 당신을 위해 일해 주고 있고, 아이가 아무 말도 하지 못하게 당신이 아이를 세인트루이스로 서둘러 보내 버렸다는 소문이 자자해. 당신이 해 놓고 지미 롱가에게 떠넘겼다고 말이야. 당연히 하나도 말이 안 되는 얘기지만 그런 얘기가 나오는 걸 막아야지."

"막는다고? 나보고 뭘 어떻게 하라는 거야? 그걸 어떻게 막아?"

"별로 어렵지 않을 거 아냐. 정말 말도 안 되는 얘기니까. 당신이 어떻게 그런 짓을 했겠어? 그게 어떻게 가능해?"

"이 망할 돼지 새끼들이 그게 가능한지 아닌지 신경이나 쓸 것 같아? 어디서, 어떻게, 언제 그랬는지 그럴걸? 꿀꿀거리고 툴툴거릴 거리만 있으면 옳다구나 하는 거라고. 내가 그런 종자들하고 사리를 따지길 바란다면 당신 제정신이 아닌 거야. 이 빌어먹을 동네는 정말 넌더리가 나. 내 기분이 어떤지 정말 알고 싶다면 내가 확실히 알려 주지. 내가 마음을 정한 건 단지 찻잔 속의 폭풍 같은 이번 일 때문이 아니야. 한참 전부터 난 이곳을 떠나고 싶었으니까. 당신도 그건 잘 알겠지."

"사람들은 당신이 도망가는 거라고 할 거야."

"맙소사, 여기 사람들이 뭐라고 떠들든 난 전혀 신경 안 쓴다는 걸 깨닫기가 그렇게도 힘든 거야? 오, 이봐, 매기, 그런 표정 하지 말라고. 당신 기분은 알아. 당신이 추위를 얼마나 싫어하는지, 그래서 여기 있는 게 당신 건강에 좋고, 또 여기 풍경도 아름답다는 걸 말야. 그냥 나도 당신처럼 지낼 수 있었으면 좋겠는데 나는 숨이 막힐 것 같아."

"그래, 알아. 하지만 로조를 떠나면 당신이 좀 더 잘 지낼 수 있을 거라고 생각했는데."

"증오는 이 나라 어딜 가나 똑같아. 숨기고 있을 수는 있지만. 떠나고 싶지 않으면 떠날 필요 없어. 내가 세 줄기 강이든 이 집이든 팔지 않을 거니까 돈 문제는 없을 거라고. 그건 알지?"

"하지만 맷, 시기나 악의나 증오는 어디를 가나 존재해. 벗어날 수 없다고."

"그럴지도 모르지. 하지만 이런 종류는 이제 신물이 나."

"내가 당신을 떠나보내고 혼자 여기 남아서 살고 싶어 할 거라고 생각해? 정말 그렇게 생각해?"

그는 그 말에 대답하지 않았지만 미소를 지으며 말했다. "그럼 된 거네." 그리고 그녀의 어깨를 가볍게 토닥거린 뒤 안락의자에 앉아 책을 집어 들었다. 하지만 걱정스럽게, 조심스럽게 그를 바라보던 매기는 책장이 전혀 넘어가지 않는다는 것을 알아챘다. 문득 그녀가 눈살을 찌푸리면서 고개를 절레절레 저었다. 앞에 있는 저 사람이 전혀 낯선 사람이라는, 갈수록 강하게 밀려드는 확신을 어떻게든 떨쳐 버리려 애쓰면서.

서곡과 초보자
Overture and Beginners Please

작은 식당 방 난롯불 곁에 앉아 있는데 커밀라가 불쑥 말했다. "난 엄마 아빠가 정말 싫어, 넌 안 그래?" 커튼이 내려진 창문을 우박이 요란스럽게 두들겨 댔다. 서인도제도를 떠나기에 앞서 눈에 대해 들을 얘기는 다 들었지만 우박에는 아주 놀랐고, 나름대로 굉장하기도 했다. 저게 뭐냐고 물으면 사람들이 비웃을 거라고 생각했다.

통로로 이어지는 문 위에도 검누런 커튼이 쳐져 있었고, 통로를 지나면 빈 교실이 나왔다. 지금은 크리스마스 다음 주라서 여자아이들과 다른 일곱 명의 기숙사생들이 집에 갔기 때문에 교실은 비어 있었다.

"더한 건 엄마 아빠도 날 무지 싫어한다는 거야." 커밀라가 말했다. "여동생만 좋아하지. 어느 가정이든 이런 일이 흔히 있지만 당연히 쉬쉬하고 말을 안 할 뿐이지."

밖은 어둑어둑했고 난 몸이 적당히 따뜻해졌으므로 말했다. "난 아닌데. 내가 떠나기 전에 엄마 아빠가 작별 춤을 춰 주셨어. 밴드도 불렀다니까. 진짜 웃겼는데, 카리브의 마라카스를 흔들던 남자 얼굴이 지금도 똑똑히 기억이 나."

"재밌네." 기분이 상한 듯이 커밀라가 말했다.

"연주를 잘해. 물론 다른 종류의 음악이지만."

"널 그렇게 좋아하면서 왜 그 오래된 퍼스 학교에 보냈는데?"

"영국에 있는 고모가 그 학교가 좋은 학교라고 했으니까."

"그 고모가 크리스마스 때에도 널 부르지 않는 그 고모지?"

"몸이 안 좋으시니까. 그러니까 편찮으시거든."

"고모 말이 그런 거지! 여기 있으니까 어때?"

"괜찮아. 근데 손에 동상 걸린 게 아프네."

자신은 다음 날 색스테드에 사는 친구네 집에 갈 테니 여기가 어떤지 알아볼 시간은 많을 거라고 그녀가 말했다. "본 선생님이 네가 저녁에 읽을 샬럿 M. 영의 소설책을 전부 쌓아 놨어."

"맙소사, 정말?"

"기다려 봐." 커밀라가 말했다.

하녀가 들어와 등불을 켰고, 이제 곧 위층에 올라가 저녁 식사를 위해 옷을 갈아입어야 할 것이다. 난 그 하녀가 내가 지금껏 본 어떤 여자보다 매혹적이라는 생각을 했다. 길고 갸름한 얼굴은 시체처럼 하얬다. 아니면 시체처럼 하얗게 화장을 했거나. 모자 아래로 보이는 머리칼은 선명한 검은색이었고 눈은 얼마나 작은지 처음 봤을 때 장님인 줄 알았다. 하지만 눈을 크게 뜨면 깜짝 놀랄 정도로 파란 눈이 보였는데, 수레국화 파란색, 아니 그보다는 파란색 불꽃 같았다. 그러다 눈을 내리뜨면 얼굴은 다시 시체처럼 생기가 사라졌다. 그렇게 변하는 모습은 아무리 보아도 질리지가 않았다.

저녁 식사 후 난 『매 둥지 안의 비둘기』를 소리 내어 읽고 있었다. 커밀라도 로드 선생님도 귀를 기울이지 않았고, 숱이 엄청나게 많은, 백발 섞인 검은 머리를 마치 보관처럼 틀어 올린 너무나 위풍당당한 중년 여성인 우리 교장 선생님 역시 듣지 않았다. 교장 선생님은 갈색과 보라색, 암갈색, 겨자색 등 여러 색이 섞인 옷을 입었고 표정은 평화롭고 자상했다.

하지만 본 선생님은 내게서 한시도 눈을 떼지 않았다. 본 선생님은 나이가 많고 항상 검은색 옷을 입었고, 수업은 전혀 하지 않았다. 집안이 좋고 잘 배웠기 때문에 학교로서는 그 자체로 대단한 자산이었다. "목소리를 낮춰." 그녀는 말하곤 했다. "더 낮추라고. 적어도 한 옥타브는 낮춰." "그 정도면 됐으니까 그만해. 오늘 밤은 정말이지 더 이상은 참을 수가 없네."

우리는 시계가 9시를 칠 때까지 불가에 앉아 있었다. "안녕히 주무세요, 로드 선생님." 로드 선생님이 대답했다. "잘 자요." 보라색 옷을 입고 있었는데, 그건 언제나 좋은 신호였다. "안녕히 주무세요, 본 선생님." 본 선생님이 고개를 아주 약간 까닥했고, 내가 나갈 때 이렇게 말했다. "저 애한테 왜 굳이 아우톨리쿠스* 역을 하라고 하는 거예요? 완전히 토니 럼킨**인데."

"완전히 토니 럼킨은 아니지." 로드 선생님이 부드럽게 말했다.

---

* 셰익스피어의 희곡 『겨울 이야기』의 등장인물.
** 올리버 골드스미스의 희곡 『지는 것이 이기는 것』의 등장인물.

"그럼 태도가 그렇다고요, 태도가." 본 선생님이 말했다.

커밀라가 문을 닫아서 더 이상 들을 수는 없었다.

계단은 미끄럽고 마루 광택제 냄새가 났다. 침실까지 올라가는 내내 난 본 선생님의 검은 옷과 자그마하고 발발거리는 몸을 생각했다. 앵무새의 머리를 가진 쥐랄까. 난 그 오래된 『겨울 이야기』를 하고 싶지도 않았고 그래서 그렇게 얘기하기도 했다. 하지만 이 얘기는 커밀라에게는 전혀 하지 않았는데, 영국에 온 지 다섯 달이 된 지금은 매사에 신중해야 한다는 것을 조금씩 배워 가고 있었기 때문이다. 게다가 침실엔 벽난로가 없어서 벌써부터 몸이 덜덜 떨리고 있었다.

"무지하게 춥지 않아, 커밀라?"

"아니, 그렇게 춥진 않은데. 바로 침대로 들어가. 그럼 금방 따뜻해질 거야." 그녀가 내 방에서 네 번째에 있는 자신의 방 쪽으로 갔다.

당연히 난 다른 것도 다른 거지만 무엇보다 창문으로 들어오는 얼음장 같은 바람 때문에 따뜻해지지도 않을 거고 잠을 잘 수도 없을 것임을 알았다. 무슨 알 수 없는 이유에선지 창문 맨 위쪽을 15센티미터 정도 항상 열어 놓아야 했던 것이다.

창문을 닫지 말 것. 이 창문은 닫아 두면 안 됨.

발목을 손으로 움켜쥐고 여전히 추위에 덜덜 떨면서 잠을 못 이루고 있는데 자비스라는 이름의 하녀가 문을 두드렸다. "뜨거운 물을 병에 담아 가져왔어요."

"오, 고마워. 정말 친절하기도 하지."

"그 병은 제 거예요." 그녀가 말했다. 그러고는 창문을 왜 안 닫느냐고 물었다.

"닫으면 안 되는 걸로 알고 있는데."

그녀가 아무 말 없이 창문을 올려 닫았다. 난 다리를 뻗고 허리가 쑤시는 부분에 병을 놓은 뒤 다시 고맙다고 했다. 이제 가 주었으면 했지만 그녀는 미적거리며 나가지 않았다.

"이번 학기 학교 연극을 정말 재밌게 보았다는 말씀을 드리고 싶었어요. 그 남자애 역할을 아주 잘하시던걸요."

"아우톨리쿠스."

"이름은 기억이 안 나지만 그걸 보고 기분이 좋아졌어요."

"잘됐네." 내가 말했다. "잘 자, 자비스. 냉골에서 감기 걸리지 않게 조심하고."

"예전에 아마추어 공연에서 엄청난 성공을 거둔 적이 있어요." 그녀가 꿈꾸는 말투로 말했다. "장님 소녀 역할을 했죠."

"장님 소녀 역할을 했다고? 신기하다. 널 처음 보았을 때 든 생각이⋯⋯" 난 말을 멈췄다가 다시 이었다. "표정이 전혀 딱딱하지 않아서 연기를 할 수도 있겠다는 생각을 했거든."

"꽃을 많이 받았어요." 그녀가 말했다. "장미랑 다른 꽃이랑. 물론 아주 오래전이고 어렸을 때 일이지만, 아직도 제 대사를 기억해요. 하나도 빠짐없이 다요."

"정말 멋지네." 내가 생각해 낼 수 있는 말은 그것뿐이었다. 그녀가 딸깍 불을 끄더니 다소 요란하게 문을 닫고 나갔다.

장님 소녀 역할을 했다니. 장님이 아닌가 생각했었는데. 하지만 이런 식의 일은 전에도 있었다. 별 결론도 안 나는 단서들을 짜 맞춰 보는 일은 이미 그만둔 터였다.

다음 날 아침 식사 후 커밀라가 떠난 뒤, 어쨌든 자전거 타는 일은 없겠다는 생각을 하며 오전을 보냈다. 여긴 미스 페이티가 없으니까.

미스 페이티는 내게 자전거를 가르쳐 주려 했었다. 늘 나와는 아무 관계도 없다는 듯이 우아하게 저만치 미끄러져 나아갔고, 난 좌우로 위험하게 비틀거리며 그녀를 쫓아갔다. 한번은 뉴넘으로 가는 길에 도랑에 빠진 적이 있었는데, 그녀가 가다가 뒤를 돌아보고는 어디 다친 데 없냐고 무심하게 물었다. "오, 아니에요, 미스 페이티, 다친 데 없어요." 난 도랑에서 기어 나와 자전거를 일으켜 세웠다. "스타킹이 찢어지고 무릎에 멍이 들었네." 그러고는 트럼핑턴로에 이를 때까지 아무 말이 없었다. "여기서부터는 내려서 자전거를 끌고 가는 게 낫겠다." "네, 미스 페이티."

절룩거리며 트럼핑턴로를 지나…… 아버지의 먼 친척인 G 부인의 집을 지나쳤다. 매주 토요일 오후엔 거기서 차를 마셔도 된다고 했는데…… 지넷이라는 이름의 그분은 풍성한 백발에 커다란 검은 눈과 고전적인 옆얼굴을 지닌 아주 멋지고 위엄 있는 여성이었다. 책을 읽을 때 말고는 안경을 끼지 않았고 손은 아주 가늘고 투명해 보였다. 젊은 시절의 케임브리지와 자신이 알던 유명한 남자들 얘기를 해 주었다. "불쌍한 다윈. 창조의 복잡한 미로를 지어내다가 창조주를 잃어버리고 말았지." 혹은 "당연히 피츠제럴드가 페르시아어를 번역한 것은 별로 정확하지 않았어……" 그리고 솔로몬의 노래는 예수님과 예수님 교회의 알레고리라고 했다.

한번은 자신이 거의 야반도주를 할 뻔했다(아마 딴 데 정신이 팔린 남편이 지긋지긋해져서)는 얘기를 해 주었다. 짐을 다 싸고 막 집을 나서려는데 거울 앞에서 모자에 핀을 꽂다가 보니 자기 어깨 위에 악마가 올라앉아 웃고 있었다는 것이다. 너무 겁이 나서 마음을 돌렸다고 했다.

"그래서 악마가 어떻게 생겼어요?" 너무나 궁금해서 내가 물었다. 하지만 절대 그 대답은 해 주지 않았다.

당시 아름다운 노부인들이 대부분 그랬듯이 그녀에게도 헌신적인 하녀가 있었는데, 문을 열어 줄 때 전혀 웃음기 없이 엄하게 나를 쳐다보아서 난 그녀를 좀 무서워했다. 그런데 지금 생각해 보니 자비스 역시 웃는 적이 없었다.

내가 자전거를 가져 본 적이 없고, 서인도제도에서는 자전거를 가진 사람이 거의 없다는 얘기를 아무도 믿으려 하지 않았다. "기차도 없고 버스도 없고 차도 없고, 거기에 자전거까지 없으면 어떻게 돌아다닌다는 거야?" 그렇게 묻곤 했다. "말이나 노새나 사륜마차나 이륜마차 같은 걸 타지." 서로를 보고 눈을 끔쩍이고 웃는다. "'자기야 너무 애쓰지 마'가 맞아, '자기야 너무 그렇게 울지 마'가 맞아?" "내가 어떻게 알아?" "깜둥이 노래잖아. 넌 알 것 아냐." 하지만 그들이 진실은 절대 받아들이는 일이 없으면서 가장 터무니없는 거짓은 그대로 믿는다는 걸 알게 되었을 때 나로서는 무척 재미있었다.

어느 날 오후 처음으로 진창이 된 잔디 깔린 하키장을 빙 두르고 있는 자갈길을 따라 걷다가 화단을 가로질러 들어가 어둑한 교실을 들여다보았다. 부옇고 칙칙한 날이었는데, 칼바람이 부는 눈부시게 환한 날보다 나았다. 여전히 좋은 건 아니었지만. 하늘은 희망이라고는 하나도 없는 색이지만 그들은 그걸 알지도 못했다. 그들은 거기 익숙해져 있었고, 나 역시 익숙해지리라 기대했다.

울컥하며 목이 메어 온 것은 그렇게 유령 같은 빈 책상들을 들여다보고 있을 때였다. 눈물이 흘렀다. 날이 잔뜩 선 묵직한 것이 가슴을 짓누르는 것만 같았다. 물론 어떤 예감이, 박쥐 날개처럼 차갑고 축축한 불길한 느낌이 전에도 스쳐 지나가기는 했지만 이런 식은 아니었다. 하늘빛처럼 부옇고 칙칙한 절망. 차가운 바깥, 창문 곁에 서서 생각했다. 앞으로 난 어떻게 되는 거지? 내가 대체 왜 여기 있는 거지?

어느 덥고 적막한 7월의 오후에 우리와 6개월 동안 함께 머물던 클레어 고모가 날 데리고 영국에 가게 될 거라는 말을 들었다. 케임브리지에 있는 퍼스라는 학교에 갈 거라는 것이었다.

"고모가 정말 고맙게도 널 보살펴 준다잖니." 아빠가 내게 못마땅한 듯 비판적인 눈길을 보내고 있다는 걸 나는 알았다. "분명 네게 무척 큰 도움이 될 거다." 아빠가 말했다.

"그렇게 되기를 나도 정말 바라지." 클레어 고모가 미심쩍게 말했다.

그런 얘기를 나눈 후 난 기분이 착 가라앉아서 저녁 내내 아무 말도 하지 않았다. (엄마 역시 그렇다는 걸 눈치챘다.) 일찍 침실로 올라가 내가 '비밀 시詩'라고 부르는 연습장을 꺼냈다.

난 영국으로 갈 거라네
거기서 뭘 찾게 될까?

"그게 무엇이든
내가 찾았던 건 아니네"라고 바이런이 말했지.

내가 찾았던 건 아니네,
내가 찾는 것은 아니네.

그리고 한참을 전혀 시를 쓰지 않았다.

불행히도 그날은 런던의 침울한 잿빛 8월이었다. 춥지는 않았지만 환하거나 상큼하지도 않았다. 아무리 걸어도 지칠 줄 모르는 클레어 고모는 온갖 관광지로 날 끌고 다녔고, 일주일이 지나자 난 전혀 어울리지 않는 곳에서도 잠을 자게 되었다. 세인트폴 대성당, 웨스트민스터 성당, 마담 튀소 밀랍 인형 박물관, 월리스 컬렉션, 동물원, 심지어한두 곳의 상점에서도. 고모는 걸음이 쟀지만 딴 데 정신을 많이 팔았기 때문에 난 쉽게 뒤로 처져서 아무 의자나 벤치에 쓰러져 졸았던 것이다.

"저도 어쩔 수 없겠지." 한번은 고모가 그렇게 설명하는 소리를 들었다. "기후가 바뀌었으니까. 그래도 정말 거슬리기는 해."

실수에 실수를 거듭하고.

하지만 나 자신에 대한 믿음을 완전히 잃고 대신 냉정한 신중함이 자리 잡게 된 것이 언제였는지 그 날짜는 정확히 기억한다. 그것은 고모가 예쁜 와인색 드레스 대신 흉측한 드레스를 사 준 날이었다.

"이게 아주 잘 맞아요." 판매원이 말했다. "그리고 이 아가씨는 얼굴이 창백하니까 밝은색이 어울려요."

고모는 가격표를 보았다. "아니, 이건 안 되겠어요." 그러고는 내가 질색하는 칙칙한 옷을 골랐다. 내가 큰 상점의 편을 들자는 것도 아니고, 내 눈에 무척 아름다워 보였던 판매원은 나로선 당혹스러운 존재이기도 했다. 하지만 나의 상심은 대단했다. 이 흉측한 옷을 입고 수많은 모르는 여자애들 앞에 나서야 한다니. "분명 날 싫어할 거야."

적대적인 거리를 벗어나 끔찍한 버스(항상 전혀 낯선 사람들 사이에 찌부러져 있어야 하는 버스. 이 끔찍한 곳에는 수백만의 낯선 사람들이 있었다)에 올라탔다. 버스 바퀴에는 '그래서 우리는 항상 이겼다고 말할 때, 그들이 어떻게 그렇게 했느냐고 물을때'*라고 적혀 있었다. (어떻게 했는지 감히 말하지 못할걸, 곧이곧대로는 말 못 할걸. 말할 수 없이 비열한 방식으로 그랬으니까.)

케임브리지에서 난 이런 말 외에는 전혀 하지 않았다. "오, 맞아요, 정말 멋지네요. 이 다리, 저 건물, 킹스칼리지 예배당. 오 그래요, 정말 멋져요."

"킹스칼리지 예배당에 대해 할 수 있는 말이 그것밖에 없니?" 본 선생님이 업신여기는 투로 말했다.

나는 킹스칼리지 예배당의 신교 예배는 다 틀렸다고, 향 냄새도 없고 화려한 복장도, 라틴어 기도도 없다고 개인적으로 생각했다. '이거 다 가톨릭에서 훔쳐 온 거라는 사실을 잊은 모양인데, 가톨릭은 잊지 않았다고.' 하지만 다행히 입 밖에 내지는 않았다.

"노래를 정말 멋지게 부르네요."

어쨌든, 난 눈물이 그칠 때까지 하키장을 따라 오르락내리락하다가 늘 벽난로에 불이 활활 타고 있는 작은 식당으로 돌아갔다. 하지만 아무것도 목으로 넘어가지 않았으므로 로드 선생님이 방에 올라가라고 했다.

"네가 추위를 많이 탄다고 들었다. 담요 하나는 더 갖다 놓았고, 자비스가 뜨거운 물병이랑 뜨거운 우유를 갖다줄 거야."

* 〈왕의 군대〉라는 노래의 한 부분.

포근하고 안락하게 침대에 누워 난 온갖 이유를 대며 두려움을 떨쳐 버리려 했다. 최악의 경우라도 앞으로 열여덟 달만 더 있으면 돼. 그리고 딱히 돌아가고 싶은 건 아니고 모든 게 엄연히 안전하게 있을 거잖아. 거리며 샌드박스나무, 돌계단, 꼭대기에 둥근 테이블이 있는 긴 회랑. 하지만 난 그사이 기억이 조각조각 난 데다 어렴풋하고 불확실하다는 걸 깨닫고는 깜짝 놀랐다. 너무나 빨리 너무나 많은 것을 잊었던 것이다.

별은 기억이 나는데 달을 떠올릴 수가 없었다. 다른 달이었는데, 어떻게 달랐지? 모르겠다. 나무보다는 나무 그늘이 더 확실히 기억이 나고, 빗소리는 기억이 나는데 엄마의 목소리는 기억이 나지 않았다. 제대로는 말이다. 낮의 열기와 먼지 냄새, 시원한 양치식물은 기억이 나는데 어떤 꽃의 향기도 기억이 나지 않았다. 산이나 언덕, 바다로 말하자면, 그것들은 수천 킬로미터 밖에 있는 것만이 아니라 수십 년 전의 일 같았다.

크리스마스 방학이 끝나기 사흘쯤 전에 로드 선생님이 내게 스위스에서 온 편지를 건네줬다. "전 스위스에 아는 사람이 없는데요."

"열어 보면 알 거 아냐." 그녀가 말했다.

난 그걸로 다음 날 아침을 고대할 수 있지 않을까 하여 편지를 한동안 베개 아래 놓아두었지만 너무 궁금해서 참을 수가 없었다. 편지를 열었더니 머틀이라는 이름이 적혀 있었다. 난 실망하지 않을 수 없었다. 도대체 거의 알지도 못하는 머틀이라는 여자애가 나한테 왜 편지를 쓴 거지? 그것은 내 인생을 바꿔 놓을 편지였다.

서인도제도에서 온 아이에게,

스위스에 온 이후 네 생각을 계속했어. 어쩌면 엄마가 이혼을 하실 거라서 그런지도 모르지. 모든 중요한 것들에 대해서 우리가 얼마나 바보같이 굴었는지 이제는 알겠는데, 넌 그렇지 않았거든. 본 선생님이 수정하고 삭제하려 했던 『겨울 이야기』의 그 대사들 말이야, 넌 정말로 그게 무슨 의미인지 아는 것처럼 술술 얘기했지. 엄마가 네 옆에 있으니까 다른 애들은 다 밀랍 인형 같다고 하셨어. 떨어진 모자를 네가 얼마나 자연스럽게 주웠는지 타고난 배우 같다고 말이야. 엄마는 네가 배우가 되어야 한다고 얘기하시던데, 연기를 해 보지 그래? 여기 스위스는 괜찮아. 영국 사람들이 아주 많아서 엄마가, 정말 안됐네, 그러셔. 아주 냉소적이시거든. 곧 답장해 주면 좋겠다. 그냥 네게 편지를 써야겠다는 생각이 들었어.

너의 친구 머틀

난 이 편지를 몇 번이고 반복해서 읽었고, 그다음에는 뒹굴뒹굴하며 뭐라고 답을 쓸까 궁리했다. '머틀에게, 편지 고마워. 난 그 대사가 무슨 뜻인지는 몰랐어. 그냥 그 말소리가 좋았을 뿐이야. 네 엄마 참 예쁘시더라. 그런데, 그래, 좀 냉소적이시긴 한 것 같아.'

그렇게 머틀에게 상상의 편지를 쓰다가 뚝 멈췄다. 문득 섬광처럼 내가 하고 싶은 게 뭔지 정확히 알게 되었기 때문이다. 다음 날 아빠에게 편지를 썼다. 배우가 되고 싶다고, 가워가의 연극학교에 가고 싶다고.

충분히 확신이 들었어요. 제발 진지하게 생각해 주세요. 이곳이 싫은 게 아니고 선생님들도 괜찮지만 여기 있는 건 정말이지 돈 낭비예요……

허락을 담은 답장이 왔고, 살면서 그 어느 때보다 행복했다. 칭찬이든 비난이든, 그 무엇도 내게 영향을 줄 수 없었다. 못 믿겠다는 듯이 웃는 것도. 새 학기가 시작되었지만 머틀은 아직 돌아오지 않았고 커밀라도 여전히 색스테드에 있었다.

"입학시험이 있어. 넌 합격 못 할걸." 그렇게 말하곤 했다.

"합격할 거야." 하지만 사실은 그 시험 때문에 극도로 긴장을 했고 정말로 합격한 걸 알았을 때는 놀라지 않을 수 없었다. 심사 위원들은 아주 따분한 표정이었다. 그곳은 그때는 아직 왕립학교가 아니었고 흔히 '트리 스쿨'이라고 불렀다. 아마 당시에는 학생을 뽑는 데 그렇게 깐깐하지 않았을 것이다.

고모는 날 어퍼베드퍼드플레이스 기숙사에 넣고는 신경을 쓰지 않았다. 만사가 다 아주 불만이었다. 하지만 곧 런던으로 돌아와 내가 어떻게 해 나가는지 보려고 베이커가에 작은 아파트를 얻었다.

"뒤에서 찌르면 이렇게 넘어지고, 앞에서 찌르면 이렇게 넘어져요. 하지만 내가 날 찌를 때는 넘어지는 것도 달라요. 이런 식이죠."

"배운 게 그게 다야?"

"아뇨." 난 고모에게 펜싱 수업과 발레, 웅변술과 동작 등에 대해 얘기해 주었다. "연극 공연은 안 해?" 고모가 궁금해했다. "당연히 하죠. 〈뜻대로 하세요〉에서 실리아 역을 했고요, 한번은 파올로와 프란체스카도 했어요." 그러고는 어둑한 작은 응접실에서 나는 프란체스카가 되었다.

이제 난 자유롭고 즐거우니,
현악기의 줄이 울리기 시작할 때의 댄서처럼 가볍게

나를 묶고 있던 모든 연줄을 벗어던지고……

"돈이 아주 많이 들 거다." 고모가 말했다.

요크셔의 친척 집에서 방학을 보내고 있는데 어느 날 아침 일찍 삼촌이 나를 깨워 아버지가 갑작스레 돌아가셨다는 전보를 전해 주었다. 난 아주 차분했고, 그에 삼촌은 놀라는 듯했다. 하지만 사실 난 그게 무슨 뜻인지 이해할 수 없었고, 삼촌의 말을 믿을 수도 없었던 거였다.

그 늦여름 해러게이트*에는 음악이 가득했다. 콘서티나와 하프, 손풍금, 가수들 소리로. 어느 날 오후 낯선 거리에서 한 남자가 〈몇 년일 수도 있고 영원히 그럴 수도 있어요〉라는 노래를 부르는 걸 듣다가 갑자기 울음이 터져 나왔고, 한번 터진 울음은 그칠 줄을 몰랐다.

바로 짐을 싸서 날 맡아 줄 웨일스의 클레어 고모에게 가게 되었다. "넌 자제하는 법 없이 우는구나." 도착한 다음 날 고모가 말했다. '고모는 자제하는 법 없이 절 감시하는군요.' 난 생각했다.

고모네 집 정원 아래쪽으로 에이펀이라는 이름의 강이 천천히 고요하게 흘러가고 있었다. 고모가 강줄기를 따라 걸으면서 강물을 보며 내 슬픔을 이해할 수 있을 것 같다고 말했다. 아버지의 죽음은 내가 런던의 연극학교를 계속 다닐 수 없다는 것을 의미했으니까. "거의 불가능하지." 내가 곧장 집으로 돌아오기를 바라는 엄마가 그렇게 말하는 걸 들었다고 했다. 난 돌아가고 싶지 않다고 했다. 아직은. "하지

* 요크셔의 온천 마을.

만 돌아가야 할걸." "전······"

고모가 화제를 바꿨다. "날씨 정말 좋구나. 완전히 하늘의 섭리야. (고모는 말씀하시는 게 이런 식이었다.) 고모의 말이 계속 이어지는 동안 난 '완전히 하늘의 섭리야'라는 말을 속으로 반복했다.

드디어 우리는 더운 여름날 입을 옷을 사러 런던에 갔고, 어느 날 오후 고모가 친구를 만나러 간 사이 스트랜드의 블랙모어 연극 에이 전시에 갔다. 약간의 법석이 있긴 했지만 난 순회 뮤지컬 코미디의 코 러스 자리를 얻었다. 내가 기만적으로 터무니없는 행동을 했다며 클 레어 고모가 역정을 내는 바람에 난 놀라지 않을 수 없었다. 우리는 격렬한 논쟁을 벌였다.

고모는 내 나이가 어려서 그 계약서가 법적인 효력이 없으므로 그 일을 못 하게 하겠다고 으름장을 놨다. 그 일을 못 하게 막으면 난 고 모가 무지하게 싫어하는 연극학교의 청년과 결혼을 하겠다고 했다. 메릴본 아파트에 차를 마시러 온 적이 있는 청년 얘기였다. "끔찍한 사람일지는 모르지만 돈은 많아요." 고모가 앞서와 다른 날카로운 목 소리로 물었다. "그걸 어떻게 알지?"

"자산 관리인이 보낸 편지를 내게 보여 줬거든요. 스물한 살이에요. 게다가 학교에서는 누가 돈이 있고 누가 없는지 다 알아요. 그건 아주 확실히 알죠."

"그 젊은이가 돈이 많다면 그에게 대답을 하기 전에 잘 생각해야 할 거야."

"대답은 했어요. 싫다고 했죠. 하지만 고모가 내 계약을 방해하면 그와 결혼해서 불행한 삶을 살겠다고요. 그리고 그건 다 고모 탓이에 요."

이런 식의 논쟁이 오래 이어졌다. 그러다가 고모는 자신이 이런 일을 감당해야 하는 건 너무 불공평하다고, 엄마에게 편지를 쓰겠다고 했다. "엄마 편지가 오기도 전에 이미 리허설이 시작될걸요." 내가 기대를 가지고 말했다. 하지만 엄마의 편지를 받아 보니 무척이나 애매했다. 좋다는 것도 아니고 안 된다는 것도 아니었다. 아버지를 잃은 슬픔과 돈 걱정 때문에 내가 영국에서 생활비를 번다니 안심이 되는 것도 같았다. "얼마 되지도 않는 돈을 가지고." 고모가 말했다.

"그걸로 그럭저럭 살아가는 사람들도 있어요. 저라고 왜 못 하겠어요?"

극단은 〈우리의 미스 깁스〉라는 뮤지컬 코미디를 공연하고 있었다. 레스터스퀘어와 코번트가든 지역의 어디쯤엔가 있는 국립스포츠클럽에서 리허설을 했다. 커다란 방 한쪽 끝에 무대가 세워졌다. 이따금 복싱 선수들이 다른 방으로 가는 길에 약간 수줍어하는 모습으로 지나가곤 했다. 안개가 짙게 낀 날이었다. 처음엔 거무죽죽했다가 다음엔 누리끼리했다. 몸이 안 좋았지만 난 리허설을 한 번도 빠지지 않았다. 한번은 고모가 찾아왔었는데, 다른 여자애들이 고모에게 얼마나 열광하는지 고모가 아주 달리 보였다. "저분이 고모야? 오, 정말 멋지다."

고모는 멋진 여성이었다. 이제는 알 수 있다. 가장 좋아하는 남동생을 위해 나를 맡기로 했으니 좋은 사람이었다. 하지만 고모는 딱히 애정을 표현하는 사람이 아니었다. 뺨에 가볍게 입을 맞추는 일도 아주 드물었다. 하지만 난 누군가 애정을 주고 안심시켜 주기를 갈망했다. 지금까지 케임브리지에서 가장 좋았던 기억은 내가 거리를 건너는데 자전거를 타고 가던 대학생이 나를 쳤던 일이었다. 다친 데는 없었지만 그는 날 조심스럽게 일으켜 주었고 수도 없이 사과를 했기 때문에 난 그 후로도 한동안 그를 생각했다.

다른 여자애들과 얘기를 하는 중에 그들 몇몇은 겨울에 북쪽으로 가는 걸 무척 두려워한다는 걸 알게 되었다. 우린 올덤, 버리, 리즈, 헬리팩스, 허더즈필드 등을 돌 것이었다. 남자애 하나가 북쪽 마을의 거리를 그린 스케치를 내게 보여 주었다. 제목은 '우리는 왜 술을 마시는가'였다. 하지만 그 무엇도 나의 기대감과 행복을 망치지 않았다.

에이전시에서 우리를 고용한 사람이 한 번 리허설에 온 적이 있었다. 그가 내게 다가와 목소리를 낮춰 말했다. "다른 여자애들한테 트리 스쿨에 다녔다는 얘긴 하지 마. 안 좋아할 테니까." 그게 무슨 뜻인지 전혀 알 수가 없었다. 하지만 난 아무에게도 말하지 않겠다고 약속했다.

홍수가 덮치기 전
Before the Deluge

내가 처음 데이지를 만난 것은 그녀가 〈룩셈부르크 백작〉을 각색한 영국 연극에서 릴리 엘시의 역할(릴리는 아팠거나 휴가를 떠났을 것이다)을 대신하고 있을 때였다. 정말 아름다웠는데, 아마 내가 본 가장 아름다운 여성이었을 것이다. 갈수록 더 예쁘고 매력적인 여자들은 점점 더 많아지지만 절세의 미인이라고 할 인물은 점점 더 줄어든다는 생각이 이따금 든다.

라이시엄 극장에서 내가 유일하게 참여했던 무언극의 코러스에는 또 다른 미인이 있었다. 이름은 컬이었는데, 라이언스의 웨이트리스들이 그녀를 보고 보인 반응이 나로서는 흥미로웠다. 보통의 예쁜 여자들에게 보이는 날카롭게 뜯어보는 과장된 눈빛이 아니라, 마치 산책을 나갔다가 그라시오사 공주나 막 잠에서 깬 잠자는 숲속의 공주를 만난다면 보일 만한 그런 식의 놀랍고 겸손한 표정이 나타났다.

데이지는 컬보다 키도 크고 더 인상적이었다. 암적색 머리칼은 어깨에 닿는 정도의 길이였지만 타고난 곱슬에 무척 숱이 많았고, 커다란 푸른 눈에 긴 황금색 눈썹을 지녔는데, 눈 끝과 눈꺼풀에 약간의 바셀린을 바르는 것 외에 눈 화장은 전혀 하지 않았다. 간혹 너무 창백해 보인다 싶으면 볼연지를 약간 발랐다. 고전적—매부리코가 아니라 그리스식—인 이목구비에 큼지막하고 사랑스러운 입과 하얗고 고른 치아를 지녔다. 뮤지컬 코미디 배우치고는 좀 큰 편이었지만 호리호리하고 몸매가 아주 좋았다. 그녀가 얼마나 사나운 사람인지 차차 알게 되면서 꽤나 놀랐다. 물론 항상 느끼다시피 악의 없는 사나움이긴 했지만.

그녀는 코러스들이 하는 것과 똑같이, 남의 험담을 할 때면 강도가 점점 심해졌다. 처음엔 상대적으로 온건하게 시작한다. "걔가 당연히 좀 헤픈 애이긴 하지." 그러고는 알려졌건 안 알려졌건 생각할 수 있는 모든 못된 짓을 덮어씌워 비난하는 것으로 막을 내린다. 자기 친구가 결혼을 하면, 특히 부자이거나 유명한 남자와 결혼을 하면 특히 부아가 나는 것 같았다. "지금까지 보인 행실로 따지면 걘 결혼을 하면 안 되는 여자야. 그리고 그 남자는 다들 잘 알다시피 속은 아주 썩었잖아. 대단한 커플이지! 그 자식들을 신이 보살펴 주시길. 자식을 갖는다면 말이야." 그렇게 경건하게 말을 맺었다. 그래 놓고도 다음에 그 친구를 만나면 아무렇지도 않게 입을 맞추며, 종종 눈물까지 그렁그렁하며 아주 진지하게 이렇게 말했다. "자기야, 자기가 정말 행복했으면 좋겠어."

사실은 무척 관대한 사람이었고, 충동적으로 친절을 베풀기도 했다. 약간 낮잡아 보는 식이긴 했지만 확실히 내게는 친절했다. 나는 빼빼 말랐지만 길고 꽉 끼는 코르셋을 입곤 했다. 내가 가진 가장 비싼 것을 입으면 허리가 잘록해 보였고 앞쪽의 활처럼 휜 커다란 새틴 장식이 적당한 곡선을 만들어 주었다. 그러기를 바랐다고 할까. 데이지는 이 옷을 보고는 배를 잡고 웃더니 곧 그걸 버리고 가터벨트를 차게 만들었다. 레이스와 리본 달린 내 속옷도 맘에 들어 하지 않았다. 그런 건 이제 구닥다리라면서. 곧 나는 그 대신 아주 딱 붙는 집정 시대 스타일 속바지를 입게 되었다. 추위를 심하게 타서 따를 수 없는 제안도 있었지만, 속옷은 덜 입을수록 좋다는 사실은 충분히 이해했다. 그다음으로 그녀는 내가 정장을 사는 걸 봐 주었는데, 그렇게 차려입은 나를 데리고 당시 유명한 단장 조지 에드워즈를 만나러 갔다.

사람들이 '총독님'이라고 불렀던 그에 대해 온갖 충격적인 얘기를 많이 들었기 때문에 나는 그를 실제로 만나 보고는 좀 실망했다. 그는 조용한 사람이었고, 내게 마실 차를 내주고 좋은 조언도 해 주었다. 물론 그 조언은 따르지 않았지만. 하지만 그는 맨체스터, 더블린, 에든버러, 리버풀 등 온갖 큰 도시들을 순회하는 자신의 첫째가는 순회 극단에 들어오라고 제안했고, 만사가 잘 풀리고 나에 대한 평가가 좋으면 데일리 극장의 다음 쇼에 넣어 주겠다고 약속했다.

난 매우 기분이 좋았다. 당시 내가 고용된 상태보다 분명 한 단계 위였으니까. 현 고용주는 어떻게든 돈을 아끼려, 심지어 우리를 가축용 배에 태워 아일랜드에 보낸 적도 있었다. 단원들 모두 지독한 뱃멀미에 시달렸고 떼를 지어 코르크로 가는 중에 서로를 보며 얼마나 후줄근한 무리들인가, 하는 생각을 했다. 놀랄 일도 아니었지만.

데이지와 나는 꽤 친해지게 되었고, 난 마블아치 근처의 그녀 아파트에도 자주 놀러 갔다. 거기서 주로 기억나는 건 인조 나비를 그물에 넣어 창문에 걸어 놓은 것과 거대한 침대에 쳐진 커튼이다. 잔소리 많은 그녀의 엄마가 나를 싫어했기 때문에 거기 있는 게 항상 좋았다고는 할 수 없었고, 쇼가 끝난 후 그녀가 받은 꽃을 들고 멋진 레스토랑으로 뒤따라 들어갈 때면 마치 시종이 된 것 같은 느낌이었다. "아주 매운 갈비가 먹고 싶어." 그렇게 말하곤 했다.

자기 나이가 스물넷이라고 했고 많아 봐야 그보다 더 많지는 않았겠지만 그녀가 무대에 선 지는 아주 오래되었다. 열 살도 되기 전에 무언 동화극에 출연한 뒤 계속 연기를 했으니까. 유랑 극단(하룻밤 공연)에서 일을 했다고 했다. 죽을 맛이었어, 그녀가 말했다. 그래도 음악당에서 스타 가수라고 광고하는 게스트가 되었다. 사실 그녀는 멋진 소프라노 목소리를 가졌는데, 생기 있고 진실한 목소리였다. 노래 부르는 일에 아주 열심이어서 내가 그녀를 알게 된 그 당시에도 수업을 받고 있었다. 이탈리아 사람인 그녀의 선생님은 유명한 오페라 가수로, 아주 훌륭하다고 그녀가 말했다.

하지만 아무 소용이 없었다. 그런 얼굴, 그런 목소리, 그 무엇으로도 인기를 얻지 못했다. 본드가를 걸어갈 때면 사람들은 고개를 돌려 찬탄하며 그녀를 바라보았다. 하지만 무대에서는 그저 수많은 다른 예쁜 여자들 중 하나일 뿐이었다. 릴리 엘시가 불렀을 때는 건물이 무너질 정도로 박수갈채를 받았던 노래에도 그저 예의를 차려 박수를 쳐 주었을 뿐이었다. 이것이 이해가 되지 않는 데이지는 그에 대해 생각해 보았다. 물론 연기는 잘 못했다. 늘 맨체스터 경찰의 딸인 데이지일 뿐이지 빈의 오페라 스타나 그녀가 되고자 했던 어떤 인물일 수는 없었으니까.

처음 알게 되었을 때 그녀는 충동적이고 종잡을 수 없는 여배우들을 비웃으면서, 릴리 엘시가 대단한 장면을 끝내고 나오면 기절을 했다고 말해 주었다. 두 명의 무대 보조가 무대 옆에 대기하고 있다가 그녀가 쓰러지면 붙잡아 주었다고 했다. 그녀—데이지—는 그게 다 일부러 꾸며 낸 가짜이고 터무니없는 일이라고 보았다.

하지만 점차 그녀는 마음을 바꿨다. 종잡을 수 없는 성질머리를 이제 비웃지 않았다. 반대로 이제는 어지럽고 몸이 안 좋을 때가 많아서 이게 굉장히 스트레스를 받는 일이라는 걸 알겠다고 했다. 어느 날인가는 자신 역시 거의 기절할 뻔했었다는 것이다. 마치 뭔가를 이루기라도 한 듯 그 말에는 어떤 자부심이 담겨 있었다.

거의 기절할 뻔한 것이든 정말 기절하는 것이든 이는 곧 데이지에게도 릴리 엘시가 그랬던 만큼이나 정례적인 일이 되었는데, 불행히도 극장에서만 일어나진 않았다. 논쟁을 하거나 혹은 그녀의 말에 그저 반박만 해도 그녀는 한숨을 쉬며 머리에 손을 올리고는 쓰러져 버리는 것이었다.

나비는 사라져 버렸다. (아마 누군가 너무 감상적이라고 말했을 것이다.) 엄청나게 큰 거미가 대신 그 자리를 차지했다. 난 그게 너무 싫었고, 그녀 아파트에 갈 때마다 불안하게 그것을 쳐다보았다. 진짜 거미인지 아닌지 확실히 알 수가 없었기 때문이다. 등갓이나 벽지 위를 기어 다니는 거미들은 다 너무 진짜 같았다.

어느 날 그녀가 정오쯤 자신을 찾아오라고 했다. 얘기할 게 있다는 것이었다. 아주 중요한 문제가. 데이지에게 12시는 너무 이른 시간이라는 걸 알았지만 어쨌든 시간에 맞춰 찾아갔다. 데이지는 외출 복장으로 문을 열어 주었고, 짧고 냉담하게 인사를 했다. 그리고 응접실에 들어가자 불안하게 서성이기 시작했다.

드디어 그녀가 이렇게 말을 꺼냈다. "네가 여기저기 다니면서 나에 대해서 험담을 하고 거짓말을 늘어놓는다는 얘기를 들었어. 내가 너한테 해 준 게 얼마인데 너무 막돼 먹은 짓 아니야?"

난 험담이라고는 한 적이 없고, 그녀에 대해서는 더욱 그렇다고 말했다. 그런 쪽으로는 흥미가 없다고. "게다가 내가 누구한테 험담을 하고 거짓말을 하겠어?" 너무 의외였고 마음이 상했기 때문에 말투가 곱지 않았다. 데이지는 대답 대신 눈을 둥그렇게 뜨더니 짧게 비명을 지르고는 작은 테이블을 짚어 넘어뜨리며 바닥으로 쓰러졌다.

난 너무나 놀라고 겁이 났다. 의식이 없는 것 같은데 뭘 어떻게 해야 할지 몰랐다. 머리 아래 쿠션을 받쳐 줄까 하다가 그건 기절했을 때 하는 일이 아니라는 게 기억이 났다. 브랜디를 줘야 하나? 하지만 술을 어디에 두는지 몰랐다.

여전히 안절부절못하고 있는데 문이 열리더니 한 남자가 들어와 나를 노려보았다. 그녀와 함께 점심 식사를 하러 나가려고 기다리고 있었던 게 분명했다. 그리고 데이지 어머니도 부엌에서 모습을 드러냈다. 지금 그녀를 한번 보기만 하면 내게 비난의 화살이 쏟아지리라는 사실을 알았다. 그 모든 것을 감당할 수 있을 것 같지가 않았고, 난 문을 박차고 밖으로 뛰어나갔다. 뛰어나가는데 남자의 중얼거리는 목소리가 들렸다. "자기야, 귀여운 자기야, 자기한테 무슨 짓을 한 거야. 불쌍한 내 사랑."

이 일이 있은 후 곧 내 인생은 바뀌었다. 모든 게 바뀌었고 난 이후로 데이지를 본 적도, 그녀에 대해 얘기를 들은 적도 없다.

앉아 있는 새는 쏘지 않는 법
On Not Shooting Sitting Birds

    기억은 어떻게 마음대로 할 수가 없다. 당시에는 너무나 중요해서 절대 잊지 않을 거라고 생각했던 일이 어느새 부옇게 흐려져 있다. 또는 영원히 기억에서 지우지 않으리라 맹세한 누군가의 얼굴을 떠올릴 수가 없다. 반대로 별 의미도 없는 사소한 일들이 평생 머릿속에서 지워지지 않을 수도 있다. 지금도 눈을 감으면 빅토리아가 식료품 창고 계단에 앉아 커피를 가는 모습이나 유리 책장과 그 안에 꽂힌 책들, 아버지의 파이프 걸이, 샌드박스나무의 이파리, 어떤 누추한 호텔 침실의 벽지, 앙티브의 미용사가 생생하게 떠오른다. 밀라노식 분홍색 실크 속옷을 사던 일과 그것을 내게 팔았던 판매원과 그 꾸러미를 들고 거리로 나서던 일이 떠오르는 것도 이런 식이다.

    삶의 여정에 나섰을 때는 누구든 다 믿었지만 이제는 아무도 믿지 않는다. 그래서 아는 사람도 거의 없고 친한 친구도 없다. 거리낌 없이, 놀라는 일도 없이, 대담하고 위험하고 심지어 터무니없는 일까지 감행할 수 있었던 건 어쩌면 피할 수 없는 내 인생의 외로움에 대한 반작용이었는지도 모른다. 그런 모험은 대개는 실망스러웠고, 좋든 나쁘든 내게 별다른 영향을 주지도 못했지만, 뭔가 더 나은, 다른 것에 대한 희망은 절대 버린 적이 없다.

어느 날인가, 장소는 잊어버렸는데, 내게 미소를 지어 보였던 이 젊은 남자를 만났다. 잠깐 얘기를 나누고 나서 며칠 후에 만나 저녁을 함께 먹는 데 동의했다. 마음이 들떠 집에 돌아갔다. 그가 무척 마음에 들었기에 무슨 옷을 입을지 꺼내 보기 시작했다. 내가 좋아하는 드레스도 있었고 그 위에 걸칠 망토나 신발, 스타킹도 다 있었지만 여기 알맞은 괜찮은 속옷이 없었다. 없다고 보았다. 그래서 다음 날 나가서 밀라노식 실크 슈미즈와 속바지를 샀던 것이다.

그렇게 침실의 광경이 또렷이 배경에 떠올라 있는 채 우리는 테이블에 앉아 저녁 식사를 했다. 그는 처음에 생각했던 것보다 어렸고 더 경직되어 있어서 나는 결국 그가 별로 마음에 들지 않아졌다. 그는 줄곧 얼떨떨하면서 경계하는 눈빛으로 나를 보았다. 수프를 다 먹고 웨이터가 접시를 가져갔을 때 그가 물었다. "점잖은 숙녀이신 게 맞죠?" 진짜 뱀인 거 맞죠, 진짜 악어인 거 맞죠, 라고 물어볼 때의 딱 그런 말투로.

"아, 이런, 당신이 눈치챌 정도는 아니었을 텐데요." 하지만 그걸로 상황은 나아지지 않았다. 우리 사이에 커다랗게 입을 벌린 심연을 가운데 두고 서로를 뚱하게 바라볼 뿐이었다.

영국에 오기 전 난 영국 소설을 많이 읽었고, 온갖 종류의 영국 사

람들의 생각이나 취향에 대해 다 안다고 상상했다. 그래서 이 남자의
주의나 관심을 다른 데로 돌리기 위해서는 사냥 얘기를 해야겠다고
바로 결정했다.

서인도제도에 대해 아는 게 있냐고 물었다. 그는 아는 게 없다고 했
고, 난 어렸을 때 도미니카의 숲에서 길을 잃었던 얘기를 길게 늘어놓
았다. 사실 지어낸 얘기였다. 숲에 간 적은 많았지만 혼자 간 적은 한
번도 없었으니까. "이제 앵무새가 없어요. 있어도 거의 없죠. 예전엔
많았는데. 동물원에 가면 도미니카 앵무새가 있는데, 본 적 있어요?
나이 많은 부루퉁한 새일걸요. 어쨌든 다른 새들은 많으니까 우리는
사냥 파티를 벌여요. 메추라기는 맛이 좋지만 산비둘기는 좀 쓴맛이
나요."

그러고는 난 허구적인 서인도제도의 사냥 파티에 대해 자세히 설
명하기 시작했는데, 그러는 내내 머릿속으로는 실제 일을 떠올리고
있었다. 낡은 엽총이 방 한구석에 세워져 있고, 가운데 놓인 둥근 테
이블에 둘러앉은 우리는 탄환을 집어넣고 종이 뭉치로 그걸 아래로
꾹꾹 누르며 탄약통을 준비했다. 화약도 있었을까? 냄새가 기억이 나
는 걸 보니 그랬을 것이다. 남자아이들은 조심스러울 거라고 믿었던
모양이다.

진짜 사냥 파티에는 하나의 엽총을 함께 썼던 두 오빠와 그냥 따라
온 애들 몇 명 그리고 맨 끝에 내가 있었다. 그 당시 나는 무슨 일이든
빠지는 건 견디지 못했으니까. 사냥이 막 시작되려고 할 때 난 무심
하게 저쪽으로 걸어갔고 이제 내가 안 보이겠다 싶으면 있는 힘을 다
해 뛰었다. 그리고 덤불 아래에 몸을 웅크리고 손가락을 넣어 귀를 막
았다. 새가 불쌍해서는 아니었다. 총소리가 너무 싫고 무서웠기 때문

이었나. 나 끝나면 가만히 다른 사람들과 합류했다. 그런 나의 행동이 정말 눈에 띄지 않았거나, 아니면 오빠들에게는 내가 너무 하찮은 존재라 걱정도 안 했던 것이리라. 나의 그런 기이한 행동을 입에 올리거나 놀린 사람은 아무도 없었으니 말이다.

내가 하는 말이 진짜라고 믿으며 그렇게 계속 떠들고 있는데 갑자기 그가 끼어들었다. "오빠들이 앉아 있는 새를 쐈다는 거예요?" 충격을 받은 듯 그 말투가 냉랭했다.

내가 그를 빤히 보았다. 오빠들이 앉아 있는 새를 쐈는지 아닌지 난 전혀 아는 바가 없다는 사실을 어떻게 이 남자가 믿도록 설명할 수 있을까? 이제 와서 진짜 있었던 일을 어떻게 설명할 수 있을까? 그렇게 한다면 날 거짓말쟁이라고 생각할 것이다. 그리고 겁쟁이라고. 그건 맞지만. 난 총소리만이 아니라 수없이 많은 것들을 무서워했으니까. 하지만 그때쯤에는 이 남자가 과연 마음에 드는지도 알 수가 없었으므로 난 입을 닫았고, 내 얼굴도 그의 얼굴만큼이나 쌀쌀맞고 딱딱해지고 있음을 느꼈다.

정말이지 불편한 식사였다. 우리 둘 다 침실은 보지 않으려 했고, 마지막 한 입까지 끝냈을 때 그가 날 집에 데려다주겠다고 했다. 그 말을 하는 투가 날 어리둥절하게 했다. 아마 내가 사는 곳이 보고 싶은 모양이라고 생각했다. 둘 다 택시 안에서 잘 자라는 인사 외에는 아무 말도 하지 않았다.

아름다운 분홍색 슈미즈를 벗으면서 후회가 들었다. 하지만 여전히 이렇게 생각했다. 아마 다른 기회가 오겠지, 다른 종류의 남자와.

곧장 잠이 들었다.

키키모라
Kikimora

현관 벨이 울렸다. 엘사가 문을 열자 피부가 하얗고 땅딸막한 젊은 남자가 앞으로 나서더니 허리 굽혀 인사를 했다. "뭄테일 남작입니다."

"아, 네, 들어오세요." 엘사가 말했다. 재빠르게 자신을 위아래로 훑어보는 시선이 겁이 났기 때문에 자신의 미소가 자신이 없고 태도도 별로 침착하지 못하다는 것을 스스로도 알 수 있었다. 그를 거실로 안내해서 앉으라고 권했다.

"정말 우아한 연회복을 입으셨군요." 뭄테일 남작이 조롱조로 말했다.

"그렇죠? ……아, 별로 우아하지 않아요." 엘사가 정신이 딴 데 팔린 투로 말했다. "연회복 입은 제 모습이 정말 싫어요." 경멸이 담긴 그의 담청색 눈을 깊숙이 들여다보며 그녀가 덧붙였다.

"커다란 안락의자는 당연히 남편 의자이고 작은 게 부인 의자이겠지요." 남작이 입을 위로 삐죽이며 말했다. "얼마나 전형적인 실내장식인지! 어디 앉을까요?"

"아무 데나 앉으세요." 엘사가 말했다. "실내장식도 다 당신 거니까 제일 좋아하는 걸 고르세요." 하지만 그가 냉랭하게 바라봤기 때문에 그녀는 완전히 기가 죽어서 떨리는 목소리로 덧붙였다. "저기…… 한잔하세요."

붉은색 칠기 쟁반 위에 위스키와 베르무트 병 그리고 소다수가 있었다. "베르무트로 하죠." 뭄테일 남작이 단호하게 말했다. "소다수는 빼고요. 고맙습니다. 당신은요?"

"전 위스키로 할게요." 그렇게 말을 하고는, 긴장해서 손이 떨리기 시작하자 짜증이 일기 시작했다.

"무더운 오후인데 얼음을 넣으니 참 좋군요. 저기…… 미국에 사셨나요?"

"아니요, 아, 아니에요." 그녀가 소다수 섞은 위스키를 단숨에 들이켰다.

"아주 좋아요." 뭄테일 남작이 심술궂게 그녀를 쳐다보며 말했다. "아주 좋아요. 당신이 미국인이 아니라니 다행이네요. 미국 여성들 중에는 아주 위협적인 인물들이 있는 것 같거든요, 그렇지 않나요? 제멋대로인 여자들은 하나같이 위협적이지요."

"제멋대로인 남자는요?"

"오, 제멋대로인 남자는 매력적일 수도 있어요. 제멋대로가 아니면 매력도 없죠."

"제가 항상 하는 말이 그거예요." 엘사가 반색하며 말했다. "제멋대로가 아니면 매력도 없다."

"없죠." 뭄테일 남작이 말했다. "없어요. 전혀. 남편께서는 한참 있어야 돌아오시나요?"

"아닐 거예요. 온 것 같은데요."

스티븐이 들어온 후에는 분위기가 좀 완화되었다. 안절부절못하던 뭄테일 남작은 이제 침착해져서 자기 고국의 정치 문제와 영국에 대한 애정과 드디어 영국인으로 귀화하게 된 기쁨에 대해 진지하게 얘기를 나누기 시작했다.

엘사는 저녁 식사 준비를 마지막으로 살펴보러 방을 나갔다. 괜찮아. 그녀가 생각했다. 이 정도면 만족할 거야. 아니나 다를까, 그들이 식탁에 앉고 처음으로 그가 그녀에게 건넨 말은 이러했다. "정말 훌륭한 음식입니다! 정말 대단하신데요."

"재료를 다 소호의 상점에서 사 왔어요." 엘사가 거짓말을 했다.

"정말 맛이 좋아요. 그리고 저 그림도 멋있는데요. 뭘 그린 건가요?"

"천국요."

말을 탄 남자가 나체로 검푸른 바다에 들어가고 있었다. 그와 어울리는 색깔의 하늘과 야자수가 있고, 한구석에 고래 한 마리가, 다른 구석에는 나비가 있었다. "맘에 안 드세요?"

"글쎄요." 뭄테일 남작이 말했다. "색은 아주 화려하네요. 여자가 그린 게 분명해요."

"아니요, 남자가 그렸어요." 엘사가 말했다. "천국에서는 모든 존재가 각자의 자리가 있을 거라서 고래와 나비를 그려 넣었다고 했어요."

"그래요?" 뭄테일 남작이 말했다. "나라면 그런 식으로 생각하지 않을 텐데. 그렇지 않기를 바랄밖에요. 그런데 이 뿔닭하고 이렇게 맛있는 감자튀김을 소호의 어느 상점에서 파는 거죠?"

"잊어버렸어요." 엘사가 모호하게 말했다. "워더가나 그리크가 어디였는데. 제가 장소 기억하는 데는 젬병이라서요. 물론 감자는 양파랑 같이 튀겨야 하고 폼 리오네즈라는 게 있어야 해요."

하지만 뭄테일 남작은 이미 몸을 돌려 스티븐과 다음 전쟁에 관해 하던 얘기를 계속하고 있었다. 세 달을 예상한다고 했다. (그리고 아주 틀린 얘기는 아니었다.)

방 한구석에 가만히 앉아 있던 검은 고양이 키키모라가 그의 무릎 위로 뛰어올랐다. 남작은 깜짝 놀라는 것 같더니 조심스럽게 고양이를 쓰다듬다가 벌떡 일어났다. "맙소사! 할퀴었잖아, 그것도 아주 심하게." 정말로 그가 들어 올린 손가락에 피가 흐르고 있었다.

"쟤가 갑자기 뭐에 씌었나 왜 저러지." 엘사가 말했다. "이런 적이 한 번도 없었는데요. 보통은 가만히 있거든요. 이 말썽쟁이 못된 것!" 그녀가 고양이를 홱 낚아채서 문밖으로 던졌다. "정말 죄송해요."

"당신이 고양이를 너무 제멋대로 놔둬서 그래." 스티븐이 말했다.

"아무래도 손가락에 좀 처치를 해야겠는데요." 뭄테일 남작이 말했다. "암고양이한테 할퀸 상처는 정말 조심해야 하거든요. 소독약 있으면 쓸 수 있을까요?"

"암고양이가 아니라 수고양이예요." 엘사가 말했다.

"그런가요? 소독약 좀 갖다주실 수 있어요?" 남작이 말했다. "그러니까 집에 있으면 말이죠."

"락스랑 과산화수소가 있어요." 계속 위스키를 마신 덕에 대담해진 엘사가 공격적인 투로 말했다. "어떤 걸로 하실래요?"

"여보, 엘사……" 스티븐이 말했다.

그녀는 그 자리를 나와 침실에 틀어박혔다. 나중에 다시 나와 보니 뭄테일 남작은 여전히 손가락을 쥔 채 정치 얘기를 하고 있었다.

"솜도 챙겨 왔어요." 그녀가 말했다.

드디어 손가락을 소독하고 얼룩 하나 없이 하얀 손수건으로 감쌌다. "암고양이의 경우엔 정말 조심해야 한다니까요." 남작이 같은 말을 반복했다. 그럴 때마다 엘사는 숨을 크게 들이쉬고 내쉬며 이렇게 대답했다. "암고양이가 아니라 수고양이라고요."

"안녕히 계세요." 뭄테일 남작이 집을 나서며 말했다. "이렇게 멋진 저녁은 절대 잊지 못할 거예요. 적어도 이렇게 우아한 당신의 연회복이라도. 좋은 경험이었어요. 모든 게 다 아주 전형적이네요."

그가 문밖으로 나가자마자 엘사가 말했다. "정말 얼마나 끔찍한 사람인지!"

"내 생각은 그렇지 않은데." 스티븐이 말했다. "괜찮은 친구 같은데 뭐. 영국인을 비난하지 않는 사람을 만나니 마음이 편하던걸."

"영국인을 비난해?" 엘사가 말했다. "그런 일은 전혀 없을걸. 정신적 고향을 발견했을 때 귀화 서류를 내밀 수 있다는 게 얼마나 다행이겠어."

"당신은 별로 생기가 없어 보이던데."

"무슨 소리야. 그가 내가 가진 광채를 다 끄집어냈는데. 정말 좋은 사람이야, 그렇잖아?"

"좋은 사람이 아니라는 느낌은 못 받았어." 스티븐이 말했다.

"그래, 못 받았겠지." 엘사가 중얼거렸다.

그녀가 부엌으로 들어가 고양이를 안아 올리더니 입을 맞추기 시작했다. "내 예쁜 고양이. 날카로운 발톱에 윤기 나는 검은 털을 가진 내 예쁜 고양이. 내 천사, 싸움닭······"

키키모라는 그르렁거리며 투박한 혀로 그녀의 눈물을 닦아 주기까지 했다. 하지만 곧 바동거려서 엘사는 고양이를 내려놓았고, 고양이는 제대로 기지개를 한 번 켜더니 사라졌다.

엘사는 침실로 가서 입고 있던 연회복을 벗어 필요할 때는 가위를 써 가면서 갈기갈기 찢기 시작했다. 스티븐이 옷 찢어지는 소리를 듣고는 큰 소리로 외쳤다. "도대체 뭘 하는 거야?"

"내 여성적 매력을 없애고 있어." 엘사가 말했다. "금방 말끔하게 끝내 버릴 수 있을 것 같아."

1925년 밤 나들이
Night Out 1925

비가 내리고 있었고, 젖은 거리에 반사되는 초록과 빨강 빛을 보자 수지는 프랑시스 카르코의 책이 떠올랐다. 그녀는 몽파르나스에서 '짠 돌이 버티'라고 알려진 길버트라는 이름의 남자와 길을 걷고 있었다.

길버트는 비가 그쳤다고, 상쾌한 공기를 마시면 좋을 거라고 하면서 엄청 재미있고 약간 신기한 곳이 있으니 가자며 그녀를 데리고 나왔다.

센강을 건너 계속 걸어갔다. 다리가 아프니까 택시를 타자고 막 말을 꺼내려는 참인데 그가 조용한 골목길 중간쯤에서 멈춰 섰다. 몇 개의 계단을 내려가 긴 거울들이 늘어선 길고 좁은 방으로 들어가자 검은 옷을 입은 여자가 앞에 나타났다.

"안녕하세요." 길버트가 친숙하게 말했다. "잘 지냈어요? 오늘은 친구를 데려왔어요."

"안녕하세요." 여자가 치아를 드러내며 말했다.

저 여자는 길버트가 누구인지 전혀 몰라, 수지가 그런 생각을 하고 있는데 곧 그녀는 모습을 감추고 다양한 단계로 벌거벗은 몸을 드러낸 한 떼의 여자들이 주위를 둘러쌌다. 어떤 모양을 만들었는데, 앞줄은 무릎을 꿇고 뒷줄은 서 있었다. 눈썹이 삐죽삐죽 길게 뻗어 있었다. 입을 열더니 혀를 내밀어 흔들었다. 보통 생각하듯이 놀리려는 게 아니라 초대의 의미였다.

우리에게 야유를 보내는 게 분명해. 수지가 혼잣말을 했다.

"한 사람 골라." 길버트가 말했다. 수지는 다른 여자들보다 덜 무시무시해 보이는 작은 흑인 여자를 골랐다. 길버트는 그보다 훨씬 키가 큰, 빨간 머리에 턱이 긴 여자를 골랐다. 약간 암말 같은 외모였다.

나머지는 흔적도 없이 사라졌는데, 아마 다음 손님을 기다릴 것이었다.

수지와 길버트는 두 여자와 함께 방 반대쪽 끝에 있는 빈 테이블들 중 하나를 골라잡아 앉았다. 나이가 아주 많은 웨이터가 와서 뭘 마시겠느냐고 물었다.

"어떤 남자가 이런 데서 웨이터로 일하겠어?" 길버트가 목소리를 낮추지 않은 채 영어로 말했다. 여자들은 체리주를, 수지와 길버트는 페르노를 주문했다.

"곧 하늘나라로 갈 것 같은데." 웨이터가 사라지자 수지가 말했다. "잘해 주려 애쓸 필요 없어. 제대로 걷지도 못하는걸."

"잘됐지 뭐." 길버트가 말했다.

다른 방에서 자바 음악이 들려왔다. 술이 왔고 여자들은 생기발랄하게 재잘거렸지만 길버트는 간단히 대답만 하거나 아예 대꾸도 하지 않았고, 수지는 적절한 어떤 말도 생각이 나지 않아 입을 닫고 있었다. 이렇게 얼마간 지속되자 암말처럼 생긴 여자는 뾰루퉁해진 반면 다른 여자는 걱정스러운 얼굴을 했다. 파티가 지루해질까 봐 걱정하면서 어떻게 분위기를 띄울 수 있을까 고심하는 주인처럼.

결국 그녀가 수지 쪽으로 몸을 돌려 그녀의 치마를 들추고 무릎에 입을 맞췄다.

"*미쳤니.*" 암말이 말했다.

"*이 친구는 그런 거 안 좋아해.*" 길버트가 말했다.

"아!" 여자가 말했다. 아주 짧은 흰색 튜닉에 흰색 양말과 굽이 납작한 검은색 스트랩 신발을 신고 있었다. 목에는 황동 메달이 걸려 있었다. 얼굴이 꽤나 둥그랬다. 좀 멍청해 보였지만 착해 보이긴 한다고 생각하면서, 수지가 미소를 지으며 작고 통통한 그녀의 손에 자신의 손을 얹었다.

"쯧쯧." 길버트가 말했다. "이걸 어떻게 생각해야 하는 거야?"

"여기 있는 게 지겨워지면 아마 나가지 않을까 싶은데. 그러려나?" 수지가 말했다.

"당연히 그럴 수도 있지." 길버트가 말했다. "내가 물어볼게."

"그럼요." 여자가 말했다. "당연하죠. 안 될 게 뭐 있겠어요?" 아무도 대꾸가 없자 그녀가 목소리를 낮춰 덧붙였다. "단지, 단지……"

"단지 뭐?" 수지가 물었다. "단지 뭐?"

"아, 그만 좀 해, 수지." 길버트가 말했다. "도대체 왜 그러는 거야? 그런 멍청한 질문은 왜 하는데?"

"위층으로 가요." 암말이 말했다. "같이 가서 우리 '영화'를 봐요. 실망하지 않을 거예요."

그녀도 흰 튜닉에 흰 양말, 검은 슬리퍼를 신었지만 튜닉 앞쪽이 허리까지 벌어져 있었다.

"아니, 됐어." 그가 수지에게 계속 말을 했다. "여기 무지하게 망가졌네. 예전엔 진짜 신나는 곳이었는데. 특별한 분위기가 있었다고. 이젠 전혀 예전 분위기가 아니야. 물론 시간이 너무 이르긴 한데. 그래도 그렇지……"

"뭔가 해 줄 수 있어요." 암말이 말했다. "그런 게 필요해 보이는데."

"가자, 수지." 거슬린다는 투로 그가 말했다. "마저 마셔. 다른 데 가 보자."

"대찬성이야." 수지가 말했다. "여기서 뭐가 제대로 되는 것 같지 않거든. 저쪽에 있는 여자가 금방이라도 이쪽으로 와서 내 따귀를 갈길 것 같아."

"누가?" 길버트가 돌아봤다. "어디?"

"저기 가슴이 굉장한 여자."

아주 가느다란 몸매에 가슴이 아름다운 여자가 말도 못 하게 화가 난 표정으로 그녀를 노려보고 있었다.

"기분이 무지 안 좋은데." 길버트가 말했다.

"꽤 화가 나 있어." 수지가 말했다.

"그래, 그러네." 길버트가 말했다.

"자기를 쳐다보며 조롱하고 있다고 생각하나 봐. 저 여자를 탓할 순 없지 뭐."

처음 그들을 맞았던 여자가 그들의 자리로 왔다. "얘들이 뭐 기분 상하게 한 거라도?"

"아, 아니에요." 수지가 말했다. "전혀요. 매력적인 아가씨들이에요. 그렇지, 길버트?"

길버트는 아무 대꾸도 하지 않았다.

그녀는 두 여자를 의미심장하게 바라보더니 가 버렸다.

"같이 가요." 암말이 말했다. "위층에 가요. 당신들한테는 300프랑만 받을게요. 샴페인도 해서요."

"아니." 길버트가 말했다. "미안하지만 됐어. 오늘은 됐어." 그러고는 영어로 덧붙였다. "이젠 못 참겠다. 가자."

만족하지 못한 손님들이 자리를 뜨려 한다는 걸 여자들은 알아차렸다.

흑인 여자는 가만히 있었다. 하지만 암말은 속사포같이 뭐라고 계속 떠들었고 길버트는 쓴웃음을 지으며 그 말을 들었다.

"당연히 우리보고 돈을 내라는 거지." 그가 드디어 입을 열었다. "이 일이 얼마나 힘든 일인지 주저리주저리 떠들면 득이 되겠다고 생각하나 봐. 뻔하지, 그 비참한 인생. 이제는 예전처럼 화려한 직업도 아니고. 안된 일이지, 그렇잖아?" 그가 웃었다.

흑인 여자가 벌떡 일어나더니 주먹으로 테이블을 내려쳤는데 워낙 세게 쳐서 그녀의 잔이 엎어졌다.

"그렇다고 그게 무슨 의미가 있겠어?" 그녀가 큰 소리로 외쳤다. "무슨 의미가 있겠냐고?"

"이런 신파 같으니!" 길버트가 말했다. "무슨 의미가 있느냐고 그러네."

"그래, 길버트. 돈도 안 내고 그냥 갈 수는 없어."

"술 마셨잖아." 길버트가 말했다.

"체리주 두 잔이지, 많이 마시지도 않았잖아. 내가 좀 줄게, 응?"

"좋아, 그러면 꼭 다른 데 가는 거지?" 길버트가 말했다. "여기보다 생기발랄한 곳에 말이야."

"알았어." 수지가 말했다. "네가 원한다면."

"좋아. 자 여기." 그가 자기 지갑을 그녀에게 주었다. "각각 이만큼 줘." 그러면서 담배로 테이블 위에 10을 그려 보였다. "그거면 충분하지." 그가 고개를 돌려 화가 난 여자를 바라보았다.

수지가 지갑을 열어 지폐 두 장을 꺼냈다. 세심하게 접어서 하나씩 주었다. 여자들은 미소를 지으며 그것을 양말 위쪽에 넣었다.

"괜찮다면." 흑인 여자가 말했다. 그러고는 메달을 빼서 수지에게 주면서 따뜻하게 입을 맞췄다. "친구들이 파리에 놀러 오면 함께 와요."

메달 한쪽에는 '데데'라고 쓰여 있고 다른 쪽에는 주소가 있었다.

"*정말 고맙습니다.*" 암말이 활달하게 말했다. "또 오세요."

"이제 꺼졌으면 좋겠네." 수지가 말했다.

"*꺼져 버려.*" 길버트가 말했다.

그들이 긴 방을 가로지르는 동안 아무도 신경 쓰는 사람이 없었다.

"*안녕히 가세요.*" 문에서 여자가 말했다.

그들은 밖으로 나왔다.

"낭패인데." 길버트가 말했다. "미안해. 더 좋은 곳을 금방 찾을 수 있을 거야. 택시를 잡을게."

"그래." 수지가 말했다. "그런데 그 여자들한테 각각 5파운드씩 줬다는 얘기는 해야 될 것 같네."

"뭘 어쨌다고?" 길버트가 말했다. 지갑을 열어 보더니 말이 없었다.

너무나 한참을 아무 말도 하지 않았기 때문에 수지는 더 이상 견딜 수가 없었다. 격앙된 투로 그녀가 말했다. "그 여자들은 그 정도 돈 좀 가지면 안 되나? 그러면 안 되냐고?"

"네 생각이 그렇다면 남의 돈 가지고 그렇게 마음대로 하지 말고 네 돈을 주지 그랬어?" 길버트가 말했다.

"난 가진 돈이 없으니까 그렇지." 수지가 말했다. "간단해."

"당연하지." 길버트가 말했다. "네 그 고상하고 잘난 생각을 위해서 돈을 내는 건 항상 다른 사람이어야 하는 거지. 게다가 그 빌어먹을 위선하고. 사실은 전혀 신경도 안 쓰잖아. 내 돈으로 그렇게 선심을 쓰고는 사실 걔들을 다시는 보고 싶지도 않으면서, 안 그래?"

"아, 아니야, 그런 게 아니야." 수지가 말했다. "네가 혹시 알아차릴까 봐 그 전에 나오는 게 낫겠다 싶어서 그랬지."

"내가 뭘 어떻게 할까 봐? 난동이라도 피울까 봐? 돈을 다시 뺏으려고?"

"뭘 어떻게 할지 몰랐다니까." 수지가 말했다. "그래서 빨리 자리를 뜨는 게 좋겠다 싶었지."

"아주 고맙군." 수지로서는 다행스럽게 그가 침착한 목소리로 말을 이으며 걸음을 옮겼다.

"네가 저런 종류의 장소에 얼마나 무지한지를 보여 주는 거지. 걔들이 자기들이 가진 온갖 묘기를 다 보여 줬다 해도 100프랑이면 아주 최고의 팁이었을 거야. 완전 최고의 팁. 그런데 아무것도 안 한 걔들한테 넌 10파운드를 줬어. 난 완전히 웃음거리가 될 거야. 마지막에 한 그건 완전 가짜야. 위층에 올라갈 것 같지 않은 손님들을 위한 '연기'였다고. 근데 넌 거기 바로 넘어간 거지. 난 웃음거리가 되고." 그

사 되풀이했나.

"아니야, 가짜였을 것 같지 않아." 수지가 말했다.

하지만 그가 자신을 완전히 믿고 지갑을 건넸다는 걸 기억하며 죄책감이 들기 시작했다.

"10파운드라야 그렇게 큰돈도 아니잖아. 지갑에 5파운드짜리 지폐가 잔뜩 있던데. 내가 한 일이 그렇게 끔찍한 거야? 다음에 갔을 때 어떤 대우를 받을지 생각해 봐. 아무것도 안 받고 10파운드를 준 잘생긴 영국 남자. 웃음거리가 아니라 전설적인 인물이 될걸."

거리의 끝에 다다랐다.

"이 근처에 몽파르나스 정류장까지 가는 버스가 있어." 길버트가 딱딱하게 말했다.

그들이 서서 기다렸다. 진홍색 여성용 모자가 도랑에 빠져 있었다.

"불쌍한 모자 같으니라고." 수지가 말했다. "불쌍한 모자. 저 모자에 대해 누군가 시를 써야 해." 그녀는 여전히 데데의 메달을 쥐고 있었다.

"헤어지기 전에 충고 한마디만 하자." 길버트가 말했다. "그 메달 그렇게 붙잡고 있지 마. 내가 다 아는데, 넌 그걸 아침 식사를 가져오는 하인들이 다 볼 수 있게 침실 테이블에 올려놓겠지. 그러지 마."

"그래 봐야 신경도 안 쓸 텐데 뭐." 수지가 말했다.

"그건 네 생각이고. 그러지 마. 내 말 들어."

수지가 키득거리며 웃기 시작했다. 진홍색 모자 아래쪽에 메달을 잘 놓더니 고개를 들고 엄숙하게 말했다. "우리를 굽어살피시는 자비로우신 알라의 이름으로 고이 잠들길."

"버스 왔다." 길버트가 말했다. "돔 근처에 서니까 내려서 찾아갈 수 있을 거야."

"그래, 문제없어. *잘 가, 길버트. 다음에 봐.*"

"다음은 없을 거야." 걸음을 옮기며 길버트가 말했다.

버스에 올라탄 수지는 사람이 많지 않은 것에 안도했다. 자리에 앉아 그날 저녁을 떠올리며 머릿속에서 울리는 목소리를 들었다.

'뻔하지, 그 비참한 인생. 이젠 예전 같은 화려함도 없고. 이제는 말이야. *게다가 그게 무슨 의미가 있겠어?*'

플라스 블랑슈의 기사*

The Chevalier of the Place Blanche

그는 세 나라의 경찰과 친밀하게 지내는 사이였는데, 지금 몽파르나스 대로에서 멀지 않은 한 작은 식당에서 혼자 앉아 침울하게 식전 와인을 마시고 있었다. 몽파르나스도 싫어했지만 혼자 있는 것도 아주 싫어했기 때문이다. 한 숙녀와 식사를 하러 고향인 몽마르트르를 나왔는데 20분 늦게 도착하게 되었다. 보통 이런 경우 기다리지 않는 성격인 그녀는 이미 가 버리고 없었다.

"빌어먹을." 기사가 중얼거렸다. 옆 테이블의 스웨덴인 부부와, 문가의 대머리 미국인과 구석에 앉은 털이 덥수룩한 앵글로색슨 소설가를 쳐다보았고, 얼마나 묘하게 생긴 족속들인지 말할 수 없이 기분

---

* 이 단편은 에두아르 드네브가 쓴 단편을 상당히 개작한 것임. —원주

이 처진다는 생각을 했다. (무슨 턱이 저래. 그가 표현한 바는 그러했다.) 빈자리가 없었는데 프랑스 사람은 자기밖에 없는 게 분명했다. 그러다 문득 바람이 들어오는 게 느껴졌다. 누군가 들어오면서 문을 닫지 않았던 것이다. 인상을 쓰면서 돌아봤는데, 그 순간 문으로 들어온 여자가 옆을 지나쳐 건너편 의자에 앉았다. 그러니까 그를 쳐다보지도 않고, 그저 보일 듯 말 듯 실례한다는 몸짓만 하고는 그의 테이블을 차지한 것이다. 분명 또 외국인일 것이었다. 하지만 젊은 여자와 함께 있는 건 기분 좋은 일이었고, 그래서 불편한 심기가 사라졌다. 키가 큰 금발 여성이었는데, 아름답지도 않고 예쁘지도 않고 세련되지도 않았다. 그렇지만 뭔가 있었다. 여자들에게 꼬리표 붙이는 일에 익숙한 기사는 그녀가 세련된 사교계 여성이라고 단정했다. 그다음에는 예술가라고, 화가라고, 몽파르나스 구역의 모든 호텔이나 식당 주인들을 대상으로 한몫 챙기겠다는 분명한 목적을 가지고 파리에 오는 젊은이들 중 하나라고 확신하게 되었다.

여자가 웨이터에게 말을 했다. 아주 살짝 나타나긴 했지만 억양을 들으니 확실했다. 영국인이거나 미국인. 모자를 세심하게 살펴본 후에 영국인이라고 결론을 내렸다. 그때쯤 콘서티나를 든 노인이 식당에 들어와 연주를 하게 해 달라고 청했다. 주인이 계산대 뒤에서 고개를 끄덕였고, 그가 왈츠를 연주하기 시작했는데, 기사는 어렴풋이 어렸을 때 들은 적이 있는 음악이라는 기억이 났다. 그가 큰 소리로 말했다. "좋아, 좋아! 다시 젊어지는 기분인걸."

"전 우울해지는데요." 여자가 프랑스어로 말했다.

"부인, *바퀴벌레**는 눈에 띄기만 하면 주저하지 말고 잔인하게 죽여버려야 합니다." 기사가 진지하게 말했다. 여자가 웃었지만 눈은 얼마

500

나 슬퍼 보이는지 금방이라도 울 것만 같아 그는 눈을 돌렸다.

그가 말했다. "어쨌든 그걸 죽이는 건 언제든 할 수 있어요. 이 샴페인은 최고거든요. 당연히 비싸긴 하지만, 그것 말고 다른 방법도 있죠." 그녀는 아무 대꾸도 없었고, 그가 계속 말을 이었다. "몽마르트르를 잘 아시나요?"

"아뇨." 그녀가 말했다. "거의 몰라요."

"안됐네요. 전 거기 살거든요. 몽마르트르 얘기를 해 드릴까요?" 그가 영어로 말했다.

그녀가 급히 말했다. "아뇨, 당신 말 다 알아들을 수 있어요. 영어는 어디서 배우셨나요? 상관없으니 대답 안 하셔도 돼요. 제게 말할 때는 프랑스어로 해 주시겠어요? 프랑스어로 말할 때의 목소리가 무척 마음에 들어요."

"그런가요?" 그가 점잖게 물었다. "그렇게 하죠."

거의 한 시간이 지났을 때 그녀가 물었다. "오늘 밤에 제게 몽마르트르를 구경시켜 주실 수 있나요?"

"그럼요." 그가 냉정한 눈을 반짝이며 그녀를 찬찬히 보았다. "몽마르트르 어디?"

"상관없어요. 아무 데나요."

"좋아요. 10시 반에 몽마르트르를 돌아봅시다. 거기서 돌아온 뒤에도 여전히 우울하다면 당신은 신경쇠약이에요. 유전적 신경쇠약이라 가망이 없는."

"알겠어요." 그녀가 말했다. "하지만 조건이 하나 있어요. 제 건 제

---

* cafard, 이 단어는 우울한 기분과 함께 바퀴벌레라는 뜻도 가지고 있다.

가 내겠어요."

기사는 그 조건이 무난하고 합리적이라 어떤 면에서도 남자로서의
자기 품위를 거스르지 않는다고 보았다. 그는 여자들의 기분을 맞춰
주는 데는 능했지만 돈을 많이 쓰지는 않았다. 사실 그와는 상당히 다
른 방식으로 자신의 삶을 꾸려 나갔다.

그들은 엄숙하게 악수를 했다. "자, 가죠." 그가 말했다. "그걸 죽이
러 갑시다."

그들은 지하철을 탔다. "J. B. 클레망 광장." 가로등 불빛 아래로 나
왔을 때 그녀가 표지판을 읽었다. "국회의원 같네요."

다른 생각에 골몰했던 기사가 J. B. 클레망은 그와는 전혀 반대로
시인이라고 대답했다.

"세상에서 가장 아름다운 노래인 〈체리가 익어 갈 무렵〉의 작곡가
죠."

"전 모르는 노래네요." 그녀가 말했다.

"당연히 알아야 해요." 그가 걸음을 멈추고 열심히 손짓 발짓을 했
다. "이렇게 시작하죠. '체리가 익는 때는 언제일까.'" 난데없이 엄숙
하고 장중한 목소리로 그렇게 노래를 불렀다.

그렇게 발랄한 노래가 아니라는 건 어렴풋이 기억이 난다고 그녀
가 말했다.

"뭐라고요! 발랄하지 않다고요?" 그가 그 말에 아연했다. "이 노랜
아름다운 노래이고, 그거면 된 거예요. '체리가 익는 계절을 즐기세
요.' 이렇게 끝나죠. 당신에게 좋은 충고잖아요." 그가 웃으면서 걸음
을 옮겼다.

그녀가 곁눈으로 그를 쳐다보았다. 순진하네. 그런 생각을 했다. 무

슨 일을 해서 먹고사는 걸까. 궁금해하다가 결국 물어보았다.

"사무실에서 일해요."

"사무실에서 일한다고요?" 그녀가 놀란 말투로 물었다.

"그래요. 미국인들이 날 등쳐 먹기 전에 내가 미국인들을 등쳐 먹죠."

"선수를 쳐라." 그녀가 말했다. "좋은 좌우명이네요."

그가 반색을 하며 되풀이했다. "그거예요! 남보다 먼저 해라. 저 건너편에 회색 집 보이죠? 내가 거기 살아요. 언제 집에 와서 같이 파리의 불빛을 내려다볼래요?"

오래된 뱅상 거리의 끝에 다다랐다.

"아, 하지만 여기서 봐도 아름다운걸요." 그녀가 말했다.

"우리 집 창문에서 내려다보는 전망이 어떤지 봐야 한다니까요." 기사가 고집을 부렸다.

그는 그녀의 눈에서 표정을 읽으려 애썼다. 논리적으로 이런 과정의 종착지는 하나밖에 없다고 생각했기 때문이었는데, 그녀는 대답도 하지 않고 그를 쳐다보려고도 하지 않았다. 게다가 그녀의 훤칠한 키와 두드러지게 금욕적으로 보이는 옷차림이 그를 좀 불안하게 했다. 그래서 다음에 기회가 되면 하자고 바로 덧붙였다.

나이트클럽으로 갔는데 한 시간 만에 그녀가 집에 가야겠다고 했다. "'우울'이 지금은 사라졌어요."

택시 안에서 그가 이름을 물었다. "마거릿 루카스예요. 당신은요? 플라스 블랑슈의 기사라고 적어서 편지를 보낸다고 갈 것 같지는 않고." (나이트클럽에서 누군가 그를 그렇게 부르는 것을 들었기 때문이었다. 그게 어떤 반어적 의미가 있는지 그녀가 어떻게 알겠는가?)

"아, 내게 편지를 쓰려고요?" 그가 반색을 했다.

"그럴지도 모르죠. 또 '우울증'이 나타나면 말이에요."

그가 격식을 차리며 말했다. "모리스 페르낭. 뱅상 거리 139번지. 잘 모시겠습니다. 미스 마거릿."

"아니, 그냥 마거릿이라고 하세요."

그가 말했다. "독일 사람들처럼 우리도 우애의 술을 마셔야 하는 데."

"다음에요."

"여기 친척은 없나요, 마거릿? 파리는 어린 여성이 혼자 살기에는 적적한 곳인데."

"전 어린 여성이 아니에요." 그녀가 무심하게 말했다. "그리고 친구들도 몇 명 있어요."

"날 만나고 싶으면 속달우편을 보내요."

거리는 한적했다. 지하철 막차는 끊겼고, 몽마르트르 언덕까지 가는 택시는 요금이 비쌀 것이었으므로 그는 걸어가기로 했다. 걸어가면서 아주 좋지 않은 상황에서 벗어날 수 있는 가능성을 계산해 보았다. 저녁 시간을 그렇게 낭비해서는 분명 안 되니까.

자신이 관광 안내소 사무실에서 일한다는 건 명백한 사실이었다. 거기서 3개월 동안 기회를 기다리고 있었는데 드디어 그 기회가 왔다. 3만 프랑짜리 수표를 슬쩍해서 그가 아주 잘 아는 바대로 그의 친구가 만든 인상주의 모작 몇 점과 새 옷 몇 벌을 샀다.

상황은 계획했던 만큼 잘 돌아가지 않았다. 그가 기대했던 만큼의 이윤을 남기고 그림을 되팔지 못했고 예상했던 것보다 더 빨리 수표 액수를 채워 넣어야 할지도 몰랐다. 뭐, 무슨 상관이람? 그가 생각했다. 돈은 구할 수 있을 것이었다. 돈은 어디서든 늘 구할 수 있었으니까. 세상에 여자들이 얼마나 많은데, 이런 위급한 상황에 도움과 위로를 제공할 게 아니라면 그 많은 여자가 다 무슨 소용인가?

남작 부인이 있었는데, 진짜 남작 부인이 맞는지는 좀 의심스러웠지만 그녀의 돈은 충분히 진짜였다. 최근에 커다란 양장점을 연 이다 부인도 있었다. 두 사람 다 그에게 애정이 있었고, 기꺼이 그 애정을 증명하는 방식이 하나 이상은 되었다. 이 영국 여자는…… 어쩌면 운명의 여신이 그에게 이 영국 여자를 보내 주었는지도 몰랐다. 그런 식으로 머리를 굴리는 그의 모습은 전혀 순진하지 않았다.

다음 주에 그는 아주 바빴다. 친구인 남작 부인의 호텔에 몇 번이나 전화를 걸었지만 늘 만날 시간이 없다는 말만 돌아왔다. 편지를 썼지만 답장이 없었다. 분명 뭔가 의심을 하거나 화가 잔뜩 나 있는 것이었으므로 쓸데없이 후회하며 시간을 낭비할 필요 없이 더 이상 어떻게 해 볼 수 없다고 결론 내렸다. 그러고는 이다 부인을 찾아갔다.

그녀는 총명한 원숭이 같은 눈으로 그를 세심하게 뜯어보았다. 마른 몸에 품위가 있고, 진주 목걸이를 했는데, 만약 진짜라면 확실히 노려 볼 만한 것이었다. 그가 청산유수로 말을 늘어놓았다.

"미안해요, *친구.*" 말을 마쳤을 때 그녀가 말했다. "지금 장사가 정말 안돼요. 게다가 당신은 돈이 필요할 때가 아니면 찾아오질 않는군요. 별로 똑똑한 처사가 아니에요. 3만 프랑은 적은 돈이 아니잖아요."

"그럼 안 된다는 건가요?" 그가 물었다.

"지금으로서는 불가능해요."

"알겠어요. 그럼 그 얘기는 그만하죠."

약간 비애감이 느껴지는 그런 주저하는 태도로 그녀가 그날 저녁 함께 식사를 하겠느냐고 물었을 때 그는 미소를 지으며 "불가능하다"—악감정은 *없이*—고 말했고, 가장 무례한 표정으로 덧붙였다. "그보다 유익한 할 일이 있거든요, *친구!*"

그녀의 대답을 기다리지도 않고 그는 자리를 떴고, 집으로 가서 깊은 생각에 잠겼다. 그의 주머니에는 그날 저녁 뱅상 거리에서 함께 식사를 하자는 마거릿의 속달우편이 들어 있었다. 두 사람은 몇 번을 더 만났고, 두 번째 만났을 때 그녀는 그에게 속내를 털어놓았다. 적어도 자신이 파리에 넌더리가 나서 오스트리아인지 스페인인지, 그래 스페인에 가고 싶다는 말을 했던 것이다. 잊고 싶은 일이 많다고 했는데, 그는 즉시 불행한 연애 문제일 거라는 진단을 내렸다. 불행한 연애는 다 마찬가지이고 그런 얘기는 수도 없이 많이 들었으므로 굳이 자세히 묻지는 않았다. 여자들은 다 똑같다고 생각했다. 아주 멍청한 방식으로 일을 복잡하게 만든다는 점에서 말이다. 그는 정말 관심을 가지고 그녀의 스페인 여행에 대해 자세하게 논의했었다. 머릿속에서 계산이 빠르게 돌아갔다. 그래, 오늘이 그녀가 파리에서 보내는 마지막 밤일 거야. 그는 그런 경우 무대장치가 얼마나 중요한지 알았기에 진홍색 장미를 사서 노란 화병에, 흰 장미는 검은 화병에 담았다. 영국 여자들이 좋아할 거라고 생각하는 음식들을 샀다. 엑스트라 드라이 두 병을 샀다. 아무 장식 없는 전구에 두 장의 분홍색 실크 손수건을 묶고 긴 의자(그가 아주 자랑스러워하는)에 있던 쿠션을 바닥에 군데군데 놓았다. 마지막으로 스스로 '죽여주는' 복장이라고 부르는 옷을 차려입고는 앉아서 기다렸다. 확실한 계획은 없었다. 원래 자세하게 계획을 세우는 경우는 거의 없었지만, 지금은 어떻게 해서든 그녀를 휘어잡아야 했다.

그녀는 약간 늦게 도착했는데, 분명 프랑스 상점에서 샀을 테지만 완전히 영국적인 인상을 주는 그런 드레스를 입고 있었다. 장미와 전망을 보고 감탄을 했지만 죽여주는 복장은 알아채지 못한 듯했다.

그들은 반짝거리는 파리의 실루엣을 내려다보며 창가에 서 있었고, 그가 그녀의 손을 잡고 입을 맞췄다. 그러자 정말로 그녀에게 키스를 하고 싶다는 욕망과 강렬한 호기심이 즉시 그를 사로잡았다. 그녀를 품에 안으려 했던 건 진정한 욕망에서 나온 것이었다. "이러지 마세요. 이런 거 정말 싫어해요." 목소리는 차분했고 몸을 빼거나 한 것도 아니었지만, 그는 두 손을 툭 떨구고는 마치 그녀가 얼굴에 얼음물을 끼얹기라도 한 것처럼 그녀를 노려보았다.

그럼 도대체 왜 왔단 말인가? 이 멍청이가 내 화를 돋우려는 건가? 그러다가 영국 사람들은 흥이 나려면 먼저 술을 한잔해야 한다는 얘기를 들은 기억이 나서 아무 말도 없이 식전 와인을 갖다주었다. 하지만 그는 분위기에 따라 기분이 확확 달라지는 동물이라 열정은 이미 다 식어 버린 뒤였다. 세심하게 장식해 놓은 작은 테이블에 함께 앉았을 때 그는 침울하고 화가 잔뜩 나 있었다. 그래도 자리를 뜨기 전에 돈을 줄 수는 있겠지. *나쁜 년.*

식사가 거의 끝날 즈음 그녀가 말했다. "그런데 모리스, 마드리드에 날 만나러 올래요?"

"내가?" 그가 말했다. "내가 마드리드에! 아, 그럴 수 있으면 좋겠네요. 그런 돈만 있다면. *이것 봐요.* 내가 사무실 얘기했던 거 기억나요? 거기 3만 프랑을 빚진 게 있는데 내일까지 그걸 갚아야 해요. 아니면 *끝장이야.*"

"그럼 갚으면 되잖아요." 그녀가 말했다.

"그거 정말 좋은 생각이네요." 그가 약간 당황한 기색으로 웃었다. "3만 프랑을 갚으라고요? 하, 가진 게 한 푼도 없는데!"

"내가 줄게요." 그녀가 담배에 불을 붙이며 그를 자상하게 바라보았다.

"나한테 3만 프랑을 준다고? 맙소사, 말도 안 돼."

"나와 마드리드에 같이 간다는 조건하에서요. 돈은 거기서 보내면 되잖아요. 마드리드가 재밌긴 하겠어요?"

그가 생각 없이 그냥 대답했다. "마드리드는 볼품이 없죠. 세비야가 아름답지."

"세비야라." 그녀가 한숨을 쉬더니 생각했다. "이런 게 다 이상한가요? 내가 얼마나 끔찍하게 지루한 삶을 사는지, 내 인생이 얼마나 지긋지긋한지 당신이 안다면 내가 거기서 벗어나기 위해 무엇을 하든 하나도 이상할 게 없다고 볼 거예요. 당신이 필요한 돈을 줄게요. 돈은 아주 많으니까. 그럼 당신은 날 즐겁게 해 주고 행복하게 해 줘야 해요. 나랑 연애를 하자는 게 아니에요. 그런 건 정말 질색이니까…… 아주 질색이라고요." 그녀가 되풀이했다.

스페인에서 함께 지내는 두 사람의 삶을 그려 보이는 그녀의 말을 들으며 그는 점점 불편해지기 시작했다. "당신은 전형적인 사람이라고 봐요, 모리스. 당신을 보면 만사를 더 생생하게 이해할 수 있어서 당신을 연구해 보고 싶어요. 그림 그리는 건 이제 신물이 나." 그녀가 말했다. "현대 아파치족에 대해 책을 써 보고 싶어요."

"현대 아파치족!" 기사가 되풀이했다. 그럼 내 이 죽여주는 복장은? 그가 분개하여 생각했다. 저 여자는 이 죽여주는 복장은 보이지도 않는 건가? 아파치족은 뭐……

"아직 존재하잖아요, 그렇죠?"

그가 어깨를 으쓱하며 대답했다. "아, 그럼요, 존재하죠. *게다가 아무리 변해 봤자 여전히 그대로이죠.*"

"그리고 아주 야만적이고 무모하고 그런가요?" 그녀가 즐기는 듯한 냉랭한 목소리로 말했다. "*피, 관능, 죽음.*"

그는 완전히 질겁하여 아무 대답도 하지 않았다.

"어쨌든 당신은 흥미로워요." 그녀가 말했다. 그러더니 문득 가차 없이 솔직해지고 싶은 충동에 사로잡히기라도 한 양 이렇게 덧붙였다. "유형으로서 말이에요, 남자로서가 아니라."

그녀는 남성적 자존심의 급소를 찌르는 그런 태도로 그를 살펴보았고, 그의 불편한 마음은 확실한 혐오감으로 바뀌었다. 어느 쪽이 더 혐오스러운지 알 수 없었다. 예쁘지도 않고 세련되지도 않은 이 여자의 명령에 따라 세비야를 돌아다닐 생각인지 아니면 자신이, 여자들의 정복자인 자신이 그런 역할을 할 거라고 그녀가 믿었다는 사실인지.

'아니지, 망할, 그렇다면……' 그가 생각했다. 분노와 원한으로 몸이 달아올랐고, 치밀어 오르는 분노와 그녀를 이기겠다는 마음 외에 다른 건 다 잊은 채 그가 최고의 수를 두었다.

"그런 얘기는 하지 말죠, 마거릿. 내일 아침이면 당신은 스페인으로 떠나게 될 거고 난 여기 내 침대에 있을 거고, 그럼 끝이에요. 내가 당신과 함께 간다고? 하지만 그렇게 되면 당신이 평생 겪어 보지 못한 그런 불행한 삶을 살게 될 거예요, 불쌍한 사람. 아파치족! 아파치족이라…… 그러고는요? 분명히 말하는데 아파치족이 여자들에게 바라는 건 책을 쓰는 일이 아니에요. 이것도 질색이고 저것도 질색이고, 그런 얘기를 하는데, 말만 잔뜩 늘어놓고 실제로는 아무것도 느끼지 못하는 그런 여자가 나는 제일 질색이에요. 당신 말은 다 소설에나 나오는 거죠."

처음으로 그녀가 눈을 내리깔았다. "당신을 화나게 했군요. 그럴 의도가 아니었는데."

그가 반감을 품고 부루퉁하게 그녀를 노려보았다.

그녀 역시 똑바로 쳐다보면서 말했다. "이제 가야겠어요. 오늘 즐거웠어요. 애석한 일이지만…… 아, 뭐, 상관없어요. 배웅은 전혀 필요 없어요. 지하철 타러 가는 길은 찾을 수 있으니까." 그녀가 거울도 보지 않고 모자를 썼다. 괴상한 존재 같으니라고.

뭔가 광폭한 짓을 해서 저 차분한 상냥함의 분위기를 부숴 버리고 싶다는 욕구가 그를 휘감았지만 자신의 죽여주는 복장에 어울리게 살고 싶다는 욕망이 더 강했다. 뻣뻣하게 몸을 숙여 인사를 하고, 그녀의 낮은 구두 굽이 카펫이 깔리지 않은 계단을 또각또각 내려가는 소리를 들으며 서 있었다. 이제 남은 것은 자정에 출발하는 브뤼셀행 기차와 매우 고된 나날들밖에 없었다.

곤충 세계
The Insect World

오드리가 책을 읽기 시작했다. 『이렇게 파란 건 없어』라는 제목의, 열대지방을 배경으로 한 책이었다. '지거'라는 곤충의 습성을 설명하는 문단부터 읽기 시작했다.

무슨 책이든 실제 인생보다 낫지. 오드리가 생각했다. 아니, 그보다는 그녀가 살고 있는 인생보다 낫다고 해야 할까. 물론 인생은 곧 변화할 것이었다. 넓어지면서 아주 달라질 것이었다. 그런 바람이 없다면 계속 살아 나갈 수가 없어, 그렇잖아? 하지만 지금 당장은 인생에서 벗어나는 게 기분 좋은 일이라는 데에는 의심의 여지가 없었다. 그리고 책이 그렇게 벗어나게 해 주었다.

훌륭한 댄서가 음악에 몸을 맡기듯 혹은 능숙한 수영 선수가 물에 몸을 맡기듯, 그렇게 자연스럽게 그녀는 종이 위의 글씨에 몸을 맡길 수 있었다. 단 하나 힘든 점이라면 마지막 문장을 다 읽고 난 뒤에는 뭔가 불편하게 충만한 느낌과 공허한 느낌을 동시에 맛보게 된다는 것이었다. 딱 소화불량처럼. 어쩌면 바로 이 때문에 그녀는 책과 실제 인생이 다르다는 사실을 절대 잊지 않는지도 몰랐다.

인생의 문제라면 오드리는 실제적이었다. 받아들이라고 하는 건 다 받아들였다. 그리고 그렇게 받아들여야 할 것이 참 많았다. 딱 한 번 짧은 휴가를 다녀온 것을 제외하면 지난 5년 동안 내내 런던에서 지냈다. 대대적인 공습이 있었고, 그다음 한동안 불안하게 잠잠하다가 다시 작은 공습이 있었고, 이제는 V1 폭탄이 쏟아졌다. 하지만 여전히 그녀는 받아들이라고 하는 건 다 받아들였고, 기억하라고 하는 건 다 기억하려 애썼다. 예를 들어 다음 생일에 자신이 스물아홉 살이 되리라는 것은 잊어버릴 수가 없었다. 더 이상 '젊은 여자'가 아닌 것이다. 그렇다고 할 수 없었다. 전쟁이 이미 7년의 세월을 갉아먹었고, 앞으로 얼마나 더 지속될지 누가 알겠는가. 오드리는 나이를 먹는 게 두려웠다. 나이 든 사람들은 싫어서 피했고, 나이 든 자신을 생각하면 끔찍했다. 자신이 유별나게 전쟁을 혐오하는 진짜 이유는 지금껏 아무에게도 얘기한 적이 없었다. 입 밖에 낸 적이 없었다. 친구 모니카 에게조차.

오드리보다 다섯 살이 어린 낙천주의자 모니카는 전쟁이 곧 끝날 거라고 확신했다.

"맨날 전쟁이 곧 끝날 거라고 하지만, 끝나지 않잖아." 오드리가 말했다. "어떤 전쟁은 100년 동안 계속되기도 했어. 그건 어떻게 생각해?"

모니카가 말했다. "하지만 그건 몇 세기도 더 된 일이니까 아주 다르지. 지금하고는 아무 상관이 없다고."

하지만 오드리는 그게 왜 그렇게 다른지 전혀 알 수가 없었다.

"내가 쌍둥이인 것만 같아." 어느 날 자신에 대해 설명해 볼 요량으로 모니카에게 말한 적이 있다. "그런 느낌 든 적 있어?" 하지만 모니카는 그런 느낌을 받아 본 적이 전혀 없어 그런 얘기는 하고 싶지 않은 모양이었다.

하지만 그건 사실이었다. 쌍둥이 중에서 한 사람만 받아들인 것이다. 다른 한 사람은 버려지고 배신당하고 길을 잃은 채 너무나 캄캄한 숲속을 헤매고 다닌다. 그 다른 한 사람이 그녀가 순종적으로 받아들인 모든 것이 정신 나간 미친 짓이라고 말했다. 그리고 이 점에서는 책도 도움이 되지 않았다. 왜냐하면 적어도 오드리가 읽은 어떤 책도 본질적으로 잘못되거나 정신 나간 상황을 내비친 적이 없기 때문이다.

예를 들어 겨우 어제서야 그녀는 『이렇게 파란 건 없어』에서 그런 대목을 읽게 되었다. 『이렇게 파란 건 없어』는 그녀 소유였다. 그녀는 책을 자주 샀다. 대부분 펭귄 출판사 책이었지만, 때로는 중고 서점을 이용하기도 했다. 항상 표지 안쪽 백지에 이름을 쓰고 이전 소유자가 남겨 놓은 흔적들은 다 지워 버리려 했다. 하지만 이 책의 경우엔 아주 힘들었다. 책 전체를 살피며 연필 자국을 지우는 데 한 시간 이상이 걸렸다. '우리의 구원의 해인 1942년에 찰스 에드윈 루프가 즐겁게 읽음. 번역하자면 정말 고맙습니다' 같은 별것 없는 문구로 시작해서는 '파랗다고? 내가 보기엔 오히려 분홍인데' 이렇게 이어졌다가는 책 전체적으로 '파랑'이라는 단어가 나올 때마다—당연히 아주 자주 나왔는데—줄을 치고는 여백에 물음표나 놀랍다는 표시나 '하하' 같은 것을 적어 놓았다. '그녀를 대충 살펴보고는 괜찮겠다고 결정을 내렸다'라는 문장이 시작되는 쪽에는 '역겨워'라고 적어 놓았다. 그리고 수선화 향기가 나는 아름다운 영국 여성과의 진정한 연애가 나오자 루프 씨의 '하하, 말씀은 그러하나!'가 다시 시작되었다. 하지만 166쪽에서 오드리는 거의 충격을 받았다. '여자들은 이루 말할 수 없이 혐오스러운 존재'라는 문장을 어찌나 힘을 주어 적었는지 연필 자국에 구멍이 났을 정도였다. 그녀는 그 장을 찢어서 난로 안으로 던져버렸다. 말도 안 돼! 하지만 당연히 난로에는 불이 타고 있지 않았기 때문에 그녀는 종잇조각을 주워 잘 펴서 다시 붙였다.

'뭐 하러 내 책을 망가뜨려?' 그렇게 생각하면서. 그래도 무슨 이유에선지 무척이나 기분이 가라앉았다. 그러면서 속으로 이렇게 생각했다. '저 남자를 실제로 만나면 분명 다른 남자들이랑 다를 바 없는 평범한 남자일 거야.' 그런 생각이 들게 된 것은 작고 단정하고 꼼꼼한 글씨체 때문이었다. 하지만 난데없이 고개를 돌려 완전히 다른, 무시무시한 얼굴을 드러내는 것은 늘 가장 평범한 존재들이었다. 그것은 숨겨진 공포, 다들 존재하지 않는 듯이 구는 공포, 다른 모든 공포의 근원이 되는 공포였다.

그 책은 그다지 기운을 북돋우는 책도 아니었다. 축축하고 습기 찬 열기와 노래하지 않는 새들, 향기가 없는 꽃들에 대한 것이었다. 그리고 주인공이 사실은 원하지도 않으면서 그냥 섹스를 하는 끔찍한 여자가 있었고, 사랑스럽고 멋진 영국 여성은 그것을 알게 되자 그를 거절했다.

원주민들은 무례하고 못되게 굴었다. 항상 뒤에서 비웃는 식이었다. 그리고 멍청했다. 누가 무슨 얘기를 하든 다 믿었고, 그래서 쉽게 서로 이간질시킬 수 있었다. 그러고 나면 잔인해졌다. 말도 못 하게,

믿기 힘들 정도로……

그리고 곤충들이 있었다. 쥐와 뱀, 독거미, 전갈, 지네만이 아니라 흙 색깔의 집에 사는 수백만 마리의 흰개미들. 그 집에서부터 몇 미터에 걸쳐 정교하게 만든 통신 라인이 뻗어 나가 때로는 작은 집으로 이어지기도 하고 때로는 그들이 먹이로 삼은 나무의 훼손되지 않은 부분까지 이어졌다. 때로는 점점 가늘어져서 중도에 그냥 끊어져 버리기도 하지만 말이다. 막대기로 집을 쿡쿡 찔러 대야 소용이 없었다. 금세 허물어지는 것처럼 보이지만 개미들이 방어를 하러 무시무시할 정도로 하얗게 다시 몰려와서 하룻밤 새에 다시 지어 놓곤 했으니까. 연기를 피워 나오게 하는 수밖에 없었다. 그러고는 산 채로 태워 버리는 것이다. 그런데 그렇게 해도 얼마간은 살아남아 곧바로 다른 곳에 집을 짓기 시작한다.

마지막으로 하릴없이 걷고 있을 때 달라붙는, 보이지 않게 기어 다니는 미세한 것들이 있었다. 그중 가장 끔찍한 것이 '지거'였다.

오드리는 거기서 멈췄다. 머리가 지끈거렸다. 어쩌면 하루 종일 먹은 게 없어서인지도 몰랐다. 아침 8시에 차 한 잔 마신 것을 먹은 걸로 치기는 힘드니까. 주중에 휴가를 갖는 건 자주 있는 일이 아니었으므로, 그렇게 얻은 휴가는 한순간도 허비해서는 안 되었다. 그래서 공습경보가 요란스럽게 울려 대었음에도 그녀는 10시부터 2시까지 옥스퍼드가에서 쇼핑을 했고 그러느라 점심을 건너뛰었다. 스타킹과 잠옷과 원피스를 샀다. 그녀의 진을 다 빼 놓은 것은 원피스였다. 점원이 그녀에게 너무 큰 날염 원피스를 억지로 팔려고 했고, 그녀가 탐탁지 않아 하자 옷차림에 그렇게 까다롭게 구는 건 애국적이지 않은 태도라는 암시를 주었던 것이다. "하지만 색깔이 너무 요란한 데다 나한테 맞지도 않잖아요. 길이는 또 너무 짧고." 오드리가 말했다.

"단을 내서 입으면 돼요."

오드리가 말했다. "널 단이 없잖아요. 저쪽에 있는 저 원피스를 입어 보고 싶은데요."

"그건 작은 사이즈밖에 없어요."

"나 정도 말랐으면 될 것 같은데요." 오드리가 도전적으로 말했다. "얼마나 더 말라야 한다는 거예요?"

"하지만 저건 젊은 여자들이 입는 거예요." 점원이 말했다.

불현듯 허리 통증과 더불어 온갖 것들이 밀려오며 오드리는 울고 싶은 기분이 되었다. '나도 당신처럼 열심히 일하는 사람이에요.' 이런 말이 목구멍까지 올라왔지만 그녀는 품격 있는 사람이었다.

"회색 원피스가 모양이 예쁜데." 그녀가 말했다. "그렇게 칙칙하지 않은 게 말이에요. 칙칙하지 않아." 그럴듯한 단어였고 점원이 뭐라도 아는 게 있다면 그 단어로 자신이 어떤 사람인지 알아채지 않을까 해서 그녀가 되풀이했다. 하지만 점원은 전혀 감동받지 않고 그녀 너머 저편만 뚫어지게 보고 있었다.

"저기 걸린 원피스는 손님 사이즈가 아니에요. 원하시면 입어 보셔도 되지만 소용없을 거예요. 이 나염 원피스의 단을 내어 입으시면 되는데." 환장하게도 같은 말만 계속했다.

오드리는 그렇게 점원에게 완전히 깨지고 난 후 젖은 걸레가 된 기분이었다. 결국 나염 원피스를 사고 말았던 것이다. 5층의 화장실에는 늙은 여자들이 잔뜩 몰려 서성대고 있을 테니 맵시를 내려 거기 갈 마음조차 들지 않았다. 그래서 그냥 집으로, 모니카와 함께 쓰는 아파트로 돌아왔다. 그사이 아무것도 먹을 시간이 없었지만 그녀는 일단 옷을 입어 보았다. 상점에서보다 더 흉측해 보였다. 목에서 허리까지는 너무 커서 펑퍼짐했고, 치마는 반대로 너무 짧아 깡동했으며, 심지어 입는 중에 단추 두 개가 떨어졌다. 단추를 다시 꿰매느라 또 시간을 보내야 했다.

이 모든 일로 그녀는 너무나 진이 빠졌다. 게다가 차를 마시러 로버타네에 가는 데 늦을 수도 있었다.

'여기 살면 얼마나 좋을까.' 지하철역에서 나오며 그녀가 생각했다. 하지만 원래도 런던의 다른 구역에 갈 때마다 그런 생각을 자주 했다. '여긴 더 좋아 보이는걸. 여기 살면 더 행복할 텐데.' 그렇게 말이다.

친구 로버타의 집은 녹색 칠이 되어 있었고 작은 정원이 있었다. 오드리는 벨을 누르며 부러운 마음이 들었다. 로버타가 꽃무늬 실내복을 입고 문 앞에 나타나 그녀를 예쁜 거실로 안내한 후 영화배우 같은 자세로 소파에 털썩 앉는 걸 보자 부러운 마음이 더했다. 즉시 오드리의 머리에 떠오른 생각은 이랬다. '아무리 임신 중이라지만 전시에 여자가 저렇게 팔자 좋게 늘어져 있어도 되는 거야?' 하지만 눈 아래 그늘이 짙게 지고, 불쌍하게도 배는 잔뜩 불러 있고, 망가진 손에 부러진 손톱을 보고는, 그리고 실내복이 사실 낡은 커튼으로 만든 것임을 알아채고는('미모가 예전 같지 않네. 훨씬 더 나이도 들어 보이고') 진심으로 따뜻하게 평소에 하던 말을 나누었다.

은색 시계가 거의 6시가 다 되었음을 가리키긴 했지만, 로버타가 차와 케이크를 좀 줬으면 하는 마음이 간절했다. 그냥 식빵 한 조각이라도. 맛있게 꿀꺽 먹어 버릴 수 있을 텐데.

"왜 이렇게 늦게 왔어?" 로버타가 물었다. "차는 이미 마셨겠지?" 그러고는 오드리가 입을 열기도 전에 급히 덧붙였다. "초콜릿 쿠키 먹어."

그래서 오드리는 쿠키를 천천히 먹었다. '배가 고파 죽겠어. 뭐라도 먹어야겠어.' 이런 말을 할 만큼 로버타를 잘 알지는 못한다는 생각이 들었다. 게다가 그건 우스꽝스러울 것이었다. 배고파 죽을 지경일수록 배고파 죽겠다는 말은 더 하기 힘든 법이니까.

"좋은 책이야?" 로버타가 물었다.

"지하철에서 읽으려고 들고 나왔어. 괜찮아."

로버타가 건성으로 『이렇게 파란 건 없어』의 책장을 넘기더니 말했다. "영국 사람들은 항상 열대지방을 혼동한다니까. 글쎄, 지난번에 한 여자를 만났는데 모스크바가 인도의 수도인 줄 알고 있지 뭐야? 정말이지, 그 정도로 무식한 건 좀 위험하다고 보는데, 안 그래?"

로버타는 그런 식으로 '영국' 사람들에 대해 말을 할 때가 많았다. 전쟁 전에 2년 동안 해외에 나가 살면서 그런 버릇이 들었을 거라고 오드리는 생각했다. 뉴욕에서 반년을 살았더랬다. 그다음에는 마이애미, 트리니다드, 버뮤다 등지를 돌아다녔다. 그것도 돈을 펑펑 쓰면서. 어쨌든 그녀 얘기가 그랬다. 돌아왔을 땐 온갖 대단한 생각이 가득했다. 황당할 정도로 대단한. 부엌용 도구나 엄청난 옷가지, 엄청난 화장품. 매주 미용실에 가서 머리와 손톱 손질을 받는다든가. 끝이 없었다. 어쨌든 전쟁으로 인해 좋은 점 하나는 있었다. 단박에 그걸 다 없애 버렸다는 것. 단박에.

"'지거'에 대한 부분을 읽어 봐." 오드리가 말했다.

"자기야, 진짜로 이건 과장이야."

"지거라는 게 없단 말이야?"

"당연히 있긴 있지." 로버타가 말했다. "하지만 그냥 모래벼룩일 뿐이야. 모래벼룩이 무서우면 맨발로 다니지 않는 게 좋지."

그녀가 지거에 대해 설명했다. 아주 고약한 것들이라고 했다. 그러니까 저자 말이 크게 틀린 건 아니라고 했다. 그러더니 한동안 열대지방의 곤충 얘기를 했다. 다른 무엇보다 생생하게 기억이 나는 모양이었다. 그리고 『이렇게 파란 건 없어』에서 이 구절 저 구절 소리 내어 읽으면서 비웃었다.

"그렇게 줄기차게 책을 읽을 거면 거기 쓰여 있는 얘기들을 다 믿으면 안 돼."

"안 그래." 오드리가 말했다. "내가 얼마나 잘 안 믿는지 알면 너도 놀랄걸. 어쩌면 이 책이 보는 시각이 너와는 다른가 보지. 다 보는 시각에 달려 있잖아. 누군가 런던을 무지하게 헐뜯는 책을 쓰고 싶다면 쓸 수 있지 않겠어? 누구든 그러면 좋겠다. 내가 살 텐데."

"이 맹추!" 로버타가 사랑스럽게 말했다.

갈 시간이 되어 오드리는 멍하니 지하철역으로 다시 걸어갔고, 멍하니 지하철에 앉아 있다가 퍼뜩 정신을 차려 보니 레스터스퀘어를 지나친 뒤였다. 이제 킹스크로스에서 갈아타야 했다. 지하철에서 내렸을 때 금방이라도 주저앉을 것처럼 몸이 너무 안 좋았다. 수많은 사람들이 마구 밀치며 지나가서 얼이 빠질 지경이었다.

모니카에 대해, 이 여정의 끝에 대해, 무엇보다 따끈하고 맛있는 음식에 대해 생각해 보려 애를 썼지만 머릿속이 뭐가 잘못되었는지 생각을 집중할 수가 없었다. 계속해서 흰개미가 떠올랐다. 땅 아래 보이지 않는 길을 따라, 결국은 흐지부지되어 아무 데도 닿지 않는 길을 따라 달리는 흰개미들이. 에스컬레이터 앞에 다다랐을 때 타기가 겁이 나서 머뭇거렸다. 양쪽으로 붙어 선 사람들이 커다란 곤충과 정말

흡사했다. 아니, 흡사한 게 아니었다. 그들은 곤충이었다.

그녀는 에스컬레이터에 올라 오른쪽에 가만히 섰다. 오늘 저녁엔 뛰지 말아야지. 팔을 옆구리에 대자 책이 느껴졌다. 그러자 다시 지거 생각이 밀려들었다. 모르는 새에 피부 아래로 들어가 거기 알을 낳는다고 했다. 지하철역까지 거리를 걸어가는 것처럼 그냥 걸어가는 중에도 마치 신문을 사거나 라디오를 트는 것처럼 쉽게 지거가 달라붙는다고 했다. 그러면 바로 감염이 되는 것이다. 그에 대해 전혀 알지도 못하는 새에.

앞쪽에 축축한 머리에 후줄근한 옷차림을 한 할머니가 서 있었다. 그녀가 나이 든 할머니를 혐오하는 정도에는 좀 터무니없는 면이 있었다. 대부분의 여자들을 다 혐오하니 그것도 터무니가 없었다. 늙었으면 집에 박혀 있어야지. 나와서 돌아다니긴 왜 돌아다녀. 보기만 해도 기분이 우울해진다니까! 툭 튀어나와 있다. 그 할머니가 바로 그랬다. 줄을 맞추지 않고 중간에 떡하니 서 있다. 그러니 안내원이 급하게 마구 달려와 할머니를 홱 밀치면서 "아, 한쪽으로 비켜서요!"라고 나직이 내뱉었다 해도 그녀에게 뭐라 할 수는 없는 것이다. 그런데 아마 너무 세게 밀었는지 할머니가 비틀거렸다. 넘어질 것만 같았다. 오드리는 가슴이 덜컹하면서 동시에 눈을 감았다. 넘어지는 것을 보고 싶지 않았고 비명 소리도 듣고 싶지 않았다.

하지만 아무 소리도 들리지 않았고, 오드리가 눈을 떠 보니 할머니는 놀랍게도 무사했다. 몇 계단을 굴러 내려가다가 다시 손잡이를 잡았던 것이다. 심지어 웃으며 "소고기가 어떻게 처리되는지 이젠 알겠네!" 이렇게 말하는 여유까지 보였다. 하지만 얼굴은 백지장처럼 하얬다. 오드리도 마찬가지였다. 어쩌면 가슴이 여전히 벌떡거리고 있을 것이었다. 오드리 역시 그랬듯이.

지하철에서 나온 뒤에도 악몽은 계속되었다. 집으로 가려면 그녀가 아주 싫어하는 좁은 길을 따라 올라가야 했고, 게다가 어두워지고 있었다. 거의 언제나 인적이 드물었다. 지독한 공습이 있었기 때문에 분명 귀신들이 출몰할 거라고 오드리는 확신했다. 뼈대만 남은 집이나 잔해 더미 위로 잡초와 야생화들이 자라고 있었다. 문간 계단은 줄에 매달려 있는 듯이 위태롭게 덜렁거렸고 그 근처에 녹색 눈을 가진 검은 고양이가 살았다. 그녀는 고양이를 좋아했지만 이 고양이는 아니었다. 이 고양이는 아니야. 사실은 고양이가 아닐 거라고 확신했다.

공습경보가 울리기 시작하면? '만약 내가 이 길을 걷고 있는데 공습경보가 울리면 그건 내겐 끝장인 거야.' 기이하게 멍한 표정에 눈썹이 없는 그런 남자가 나타난다면. 언젠가 밤에 극장 여자 화장실에 나타난 인물처럼. 거기 그렇게 히죽거리며 서 있어서 다들 어쩔 줄 모르고 그냥 그가 거기 없는 듯이 행동하는. 어쩌면 사실 없었는지도 몰랐다. 그런 남자가 살그머니 뒤로 다가와 어깨를 툭 치며 말을 건다면 그녀는 저항조차 하지 못할 것이다. 그냥 쓰러져 너무 무서워서 죽어버릴 것이다. 그 정도로 그 길이 싫었다. 천천히 걸어야 했다. 뛰기라도 하면 뭐가 되었든 거기 있는 것들이 옳다구나 하고 마구 쫓아올 테니까. 하지만 그렇게 천천히 걸어도 결국 끝에 다다르긴 했다. 모퉁이만 돌면 훼손된 것들이 다 정리된 평온한 보통 거리가 나오고, 그 거리 3층에 정부 기관에서 타자수로 일하는 모니카와 함께 사는 아파트가 있었다.

라디오가 크게 울리고 있었다. 양배추 끓이는 냄새가 계단 아래까지 진동했다. 오늘만은 모니카가 저녁 준비를 하고 있나 보다. 그들은 월요일, 수요일, 금요일에는 나가서 먹었고, 화요일, 목요일, 토요일, 일요일엔 집에서 먹었다. 대개 오드리가 집안일과 요리를 했고, 모니카가 배급 통장 관리를 하고 줄을 서서 한참을 기다려 장을 보고, 이제 세탁물 차가 오지 않았으므로 매주 빨래 뭉치를 가져갔다가 가져오는 일을 했다.

"어서 와." 모니카가 말했다.

오드리가 힘없이 대꾸했다. "안녕."

예쁜 흑인 여성인 모니카가 식탁에 음식을 올리면서 말했다. "얼굴이 해쓱하네. 가짜 진이라도 마신 거야?"

"아, 농담하지 마. 오늘 거의 먹질 못했어. 그래서 그래."

몇 분 후 모니카가 성마르게 물었다. "그럼 도대체 왜 못 먹었는데?"

"때를 놓쳐서 그랬나 봐." 접시 위의 소시지와 양배추를 깨작거리며 오드리가 말했다.

모니카가 아침 신문을 읽기 시작했다. 라디오에서 나오는 노랫소리보다 더 크게 말했다.

"독일에서 여자로 산다는 것에 대한 이 기사 읽어 봤어? 향수나 오드콜로뉴도 못 뿌리고 매니큐어도 못 바른대."

"말도 안 돼!" 오드리가 말했다. "진짜 안됐다."

"히틀러가 가장 먼저 금지한 게 매니큐어였대. 시작이 그랬다는 거야. 왜 그랬나 몰라. 이유가 있을 거 아냐, 그렇잖아?"

"왜 꼭 이유가 있어야 해?" 오드리가 말했다.

"왜냐하면 자기가 별로 안 예쁘고 추레하다고 생각하는 여자들이 있으면 보통은 그들이 원하는 걸 이루게 해 주잖아." 모니카가 말했다. "그리고 그건 매니큐어로 시작하고, 안 그래? 이런 말도 있어. '나이 든 여성과 중년 여성들은 모두 지독히도 불행해 보인다. 다들 슬금슬금 돌아다닐 뿐이다.'"

"그런 말을 하다니 놀라운데." 오드리가 말했다. "아일오브도그스*는 다르다는 거지?"

왠지 신물이 나서 누구에게든 무례하게 굴고 싶은 심정이었다. "아, 제발 입 좀 다물어." 그녀가 말했다. "관심 없다고. 여기 있는 여자들만 해도 많은데 왜 독일 여자까지 감당해야 하는데? 정말 끔찍해!"

모니카가 모질게 받아치려고 입을 열었다가 그냥 다물었다. 그녀는 침착한 성격이었다. 접시를 쟁반에 쌓더니 부엌으로 들어가 설거지를 하기 시작했다.

그녀가 사라지자마자 오드리는 라디오와 불을 다 껐다. 행복한 잠, 달콤한 잠, 잠을 충분히 잔 적이 없어…… 일요일 아침마다 그녀는 모니카가 일어나고 한참 지나서까지 정신을 잃고 쓰러져 자곤 했다. 잠을 푹 자는 사람이라고도 할 수 있었다. 호흡이 얕고 조용하고, 몸을 뒤척이지도 않고 꼼짝도 않고 누워 있다는 점만 아니라면. 그러더니 **그녀가(누구지?) 하늘에서 편안한 잠을 내게 보내 잠이 내 영혼에 스며들었다. 내 영혼으로 스며들어 왔다. 잠, 자연의 달콤한 거시기, 복잡다단한 인생을 마무리 짓는……**

방금 눈을 감은 것 같은데 난데없이 잠에서 깼다. 모니카가 그녀를 마구 흔들고 있었다.

"왜 그래? 벌써 아침이야?" 오드리가 말했다. "뭔데? 왜 그래?"

"아, 아무 일도 아니야." 모니카가 빈정거렸다. "네가 집이 무너져라

---

* Isle of Dogs, 런던 이스트엔드의 금융 중심지.

비명을 질렀을 뿐이지."

"내가?" 오드리가 흥미를 보이며 말했다. "뭐라고 하면서?"

"뭐라고 했는지 모르고, 관심도 없어. 하지만 집에서 쫓겨나길 바라는 거라면 그게 아주 좋은 방법이긴 하겠지. 아래층 여자가 너무 시끄럽다면서 우리를 쫓아내려고 기를 쓰고 있는 거 잘 알잖아. 지거 어쩌고 하더라. 도대체 지거가 뭔데?"

"지하철에 탄 사람들을 가리키는 은어야." 오드리가 스스로도 놀랄 정도로 술술 대답했다. "몰랐어?"

"아, 그래? 한 번도 들어 본 적 없어."

"열대지방의 곤충에서 유래한 거야." 오드리가 말했다. "의식도 못 하는 새에 피부 밑으로 들어와 알을 낳는대. 알을 까도 모르는 거지. 그리고 대도시에 사는 또 다른 열대 곤충도 있어. 철도나 지하철, 다리, 군인, 전쟁 할 것 없이 우리가 가진 건 다 있대. 커다란 도시도 있고 작은 도시도 있고, 그 사이를 잇는 길도 있고. 대부분은 우리가 노동자라고 부르는 그런 존재야. 날개가 없기 때문에 절대 날지도 못하고 교미를 하지도 못하지. 그냥 일만 하는 존재야. 어떻게 그렇게 되었는지는 아무도 모르는데 아마 음식 때문일 거라고 해. 분리 정책 때문이라는 사람도 있고. 안 믿는 거야?" 그녀의 목소리가 커졌다. "거짓말이라고 생각하는 거야?"

"당연히 믿지." 모니카가 달래듯이 말했다. "하지만 그렇게 목청을 높일 이유가 있는지 모르겠다."

오드리가 숨을 크게 쉬었다. 입꼬리가 떨렸다. 그러고는 말했다. "이제 자야겠다. 너무나 피곤해. 아스피린 여섯 알을 먹고 잠을 자야겠어. 공습경보 울려도 나 깨우지 마. 그런 것들이 아주 가까이 와도 깨우지 말라고. 무슨 일이 있어도 일어나고 싶지 않아."

"그래 좋아." 모니카가 말했다. "알겠다고, 이 할망구야."

오드리가 주먹을 불끈 쥐고 그녀에게 달려들며 다시 비명을 지르기 시작했다. "빌어먹을! 그런 식으로 부르지 마. 지옥에 영원히 떨어질 망할 것, **그렇게 부르지 말라고**……"

라푼젤, 라푼젤

Rapunzel, Rapunzel

병원에 입원해 있던 3주 동안 창문 밖을 내다볼 때마다 런던의 플라타너스 대신 유령 마을이 보일 때가 많았다. 아랍 마을이라든지, 내가 생각하는 아랍 마을인데, 언덕 위에 자그마한 하얀 집들이 옹기종기 모여 있는 것이다. 이 환영은 나타났다 사라졌다 했으므로 나는 그게 나타나기를 기다렸고 하루라도 보지 못한 채 지나가면 허전한 마음이 들었다.

어느 날 아침, 이제 많이 회복되어 회복기 환자 요양원에 잠깐 있으면 될 것 같으니 퇴원할 준비를 하라는 얘기를 들었다. 옷을 입고 아주 빨리 짐을 싸야 했고, 아직 후들거리는 다리로 서둘기까지 하면서 어디로 가는지도 모른 채 병원 밖에서 기다리는 차에 올랐다.

중간에 두 번 더 서서 다른 환자들을 태우고 약 40분쯤 달렸다. 아직 런던인 것 같은데, 런던 어디쯤이지? 노우드인가? 리치먼드? 베크넘?

요양원에 도착해 보니, 꽤 큰 정원이 딸린 웅장한 빨간 벽돌 건물이었다. 다른 환자들은 1층의 방으로 들어갔고, 난 혼자서 난간을 붙들고 계단을 올라갔다. 올라가 보니 예쁘장하지만 표정이 딱딱한 인도인 간호사가 나를 맞아 병동으로 안내해 주었고, 짐을 풀고 침대에 들어가 눕는 걸 도와주었다. 여기저기서 떠들고 웃는 소리가 들려왔고 라디오 소리도 들렸다. 조용한 편이었던 병원에 익숙했기 때문에 정신이 사나웠다. 눈을 감고 있다가 떴더니 젊고 잘생긴 의사가 침대 곁에 서 있었다. 몇 가지 묻더니 마지막으로 집이 어디냐고 물었다.

"지금은 데번주에 살아요."

"그러면 최근에 사냥꾼 무도회에 가 본 적이 있나요?"

너무나 뜻밖의 질문이라서 나는 1, 2초 후에야 미소를 지으며 분명 대단히 재미있는 일이겠지만 한 번도 가 본 적이 없어서 그게 어떤 건지 알지 못한다고 대답할 수 있었다. 그는 흥미를 잃고는 다른 침대로 가 버렸다.

라디오와 대화 소리가 끊임없이 이어져서 한참 동안 잠을 이룰 수 없었다. 그래서 다음 날 아침 일찍 간호사가 다른 병실로 옮길 거라고 했을 때 다행이다 싶었다.

새로 옮긴 병동은 그보다 작았지만 조용했다. 열네 명가량의 환자들이 있었지만 난 여전히 너무 기운이 없어서 침대 발치에 번쩍거리는 고급 잡지 더미를 쌓아 둔, 옆자리의 나이 든 여자 환자만 겨우 알아보았다. 그녀는 그 잡지를 탐독했고 하루 종일 라디오를 틀어 놓았다. 그날 밤 우리 사이에 언쟁이 있었다. 그녀가 나 혼자 책을 보겠다고 불을 켜 놓아서 다른 사람들 잠을 방해하면 되겠냐고 했고, 그래서 난 아직 10시도 안 되었고 나로서는 그녀의 라디오 때문에 하루 종일 괴롭다고 했지만, 곧 항복했다. 어쩌면 내가 다른 사람들의 잠을 방해하는 걸 수도 있었으니까.

누군가 코를 골았다. 이제 그쳤나 보다 하는 순간 더 크게 다시 시작되었고, 수면제를 달라고 했음에도 약효가 나타나기 시작하는 데 몇 시간은 걸린 듯했고 마침내 잠이 든 뒤에도 오래도록 심란한 꿈에 시달렸다. 아침에 눈을 뜨자 꿈에서 깼다는 게 말할 수 없이 기뻤을 뿐 기억은 나지 않았다.

옆자리 환자를 보니 그녀는 마른 등을 내게로 돌린 채 머리를 빗고 있었다. 숱이 엄청나게 많은 은발은 길고 부드러웠다. 얼마 동안 리듬에 맞추어 꾸준하게 빗었다. 평생 머리 관리를 무척 잘했던 게 분명했고 그래서 여전히 건강한 그 머리가 지금 여전히 변하지 않은 자신의 모습을 확인시키고 위안을 주는 것이었다. 느슨하게 쪽을 지어 핀을 꽂았을 때도 얼굴 주변으로 흘러내린 머리가 너무 아름다워서 그렇게 나이가 많다고 보기 어려웠다.

우리가 끝까지 서로 친해졌다고 말할 수는 없다. 그녀는 호주 사람으로 이름이 피터슨이라고 했고 한번은 자신의 잡지를 빌려주기도 했다.

얼마 지나지도 않아 요양원이 마음에 들지 않는다는 걸 깨달았고, 가능하면 빨리 여기서 나가는 게 좋겠다는 생각이 들었다. 단조로운 병원 생활이 결국 위무하는 효과가 있었던 것이다. 삶에 대한 애정이 사라져 심약했었지만 체념하고 수동적인 삶을 살았었다. 반대로 여기에서 난 안절부절못하고 불안했는데, 여기가 위안을 준다는 장소임에도 그랬다. 병실 밖 통로에는 암적색 카펫이 깔려 있고 끄트머리의 높은 창문에는 암적색 커튼이 걸려 있었다. 얕고 넓은 층계에 두꺼운 떡갈나무 난간이 서 있는 계단은 널찍한 편이었다. 요양하기에 딱 좋은 종류의 집이라는 생각이 들 것이었다. 하지만 내게 그것은 갑갑하고 음울하고, 무신경하게 위협적이기까지 했다.

간호사는 곧 내게 매일 정원에 나가 운동을 하라고 했고, 내가 운동을 하러 나갈 때면 대개 다른 환자 한 명이 있었다. 그녀는 항상 사탕봉지를 들고 나왔고, 그것을 나누어 주고는 자신의 담낭 수술과 내 심장마비에 대해 시시콜콜 얘기를 나누었다. 하지만 내내 내 머리에 떠올랐던 것은 그곳 역시 나무들은 처연하고 무겁게 축축 늘어져 있고 잔디도 보통의 잔디보다 훨씬 칙칙하다는 것이었다. 그곳의 어떤 분위기로 인해, 맘에 들지 않거나 못마땅한 사람은 즉각 주저 없이 독살해 버릴, 존경받는 훌륭한, 차분한 시민이 연상되었다.

병원에서처럼 카트에 책을 잔뜩 싣고 돌아다니는 친절한 여자들이 없어서 나는 어느 날 읽을 게 없느냐고 물었다. 1층에 도서관이 있다고 했다. "계단을 내려가 왼쪽"이라고 간호사가 말했다.

들어가 보니 블라인드가 다 내려져 어두컴컴했지만, 누군가 있을 거라고 확신했기 때문에 문 근처에 서서 스위치를 찾아 벽을 더듬었다. 식사용처럼 커다란 테이블과 그 주변에 놓인 일자 등받이 의자 그리고 저쪽 끝으로 기우뚱한 책장이 있을 뿐 방은 텅 비어 있었다. 아무도 없었다. 아무도! "아, 멍청이처럼 굴지 마." 난 소리 내어 말하고는 테이블을 지나쳐 걸어갔다. 책들이 절망적으로 서로 기대어 있었다. 몇 년 동안이고 책을 보거나 만져 본 사람이 전혀 없이 방치된 처량한 모습이었다. 차라리 쌓아 놓았거나 버렸다면 보기 덜 흉했을 것이다. 대부분은 빅토리아 시대 초기 여행객들이 아프리카 모험에 관해 쓴, 아주 촘촘하게 인쇄된 회고록이었다. 그 테이블과 의자에서 등을 돌리고 있는 게 싫어서 잠깐 들여다보았는데, 그때 들어 본 적 있는 작가의 이름이 적힌 타우흐니츠 출판사의 찢어진 책이 눈에 띄기에 그것을 홱 끄집어내서는 서둘러 그곳을 나왔다. 무슨 일이 있어도 그 방에 다시 들어가고 싶지는 않아서 그 책을 그냥 읽고 또 읽었는데, 사실 제대로 머리에 들어오지 않았기 때문에 지금은 제목도 내용도 기억이 나지 않는다. 이때부터 난 날짜를 세기 시작했다. "8일만 더 있으면 돼. 6일만 더 있으면 돼."

어느 날 아침 작고 날씬한 남자가 병동을 들여다보며 물었다. "머리 감거나 자르고 싶은 분 있으신가요?"

대부분 대답하지 않았고, 몇 사람은 단호하게 괜찮다고 말했다.

그때 피터슨 부인이 말했다. "할 수 있다면 머리를 좀 다듬고 싶은데요."

"알겠습니다. 내일 11시에 올게요."

그가 가고 나자 누군가 말했다. "저 사람은 이발사예요."

"그냥 끝만 다듬는 건데요, 뭐. 끝이 갈라져서 말이죠." 피터슨 부인이 말했다.

다음 날 아침 이발사가 도구를 다 챙겨 들고 나타나 세면대 옆─그 위에 거울은 없었다─에 의자를 놓고는 미소를 지으며 그녀에게 와서 앉으라고 했다. 그녀가 무슨 말인가를 건넸고, 그는 고개를 끄덕이고는 모두가 몰래 지켜보는 가운데 머리를 자르기 시작했다. 그녀가 허리를 펴고 앉았고 그가 살살 머리카락을 말렸다. 그러고는 한 손에 머리를 쥐고는 커다란 가위를 꺼냈다. 쓱쓱, 그러자 머리카락 반이 바닥에 떨어졌다. 여자 하나가 헉하는 소리를 냈다.

피터슨 부인은 불안해하며 손을 들어 목 근처를 더듬었지만 아무 말도 하지 않았다. 뭔가 잘못되었다는 건 알아차렸겠지만, 당연히 그게 어느 정도인지는 알 수 없었을 것이고 일은 순식간에 벌어졌으니까. 나머지 머리도 사라졌고, 몇 분간 그녀가 드라이어 아래 들어가 있는 사이 이발사가 주변을 치웠다. 그녀가 돈을 냈을 때 그가 말했다. "무거운 머리가 가벼워져서 좋으시죠?" 그녀는 대답하지 않았다.

"안녕히들 계세요." 그가 그렇게 말하고는, 아주 세심하게 비닐봉지에 담은 머리카락을 들고 나갔다.

남은 머리도 제대로 손질을 하지 않아 그녀의 얼굴은 헐벗은 듯 큼지막하고 좀 못생겨 보였다. 침대로 걸어가는 중에도 충격으로 정신을 차리지 못하는 모습이었다. 그녀는 손거울을 집어 들고 거울에 비친 모습을 오래도록 뚫어지게 바라보았다. 그렇게 들여다보며 갈수록 너무나 고통스러워하는 걸 보고 난 작은 소리로 말했다. "걱정 말아요. 깜짝 놀랄 만큼 순식간에 다시 자랄 거예요."

"아니, 그럴 시간이 없어요." 그녀가 말하고는 돌아누워 이불을 뒤집어썼다. 꼼짝도 안 하길래 잠이 들었나 보다 했는데, 누구에게랄 것 없이 그녀가 말하는 소리가 들렸다. "이제 아무도 날 원하지 않을 거야."

밤에 갑자기 그녀의 상태가 심각해지는 바람에 잠에서 깼다. 간호사가 급히 왔다. 다음 날 아침에 다시 한번 그랬고, 그녀는 자신을 살피러 온 수간호사에게 기운 없이 말했다. "번거롭게 해서 정말 미안해요. 정말 미안해요."

토하고 기도가 막히고 정말 미안하다고 아픈 아이처럼 기운 없이 말하는 일이 간격을 두고 하루 종일 반복되었다. 그러더니 밤사이 침대 주위에 칸막이가 세워졌다.

칸막이 뒤에서 들려오는 소리가 어느샌가 들리지 않게 되었다. 사람은 무엇에든 익숙해질 수 있으니까. 하지만 어느 날 아침 일어나 보니 칸막이는 사라지고, 빈 침대는 깔끔하게 정리되어 있었다. "하여튼 항상 저런 식으로 치워 버린다니까. 조용히, 한밤중에." 한 여자가 이렇게 말하는 걸 듣는 순간 기분이 상했다.

"이 사람들은 정말 지독하게 비관적이네." 내가 혼잣말을 했다. "병이 완전히 다 나을 수도 있는데. 머리는 다시 자랄 거고 금방 예쁜 모습을 되찾을 텐데."

내일모레면 요양원을 나갈 것이었다. 그런데 왜 그 생각 대신에 파란색인가 노란색 동화책(진홍색이었는지도 모른다)에서 오래전에 읽었던 이야기가 떠오르고 그 문장이 터무니없이 머릿속을 떠나지 않는 것일까? "라푼젤, 라푼젤, 네 머리카락을 내려 줄래?"

다락방에서 무슨 일이 벌어지는지
누가 알겠어?

Who Knows What's Up in the Attic?

그녀는 조용하고 무덤덤한 나이 든 다른 사람들과 함께 줄지어 놓인 접이식 의자에 앉아 바다를 바라보고 있었다. 하늘과 달리 바다는 평상시처럼 진회색이었다. 하지만 잔잔했고, 부드럽게 밀려오는 파도 소리가 마음을 편안하게 했다.

혼자 놀고 있는 남자아이 하나와 저 멀리에서 개에게 나뭇가지를 던져 주는 남자가 있을 뿐 해변은 텅 비어 있었다. 계속해서 나뭇가지를 던지면 역시 계속해서 개는 마구 짖으며 열심히 물로 뛰어 들어갔다. 고양이라면 설사 그런 재주를 배웠다 해도 곧 흥미를 잃겠지만, 개는 낙천적이라 매번 처음처럼 새로운 모양이었다. 아니면 그냥 단순하든가.

"나한테 차가 있어요." 옆 의자에 앉은 남자가 말했다.

"저건 대서양이죠?" 그녀가 물었다.

"당연하죠. 그럼 뭐라고 생각한 거예요?"

"브리스틀 해협인가 했죠."

"아니죠, 봐요." 그가 지도를 꺼냈다. "여기가 브리스틀 해협이고, 우리는 여기 있는 거예요. 저건 대서양이고."

"무척 잿빛이네요."

하지만 바다를 따라 이어진 길을 달리면서 그녀는 그 마을이 자그마하고 유쾌한 곳이라고 생각했다. 노랑이나 분홍, 초록, 파랑으로 칠해진 저 아파트 중 어딘가에 살 수도 있지 않은가? 휴가용 아파트, 그렇게 불렀다. 한 주가량 여기서 머물까? 그러고는 사람과 차와 마차로 가득한 마을을 상상했다. 전혀 같은 게 아니었다.

게다가, 그녀에겐 아주 많은 계획이 있었다.

내륙으로 들어서자 그가 노래를 부르기 시작했다. 이런저런 오페라에 나오는 노래였는데 어느 것도 그녀가 알아들을 수 있는 언어는 아니었다. 그가 이따금 노래를 멈추고 설명을 덧붙였다. "이건 그가 그녀를 처음 만났을 때 부르는 노래예요. 이건 죽으면서 부르는 노래고요."

"거기서는 죽을 때 항상 노래를 하네요. 그것도 아주 크게." 그녀가 말했다.

하지만 그는 노래를 계속했다. 좋은 목소리였다. 차를 쌩쌩 몰면서 노래를 하는 남자 옆에 앉은 것이 얼마만인가? 까마득히 오래되었네. 아니면 그저 어제 일이고 그 이후로 있었던 일은 기이한 꿈일 뿐인가?

이 일이 있기 전 어느 날—그것 역시 어제였다—그녀는 시골집 부얼에 앉아 창문으로 음침한 하늘을 내다보며 고요함에 귀를 기울이고 있었다. 농장 마차도 대형 트럭도 지나가지 않았다. 가만히 문을 두드리는 소리가 들렸을 때, 분명 싱 씨일 거라고 생각했다. 그 마을에 사는 다른 사람들은 다들 가뜩이나 무너질 것 같은 집을 아예 박살 낼 것처럼 문을 두드렸으니까. 그녀는 꼼짝도 않고 앉아 귀를 기울였다. '분명 내가 집에 없다고 생각하고 그냥 가겠지.'

싱 씨는 마을에 드문드문 찾아와 블라우스와 스카프, 내의 등을 팔았다. 보통 그녀를 잘 구슬려 쓸모없고 요란한 것들을 사게 만들었다. 그것은 그녀가 평소보다 훨씬 더 외롭고 무료해서 뭐라도 기분 전환을 할 게 없나 바라던 어느 날 시작되었다. 그 이후로 아주 자주 그를 보게 되었다.

"5파운드짜리인데 싸게 해 줄게요. 그리고 행운의 묵주도 같이요. 난 독실한 사람이니까 당신을 위해 기도해 줄게요."

"하지만 안 살래요, 싱 씨."

"그러지 말아요. 그런 소리 말아요. 제 가슴을 아프게 하는군요. 안 사도 돼요. 그냥 보기만 해요." 그렇게 상냥하게 말하곤 했다.

가방 하나에 어떻게 저렇게 많은 걸 넣어 다니지. 그녀는 항상 의아했다.

"안녕히 계세요, 맴, 고맙습니다, 맴. 신의 가호가 있기를, 맴." 그는 항상 그녀를 맴이나 멈*이라고 불렀다.

문을 잠그지 않았다는 게 떠올랐다. '들어와서 날 찾을 거야.' 그래서 현관으로 나가 문 위쪽 유리창에 대고 그에게 고개를 저어 보인 후

---

* 원래 madam의 준말인 ma'am의 약간 다른 발음.

문을 잠가야겠다고 결심했다.

그런데 예상했던 흰색 터번에 검은 턱수염의 남자가 아니라 회색 옷을 입은 모르는 젊은이가 참을성 있게 밖에서 기다리고 있었다.

"잰입니다." 그가 미소를 지으며 말했다. "편지를 드렸는데요. 기억 안 나세요? 작년에 런던에서 만났잖아요. 내게 주소를 알려 주면서 다시 영국에 오게 되면 찾아오라고 했잖아요. 편지 못 받았어요?"

그러자 네덜란드에서 온 편지가 생각났다. 영어로 쓴 세 장짜리 편지였다. 알아보기 힘든 글씨체와 낯선 시구들을 열심히 뜯어보았었다. 곧 런던에 갈 텐데 5월 중 화요일에 찾아가도 되겠냐고 물었었다. 그녀는 당연히 만나고 싶다고 답장을 하면서 이렇게 덧붙였다. "하지만 여기는 봄이 우기예요."

화요일…… 하지만 오늘은 월요일이었다.

"아, 그럼요, 그럼요." 그녀가 반가운 내색을 하려고 애쓰며 말했다. "들어와요. 술 한잔할 참이었는데 딱 맞춰 왔네요."

하지만 그는 마시지 않겠다고 했다. 그 시각 거실은 어둑했고, 그는 그나마 있는 빛을 등지고 앉아서 엑서터의 호텔에 대한 얘기, 그리고 그녀의 집을 찾느라 어려웠다는 얘기를 힘들이지 않고 술술 했다. 매끈한 런던 복장 차림이었다. 자신의 영어에 대해 사과했지만 외국인의 억양은 전혀 없었다. 가끔 단어를 떠올리느라 머뭇거리는 게 다였다.

"내일 나랑 같이 뭐 할래요? 바닷가에 갈 수 있는데, 어때요?"

"그래요. 바다 본 지 한참 되었네요."

다음 날 아침 시골스러운 옷을 입은 그가 커다란 꽃다발을 들고 왔다.

"너무 예쁜 카네이션이네요." 이만큼의 꽃을 꽂을 만한 데가 있을까 생각하며 그녀가 말했다.

차 안에서 그의 곁에 앉아 그녀는 어제 생각했던 것보다 그가 나이도 많고 훨씬 더 매력적이라는 사실을 알아차렸다.

"여긴 늘 비가 온다고 편지에 쓰셨던데, 오늘 날씨는 얼마나 좋아요!"

"아, 그러게요."

정말 화창한 날씨였다. 하늘은 옅푸르고 흰 구름은 순수하고 경쾌했다. 차가운 강풍과 끊임없이 흩뿌리던 비를 떠올리는 건 고마운 줄을 모르는 일이겠지. 지금 바람은 보드랍고 온화해서 거의 따뜻할 정도였다. "남쪽에서 불어오는 바람인가 봐요." 꽃이 만발한 과실나무들이 사방에 서 있었다. 그중 하나를 지나치면서 그녀가 말했다. "벗나무인가, 자두나무인가, 잘 모르겠네요."

"저도 몰라요. 시골 사람이 아니라서. 도시 사람이거든요."

"그래요, 보면 알겠어요." 그녀가 말했다.

얼마나 안전하고 행복한 느낌인지 스스로도 놀랄 정도였다. 이런 느낌을 받은 적은 극히 드물었고, 잠깐 만나 술을 한잔했을 뿐 다시 만날 기대는 전혀 하지 않았던 이 남자 덕에 그럴 수 있는 거라면 뭐하러 그걸 산산조각 내겠는가?

여하간 그의 얼굴은 아주 낯이 익었다. 그러다가 모딜리아니의 전기와 겉표지의 사진이 떠올랐다. 그 얼굴과 거의 똑같았다.

그때 그가 물었다. "피곤하세요?

"글쎄요, 집에 가서 술 한잔하면 좋겠어요."

"그러죠. 그런데 내 호텔 방에 당신이 좋아할 만한 와인이 있는데 엑서터 쪽으로 가서 그걸 가져와도 괜찮겠어요?"

호텔에서 나오는 그의 손에 로제 와인 두 병이 들려 있었다. 길이 한산했으므로 그들은 별말 없이 금방 집에 도착했다.

"잔을 가져올까요? 얼음은? 아니면 잠깐 냉장고에 넣어 둘까요?"

"아직 시원해요." 그가 말했다. "만져 봐요."

그가 병을 따고 담배 두 개비에 불을 붙여 하나를 건네는 동안 그녀는 벽난로를 마주 보며 앉아 있었다. 그가 테이블에 있던 네덜란드 시집을 집어 들었다. "네덜란드 책을 읽어요?"

"아니요. 안에는 영어로 번역되어 있어요. 네덜란드 말은 할 줄도 모르고 읽지도 못해요."

"하지만 암스테르담은 잘 알잖아요."

"조금 아는 거지 잘 알진 못해요. 헤이그를 더 잘 알죠. 물론 운하나 아름다운 고택들은 기억해요. 하지만 정말 오래전 일인걸요. 그 집들이 여전히 있나 몰라?"

"몇 채는 아직 있어요. 그중 하나에 이모부가 그 여동생과 함께 살죠."

"오, 그래요?"

"예. 매일 저녁 친구들을 초대해서 밤늦게까지 카드놀이를 하세요. 새벽 2, 3시에 전화를 해도 그때까지 하고 계시다니까요."

그들 얘기를 하는 그의 표정이 마음에 들었다. 재미있다는 식이었지만 유쾌하고 애정이 담겨 있었다. 그들을 그런 식으로 생각하다니 착한 사람이었다.

"돈을 걸고 하나요, 그냥 좋아서 하나요?" 그녀가 물었다.

"그냥 좋아서요. 좋아서 하시는 거예요." 그가 말했다. "난 이모부를 정말 좋아해요. 내가 아주 어렸을 때 엄마가 돌아가셔서 사실 이모부

가 나를 기우셨거든요. 인도네시아에 있을 때죠. 아버지는 예술가셨
어요. 정말 맘에 드는 아버지 사진이 몇 장 있고, 아버지를 좋아하기
는 해요. 하지만 너무너무 유약하셨어요. 좋은 일은 아니죠."

"그렇겠죠."

"이모부는 그렇지 않았어요." 그가 주머니에서 상자를 꺼내더니 작
은 사진 한 장을 건넸다. "이모부예요."

그녀가 보기에 이모부는 다소 교활한 인상이었다.

"무슨 얘기인지 알겠네요." 그녀가 말했다.

"그리고 이분이 아버지."

"아버지를 닮았군요."

"맞아요. 아버지를 좋아하고 애정도 있지만 아버지는, 뭐랄까, 강한
분이 아니에요."

"그래요, 하지만 모든 사람들이 다 강하다면 세상이 얼마나 난장판
이겠어요. 지금만 해도 충분히 형편없지 않아요?"

그가 조심스럽게 사진을 다시 집어넣었다.

"내일 런던으로 가야 하다니 슬프네요."

"나도 그래요." 그녀가 말했다.

그러자 그가 몸을 앞으로 숙이며 불쑥 말했다. "말해 봐요, 나한테
서 제일 맘에 드는 부분이 뭐예요?"

좀 갑작스러웠지만 그녀는 바로 대답했다. "눈썹이 제일 맘에 들어
요."

"눈썹, 눈썹이라고요?" 그가 말했다.

그가 놀라는 듯해 그녀가 설명했다. "그러니까 당신같이 생긴 얼굴
을 보면 사람들은, 아니 나는 말끔한 눈썹을 기대하거든요. 그린 듯이

검은. 그런데 당신 눈썹은 덥수룩한 데다 햇빛 아래에서 보면 머리 색보다 훨씬 밝아요. 좀 의외라서 아주 마음에 들어요."

"그런 얘기를 한 사람은 지금까지 하나도 없었어요."

그들은 잠시 서로를 지긋이 바라보다가 함께 웃기 시작했다.

"아, 지금 당신 그 모습을 사진으로 찍어야겠어요. 사진기를 가져올게요. 차에 있어요."

"안 돼요, 사진 찍지 말아요. 정말 싫어해요. 예전에도 전혀 좋아하지 않았지만 지금은 아예 공포증이 있어요. 제발 찍지 말아요."

"당신이 싫다면 당연히 안 찍죠. 그래도 당신이 허락한다면 이 시골집은 몇 장 찍고 싶어요."

"다른 건 다 찍어도 돼요. 나만 빼고."

문간에서 그가 돌아보며 말했다. "우리가 서로를 알아봤어요, 그렇죠?"

그녀는 대답하지 않았다. 단지 생각만 했다. 그래, 바로 당신을 알아봤지. 하지만 당신이 날 알아봤으리라고는 전혀 상상도 못 했어.

그녀는 끊임없이 내리는 이슬비를 바라보고 바람 소리를 들으며 이 의자에 앉아 있던 적이 정말 많았다. 밤새도록 바람이 휘파람 소리를 냈다가 우는소리를 하다가 신음을 해 가며 문과 창문을 시끄럽게 흔들어 대서 일어나 신문으로 그 틈 사이사이를 막지 않고는 잠을 잘 수 없었다. 낮에는 하루 종일 나무들이 바람에 시달렸다. 모두를 괴롭히는 요망한 바람을 얼마나 미워하게 되었는지. 비가 내리지 않을 때조차 햇빛은 창백하게 빛날 뿐이었다.

하지만 오늘은 태양도 진짜 태양 같아서 황금빛 햇살이 내리쬐었다. 잔디가 초록이 아니라 노랗게 빛났다. 다른 시간, 다른 장소, 다른 나라에 와 있는 기분이 든 것도 무리가 아니었다. 그가 서실 앞쪽의 마당에서 여기저기 걸어 다니는 것을 보면서 그녀는 생각했다. '여기 사진 찍을 만한 게 뭐가 있다고 저러지? 울타리에 있는 소들?'

"마당이 고르지 않고 구멍도 잔뜩 있죠. 정원 관리를 제대로 못 해서요."

"오늘은 괜찮아요. 하지만 비가 오고 침침한 날에는 좀 처량해 보이겠어요. 물론 당신은 친구가 많겠죠."

"별로 없어요. 어쨌든 이 마을엔 말이죠. 워낙 큰 나라잖아요."

"그럼 여기 혼자군요. 그럼 안 되는데."

"아니, 아니, 괜찮아요. 자주 찾아 주는 아주 상냥한 부인이 있고 전화도 있으니까요. 게다가 혼자 있는 거 좋아해요. 물론 항상 그런 건 아니지만, 모든 걸 다 가질 순 없잖아요."

"그럼 겨울엔, 겨울에도 혼자 있는 거예요?"

"정말 한겨울엔 웬만하면 다른 데 가 있어요. 그때는, 그때는 좀 위험해서 어떻게 될지 모르니까요."

"내 생각인데요, 이탈리아에 당신이 좋아할 만한 곳을 알아요. 조용하고 아름다운 곳이죠."

"딱 좋은 곳인 것 같네요."

"그럼 거기 가는 거 생각해 볼래요?"

"안 될 것 없죠." 그녀가 말했다. 당연히 생각이야 할 수 있으니까.

걱정스러운 표정으로 그가 말했다. "당신과 내내 함께 있지는 못할 거예요. 그래도 가능한 한 자주 갈게요. 알다시피 내 일도 있고. 그리고 아내도 있거든요."

"당연히 그렇겠죠."

"아내와는 사이가 좋지 않아요."

"오, 저런. 안됐네요."

"그래요. 아이들이 다 자랄 때까지만 함께 살기로 합의했어요. 그때까지 서로 간섭은 안 하는 거죠."

그런 얘기를 오래전에, 만사가 지금과는 달랐던 아주 오래전에 들었던 것 같았다. "좋은 방식이네요. 모두에게 공평하고……" 그녀가 말했다. "그리고 아마……"

"당신은 내 아내를 몰라요."

"모르죠."

"이런 사람이에요." 이제 그가 열을 올리며 말했다. "몇 달 전에 뉴욕에 갔었어요. 거기서 드레스를 하나 사 왔죠. 아주 예쁜 거였어요. 아내가 기뻐할 거라고 생각했는데 옷장에 그냥 걸려 있는 거예요. 한 번도 입은 적이 없어요."

"아마 사이즈가 안 맞나 보죠." 그녀가 말했다.

"물론 사이즈는 맞죠. 난 그런 실수를 하는 법이 없어요. 내가 사 줬기 때문에 입지 않는 거예요. 만사가 그런 식이죠. 나만큼이나 헤어지길 원해요. 아이들 때문에 이러고 사는 거지. 그리고……"

"농담이었어요."

"하지만 난 농담이 아니에요. 다 진심이라고요."

"그래요. 멋지긴 한데 불가능할 것 같네요. 안 되겠어요."

"왜 안 되죠?"

물론 왜 안 되는지는 그 자신이 확실히 알았고, 혹시 모른다 해도 당연히 그녀가 얘기해 줄 것은 아니었다. 그러고 나면 그녀는 며칠이고 몇 주고 우울증에 시달릴 것이었다. 자신이 얼마나 아슬아슬하게 살아가고 있는지, 살짝이라도 발을 삐끗하면 무슨 일이 생길지 이해하는 사람들은 거의 없었다. 심연. 절망. 그런 모든 것들.

머릿속에 가장 먼저 떠오른 핑곗거리를 그냥 내뱉었다. "너무 번거로워요. 여권도 그렇고. 게다가 난 짐 싸는 거 정말 싫어해요."

"내가 와서 함께 떠날게요. 10월에 올 수 있어요. 난 짐을 잘 싸요. 어려운 건 하나도 없을 거예요."

"그러고 싶은 마음은 정말 굴뚝같아요. 하지만 안 되겠어요."

그가 잠시 말이 없다가 입을 열었다. "그럼 생각해 봐요. 생각이 바뀌면 편지 보내 주겠어요? 주소는 아니까."

"아마 생각은 무지 많이 하겠죠. 하지만 마음이 바뀌는 일은 없을 거예요."

"그런 건 누구도 확신할 수 없어요." 그가 그렇게 말하고는 다른 얘기를 했다. 하지만 그가 저녁을 함께 하자고 했을 때 그녀는 갑자기 피로가 몰려와 그건 어렵겠다고 했다. 거의 움직이기도 힘들고 말도 많이 할 수가 없을 정도로.

"오늘 고마웠어요." 그가 문간에서 말하며 다시 인사를 하고 손에 입을 맞췄다. "소식 기다릴게요. 옆 들판의 소들하고 재밌는 얘기 나눠요."

"누가 알겠어요." 그녀가 말했다.

차에 타기 전에 그가 손을 흔들며 소리쳤다. "다시 만날 거예요."

"그래요, 알겠어요. 그러면 정말 좋겠네요. 그렇게 해 줘요."

그녀가 부엌으로 들어가 눈을 감았다. "안 될 게 뭐야? 안 될 게 뭐냐고? 지독하게 날씨에 휘둘리는, 가난한 사람들이나 살라고 엉망으로 지어진 이 집에서 왜 나가질 못해? 작은 방 네 개에 다락방밖에 없는. 딱 내 인생처럼." 그녀가 머리에 손을 대며 웃었다. "게다가 다락방에서 무슨 일이 벌어지는지 누가 알아? 일단 나는 모르는걸. 들여다볼 엄두도 안 나."

작은 집…… 숨이 막힐 정도의. 그녀가 문 쪽으로 가서 밑을 받쳐 문을 열어 두었다. 안 될 게 뭐야? 안 될 게 뭐냐고? 네가 가진 하나의 장점을 잊은 건 아니겠지? 원하는 대로 다 할 수 있잖아. 이탈리아에서 휴가를 보내는 일―결국 그거잖아―보다 수천 배는 더 어리석은 그런 일도 할 수 있고, 그래도 아무도 모를 거고 신경도 안 쓸 거라고. 아니면 아무도 알지 못하도록 쉽게 처리를 할 수 있든가. 그리고 분명 신경 쓰는 사람도 없을 거고.

목소리가 들렸다. "방해하는 거 아닌지 모르겠네요. 문이 열려 있어서 들어왔는데. 당신이 좋아할 만한 게 있어서 말이죠."

그녀가 급히 눈가를 훔쳤다. "방해라뇨, 전혀요. 졸고 있었어요." 싱씨를 보자 기뻤다. 궁할 땐 뭐라도 좋은 법. "오늘은 뭘 가져오셨어요? 이쪽으로 와서 보여 주세요."

"딱 당신을 위한 거예요. 아름답잖아요? 만져 보세요."

"그러네요. 저 오렌지색은 뭐예요?"

"그건……" 그가 꺼내 보여 주었다. "짧은 나일론 잠옷이에요. 모양은 괜찮죠. 레이스는 없어요."

"예쁘네요." 그녀가 말했다.

다소 의외라는 표정으로 그가 날래게 그것을 그녀의 턱 밑에 대었다. "색이 아주 잘 어울리는데요." 그가 말했다. "검은색도 있어요."

그가 두 벌의 가격을 알려 주었고 그녀는 돈을 주었다. 그는 다른 건 더 팔 생각을 하지 않고 가방을 닫았다.

그녀가 문간까지 그를 배웅했다. 바람이 거칠어지고 날씨도 추워졌다. 내일은 날씨가 좋지 않겠네, 그녀가 생각했다.

"안녕히 계세요, 맴. 고맙습니다, 맴. 당신을 위해 기도할게요."

"그래 주세요." 그녀가 말하고는 문을 닫아걸었다.

한잠 자고 나면 괜찮을 거예요, 부인
Sleep It Off Lady

어느 10월 오후에 베이커 부인은 미스 버니와 차를 마시며 그들이 사는 마을 한가운데 들어올 예정인 양계장에 대해 얘기를 나누고 있었다. 주의 깊게 듣고 있지 않던 미스 버니가 말했다. "있잖아, 레티, 요즘에 죽음에 대해 굉장히 많이 생각을 하게 돼. 이상하겠지만 지금까지 거의 그런 적이 없었는데 말이지."

"아니야, 자기야." 베이커 부인이 말했다. "전혀 이상할 게 없어. 아주 자연스러운 일이지. 우리 늙은이들은 다소 아이 같은 데가 있어서 대개 현재만 생각하며 살잖아. 자비롭게도 하늘이 시혜를 내려 주시는 거지."

"그럴지도 모르지." 미스 버니가 미심쩍은 투로 말했다.

"우리 늙은이들"이란 말은 아주 다정한 투였지만, 베이커 부인이 자신은 겨우 예순셋이라 운이 좋다면 아직 여러 번의 여름을 더 날 수 있겠지만(누군가 말하듯이 여러 번의 여름이 지나면 백조가 죽는다니까) 일흔을 훌쩍 넘긴 미스 버니는 그런 운을 거의 바랄 수 없다는 사실을 모를 리 없었다. 베이커 부인이 의자 손잡이를 움켜쥐며 생각했다. '여러 번의 여름. 부정 타지 않기를 하느님께 간절히 바랍니다.' 그러고는 이제는 해가 아주 일찍 진다면서 시간이 순식간에 지나가는 게 놀랍지 않으냐고 했다.

미스 버니는 차가 멀어지는 소리를 들은 뒤 거실로 다시 돌아와 창밖으로 보이는 평평한 들판과 사과나무와 다시 꽃을 피우지 않는 라일락을 내다보았다. 라일락은 전지하면 안 좋기 때문에 앞으로 10년은 꽃이 피지 않을 거라고 했다. 멀리 땅이 불룩하게 솟은 곳—언덕이라고 부르기는 힘들었다—이 있었고, 그 위에 세 그루의 나무가 서 있었는데 너무나 똑같은 모양이라 인공적으로 보였다. '눈이 덮이면 차라리 아름답겠어.' 미스 버니는 생각했다. '눈은 너무나 희고 너무나 부드럽고 종국에는 너무 따분하지. 밉상스러운 헛간도 그렇게 형편없어 보이지 않으니까.' 하지만 헛간 생각은 하지 않기로 이미 마음을 먹은 터였다.

미스 버니가 시골집에 살려고 왔을 때 헛간은 눈엣가시였다. 한때 검은색이었던 아연철판은 색이 거의 다 벗겨져 이제는 푸르데데했다. 지붕 한쪽이 덜렁거려서 바람이 부는 날이면 시끄럽게 퍼덕거렸고 작은 문은 돌쩌귀에서 빠져 입구에 기대 놓은 상태였다. 내부는 놀랍도록 넓어서 저 끝은 거의 캄캄했다. '쓸데없이 공간을 잡아먹잖아.' 미스 버니가 생각했다. '허물어 버려야겠어.' 그런 생각을 왜 미처 못 했는지 이상한 일이었다.

달랑 하나 남은 나무 서까래에 못이 튀어나와 있고 거기에 장식처럼 누더기가 걸려 있었다. 구멍 뚫린 양철 양동이와 거대한 쓰레기통이 있었다. 한구석에 쐐기풀이 잔뜩 자라 있었는데, 그녀의 신경에 거슬린 것은 반대쪽이었다. 녹이 잔뜩 슨 잔디깎이며 카펫을 덮어 놓은 낡은 의자, 포대 여러 개와 예전의 건초 더미에서 그나마 남은 것들이 아무렇게나 쌓여 있었다. 포악하고 위험한 동물이 살고 있으리라는 상상을 하고는 큰 소리로 말했다. "나와, 이리 나와. 아름다운 '스레드니 바슈타르'*." 그러고는 자기 소리에 놀라 재빨리 걸어 나왔다.

하지만 그녀의 걱정은 과도한 것이 아니었다. 여기에 처음 이사 왔을 때 동네 건축업자가 이런저런 일을 해 주었는데, 그다음에 그를 보았을 때 그녀가 말을 꺼냈다.

"헛간을 허물고 싶다고요?" 그가 말했다.

"네." 미스 버니가 말했다. "몰골이 흉측한 데다 공간도 너무 많이 잡아먹고 있잖아요."

"좀 큰 편이긴 하죠." 그가 말했다.

"말도 못 하게 크죠. 도대체 그걸 뭣에 쓴 거예요?"

"정원용 헛간이었겠죠."

"뭐였건 상관없고요." 미스 버니가 말했다. "걸리적거리지 않게 해 줘요."

다음 주는 시간을 낼 수가 없고 그다음 주 월요일에 들러서 한번 살펴보겠다고 건축업자가 말했다. 월요일이 되어 미스 버니가 아무리 기다려도 그는 오지 않았다. 이런 일이 두 번 반복된 후 그가 올 생각

---

* 영국 소설가 사키의 단편 제목이자 그 안에 나오는 족제비의 이름.

이 없다는 걸 깨닫고는 가장 가까운 읍내의 회사에 편지를 썼다. 며칠 후 발랄한 젊은이가 문을 두드리고는 자신을 소개하고 정확히 뭘 어떻게 했으면 좋겠느냐고 물었다. 그때 몸이 좋지 않았던 미스 버니는 헛간을 손가락으로 가리키며 말했다. "저걸 허물어 버리고 싶어요. 할 수 있어요?"

젊은이가 헛간을 살펴보고 주변을 둘러본 후 가만히 서서 그것을 바라보았다.

"없애 버리고 싶어요." 미스 버니가 격앙된 어조로 말했다. "완전히 허물어서 다 실어 가라고요. 꼴 보기도 싫어요."

"작업이 만만치 않은데요." 그가 솔직하게 말했다.

그리고 미스 버니는 그게 무슨 뜻인지 알았다. 그녀가 죽은 뒤에도, 시골집이 사라지고 한참 뒤에도 그것은 살아남을 것이었다. 양철 양동이와 녹슨 잔디깎이와 바람에 펄럭거리는 누더기들이. 모든 게 영원히 지속될 것이었다.

약간 불안하게 그녀를 눈여겨보더니 그가 사무적으로 말했다. "뭘 원하시는 건지는 알겠습니다. 물론 견적을 내 드릴 수 있어요. 하지만 헛간을 허물면 이 집 가치도 떨어진다는 건 알고 계시죠?"

"그건 왜죠?" 미스 버니가 물었다.

"글쎄요, 이런 곳에 차 없이 살 사람들은 거의 없잖아요." 그가 말했다. "쉽게 차고로 고쳐서 쓸 수 있고, 뭐 그냥 그대로 사용할 수도 있고. 물론 견적을 받아 보신 후에 그 돈과 수고를 들여서 할 만한지 판단하시면 됩니다. 안녕히 계세요."

혼자 남겨진 미스 버니는 자신이 너무 늙은 데다 외롭고 무력하다는 느낌이 밀려와 울기 시작했다. 아무도 저 헛간을 어떻게 해 보려

하지 않을 것이다. 그녀의 형편에 맞는 그런 비용으로는. 하지만 울고 났더니 곧 기분이 다시 좋아졌다. 그런 것에 계속 마음을 쓰다니 웃기는 일이야, 그렇게 혼잣말을 했다. 시골집은 꽤 마음에 들었으니까. 어느 날 아침에 눈을 떴을 때 그녀는 헛간을 어찌해야 할지 알았다. 그때까지는 눈길을 주지 않을 것이었다. 생각도 하지 않을 것이었다.

하지만 그것이 얼마나 자주 꿈에 출몰하는지 믿을 수 없을 정도였다. 어느 날 밤에는 그것이 형태를 바꾸어 하얀색 장식이 된 아주 고급스럽고 반짝거리는 감청색 관으로 변하는 모습을 선 채 바라보았다. 언젠가 입은 적이 있는 드레스가 생각났다. 뒤쪽에서 목소리가 들렸다. "저건 빨래야."

"그럼 내가 치워야 하지 않나?" 꿈속에서 미스 버니가 말했다.

"아직은 아냐. 조금만 있다가." 그 목소리가 어찌나 요란했는지 그녀는 잠에서 깨었다.

그녀는 거대한 쓰레기통을 입구까지 끌어다 놓았다. 너무 무거워서 들 수가 없었기 때문에 매주 청소부가 대문까지 끌고 가서 쓰레기통을 비우게 하고 있었던 것이다. 아침마다 싱크대 아래의 작은 노란색 쓰레기통을 들고 가서 지체 없이, 둘러보는 일도 없이 재빨리 큰 쓰레기통에 비우고 왔다. 그런데 어느 날인가 늘 불던 찬바람이 잠잠해진 때에 그녀는 잠시 서서 흰색으로 페인트칠을 하면 좀 나아지지 않을까 하는 생각을 했다. 더 볼썽사나워질 수도 있었다. 게다가 누가 그걸 해 주겠는가? 그때 고양이 한 마리가 반대쪽 끝을 천천히 가로질러 가는 것이 보였다. 처음 든 생각이 그랬다. 벽 틈새로 햇빛이 스며들고 있었다. 그건 커다란 쥐였다. 그것이 낡은 의자 아래로 사라지는 것을 보고 그녀는 사색이 되어 노란 쓰레기통을 떨어뜨리고는 힘껏 빠른 걸음으로 길을 따라 올라가 누추한 초가집 문을 두드렸다.

"오, 톰. 우리 헛간에 쥐가 있어요. 엄청나게 큰 쥐 한 마리를 봤어요. 너무 무서운데 어떻게 하죠?"

톰의 집을 나섰을 때에도 몸은 여전히 충격에 휩싸여 있었지만 얼마간 진정은 된 상태였다. 100퍼센트 듣는 쥐약이 있으니까 자기가 알아서 처리해 주겠노라고 톰이 다짐을 했고, 톰의 부인이 진한 차 한 잔을 주었던 것이다.

그날 와서 쥐약을 놓은 후 그가 그녀의 집 문을 요란하게 두드리며 별문제 없느냐고 물었을 때 그녀는 경쾌하게 대답할 수 있었다. "네, 괜찮아요. 고마워요."

화창한 날이 계속되면서 쥐 때문에 말도 못 하게 식겁했던 기억은 거의 잊혔다. "죽었거나 도망갔을 거야." 그렇게 확신하면서.

그 쥐를 다시 마주친 그녀는 도무지 믿을 수가 없어서 우뚝 선 채 뚫어지게 쳐다보기만 했다. 쥐는 마찬가지로 느긋하게 헛간을 가로질러 갔고, 그녀는 꼼짝할 수가 없이 서서 보기만 했다. 거대한 쥐가 분명했다.

미스 버니는 이번에는 위안을 받기 위해 톰의 집으로 달려가지 않았다. 빈 노란색 쓰레기통을 여전히 손에 쥔 채로 겨우 부엌으로 들어가 문을 부서져라 닫고는 자물쇠를 채웠다. 그리고 창문도 모조리 닫고 걸쇠를 걸었다. 그런 후 신발을 벗고 누워서 담요를 얼굴까지 뒤집어쓰고는 쿵쾅거리는 자신의 심장 소리를 들었다.

난 내가 측량하는 모든 곳의 군주라네.

내 권리에 이의를 제기할 자 아무도 없지.

그 쥐의 걸음걸이가 그랬다.

폐쇄된 어둠 속에서 깜박 졸았던 모양이었다. 뜬금없이 그녀가 햇빛이 비추는 책상에 앉아 줄 친 공책에 격언을 받아 적고 있었으니 말이다. "사악한 친교는 행실을 망친다. 돌다리도 두드려 보고 건너라. 인내는 미덕이고 온화한 성품은 축복이다." 그렇게 Z 항목까지 죽 이어졌다. Z는 의욕zeal이나 의욕적zealous과 관계있는 격언일 것이다. 하지만 X는? X 항목엔 뭐가 있을 수 있지?

꿈속에서 이런 생각을 하다가 잠에서 깨었고, 불을 켠 후 안정제 두 알을 먹고 다시 잠이 들었다. 아주 깊이. 그다음 눈을 떴을 때는 아침이었고 침대 곁 시계는 밥을 주지 않아 죽어 있었다. 하지만 햇빛을 보고 대충 시간을 짐작하고는 급히 부엌으로 가서 톰의 차가 지나가길 기다렸다. 방은 환기가 되지 않아 답답했지만 창문을 연다는 건 꿈도 꿀 수 없었다. 차가 다가오는 게 눈에 띄자 그녀는 길로 뛰어나가서 손을 흔들었다. 두려움이 그녀에게 날개를 달아 줬는지 다시금 가볍고 재게 움직일 수 있었다.

"톰, 톰."

그가 차를 세웠다.

"오, 톰. 쥐가 아직도 있어요. 어제저녁에 봤다고요."

그가 뻣뻣하게 차에서 내렸다. 젊은 사람은 아니지만 분명히, 분명히, 착한 사람이겠지? "쥐 수십 마리는 죽일 약을 놓았는데요." 그가 말했다. "가서 한번 봅시다."

그가 헛간 쪽으로 걸어갔고 그녀는 멀찍이 떨어진 채 따라가서 그가 낡은 잔디깎이를 마구 흔들고 포대를 발로 차고 건초와 쐐기풀을 발로 밟는 것을 보았다.

"쥐라고는 없는데요." 그가 드디어 입을 열었다.

"한 마리를 봤어요." 그녀가 말했다.

"여긴 없어요."

"엄청나게 큰 쥐였어요." 그녀가 말했다.

둥글고 커다란 톰의 눈이 선해 보인다고 생각하곤 했었다. 하지만 지금 그 눈에는 비웃음과 교활함이 비쳤고 심지어 적의도 보였다.

"분명 분홍색 쥐는 아니었겠죠?" 그가 말했다.

마을 사람들이 자신의 쓰레기통에서 나오는 빈 병의 수를 세어 보며 그에 대해 떠든다는 걸 그녀는 알았다. 하지만 자신이 이렇게나 좋아하는 톰이?

"아니에요." 그녀가 차분하게 말하려 애썼다. "보통 쥐 색깔인데 아주 커요. 쥐약이 안 듣는 쥐도 있다고들 하지 않나요? 괴물 쥐랄까."

톰이 웃었다. "여기엔 그런 거 없어요."

그녀가 말했다. "잔디 깎는 슬레이드 씨에게 헛간을 좀 치워 달라고 부탁했는데, 그러마고 해 놓고는 아마 잊어버렸나 봐요."

"슬레이드 씨는 무척 바쁜 사람이에요." 톰이 말했다. "어르신이 해 달라는 때에 바로 헛간을 치울 수는 없다고요. 기다리셔야지요. 그가 일을 하다 말고 여기 와서 있지도 않은 걸 찾느라고 시간을 낭비할 사람으로 보이세요?"

"아뇨, 당연히 아니죠." 그녀가 말했다. "하지만 꼭 해야 하는데."
(난 무서워서 못 하겠단 말이에요, 라고 말하려다가 말았다.)

"자, 이제 가서 따뜻한 차나 한잔 끓여 드세요." 톰이 아까보다 상냥한 목소리로 말했다. "여기 헛간에 쥐 같은 건 없어요." 그러고는 차로 돌아갔다.

미스 버니가 부엌 안락의자에 털썩 앉았다. "내 말을 안 믿는 거야. 저 괴물이 바로 저기 있는데 나 혼자 이 집에 있을 수는 없어. 그렇게는 못 한다고." 하지만 다른 냉담한 목소리가 그녀 안에서 집요하게 들려왔다. "그럼 어디를 가려고? 무슨 돈이 있어서? 정말 그렇게나 겁쟁이인 거야?"

얼마 후 미스 버니가 의자에서 일어났다. 뒤에 숨어 있는 게 아무것도 없다는 걸 확신할 수 있도록 가구란 가구는 모두 벽에서 끌어내고, 헛간 쪽으로 나 있는 창문은 모두 걸어 잠그기로 했다. 다른 창문은 꼭대기만 열어 놓았다. 그러고는 쥐가 냄새를 맡을 수 있는 음식들—치즈, 베이컨, 햄, 냉장 햄, 사실상 모든 음식—을 큰 봉투에 담았다…… 나중에 청소부인 랜돌프 부인에게 줄 생각이었다.

"하지만 이제 얘기는 안 할 거야." 랜돌프 부인도 톰과 마찬가지로 믿지 않을 것이었다. 좋은 사람이었지만 입이 가벼워서, 십중팔구 있지도 않은 괴물 쥐 때문에 자기 고용주가 겁을 잔뜩 집어먹었다는 얘기를 친구들에게 안 하고는 못 배길 것이었다.

다음 날 아침 랜돌프 부인이 떠돌이 개가 커다란 쓰레기통을 엎어 놓았다고 말했다. 그래서 쓰레기를 헛간 바닥에서 다 일일이 주워 넣었다는 것이다. '개가 아니야.' 미스 버니는 그렇게 생각했지만, 뚜껑을 뒤집어서 돌을 두 개 얹어 놓으면 개가 못 건드릴 거라고만 했다.

얼마나 큰 돌을 올려놓았는지를 보고는 이런 말이 거의 입 밖으로 나올 뻔했다. "아무리 큰 쥐라도 저 뚜껑을 열지는 못하겠지."

미스 버니는 늘 무신경한 편이었지 안달복달하는 사람이 아니었다. 그런데 이제는 완전히 달라져 버렸다. 매일 쓸고 닦고 찬장 정리를 하고 서랍에 계속 새 종이를 까느라 몇 시간을 보냈다. 요만큼이라도 먼지가 보이면 쓰레받기를 들고 득달같이 달려들었다. 집을 티끌하나 없이 깨끗이 관리하기만 하면 쥐가 그냥 헛간에만 있을 거라고 스스로를 설득하면서, 그랬는데도 쥐를 맞닥뜨리면 어떻게 할 건지에 대해서는 생각하지 않기로 했다.

'정신을 잃고 쓰러지겠지.' 그녀가 생각했다. '그럴 거야.'

그러고는 다시 힘을 내서 침대 밑이며 찬장 뒤를 무시무시하게 쓸고 닦는 것이었다. 그러고 나면 너무 피곤해서 밥 먹을 힘도 없었고, 찬 우유에 계란을 넣어 휘저은 뒤 상당한 양의 위스키를 부어 천천히 마셨다. "이젠 많이 먹을 필요도 없어." 하지만 집안일을 하는 속도는 점점 느려졌고 매일 다니는 산책길도 점점 짧아졌다. 드디어 아예 나가지 않게 되었다. "무슨 상관이람." 편지에 답장이라고는 쓰지 않았으므로 편지도 점차 끊겼고, 어느 날 톰이 문을 두드리고는 어떻게 지내느냐고 물었을 때 그녀는 미소를 띠며 말했다. "아, 난 잘 지내요."

그는 거북해하면서 쥐나 헛간 청소 얘기는 꺼내지 않았다. 그녀 역시 그랬다.

"요즘 잘 안 보이셔서요." 그가 말했다.

"아, 요즘은 반대쪽으로 다녀요."

그가 나가고 문을 닫으면서 그녀는 생각했다. '그런데 내가 저 사람을 좋아한다고 상상했으니, 얼마나 괴상한 일인지.'

"아프지는 않으시고요?" 의사가 물었다.

"그냥 느낌이 이상해요." 미스 버니가 말했다.

의사가 아무 말 없이 기다렸다.

"마치 피가 거꾸로 도는 것만 같아요. 정말 끔찍해요. 그러고 나면 때로는 한동안 움직일 수가 없어요. 그러니까 만약에 컵을 들고 있었다면 그냥 놓쳐 버린다고요. 팔에 기운이 하나도 없어져서."

"그런 게 얼마나 지속되죠?"

"오래는 아니에요. 아마 몇 분 정도? 기분에 오래인 것 같은 거죠."

"자주 그러세요?"

"최근에 두 번 그랬어요."

의사가 검사를 해 보는 게 좋겠다고 했다. 그러더니 마지막으로 방을 나가서 약이 반쯤 든 병을 들고 돌아왔다. "하루에 세 번씩 드세요. 중요하니까 잊어버리면 안 돼요. 약이 아직 많이 남았을 때라도 제가 한 번 찾아갈게요. 주사를 맞으면 좀 도움이 될 텐데 그걸 우편으로 주문해야 하거든요."

미스 버니가 진료실을 나서기에 앞서 소지품을 챙기고 있는데 의사가 지나가는 투로 물었다. "집에 전화 있나요?"

"없어요." 미스 버니가 말했다. "하지만 연락하고 도와주는 사람들이 있어요."

"그 말씀은 하셨죠. 하지만 좀 떨어져 있잖아요, 그렇죠?"

"전화를 놓을게요." 미스 버니가 그 자리에서 결심을 하며 말했다. "바로 알아볼게요."

"좋아요. 좀 덜 외로우실 거예요."

"그렇겠죠."

"가구 같은 거 움직이지 마세요, 아시겠죠? 무거운 거 들지 마시고. 또⋯⋯" ('아이고 맙소사. 술 마시지 말라고 하려나? 그건 불가능한데!' 하고 그녀는 생각했다.) "너무 걱정하지 마세요." 그가 말했다.

미스 버니는 진료실을 나오자 안심이 되었지만 무척이나 피로해져서 아주 천천히 걸어갔다. 그 마을에서 별로 잘사는 지역이 아닌, 임대주택이 늘어선 곳 근처에 그녀의 집이 있었기 때문에 걸어서 꽤 가야 하는 거리였다. 그게 신경이 쓰인 적은 없었다. 그녀는 높고 두꺼운 생울타리와 나무 한두 그루로 안전하게 둘러싸여 있었다. 물론 아이들이 시끄럽게 떠드는 소리와 여자들이 문밖에 나와 수다를 떠는 소리에 익숙해지기까지는 좀 시간이 걸리긴 했다. 처음에는 여자들이 잔뜩 호기심을 가지고, 그중 몇몇은 못마땅하다는 듯이, 그녀를 빤히 바라보곤 했지만 그녀들은 곧 그녀가 별문제가 되지 않을 것임을 알았다.

하지만 디나라는 아이는 다른 문제였다.

마을의 남자아이들 이름은 대부분 잭이나 윌리, 스탠 등이었다. 여자아이들의 이름은 그보다는 공을 들여 지은 것이었다. 디나의 엄마는 다른 엄마들보다 더 공을 들여 딸의 이름을 언딘이라고 지었다.

디나―모두들 그렇게 불렀는데―는 열두 살쯤 된 크고 통통한 아이로, 얼굴은 예쁘장하고 혈색이 좋았지만 약간 소를 닮았다. 소리를 꽥꽥 질러 대는 아이들 놀이에 함께하는 적도 없었고 쓰레기통 뚜껑으로 축구를 하는 적도 없었다. 남는 시간에 하는 일이라고는 그저 집 현관에 나와 서서 말없이, 굳은 얼굴로 지나가는 사람들을 빤히 보는 것밖에 없어 보였다.

미스 버니는 그 애와 친해지려는 노력을 진즉에 그만두었다. 아이의 냉소적인 시선이 얼마나 그녀를 우울하게 했는지, 아이를 피하려고 길 반대편으로 가거나 때로는 집을 나서기 전에 아이가 없는 걸 확인하는 겁쟁이 짓을 한 적도 있었다.

이제 그녀는 길 아래쪽을 걱정스럽게 살펴보았고, 아무도 없는 걸 보고는 안도했다. "당연하지." 그녀가 혼잣말을 했다. "날씨가 추워지잖아. 겨울이 오면 다들 집 안에 들어앉아 있으니까."

디나가 추위에 아랑곳했다는 뜻은 아니다. 바로 며칠 전만 해도 미스 버니가 창밖을 내다보았을 때 그 애가 바깥에 나와 서서—살을 에는 바람은 느껴지지도 않는 듯—자기 집 현관문을 뚫어져라 노려보는 걸 보았으니까 말이다. 마치 그렇게 하면 고요한 그 집에서 무슨 일이 벌어지는지, 미스 버니가 하루 종일 혼자 뭘 하는지를 나무 벽을 뚫고 알아낼 수 있을 것처럼.

의사에게 다녀오고 얼마 지나지 않은 어느 날 아침 미스 버니는 몸이 아주 가뿐하고 행복한 기분으로 잠에서 깨었다. 또한 지금 어디에 있는 건지 전혀 알 수가 없었다. 다시 젊어지고 다시 건강해진 느낌을 만끽하며 누워 있다가 천천히 여기저기 놓인 가구들이 의식되기 시작했다.

'당연하지.' 그녀가 커튼을 젖히며 생각했다. '생을 마감하기에는 정말 우스꽝스러운 곳이잖아.'

하늘은 창백한 색이었고 바람은 없었다. 그녀가 가만히 서 있는 나무를 바라보며 흥얼거렸다. 〈특별한 날〉. 그녀는 생일이면 항상 〈특별한 날〉을 불렀다. 두 해—작년과 내년—중간에 자리 잡은 생일날에는 나이를 전혀 느낄 수가 없었다. 생일은 중지, 휴지기였다.

천천히 옷을 입으면서 처음으로 쥐를 기억해 냈다. 하지만 그것은 오래전에 일어난 일 같았다. "내가 얼마나 겁을 먹었는지 아무에게도 말하지 않았으니 얼마나 다행이람. 전화를 놓으면 바로 레티 베이커에게 차를 마시러 오라고 해야겠다. 어떻게 합리적으로 일 처리를 해야 할지 정확히 알 테니까."

그녀는 늘 하던 대로 밥을 먹고 먼지를 털고 바닥을 쓸었는데, 평소보다 훨씬 더 느릿느릿했고 중간중간 한참을 쉬어야 했다. 기다란 구식 카펫 청소기에 기대서 밖에 선 나무를 빤히 쳐다보았다. "여름아, 잘 가거라. 잘 가." 그녀가 콧노래를 불렀다. 하지만 그런 서글픈 노래를 하면서도 건강하고 젊어졌다는 자신감은 전혀 사라지지 않았다.

놀랍게도 문득 날이 저물고 있다는 사실을 그녀는 깨달았다. "아니, 아식 쓰레기통도 못 비웠는데."

작은 노란색 쓰레기통을 들고 헛간으로 갔는데 커다란 쓰레기통이 거기 없었다. 아무래도 랜돌프 부인이 깜박하고 그것을 대문 밖에 놔두고 온 모양이었다. 알고 보니 그랬다.

일단 뚜껑을 먼저 가져다 놓은 후 무거운 쓰레기통을 옆으로 뉘어 발로 차서 굴렸다. 하지만 너무 느렸다. 답답해진 그녀는 쓰레기통을 집어 들고 헛간으로 가서 떠돌이 개든 쥐든 막기 위해 썼던 돌이 어디 있나 둘러보았다. 돌도 보이지 않았으므로 그녀는 기골이 장대하고 젊은 랜돌프 부인이 분명 돌이고 뭐고 다 얹은 채 쓰레기통을 들고 나간 게 틀림없다고 생각했다. 쓰레기 수거하는 사람들이 길가에 던져 버렸을 것이었다. 다시 나가 찾아보니 정말 거기 있었다.

돌 하나를 집어 들었다가 얼마나 무거운지 깜짝 놀라 바로 놓아 버렸다. 하지만 다시 집어 들고는 뒤뚱거리며 헛간으로 갔고, 찬 벽에 기대 숨을 헐떡거렸다. 몇 분 후 가쁜 숨이 진정되고 기운도 좀 차리게 된 데다 자신이 다시 건강해졌음을 스스로에게 증명해야겠다는 마음으로 그녀는 다시 길로 나가 두 번째 돌을 집어 들었다.

몇 걸음 만에 자신이 아주 오랫동안, 수년 동안, 감당할 수 없는 그 무게에 짓눌려 계속 걸어왔다는 느낌이 들면서 그녀는 힘이 완전히 빠졌고 더 이상 움직일 수 없을 것 같았다. 그래도 기를 쓰고 헛간까지 가서 돌을 내려놓았다. "자, 이제 끝이야. 정말 힘들었어. 이제 노란 쓰레기통만 가지고 들어가면 돼." 돌은 내일 얹어 놓을 요량이었다. 노란 쓰레기통은 종이나 달걀 껍데기, 오래된 빵만 그득했으므로 가벼웠다. 미스 버니가 그것을 들어 올렸다……

그녀는 쓰레기통에 등을 기대고 다리는 앞으로 뻗은 채 땅에 주저앉아 있었다. 주변에는 찢어진 종이와 달걀 껍데기가 흩어져 있었다. 치마는 위로 올라가고 드러난 무릎 위에 식빵 조각이 얹혀 있었다. 무척 추웠고 사위는 어두워져 갔다.

'무슨 일이지.' 그녀가 생각했다. '내가 기절이라도 했던 건가? 집 안으로 들어가야겠다.'

일어나려 기를 썼지만 땅바닥에 딱 붙어 버린 것만 같았다. '잠깐.' 그녀가 생각했다. '겁먹으면 안 돼. 숨을 깊게 쉬고 마음을 편히 갖자.' 하지만 다시 시도해 보아도 몸이 납덩이처럼 무거웠다. '전에도 이런 일이 있었어. 곧 괜찮아질 거야.' 그렇게 생각했다. 하지만 어둠은 삽시간에 밀려왔다.

여자들이 집 앞을 지나가는 게 보여 그녀는 소리쳐 그들을 불렀다. 처음에는 이렇게. "혹시 괜찮으시면…… 죄송하지만……" 하지만 바람이 일어 그녀를 덮쳤고 아무도 그녀의 목소리를 듣지 못했다. "도와 줘요!" 그렇게 소리쳤지만 역시 아무도 듣지 못했다.

옷을 단단히 여미고 망태기를 둘러메고 머리에 스카프를 둘러쓴 그들이 지나쳐 갔고 거리는 다시 텅 비었다.

쓰레기통에 등을 기댄 채 추위에 부들부들 떨면서 그녀는 기도했다. "하느님, 절 여기 버려두지 마세요. 제발 누구라도 오게 해 주세요. 누구라도!"

눈을 떴을 때 대문에 기대선 사람의 윤곽이 보였고 그녀는 전혀 놀라지 않았다.

"디나! 디나!" 그녀가 목소리에 극도의 공포심이 드러나지 않도록 애쓰며 외쳤다.

디나가 조심스럽게 다가와 몇 미터 앞에 서서는 쓰레기통에 기대앉은 미스 버니를 무표정하게 찬찬히 바라보았다.

"디나야." 미스 버니가 말했다. "아무래도 할머니 상태가 많이 안 좋은 것 같아. 엄마한테 가서 의사 선생님한테 전화를 좀 해 달라고 하겠니? 의사 선생님이 오실 거야. 그리고 가능하면 엄마가 날 부축해서 집 안으로 데려다주면 좋겠는데. 너무 추워서 말이지……"

디나가 말했다. "엄마한테 부탁해야 소용없어요. 엄만 할머니를 안 좋아해서 할머니랑 상종하기 싫대요. 엄마는 거만한 사람은 질색이거든요. 할머니가 집 안에 틀어박혀 술만 마시는 거 사람들이 다 알아요. 할머니가 취해서 이리저리 부딪히고 쓰러지고 하는 소리 다 들린다고요. '물을 많이 마셔야 하는데.' 엄마가 그랬어요. 한잠 자고 나면 괜찮을 거예요, 부인." 그 못돼 먹은 아이는 그렇게 말하고는 총총히 사라져 버렸다.

미스 버니는 아이를 다시 소리쳐 부르거나 따지려고 하지도 않았다. 그래 봐야 소용없다는 걸 알았으니까. 힘이 빠져나가고 무감각해지는 느낌이 서서히 그녀를 사로잡았다. 추위보다 더 강하게. 두려움보다 더 강하게. 이제는 더 이상 아무것도 하고 싶지 않다는 그런 느낌. 거의 체념과도 같은. 다른 누군가 지나간다 한들 다시 소리쳐 도움을 요청할까? 그럴 수 있을까? 냉랭한 무감각과 싸우면서 그녀는 마지막으로 몸을 움직여 보려고, 적어도 무릎의 빵 조각이라도 떨어뜨려 보려고 무진장 애를 썼다. 하루 종일 잊고 있었던 쥐에 대한 두려움이 다시 그녀를 헤집기 시작했기 때문이다.

전혀 되질 않았다.

분명히 쥐가 모습을 나타낼 구석 쪽—낡은 의자와 카펫이 놓인 구석, 건초 더미가 쌓여 있는 구석—을 눈을 부릅뜨고 쏘아보았다. 곧바로 공격을 할까, 아니면 그녀가 움직이지 못하는 게 확실해질 때까지 기다릴까? 어쨌든 조만간 나타날 것이었다. 그렇게 미스 버니는 어둠 속에서 괴물 쥐를 기다렸다.

그녀를 발견한 것은 집배원이었다. 그녀가 주문한 책 꾸러미를 들고 와서 여느 때처럼 입구에 놓았다. 그런데 온 집 안에 불이 켜져 있고 문도 열려 있는 게 눈에 띄었다. 미스 버니는 집 안에 있지 않은 게 분명했다.

"나가셨나 보지? 그런데 이렇게 이른 아침에, 게다가 이렇게 추운데?"

불안한 마음으로 대문 쪽을 돌아보다가 그는 헛간 근처에 옷 같은 게 쌓여 있는 걸 보았다.

겨우 그녀를 들어서 부엌 안락의자로 옮겼다. 식탁 위에 뚜껑이 열린 위스키 병이 있어서 그걸 좀 마시게 하려 했지만 그녀가 이를 워낙 세게 악물고 있는 바람에 위스키가 얼굴로 다 흘러내렸다.

다음으로 배달 갈 집에 전화가 있다는 사실이 떠올랐다. 서둘러야 했다.

외딴 마을인 것을 감안하면 생각보다 훨씬 빨리 의사가 도착했고 곧바로 구급차도 왔다.

미스 버니는 의식을 회복하지 못하고 그날 저녁 병원에서 숨을 거뒀다. 의사는 충격과 추위가 사인이라고 했다. 심장에 문제가 있어서 치료 중이었다고 했다. "요즘은 만연해 있죠. 심장 문제 말입니다."

예전에 여기 살았었지
I Used to Live Here Once

그녀는 강가에 서서 징검다리를 바라보며 그 돌 하나하나를 떠올리고 있었다. 둥글어서 불안한 돌, 뾰족한 돌, 중간이 납작한 돌……서서 주위를 둘러볼 수 있을 안전한 돌. 다음 돌은 별로 안전하지 않았다. 강에 물이 많아지면 돌이 잠길 뿐 아니라, 그렇지 않고 말라 있다 해도 미끄러웠기 때문이다. 하지만 그다음부터는 쉬웠고 곧 건너편에 다다를 수 있었다.

길은 예전보다 훨씬 넓어졌지만 일은 좀 아무렇게나 해 놓은 상태였다. 벤 나무는 치우지 않고 그대로 방치되어 있었고, 덤불은 마구 밟힌 듯했다. 하지만 어쨌든 예전 길이었고, 그녀는 한없이 행복한 마음으로 길을 따라 걸었다.

화창한 날, 하늘이 파란 날이었다. 단지 하늘만이 그녀로서는 본 기억이 없는 무표정한 분위기였다. 그 표현밖에는 생각해 낼 수가 없었다. 무표정하다. 모퉁이를 돌자 예전의 포장도로에 새로 길을 놓은 게 보였는데, 길은 훨씬 넓어졌지만 아직 공사가 덜 끝난 모습이었다.

집으로 이어지는 낡은 돌계단에 이르자 심장이 고동치기 시작했다. 판다누스나무는 사라졌고, '아주파'라고 불리던 유사 정자도 없었지만 정향나무는 여전히 있었고, 계단 위에는 그녀가 기억하는 그대로 들쭉날쭉한 잔디밭이 펼쳐져 있었다. 걸음을 멈추고 그새 부속 건물을 이어 붙이고 하얗게 페인트칠을 한 집을 바라보았다. 그 앞에 차가 서 있는 것을 보니 낯설었다.

커다란 망고나무 아래 남자아이와 여자아이, 두 명의 아이들이 있었다. 손을 흔들며 "안녕"이라고 했지만 아이들은 고개도 돌리지 않았고 대꾸도 없었다. 서인도제도에서 태어난 유럽 아이들은 으레 그랬다. 마치 어떤 상황에서든 백인의 피가 그 자체로 충분한 자기주장이 된다는 듯이.

아이들 쪽으로 걸어가면서 보니 잔디가 뜨거운 태양에 누렇게 타 있었다. 상당히 가까워졌을 때 다시 조심스럽게 "안녕"이라고 말을 건넨 뒤 덧붙였다. "나도 예전에 여기서 살았었어."

아이들은 여전히 대꾸가 없었다. 세 번째로 "안녕"이라고 말했을 때는 이미 아주 가까웠다. 아이들을 만져 보고 싶은 마음에 본능적으로 손을 뻗었다.

돌아본 것은 남자아이였다. 회색 눈이 똑바로 그녀의 눈을 쏘아보았다. 표정에는 변화가 없었다. 남자아이가 말했다. "갑자기 추워지지 않았니? 못 느끼겠어? 집에 들어가자." 여자아이가 대답했다. "그래."

팔을 떨군 채 그녀는 아이들이 잔디를 가로질러 집 쪽으로 뛰어가는 것을 보았다. 바로 그때 처음으로 그녀는 알게 되었다.

키스멧
Kismet

순회공연을 다닐 때 주연배우들은 늘 가장 좋은 분장실을 배정받는 반면 코러스들은 가장 불편하고 추운 분장실로 만족해야 했다. 중간 휴식 시간이 좀 길면 대개 그때는 음란한 이야기나 유행가의 패러디 그리고 당연히 캐스팅 의자*로 알려진 런던 사무실의 낡고 검은 소파에 대한 농담과 함께 요란한 폭소가 터졌다.

의상 담당자는 서성거리며 언제라도 술을 가져다줄 태세를 하고 있었는데 보통은 기네스였다. 진과 위스키는 생일이나, 우리 모두 장애물 경마의 우승자를 맞췄을 때 같은 중요한 때에만 제공되었다. 단원 중 하나가 말을 소유한 사람과 아주 친한 사이였다. 그녀가 우리에

---

* 배역 책임자가 배역을 대가로 배우들과 성관계를 요구하는 관행을 빗대는 표현.

게 정보를 주었다. "우리 램비가 하는 말이 100퍼센트 확실하다고, 다들 입을 꼭 다물고 있다는 거야. 지금이 완전 기회라고!"

그 주에 갔던 잉글랜드 북부의 한 작은 도시의 극장은 최근에 새로 지은 거라 우리는 아주 넓고 따뜻한 방을 쓸 수 있었다. 휴식 시간이 되어 우리에겐 당연히 낯선, 활활 타는 불 주위에 모두 둘러앉았다. 거의 다들 바느질을 하느라 정신이 없는데 개비라는 이름의 단원이 말했다. "차이나 고든 얘기 들었어? 죽었대! 그러니까 너 나한테 1실링 줘야 한다. 빌리."

"왜?" 빌리가 말했다. "뭣 때문에?" 그 주에 난 빌리와 방을 함께 쓰고 있었다.

"걔 볼이 발그레한 게 화장한 거라고 나와 1실링 내기를 했잖아. 블룸오브로즈일 거라고. 난 원래 그런 거라고 했고. 폐결핵이었다. 폐결핵이 있는 사람들은 다들 볼이 그렇게 발그레하다고. 갑자기 상태가 악화되어서 누군가 스위스의 요양원으로 보내 준 모양이야. 무지하게 비싼. 그래도 소용없이 세상을 뜬 거지." 빌리가 1실링을 주었다.

"모르는 게 없네."

"그럼, 오늘 아침에 들었거든. 차이나가 예쁘지 않다는 얘기가 아니야. 예쁜 건 사실이니까. 하지만 약간 싸구려처럼 보이지 않아? 게다가 남자들은 대부분 그녀를 좋아하지도 않으니 무슨 소용이 있겠어?"

차이나는 고든 자매 셋 중 막내였다. 세 명 다 우리와 함께 코러스 단원이었고 다들 예뻤다. 하지만 차이나는 정말이지 사랑스러웠다. 무엇보다 아름다운 것은 피부였는데, 투명할 정도로 희고 매끈했다. 누군가 그녀를 드레스덴 차이나 도자기라고 불렀고, 곧 다들 차이나라고 부르게 되었다.

고든 자매에게는 쇼가 끝난 후 저녁을 함께 하자는 팬들이 많았고, 그래서 다른 단원들은 그들을 무척 시기했다. 특히 조용한 차이나를. 큰언니인 몰리가 자신의 초청장을 읽어 주며 웃었을 때 다들 무척이나 즐거워했던 것도 그 때문이었다. "이 남자가 뭐라고 썼나 들어 봐. 추신, 제발 차이나는 데리고 오지 말 것."

순회공연 한 번 만에 그들은 게이어티 극장의 코러스를 찾아 온 나라를 돌아다닌다던 조지 에드워즈에게 발탁되었다.

"차이나는 정말 너무 멍청해." 개비가 말했다.

"그만해." 빌리가 말했다. "죽었다잖아, 불쌍하게."

"뭐가 불쌍해? 내가 보기엔 무지하게 운 좋은 애구먼." 이렇게 말한 사람은 예타였다.

예타는 큰 키에 마른 애였다. 늘 목에 넓은 벨벳 리본을 묶고 얼굴에는 애교점을 붙이고 다녔다. 옛날에는 무척 매력적이었을 테지만, 모르긴 몰라도 지금은 서른을 훌쩍 넘겼거나 마흔이 넘었을 수도 있었다. 그녀는 기네스 대신 위스키를 마셨고, 혼자 살면서 다른 사람들과는 거의 어울리지 않았다. 전에 유명한 매니저의 정부였고 웨스트엔드에서 연기—일반 연극의 단역—를 했다고 했다. 그러다가 순회공연단의 코러스 단원이 되었으니 상당한 변화였을 것임은 모두들 이해했다. 냉담한 성격이기는 했지만 그렇다고 인기가 없는 건 아니었다. 무대 매니저인 로이스조차 그녀에게는 얼마간의 존경심을 보였다.

품위 있고 냉정한 모습 외에 다른 모습은 본 적이 없었는데, 오늘 밤 그녀는 위스키 한 잔에서 끝내질 않았다. 꾸준히 마시고 있었는데, 뭔가 축하할 일이 있는 건지는 모르겠지만 그게 뭔지는 말해 주지 않았다. "예타. 그만 마셔. 안 그러면 피날레에 나가지도 못하겠다." 누군가 말했다.

"그래, 피날레에 안 나갈 거야. 무대에 안 나갈 거라고. 누가 신경이나 쓰나? 난 신경 안 써."

아니나 다를까, 호출 담당이 순서를 알려서 우리 모두 줄지어 무대로 나갈 준비를 했지만 그녀는 꼼짝도 하지 않았다. 마치고 돌아오니 팔에 얼굴을 묻고 울고 있었다. 대부분 당혹스러운 눈길을 한 번 던졌을 뿐 신경을 쓰지 않았는데, 개비가 다 들리는 목소리로 속삭였다. "보아하니 여기 이게 크롬웰이 다 때려 부수고 지나간 거 아닌가 싶네. 저렇게 위스키를 마시고 집에는 어떻게 가려고 그런대?"

"오, 제발, 개비, 입 닥쳐!" 빌리가 말했다. "우리가 데리고 갈 거야."

"너나 입 닥치지 그래, 빌리 칼리? 맨날 다른 사람들한테 이런 말은 하면 안 되고, 이런 말만 해야 된다고 그러지."

"너라는 사람에 대해 내가 어떻게 생각하는지 입 밖에 내면 넌 놀라서 창문 밖으로 날아가 버릴걸." 빌리가 말했다.

하지만 모두들 집에 가고 싶어 했고 곧 하나둘 자리를 떠서 말싸움은 곧 시들해졌고, 우리만 남게 되었다.

"자, 정신 차려." 빌리가 말했다. "화장 지워. 네 옷 여기 있어."

예타가 고개를 들었다. "내가 한때는 런던 무대에서 가장 예쁜 여배우 축에 들었다고 하면 너희들은 안 믿겠지, 그렇지?"

"당연히 믿지. 안 믿을 사람도 많겠지만."

"안 믿어도 상관없어." 예타가 말했다. "믿건 안 믿건 실제 있었던 일이 달라지는 건 아니니까. 내 말하지만 이 망할 순회공연이 끝나면 아마 내 얼굴 보기 힘들 거고, 내가 뭘 하든 그건 누구도 상관할 바 아니야."

"예타, 여기서 밤새도록 떠들고 있을 수 없어." 빌리가 말했다.

빌리와 함께 예타에게 옷을 입히고 그녀를 붙들고 돌계단을 내려갔다. 그녀가 심하게 몸을 기대 오면 빌리가 말했다. "아이고 노리, 뭐가 이렇게 무거워!" 하지만 일단 거리에 나서자 그녀가 우리 손을 떨쳐 냈다. "고마워, 이제 나 혼자 걸을 수 있어. 부탁하는데 그냥 내버려 둬." 그러고는 비틀거리며 가 버렸다.

우리가 사는 집의 열쇠는 우리에게도 있었다. 거리의 다른 집들처럼 집 안은 캄캄했지만 작은 거실은 온기가 있었고, 식탁 위에는 파랗게 불을 밝힌 작은 가스등과 우유 두 잔과 접시가 놓여 있었고, 불 옆에 뚜껑을 덮어 놓은 음식이 있었다.

"배가 별로 안 고프니 다행이지." 빌리가 뚜껑을 열며 말했다.

"배 안 고파?"

"응."

늦은 시각이었지만 졸리지도 않았고 침실은 냉골일 것이었으므로 우리는 앉아서 우유를 홀짝이며 집주인이 깨지 않도록 작은 목소리로 얘기를 나누었다. 저녁으로 늘 다 식은 삶은 양파를 주긴 했지만 집주인은 못된 늙은이는 아니었다.

빌리가 말했다. "예타가 그 나이에 그렇게 술을 마시는 게 미련한 일이긴 하지만 말은 맞는 말이지. 나도 할 수만 있으면 다음 순회공연은 하지 않을 거야. 런던에 머물 생각이거든. 게다가 남편이 아이를 갖자고 하네."

"오, 빌리, 너 결혼했어? 그런 얘기 안 했잖아. 남편 사랑해? 좋은 사람이야?"

"그만저만해." 빌리가 말했다. "하지만 꼭 남편 때문은 아니야. 하는 일에 비해 보수가 너무 적어서 그렇지. 내가 두 주연배우의 대역을 하잖아. 이렇게 쥐꼬리만 한 돈을 받으면서 계속해 나갈 거라고 생각한 다면 잘못 생각하는 거야. 관둘 거라고."

"빌리 너야 다른 일을 쉽게 구할 수 있을 테니까. 앞에서 보면 정말 예쁘고 목소리도 좋잖아. 네가 일급 댄서라고 로이스가 말하는 걸 들었어. 로이스는 칭찬이 헤픈 사람도 아닌데."

"하지만 바로 그 때문에 날 평생 빌어먹을 대역으로 써먹으려고 한다는 거 모르겠어? 내가 언제고 나가라면 나가서 쇼를 이어서 할 수 있다는 걸 아니까. 내가 쓸모가 있는 거지. 하지만 불쌍한 예타처럼 나이가 먹으면 나도 바로 내동댕이칠걸."

"이 회사랑 잘 맞지 않으면 다른 회사를 알아보지 그래?"

"계약을 했으니까 그렇지. 아무 이유 없이 그만둘 수가 없다고. 이 사람들이 나 때문에 짜증이 나면 다른 데서 쉽게 일을 구하지 못할 수도 있어. 여기 사람들 다 서로 아는 사이인 거 알잖아."

"빌리, 설마 그런 짓을 할까!"

"그러고 싶은데도 안 할 거라고? 아, 노리, 넌 정말 순진해. 한심할 정도라니까. 하지만!" 그녀가 말했다. "완전히 확실한 이유를 만들 수 있고, 그들도 어쩔 수 없을 거야. 다 끝날 즈음엔 나에 대해서는 다 잊어버릴 테니까."

"뭐가 다 끝날 즈음에?"

"당연히 아기 얘기지."

"빌리, 정말 아기를 가지려는 거야?"

"당연히 아니지. 그 얘기가 아니야. 하지만 런던에서 편지를 써서 아기를 가졌다고 하지 못할 이유가 뭐야? 저들이 뭘 어쩌겠어?"그녀가 벽난로를 빤히 들여다보았다. "블랙번에서 분장실에 들어왔었던 점쟁이 기억나?"

"기억나지. 내 손을 오래 들여다보더니 내 삶에 커다란 변화가 있을 거라고 했는걸."

"그건 별 얘기 아니야. 그건 별달리 얘기할 게 없으면 하는 말이고. 하지만 나를 볼 때는 진지했다고. 아이를 둘을 낳을 거래. 아들이랑 딸이랑."

"하지만 빌리, 점쟁이 말 때문이 아니라 이번 순회공연 내내 그런 느낌이 든다니까. 내 인생을 완전히 바꿔 놓을 어떤 일이 생길 게 분명하다는 그런 느낌. 뭔지 알아. 키스멧이야."

"키스멧은 그냥 행운이나 불행을 뜻하는 단어야."

"아니야. 그건 어떤 일이 생기든, 그러니까 네게 어떤 일이 일어나는데 어떻게 해 볼 도리가 없다는 뜻이야. 거의 말이야. 일어날 일은 일어난다는 거지."

"그런 황당한 얘기는 들어 본 적이 없다. 자기 일에서 자기가 알아서 하는 일이 얼마나 많은데."

"그렇다고 **생각하는** 거지. 그냥 생각일 뿐이야."

"무슨 사이비 종교처럼 들리네." 빌리가 말했다. "내가 너라면 사이비 종교 같은 것엔 얼씬도 안 하겠어. 다 똑같아. 너를 끌어들일 마음이면 처음엔 반 정도만 얘기해 주지. 당연히 그렇겠지만 나머지 반에 대해 알고 나면 이런 데 말려들지 않는 건데 하고 후회할걸. 그런 얘기 다 믿는 거 아니지?"

"믿는다고는 안 했어. 그냥 때로 그런 생각이 든다는 거지. 나에게 일어나는 일이 내가 계획한 일도 아니고 심지어 원했던 일도 아닌데도 벌어지는 건 확실하다고 봐."

"그런 얘기 그만해!" 빌리가 말했다. "무슨 일이 생기건 100년 뒤에는 어차피 다 똑같아."

순회공연이 끝난 후 난 1년 동안 빌리를 보지 못했다. 난 공연단을 그만두고 런던에 살았지만 그녀 생각을 거의 하지 않았다. 하지만 그녀는 벨사이즈파크 근처 어딘가의 주소를 알려 주었었고, 어느 날 그쪽으로 가는 길에 나는 아직도 그녀가 거기 사는지 가서 보기로 했다.

문을 두드리자 그녀가 나왔다. 살이 쪘고, 예전에 본 기억이 없는 딱딱한 표정과 모습을 하고 있었다. "어머, 노리, 어디서 갑자기 나타난 거야? 들어와. 정말 반갑다!"

순회공연 때 지냈던 집의 거실과 비슷한 거실로 들어갔다. 옆방에서 아기 울음소리가 들렸다.

"앉아 있어. 금방 올게. 왕자님을 봐야 해서."

벽난로 위에 촛대 두 개가 놓여 있었다. 정말 마음에 든다는 생각을 하고 있는데 그녀가 큰 소리로 불렀다. "이리 와서 봐 봐."

다른 아기들과 다를 바 없는 보통 아기였다. "아기들이 까르르 웃고 꾸르륵거리고 손을 저렇게 흔들면 정말 사랑스러워." 이렇게 말하고 나자 다른 할 말이 생각나지 않았다. 아기가 정말 신기하고 사랑스럽다고 그녀가 얘기하는 중에 아기가 갑자기 잠이 들었다. 거실에 돌아온 다음에도 그녀는 목욕을 시키고 나면 아기에게서 얼마나 좋은 향기가 나는지 모른다며 다시 아기 얘기를 꺼냈다. "아이가 바라보면서 손을 꽉 쥐면 가슴이 녹아내린다니까."

"저 촛대 정말 맘에 들어." 내가 주제를 바꾸었다.

"그렇지? 프레드가 만들었어. 그런 데에 솜씨가 좋아."

"정말 예쁘다." 내가 말했다. "아이가 좀 크면 다시 무대 일을 시작하는 거지? 그게 네 계획이었잖아, 그렇지?"

"아, 잘 모르겠어. 지금은 그런 생각을 할 시간이 별로 없어. 점쟁이가 나한테 아들딸 하나씩 낳을 거랬잖아. 딸이 하나 있어도 괜찮을 것 같아. 딸을 하나 낳고 싶어."

"완전히 자리를 잡은 것 같네." 내가 말했다.

"아주 좋아. 아기가 있으면 어떤지 하나만 얘기해 줄게. 왜 사는 걸까, 그런 생각을 안 하게 돼. 때로 우울해지면서 이건 다 뭐야, 도대체 왜, 이런 생각을 하게 되는 거 알잖아. 아기가 있으면 그런 생각은 전혀 안 하게 돼. 적어도 내 경우는 그래."

"그건 아기가 아니라도 다른 식으로도 가능하잖아."

"그렇지, 하지만 이건 달라. 전혀 다르다고. 왜냐하면 보통은 확신이 없잖아. 프레드는 집을 비울 때가 많고 난 혼자 있는 건 정말 싫은데, 한동안은 아기가 함께 있을 거니까."

그녀가 그 말을 할 때 난 혼자 있는 것에 대해 생각하기 시작했다. 이따금 나처럼 혼자인 사람이 세상 어디에 또 있을까 하는 생각이 든다. "또 비 오네"나 "오늘은 해가 좀 나겠다" 같은 집주인의 목소리 외에 사람 소리는 전혀 듣는 일이 없으니.

불행하냐고? 살면서 이렇게 행복한 적이 없었다. 하지만 밤을 기다리다 보면 낮이 너무 길게 느껴지고, 한 주는 영영 끝나지 않을 것 같기도 하다. 딱히 두려운 것은 아니다. 그럴 이유가 없으니까. 전혀. 그보다는 공허한 느낌이랄까. 어쩌면 약간이라도 그에 대해 얘기를 할 수 있다면 좋을 것 같다.

그런 생각을 하고 있는데 빌리가 하품을 하기 시작했다. 몇 번을 계속하는 게 멈출 성싶지 않았다. "아, 미안해, 노리. 근데 잠을 많이 못자서 말이지. 차를 좀 끓여 올게."

차를 마시는 동안 그녀에게 내 얘기를 하고 싶은 마음이 사라졌다. 다른 사람도 아니고 빌리에게 무슨 얘기를 한단 말인가. 정말 감상적인 생각이란 게 있다면 그거야말로 감상적이었던 것이다.

곧 내가 말했다. "이제 가 봐야겠다. 만나서 정말 반가웠어. 또 보자." 말은 그렇게 하면서도 다시는 그녀를 보고 싶지 않을 것임을 알았다.

하버스톡힐을 걸어 내려오면서 그녀가 얼마나 변했는지를 생각했다. 그러다 여느 때처럼 불현듯 전보나 편지 온 게 있을까 궁금해지자 그녀에 대해서는 까맣게 잊어버리고 말았다. "귀여운 내 고양이." 편지는 그렇게 시작할 것이었다. "귀여운 내 고양이." 오늘 밤에 그를 만날 수 있을지도 몰라. 아니면 내일이라도. 어떤 옷을 입을지 생각해 놓아야겠다. 이제는 옷이 무지하게 많으니까.

휘파람새
The Whistling Bird

사촌인 릴리앤을 처음 본 것은 도미니카에 남은 몇 안 되는 오래된 저택에서였다. 몇 주밖에 안 된 갓난아기였다. 새카맣고 작고 조용했다. 왜 낳았느냐고 항의라도 하듯이 이따금 가늘고 기이한 목소리로 울 때를 빼고. 너무 허약하게 태어나서 오래 살지 못할 거라는 얘기를 들었고, 할머니가 조상님들의 죄가 아기에게 내렸다는 식의 말씀을 하시는 것도 들었다. 내가 봤을 때 전혀 종교적인 분은 아니었는데도 할머니는 그런 식의 무시무시한 성경 구절들을 툭하면 꺼내 들었다. 그런 후 바로 난 영국의 학교를 다니기 위해 그 섬을 떠났다.

오랜 시간이 흐른 후 처음으로 서인도제도를 다시 찾았을 때 세인트루시아섬의 호텔에서 릴리앤을 다시 만났다. 20대의 그녀는 할머니의 예언과는 정반대로 키가 크고 활기찬 여성이 되어 있었다. 서인도제도의 친척들과 연락이 끊긴 지 오래였기 때문에 그 집의 상황이 얼마나 달라졌는지를 그때 처음 들었다. 아버지가 급작스럽게 돌아가셨는데 유산이 거의 없었기 때문에 남은 가족들은 저택을 팔지 않을 수 없었다고 했다. 돈이라는 이름의 아들도 다른 가족들과 함께 미래의 계획에 대해 태연하게 논의를 했다. 그런데 어느 날 식사를 마치고 식탁에서 일어나 자기 침실로 가더니 총으로 자살을 했다. 그에 대해 온갖 억측들이 있었다. 영국에 있을 때 해군에 무척 입대하고 싶었는데 아마 시험에 떨어졌고 그걸 그냥 넘겨 버리지 못했을 것이다. 아마 불현듯 자신의 미래가 어떠할지 깨닫고는 감당할 수가 없었을 것이다. 어쨌든 그것이 돈의 마지막이었고, 그때 그는 열여덟이었다. 내가 예쁜 에벌리나로 기억하는 그 모친은 두 딸을 데리고 자신의 고향인 세인트루시아로 돌아갔다. 거기서 한 영국 여성을 만났고, 캐스트리스* 바깥쪽에 호텔을 열 계획을 세우고 있던 그녀가 식구 전체와 친해졌는데, 어쩌면 그들을 이용한 것일지도 몰랐다. 총명한 릴리앤이 회계를, 예쁜 모니카가 접수를 담당했고, 에벌리나가 매니저 일을 하면서 직원과 음식을 책임졌다. 맛이 기가 막힌 진짜 프랑스식 크리오요 요리에 대해 그녀가 아주 잘 알기 때문이었다.

그 호텔에 몇 주를 묵었는데 내가 보기에 무척이나 멋진 호텔이었다. 나는 거기서 행복한 시간을 보냈다. 어느 오후에 차를 주문했더니, 예전에 '그랑드 로브'—화려한 색깔의 긴 하이 웨이스트 드레스와 터번과 묵직한 금 귀걸이—라고 불렀던 옛날 옷차림을 한 여성이 차를 들고 내 방으로 왔다. 과거가 웅장하게 걸어 들어오는 것만 같았다.

* 세인트루시아의 수도.

릴리앤을 자주 보지는 못했다. 그녀가 밤에 혼자 긴 산책을 한다는 얘기를 해 준 것은 모니카였다. 새벽녘까지 돌아오지 않을 때도 있다고 했다. 다음 날 아침 일찍 일을 나가야 했는데도 말이다. 그리고 잡지 편집을 하면서 단편들을 쓰는데, '어밀리아 부인', '방관자' 등 여러 다른 필명을 쓴다고도 했다. 하지만 보통은 짧은 시를 썼고, 거기엔 이름 머리글자를 써서 L. L.이라는 서명을 했다. 내가 기억하는 시는 안티과의 잉글리시하버―한때 넬슨의 사령부였지만 그때는 폐허였고, 아직 관광객들을 위해 단장을 하지는 않은, 피터슨 중위가 출몰한다는 곳―에 대한 것과, 피터슨 중위와 사악한 캐멀퍼드 경, 베스트 대령 그리고 지금의 서인도제도라기보다는 옛날 서인도제도에서 있었던 가면무도회에 대한 긴 로맨스이다. 런던에 돌아온 후에 나는 모니카의 죽음을 알리는 릴리앤의 편지를 받았다. 뻔한 얘기였다. 젊은 영국 남자와 약혼을 했는데, 아무 해명도 없이 섬을 떠났고, 그가 편지도 쓰지 않을 것이고 돌아오지도 않을 것임이 명백해지자 모니카는 시름시름 앓다가 몇 주 만에 숨을 거뒀다는 것이다. 에벌리나에게 이것은 많고 많은 불행에 또 하나가 더해진 것이라 그녀도 삶의 의지를 잃고는 곧 세상을 떠났다고 했다. 혼자 남은 릴리앤은 런던으로 가겠다고 썼고, 거기에서 난 그녀를 만나고 더 잘 알고 지내게 되었다.

그녀는 특이했다. 자기 일은 자기가 알아서 하지 다른 누가 상관할 바가 아니라고 고집하면서 누구의 도움의 손길이든 다 뿌리쳤다. 다른 사람과의 교류에 그렇게 격식을 차리는 사람은 살면서 본 적이 없었다. "내일 오후에 갈게요"라고 말하는 적이 없고, 늘 "내일 4시 15분

전에 당신을 찾아가서 5시 반에 갈게요"라고 했다. 그리고 말한 그대로 했다. 직장을 잡았다고 내게 말했는데, 그 말투로 봐서 보수가 변변찮은 자리인 것이 분명했다. 아니면 별로 좋아하는 일이 아니거나 그에 대해 얘기하고 싶지 않을 걸 수도 있고.

그녀는 햄스테드 너머 원룸 아파트에 살았다. 한구석에 서인도제도에서 가져온 은제 찻잔 세트가 있었다. 또한 놀랍게도 우리의 증조할아버지로 18세기 말에 서인도제도에 온 록하트의 사진이 있었다. 언제나와 마찬가지로 표정 없이 앞을 바라보고 있었다. 그가 나쁜 사람이었는지, 좋은 사람인데 사람들이 거짓말을 한 건지, 아니면 그저 별생각 없이 다른 사람들도 다 하던 일을 했을 뿐인지 알아낼 방법은 없었다. 내가 늘 궁금하게 생각했던, 스페인 사람이었던 증조할머니는 사진에 없었다. 릴리앤은 자신의 옛날 일이나 서인도제도에 대해서는 별로 말이 없었고 영국과 런던과 왕실이 정말 좋다는 말은 무척 많이 했다. 누군가 한번은 그녀에 대해 이런 말을 한 적이 있었다. "그 고리타분한 립 밴 윙클*과 대화를 할 때면 자꾸 웃음이 나서 진지한 얼굴을 하고 있을 수가 없어."

"참을성을 가져, 릴리앤은 이 시대와 맞지 않는 사람이야." 내가 말했다.

"하지만 무지하게 따분하다고."

그 모든 점의 이면에서 그녀는 생기발랄했고 얼마 되지 않는 돈을 쓰는 데는 말도 안 되게 후했다. 내가 시골로 내려갔을 때 이제 자기가 런던 시민이므로 나는 손님이고 자기가 주인이라고 했다. 따라서

---

* 워싱턴 어빙의 단편소설에 나오는 인물로, 숲속에서 잠을 자고 깨어 보니 20년이 지나 세상이 완전히 변한 것을 알게 된다.

주인인 자기가 나가서 노는 비용은 다 내야 한다고 말이다. 내 생각은 전혀 그렇지 않다는 것을 이해시키기 위해 한참 논쟁을 해야 했다. 어느 날 그녀가 자신의 시 하나를 팔았다고 말했다. 「도린다」를 팔았다고 하지 않고, "「도린다」는 이제 내 것이 아니야" 그렇게 말했다. 그럼 여전히 시를 쓰는구나, 라고 내가 생각했다. 그 시를 내게 보여 주었다.

> 내 이름은 도린다, 무척이나 즐겁게 살지
> 꽃이 가득한 작은 오두막에서 하루에 1실링으로.
> 백인 남자가 날 만들었지만 그는 알지 못하네.
> 황금 종 같은 내 웃음소리의 비밀을.
>
> 내 이름은 도린다, 무척이나 즐겁게 살지
> 꽃이 가득한 작은 오두막에서 하루에 1실링으로.
> 흑인 남자가 날 만들었지만 절대 알지 못할걸
> 그가 만들어 낸 내 어두운 가슴의 비밀을.

  서로 좀 더 친해지자 그녀가 다른 시들도 보여 주었다. 나는 그녀가 시를 도대체 언제 쓰는 건지 궁금할 때가 많았다. 사무실에서 파김치가 되어 좁아터진 원룸에 돌아왔을 때? 아니면 일요일에? 〈트리니다드 셀리나〉 곡조에 맞춰 햄스테드 황야를 돌아다니면서?

> 그만 떠들고 그녀가 걸어가는 것을 보아요
> 춤추는 걸 보아요, 공중에서 춤을 추네.

그녀의 시 중에 팔릴 만한 것이 있는 건 확실했고, 그녀가 무척이나 돈이 아쉽다는 것도 알았지만 그런 건 어떻게 파는지 알 수가 없었다. 기적적으로 가사가 마음에 든다는 사람이 나타났다 할지라도 거기에 이상한 곡조를 붙여서 완전히 망쳐 놓는 게 아닐까? 게다가 릴리앤이 별로 협조적이지도 않았다. 시로 돈을 벌겠다는 생각이 손톱만큼도 없는 듯했다. 그런 생각에 약간 적의를 보이기까지 했다. 그것을 그저 혼자 간직하면서 보호할 마음인 듯했는데, 그런 마음을 너무나 잘 이해했기 때문에 그녀와 논쟁을 할 수가 없었다.

그 이후로 한동안 런던에 가지 않았다. 그러다가 그녀의 상태가 안 좋다는 얘기를 한 친구를 통해 전해 들었다. 지난번 그녀를 보았을 때 나도 눈치를 채긴 했었다. 그 봄 내내 당찬 걸음걸이—처음 런던에 왔을 때 그녀의 걸음걸이는 멋들어졌었다—가 사라졌고 미소를 띠는 일도 거의 없었다. 희고 고른 치아가 정말 아름다웠기 때문에 그건 참 서글픈 일이었다.

마지막으로 그녀를 보았을 때 그녀는 내게 시 하나를 보여 주었다. "이건 좀 달라." 그렇게 말했다. 다른 시들과 달리 그것은 슬픈 노래였다. 연인을 죽여서 시체를 도미니카 숲에 매장하고 사람들이 그녀를 찾기 전에 영국으로 도망친 남자에 대한 것이었다. 하지만 그는 그녀를 잊을 수가 없다.

악마가 나를 시켜서 그녀를 내리치게 했네, 죽이게 했네.
슬픔을 견디지 못해 그녀를 떠났고
그녀는 이제 도미니카의 암흑에 잠겨 있고

난 눈 속에서 외로움에 떠네……

숲속에 숨겨져 있는 그녀의 곁에 있을 수 있다면.

휘파람새가 나를 부르고 있으니.

그녀가 말했다. "휘파람새 기억하지? 산 휘파람쟁이."

"그럼."

"엄마는 고독한 산 휘파람쟁이라고 불렀는데. 아마 이젠 다 없어졌을 거야."

"그래도 약간은 남아 있겠지."

"앵무새는? 옛날엔 산에 온통 녹색과 회색 무늬의 앵무새 천지였는데. 이젠 하나도 없어."

"앵무새는 좀 다르지." 내가 말했다. "앵무새는 돈이 되잖아. 휘파람새를 살 사람이 누가 있어? 잡히면 그냥 죽고 말 텐데."

"당장 죽지는 않지." 릴리앤이 말했다.

그녀에 대해 많은 생각을 한 후 난 휴가를 좀 가라고 편지를 썼고, 보탬이 되도록 약간의 돈을 동봉했다. 그녀의 답장은 냉랭했다. 돈을 돌려보내면서 자신은 런던을 떠날 생각도, 휴가를 갈 생각도 없다는 걸 알아 줬으면 좋겠다고 했다. 나는 다음에 그녀를 보게 되면 싸워서라도 휴가를 가게 해야겠다고 마음을 먹었다. 그러다가 그녀가 어느 날 아침 자리에서 일어나 늘 의무적으로 하는 미지근한 목욕을 하고 끔찍한 직장으로 출근을 하려고 옷을 입다가 쓰러졌다는 얘기를 들었다. 집주인이 쿵 소리를 듣고 침실로 뛰어 올라갔지만, 이미 그녀는 숨을 거둔 뒤였다.

어쨌건 난 릴리앤을 상대적으로 많이 보지는 못했다. 다른 친구들이 있었을 수도 있고, 내가 모르는 다른 삶을 살았을 수도 있다. 나야 얼핏도 본 적이 없지만.

정복당한 자는 비통하다고들 한다. 그게 그렇게 비통하고 그렇게 오래 지속되어야만 하는 걸까? 어쨌든 돈도, 모니카도, 에벌리나도, 릴리앤도 그 복잡다단한 논쟁에 끼어들지는 못했다. 잘난 사람들이 뭐라고 하든 복잡다단한 문제이다.

무도회에의 초대
Invitation to the Dance

　로조에는 백인 가족들이 그리 많지는 않았지만 거의 모든 가족들에게 상당한 수의 자식들이 있었고 많게는 열두 명까지 둔 가족도 있었다. 그래서 화창한 날 오후만 되면 일정한 수의 여자아이들과 남자아이들이 식물원에 가서 놀곤 했다. 나도 그중 하나였지만, 다른 아이들과 달리 난 혼자였다. 오빠들과 언니는 다들 섬을 떠났기 때문이었다. 동생은 아직 갓난아기였다.

　유모들은 벤치에 앉아 수다를 떨었다. 우리는 주변에서 놀았는데, 처음엔 가까이에 있다가 갈수록 점점 멀리 가서 나중엔 아예 보이지 않는 곳까지 갔다. 내가 가장 좋아한 놀이는 '루비 리'였다. 그것이 줄다리기나, 늘 마지막엔 싸움으로 끝나는 모든 종류의 편먹기 놀이보다 더 좋았다. 단조롭게 반복되어 뭘 하자는 건지 알 수 없는, 한 번

쪽, 두 번 쪽, 다들 구르고 어쩌고 하는 놀이보다 훨씬 신나는 놀이였다.

'루비 리'는 아주 활동적인 놀이라서 너무 더운 오후에는 하면 안 되었다. 일단 손을 맞잡고 원을 만들어 노래를 부르며 춤을 춘다.

춤출래, 루비 루비 리
춤출래, 루비 루비 리
춤출래, 루비 루비 리
어젯밤에 그랬던 것처럼.

그러고는 여러 절을 이어서 불렀다. 루비 리는 사랑과 기회의 놀이였기 때문이다. 각각의 절은 조금씩 다른 게임을 그려 보였고, 각 절을 부르고 난 후 우리는 부르면서도 거의 이해가 되지 않는 수수께끼 같은 말들을 동작으로 해 보였다. 그리고 나서 다시 손을 맞잡고 후렴을 불렀다. "춤출래 루비 루비 리…… 어젯밤에 그랬던 것처럼?"

나로 말하자면 아무것도 모른 채 깡충거리며 놀았고, 다른 아이들도 대부분 그랬을 거라고 생각했다. 그래서 어느 날 엄마가 '루비 리'라는 놀이를 한 적이 있느냐고 물었을 때 난 깜짝 놀라지 않을 수 없었다. 그렇다고, 재밌는 놀이이고 나도 좋아한다고 대답했다.

엄마가 물었다. "누가 처음 그걸 하자고 했니? 가사를 누가 알려 줬어?" 모르겠다고, 기억이 안 난다고 바른대로 말했는데, 곧 이렇게 덧붙이고 말았다. "아마 윌리인 것 같아요."

엄마가 말했다. "윌리? 윌리라니 의외구나. 윌리라니 놀라운걸. 도대체 어디서 그걸 주워들었지?" 난 내가 어째서 그런 거짓말을 했는지 이해가 안 되어 너무 비참한 마음이 들었다. 윌리가 그런 게 아니었고, 월리는 내가 가장 좋아하는 애였으니까. 월리가 곤란에 빠지는 건 정말 원하지 않았다. 월리가 그런 것도 아닌데 왜 월리라고 했지? 그다음에 무슨 말을 했는지는 기억이 나지 않지만, 누가 시작했든지 간에 다시는 그 놀이를 하지 말라는 엄마의 말로 그 대화는 끝이 났다. 절대로. 그건 좋은 놀이가 전혀 아니라고 했다. 사악한 놀이이므로 완전히 다 잊어버려야 한다고 했다. "자, 약속해." 엄마는 그렇게 말하고는 사실 내가 아직 약속이라고는 하지 않았다는 사실을 잊었는지 그냥 자리를 뜨셨다.

그러고는 곧, 아마 다음 날이었을 텐데, 오후에 식물원에 가게 되었을 때 누군가 루비 루비 리 놀이를 하자고 했다. 하지만 나이가 좀 있는 아이들이 자기들끼리 모여 소곤거리고 키득거렸다. 마침내 그중 하나가 자기는 루비 리가 진력이 난다고, 아기들이나 하는 말도 안 되는 멍청한 놀이라고 말했다. "다른 거 하고 놀자. 줄다리기 하자." 이렇게 둘러댔지만 곧 어찌 된 사정인지 다들 알게 되었다. 남자였는지 여자였는지 모르지만 누군가 우리가 노는 것을 보고는, 우리가 역겨운 놀이를 하면서 역겨운 노래를 부른다고, 유모들은 다들 게을러 빠져서 벤치에 질펀하게 앉아 수다나 떨지 아이들이 뭘 하는지 신경도 안 쓰고 어디에 있는지도 모른다고 일러바쳤던 것이다. 아이들 대부분이 부모와 얘기를 했고, 나이가 많은 아이들은 루비 리가 굳이 문제를 일으키면서까지 할 만한 놀이도 아니므로 더 이상 하지 말자고 결정했던 것이다.

하지만 난 나이를 먹어서도 그 놀이가 여전히 기억나고 그 생각도 많이 하게 되었다. 흑인들 노래였을까? 프랑스 노래를 흑인들이 개사

한 것일까? 그건 아닌 것 같았다. 그 당시 서인도제도의 음악은 지금보다 훨씬 스페인 리듬이 많았다. 그런데 스페인 노래든 미국 노래든 아프리카 노래든 다 서글펐다. 루비 리는 발랄하고 경쾌한, 빠른 댄스 곡이었다. 어떤 종류든 흑인 음악이 아니었다는 걸 알 수 있다. 나중에 중세 소설에 빠져들었을 때 난 그것이 아주 오래된 영국 노래였을 거라고 결론을 내렸다. 크롬웰과 청교도 이전, 헨리 8세와 종교개혁 이전의 영국 말이다. 저 멀리 떨어진 나라에서 불리던 노래가 몇 세기에 걸쳐 잊히면서도 명맥을 유지하다가 서인도제도로 흘러들어 와서, 거기서 드디어 최후를 맞거나 아니면 다른 많은 그런 것들이 그렇듯이 거의 알아보지 못할 정도로 변했을 것이다. 아무리 기억해 내려 애를 써도 그 멜로디와 가사를 누가 알려 줬는지는 전혀 떠오르지 않고, 상관도 없는 윌리는 왜 끌어들였는지도 알 수가 없다.

장식적 여성과 이방인, 그 적나라한 자화상

이 책에 실린 진 리스의 단편들은 시기적으로 크게 세 부분으로 나뉜다. 「빈」까지의 작품은 첫 소설 『사중주』가 출간되기 전에 쓰인 것으로 1927년 『왼쪽 둑』이라는 제목으로 묶여 출간되었다. 「9월까지, 퍼트로넬라」부터 「낭비한 시간」까지는 1960년대에 썼거나 예전에 썼던 것을 그때에 다듬어 완성한 것들이다. 나머지는 말년에 쓴 것들이다. 진 리스는 경제적, 정서적 어려움을 감당하기 위해 글을 쓰기 시작했기 때문에 많은 작품들이 자전적 성격이 강하다. 물론 작가 자신의 삶과 경험을 투영하는 작품은 많고 그녀의 인생처럼 파란만장한 인생일 때 더욱 그러하지만, 작품의 호소력은 그 경험을 어떻게 개별적이지 않은 더 커다란 보편적 서사로 녹여내는지에 있을 것이다. 거의 평생 별다른 주목을 받지 못하던 진 리스를 유명하게 만든 작품인 『광막한 사르가소 바다』가 어떻게 보면 그녀의 작품 중 가장 덜 자전적인 것도 그와 관련이 있을 것이다.

영연방 도미니카에서 백인으로 살았던 진 리스의 삶은 가부장제하에서나마 안정적 지위를 누리는 서구 백인 여성의 삶과는 달랐고, 열여섯 살에 런던으로 왔을 때도 역시 백인 사회에 통합되지 못하는 이방인의 삶이었다. 이후 결혼을 하여 파리에 살 때나 유럽의 다른 도시를 돌아다닐 때도 상황은 크게 다르지 않았으므로 어떻게 보면 진 리스의 삶 전체가 인종과 성과 계급 문제가 중첩된 이방인의 삶이었다고도 할 수 있다. 이 중에서 장식용 꽃의 역할을 강요당하는 여성이라는 정체성이 진 리스에게는 무엇보다 치명적이었던 것으로 보인다. 20세기 초 서구에서도 여성들에게 열려 있던 삶의 방식은 무척이나 한정되어 대부분의 여성들에게는 결혼만이 경제적, 사회적으로 자리를 잡을 수 있는 방법이었다. 좋은 남자, 곧 돈 많은 남자에게 선택되기 위해 여성들은 자신들을 아름답게 포장된 상품으로 만드는 일에 전념했고, 결혼 이전의 젊은 시절에 여성들이 할 수 있었던 일은 상점 의상 모델(마네킹)이나 코러스 걸, 배우 등 역시 여성성을 상품화한 직업이 대부분이었다.

진 리스는 대부분의 다른 여성들과 마찬가지로 그 길을 따라갔지만, 서인도제도 출신이라는 이방인으로서의 면모 때문이든 체제에 완전히 순응하지 못하게 하는 비판적 자의식 때문이든 보통 여성으로서의 삶에 성공하지 못한다. 파리에서 '마네킹'으로 생활했던 일이나 돈이 없어 굶주렸던 일, 첫아들을 낳았던 경험, 남편을 따라 빈에서 지냈을 때의 상황 등을 직접적으로 다룬 초기작들은 특히 자전적 성격이 강해서 그녀의 삶을 들여다볼 수 있는데 객관적 거리가 충분치 않기 때문에 그런 삶에 대한 자조나 환멸, 자기 연민이 드러나기도 한다. 하지만 진 리스의 여성 인물들은 대개 이러저러한 이유로 남들처럼 살지 못하여 여러 어려움에 시달리고, 그런 인물들을 통해 진 리스는 사회가 여성들에게 얼마나 협소한 삶의 방식을 강요하는지, 그로 인해 다시 여성들이 지적으로나 정서적으로나 얼마나 빈약하고 협소해지는지를 잘 보여 준다.

중반기의 작품들도 비슷한 주제를 다루기는 하지만(예를 들어 「낭비한 시간」의 한 부분은 앞선 「빈」의 한 부분을 가져와 다시 쓴 것이다) 아이러니와 풍자와 상징성이 잘 버무려진 성숙함을 찾아볼 수 있다. 「재즈라고 하라지」의 주인공은 여전히 제대로 된 직업을 구하지 못하고 남자의 도움에 의존하고, 여성에 대한 흔한 편견처럼 충동적이고 감정적인 인물이어서 결국 교도소에까지 들어가게 된다는 점에서 앞선 주인공들과 유사하지만, 교도소에서 들린 노랫소리에 마음을 다잡고 독립적인 삶을 살게 되는 결말은 초기작과는 다른 분위기를 보여 준다. 무엇보다 그 노래가 지니는 상징적인 의미, 돈이든 뭐든 다른 건 다 빼앗겨도 자신만의 것으로 간직하며 삶을 꾸려 나갔던 그 노래마저 재즈로 상품화되는 상황은 초기작에서 볼 수 없던 통렬한 비판적 시각을 보여 준다. 사회적 통념에 지배되는 여성의 삶을 그대로 그려 내던 데서 나아가 「견고한 집」의 아이들의 놀이는 여성을 대상으로 한 공격적 남성성이 어린 시절부터 습득되는 과정을 그려 보이고 「낯선 이를 알아채다」는 전시라는 상황을 배경으로 폭력적 민주주의와 여성 혐오가 결부되는 양상을 짚어 낸다.

진 리스의 작품들을 '페미니즘'과 쉽게 연결 짓기 어려운 이유 중 하나로 여성들 사이의 반목과 불화가 두드러진다는 점을 들 수 있는데, 이는 그것이 진 리스 자신이 느끼고 경험한 바이고 그녀의 단편들은 대부분 현상을 있는 그대로 적나라하게 그려 내는 데 초점을 두기 때문이다. 사회가 여성들의 삶의 목적을 좋은 남성을 만나기 위한 경쟁으로 규정했을 때, 경쟁자로 규정된 여성들의 관계에서 공감이나 연대감을 기대할 수는 없는 것이다. 늙는다는 것은 상품성이 떨어져 말하자면 '기계 밖으로' 버려지는 일이므로 심심찮게 등장하는 늙는 것과 늙은 여인들에 대한 혐오도 같은 맥락에서 이해할 수 있다. 이제 노년이 된 진 리스는 「곤충 세계」와 「한잠 자고 나면 괜찮을 거예요, 부인」에서 늙는다는 것의 사회적 함의를 비판적으로 바라볼 수 있게 된다. 보통의 여성들과 비슷한 생각을 하고 비슷한 삶을 사는 「곤충 세계」의 오드리는 스물아홉의 나이에 벌써 삶의 위협과 불안을 느끼고 그럴수록 늙는 것을 질색하지만, 어느새 곤충 세계처럼 위계 조직으로 움직이는 사회를 보게 되고 살갗 아래 알을 낳는 지거는 몸과 마음으로 스며들어 사고를 조종하는 체계를 압축적으로 표현한다. 실제 일흔이 넘은 인물을 주인공으로 하는 「한잠 자고 나면 괜찮을 거예요, 부인」에서 버려진 창고 속의 큰 쥐는 여성혐오 사회에서 늙는 것에 대한 두려움과 고립감에 대한 뛰어난 상징이다.

진 리스가 서인도제도에서 보냈던 어린 시절은 그 물리적 시간 이상의 의미를 가지고 있으므로 그곳을 배경으로 한 단편들도 여럿이다. 여성 문제에서와 마찬가지로 이 단편들에서도 흑백 인종 문제는 일반적인 가정처럼 백인의 억압이나 흑백 갈등으로서가 아니라 오히려 진 리스 자신이 경험했을 흑인들의 적대감을 비롯한 전반적인 반

목과 적대감으로 나타난다. 「개척자여, 오, 개척자여」의 래미지와 「시궁창」의 지미 롱가는 둘 다 백인이지만 각기 다른 방향으로 흑인과 연루되면서 백인들로부터 배척당한다. 『광막한 사르가소 바다』에서도 나타나듯이 진 리스가 경험한 인종적, 계급적 위계와 차별은 실제 삶에서는 일방적이기보다 다양하고 중첩되어 있으며, 그것은 특정한 계기에 폭력적인 방식으로 표출된다. 서인도제도에서 '지배계급'으로 살았던 진 리스는 흑인의 입장이나 흑백 갈등을 섣불리 이해하려는 시도를 하기보다는 그러한 왜곡된 사회관계에서 비롯하는 실제 개인들 간의 갈등과 그 심리를 보여 주는 것이다.

단편이라는 형식과 관련이 있기도 하지만 진 리스의 단편들은 대부분 실제적인 삶의 장면들을 그대로 내보이는 식이라 독자들은 소위 '따뜻한' 시선이나 긍정적인 가치로 상쇄되지 않은 고되고 팍팍한 삶을 고스란히 느끼게 된다. 특히 사회적 지표 면에서는 비교도 안 되게 여성의 지위가 신장되었다는 지금도 소비자본주의의 상품이자 소비자로서의 존재인 여성의 상황은 그때와 별반 다르지 않아서, 여기 그려진 가차 없는 여성의 자화상은 지금 우리의 자화상이라 할 수 있을 정도이다. 차이가 있다면 우리는 그것을 진 리스만큼 똑바로 바라보지 않는다는 점일 텐데, 첫 단편 「환상」의 브루스 양이 상상 속에서 온갖 화려한 여성적 삶을 살면서 겉으로는 금욕적이고 지적인 삶을 산다면 우리는 반대로 실제로는 소비자본주의가 조장하는 화려한 소비적 여성의 삶을 살면서 그것이 지적이고 자기 주체적인 삶이라는 환상을 가지고 있는 것이다. 환상을 걷어 내는 일은 고통스럽고 그래서 진 리스의 단편을 읽는 일이 때로 정서적으로 버거운지도 모른다.

무자비할 정도로 솔직한 자화상이란 보통의 내공이나 용기로는 그려 내는 일은 물론 똑바로 바라보는 일도 쉽지 않으니 말이다.

진 리스 연보

1890   8월 24일 영연방 서인도제도의 섬나라 도미니카의 수도 로조에서
　　　　출생. 본명은 엘라 궨덜린 리스 윌리엄스로, 아버지 윌리엄 리스 윌
　　　　리엄스는 웨일스 출신 의사였고 어머니 미나 윌리엄스는 스코틀랜
　　　　드계 크리오요였음.

1907   고모를 따라 런던으로 감. 케임브리지의 퍼스 여학교를 다녔는데
　　　　외지인에다 영어 억양이 이상하다는 이유로 따돌림을 당함.

1909   배우가 되기 위해 영국 왕립연극학교에서 두 학기 수학. 제대로 된
　　　　영어 발음이 안 된다 하여 그만두지만, 집으로 돌아가지 않고 코러
　　　　스 걸로 활동함.

1910	아버지가 돌아가시면서 집안의 경제 사정이 악화되자 순회 극단에서 공연함. 랜슬럿 휴 스미스라는 돈 많은 남자를 만나기 시작하는데, 정서적으로나 경제적으로 의존했던 그 관계를 남자 쪽에서 끊어 버린 후 상당한 충격을 받아 글을 쓰기 시작.
1919	프랑스계 네덜란드인인 빌럼 요한 마리 (장) 랑글레와 결혼하여 네덜란드로 갔다가 곧 파리에 정착함.
1919~22	수상하고 불법적인 일에 연루된 남편을 따라 빈, 부다페스트, 브뤼셀, 파리 등 유럽을 돌아다니며 사무실이나 의상실, 번역 일 등 되는대로 일을 함.
1923	랑글레가 체포되고 혼자 남게 되자 소설가 포드 매덕스 포드를 찾아가고, 그가 《트랜스애틀랜틱 리뷰》에 리스의 단편 몇 편을 실어 줌. 이후 포드 매덕스 포드와 그의 정부 스텔라 보언과 복잡한 관계에 휩쓸리고 이는 이후 『사중주』의 모티프가 됨.
1927	단편집 『왼쪽 둑』 출간.
1929	『사중주』 출간.
1930	『매켄지 씨를 떠난 후』 출간.
1933	포드 매덕스 포드와의 관계를 알게 된 랑글레와 이혼함.

1934	소설의 출간을 도와준 에이전트 레슬리 틸든스미스와 결혼함.
1935	『어둠 속의 항해』 출간.
1939	『한밤이여 안녕』 출간.
1945	남편 스미스가 갑작스레 사망함.
1947	스미스의 사촌이자 자신의 사무 변호사였던 맥스 해머와 결혼함. 이후 자취를 감춰 소식이 묘연해지고 책은 절판됨.
1957	BBC에서 『한밤이여 안녕』을 각색하여 방송하며 다시 주목을 받게 됨. 프랜시스 윈덤이라는 에이전트가 리스의 작품에 관심을 보여 리스가 1939년에 시작한 『광막한 사르가소 바다』를 출간하고자 함.
1966	『광막한 사르가소 바다』 출간. 다음 해인 76세 때 WH 스미스 문학상 수상.
1968	단편집 『호랑이는 멋지기나 하지』 출간.
1976	단편집 『한잠 자고 나면 괜찮을 거예요, 부인』 출간.
1979	5월 14일 영국 엑서터에서 사망.

사망 한 달 전부터 구술 작업을 하던 자서전이 미완성인 채 『웃어
봐요: 미완의 자서전』이라는 제목으로 출간됨.

1985   『진 리스 소설집』 출간.

1987   『진 리스 단편집』 출간.

세계문학 단편선을 펴내며

세상의 모든 이야기는 단편으로 시작되었다. 성서와 그리스 신화를 비롯해 인류의 많은 신화와 설화는 단편의 형식으로 사물의 기원, 제도와 금기의 탄생, 운명이라는 이름의 삶의 보편적 형식을 설명했다.

〈세계문학 단편선〉은 모든 산문의 형식 중 가장 응축적이고 예술성이 높은 단편소설에 포커스를 맞추어 세계문학을 바라보는 새로운 관점을 제시하고자 한다. 단편소설을 언급할 때 빼놓을 수 없는 작가들의 작품들은 물론이고, 한두 편의 장편소설로만 우리에게 알려진 세계적 작가들이 남긴 주옥같은 단편들을 통해 대가의 진면모를 총체적으로 바라볼 수 있게 할 것이다. 또한 우리에게 문학의 변방으로 여겨져 왔던 나라들의 대표적 단편 작가들도 활발히 소개할 것이며 이미 순문학과의 경계가 불분명해진 장르문학의 형성과 발전에 크게 기여한 작가들의 작품 역시 새롭게 조명해 나갈 것이다.

에드거 앨런 포는 문학작품은 독자가 앉은자리에서 다 읽을 수 있을 정도로 짧아야 한다고 했다. 바쁜 일상의 삶을 사는 현대인들에게 〈세계문학 단편선〉은 삶과 사회, 나아가 세계를 바라볼 수 있게 하는 더할 나위 없이 좋은 친구가 될 것이라 확신한다.

21세기인 현재에 이르기까지 단편소설은 그리스 신화가 그러했듯이 삶의 불변하는 조건들을 응축된 예술적 형식으로 꾸준히 생산해 왔다. 그리고 새로운 문학적 기법과 실험적 시도를 통해 단편소설은 현재도 계속 진화, 확장되고 있다. 작가의 치열한 예술적 열정이 가장 뜨겁게 반영된 다양한 개성으로 빛나는 정교한 단편들을 통해 문학의 진정한 존재 이유를 독자들이 느낄 수 있기를 소망하며 이번 〈세계문학 단편선〉을 펴낸다.

현대문학 편집부

진 리스

초판 1쇄 펴낸날 2018년 9월 28일

지은이 진 리스
옮긴이 정소영
펴낸이 김영정

펴낸곳 (주)현대문학
등록번호 제1-452호
주소 06532 서울시 서초구 신반포로 321(잠원동, 미래엔)
전화 02-2017-0280
팩스 02-516-5433
홈페이지 www.hdmh.co.kr

ISBN 978-89-7275-927-0 04840
세트 978-89-7275-672-9

* 책값은 뒤표지에 있습니다.